La poupée brisée

AMANDA STEVENS

La poupée brisée

BEST SELLERS

éditions Harlequin

Si vous achetez ce livre privé de tout ou partie de sa couverture, nous vous signalons qu'il est en vente irrégulière. Il est considéré comme « invendu » et l'éditeur comme l'auteur n'ont reçu aucun paiement pour ce livre « détérioré ».

Cet ouvrage a été publié en langue anglaise
sous le titre :
THE DOLLMAKER

Traduction française de
CLAIRE POUTIERS-STEPHAN

Photo de couverture
© JUPITER IMAGES / GLASSHOUSE

83-85, boulevard Vincent-Auriol, 75013 PARIS — Tél. : 01 42 16 63 63
Service Lectrices — Tél. : 01 45 82 47 47
ISBN 978-2-2808-3488-9 — ISSN 1248-511X

Prologue

Travis McSwain n'était pas homme à se laisser facilement impressionner, mais cette poupée commençait à lui porter sérieusement sur les nerfs. Elle était jolie comme un cœur, petite et délicate, avec des boucles blondes qui avaient l'air tellement douces… Pourtant, quand on s'approchait d'elle pour mieux la regarder, ses yeux trahissaient sa vraie nature. Ils étaient si bleus qu'on aurait dit deux petites billes de turquoise. Travis ne se rappelait pas avoir jamais vu des yeux de cette couleur surréaliste dans la vraie vie.

En tout cas, regarder cette poupée grandeur nature le mettait vraiment mal à l'aise. Un peu plus tôt dans la journée, quand il l'avait emballée pour l'emporter en ville, il aurait pu jurer que ses yeux de verre coloré le suivaient attentivement, enregistrant chacun de ses mouvements. Ça lui avait tellement fichu la frousse qu'il s'était demandé un instant s'il n'allait pas tout simplement la balancer dans le marais tout proche. Au moins, il en serait débarrassé pour de bon ! Mais il avait besoin d'argent, et la poupée pouvait lui en rapporter un bon paquet. D'où sa présence dans ce magasin.

La femme qui inspectait la poupée avec attention leva le nez vers lui, l'air extasié.

— Elle est époustouflante ! s'exclama-t-elle. Tout simplement fabuleuse ! Si vous voulez bien m'accorder encore quelques minutes, nous allons pouvoir discuter de son prix.

— Je vous en prie, j'ai tout mon temps, marmonna Travis.

Il mentait : il aurait mille fois préféré que la bonne femme se dépêche, au lieu d'examiner cette satanée poupée avec tant de minutie. Plus vite il serait débarrassé de son fardeau, plus tôt il pourrait respirer normalement, sans ce poids qui oppressait sa poitrine.

Il y avait quelque chose dans le petit visage de porcelaine peinte qui lui donnait la chair de poule. Quoi ? Il n'en savait rien, mais il en frissonnait presque. Il avait l'impression d'avoir déjà vu cette petite frimousse — peut-être en rêve ? Pourtant, il savait bien que c'était tout bonnement impossible. Les poupées de ce genre n'étaient généralement fabriquées qu'à un seul exemplaire. C'était ce qui justifiait leur grande valeur.

Il s'était rendu à l'ancien magasin Sweete pour chercher du travail, avec les meilleures intentions du monde. Mais quand il avait aperçu cette poupée dans la vitrine, son sang de cleptomane n'avait fait qu'un tour et il avait décidé de la subtiliser. C'était plus fort que lui : il n'y pouvait rien. Ça devait être une sorte de maladie, une tare ou quelque chose de ce genre. Il le savait et, malgré ça, il ne pouvait rien y faire. Il fallait qu'il vole.

Avant que sa pentecôtiste de mère ne s'en aille pour l'autre monde, elle versait régulièrement des larmes sur le comportement incompréhensible de son fils, implorant le ciel de lui pardonner et de sauver son âme malgré toutes ses fautes. Son père, lui, avait adopté une approche bien différente. Chaque fois qu'il apprenait que Travis avait utilisé ce qu'il appelait sa « ristourne manuelle », il prenait son ceinturon et réprimandait le coupable à sa manière. Inutile de préciser que cette manière n'était pas précisément tendre : le dos et les fesses de Travis en ressortaient généralement aussi rouges et sanguinolents qu'une grosse portion de steak cru.

Bizarrement, après le premier séjour forcé de Travis au centre de détention juvénile de la paroisse[1] Saint James, Cletus McSwain avait radicalement changé d'attitude envers lui. Selon ses propres termes, la conduite répréhensible de son fils unique ne le concernait plus : il s'en lavait les mains.

— Un de ces jours, avait-il prédit à Travis, tu vas piquer un truc de trop, mon pauvre garçon. Ou alors, tu tomberas sur la mauvaise personne. En tout cas, tu finiras avec une balle entre les deux yeux. Et ce ne sera que justice. Quand ça t'arrivera, je veux bien être pendu si je verse ne serait-ce qu'une larme sur ton sort : tu l'auras bien cherché !

Œil pour œil, dent pour dent. Travis lui-même n'avait pas ressenti de tristesse particulière quand son vieux bigot de père s'était fait balayer du pont de son bateau de pêche par un jour de tempête pour terminer noyé au fond du golfe du Mexique. Il aurait plutôt éprouvé du soulagement à se voir enfin débarrassé de celui qu'il considérait comme un salaud sans cœur. Malgré les prédictions lugubres de Cletus, lui, Travis, était toujours vivant, et bien portant. Alors que son père nageait désormais en compagnie des poissons et des crevettes de la baie de Terrebonne.

Parfois, le hasard avait de ces ironies… Il valait mieux en rire. Et c'était ce qu'avait fait Travis…

Ramené au présent, il s'accouda au comptoir de la boutique d'un air qu'il espérait nonchalant et tranquille, pendant que la responsable du magasin continuait à examiner la poupée

1. Les paroisses de l'Etat de Louisiane, subdivisions administratives, sont l'équivalent des comtés dans les autres Etats américains *(NdT)*.

sous toutes ses coutures. Mais de temps à autre, quand elle ne le regardait pas, il jetait un coup d'œil inquiet en direction de la porte du magasin. Il n'avait jamais accordé beaucoup de foi aux dires de son défunt père ; pourtant, depuis qu'il avait subtilisé cette maudite poupée, il avait l'impression que cette fois-là était peut-être bien la fois de trop, celle qui allait vraiment le mettre dans le pétrin. Il avait sans doute présumé de ses forces. Voler des voitures, c'était une chose. Mais dérober une poupée qui avait l'air d'une vraie petite fille, ça commençait à ressembler à un kidnapping plus qu'à une banale affaire de cambriolage.

Il frissonna longuement. Pour un peu, il aurait pu croire que la satanée gamine de porcelaine était ensorcelée.

Du bout des doigts, il s'assura que son grigri — un petit sac de toile renfermant des herbes et des objets magiques qu'il transportait toujours avec lui — n'avait pas quitté sa poche. Il était toujours là, et Travis faillit soupirer de soulagement.

Ce n'est qu'une simple poupée…, lui murmura une petite voix intérieure — celle de la raison contre celle de la superstition ?

Mais il savait que ce n'était pas vrai. Ce n'était pas une simple poupée qu'il avait volée. Tous les habitants de la paroisse de Terrebonne étaient au courant que les créations signées Savannah Sweete n'étaient pas des objets ordinaires : chaque poupée était unique et valait une petite fortune. Quelqu'un allait forcément vouloir récupérer celle-là… et il n'avait pas l'intention de l'attendre.

Il lança un nouveau coup d'œil vers la vitre. Un orage se préparait, et le crépuscule menaçant intensifiait encore son malaise. Il se laissait dominer par une angoisse injustifiée. Il n'y avait pas de véritable raison de s'inquiéter ainsi, et pourtant, il n'arrivait pas à se reprendre. La Nouvelle-Orléans avait toujours produit cet effet bizarre sur lui, avec son atmosphère lourde de traditions ancestrales et ses histoires de magie vaudou. C'était la première fois qu'il y remettait les pieds depuis le passage de l'ouragan Katrina.

Lorsqu'il était arrivé aux abords de la ville, au volant de sa voiture, il avait eu du mal à reconnaître le paysage dévasté. Par contraste avec la déréliction qui frappait les alentours, le cœur historique de la ville — le Vieux Carré, comme on l'appelait — n'avait pas changé. Mais Travis n'arrivait pas à décider si c'était une bonne chose ou non.

Un peu plus tôt, il s'était promené au hasard des rues en attendant l'heure de son rendez-vous avec la propriétaire du magasin de poupées. Ce qui l'avait surtout frappé, c'était le fait que rien ne parût avoir bougé dans le centre de La Nouvelle-Orléans. Tout était absolument normal — enfin, si l'on admettait que les mœurs du Quartier Français aient pu un jour être considérées comme normales ! Il était encore tôt, et pourtant, les boîtes de strip-tease de la rue Bourbon avaient déjà ouvert leurs portes, proposant aux passants des extraits gratuits de leurs spectacles dénudés. Dans l'encadrement de l'un de ces lieux de perdition, selon les critères de ses défunts parents, Travis avait remarqué une grande blonde aux jambes interminables qui ondulait lascivement au rythme d'une musique country. Tournant le dos à la rue, elle semblait attendre qu'on la hèle. Comme avertie par un sixième sens, elle avait jeté un coup d'œil par-dessus son épaule juste au moment où Travis s'arrêtait pour se repaître du spectacle qu'elle offrait, et il avait eu l'impression que son regard noir le transperçait comme un rayon laser.

Elle ressemblait à une grande liane souple et sensuelle, avec ses cuisses et ses fesses aussi tendues qu'une peau de serpent sur un tambour vaudou. Les yeux étincelants, elle avait adressé un sourire incitateur à ce client potentiel, tout en lui faisant signe du doigt pour l'inviter à s'approcher davantage. Il avait failli se laisser gagner par la tentation, mais quand la strip-teaseuse s'était lentement tournée vers lui, une vague de colère avait remplacé la bouffée de désir qu'il avait sentie monter en lui. Furieux, il avait brusquement réalisé que la blonde pulpeuse qu'il avait reluquée de haut en bas n'était autre qu'un travesti.

De la porte entrouverte, une voix de gorge l'avait interpellé :

— Allez, viens donc, mon mignon, je vais pas te mordre ! Tu connais mon p'tit nom ? C'est Cherry Rose. Ça te plaît, ce qu'elle a à te proposer, Cherry Rose ?

— Je… non, avait balbutié Travis avant de tourner précipitamment les talons, le rouge aux joues.

— Eh ! T'en va pas si vite, mon chou ! Reviens ! Cherry Rose peut faire de toi un homme, un vrai ! Viens goûter à Cherry Rose !

En entendant ce couplet, certains touristes s'étaient mis à rire. Honteux d'avoir été ainsi humilié publiquement, Travis s'était demandé pendant une fraction de seconde s'il n'allait pas revenir sur ses pas pour décocher un bon coup de poing en plein dans la bouche laquée de rouge de ce travelo qui se moquait de lui. Mais il s'était retenu. Tout le monde savait que les drag-queens de la rue Bourbon avaient l'habitude de se promener avec un cran d'arrêt accroché dans leur porte-jarretelles. Pour peu qu'ils aient avalé une trop grosse dose d'amphétamines, ils avaient vite fait de sortir leur arme et de raccourcir les ornements de ceux qui leur cherchaient des noises.

Résultat : Travis s'était dépêché de fuir cet endroit. Mais au moment où il traversait la rue, il n'avait pu s'empêcher de lancer un dernier coup d'œil en arrière, juste pour vérifier qu'on ne le suivait pas. Quelqu'un le fixait du regard, et il s'était senti comme happé par un trou noir. Rien à voir avec l'effet qu'avait produit sur lui le travesti : c'était une jeune femme étrange qui se tenait de l'autre côté de la chaussée, l'air à la fois concentré et rêveur. A ses oreilles étincelaient des pendentifs argentés, dont le scintillement tremblotant semblait rappeler les ondulations de sa jupe vert pâle qui flottait autour de ses jambes élancées.

Quelque chose dans la façon dont cette femme le dévorait des yeux figea Travis sur place. Incapable de détacher son regard de celui de la mystérieuse créature, il resta immobile, à la fixer en retour. Mais bientôt, la foule bruyante et bigarrée qui encombrait les rues du Vieux Carré engloutit la frêle silhouette, rompant le lien qui s'était établi entre eux.

D'un pas moins rapide, Travis se remit en marche, sans cesser de penser à l'inconnue. Il aurait bien aimé savoir quelle direction elle avait prise lorsqu'il l'avait perdue de vue. Avec un peu de chance, il la retrouverait après sa transaction dans le magasin de poupées…

Une fois de plus, sa raison lui souffla qu'il n'avait pas intérêt à s'éparpiller, surtout dans ce quartier interlope et dangereux pour les non-initiés. Il ferait mieux de laisser tomber et de se bouger les fesses pour rentrer chez lui le plus vite possible : au moins, là-bas, il ne se faisait pas avoir comme un bleu par le premier travesti venu ! Quoique, en y réfléchissant, il n'était plus si sûr que la paroisse de Terrebonne fût l'endroit idéal pour échapper aux problèmes, maintenant qu'il y avait commis un forfait de cette taille. Une poupée de collection, ce n'était pas rien, tout de même.

Réprimant un nouveau frisson, il revint à la réalité : la

propriétaire du magasin n'en avait toujours pas terminé avec son inspection, et il s'impatienta.

— Ecoutez, madame, je ne voudrais pas vous presser, mais c'est que je n'ai pas toute la soirée devant moi, quand même.

Comme prise en flagrant délit, elle sursauta légèrement avant de lui adresser un sourire d'excuse.

— Je suis vraiment désolée de vous faire attendre, cher monsieur, mais j'ai rarement l'habitude de voir des créations d'aussi belle facture, vous comprenez ? Ces petites taches de rousseur qui parsèment son adorable nez, cette minuscule tache de naissance sur son bras gauche… tous ces détails exquis sont typiques de l'art de Savannah Sweete. J'ai déjà eu la chance de contempler plusieurs de ses poupées, mais chaque fois, je reste sans voix devant tant de perfection.

— Hum, hum, marmonna Travis.

— Cependant…, fit la patronne du magasin d'une voix bien moins suave, comme si elle adoptait tout à coup le ton approprié pour traiter une affaire purement commerciale.

Un peu interloqué par ce soudain changement d'attitude, Travise examina la vieille dame qui lui faisait face. Avec ses yeux bleu acier et ses cheveux blancs cotonneux, elle avait tout de la mamie-gâteau dont rêvent les enfants. Mais son regard avait pris un reflet soupçonneux, et elle avait ôté de son nez ses lunettes à la forme ovale pour en mordiller pensivement une branche.

Devant l'examen silencieux auquel elle le soumettait, Travis fronça les sourcils, plus ennuyé qu'il ne voulait l'avouer.

— Quoi ? Qu'est-ce qu'il y a ? La poupée ne vous plaît plus, tout à coup ?

— Non, non, ça n'a rien à voir ! répondit vivement la vieille dame. Comme je vous l'ai dit il y a deux minutes à peine, cette poupée est absolument splendide. C'est juste que... enfin, il existe des imitations très convaincantes qui encombrent le marché des collectionneurs, actuellement. Ces derniers temps, on en a dénombré pas mal. Quelques anciens élèves de Savannah Sweete plus doués que les autres ont réussi à maîtriser l'essentiel de sa technique, et je sais par ouï-dire qu'ils ont essayé de vendre leurs propres créations en les faisant passer pour des réalisations de la grande artiste.

Elle ménagea une petite pause dramatique, les yeux posés sur la poupée qui semblait attendre sagement que l'on décide de son sort.

— Avez-vous le certificat d'authenticité avec vous ? demanda-t-elle enfin.

Travis s'attendait à ce genre de question, et il avait déjà préparé une réponse toute faite pour se tirer de ce problème épineux. Les mensonges, c'était son point fort. A vrai dire, il était presque aussi doué dans ce domaine que dans son autre talent : le vol. Et ce n'était pas peu dire.

— Si vous êtes vraiment aussi experte en poupées de collection que vous le prétendez, madame, rétorqua-t-il un peu sèchement, vous devriez être capable de reconnaître au premier coup d'œil que cette petite mignonne est une vraie Savannah Sweete.

D'un air détaché, il tendit la main vers la poupée pour jouer négligemment avec l'une de ses charmantes boucles blondes.

— Vous l'avez dit vous-même, reprit-il d'une voix plus affable : vous n'avez jamais eu une marchandise de cette qualité.

La vieille dame remonta ses lunettes sur son nez et se pencha de nouveau vers la poupée, l'air indécis.

— Eh bien, je suis sûre à quatre-vingt-dix-neuf pour cent

que c'est bien une authentique création de Savannah Sweete, dit-elle. Mais si vous pouviez me montrer les documents qui l'attestent, sa valeur en serait multipliée par deux.

— Désolé, mais je vends la poupée telle qu'elle est. Vous n'en voulez pas ? Libre à vous. J'irai tenter ma chance ailleurs. A mon avis, il y a un bon nombre d'autres magasins ou même de collectionneurs privés en ville qui seraient ravis de mettre la main sur une pièce aussi remarquable, avec ou sans certificat d'authenticité.

— Peut-être, admit la propriétaire de la boutique du bout des lèvres. Mais vous devez comprendre pourquoi je suis si méfiante, malgré la qualité indéniable de l'article que vous me proposez. Le bon état de mon commerce dépend en grande partie de ma réputation, et vous n'ignorez sans doute pas qu'avec toutes les contrefaçons qui circulent… Si vous pouviez au moins me dire où et comment vous avez acquis cette poupée, cela me permettrait de prendre une décision la concernant.

Travis n'aimait pas tellement le tour que prenait cette conversation. La dernière chose qu'il souhaitait, c'était que la vioque alerte les flics.

— Et pourquoi tenez-vous tellement à savoir ça ?

— Comme je viens de vous l'expliquer, j'ai une réputation à maintenir. Prudence est mère de sûreté, comme dit le vieil adage.

Décidément, les choses ne se passaient pas aussi bien qu'il l'avait escompté. A l'évidence, la vieille avait flairé le coup fourré, et n'était pas prête à mettre si facilement la main à la poche. De deux choses l'une : soit il restait dans sa boutique pour tenter de marchander jusqu'à ce qu'elle se laisse convaincre, soit il repartait avec la poupée sous le bras pour essayer de la refourguer à quelqu'un de moins regardant.

Le lendemain à la même heure, il aurait sûrement réussi à trouver un acheteur qui ne lui poserait pas tant de questions. Seulement, la deuxième option impliquait qu'il retourne chez lui en compagnie de cette maudite poupée, et il n'était pas du tout enthousiasmé par la perspective de rouler dans l'obscurité avec ces yeux de verre bleu turquoise fixés sur lui, ni de passer une nouvelle nuit en sachant que la poupée ne le quitterait pas du regard.

— Bon, puisque vous êtes si curieuse, je vais tout vous dire, lâcha-t-il avec un soupir bien imité. Cette poupée appartenait à la fille de ma petite amie, voilà. Seulement, la pauvre petiote est tombée très malade, et elle est morte brutalement. Aujourd'hui, ma copine ne peut plus supporter la vue de cette poupée qui lui rappelle tellement son enfant. C'est pour ça qu'elle m'a demandé de l'en débarrasser le plus vite possible. Etant donné les épreuves qu'elle a déjà dû traverser, je me vois mal revenir à la maison avec la poupée, et lui demander de retrouver un bout de papier sans intérêt. Vous comprenez ?

— Mais bien entendu ! s'exclama la vieille dame, tout en caressant presque tendrement la joue lisse de la poupée. Quelle tragédie ! Je suis moi-même grand-mère de deux délicieuses petites filles, et la seule idée qu'il puisse leur arriver un malheur aussi grand…

— Bon, alors, marché conclu ? l'interrompit Travis, plus nerveux que jamais.

Les yeux de la commerçante s'attardèrent encore sur le visage de la poupée. On aurait dit qu'elle aussi ressentait l'étrange pouvoir qui se dégageait de la petite silhouette blonde, et qu'elle ne pouvait s'en détacher.

— Si vous acceptez de me faire une ristourne de dix pour cent par rapport au prix dont nous avions discuté au téléphone, dit-elle enfin, je pense que nous pourrons effectivement faire affaire ensemble.

— Dix pour cent ? répéta Travis. Ça me semble honnête. Ça me va.

Un sourire de satisfaction se peignit sur le visage ridé de la vieille dame.

— Parfait. Si vous voulez bien attendre encore quelques minutes, je vais vous faire un chèque.

Vive comme l'éclair, la main de Travis s'enroula autour du frêle poignet de la propriétaire du magasin.

— Comme je vous l'ai déjà signalé lors de notre conversation téléphonique, je préfère nettement que vous me régliez en liquide.

En réponse, la mamie battit des paupières. Il pouvait presque voir les soupçons de tout à l'heure refaire surface dans ses iris clairs, et le disputer à son envie démesurée d'acquérir la poupée. Elle la voulait tellement qu'elle allait certainement faire taire son premier instinct de méfiance…

En effet, au bout de quelques secondes, elle dégagea sa main et accepta d'un bref signe de tête.

— Je reviens tout de suite, fit-elle en se dirigeant vers le fond de la boutique.

Quelques instants plus tard, elle revenait, une enveloppe à la main.

— Tenez, dit-elle à Travis. Le compte y est : vous trouverez le montant sur lequel nous nous étions mis d'accord au départ, moins les dix pour cent de rabais, évidemment. J'ai recompté deux fois, mais surtout, ne vous sentez pas obligé de me croire. Si vous voulez vérifier, monsieur… ?

Maligne, cette vieille ! se dit Travis tout en empochant la liasse de billets sans lui donner les informations qu'elle attendait.

Un sourire mauvais aux lèvres, il répondit d'un ton mielleux :

— Voyons, je vous fais entièrement confiance, chère madame. Et puis, de toute façon, si jamais je m'aperçois que vous avez essayé de me flouer, je sais où vous trouver !

La vieille dame porta une main tremblante à sa gorge et pâlit nettement, comme si elle prenait soudain conscience qu'elle venait de signer un pacte avec le diable.

Pauvre vieille ! Si tu savais…

Elle le raccompagna à la porte, comme pour s'assurer qu'il ne traînerait pas plus longtemps dans son magasin. Il avait à peine posé le pied dehors que le cliquetis du verrou se fit entendre derrière lui. Jetant un coup d'œil par-dessus son épaule, il n'eut que le temps d'apercevoir la silhouette de la marchande derrière la vitre avant qu'elle n'éteigne la lumière précipitamment et ne tire le store qui la protégeait des regards curieux.

Travis resta debout sur le trottoir, devant la boutique, ne sachant trop s'il devait écouter son instinct et rentrer directement chez lui ou s'arrêter quelque part en chemin pour s'accorder un verre qu'il jugeait bien mérité après tant d'émotions. Il avait rarement eu autant d'argent liquide sur lui, et il était tenté d'en profiter un peu. Après tout, il venait de conclure une belle affaire, alors, quel mal y avait-il à fêter ça dignement ?

De l'autre côté de la rue, une ombre se faufila, et le cœur de Travis s'emballa brusquement. Il avait cru reconnaître la jeune femme étrange qui l'avait regardé fixement dans la rue Bourbon, après sa petite mésaventure. Il scruta la pénombre, mais ne parvint pas à distinguer le moindre mouvement.

Il haussa les épaules : il avait sans doute trop d'imagination. Comme tout à l'heure avec cette maudite poupée.

La nervosité, c'était le prix à payer quand on n'avait pas la conscience tout à fait tranquille.

Quoi qu'il en soit, il était de plus en plus impatient de quitter La Nouvelle-Orléans. Il y avait trop de gens bizarres dans le coin pour qu'il se sente vraiment à l'aise. Il décida qu'il prendrait son verre sur la route, plus tard, une fois qu'il aurait laissé la ville derrière lui. Et pourquoi pas dans ce petit bar reculé qu'il connaissait bien ? Il savait qu'ils proposaient des portions de crevettes frites à s'en lécher les babines. Arrosé de quelques bières bien fraîches, ça passerait tout seul. Et quand il serait de retour chez lui, rien ne l'empêcherait de faire une petite descente avec Désirée chez le vendeur d'alcool le plus proche. Ils retourneraient ensuite s'installer confortablement sur le perron de leur petite maison, et ils pourraient se soûler en regardant l'orage se déchaîner au-dessus du golfe du Mexique.

Oui, c'était un excellent programme.

Il rentra la tête dans les épaules pour éviter au maximum la bruine légère qui s'était mise à tomber, et reprit la direction de la rue Bourbon. Au croisement des rues de Chartres et Saint Louis, un groupe de touristes s'était arrêté pour regarder un vieil homme noir exécuter un numéro de claquettes sous un balcon de fer forgé. Le tap-tap-tap de ses chaussures sur le pavé résonnait dans l'obscurité, et Travis se sentit soudain très seul.

S'arrêtant près du vieillard, il se pencha pour déposer deux billets dans sa boîte de conserve toute cabossée. Puis il s'éloigna à la hâte, gêné par le sourire édenté que lui adressait le vieux. Il devait avoir au moins quatre-vingts ans ; il aurait dû pouvoir dormir bien au chaud dans des draps propres, se faire dorloter par des infirmières dans une maison de retraite et passer agréablement le restant de ses jours. Au lieu de cela, il se démenait pour essayer de récolter quelques maigres dollars au coin d'une rue sombre, sous la pluie. Mais c'était aussi ça, La Nouvelle-Orléans : les vieux ne mouraient pas en paix, ici. On les oubliait dans un coin…

Travis secoua la tête. Il n'avait pas du tout envie de repenser aux prédictions funestes de son père concernant l'avenir qui l'attendait. Il ne souhaitait même pas réfléchir à ce qu'il ferait après la prochaine cuite qu'il allait s'offrir…

Contrairement aux précédentes, la rue Saint Pierre était déserte, à l'exception d'une femme qui se tenait dans le halo provenant de l'éclairage d'une vitrine. Elle était vêtue d'une longue jupe verte, et lorsqu'elle tourna la tête vers Travis, la lumière du néon fit étinceler ses boucles d'oreilles argentées.

Instinctivement, Travis ralentit le pas. C'était la jeune femme qui avait attiré son attention tout à l'heure dans la rue Bourbon, et qui s'était perdue dans la foule.

Leurs yeux se rencontrèrent, et Travis, tout en se dirigeant vers elle, sentit un long frisson remonter le long de sa colonne vertébrale. La femme en vert avait la peau la plus pâle qu'il lui eût jamais été donné de contempler. Il savait au fond de lui qu'il ne l'avait jamais vue avant, et pourtant, il y avait quelque chose d'étrangement familier dans ses traits délicats.

Un sourire paresseux éclaira le visage de la jeune femme, un sourire qui donna la chair de poule à Travis.

Et lorsqu'il la croisa, elle s'inclina légèrement vers lui pour lui demander d'une voix grave et profonde :

— Excusez-moi, mais vous n'auriez pas du feu, par hasard ?

On pouvait difficilement trouver plus banal, comme accroche. Pourtant, Travis s'arrêta à la hauteur de l'inconnue, et fouilla dans sa poche, à la recherche de son briquet. Il tourna la molette pour en faire jaillir une petite flamme bleue et jaune qui vacilla dans la brise nocturne et qu'il protégea aussitôt de sa main en coupe. La femme avait porté une cigarette à ses lèvres, et il ne put s'empêcher de regarder sa bouche. Elle avait des lèvres parfaites, ni trop pleines ni trop minces. C'était seulement quand elle souriait que quelque chose semblait clocher. Mais quoi ? Il n'aurait su le dire.

Elle tira une bouffée de tabac, puis, d'un geste à la fois naturel et provocateur, elle tendit sa cigarette à Travis. Un peu étonné, il tira une bouffée à son tour. La femme ne semblait absolument pas gênée par cette intimité soudaine. C'était même ce qu'elle souhaitait, probablement.

— Qu'est-ce que vous faites ici, toute seule ? lui demanda Travis assez platement.

— On tue le temps comme on peut, répondit-elle.

— Peut-être, mais c'est dangereux. Y a que des types louches dans le quartier.

— Vraiment ? fit-elle en souriant de nouveau. Je n'avais pas remarqué.

Ce sourire… il lui glaçait le sang. Travis aurait préféré qu'elle s'en abstienne. Parce que ce sourire n'était pas précisément excitant ni charmant ; il produisait plutôt sur lui un effet d'extincteur !

Gêné, il détourna la tête.

— Vous aimez faire la fête ? demanda la femme.

— Comme tout le monde.

— J'habite juste là, dit-elle en désignant du menton une étroite allée qui se perdait dans le noir entre deux immeubles. J'ai une jolie petite cour intérieure où on pourrait s'asseoir pour regarder la pluie tomber tranquillement. Allez, venez, ajouta-t-elle en se dirigeant vers la ruelle. Je vous offre un verre.

Si son sourire ne lui donnait pas franchement envie de la suivre, la façon dont elle ondulait des hanches en marchant agit sur lui comme un aimant. Sans plus réfléchir, il lui emboîta le pas pour la suivre jusqu'à l'étroit passage qu'elle lui avait indiqué. Il ne savait pas ce qu'elle était au juste : une prostituée ? Ou simplement une fille en quête d'un peu de bon temps ? Au fond, ça lui était égal. Tout ce qu'il voulait, c'était prendre son pied. Et l'argent qu'il avait gagné en vendant la poupée lui brûlait littéralement les doigts…

Elle marchait d'un pas tranquille et léger, à quelques dizaines de centimètres devant lui, en fredonnant une mélodie qu'il ne connaissait pas mais dont les accents lui paraissaient charmants.

— C'est quoi, cet air ?

— Une vieille ballade que ma mère me chantait le soir, quand elle venait me border dans mon lit, répondit la jeune femme en jetant un coup d'œil par-dessus son épaule. Ça vous plaît ?

— Ouais, c'est plutôt joli, fit Travis tout en accélérant un peu pour être à sa hauteur. Moi, ma mère, elle croyait pas tellement à la musique. Ni à la danse, d'ailleurs.

— Comme ça a dû être triste pour vous !

La jeune femme fit une pause pour remonter la bride de sa sandale à haut talon. En se relevant, elle perdit l'équilibre et se raccrocha au bras de Travis avec un petit rire étouffé.

Incapable de dire un mot, ils restèrent face à face dans la ruelle obscure. Elle rit de nouveau, d'un rire de gorge qui fit monter la température de Travis d'un seul coup. La seconde d'après, il l'avait plaquée contre le mur de brique tout proche, sans chercher à comprendre ce qui l'attirait tellement chez cette étrange inconnue.

Encore une fois, le rire de la jeune femme s'éleva dans

l'obscurité, attisant le désir de Travis. Mais quand il tenta de l'embrasser, elle tourna légèrement la tête. Alors, il s'aventura jusqu'au lobe de son oreille qu'il mordilla quelques secondes avant de blottir son visage contre son cou tiède. D'une main posée au creux de sa taille souple et fine, il l'attira tout contre lui, pendant que de l'autre, il remontait jusqu'à un sein menu pour le caresser du pouce. Elle n'était pas très ronde, mais il s'en fichait.

— C'est quoi, ton petit nom ? murmura-t-il d'une voix que l'excitation rendait rauque.

Après une seconde d'hésitation, elle chuchota :

— Madeline.

— C'est joli, comme prénom, dit Travis.

Il devina qu'elle venait de se l'inventer, mais de cela aussi, il se contrefichait. Ils ne se reverraient jamais, de toute façon, alors, qu'est-ce que cela pouvait bien lui faire ? Tout ce qu'il voulait, c'était son corps pour quelques instants.

— Tu sens bon, Madeline, lui souffla-t-il au creux de l'oreille.

Il essaya une nouvelle fois de l'embrasser, mais elle le repoussa légèrement, comme pour jouer.

— Eh là, doucement, jeune homme ! fit-elle d'un ton faussement offusqué. On a toute la nuit devant nous. Tu ne voulais pas un verre, d'abord ?

Collant ses hanches contre les siennes, il se frotta contre elle de façon suggestive.

— Tu sais très bien ce que je veux, et tout de suite, grommela-t-il entre ses dents.

— Bien sûr, que je le sais, mon mignon, répondit la jeune femme tout en glissant sa main entre eux pour la passer contre la braguette de son pantalon gonflé. Mais ce n'est pas un service gratuit.

— Combien tu veux ?

— Cent cinquante dollars, répondit-elle en laissant ses doigts courir le long de l'entrejambe de Travis. T'as assez d'argent sur toi ?

D'une main impatiente, il fourragea dans sa poche et lui tendit la somme demandée.

— Tiens, voilà. Mais pour ce que tu exiges, t'as intérêt à me faire des trucs hors du commun, ma jolie.

— Oh ! Pour ça, ne t'inquiète pas, rétorqua la femme après avoir glissé la liasse de billets dans son soutien-gorge. Tu vas bénéficier d'un traitement très spécial. Je suis sûre que tu n'as jamais expérimenté le genre de choses que je vais te faire, mon chou.

Inversant leurs positions, elle le plaqua sans douceur contre le mur d'en face. D'un doigt qu'elle avait lascivement léché, elle esquissa le contour des lèvres de Travis qui tremblait d'excitation contenue.

— Tu veux la version rapide ou la version longue ? chuchota-t-elle.

— Tout de suite, je ne veux qu'une chose, répondit-il en faisant glisser la fermeture Eclair de son pantalon. A genoux, ma mignonne !

— Patience, mon cœur. Tout vient à point à qui sait attendre.

Ses doigts encore humides s'enroulèrent autour de son membre, pendant que de l'autre main, elle l'attrapait au niveau de la nuque.

Laissant sa tête retomber en arrière, Travis sentit sa respiration s'accélérer au rythme de la caresse savamment prodiguée par les doigts de la fille. Il venait d'atteindre l'érection quand une piqûre douloureuse au cou le fit sursauter violemment. D'un geste, il écarta sa compagne, surpris et furieux.

— Bon sang, mais c'était quoi, ça ?

Dans la pénombre, il vit le sourire qui l'effrayait tant refaire son apparition sur le visage de l'inconnue.

— Tu vas avoir besoin de quelque chose pour supporter la douleur.

— La douleur ? Mais de quoi tu parles ? s'exclama Travis tout en portant une main à son cou, à l'endroit où elle l'avait piqué. Qu'est-ce que tu m'as fait, espèce de sale pute ?

A la lumière diffuse qui provenait d'un appartement éclairé au-dessus d'eux, il vit les yeux de la fille le fixer sans ciller. Il n'avait pas encore remarqué à quel point ils étaient bleus. Un bleu intense, presque irréel…

Brusquement, il se rappela où il avait vu ce visage. Une vague de terreur et de répulsion le saisit à la gorge, juste avant qu'il ne sente ses muscles se ramollir. Il essaya vainement de se maintenir debout, de se raccrocher à la prétendue Madeline pour ne pas s'effondrer lamentablement, mais il n'avait plus aucun pouvoir sur son corps. Incapable de se contrôler, il tomba à genoux, le regard rivé à celui de la jeune femme. Sa bouche s'ouvrit, mais aucun son n'en sortit.

— Tu m'as pris quelque chose qui m'appartenait, souffla la fille sans cesser de sourire, et maintenant, je vais être obligée de te faire des choses très, très douloureuses pour la récupérer.

Posant un pied sur la poitrine de Travis, elle le repoussa en arrière. Paralysé, il retomba lourdement sur la chaussée sale et humide, les yeux toujours fixés sur le regard bleu vif qui ne le quittait pas.

Elle sortit un scalpel de son sac à main et s'agenouilla à ses côtés presque religieusement.

— Tu risques de trouver la suite des événements un peu crue, j'en ai peur. Mais tu comprends bien que je ne peux pas laisser la police faire le rapprochement entre toi, la poupée et moi.

Une nouvelle fois, la terreur submergea Travis. Il essaya désespérément de se lever pour s'enfuir à toutes jambes. Il tenta d'appeler au secours. Il voulut se débattre pour sauver sa peau.

Mais son corps ne lui obéissait plus.

Tout ce qu'il pouvait faire, c'était rester allongé là, sur le macadam détrempé, à regarder de tous ses yeux la femme baisser la lame de son scalpel jusqu'à sa main droite pour commencer à en découper les doigts un à un.

1.

Le crépuscule donnait toujours à la grande cité néo-orléanaise une allure inquiétante, surtout quand il pleuvait. C'était dans cette période entre chien et loup que les fantômes du passé resurgissaient sans prévenir : une volute de fumée qui s'élevait de la chaussée mouillée, un murmure assourdi qui filtrait d'une cour intérieure invisible, une ombre furtive qui passait parmi les autres ombres, et soudain, tout un pan de votre existence que vous auriez préféré enterrer refaisait surface pour vous tourmenter inlassablement.

La Nouvelle-Orléans produisait toujours cet effet-là. C'était une ville de souvenirs, disait toujours Dave Creasy. Une ville pleine de secrets et de chuchotements, qui générait de puissants regrets. Comme une femme de mauvaise vie, la *Cité du Croissant* ne vous lâchait plus, une fois que vous l'aviez dans le sang. Elle vous détruisait à petit feu, elle vous grignotait l'âme, elle vous donnait l'impression de devenir un mort-vivant, un zombie errant sans but, prisonnier du passé. Et dans la nuit tropicale, chaude et pluvieuse, quand les fantômes refaisaient leur apparition, on se retrouvait plus solitaire, plus désabusé que jamais. Comme échoué sur une île déserte noyée de brouillard et de larmes.

Bienvenue, revenant ! murmura une voix dans la tête de Dave.

Levant son visage vers le ciel, il ferma les yeux et se concentra sur le chant de la pluie dans les feuilles des lauriers-roses qui pendaient au-dessus d'un mur de brique en ruine, le long de St Peters.

Etrange comme la ville parvenait encore à le séduire, malgré tout ce qu'il y avait vécu. Dave Creasy était né à La Nouvelle-Orléans, il y avait grandi, et comme la plupart de ses compatriotes, à un moment de son existence, il n'avait eu qu'un seul désir : s'en aller. Alors qu'aujourd'hui, il se sentait irrésistiblement attiré par cet endroit…

Une voiture ralentit légèrement dans la rue qu'il venait d'emprunter, et il aperçut, à travers la vitre arrière striée de gouttes de pluie, une petite fille qui le regardait d'un air curieux. Elle ressemblait un peu à Ruby — suffisamment, en tout cas, pour que Dave s'arrête et la regarde s'éloigner à bord du véhicule, le cœur serré par une douleur désormais familière. Lorsqu'elle eut disparu au loin, il se remit péniblement en chemin.

Au carrefour suivant, un néon en forme de demi-lune crachotait dans la semi-obscurité. Un instant, il essaya d'y voir un repère rassurant, comme si la lumière d'un phare le guidait dans la pénombre. Mais il savait bien qu'il se voilait la face : il connaissait ce bar, pompeusement nommé la Cité du Croissant, et c'était tout sauf un refuge. Pour lui, en tout cas, c'était exactement le contraire.

En pénétrant dans la salle enfumée, il sentit un frisson presque imperceptible le parcourir.

Bienvenue, revenant ! répéta la petite voix intérieure qui le hantait depuis qu'il avait remis le pied à La Nouvelle-Orléans.

Le bar était vide, à l'exception de quelques habitués qui paraissaient plus morts que vifs, n'eût été la volute de fumée qui s'élevait çà et là des mégots qui leur pendaient au coin des lèvres. Les pales usées des ventilateurs tournaient au ralenti, brassant à peine l'air épais et oppressant du pub qui puait la sueur, l'alcool et le désespoir.

Bienvenue... bienvenue... bienvenue..., semblaient répéter ironiquement les miroirs ternis accrochées au fond du bouge.

Dave choisit instinctivement le siège le plus éloigné de la porte, pour pouvoir surveiller les allées et venues. Déformation professionnelle, se dit-il avec lassitude. Même s'il n'avait pas exercé le métier de policier depuis près de sept ans, les vieilles habitudes persistaient malgré tout.

De l'autre côté du bar, le barman, un costaud dont la réputation n'était plus à faire, le gratifia d'un long regard soupçonneux. Grand et massif, la peau parcheminée par les années passées à servir des alcooliques et des dépressifs dans la fumée des cigarettes, Jubal Roach en imposait. Il devait avoir la soixantaine bien tassée, mais ses avant-bras dévoilés par les manches relevées de sa chemise étaient toujours aussi musclés que dans le souvenir de Dave. Quant à son expression têtue et renfrognée, l'ex-policier savait pertinemment qu'elle pouvait en un clin d'œil se transformer en regard assassin, si on avait le malheur de le caresser dans le mauvais sens du poil. Avec son physique, le barman ne craignait pas grand monde, et il se privait rarement de le faire savoir.

Dave se souvenait parfaitement de la fois où son ancien coéquipier l'avait mis en garde contre le caractère soupe au lait de Jubal. C'était par une nuit pluvieuse comme celle-ci ; les deux policiers avaient fait une halte à la Cité du Croissant pour prendre une bonne bière fraîche après leur tour de garde, et l'irascible barman s'était montré aussi aimable qu'une porte de prison. A cette époque, Dave n'était pas vraiment du genre à tendre la joue gauche.

— Laisse tomber, garçon, avait chuchoté son partenaire, Titus, avec une nervosité palpable quand Dave avait esquissé un geste en direction du barman qui les fusillait du regard. Crois-moi sur parole : tu as mieux à faire que te mettre cette espèce d'enfoiré à dos. Une fois qu'il t'a dans le nez, c'est foutu : il est aussi têtu qu'une mule, et aussi dangereux que l'œil d'un gros cyclone. Il ne te laisse pas partir avant que ça n'ait pété de partout bien comme il faut. Ou avant que tu sois clamsé, ce qui revient à peu près au même.

Titus ne prodiguait pas de conseils en vain. Seulement, Dave n'avait pas eu la sagesse de lui obéir…

Pour le moment, Jubal ne le quittait pas des yeux. Dave soutint son regard sans ciller, et ils restèrent quelques secondes encore à s'affronter à distance, silencieusement. Enfin, le visage menaçant, le barman se dirigea à pas lents vers la place qu'occupait l'ancien policier, négligemment accoudé au comptoir.

— Salut, Jubal ! dit Dave d'un ton neutre — il savait que l'autre gardait une matraque et un coup de poing américain sous le comptoir, au cas où une bagarre d'ivrognes tournerait mal, et il n'avait aucune envie de l'inciter à sortir l'artillerie lourde. Comment ça va ?

— Dave Creasy, tiens, tiens ! lança Jubal. Ça fait un bail que j'ai pas vu ta sale face de rat dans le secteur. J'te croyais crevé, depuis le temps.

Il *l'espérait*, plutôt, à en juger par la déception qui transparaissait dans le ton de sa voix. Mais Dave préféra ne pas relever l'allusion.

— Eh non, comme tu le vois, répondit-il en haussant

les épaules d'un air fataliste. Je me suis même acheté une propriété sur la paroisse Ste Marie.

— Bah ! Ça ou rien, c'est du pareil au même, commenta Jubal, tout en sortant un verre et une bouteille de whisky. Comme d'habitude, je suppose ?

— Non, merci. J'ai arrêté l'alcool.

— Hein ? Et depuis quand t'as décroché ?

Très exactement huit mois, quatre jours, neuf heures et quelques secondes.

— Depuis mon dernier séjour en taule pour état d'ébriété et tapage sur la voie publique, répondit Dave en sacrifiant à la formule rituelle.

Jubal eut un sourire narquois qui fit étinceler sa dent en or.

Par réflexe, Dave effleura du doigt un point toujours sensible au-dessus de son œil gauche. Il gardait un souvenir confus de cette soirée mémorable, mais sa cicatrice se chargeait de la lui rappeler régulièrement. Il avait fallu deux jours entiers avant qu'on ne l'autorise à quitter sa cellule de dégrisement, et cinq jours horribles plus tard, il s'était traîné jusqu'aux urgences de l'hôpital le plus proche, dévoré par une fièvre insoutenable. L'infection qu'il avait contractée l'avait cloué au lit pendant deux semaines pleines. Et quand il avait enfin pu sortir, il avait perdu tellement de poids qu'une cicatrice en dents de scie sur son visage représentait vraiment le cadet de ses soucis.

— Vous avez de la chance de ne pas y avoir laissé un œil ! lui avait dit le jeune interne qui s'était occupé de son cas. Mais il y a plus grave dans l'immédiat : je vous signale que l'état de votre foie est largement plus préoccupant que celui de votre visage. Vous êtes atteint de ce qu'on appelle communément l'hépatite alcoolique aiguë. C'est une maladie grave, que l'on sait soigner mais qui implique l'arrêt total de toute consommation d'alcool. Si vous ne vous conformez pas à ce nouveau régime, monsieur Creasy, vous risquez fort de vous retrouver avec une cirrhose carabinée et de ne pas vivre assez longtemps pour fêter votre quarantième anniversaire. Je vous le dis tout net : à partir de maintenant, si vous voulez vous en sortir, c'est zéro alcool, sauf si vous avez envie de descendre encore plus bas.

Dave ne tenait pas particulièrement à prolonger une existence dont il avait perdu le goût, mais la perspective de terminer comme son alcoolique de père, le foie rongé par une gangrène honteuse, ne lui souriait guère. S'il devait mourir un jour, autant ne pas réitérer les erreurs de son géniteur. Alors, bon gré mal gré, il s'était arrêté de boire pour la deuxième fois depuis son passage à l'âge adulte. Il était retourné s'inscrire aux réunions des Alcooliques Anonymes, et il avait déménagé à Morgan City pour prendre un travail à temps partiel avec son oncle. Parallèlement, il avait décidé de rouvrir son agence de détective privé. Tonton Marsilius, bon prince, lui avait déniché une petite maison dans le bayou, non loin de chez lui, où Dave s'était installé en un rien de temps pour accueillir ses premiers clients, en attendant de mettre assez d'argent de côté pour louer un cabinet plus attrayant en ville. Le seul problème dans cet arrangement, c'était que son oncle considérait comme son devoir de garder Dave dans le droit chemin, et qu'il avait tendance à lui servir des sermons moralisateurs à tout bout de champ pour l'empêcher de rechuter.

Comme pour tester les bonnes résolutions de Dave, Jubal lui versa une rasade de Jack Daniel's dans un verre à whisky qu'il fit glisser jusqu'aux mains crispées de l'ex-policier.

— Tiens, le premier coup, c'est la maison qui te l'offre. En souvenir du bon vieux temps.

— Non, merci, répondit Dave, la bouche sèche devant la tentation. Par contre, je veux bien une grande tasse de ce café qui sent si bon.

— A ta guise, rétorqua Jubal en haussant les épaules. Mais tu vas peut-être pouvoir éclairer ma lanterne, parce qu'il y a un truc qui me turlupine depuis tout à l'heure : si tu n'es pas venu chez moi pour te soûler, qu'est-ce que tu fabriques dans le coin ?

— J'ai rendez-vous, laissa tomber Dave laconiquement.

Puis il but une petite gorgée du café odorant que Jubal venait de lui servir. Ce n'était pas chaud, c'était brûlant, et il reposa précipitamment la tasse sur le comptoir en étouffant un juron bien senti. A cet instant précis, la porte d'entrée grinça sur ses gonds, révélant la silhouette inoubliable d'Angelette Lapierre.

Elle se tint quelques secondes immobile sur le seuil pour inspecter la salle, comme elle en avait l'habitude… Dave se rappelait comme si c'était hier la façon dont la jeune femme s'était postée à l'entrée du bureau du commissaire, le premier jour. Fièrement campée sur ses longues jambes magnifiques, elle avait laissé son regard errer presque sensuellement sur les officiers du département des homicides, jusqu'à ce qu'ils lèvent tous ensemble le nez de la carte qu'ils étaient en train d'étudier pour pousser un soupir unanime à la vue de cette nouvelle recrue.

A cette époque, Dave était encore marié et très amoureux de sa femme ; pourtant, il n'avait pu s'empêcher de remarquer Angelette. Avec ses longs cheveux noirs et ses yeux de jais, elle possédait ce je-ne-sais-quoi de brûlant et d'irrésistible qui attirait inéluctablement tous les hommes présents, jeunes ou vieux, et qui lui valait du même coup le dépit et le désaveu des autres femmes.

Dave avait bien essayé de l'ignorer, passé le choc de la rencontre, mais un peu plus tard, il avait senti son regard de braise peser sur lui plus que sur ses coéquipiers. La salle où se réunissait la brigade des homicides était pourtant pleine à craquer d'hommes célibataires ou plus séduisants que Dave. Mais c'était à lui seul qu'était destiné le sourire carnassier d'Angelette, et en la regardant s'approcher de lui en ondulant comme une liane, il avait senti un frisson prémonitoire lui traverser le corps. Ce jour-là, les yeux de la nouvelle recrue brillaient d'un éclat particulier dans lequel Dave avait cru lire une sorte de mise en garde mêlée de provocation. Par la suite, il avait eu tout le loisir de repenser à cette première rencontre, et de se morigéner pour n'avoir pas su résister à l'attraction malsaine que cette femme dangereuse produisait sur lui.

Au lieu de se méfier d'elle comme de la peste, il s'était simplement dit qu'après tout, il n'y avait pas de mal à admirer cette splendide créature qui, visiblement, n'attendait que cela. Du moment que Claire n'était pas au courant, ça ne pouvait pas la faire souffrir.

Claire…

Ce simple nom suffit à évoquer une foule de souvenirs doux-amers. Dave n'avait pourtant pas prévu de penser à elle, ni maintenant ni jamais. Elle appartenait au passé, désormais. A ce passé douloureux qui le tourmentait sans relâche. Elle n'était plus que l'un de ces fantômes qui revenaient le harceler impitoyablement par des nuits chaudes et moites comme celle-ci.

Un fantôme, rien de plus… Pourtant, l'image de Claire s'imposait à son esprit, plus vive et lumineuse que jamais.

Fermant les yeux, il se laissa emporter par la contemplation mentale de celle qui avait été son épouse loyale et aimante jusqu'au drame. Elle n'était pas aussi pulpeuse et magnifique qu'Angelette, mais son attrait était d'autant plus irrésistible pour Dave. Car Claire appartenait à ces femmes auxquelles on s'attache pour toujours. Quoi qu'il fasse, il ne se soustrairait jamais à son emprise — même s'il buvait jusqu'à en mourir.

Comme si elle avait lu dans ses pensées, Angelette posa un regard dur et hargneux sur son visage noyé d'ombre. Il eut un instant l'impression que ses yeux perçants pénétraient jusqu'au fond de son âme. Mais elle cligna des paupières, et ce simple mouvement fit tomber la pression. Le sourire éblouissant qu'il connaissait si bien fit son retour sur les lèvres pleines de la jeune femme, et elle releva le menton d'un air de défi avant d'esquisser un geste dans sa direction.

Sacrée Angelette… Elle n'avait pas changé.

Elle portait une robe bleue, fluide, qui épousait ses courbes féminines. Intéressé, Jubal s'appuya d'un coude sur le comptoir et jura entre ses dents, tandis qu'il regardait la splendide brune s'avancer vers Dave d'un pas nonchalant.

Elle se hissa sur le tabouret proche du sien, libérant dans l'air une bouffée de parfum capiteux. Puis, sans cesser de sourire, elle posa son sac à main sur le zinc et croisa ses longues jambes minces. L'ourlet de sa robe remonta de quelques centimètres sur ses cuisses fermes, et Dave eut l'impression que la tension sexuelle qui s'était établie dans la pièce venait de monter d'un cran.

— Je vous préviens, pas de grabuge ! grommela Jubal d'un air renfrogné.

D'un geste plein de grâce féline, la jeune femme rejeta

sa lourde masse de cheveux noirs en arrière, tout en laissant échapper un petit rire.

— Allons, ne t'inquiète pas : moi non plus, je n'ai pas précisément de goût pour les échauffourées !

— Je suis sérieux, répliqua le barman. Vous n'avez pas intérêt à vous lancer des bouteilles à la tête, cette fois. Sinon, j'appelle les forces de l'ordre pour qu'on vienne vous coffrer tous les deux. Pigé ?

— Les forces de l'ordre ? répéta Angelette, tout en réitérant ce rire de gorge si particulier. Je te rappelle que c'est moi, leur représentante, en ce moment !

Elle sourit davantage, mais ses yeux ne reflétaient pas son amusement feint.

— Allez, relax, Jubal ! Dave et moi, c'est de l'histoire ancienne. Ça fait bien longtemps qu'on n'a plus que des relations de bon voisinage. La passion, c'est terminé entre nous. Pas vrai, Dave ?

— Si tu le dis…

Il était tout disposé à tirer un trait sur leur passé houleux. Mais pas Angelette, apparemment. Avec un naturel qui frisait l'indécence, elle se pencha vers lui pour effleurer ses lèvres d'un baiser. Il se crispa malgré lui, et cela parut faire plaisir à la jeune femme.

Son regard s'arrêta un instant sur la cicatrice qui barrait le sourcil gauche de l'ex-policier.

— Waouh ! lança-t-elle d'un air impressionné. C'est à cause de moi, cette blessure de guerre ?

— Ça vaut un tatouage, rétorqua Dave d'un ton blasé.

— Justement, en parlant de ça… J'en ai un nouveau. Bien placé, tu t'en doutes. Fais-moi penser à te le montrer, à l'occasion.

Dave ne releva pas l'invitation à peine voilée à renouer un

contact plus rapproché. Comme le lui faisait souvent remarquer Marsilius avec bonhomie ou énervement — c'était selon —, il n'était pas particulièrement futé en ce qui concernait les femmes. Mais avec Angelette, il avait retenu la leçon : qui s'y frottait faisait plus que s'y piquer, il en savait quelque chose.

Quand elle vit que son ancien collègue restait de marbre, Angelette se tourna vers Jubal.

— Un double whisky.

En l'étudiant plus à son aise, Dave s'aperçut soudain qu'il y avait quelque chose de nouveau en elle. Du moins, quelque chose qu'il n'avait pas remarqué quand ils travaillaient dans le même département. Elle avait toujours su se préserver, d'une façon ou d'une autre, même quand elle devait faire des concessions : Angelette possédait la capacité de prendre au moins autant qu'elle donnait. Pour un flic aussi ambitieux qu'elle, garder l'avantage sur la gent masculine qui l'entourait s'avérait bien souvent un atout nécessaire, sinon vital. Dans le monde d'hommes où elle évoluait, elle ne pouvait pas se permettre de se laisser attendrir, même dans les moments les plus intimes. Mais ce n'était pas ses années d'activité dans le rude milieu de la police qui lui avaient donné cet aspect dur et cassant que l'on percevait derrière la façade lisse et féminine de son apparence. C'était sans doute le fait de s'être vendue au plus offrant, durant sa jeunesse.

Tout en jouant distraitement avec sa tasse de café à moitié vide, Dave remarqua que ses mains ne tremblaient pas. Il en éprouva une intense satisfaction : cela faisait des années qu'il ne s'était pas senti aussi assuré dans un lieu de perdition comme la Cité du Croissant.

— Alors, et ces cours de self-control, comment ça se passe ? demanda-t-il à Angelette.

Il ressentait une joie mauvaise à l'idée de la provoquer en retour, et il savait pertinemment qu'elle réagirait au quart de tour. Elle détestait qu'on l'embête avec ce qu'elle appelait « des conneries grosses comme une maison ». Mais Dave ne pouvait résister à l'envie de la charrier un minimum.

A sa grande surprise, Angelette ne monta pas au créneau comme il s'y attendait. Au lieu de s'énerver, elle eut un geste vaguement fataliste, tandis que de l'autre main, elle saisissait son verre pour le porter à ses lèvres.

— Bah, ça fait plusieurs mois que j'en ai terminé avec cette histoire, répliqua-t-elle sans manifester la moindre trace de colère. Tu m'as tout l'air d'avoir manqué un wagon, si ce n'est deux… Enfin, toujours est-il que c'est une toute nouvelle Angelette qui te parle. La version améliorée, en quelque sorte. Qu'est-ce que tu en penses ?

— Pas mal, répondit Dave laconiquement.

Elle leva un sourcil, tout en le scrutant du regard, comme si elle cherchait à deviner ce qu'il lui dissimulait.

Pas mal ? crut-il lire dans ses yeux étincelant de fierté blessée. *Quel salaud tu fais ! Pas mal ? Alors qu'à une époque, tu n'arrivais pas à te décoller de moi plus de deux secondes ?*

— Merci, fit-elle d'un ton affable qui ne trompait personne. Je dois dire que tu n'es pas désagréable à regarder, toi non plus. Bien sûr, tu as pris un peu de poids, mais ça ne te va pas si mal, à la réflexion. Je n'ai jamais tellement apprécié les gars secs comme des triques. Faut un peu de matière charnue à se mettre sous la dent quand on est une fille en pleine possession de ses moyens, comme moi. Pas vrai, Jubal ?

Et elle décocha un clin d'œil complice au barman.

Ce dernier devait être insensibilisé aux charmes de ses

clientes, car il lui retourna un regard suspicieux où ne brillait pas la moindre étincelle d'excitation.

— Tu veux un autre verre ?

— *Oui, bien sûr*[1], répondit-elle avec affectation. On va s'installer à une table ? ajouta-t-elle à l'intention de Dave.

Ce n'était pas une question, et elle n'attendit pas son accord pour se laisser glisser au bas de son tabouret de bar. Lorsqu'elle eut rejoint le sol, elle effectua un quart de tour avec souplesse, effleurant de la pointe de ses seins le bras de Dave. Il faillit reculer en s'excusant, puis se mordit la lèvre : elle l'avait fait exprès, c'était évident. Ce genre de manœuvres, c'était du Angelette tout craché. Elle ne pouvait tout simplement pas s'en empêcher.

Avec un soupir résigné, il descendit de son tabouret, sa tasse de café à la main, et lui emboîta le pas vers la table du fond où elle était allée s'asseoir sans plus se préoccuper de lui. Le temps qu'il la rejoigne et qu'il s'installe en face d'elle, elle avait déjà éclusé son deuxième whisky.

— Tu devrais peut-être ralentir un peu, lui dit-il.

— Quoi ? Qu'est-ce que j'entends ? Un bon conseil d'alcoolique à une confrère ? Comme c'est touchant ! s'écria Angelette d'une voix faussement détendue, en croisant les bras sur la table.

Décidément, quelque chose clochait, ce soir. La nervosité d'Angelette était presque palpable, et ses efforts pour paraître naturelle ne faisaient qu'accentuer son malaise. Un signe qui ne trompait pas : elle évitait systématiquement le regard de son compagnon.

— Alors, pourquoi est-ce que tu tenais tant à me voir ? lui demanda-t-il sans plus de cérémonies.

1. En français dans le texte (*NdT*).

Une fois de plus, le regard de la jeune femme évita le sien et glissa vers la porte du bar. Une petite bouffée de nostalgie monta à la gorge de Dave : Angelette avait choisi à dessein une table d'où ils pouvaient tous deux garder un œil sur les allées et venues des consommateurs. C'était un truc de flic — un de ces nombreux petits subterfuges qu'il lui avait enseignés. En échange, elle lui avait donné des tuyaux dans un tout autre domaine… Des trucs qui ne lui servaient guère, depuis un certain temps.

— Je… Voilà, j'ai une liaison avec quelqu'un, avoua-t-elle finalement, presque à contrecœur. Je voulais être la première à te l'apprendre.

Du bout de son index manucuré, elle caressa le bord de son verre vide. Dave en eut un pincement au cœur : il savait avec certitude qu'elle avait déjà envie d'un troisième whisky. Il connaissait bien cette sensation de soif inextinguible. C'était comme un vieil ami inopportun dont on ne parvenait jamais à se débarrasser totalement.

Il observa une petite pause, pour voir s'il éprouvait ne serait-ce qu'une once de regret par rapport à la nouvelle qu'elle venait de lui annoncer. Mais non. Rien. Pas même une pointe de soulagement. Il réalisa brusquement qu'il se fichait éperdument de ce qui pouvait bien arriver à cette femme. Et c'était peut-être ça le plus tragique.

— Et… c'est sérieux ? demanda-t-il pour la forme.

— Qui sait ? fit la jeune femme en haussant les épaules avant de sortir une cigarette pour la porter à ses lèvres.

Dans la fumée qui s'en échappait, et qui se mélangeait paresseusement à celle du café, les traits d'Angelette s'estompèrent légèrement. Ainsi voilée de volutes opalescentes, elle avait l'air plus doux — presque vulnérable. Mais Dave la connaissait trop bien pour s'y laisser prendre.

— Pour l'instant, reprit-elle, on y va doucement. Un pas après l'autre, tu vois. Comme on aurait dû faire, tous les deux, d'ailleurs, si on avait voulu que ça dure.

S'appuyant d'un coude sur la table, elle se pencha vers Dave, sa cigarette élégamment levée juste au niveau de ses yeux insondables.

— Seulement, avec toi, Dave, c'était impossible : plus rapide que toi, je n'ai jamais connu, souffla-t-elle sur le ton de la confidence.

— La plupart des hommes ne prendraient pas ça pour un compliment, répliqua-t-il en haussant les épaules.

— Mais tu n'es pas comme la plupart des hommes, n'est-ce pas, Dave ? reprit-elle avec un sourire énigmatique. Toi et moi, on aimait que ça aille vite et fort, pas vrai ?

Au son de sa voix rauque, des images assaillirent la mémoire de Dave. Des flashes qu'il aurait voulu oublier à jamais. Une chambre de motel lugubre. Une odeur d'humidité filtrant par des fenêtres ouvertes, quelque part en pleine cambrousse.

— Toi et moi, c'était bon. Tu ne peux pas le nier, chéri.

Elle tenta de lui prendre la main, mais il la retira précipitamment, comme si son simple contact l'avait brûlé.

— Raconte-moi qui c'est, ta nouvelle conquête. Je le connais, peut-être ?

— Peut-être bien. C'est Lee Elliot.

Sur le coup, Dave en resta bouche bée. Lee Elliot ? Le procureur de la paroisse d'Orléans ? Plus conservateur et traditionaliste que lui, Dave n'en connaissait pas. Comment avait-il bien pu taper dans l'œil d'Angelette ? Il n'y avait qu'une explication possible à ce soudain intérêt de la belle ténébreuse pour un type comme Elliot : sa famille avait de la fortune et une excellente réputation qui remontait à des générations. C'était forcément ça qu'elle trouvait attirant.

— Ça t'impressionne, hein ?

— Oui, je dois l'admettre.

— Il est au courant des petits extra que tu t'octroies afin de compléter ton maigre salaire de fonctionnaire ? demanda Dave à seule fin de déstabiliser un peu la jeune femme.

— Tu te trompes du tout au tout sur moi, Dave : je ne joue plus à ce petit jeu depuis un certain temps. Parole de flic. Et tant qu'on en parle, j'apprécierais beaucoup que tu n'ailles pas raconter partout les frasques auxquelles j'ai pu m'adonner dans le passé. Aujourd'hui, j'ai enfin l'occasion de construire une relation stable et durable avec quelqu'un de respectable, et j'aimerais autant que tu n'ailles pas tout foutre en l'air.

— Loin de moi cette idée. D'ailleurs, au cas où tu ne l'aurais pas remarqué, je ne fais pas vraiment partie du même milieu que ton cher Lee Elliot.

— Toi, non. Mais la sœur de Claire, oui.

— Je n'ai plus de contacts avec la famille de Claire. Tu le sais très bien.

— Je me disais que les choses avaient peut-être évolué, depuis le temps…

— Depuis le temps ? Tu veux dire, depuis que c'est terminé entre nous ?

Angelette prit une bouffée de la cigarette qui se consumait lentement entre ses longs doigts effilés.

— Eh bien… je me le suis demandé, en effet.

— Claire et moi, c'est fini pour de bon, dit Dave avec lenteur, comme pour bien se pénétrer lui-même de cette idée insoutenable. Et ça fait longtemps qu'il n'y a plus d'espoir de recoller les morceaux. Je suppose que tu sais qu'elle s'est remariée.

Et c'est même surprenant que je sois capable de te dire ça

sans taper du poing contre le mur ou défoncer une fenêtre, faillit-il ajouter.

Il fallait qu'il se reprenne : l'époque où il perdait son sang-froid en moins de temps qu'il ne faut pour le dire et où il noyait son désespoir dans l'alcool était révolue. Il avait tiré un trait sur tout un pan de sa vie, pour le meilleur ou pour le pire. Ce qui importait, c'était de s'accepter comme il était et surtout, de ne pas regretter tout ce qu'il avait perdu par faiblesse et par bêtise. Vivre dans le présent, c'était la seule façon de s'en tirer.

Il eut l'impression d'entendre la voix de son coach aux Alcooliques Anonymes résonner dans sa tête :

Allez, répète avec moi, Dave : mon Dieu, donnez-moi la sérénité nécessaire pour accepter les choses que je suis incapable de changer. Donnez-moi le courage de changer les choses que je suis capable de faire évoluer. Et donnez-moi enfin la sagesse qui me permette de faire la différence entre les deux.

De belles paroles, en vérité. Mais quand on s'effondrait face contre terre dans un caniveau après une énième cuite, c'était difficile à mettre en pratique.

— Tu m'avais parlé de deux raisons pour lesquelles tu voulais me rencontrer, reprit Dave après un temps de silence. C'est quoi, la deuxième ?

Une fois de plus, Angelette évita consciencieusement de le regarder, et jeta un coup d'œil rapide vers la porte d'entrée. On aurait dit qu'elle attendait quelqu'un ou quelque chose…

— Cette conversation, dit-elle au bout de quelques secondes, tu me promets qu'elle restera entre nous, n'est-ce pas ?

— Bien sûr, répondit-il, de plus en plus intrigué.

Elle laissa s'écouler encore un peu de temps sans rien dire, puis fit glisser son verre vide au bord de la table, comme si elle testait l'attirance d'un précipice.

— Tu as suivi de près le dossier Losier ?

— La jeune étudiante de Tulane qui a été assassinée ? Ça fait des semaines que sa photo est à la une des journaux, alors je ne vois pas comment j'aurais pu passer à côté.

Il disait vrai : sans doute à cause de son physique agréable, sympathique et somme toute familier, Nina Losier avait captivé instantanément le public américain. Cependant, presque un mois entier s'était écoulé depuis la découverte de son cadavre sans que la police eût suivi la moindre piste. Par conséquent, les médias commençaient à se désintéresser de ce qui n'était finalement qu'un fait divers parmi d'autres. Un signe certain que l'enquête piétinait. Dave avait lui-même été amené à retenir cette dure leçon.

Angelette lâcha une longue bouffée de fumée.

— Eh bien, figure-toi que le père de la petite cherche à engager un détective privé. Forcément, je lui ai parlé de toi.

— Et depuis quand la police de La Nouvelle-Orléans se mêle-t-elle de recommander un privé pour une enquête encore en cours ? rétorqua Dave en plissant le front.

— Depuis que ce n'est pas moi qui suis chargée de l'affaire, répliqua Angelette du tac au tac avec un sourire que démentait son regard sérieux, enfin posé sur lui. Ecoute, pour simplifier les choses, disons que les flics ont rencontré pas mal de problèmes au cours de leur enquête, voilà.

— Des problèmes, tu dis ? Quel genre exactement ?

— Il y a un certain nombre de détails dans cette histoire qu'on a préféré ne pas divulguer publiquement. Nina Losier vient d'une vieille famille fortunée de Baton Rouge. Son père a beaucoup d'influence au niveau politique, ce qui fait que la police de La Nouvelle-Orléans a été instamment priée — et c'est un euphémisme — de cacher certains aspects de cette affaire aux journalistes.

— Comme quoi, par exemple ? demanda Dave, conscient qu'elle maintenait le suspense volontairement.

— Comme le fait que quand Nina n'était pas en cours, il lui arrivait d'officier en tant que danseuse au Médaillon d'Or, un club de strip-tease de la rue Bourbon, répondit Angelette.

Elle fit une pause calculée avant de reprendre sur un ton faussement négligent :

— C'est bien là que travaillait Renée Savaria, non ?

A la simple évocation de ce nom, Dave ressentit une envie brutale, presque impérieuse, de descendre un grand verre d'alcool cul sec. De temps à autre, ça le reprenait : tout se passait normalement, sans le moindre heurt, il se sentait presque complètement guéri pendant une longue période, et soudain, paf : il aurait été capable de mendier pour une seule goutte d'alcool. Un visage, un souvenir… même un nom pouvaient se révéler décisifs et dangereux. Il suffisait d'un mot de travers pour que tous ses efforts volent en éclats.

Exactement ce qui venait de se produire : le meurtre de Renée Savaria était le dernier cas sur lequel il avait planché avant de démissionner de la police. Il était à cent pour cent concentré sur cette affaire quand sa propre fille, si jeune et innocente, avait disparu. Quelqu'un — un monstre, s'était-il souvent répété avec impuissance — l'avait enlevée en pleine journée alors qu'elle étrennait son vélo tout neuf sur le trottoir de la rue où ils habitaient tous les trois. Et il n'avait jamais retrouvé sa trace. Jamais.

Des images douloureuses se pressaient aux portes de sa mémoire. Ce genre de souvenirs affreux qui lui donnaient envie de vider une bouteille de whisky d'un trait — ou de prendre son pistolet pour tuer… qui ? Il n'en savait toujours rien. Tout ce qu'il savait, c'est que ces visions faisaient partie des fantômes qui l'avaient longtemps tourmenté, lui faisant passer plus d'une nuit blanche.

Ruby n'avait que sept ans quand on la leur avait arrachée. Sept ans tout juste…

Il secoua brièvement la tête et reprit avec difficulté :

— Si Nina Losier vient vraiment de la haute, comme tu dis, alors, comment a-t-elle bien pu se retrouver strip-teaseuse dans un bouge de la rue Bourbon ?

— A t'entendre, on croirait que c'est une aberration, fit Angelette avec un haussement d'épaules. Pourtant, les filles à papa qui s'adonnent à ce genre d'activités par simple rébellion, ça n'a rien de très exceptionnel dans cette ville !

— Et les pistes ? Il y en a ?

— Uniquement des impasses, tout à fait comme pour le dossier Savaria. Je me rappelle encore à quel point ça t'avait frustré de faire du sur place dans cette enquête. Tu m'avais même confié que c'était aussi dur que de te cogner la tête contre un mur de briques. Je me souviens très bien que tu pensais avoir enfin trouvé un indice sérieux quand Ruby a disparu. Ça m'avait frappée, à l'époque : si ça se trouve, tu étais vraiment sur la bonne voie, et tu as effrayé des gens. D'où les représailles…

Un court instant, Dave eut l'impression qu'on lui avait donné un coup de poing en pleine poitrine : le souffle coupé, il s'obligea à relativiser, à raisonner pour ne pas céder à la panique qui l'avait envahi. Il n'avait jamais parlé à qui que ce fût des coups de fil anonymes qu'il avait reçus, ni à Angelette ni à personne d'autre. Elle ne pouvait tout simplement pas être au courant pour la page manquante dans le journal intime de la disparue. Personne n'en savait rien. A part Dave lui-même et l'assassin de cette pauvre Renée Savaria.

C'était une faute qu'il traînerait toute sa vie comme un boulet. Il avait détruit une pièce à conviction d'importance dans une enquête criminelle, parce qu'il avait un instant caressé l'espoir insensé de réussir à sauver la vie de sa fille unique. Mais contrairement à ce qui lui avait été promis dans le marché qu'il avait passé avec son mystérieux correspondant, Ruby ne lui avait pas été rendue. Et personne n'avait jamais retrouvé sa trace. Dave avait donc collaboré avec un meurtrier pour rien. Et la culpabilité qu'il en avait éprouvée le poursuivrait *ad vitam æternam*.

Sans qu'il s'en rende compte, sa mâchoire se contracta dans un tic nerveux. Sept ans plus tard, le regret et la peine étaient tout aussi vivaces et brûlants que le jour où il avait répondu au coup de téléphone affolé de Claire.

Les yeux d'Angelette scrutaient son visage, comme si elle cherchait à lire au fond de lui.

— Je me suis toujours demandé s'il n'y avait pas un lien direct entre l'assassinat de Renée Savaria et l'enlèvement de Ruby. Et je suis sûre que toi aussi, tu as songé à cette éventualité.

Dave baissa les yeux vers ses mains croisées sur la table. Ses doigts ne tremblaient pas, mais ils étaient si crispés que ses phalanges en étaient devenues blanches.

— Ce que j'ai pu penser n'a pas beaucoup d'importance, à présent, répondit-il d'une voix sourde. Tout ça, c'est du passé. Ça ne sert à rien d'y revenir.

— Peut-être, mais un gars comme toi, ça vit dans le passé.

— Plus maintenant.

— Pff ! Dix contre un que tu me racontes des bobards !

Que pouvait-il répondre à cela ? Il se contenta de hausser les épaules avec fatalisme.

— Après ton départ, continua la jeune femme, les enquêtes sérieuses qui encombraient encore ton bureau sont tombées aux oubliettes. Personne ne voulait reprendre un de tes dossiers, avec la réputation de poissard que tu t'étais forgée. Du coup, l'affaire Savaria est restée au point mort pendant tout ce temps. A mon avis, c'est cet échec qui te ronge depuis ta démission précipitée. Si tu veux mon point de vue, ça fait trop longtemps que ça dure, et ça va finir par te détruire si tu ne réagis pas. Le moment est sans doute venu de mettre un point final à cette sombre histoire.

Un instant, Dave fut tenté de la croire. Mais il n'était pas si naïf : il savait parfaitement qu'avec Angelette, tout avait un prix. C'était donnant-donnant.

— Où veux-tu en venir, Angie ? lui demanda-t-il avec lassitude. Qu'est-ce que ça cache, ce beau discours ?

— Mais rien. Rien du tout. C'est cadeau, voilà.

— Tu m'excuseras si j'ai du mal à te croire…

La jeune femme prit l'air blessé.

— Ecoute, je suis la première à admettre que je ne me suis pas comportée comme une sainte par le passé. Le scoutisme, le dévouement et l'abnégation, c'est vrai que ça n'a jamais été mon truc. Mais ça n'empêche pas que je suis toujours flic, et crois-le ou non, mais j'aimerais bien que justice soit enfin faite. Renée Savaria et Nina Losier ont peut-être bien cherché les ennuis en allant bosser dans ce club mal famé. La drogue, la prostitution et Dieu sait quoi encore y étaient monnaie courante, malheureusement. Mais ça ne veut pas dire pour autant qu'elles aient mérité le sort affreux qui leur a été réservé. Tout comme ta petite fille ne méritait pas non plus ce qu'il lui est arrivé.

Dave ne répondit rien. Qu'aurait-il pu dire ? Les mots lui manquaient chaque fois qu'il repensait à ce qu'avait dû subir sa pauvre Ruby.

D'un air de conspiratrice, Angelette se pencha vers lui.

— Et si je te disais que je suis en mesure de te procurer une copie du dossier Losier, comme ça, gratuitement ? Est-ce que tu accepterais au moins d'y jeter un coup d'œil ?

— Tu es certaine que tu as envie de risquer ta carrière pour un cas aussi tristement banal ?

— Question carrière, je crois que je peux me débrouiller sans tes conseils, merci, rétorqua Angie un peu sèchement. De toute façon, c'est mon problème, et je sais ce que je fais. Ce qui m'importe, c'est ta réponse : tu acceptes d'entrer dans le jeu ou non ?

Plus têtue qu'Angelette, c'était difficile à trouver. Avec un soupir, Dave acquiesça.

— D'accord, j'accepte de regarder ce fameux dossier, puisque tu insistes. Mais je te préviens : je ne peux rien te promettre pour la suite des événements.

— O.K. Quant tu auras les documents entre les mains, si ça ne te dit rien qui vaille, tu n'auras qu'à me le dire, et l'affaire sera close. Je ne te poserai aucune question.

L'air satisfait, elle se leva après avoir récupéré son sac à main.

— Téléphone-moi quand tu auras pris une décision. Ou mieux, passe donc au *Monteleone* samedi soir. Graydon Losier doit venir au gala de charité que Lee organise : ce sera l'occasion rêvée pour que je te le présente dans les règles.

Sur ce, elle tourna les talons et fit mine de se diriger vers la porte d'entrée. Puis elle s'arrêta brusquement, comme frappée par une idée subite, et revint vers Dave, les yeux brillants dans la lumière tamisée du bar.

— Au fait, j'allais oublier de te le dire, commença-t-elle. Il y a des rumeurs en ville au sujet de Claire et Alex Girard. Rien qui ne soit vérifié, mais apparemment, ils se sont séparés ou ils vont le faire sous peu. Enfin, je ne sais pas trop pourquoi je t'en parle, puisque tu te moques pas mal du sort de ton ex-femme !

2.

Le faiseur de poupées travaillait sans relâche depuis son retour de La Nouvelle-Orléans, quelques heures plus tôt, et pourtant, il n'était pas satisfait de l'avancée de sa nouvelle création. Le sourire n'était pas ressemblant, et tout était de travers : la forme de la mâchoire inférieure, l'angle du nez… Il ne parvenait pas à fixer ses traits comme il l'aurait souhaité. Il avait beau s'acharner, il n'arrivait à rien de bon aujourd'hui. C'était rageant !

La main crispée sur son couteau, il faillit procéder comme d'habitude et lacérer le visage dont la mauvaise réalisation lui faisait offense. Mais au lieu de laisser libre cours à son exaspération, il fit un pas en arrière et contempla son ébauche en s'obligeant à inspirer profondément pour se calmer. Il ne devait pas permettre à la colère ou à l'angoisse de briser sa concentration fragile ; cela risquait de lui attirer des ennuis. De gros ennuis, même. Il fallait absolument qu'il parvienne à garder le contrôle de ses émotions.

Mais la petite voix intérieure qu'il entendait si souvent continuait de l'aiguillonner méchamment, et il dut se retenir pour ne pas hurler.

Elle n'est plus là, espèce d'imbécile ! Et c'est ta faute. C'est toi qui l'as perdue.

— Non, ce n'est pas moi qui l'ai perdue, marmonna-t-il entre ses dents, les doigts serrés autour de son couteau. On me l'a enlevée.

Parce que tu étais trop insouciant ! Tu ne lui prêtais pas assez attention ! Voilà pourquoi !

Il ne pouvait pas nier qu'il avait commis une erreur en la laissant seule. C'était imprudent, voire criminel, mais il avait été obligé de filer en quatrième vitesse pour une urgence, et il n'avait pas pris le temps de l'enfermer à double tour avant de se précipiter là où son devoir l'appelait. Lorsqu'il était revenu chez lui, quelques heures plus tard, elle avait disparu.

Enlevée en plein jour à son domicile.

Une partie de lui reconnaissait que le hasard faisait preuve d'une certaine ironie en le frappant de cette façon. Mais une autre partie de lui — sa conscience, sans doute — s'obstinait à le réprimander sévèrement. Il avait échappé à la surveillance des autorités locales, et réussi à déjouer les recherches lancées par le FBI pendant si longtemps qu'il était devenu trop sûr de lui. Sa suffisance avait fini par lui jouer un tour pendable, et quelque part, il savait que c'était bien fait pour lui. Il s'était cru invincible, au point de se comporter avec une imprudence qui frisait l'inconscience. Les choses avaient été faciles, jusqu'ici… Peut-être cette épreuve imprévue constituait-elle une sorte de test de ses capacités de résistance et de réaction ? Car la façon dont il allait parer ce coup du sort s'avérerait sans nul doute cruciale pour la suite.

— Tout va bien, murmura-t-il pour lui-même. Je sais où elle se trouve. Je la récupérerai sans problème.

Le lendemain à la même heure, elle serait de retour à la maison. D'ici là, il avait du pain sur la planche.

Avec effort, il relâcha légèrement la pression que ses doigts exerçaient sur le manche de son outil. Tout se passerait bien ;

il fallait juste qu'il conserve son calme. Absolument. Parce qu'il n'y avait pas vraiment de raison de s'inquiéter. Après tout, personne ne pouvait remonter le fil jusqu'à lui. Il avait veillé à ne laisser aucune trace, pas le moindre indice permettant de l'identifier. Et même si quelqu'un venait fouiner dans les parages, il était certain de passer inaperçu. Il avait appris très jeune les avantages qu'il pouvait y avoir à faire profil bas. Rien dans son apparence extérieure ni dans son mode de vie ne pouvait faire naître de soupçons chez quiconque. Il poussait l'art du camouflage jusqu'à porter des lentilles de contact sous ses lunettes pour estomper le bleu de ses yeux. Une manière comme une autre de ne pas se faire remarquer. Il était passé maître dans ce genre d'astuces indétectables. Un vrai caméléon — mais un caméléon qui aurait incarné la bienséance et l'honnêteté.

Tout allait se passer le mieux du monde, se répéta-t-il une fois de plus. La petite fête se déroulerait sans anicroche. Il fallait juste qu'il ferme les yeux pour se rappeler le visage de Maddy…

Mais non, ça ne suffirait pas à résoudre son problème ! Même en recourant aussi souvent que nécessaire à la vieille photo jaunie qu'il avait mise en lieu sûr plusieurs années auparavant, il avait toujours du mal à reconstituer les traits charmants de la petite fille.

Pourtant, ce n'était pas faute de talent. Il était particulièrement doué, et il en était bien conscient. Si l'on ajoutait à cela le fait qu'il avait suivi l'enseignement d'une véritable autorité dans cet art difficile de la fabrication de poupées de collection… Non, il ne pouvait mettre ses hésitations sur le compte d'un quelconque manque de capacités. Seulement, pour la poupée Maddy et toutes celles qui appartenaient à sa collection privée, bien faire n'était pas suffisant : il fallait que chaque détail, même le plus infime, chaque centimètre carré de ses réalisations soit absolument parfait. Sans modèle vivant, il avait parfois l'impression de se heurter à un mur infranchissable. De quoi devenir fou. Mais il n'abandonnerait pas. Il ne *pouvait* tout simplement pas envisager cette éventualité. Ne serait-ce que pour Maddy, il fallait continuer à tenter l'impossible. Il le lui devait bien.

Fermant les yeux, il attendit que le frisson d'impatience et de frustration qui le parcourait s'apaise. Puis, rouvrant les paupières, il reprit son couteau à sculpter bien en main et doucement, avec la précision d'un chirurgien expérimenté, il se mit à l'ouvrage. Sous la lame effilée, les traits délicats de la poupée surgirent un à un, lentement, petit à petit. Et peu à peu, l'adorable visage parut prendre vie, comme par enchantement.

— Tu es là, chuchota-t-il pour ne pas rompre le charme. Je te sens présente… Tu es là…

Il poursuivit sa tâche avec une ardeur qui confinait au sacré. Il ne voulait pas s'arrêter, malgré les crampes qui engourdissaient ses doigts et lui donnaient par moment envie de lâcher son scalpel en hurlant de douleur. Chaque coup de couteau le mettait à l'agonie, et pourtant, il continuait.

Le sol et les meubles de son atelier disparaissaient presque sous les moulages d'argile et les croquis successifs dont il s'était entouré pour mener son entreprise à bien. Au début, ça l'avait plutôt réconforté de savoir qu'il ne travaillait pas totalement sans filet. Mais au fur et à mesure que les heures s'écoulaient et que la nuit avançait, le désordre qui régnait autour de lui pesait de plus en plus sur ses nerfs. Au petit matin, alors qu'il fignolait encore sa pièce maîtresse, il était au bord de la crise. Même l'orchidée qu'il avait posée sur le coin de son plan de travail piquait du nez, parce qu'il l'avait négligée. Ce n'était pas dans ses habitudes d'être aussi peu consciencieux, et il s'en voulait terriblement.

Depuis qu'on lui avait dérobé la poupée, son mode de vie s'en était trouvé sérieusement perturbé. En temps normal, il passait autant de temps à nourrir et bichonner ses chères orchidées qu'il en consacrait à s'occuper de lui. Il avait l'habitude de prendre plusieurs douches par jour, du moins quand son emploi du temps le lui permettait. Quant à ses vêtements, ils étaient toujours impeccables. Tout comme sa coiffure : pas un cheveu rebelle ne devait dépasser. Il exigeait la perfection absolue, pas moins, en ce qui concernait son apparence et son environnement. Mais jusqu'à ce qu'il parvienne à remettre la main sur la poupée — ce qui arriverait tôt ou tard, d'une façon ou d'une autre, il en était intimement persuadé —, il savait qu'il serait incapable de se nourrir ou de fermer l'œil. Et ses habitudes quotidiennes passeraient à la trappe, au même titre que tout ce qui n'était pas *elle*.

Il recula légèrement pour avoir une meilleure vue d'ensemble. Plissant les paupières, il posa une énième fois son regard critique sur les traits merveilleusement lisses de la poupée. Mieux. C'était nettement mieux. Il y était presque… Mais ce n'était pas tout à fait ça… Pas encore…

Il manquait quelque chose. Mais quoi ?

De l'autre côté de la pièce, le grand miroir lui renvoya son reflet. Pris par surprise, comme chaque fois qu'il contemplait sa propre image, il se figea sur place, la main levée, les yeux écarquillés, incrédule et admiratif à la fois. L'homme qui le regardait lui faisait toujours l'effet d'un étranger, avec ses beaux cheveux bouclés dont la teinte châtain clair aurait fait pâlir d'envie les plus habiles coiffeurs. Deux yeux bleus frangés de cils drus, d'une longueur interminable. Un menton un peu fuyant, certes, mais quelle bouche magnifique ! Quant à sa peau, elle était absolument sublime : lisse et veloutée comme une pêche mure, sans le moindre défaut. La perfection même. Pas de trace de la nuit blanche qu'il venait de passer non plus ; pas même une ombre de cerne sous ses grands yeux étonnés.

Par contre, ces nouvelles lunettes, il avait du mal à s'y habituer. Elles lui donnaient un air d'intellectuel coincé qu'il n'appréciait pas vraiment. Enfin, pour le moment, c'était l'impression qu'il voulait donner, alors il fallait qu'il prenne son mal en patience.

Incapable de résister à l'attirance qu'il exerçait sur lui-même, il se rapprocha du miroir pour scruter ses traits de plus près. Il examina méticuleusement son profil droit, puis son profil gauche, le sourcil froncé en signe de mécontentement. Son nez n'était toujours pas aussi droit et régulier qu'il l'aurait souhaité, mais le cartilage était trop fragilisé pour supporter une nouvelle intervention chirurgicale. Il devrait faire contre mauvaise fortune bon cœur et se contenter du résultat actuel.

Il retira ses lunettes : l'éclat de ses yeux bleus en fut rehaussé, et il eut un sourire de ravissement. Lorsqu'il relevait les coins de sa bouche de cette façon, ses fossettes se creusaient de façon adorable. Il s'était entraîné pendant des années à sourire de la sorte, et cette fois encore, la magie opéra.

Car quand il souriait ainsi — *exactement ainsi* —, il parvenait presque à la voir, derrière ses propres traits…

— Tu es là, murmura-t-il à son reflet sans le quitter des yeux. Je te sens… Tu es là…

Lentement, il leva le couteau vers son visage, mû par le désir compulsif d'en déchiqueter l'apparence imparfaite pour trouver enfin, derrière ce qu'il considérerait toujours comme un masque grotesque, ce qu'il cherchait désespérément.

Après tout, ce ne serait pas la première fois qu'il subirait une opération douloureuse. Son visage et son corps avaient été retouchés, remodelés, mutilés si profondément que, parfois, il en avait la nausée. Dans les moments où l'aversion qu'il éprouvait pour son physique devenait presque insoutenable, il se sentait obligé d'utiliser un gant de crin pour se frotter sous la douche, parfois jusqu'à saigner. Mais il avait beau se laver plus que nécessaire, il ne parvenait jamais à effacer les cicatrices qui le zébraient de partout. Et même en restant de longues minutes sous le flot d'eau chaude, il n'arrivait pas à noyer les souvenirs affreux qui le harcelaient sans relâche.

— Pourquoi a-t-il fallu que tu meures ? fit-il dans un souffle.

Parce que tu ne m'as pas retenue.

— Mais je n'étais qu'un enfant ! geignit-il d'une voix empreinte d'irritation.

Ça n'excuse rien. Tu aurais dû trouver un moyen de l'arrêter.

— Je l'ai fait. Il ne peut plus nous faire de mal, à présent.

Oui, mais c'est trop tard.

— Non, ce n'est pas trop tard. Je refuse de croire ça. Je sais que tu n'es pas vraiment morte. Tu es seulement… cachée. Quelque part.

Alors, viens me chercher !

Il s'approcha encore de son reflet, jusqu'à le toucher presque. Il avait les yeux rivés à son image pour en saisir tous les détails quand la sonnerie de son téléphone portable le fit sursauter violemment. Il n'avait pas du tout envie de répondre : il détestait qu'on le dérange en pleine phase de création. Mais puisque sa concentration avait volé en éclats, autant prendre cet appel.

Il fouilla dans la poche de sa veste, et en extirpa son mobile qui sonnait toujours. Il jeta un coup d'œil à l'écran où s'était affiché le numéro de son correspondant. Quand il reconnut les coordonnées de la maison de retraite, il haussa les épaules et laissa tomber l'appareil sans prendre la peine de répondre.

Avec un soupir, il revint se placer devant la poupée encore en ébauche pour poser une main légère sur sa petite tête imparfaitement sculptée.

— Il faut que je sorte un moment, mais je serai vite de retour, c'est promis, fit-il avec gentillesse.

Laissant la porte de l'atelier ouverte derrière lui, il monta les escaliers quatre à quatre pour filer dans la cuisine préparer un plateau de petit déjeuner. Il fit griller deux tranches de pain de mie, versa des céréales et du lait dans un bol, puis un peu de jus d'orange dans un verre. Puis il redescendit pour déposer le tout sur sa table de travail. Dans le mur se trouvait une petite porte coulissante qu'il déverrouilla sans bruit. Poussant le battant dans la glissière, il se pencha vers l'ouverture pour jeter un coup d'œil de l'autre côté.

Les lumières étaient éteintes. Il ne parvenait pas à distinguer grand-chose dans la pénombre où la pièce était plongée, mais il savait qu'elle était déjà réveillée : il percevait très nettement ses petits gémissements plaintifs, dont le bruit l'irritait considérablement. Tout comme la persistance avec laquelle elle continuait de réclamer l'impossible.

— *Je veux rentrer chez moi !*

Toutes, elles disaient la même chose. Elles voulaient rentrer chez elles. Et il leur apportait toujours la même réponse.

Tu ne peux pas rentrer chez toi. Pas maintenant. Pas tant que la fête n'aura pas eu lieu.

Il glissa le plateau-repas par l'ouverture et attendit quelques instants dans l'espoir qu'elle s'enhardirait à le prendre et qu'il la verrait, même brièvement. Mais elle ne semblait pas décidée à venir chercher son petit déjeuner. Avec un soupir déçu, il referma la petite porte, donna un double tour de clé et suspendit le trousseau à sa place, juste au-dessus.

S'il avait appris quelque chose pendant ces sept dernières années, c'était que même la petite fille la plus têtue du monde finissait par venir réclamer quelque chose à manger quand elle avait trop faim.

3.

Le crépuscule était tombé plus tôt que d'habitude, à cause des gros nuages noirs qui s'étaient amoncelés à une vitesse impressionnante au-dessus du golfe du Mexique. Pourtant, Claire Doucett remarquait à peine les premières gouttes de pluie tant elle était occupée à regarder un groupe d'adolescentes qui marchaient devant elle. Lorsque les jeunes filles s'arrêtèrent brusquement pour s'extasier sur un objet dans la vitrine d'un magasin, Claire marqua une pause, elle aussi, et son cœur se mit à battre plus vite. Elles lui tournaient le dos, mais malgré tout, la petite du milieu ressemblait étrangement à Ruby.

Ou du moins, elle ressemblait à l'image que Claire se faisait de sa fille à l'âge de quatorze ans. Elle en avait une idée assez précise : elle avait suffisamment observé le portrait robot réalisé au Centre national de recherche des enfants disparus.

A quatorze ans, Ruby serait plutôt grande, comme son père. Elle posséderait la minceur de sa mère, et les boucles blond doré de sa grand-mère. Une adolescente comme tant d'autres, en somme…

La jeune fille que Claire avait repérée secoua la tête vigoureusement, rejetant ses propres boucles blondes en arrière. Elle portait un short et des tongs, et ses longues jambes bronzées n'avaient rien à envier à celles de certains mannequins.

Quand Claire entendit son rire, elle frissonna. Il y avait quelque chose de si doux, de si innocent, de si familier dans ce rire musical et perlé…

Le souffle coupé, Claire ferma les yeux pour essayer de se rappeler avec précision le rire de sa fille. Elle avait de plus en plus de difficultés à se remémorer les souvenirs qu'elle gardait de Ruby. Au bout de sept ans, sa mémoire commençait à lui faire défaut.

Mais cette fois, une image se forma très clairement dans son esprit : Ruby, âgée de deux ans, ravie d'une escapade au zoo, tirant sur la main de Claire pour attirer son attention, et riant aux éclats, heureuse et insouciante… « Regarde, Maman ! Des ours ! »

Ruby avait toujours été gaie. C'était une enfant adorable, heureuse de vivre, douce et aimante, mais parfois si têtue que la patience de Claire était mise à rude épreuve.

— Cette petite parviendrait à soûler de paroles un poteau de barrière ! disait sa grand-mère en ponctuant ses paroles de soupirs exagérés.

— C'est vrai. Je me demande bien de qui elle tient ça, rétorquait Claire avec malice.

En fait, elle était secrètement satisfaite de voir que sa fille avait hérité du tempérament vigoureux de Lucille plutôt que du sien. Claire ressemblait trop à son père, avec sa tendance à la mélancolie. Elle n'y pouvait rien, c'était comme ça. Elle espérait seulement ne pas terminer comme lui, submergée par le désespoir au point de se suicider. Lorsque son père s'était donné la mort, elle n'était encore qu'un bébé, et elle avait toujours souffert de son absence, même si elle n'en parlait pas beaucoup.

Jusqu'ici, elle semblait tenir bon, malgré sa prédisposition à se sentir déprimée ou morose. Même au plus fort de la crise qui avait suivi le kidnapping de Ruby, Claire n'avait jamais sérieusement envisagé de mettre fin à ses jours, et ce pour une raison toute simple : elle n'avait jamais vraiment perdu l'espoir de retrouver sa fille. La petite flamme qui brûlait dans son cœur avait certes perdu de sa vigueur au fur et à mesure que les années s'écoulaient, mais certains jours, comme aujourd'hui par exemple, le simple fait de croiser un visage vaguement familier dans la foule suffisait à raviver son espérance. Et même à lui faire miroiter un scénario idéal — et improbable, hélas, elle le savait bien.

Dans son rêve éveillé, Claire s'imaginait que Ruby était toujours en vie, que pendant tout ce temps, elle était restée en bonne santé, heureuse et choyée comme elle l'avait été pendant les sept premières années de son existence avec ses parents légitimes. Si elle avait été arrachée à son foyer, c'était en fait parce qu'un couple incapable de concevoir l'avait vue pédaler sur son vélo neuf, et n'avait pu résister à la blondeur adorable de ses bouclettes ni au charme de son sourire ensoleillé.

Ils l'avaient donc emmenée chez eux pour la chérir comme leur propre fille et, avec le temps, Ruby avait appris à répondre à leurs démonstrations d'affection et de gentillesse. Dans le beau film que Claire se repassait régulièrement, la fillette avait fini par s'adapter à sa nouvelle maison, et pendant les sept années qui avaient suivi son enlèvement, elle avait mené une vie tout à fait normale. Peut-être même en avait-elle oublié sa vraie famille. Peut-être ne serait-elle plus capable de reconnaître sa véritable mère…

Claire cligna des yeux pour refouler ses larmes.

C'était ça, son rêve. Le petit éclat d'espoir auquel elle se raccrochait pour ne pas sombrer quand la tristesse et l'impuissance menaçaient de la submerger. Un scénario imaginaire, impensable mais rassurant, qui lui permettait de tenir bon, même dans les moments les plus difficiles. Elle savait bien, au fond, que ce n'était pas vrai. Tout comme elle savait que l'adolescente qui marchait devant elle ne pouvait pas être Ruby. La probabilité que sa fille chérie fût encore en vie était tellement infime, ténue, qu'elle était insignifiante. A vrai dire, envisager ne serait-ce qu'un bref instant que Ruby ait pu se trouver à La Nouvelle-Orléans pendant tout ce temps, et que le destin les ait miraculeusement remises en présence toutes les deux au beau milieu d'une rue bondée, frisait le ridicule.

Et pourtant…

Pourtant, Claire ne put s'empêcher de murmurer le prénom de sa fille. Les deux syllabes lui échappèrent malgré elle, comme une plainte ou une supplication venues du plus profond de son être.

A cet instant précis, comme si elle avait entendu la prière inaudible de Claire, la jeune fille se tourna dans sa direction, et elle put voir en face son joli visage. L'adolescente eut un large sourire, et Claire retint instinctivement sa respiration. Peut-être, finalement, le sort avait-il enfin décidé de se montrer clément avec elle ? Si cette petite lui répondait aussi chaleureusement, peut-être était-ce bien… Ruby ? Tout parut s'immobiliser autour de la jeune femme : le bruit de la rue s'estompa, les palmiers et les bananiers qui ombrageaient le jardin le plus proche cessèrent d'osciller dans l'atmosphère lourde et étouffante. Elle aurait pu jurer que la nature elle-même se préparait à un coup de théâtre absolument renversant, et qu'elle retenait son souffle, elle aussi.

Mais ce soulagement fut de courte durée. Au bout de quelques secondes de tension extrême, Claire relâcha la bouffée d'air comprimée dans ses poumons avec une telle vigueur qu'elle en eut mal à la gorge. Ce n'était pas Ruby. Bien sûr. Elle n'y avait pas vraiment cru, en somme. Si ce n'est qu'au moment où le regard de la blondinette souriante avait croisé le sien, si plein d'angoisse et d'espoir mêlés, elle avait eu un bref aperçu de ce qu'elle aurait pu ressentir si elle avait pu de nouveau contempler le visage de sa fille unique après tout ce temps passé à la chercher en vain.

Ce n'était pas elle que l'adolescente regardait : elle adressait un grand signe de la main à une personne qui se trouvait derrière Claire, et qui l'avait sans doute appelée par son prénom.

Megan. Claire avait parfaitement entendu, tout à l'heure, mais elle n'y avait pas prêté attention. Ou plutôt, elle n'avait pas voulu s'y attarder. En tout cas, cette adolescente enjouée s'appelait Megan. Pas Ruby. Claire s'était laissé emporter par ses désirs, voilà tout. Une fois de plus. Et pour rien, comme d'habitude.

Dans la vitrine juste à côté d'elle, Claire aperçut son reflet : elle faisait peine à voir, avec cette expression tendue sur son visage autrefois si lisse, et la crispation nerveuse de ses doigts autour de la bretelle de son sac à main qu'elle serrait tellement que ses phalanges en avaient blanchi d'un coup.

Elle allait devoir se faire une raison : Ruby était certainement morte, à l'heure qu'il était. Elle ne reviendrait jamais. Quelqu'un l'avait enlevée en plein jour, sur le trottoir devant leur domicile où elle pédalait gaiement sur son vélo neuf. Et l'affaire n'avait jamais été élucidée. En tant qu'ancienne femme de policier, Claire connaissait bien les statistiques dans ce genre d'affaires : sa fille avait sûrement été assassinée dans les vingt-quatre ou quarante-huit heures suivant le kidnapping. Son cadavre devait pourrir depuis sept longues années dans un champ ou dans une tombe creusée à la va-vite. Ruby se décomposait quelque part. Seule. Abandonnée.

Assaillie par des visions macabres, Claire porta une main tremblante à sa bouche pour étouffer les sanglots qui lui étranglaient la gorge. Des larmes brûlantes perlaient déjà au coin de ses paupières, mais elle les retint de toute la force de sa volonté, cependant qu'elle regardait de nouveau droit devant elle, à la recherche de l'adolescente qu'elle avait prise un instant pour sa fille disparue. La jeune fille, entourée de ses amies, s'était réfugiée sous un auvent pour se protéger du crachin. Claire tourna délibérément les talons et prit la direction opposée, courant presque pour se soustraire à la douleur lancinante qu'avait provoquée cette courte flambée d'espoir.

— Tu as entendu l'histoire horrible de ce corps qu'on a retrouvé dans le Quartier Français ? demanda Charlotte LeBlanc presque négligemment lorsqu'elle et Claire se furent embrassées, quelques minutes plus tard, à l'endroit où elles s'étaient donné rendez-vous.

— J'ai vu un reportage là-dessus, ce matin. Pourquoi ? La police a découvert le coupable, depuis ?

En tant que procureur adjoint, la sœur de Claire bénéficiait souvent de tuyaux de premier ordre. Mais Charlotte secoua la tête en signe de dénégation.

— Apparemment, les forces de l'ordre estiment que ce meurtre est lié à un trafic de drogue. Mais jusqu'ici, ils sont plutôt dans le flou : ils n'ont même pas encore identifié le cadavre. Le pauvre type s'est fait découper en morceaux. Tu imagines un peu ? Il lui manquait tous les doigts des deux mains !

Claire ne put s'empêcher de frissonner.

— Franchement, je ne comprends pas comment tu peux continuer à faire ce métier : tu es confrontée à une telle violence ! Moi, je suis sûre qu'au bout d'un certain temps, ça commencerait à me faire cauchemarder.

— Tu as sûrement raison en ce qui te concerne, mais tout le monde n'est pas aussi impressionnable que toi, ma chérie. Il faut bien qu'il y ait des gens assez blindés émotionnellement pour empêcher les méchants de pulluler dans les rues de notre jolie ville ! rétorqua Charlotte tout en ouvrant son parapluie à la hâte, car la bruine s'était brusquement transformée en un véritable déluge, et les nuages anthracites qui occultaient la lumière au-dessus du golfe se zébraient d'éclairs.

En moins de temps qu'il ne faut pour le dire, la ville tout entière se retrouva trempée comme une soupe, y compris les jambes des deux sœurs qui dépassaient du parapluie sous lequel elles s'abritaient tant bien que mal, serrées l'une contre l'autre, tout en continuant à descendre la rue Decatur.

— Laisse-moi faire, dit Claire en saisissant le manche de leur abri provisoire qui oscillait dangereusement au-dessus de leurs têtes rapprochées. Je suis plus grande que toi.

— D'accord, mais protège-moi bien. Mon ensemble est de soie, et je... merde ! jura Charlotte qui venait de marcher dans une flaque. Quand je pense que j'ai des chaussures neuves et qu'elles vont être complètement bousillées !

Involontairement, Claire lança un coup d'œil rapide en direction des escarpins à talons hauts de sa sœur. Ce n'était certainement pas un modèle adapté à une promenade sous la pluie battante ! Pourtant, malgré les taches qui les constellaient déjà, les chaussures avaient encore fière allure, et donnaient aux petits pieds délicats de Charlotte un air élégant et sophistiqué.

Claire sentit une pointe de jalousie la piquer désagréablement. La dernière fois qu'elle s'était acheté des chaussures chic remontait aux calendes grecques ! Pour dire la vérité, elle s'interdisait ce genre de plaisir depuis longtemps. Elle avait déjà divorcé deux fois, et si elle se séparait d'Alex, elle devrait continuer à se serrer la ceinture. Alors, pas d'extravagance de ce genre… Quoique, Charlotte était bien capable de lui démontrer par a plus b que l'acquisition de chaussures portant la griffe d'un grand couturier n'avait rien d'une extravagance, mais que c'était tout simplement une nécessité. Elle lui soutiendrait mordicus que les apparences passaient avant tout, et que rien n'impressionnait aussi favorablement un interlocuteur réticent qu'une paire de chaussures dernier cri. C'était la meilleure façon d'afficher une réussite et une assurance à toute épreuve. Tout comme ce sac à main absolument époustouflant qui avait dû coûter aussi cher que le nouveau système d'air conditionné que Claire avait été forcée d'installer chez elle sous peine de mourir de chaleur !

La maison de sa grand-mère finirait par avoir sa peau, songea la jeune femme, tout en slalomant entre les caisses de pastèques et de melons qui encombraient le trottoir luisant de pluie.

La vieille bâtisse, située dans le quartier d'Uptown, représentait un véritable gouffre pour les maigres revenus de Claire : entre les réparations qui n'en finissaient pas et les factures exorbitantes qui s'accumulaient, elle se demandait si elle parviendrait un jour à sortir la tête de l'eau. Pas étonnant qu'elle porte les mêmes sandales usées jusqu'à la corde et le même sac fourre-tout depuis deux étés successifs. Enfin, après tout, elle était « une art*iiii*ste », comme le lui répétait régulièrement Charlotte. Ce qui voulait dire qu'elle n'avait pas besoin de se préoccuper de son image autant que sa sœur, jeune et dynamique procureur adjoint.

Claire se demanda pour la centième fois peut-être si les gens qu'elles croisaient dans la rue auraient pu deviner qu'elles étaient sœurs. Leurs différences étaient si flagrantes que rien ne permettait de conclure à leur lien de parenté. Certes, elles avaient la même mère, mais c'était à peu près tout ce qu'elles partageaient. Leur physique et leur tempérament leur venaient de leurs pères respectifs, et elles étaient par conséquent aussi dissemblables que le jour et la nuit.

Charlotte était brune, petite, aussi charmante et vive que l'était son père, un bel homme au sourire ravageur. A.J. LeBlanc — c'était son nom — avait séduit leur mère à coups de paroles flatteuses et de déclarations d'amour éternel. Seulement voilà : deux jours à peine après avoir appris que Lucille était enceinte de lui, il s'était enfui en emportant toutes les économies de sa belle.

Si l'on mettait de côté le sérieux traumatisme qu'avait pu causer à Charlotte la désertion de son père avant sa naissance, et la peur de se retrouver abandonnée qui la saisissait régulièrement, l'héritage qu'il lui avait laissé aurait rendu jalouse plus d'une femme. Grâce au sang créole qui coulait dans ses veines, elle avait une peau couleur de miel et de grands yeux en amande dont la couleur jade les faisait ressembler à deux splendides pierres précieuses. Claire avait toujours trouvé que sa petite sœur avait les traits délicats d'une poupée de porcelaine, mais quand Charlotte se mettait en colère, ses jolis yeux verts prenaient un éclat métallique, presque meurtrier.

En contraste absolu avec sa sœur, Claire était grande, mince et blonde comme les blés. Introvertie, elle avait tendance à ressasser les choses les moins agréables, et même à broyer du noir, comme son père, un érudit neurasthénique. Le suicide de William Doucett, puis la disparition d'A.J. LeBlanc, auraient rendu méfiante la femme la plus forte. Mais leur mère, Lucille, possédait des ressources insoupçonnées dans ce domaine. Elle avait collectionné les amants, jusqu'à son dernier en date, Hugh Voorhies, avec lequel elle vivait un bonheur sans nuage depuis bientôt huit ans…

— Bon sang, Claire, tu ne peux pas faire un peu attention ? Je vais être trempée, si ça continue !

— Désolée, murmura la jeune femme tout en redressant le parapluie pour abriter correctement sa sœur.

La pluie faisait monter des myriades de senteurs composites dans la rue : du parfum des fleurs inondées aux vapeurs fortes et âcres du vin éventé, en passant par l'odeur caractéristique de la brique mouillée. De la porte entrouverte d'un petit restaurant de quartier s'échappait également un fumet de saucisses épicées, accompagné de l'odeur appétissante du pain juste sorti du four.

— Je meurs de faim, grommela Charlotte, que cette marche forcée avait visiblement mise de mauvaise humeur. Tu m'expliques pourquoi on se trimballe sous une pluie diluvienne comme deux idiotes au lieu de se trouver un petit restau sympa pour partager un bon dîner entre sœurs ?

— Je te l'ai déjà dit, répondit Claire en soupirant. Avec l'augmentation de mes horaires de travail à la galerie, je n'ai pas franchement le temps d'aller faire du shopping. Et comme tu le sais, c'est l'anniversaire de Maman la semaine prochaine…

En tant que souffleuse de verre professionnelle, Claire

avait obtenu le droit de travailler et d'exposer ses œuvres dans un ancien entrepôt reconverti en espace d'exposition-vente réservé aux artistes indépendants, lesquels avaient formé une sorte de petite communauté bien rodée où, chacun leur tour, ils assuraient la permanence de la partie galerie, pendant que les autres utilisaient le studio et les fours dans la partie atelier, à l'arrière du bâtiment. Mais comme Claire avait besoin d'argent, elle avait proposé de faire des heures supplémentaires en tant que guide et vendeuse, ce que les autres avaient accepté bien volontiers. Quand l'un d'entre eux se trouvait dans le besoin, ils s'ingéniaient généralement à lui proposer des solutions pour s'en sortir, ne serait-ce qu'à court terme.

— Si ton temps est compté, on ferait peut-être mieux de filer à Canal Place pour dégoter une étole ou une bouteille de parfum, répondit Charlotte. Ou alors, on pourrait lui trouver des boucles d'oreilles en or. Lucille a toujours été fan de bijoux, et…

— Désolée de jouer les rabat-joie, la coupa Claire, mais je te rappelle que tes goûts en matière d'accessoires ne correspondent pas vraiment à ceux de Maman.

— C'est vrai, tu as raison. Laissons tomber l'idée des boucles d'oreilles en or. L'élégance subtile et raffinée, ça n'a jamais été le fort de Lucille ! ajouta Charlotte, l'air à la fois désapprobateur et amusé.

Un petit sourire éclaira soudain son visage, faisant apparaître de petites pattes d'oie attendrissantes au coin de ses yeux étirés. Même décoiffée par le vent d'orage et à moitié trempée par la pluie qui n'avait toujours pas cessé, elle restait sans conteste la plus ravissante jeune femme que Claire eût jamais contemplée.

— Alors, qu'est-ce que tu avais en tête exactement ? poursuivit

Charlotte, sans prendre conscience de la bouffée d'émotion qui avait envahi sa sœur aînée. Parce que je suis sûre que tu as déjà tout organisé dans ta petite tête de mule !

— Eh bien, il y a une boutique dans la rue de Chartres qui propose des poupées de collection absolument uniques. J'ai vu une publicité pour ce magasin dans le journal, il y a quelques jours, et je me disais que ce serait une bonne idée d'aller y jeter un coup d'œil.

A ces mots, le sourire de Charlotte disparut aussi vite qu'il était venu, pour faire place à une grimace d'exaspération.

— Oh non, je t'en prie ! Ne me dis pas que tu veux encore lui acheter une poupée ! Elle en a déjà tellement ! C'est bien simple, je crois qu'il ne doit plus rester une étagère de libre. Je t'assure, Claire, elle n'a pas besoin d'une énième poupée de collection !

— Tu sais parfaitement que ce n'est pas une question de *besoin*, répliqua Claire. C'est ça qui lui ferait le plus plaisir, voilà tout.

— Bon, d'accord. Autant lui acheter ce dont elle a vraiment envie. Mais toi, comment vas-tu faire ? C'est très cher, ce genre de truc, et tu dois avoir du mal à joindre les deux bouts.

— Ne t'inquiète pas pour moi, je vais me débrouiller. Mes créations se vendent plutôt bien, en ce moment. Et puis, si nous arrivons à trouver LA poupée idéale, nous ne serons pas deux à l'acheter mais trois : Hugh est d'accord pour en payer la moitié à lui tout seul.

Sur le coup, Charlotte en resta bouche bée.

— Quoi ? Qu'est-ce que tu viens de dire ? Comment diable es-tu parvenue à persuader ce radin de Hugh Voorhies de débourser une petite fortune pour une simple poupée ?

— Je sais bien qu'il est un peu près de ses sous, admit Claire, mais il y a au moins une chose qu'on ne peut pas lui enlever : c'est qu'il est fou de Maman. Il adore se plaindre de sa marotte de collectionneuse et gémir contre ses poupées qui, à l'entendre, envahissent son espace vital, mais au fond, il s'en fiche pas mal, du moment que Maman est heureuse. Il ferait n'importe quoi pour elle.

— C'est vrai. D'ailleurs, je me demande comment elle fait pour séduire aussi facilement ! dit Charlotte en pouffant de rire. Réfléchis-y deux secondes : notre charmante mère fume comme un pompier, jure comme un charretier et s'habille comme une prostituée. Et malgré ça, elle arrive *toujours* à se trouver un type qui soit raide dingue d'elle et qui fasse ses quatre volontés ! C'est quand même insensé, non ? Alors que moi, avec ma situation en or, je ne suis même pas capable de me dénicher un cavalier pour la soirée de charité organisée par mon patron, ce week-end. C'est dingue ! Ce qui me ramène à ma première question : comment fait-elle ?

— Je n'en sais pas plus que toi, mais en tout cas, elle reste elle-même, et ça a l'air de plutôt bien fonctionner, dit Claire.

Les deux sœurs s'arrêtèrent au passage piéton, puis traversèrent et tournèrent dans la rue Conti. Derrière elles, la rumeur et l'odeur caractéristiques du Mississippi laissaient deviner la présence à la fois rassurante et potentiellement menaçante de l'embouchure du grand fleuve.

La pluie avait un peu dissipé la chaleur étouffante de la journée, et les lumières qui commençaient à poindre aux fenêtres un peu partout donnaient au paysage familier un aspect de tableau français de la fin du siècle dernier. C'était exactement ce genre d'après-midi mourant, avec cette atmosphère adoucie et irréelle, que Claire aimait tant. Dans des moments pareils, elle se félicitait d'avoir regagné La Nouvelle-Orléans après l'ouragan et les inondations terribles qui l'avaient ravagée.

De toute façon, elle ne se voyait pas vivre ailleurs. Trois générations s'étaient succédé dans la maison familiale qu'elle occupait à présent, et en s'installant ailleurs, elle aurait la désagréable sensation de devenir une déracinée. Elle avait cette ville dans le sang, c'était indéniable.

— Tu sais, j'ai longuement retourné le problème dans tous les sens, reprit Charlotte tout en prenant le bras de sa sœur.

Son chemisier de soie était maintenant trempé, mais elle ne semblait plus s'en soucier. Pas plus qu'elle ne paraissait embarrassée de la façon indécente dont le tissu lui collait à la peau, laissant transparaître les courbes de ses petits seins haut perchés.

— Je suis la fille de Lucille, après tout, continua-t-elle d'un ton décidé. J'ai forcément dû hériter d'un peu de sa… de son… bref, de ce qui fait tourner les têtes de tous les mâles qu'elle croise ! Alors, pourquoi est-ce que je suis toujours célibataire, à mon âge ?

— C'est à moi que tu poses cette question ? Alors que j'en suis déjà à mon deuxième mariage raté ?

— Arrête de dramatiser, Claire ! Ton deuxième divorce n'a même pas encore été prononcé.

— Peut-être, mais le délai nécessaire à la décision finale du juge n'est qu'une formalité. Dans les faits, c'est terminé entre Alex et moi.

— Pourtant, je suis sûre que tu pourrais recoller les morceaux si tu le voulais. Tu n'as qu'un mot à dire et Alex reviendrait en un clin d'œil.

Les yeux dans le vague, Claire secoua tristement la tête.

— Non, il est trop tard pour revenir en arrière.

— N'importe quoi ! lança Charlotte avec l'énergie qui lui était coutumière. Il n'est jamais trop tard pour bien faire, tu le sais aussi bien que moi. Et un homme de la trempe d'Alex Girard, ça ne court pas les rues, crois-moi sur parole. Tu peux me faire confiance là-dessus : le monde est plein de gros nazes prêts à… Mais tu es déjà au courant, je suppose. Vu que tu as épousé le plus gros connard de tous les temps.

— Charlotte !

Au ton choqué qu'avait employé sa sœur, Charlotte releva le menton d'un air de défi.

— Désolée si je remue le couteau dans la plaie, mais il faut dire ce qui est. Je sais bien que nous étions convenues de ne plus évoquer le cas Dave Creasy, mais c'est plus fort que moi. Je n'arriverai jamais à lui pardonner ce qu'il t'a fait subir. Tu m'entends, Claire ? Jamais de la vie.

— Tout ça, c'est de l'histoire ancienne, dit la jeune femme en soupirant. Laisse tomber, Charlotte. Ça vaudra mieux pour tout le monde.

— Si seulement ça pouvait être aussi simple ! rétorqua Charlotte, les lèvres pincées. Mais ça ne l'est pas, et tu le sais mieux que moi. Tout bêtement parce que c'est à cause de lui que tu n'as jamais réussi à te lier vraiment avec Alex, même au début de votre mariage. Et n'essaie pas de le nier : je te connais mieux que tu ne te l'imagines.

— Dans ce cas, tu devrais savoir que je n'ai pas la moindre envie de discuter de mes ex-maris, répliqua Claire, un brin exaspérée par l'insistance déplacée de sa sœur cadette. Pas plus d'Alex que de Dave. Tout ce qui m'intéresse aujourd'hui, c'est de passer le temps libre qui m'est accordé à faire les magasins avec ma sœur. C'est trop demander ?

— Non, non, grommela Charlotte pour la forme. Si tu veux, on va passer un marché : je te promets de ne plus mentionner « celui-dont-on-ne-doit-pas-dire-le-nom » au moins pendant… allez, soyons large : vingt-quatre heures tout rond ! Mais seulement si, en contrepartie, tu acceptes de m'accompagner au gala, samedi soir.

— Hein ? Mais pour quoi faire ? Je suis terriblement mal à l'aise dans ce genre de soirées !

— Je suis au courant, figure-toi, et c'est justement ça qui me préoccupe. Tu comprends, maintenant que tu es de nouveau célibataire, il faut que tu réapprennes à sortir, à voir du monde, à te distraire, en somme. Tu passes beaucoup trop de temps toute seule à remâcher tes échecs dans ta vieille baraque branlante. Ce n'est pas sain. Et puis… pour tout te dire, j'ai une bonne raison de vouloir que tu m'accompagnes. Si je me pointe toute seule à ce gala, les gens vont savoir que c'est parce que je n'ai pas réussi à me trouver un cavalier, et ça va jaser. Alors que si je t'y emmène, ils penseront seulement que je me montre sympa avec toi, que j'ai préféré sortir ma pauvre sœur qui traverse une passe difficile plutôt que de me pavaner égoïstement au bras d'un beau jeune homme !

— Décidément, tu es incorrigible ! Tu n'as pas honte de jouer sans cesse la comédie ?

— Non, parce que je suis aussi complètement désespérée, et que tu es ma dernière carte ! avoua Charlotte de bonne grâce. Alors, tu es d'accord ? Tu veux bien m'accompagner à cette maudite soirée ? S'il te plaît ?

Mais Claire ne l'écoutait plus. La boutique « Chez Mignon — objets de collection » se trouvait juste en face, de l'autre côté de la rue, et une poupée dans la vitrine avait irrésistiblement attiré son attention. Vêtue d'une jolie robe rose à volants, chaussée d'adorables souliers de cuir noir vernis, la ravissante créature était assise à une table miniature où trônait une dînette en porcelaine, avec théière, tasses, soucoupes et pots assortis.

Le visage de la poupée était si méticuleusement sculpté,

ses traits si merveilleusement peints, que Claire en resta figée sur place. Elle avait l'impression de contempler une vraie petite fille installée à sa table de goûter, tant la poupée grandeur nature était saisissante de vie.

Seulement, cette petite fille souriante derrière la vitrine du magasin était le portrait craché de Ruby.

Claire sentit son cœur tambouriner dans sa poitrine. Incapable de détacher son regard ne serait-ce qu'une fraction de seconde de l'image qui s'offrait à elle, elle tenta vainement de se raisonner. Tout à l'heure, la simple vue d'une adolescente blonde dans la rue n'avait-elle pas suffi à déclencher en elle une vague d'espoir insensé ? Il n'y avait pas un seul moment de la journée où elle ne songeât à sa fillette disparue ; elle finissait par en devenir complètement obnubilée… C'était ridicule de se mettre dans des états pareils…

Mais là, dans la vitrine, ces boucles blondes, ce sourire délicieux, cette petite robe à volants…

Tremblante comme une feuille, elle porta une main à sa bouche.

— Claire ? Ça va ? lui demanda sa sœur d'un air inquiet. Tu es blanche comme un linge. Qu'est-ce qui se passe ? Tu te sens mal ? Tu ne vas pas t'évanouir, tout de même ? Je t'avais bien dit qu'on aurait dû s'arrêter en chemin pour grignoter quelque chose…

— Je… La poupée, là, répondit Claire d'une voix rauque qu'elle ne se connaissait pas.

Elle avait l'impression qu'elle ne pourrait plus jamais regarder autre chose, tant le petit visage la retenait captive.

L'air interloqué, Charlotte se tourna dans la direction que lui indiquait sa sœur.

— Où ça ? Là-bas, dans la vitrine ? Celle qui est assise à table ?

— Charlotte, c'est elle ! C'est elle ! fit Claire avec frénésie.

— C'est celle-là que tu veux acheter pour l'anniversaire de Lucille ?

Impatiente, énervée, Claire s'agrippa au bras de sa sœur. Elle ne comprenait donc pas ? C'était pourtant si évident !

— Tu ne remarques rien ? Tu ne vois pas ce que je vois ?

Charlotte regarda sa sœur, surprise par son ton mélodramatique, et fronça les sourcils.

— Mais bon sang, qu'est-ce que tu as ? Qu'est-ce que tu veux tellement me montrer ?

— Enfin, Charlotte ! Cette poupée… c'est Ruby ! Trait pour trait !

— Ruby ? Oh, voyons, ma chérie, ne te mets pas dans des états pareils ! Ce n'est qu'une poupée. Ce n'est pas parce qu'elle a des boucles blondes, comme ta fille, que…

— Mais non, je ne te parle pas de ses cheveux, chuchota Claire, les yeux écarquillés. C'est bien plus que ça : regarde donc ce sourire. Ce visage. Cette robe rose. C'est exactement la même que celle que Maman lui avait cousue pour son anniversaire. Je m'en souviens parfaitement : elle la portait le jour où elle a disparu.

A présent, Charlotte avait vraiment l'air angoissé. Elle fixait sa sœur comme si elle avait eu affaire à une pauvre folle qui l'aurait alpaguée en pleine rue. Jetant un coup d'œil nerveux en direction de la vitrine, elle secoua la tête avec vigueur.

— Ecoute, tu te fais des idées, ma chérie, dit-elle avec gentillesse. Elle a une robe rose avec des volants, d'accord. Et après ? Toutes les petites filles en ont, et la plupart des poupées sont habillées de cette façon…

— Mais non ! protesta Claire avec l'énergie du désespoir.

Maman avait commandé le tissu spécialement ! Ça ne peut pas être une simple coïncidence.

Lentement, Charlotte fit pivoter sa sœur vers elle, les mains sur ses épaules, comme pour l'arracher à la contemplation d'une vision qui lui faisait du mal.

— Claire, reviens sur terre. Qu'est-ce que tu es en train d'inventer encore ?

— Je n'invente rien, bon sang ! explosa la jeune femme. Je te répète que cette poupée est le portrait craché de ma fille le jour où elle a été enlevée ! Et cette robe, c'est celle qu'elle portait quand on me l'a prise ! J'en suis certaine.

L'air terriblement ennuyé, Charlotte se mordit la lèvre, sans doute pour ne pas tancer sa sœur trop vertement.

— Ecoute, Claire : tu sais aussi bien que moi que c'est impossible. Ce n'est qu'une poupée, rien de plus. Arrête de voir Ruby partout. C'est très mauvais pour toi de t'imaginer… Claire ! Attends !

Mais la jeune femme s'élançait déjà vers la boutique. Sans se préoccuper de la circulation, elle se mit à courir, comme attirée par un aimant puissant, vers la poupée qui semblait prête à se jeter dans ses bras, comme la petite fille qu'elle avait perdue. Plus elle se rapprochait de la vitrine, plus son cœur battait la chamade : elle ne rêvait pas, cette poupée ressemblait bien à Ruby comme deux gouttes d'eau. Cette fois, ce n'était pas son imagination trop fertile qui lui jouait un tour pendable. Elle en était convaincue.

— Claire !

A l'instant précis où Charlotte hurlait son nom d'une voix stridente qui couvrit momentanément le brouhaha de la rue, Claire aperçut du coin de l'œil la voiture qui lui fonçait droit dessus.

Mais il était déjà trop tard. Tout se passa si vite qu'elle n'eut même pas le temps de paniquer. Elle entendit un crissement de freins terrible, et un quart de seconde plus tard, elle était projetée en l'air. Dans un bruit de tôle froissée, elle rebondit sur le capot de la voiture avant de rouler à terre. Lorsqu'elle retomba lourdement sur la chaussée, la force du choc lui coupa momentanément le souffle.

Hébétée, incapable de bouger ne serait-ce qu'un orteil tant l'accident l'avait prise par surprise, elle resta étendue sur le dos, inerte, cependant qu'une foule s'amassait autour d'elle.

Vive comme l'éclair, Charlotte écarta les badauds et se laissa tomber à genoux pour prendre le poignet de sa sœur, l'air complètement affolé.

— Vite ! Appelez les urgences ! cria-t-elle à la cantonade avant de se pencher sur Claire. Mon Dieu, Claire ! Ça va ? Réponds-moi, je t'en supplie !

Il y avait tant d'angoisse dans la voix de sa sœur que Claire voulut la rassurer. Mais aucun son ne sortit de sa gorge. Tout ce qu'elle pouvait faire, c'était continuer à fixer le ciel de ses yeux écarquillés, tandis que de grosses gouttes de pluie ruisselaient sur son visage comme autant de larmes inextinguibles.

4.

Mignon Bujold avait prévu de fermer boutique un peu plus tôt que d'habitude, ce soir-là. Elle voulait avoir le temps de se rendre dans la paroisse de Jefferson pour apporter un cadeau d'anniversaire à la plus jeune de ses petites-filles. Elle était un peu en avance sur la date, mais le dimanche en question, elle devait assister à une grande exposition de poupées de collection à Baton Rouge où elle passerait tout le week-end. Par conséquent, si elle n'allait pas voir sa petite Piper chérie dans la soirée, celle-ci devrait patienter jusqu'à la semaine suivante pour découvrir le splendide cadeau que sa grand-mère lui réservait. Et à cet âge, l'attente n'était pas chose facile.

D'autant que Mignon savait d'expérience que la réunion de passionnés à laquelle elle allait se rendre tournait souvent au parcours du combattant ; elle serait tellement occupée à repérer les pièces exceptionnelles et à tenter de les acquérir au meilleur prix qu'elle n'aurait vraisemblablement pas le temps de téléphoner à sa petite-fille pour lui souhaiter un joyeux anniversaire en temps réel. Elle ne voulait surtout pas que la fillette s'imagine que sa grand-maman, comme elle l'appelait, avait complètement oublié cet événement si important.

En repensant aux jolies choses qu'elle allait offrir à Piper, Mignon s'imagina son expression de joie intense. Elle aimait beaucoup les deux enfants de sa fille Lily, mais l'aînée, MacKenzie, était un vrai garçon manqué. Du coup, avec elle, Mignon n'avait jamais pu laisser libre cours à sa passion pour les jeux de « vraie fille ». Au contraire, Piper ne rêvait que de poupées charmantes, de robes à volants, de dentelles, de bijoux et de princesses. Bref, elle correspondait en tout point à l'idée que sa grand-mère se faisait d'une petite-fille ravie d'être choyée et pomponnée comme une reine de contes de fées.

Du bout du doigt, Mignon caressa le ruban argenté qui ornait le gros paquet destiné à l'heureuse élue. La robe signée Mori Lee et la poupée Queen Tatiana représentaient une véritable folie, car elles valaient une petite fortune. Mais c'était toujours moins extravagant que ce que Mignon avait envisagé au départ : elle avait été fortement tentée d'offrir à sa petite-fille préférée la splendide poupée Savannah Sweete qu'elle avait acquise tout récemment. Elle avait beau être une grand-mère gâteau, elle n'en oubliait pas pour autant de suivre son flair de commerçante avisée. Cette poupée allait lui permettre d'augmenter prodigieusement son chiffre d'affaires ainsi que la réputation de son magasin ; elle l'avait deviné à la seconde où elle avait posé les yeux sur elle, même si le type qui était venu la lui proposer lui avait semblé bizarre.

En tout cas, depuis qu'elle avait mis la création de Savannah Sweete en vitrine, une véritable guerre des enchères s'était engagée entre deux collectionneurs privés qui ne cessaient de lui promettre des prix plus astronomiques les uns que les autres pour ajouter la petite merveille à leur palmarès déjà impressionnant. Et ils n'étaient pas les seuls à se montrer intéressés par la poupée. Depuis que Mignon avait envoyé un message électronique enthousiaste à tous ses clients et amis collectionneurs pour les prévenir que la toute dernière Savannah Sweete se trouvait chez elle, le magasin n'avait pas désempli. Les gens qui venaient admirer la ravissante poupée n'avaient pas forcément les moyens ni l'envie de l'acheter, mais ils repartaient presque tous avec un objet de collection sous le bras. D'ailleurs, la boutique n'était pas encore vide, ce soir, et elle se demanda si, finalement, elle allait pouvoir fermer plus tôt que d'habitude. Il n'était pas question pour elle de mettre des acheteurs potentiels dehors : le client était roi, et tant qu'il payait, elle n'allait sûrement pas le décourager. D'autant que les affaires commençaient tout juste à re-décoller, après la période difficile qui avait suivi le passage de l'ouragan Katrina.

Lorsque le magasin se vida enfin, il était un peu plus de 17 heures. Mignon allait partir quand il y eut une agitation soudaine juste devant la boutique. Intriguée, elle appuya son front contre la vitre, essayant de distinguer quelque chose au-delà des têtes et des gyrophares bleus et rouges qui éclairaient de façon sinistre la chaussée mouillée. Des policiers et des ambulanciers, auxquels s'était jointe toute une troupe de badauds, s'activaient autour d'une femme étendue par terre, au pied d'une berline bleu clair.

— Mon Dieu ! murmura Mignon, tout en se signant à la hâte.

D'abord, cet horrible meurtre quelques pâtés de maisons plus loin, et maintenant, cet accident juste devant sa porte... Décidément, elle allait finir par croire que le quartier était victime d'une malédiction.

L'inconnue gisait à terre, inerte, visiblement sous le choc ; elle avait vraisemblablement été renversée par la voiture stationnée juste à côté d'elle au moment où elle traversait la rue. Mignon aperçut l'un des officiers occupé à prendre la déposition du conducteur qui fourrageait nerveusement dans ses cheveux humides. Non loin de là, un autre policier communiquait par radio — sûrement avec des collègues pour demander des renforts.

Au moins, la pauvre femme n'avait pas été victime d'un de ces chauffards trop pressés d'échapper aux forces de l'ordre pour prêter assistance aux blessés. Savannah Sweete, elle, n'avait pas eu cette chance : depuis l'accident qui lui avait ôté l'usage de ses jambes, presque dix ans plus tôt, elle était clouée à son fauteuil roulant. Une tragédie pour celle qui servait de modèle à tous les fabricants de poupées de collection.

Dès le moment où Mignon avait installé la poupée à la place d'honneur dans sa vitrine, elle n'avait cessé de songer à Savannah Sweete. Elle avait eu la chance de rencontrer cette artiste inégalable une fois, mais de longues années s'étaient écoulées depuis cette unique entrevue, et elle doutait que la grande Savannah se souvienne d'elle si jamais elles étaient amenées à se croiser de nouveau. Pourtant, Mignon avait marqué ce jour d'une pierre blanche. Elle faisait partie des adoratrices inconditionnelles de la célèbre créatrice, et la voir en chair et en os l'avait emplie d'une énergie et d'un enthousiasme galvanisants.

Bien entendu, à l'instar des collectionneurs de la région tout entière, la nouvelle du drame qui avait laissé Savannah infirme pour le restant de ses jours l'avait frappée de plein fouet. Un membre de sa famille aurait été victime d'un accident grave qu'elle ne se serait pas sentie plus désemparée.

Avant le drame, la belle Savannah Sweete était plutôt sociable et avenante. Mais par la suite, d'après ce que Mignon avait entendu dire, elle s'était repliée sur elle-même et vivait en recluse. Même si elle continuait à créer des poupées uniques, la qualité de ses œuvres n'avait plus jamais été la même. Ce qui augmentait d'autant la rareté de ses créations antérieures. Mignon aurait parié sa retraite d'ancienne enseignante que la poupée exposée dans sa vitrine faisait partie de cette période : la perfection avec laquelle elle avait été sculptée, puis peinte, le clamait haut et fort.

Mignon se détourna du spectacle de la rue, où les sirènes et les gyrophares continuaient d'ameuter les alentours. Elle marmonna rapidement une petite prière pour que la victime de l'accident s'en sorte, puis elle tendit la main vers le panneau « Ouvert » qui pendait au bout de son fil dans la vitrine. Mais avant qu'elle ait eu le temps de le retourner pour que la face « Fermé » soit visible de dehors, la sonnette de la porte d'entrée tinta faiblement. Pestant intérieurement contre elle-même, Mignon se dit qu'elle aurait dû se dépêcher de fermer son magasin, au lieu de rester à contempler les dégâts qui s'étaient produits juste devant chez elle. Elle pouvait toujours signifier au client qui venait d'entrer qu'il était trop tard, qu'il n'aurait qu'à revenir dans quelques jours, mais cela n'aurait pas été très commerçant. Elle masqua donc son irritation du mieux qu'elle put derrière un sourire de circonstance, et se tourna vers le visiteur de dernière minute.

La plupart des habitués de sa boutique étaient des femmes, mais il y avait suffisamment de collectionneurs masculins sur le marché des poupées pour qu'elle ne fût pas surprise outre mesure de découvrir un homme dans son magasin. Et quel homme ! Ce n'était pas un quidam ordinaire qui se trouvait chez elle : son apparence était tout simplement… renversante. Inattendue. Et ne devait pas laisser grand monde insensible.

Les petites lunettes rondes cerclées de fer que l'inconnu portait sur son nez fin et délicat lui donnaient un air d'érudit auquel ses lèvres pleines ajoutaient une pointe d'hédonisme quelque peu incongrue. De jolies boucles châtain doré lui tombaient élégamment sur le front, et une orchidée blanche, discrète et raffinée, ornait le revers de sa veste sombre à la coupe ajustée. Une fleur aussi exotique et délicate aurait pu faire douter de la masculinité de certains hommes, mais elle convenait comme un gant à la prestance subtile de celui-ci.

Quand leurs regards se rencontrèrent, le bel éphèbe esquissa une petite révérence à l'intention de Mignon, dont le cœur se mit à battre un peu plus vite tant la courtoisie de ce client potentiel était exquise.

— Bonjour, fit-elle d'une voix plus chevrotante qu'elle ne l'aurait cru. Puis-je vous aider ?

— Certainement. Du moins, j'ose l'espérer. Voyez-vous, chère madame, je suis intéressé par l'une de vos poupées.

Au ton poli de sa voix qui trahissait une certaine éducation, la vieille dame ne put s'empêcher de frissonner de plaisir. Elle tombait rarement sur des gens aussi charmants !

— Laissez-moi deviner, dit-elle en minaudant, comme si elle avait eu trente ans de moins. Vous êtes venu pour la toute dernière collection Queen Tatiana ?

— Ah ! Je crains de devoir vous détromper, madame. Ce n'est pas ce qui m'intéresse. En réalité, je voulais en savoir un peu plus sur la poupée Savannah Sweete que vous avez exposée dans votre vitrine.

C'était donc un vrai collectionneur. Et un expert… Mignon reprit d'un ton extasié :

— C'est une vraie petite merveille, n'est-ce pas ? Savannah Sweete est la créatrice de poupées la plus talentueuse de notre époque. Enfin, je suppose que je ne suis pas tout à fait objective : vous savez, elle est native de Louisiane, et nous autres, à La Nouvelle-Orléans, nous avons tendance à nous montrer exagérément fiers de nos artistes, si bien que…

— Combien coûte-t-elle ? l'interrompit son client d'une voix douce.

— Je suis confuse, mais elle est déjà vendue.

— Vraiment ? Vous l'avez pourtant exposée en place d'honneur…

— C'est vrai, mais elle attire tellement l'attention…

L'homme laissa échapper un soupir déçu.

— Je suppose que vous n'accepteriez pas une nouvelle offre, même si elle était plus avantageuse ?

— Hélas, non, répondit Mignon. Un marché est un marché, et si je commence à revenir sur ma parole, les affaires risquent de dégringoler rapidement. Mais si vous le désirez, je peux vous montrer d'autres modèles tout aussi remarquables. La dernière Queen Tatiana que nous avons reçue…

— La seule poupée qui m'intéresse, c'est celle qui se trouve dans votre vitrine.

— Dans ce cas, conclut Mignon avec un sourire d'excuse, j'ai bien peur de ne rien pouvoir faire pour vous.

Elle s'attendait à ce qu'il quitte le magasin, mais au lieu de tourner les talons, il avança d'un pas dans sa direction. Derrière les verres de ses lunettes, une étincelle bizarre alerta la commerçante. Il y avait quelque chose de froid et de métallique dans ces yeux bleus qui la mit soudain très mal à l'aise.

— Je vais devoir vous demander de m'excuser, bredouilla-t-elle. J'allais fermer la boutique, et…

— Ne vous en faites pas, chère madame, je ne serai pas long. J'aimerais juste savoir à qui vous avez acheté cette poupée.

Contrariée, Mignon fronça les sourcils.

— Rien ne m'oblige à vous fournir cette information, dit-elle. Maintenant, si vous voulez bien sortir…

— Très bien, j'ai compris. Mais peut-être vous montrerez-vous plus loquace avec ces messieurs de la police ?

La police ? Oh, mon Dieu !

— Je… Que voulez-vous dire par là ?

— Tout simplement que cette poupée a été volée. Et qu'elle provient de ma collection privée, déclara l'inconnu d'une voix calme et posée.

Mignon frissonna. Elle avait flairé le coup fourré dès le départ, quand l'homme louche qui lui avait vendu la poupée n'avait pas pu lui présenter le certificat d'authenticité. Elle aurait dû refuser la transaction ; au lieu de cela, elle s'était laissé emporter par sa cupidité. Résultat : elle se trouvait maintenant dans une position très désagréable, face à un homme étrange qu'elle ne trouvait plus du tout attirant. Mais elle ne lui révélerait pas qu'elle avait peur car elle sentait qu'il était dangereux.

Ce fut donc d'une voix nettement plus sèche qu'elle lui demanda :

— Vous prétendez être le propriétaire de cette poupée, mais pouvez-vous le prouver ? Avez-vous le certificat d'authenticité, par exemple ? Ou un récépissé indiquant la manière dont elle est entrée en votre possession ?

— J'ai nettement mieux que cela, fit l'homme en fouillant dans sa poche pour en extirper la photographie d'une petite fille qui ressemblait comme deux gouttes d'eau à la poupée.

Mignon en resta sans voix. Pendant quelques secondes, elle eut l'impression qu'elle ne pourrait jamais détacher son regard de l'image qui lui était présentée. D'un seul coup, son malaise perdit de l'intensité : la fillette sur la photo était tellement adorable…

— Quelle enfant ravissante ! murmura-t-elle. C'est votre fille ?

— Non, c'est une amie d'enfance, répondit l'inconnu avec un sourire machiavélique qui glaça la propriétaire du magasin.

Décidément, ce type ne lui plaisait plus du tout. Ce sourire étrange… Et ces yeux… Ils étaient tellement… vides. Inexpressifs. Froids. On aurait pu croire qu'ils étaient en porcelaine, comme les yeux de la poupée qui trônait toujours dans sa vitrine. Cet homme bizarre n'avait pas grand-chose d'humain, en fin de compte.

— Ecoutez, dit-elle, si la poupée vous appartient, allons ensemble au commissariat pour expliquer…

Elle ne termina pas sa phrase : son mystérieux visiteur venait de tourner les talons pour se diriger vers la porte d'entrée. Il avait oublié de reprendre sa photo, mais Mignon se garda bien de le retenir. Au lieu de cela, elle glissa l'image dans sa poche sans un mot, soulagée de le voir s'éloigner sans plus insister. Si elle pouvait être débarrassée de sa présence troublante une bonne fois pour toutes…

Mais l'homme ne semblait pas vouloir quitter les lieux. Au lieu d'ouvrir la porte pour sortir, il poussa le verrou, tira le store qui masquait la vitre, puis se retourna lentement vers Mignon.

Le sourire glacé n'avait pas quitté son visage.

La commerçante recula de quelques pas, tenaillée par une sourde angoisse. Mais quand elle vit ce qu'il tenait dans sa main droite, elle fit demi-tour et s'élança vers la porte du fond. Peine perdue : il était bien plus rapide qu'elle. Lorsqu'elle sentit sa main se refermer sur son bras et l'attirer brutalement en arrière, elle ne put retenir un cri de terreur.

— Stop ! lui dit-il. Arrêtez ce raffut immédiatement ! C'est compris ?

La gorge serrée, Mignon opina du chef tout en ravalant un sanglot.

— Je… je vous en prie, gémit-elle d'une voix qui n'était plus qu'un souffle affolé, n… ne me faites pas de mal ! Prenez la poupée si c'est ce que vous voulez. Prenez même tout le reste du magasin, mais s'il vous plaît, ne me faites pas de mal !

— Chut, chut, chantonna l'inconnu tout contre son oreille, cependant que, de l'autre main, il lui caressait tendrement les cheveux. Tout va bien. Du calme !

Sa voix avait pris un accent si apaisant que durant un bref instant, Mignon se demanda s'il n'allait pas la laisser tranquille.

Mais son soulagement fut de courte durée : une aiguille vint se planter brutalement dans sa nuque, et la seconde d'après, elle sentit ses jambes se dérober sous elle.

Incapable de se maintenir debout, elle glissa à terre où elle s'étala comme au ralenti, abandonnée par les bras de son tourmenteur.

Elle ne cria pas, ne pleura pas — parce qu'elle en était tout simplement incapable. Allongée à même le sol, les yeux grands ouverts, elle le regarda s'activer dans la boutique noyée d'ombre.

Il disparut dans la réserve pour en ressortir quelques secondes plus tard, chargé d'une grande boîte en carton et de divers accessoires d'emballage. Il eut la surprisse de voir que la vieille dame avait réussi à se traîner tant bien que mal jusqu'au pied du comptoir. Pour une femme de son âge, elle possédait une constitution plus robuste qu'il ne l'aurait cru de prime abord. Elle était même parvenue à décrocher le téléphone, sans doute pour appeler les secours, mais elle n'avait pas eu la force de composer le numéro. Le combiné gisait dans sa paume ouverte, d'où lui parvenaient les faibles échos de la tonalité d'appel.

D'un coup de pied, il éloigna le téléphone, puis se pencha vers sa victime. Un mince filet de bave s'échappait de sa bouche entrouverte, et dans ses yeux agrandis par la peur, il lut une prière désespérée. Sans cesser de sourire, il lui tapota gentiment le haut du crâne, puis se redressa sans effort. Avant de s'occuper d'elle, il fallait d'abord qu'il termine ce qu'il avait commencé. Elle attendrait un peu.

D'un pas léger, il se dirigea vers la vitrine, et prit la poupée avec délicatesse pour l'emporter vers le comptoir où il l'allongea dans du plastique à bulles. Après l'avoir soigneusement enveloppée dans plusieurs épaisseurs, il la déposa doucement dans la boîte dont il referma le couvercle avec du chatterton. Pendant qu'il s'affairait ainsi à mettre la précieuse petite créature en sécurité, il fredonnait doucement un air guilleret.

— *You are my sunshine*, chantonnait-il. *My only sunshine*[1]...

Une fois la poupée bien rangée dans sa boîte, il revint vers la vieille dame qui n'avait toujours pas changé de position, et dont le corps inerte gisait à terre, pitoyable et presque grotesque. Ignorant délibérément la panique qui transparaissait dans ses yeux bleu pâle, il l'attrapa par les chevilles et la traîna vers l'arrière du magasin, sans cesser de chantonner gaiement.

1. « *Tu es mon rayon de soleil, mon seul rayon de soleil.* » Paroles d'une chanson de Jimmie Davis devenue l'un des hymnes de l'Etat de Louisiane (*NdT*).

5.

Par la fenêtre de sa chambre d'hôpital, Claire contemplait d'un œil morne les éclairs qui striaient le ciel orageux. Sa porte était restée entrouverte, et le brouhaha diffus qui régnait dans les couloirs de l'établissement lui parvenait par à-coups, mais elle s'efforçait d'en faire abstraction. En fermant les paupières et en se concentrant assez fort, elle arrivait à se focaliser sur le bruit de la pluie.

Elle s'imagina un instant qu'elle se trouvait chez elle, dans la grande maison familiale, et qu'elle écoutait le crépitement des gouttes sur les larges feuilles des palmiers et des bananiers qui ombrageaient la cour intérieure. Elle réussissait presque à reconstituer l'odeur musquée de terre et de brique mouillées qui lui était devenue si familière. Un petit effort supplémentaire, et elle se vit debout sous l'auvent qui abritait le perron de sa demeure, les paumes tournées vers le ciel ruisselant de pluie.

Lorsqu'elle était petite, chaque fois qu'il pleuvait, elle se précipitait dehors pour recueillir un peu du précieux liquide dans un bocal. Sa mère n'avait jamais compris cette espèce de fascination pour la pluie, mais du plus loin que Claire se souvienne, les gouttes d'eau qui détrempaient inlassablement les paysages de la région avaient sur elle un effet lénifiant.

Elle s'était toujours sentie apaisée, comme lavée de ses angoisses et de ses colères par les ondées bienfaisantes. Il y avait quelque chose de presque religieux dans la façon dont les arbres se mettaient à bruire dans la chaleur étouffante qui précédait invariablement les orages, quelque chose de magique dans la rapidité avec laquelle le ciel s'assombrissait, comme si un grand rideau noir tombait brusquement sur la scène d'un gigantesque théâtre dont on n'aurait pas eu le temps d'ôter les décors hyperréalistes. Quelque chose de prodigieux dans la promptitude avec laquelle, aussitôt après ces signes avant-coureurs, le déluge s'abattait sur la ville et ses alentours.

— Tu vas être toute mouillée, Maman ! lui répétait Ruby quand elle était encore à la maison.

— Ce n'est pas bien grave, va ! répondait Claire avec un sourire rêveur. Viens donc te blottir contre moi, ma chérie. Donne-moi la main — comme ça, c'est très bien, mon cœur. Et maintenant, lève ton visage vers le ciel, comme ça, et ferme les yeux juste un instant. Tu sens ? Qu'est-ce que ça te fait ?

— Ça me chatouille, Maman !

— Et c'est plutôt agréable ou désagréable, comme sensation ? Plutôt agréable, non ? C'est rigolo, de se laisser mouiller par la pluie, tu ne trouves pas ?

— Si, c'est chouette. Moi, la pluie, j'aime bien ça, Maman.

— Moi aussi, mon ange. C'est bien, la pluie.

Les yeux pleins de larmes, Claire détourna son regard de la fenêtre et s'obligea à fixer le plafond pour laisser au souvenir de ces moments de grâce partagés avec sa fille unique le temps de se fondre dans les brumes du passé. Sept ans — sept longues années que Ruby s'était volatilisée sans laisser de trace. Et aujourd'hui, une poupée à son image faisait brusquement son apparition dans une vitrine du Quartier Français. C'était trop énorme, trop inattendu pour qu'elle croie à une simple coïncidence. La ressemblance était trop frappante pour qu'elle se fasse une raison. La personne qui avait fabriqué cette poupée connaissait Ruby — ou au moins, elle l'avait vue telle qu'elle était, sept ans auparavant, le jour où elle avait été arrachée au foyer de ses parents. Il n'y avait pas d'autre explication. Les traits de la petite fille avaient été reproduits à la perfection : la forme de son visage, l'expression à la fois douce et décidée de ses yeux bleus, et jusqu'à ce demi-sourire plein de sagesse qui la caractérisait si bien.

Un soupir s'échappa de la gorge douloureuse de la jeune femme. Elle ne pouvait s'empêcher de trouver des significations à l'existence de cette poupée, même si elle avait conscience qu'il ne fallait pas se laisser aller à espérer trop de son apparition. Après tout ce temps passé dans l'incertitude et la peine, se pourrait-il que, grâce à un simple jouet, la clé du mystère entourant la disparition de Ruby lui soit enfin livrée ?

Sa raison lui soufflait de ne pas emprunter cette voie trompeuse : après tout, elle avait été déçue à maintes reprises pendant les sept ans qui venaient de s'écouler… Et si, au bout de compte, ce n'était effectivement qu'une coïncidence ? Depuis l'enlèvement de Ruby, Claire avait eu le temps d'apprendre une règle d'or : il fallait avancer pas à pas si on ne voulait pas se retrouver le bec dans l'eau. La première étape, en ce qui concernait le futur immédiat, c'était de sortir de l'hôpital.

Enervée de se sentir si diminuée, elle chassa d'un revers de main les larmes qui perlaient au coin de ses paupières. Elle savait qu'elle l'avait échappé belle : elle devait s'estimer heureuse de s'en tirer avec une simple commotion assortie d'une vilaine balafre sur sa main gauche qui avait nécessité pas moins de douze points de suture. Le médecin avait dû utiliser ensuite une pince à épiler pour sortir tous les petits éclats de verre et de gravier qui s'étaient incrustés dans la paume de ses mains et dans la chair tendre de ses bras. Ensuite, il l'avait envoyée au service radiologie pour vérification. Enfin, après toutes ces interventions épuisantes, elle avait été transférée dans cette chambre individuelle, au premier étage, où elle était censée passer une bonne nuit de repos.

Pourtant, elle n'avait pas eu beaucoup de répit. Des médecins, des infirmières, des membres de sa famille venus lui rendre visite s'étaient succédé à son chevet sans discontinuer. Elle n'avait donc pas eu le loisir de se reposer vraiment, d'autant que les anti-douleurs perdaient peu à peu de leur efficacité. Elle avait mal partout, jusqu'au fond des os. Quant à son avenir professionnel, il était compromis, ainsi que sa source de revenus, car la cicatrice qui barrait sa main gauche l'empêcherait sûrement de retravailler à l'atelier de soufflerie de verre pendant un certain temps. Déjà que son compte en banque se trouvait à la limite du rouge, ce handicap allait lui porter un coup fatal… Mais elle ne voulait pas se concentrer sur ces aspects financiers, somme toute secondaires. Pour l'instant, il y avait plus urgent.

Ce qu'elle voulait par-dessus tout, c'était retourner dans cette boutique du Quartier Français. Elle avait bien essayé à plusieurs reprises de s'en aller, mais on la surveillait de près. Que ce soit les infirmières de garde qui passaient régulièrement vérifier que son état n'empirait pas, ou Charlotte qui n'avait pratiquement pas quitté son chevet depuis qu'on l'avait transportée dans cette chambre, il y avait toujours quelqu'un pour l'empêcher de bouger comme elle l'entendait. Tout le monde s'accordait à lui répéter que, tant que les résultats des examens ne seraient pas tous connus, il valait mieux qu'elle se tienne tranquille afin de ne pas aggraver le traumatisme causé par l'accident.

Le plus épuisant avait sans doute été l'arrivée intempestive et bruyante de sa mère, se dit Claire avec un soupir. A partir du moment où elle avait fait irruption dans la chambre, le semblant d'énergie qui restait à la jeune femme avait été littéralement absorbé par l'excitation de Lucille. La mère de Claire voulait bien faire, mais même dans les meilleures circonstances, elle se révélait exténuante. Claire n'avait pu réfréner un intense sentiment de soulagement quand, enfin, Charlotte avait réussi à traîner Lucille hors de la petite chambre pour l'emmener boire une tasse de café à la cafétéria de l'hôpital.

Au début, en se retrouvant enfin seule, Claire avait apprécié le silence reposant qui régnait autour d'elle. Elle avait même réussi à somnoler quelques instants. Mais le hurlement d'une sirène l'avait réveillée en sursaut et depuis, elle ne s'était pas rendormie. Au contraire, chaque minute qui s'écoulait la rendait un peu plus anxieuse : elle avait tellement besoin de s'assurer qu'elle n'avait pas rêvé au sujet de cette poupée ! Si elle tardait trop, qui sait ce qui se produirait ? C'était le seul indice qui pouvait encore la mener sur les traces de sa fille disparue, et elle s'en voudrait terriblement de ne pas suivre cette trace.

Sans bruit, elle se glissa hors de son lit pour se rendre clopin-clopant à la salle de bains attenante où elle s'aspergea le visage d'eau froide avant de s'examiner dans la glace sous toutes les coutures. Un gros bandage couvrait l'estafilade sur sa main gauche, l'entravant dans ses mouvements. D'un geste brusque, elle releva la chemise de nuit qui lui avait été gracieusement prêtée par l'hôpital pour la durée de son séjour : sur sa hanche gauche, un bleu de la taille d'un ballon de basket s'étalait, débordant sur le haut de la cuisse, témoin de l'impact violent qu'elle avait encaissé lorsque la voiture l'avait heurtée de plein fouet.

Elle n'était pas belle à voir, c'était le moins qu'on puisse dire ! Et elle ne se sentait pas capable d'atteindre le bout du couloir.

Elle regagna doucement son lit, s'y assit avec mille précautions, et attendit quelques secondes que sa respiration précipitée s'apaise un peu pour se blottir sous les couvertures.

Elle n'avait pas encore posé la tête sur l'oreiller qu'une infirmière entrait dans la pièce. Elle remarqua aussitôt la pâleur de sa patiente et, fronçant les sourcils, elle se mit en devoir de réprimander Claire.

— Vous auriez dû appuyer sur le bouton pour demander de l'aide.

— Mais je vais très bien ! affirma la jeune femme d'une voix si faible qu'elle démentait ses propos.

— Plusieurs membres de votre famille sont dans la salle d'attente, dit l'infirmière tout en prenant le poignet de Claire pour vérifier son pouls. Ils m'ont demandé de les prévenir quand j'en aurais terminé avec vous pour qu'ils puissent revenir vous voir. Mais si vous préférez rester au calme, je peux très bien leur dire que vous avez besoin de repos.

— Parce que vous croyez que ça suffira à décourager ma mère ? Vous l'avez vue, n'est-ce pas ? Vous avez dû vous rendre compte qu'elle n'était pas si facile à raisonner.

— Oh, pour ça, je l'ai vue ! Et entendue, aussi ! s'exclama l'infirmière tout en serrant le brassard du tensiomètre. D'ailleurs, tout l'étage la connaît, maintenant. Sans vouloir vous offenser, votre mère, c'est une vraie pile électrique !

— Et encore, c'est un euphémisme !

Après avoir scrupuleusement noté la tension de Claire sur sa feuille, l'infirmière lui adressa un sourire bienveillant.

— Est-ce qu'il y a quoi que ce soit que je puisse faire pour vous ? demanda-t-elle avec amabilité. Vous voulez des comprimés anti-douleur ?

— Non, je n'ai pas tellement envie de reprendre des médicaments pour le moment.

— D'accord, c'est vous qui décidez. Mais si vous souffrez trop, n'hésitez pas à m'appeler : je vous donnerai quelque chose qui vous soulagera aussitôt. Et si vous avez besoin d'aide pour aller dans la salle de bains, sonnez avant de vous évanouir !

Claire hocha la tête.

— Vous avez manqué l'heure du dîner, mais je peux vous trouver quelque chose à grignoter si vous avez faim.

— Non, merci. Je me sens incapable d'avaler quoi que ce soit.

— Bon. Dans ce cas, je vous dis à tout à l'heure, pour la prochaine visite de contrôle… Au fait, c'est quoi, votre verdict ? J'autorise votre mère à revenir vous voir ou non ?

— Eh bien, s'il le faut…, dit Claire en soupirant.

— Pour être honnête, je crois que c'est mieux, dit l'infirmière dans un sourire amusé.

— Ce n'est vraiment pas la peine que vous restiez là toute la nuit, répéta Claire pour la troisième fois à sa mère et à sa sœur. Vous feriez mieux de rentrer vous reposer.

— Moi, il n'est pas question que je bouge d'ici ! déclara Charlotte en croisant les bras d'un air buté. Quelque chose me dit que tu vas te précipiter hors de ce lit dès qu'on aura tourné les talons, même si tu risques de faire une syncope !

Tu as bien entendu ce que le médecin t'a dit : une commotion cérébrale, ce n'est pas rien. Le seul moyen de ne pas risquer de l'aggraver dangereusement, c'est vingt-quatre heures de repos absolu. C'est bien ce qu'il a dit, n'est-ce pas ?

— Je peux tout aussi bien me reposer à la maison, bougonna Claire.

— Ma chérie, tu ferais mieux d'écouter ta sœur, pour une fois qu'elle a raison ! lança Lucille tout en se penchant vers le lit pour remonter le drap autour des épaules de sa fille. De toute façon, tu ne te débarrasseras pas de nous comme ça : si elle reste, je reste aussi. On va s'occuper de toi.

— Mais je déteste qu'on me traite comme si j'étais en sucre ! geignit la jeune femme, épuisée d'avance à l'idée de devoir batailler contre sa mère.

— Il n'empêche que tu t'es quand même fait renverser par une voiture ! la gronda gentiment Lucille. Et que tu ne dois pas lever le petit doigt si tu veux récupérer.

Après avoir reçu l'appel paniqué de Charlotte, qui avait accompagné sa sœur aux urgences, Lucille avait tout laissé en plan pour accourir au chevet de sa fille aînée. Elle avait tout juste pris le temps de se mettre une épaisse couche de rouge à lèvres voyant et d'enfiler les sandales à talons compensés sans lesquelles elle ne se sentait pas tout à fait elle-même. Le reste de son accoutrement, comme d'habitude, la faisait ressembler à une SDF ! Le col de son T-shirt informe était tout détendu, et son jean était extraordinairement serré. Elle avait beau être mince comme un fil, elle achetait des pantalons beaucoup trop petits, afin de mettre ses formes en valeur, disait-elle avec fierté. En général, elle roulait les jambes de son jean jusqu'au haut de ses mollets, pour qu'on remarque bien la dent d'alligator qu'elle portait accrochée à un bracelet de cheville doré. Le summum du mauvais goût !

— Tu trembles, mon petit cœur. Tu as froid ?

— Mais non, Maman ! répondit Claire d'un ton las. Je veux juste partir d'ici et retourner au magasin pour essayer d'en savoir plus sur cette poupée.

Lucille et Charlotte échangèrent un regard significatif qui n'échappa pas à Claire.

— Arrêtez de prendre cet air dramatique quand je vous parle ! fit-elle d'un ton mécontent. Je ne suis pas folle ! Je sais bien ce que j'ai vu.

— Mais personne ne t'a jamais traitée de folle, ma belle !

— Non, mais vous le pensez tellement fort que je l'entends ! rétorqua Claire en se tournant vers Charlotte. Je n'aurais jamais dû te laisser me mettre dans cette ambulance.

— Je te signale que tu n'avais pas vraiment le choix, au cas où tu l'aurais déjà oublié. Tu n'étais même plus consciente quand les secours sont arrivés. Tu as subi un choc, Claire. Et bien plus grave que tu ne sembles le croire.

— Peut-être, mais il y a plus urgent… Et s'il arrive quelque chose à la poupée avant que je ne retourne à la boutique ? Si jamais elle est vendue et que…

— Chut, chut, mon petit ! fit Lucille en caressant le bras de sa fille d'une main qu'elle voulait apaisante. Ne te mets pas martel en tête à ce sujet. Suis plutôt les conseils du médecin, et repose-toi.

Abattue, Claire détourna son regard pour fixer la fenêtre derrière laquelle les éclairs se déchaînaient.

— Tu ne me crois pas, hein, Maman ? demanda-t-elle d'une voix brisée.

— Voyons, ne sois pas stupide ! Bien sûr, que je te crois.

— Alors, pourquoi es-tu toujours ici avec Charlotte ?

Pourquoi ne vous êtes-vous pas précipitées au magasin pour vous renseigner sur cette poupée ?

— Parce que pour le moment, mon principal souci, c'est toi, mon poussin.

— Oui, mais si tu me croyais vraiment, comme tu le prétends, tu serais en train de retourner ciel et terre pour découvrir la provenance de cette poupée, pour savoir à qui elle appartenait avant, quand elle a été fabriquée… Je ne sais pas, moi !

— Claire, mon petit cœur…

— Je te répète que je ne suis pas folle, Maman ! Et je n'ai rien imaginé concernant la poupée. Elle ressemblait trait pour trait à Ruby le jour où elle a été enlevée, je peux te le jurer. D'ailleurs, tu n'as qu'à demander à Charlotte : elle était là, elle a tout vu.

Claire regarda sa sœur avec insistance, une lueur de supplication dans ses beaux iris bleus. Mais Charlotte ne répondit rien et détourna les yeux, l'air gêné.

— Pourquoi tu ne dis rien, Charlotte ? Tu pourrais au moins m'appuyer auprès de Maman, puisqu'elle a l'air de penser que je délire complètement ! Tu l'as vue comme moi, cette poupée !

— Oui, mais je regrette, je ne peux pas être aussi catégorique que tu le voudrais, fit Charlotte du bout des lèvres, les joues roses d'émotion. Je ne me sens pas capable d'affirmer sans mentir que cette poupée ressemblait vraiment à Ruby, tout simplement parce que je n'ai pas pu m'en approcher suffisamment. Tout ce que je peux dire, c'est qu'elle avait des boucles blond doré et qu'elle portait une robe rose à volants. Elle ressemblait peut-être à Ruby, effectivement, mais ça ne change pas grand-chose. Même si, comme tu le répètes, elle était son portrait craché, ça ne veut pas dire que…

— Que Ruby est toujours en vie ? la coupa Claire avec violence. Je le sais, figure-toi ! Mais ça veut *forcément dire quelque chose* !

Charlotte laissa échapper un long soupir.

— Peut-être. Je n'en sais rien. Le seul problème, c'est que ça va encore te faire espérer au-delà des limites du raisonnable, et que quand tu redescendras sur terre, tu auras drôlement mal. Ce n'est pas comme si elle avait disparu hier, Claire : ça fait sept ans.

Les yeux pleins de larmes de frustration, Claire reporta son regard vers la fenêtre pour voir la pluie tomber sans discontinuer, à l'image de la tristesse qui la submergeait chaque fois qu'on évoquait le drame.

— Je sais parfaitement depuis quand Ruby m'a été arrachée, Charlotte, reprit-elle d'une voix assombrie. Je sais même combien de jours, d'heures et de minutes se sont écoulés depuis l'instant où j'ai réalisé qu'elle n'était plus là. Et pour cause : je les ai comptés.

— Oui, tu… pardonne-moi, murmura Charlotte en se mordant les lèvres pour ne pas laisser transparaître son propre chagrin. Je sais aussi à quel point elle te manque. C'est pareil pour moi : il ne se passe pas un seul jour sans que je pense à elle.

— Alors, je t'en prie, arrête de contester ce que je dis. Il existe une poupée qui ressemble comme deux gouttes d'eau à ma fille, j'en suis sûre : je l'ai vue de mes yeux. Et je veux en comprendre la raison. Mais pour ça, j'ai besoin d'aide.

Voyant que Charlotte ne répondait pas tout de suite, Lucille s'empressa d'affirmer à sa fille :

— Tu sais bien que nous ferions n'importe quoi pour toi, Claire.

— Alors, tu veux bien m'accompagner jusqu'à cette boutique,

Maman ? demanda Claire tout en serrant convulsivement la main de sa mère, les yeux brillant d'émotion contenue. Il faut absolument que tu voies cette poupée, toi aussi. Elle lui ressemble tellement ! Elle porte même la réplique exacte de la jolie robe rose que tu lui avais confectionnée pour ses sept ans. Tu t'en souviens, n'est-ce pas ? Une robe à volants avec d'adorables petites fleurs blanches brodées dessus ?

— Tu penses, si je me rappelle cette robe ! fit Lucille. J'avais tellement travaillé dessus que j'en avais les doigts tout abîmés !

— Elle l'adorait. Si je l'avais écoutée, elle n'aurait porté que ça tous les jours de la semaine !

Lucille eut un petit reniflement ému.

— Ça, je n'ai jamais regretté le temps que j'avais passé à user mes yeux sur cette robe ! Elle l'appelait sa « robe qui tourne », à cause des volants qui se soulevaient quand elle faisait la toupie. Je me rappelle aussi qu'elle avait absolument voulu que je l'emmène dans les magasins de chaussures pour trouver une paire assortie. Qu'est-ce qu'elle était têtue ! Quand elle avait décidé quelque chose, il n'y avait pas moyen de l'en faire démordre.

A cette évocation du caractère bien trempé de Ruby, Claire ne put s'empêcher de rire avec nostalgie.

A cet instant, une voix grave et bien timbrée s'éleva depuis l'encadrement de la porte.

— C'est une réunion exclusivement féminine, ou vous tolérez la présence d'un homme parmi vous, mesdames ?

Les trois femmes se turent. Tournant la tête vers la porte, Claire regarda gravement Alex Girard qui venait de faire son apparition. Comme d'habitude, il donnait une impression de nonchalance étudiée, accoudé contre le chambranle, un sourire paresseux sur ses lèvres minces, le visage aussi bronzé que s'il venait de faire une séance d'UV. Il n'avait pas besoin de tels artifices, cela dit. Du plus loin qu'elle se souvienne, Claire avait toujours vu Alex en super forme. Grand et musclé, il portait son costume anthracite à la perfection. Sa cravate d'un gris soyeux rehaussait sobrement sa tenue un peu sévère, et ses mocassins à pompons étaient parfaitement cirés. Il fallait au moins accorder cela à Alex : même s'il ne gagnait pas des mille et des cents avec son modeste salaire de policier, il mettait toujours un point d'honneur à porter des tenues impeccables. Il ne serait jamais sorti de chez lui avec un pantalon taché ou une chemise froissée.

Claire le voyait comme un étranger, même s'ils avaient été mariés pendant près de six ans. D'ailleurs, elle ne l'avait jamais vraiment connu à fond. Sans doute parce qu'elle n'avait pas pris la peine d'apprendre à l'apprivoiser, tant elle était obnubilée par ses propres soucis. Il était bel homme, mais ses yeux sombres ne reflétaient pas forcément la réalité, un peu comme ces miroirs déformants que l'on voit dans les fêtes foraines et qui vous amusent en même temps qu'ils vous inquiètent toujours un peu. Il n'avait pas encore atteint la quarantaine, et pourtant, par certains côtés, il commençait déjà à ressembler à son père.

Il n'aurait pas aimé qu'elle le lui dise, songea Claire. D'ailleurs, même si elle l'avait fait, il ne l'aurait certainement pas cru. Comme tous les policiers qu'elle avait pu fréquenter, Alex était doué d'un ego surdimensionné.

— Qu'est-ce que tu fabriques ici, Alex ? lui demanda-t-elle avec une méfiance perceptible.

Il se redressa et vint se poster au pied du lit, sous le regard des trois femmes présentes dans la pièce.

— Mon épouse se fait renverser par une voiture, et j'irais passer la soirée ailleurs ? C'est mal me connaître, Claire.

Elle faillit lui rappeler qu'ils n'étaient plus mari et femme dans les faits, et qu'il ne manquait plus qu'un ou deux papiers pour que ce soit officiel, mais elle se retint in extremis. Elle n'avait pas envie de se disputer avec lui devant sa famille. Au lieu de se rebeller, elle se borna donc à lui demander d'une voix lasse :

— Comment as-tu su que j'étais ici ?

Il lui décocha un de ces sourires éblouissants dont il avait le secret.

— Je suis flic, ne l'oublie pas : je suis au courant de tout !

Un bref coup d'œil en direction de Charlotte dont les pommettes avaient viré au rouge brique suffit à confirmer le soupçon qui avait saisi Claire.

— Et tu sais convaincre les gens de te donner les infos qui t'intéressent. C'est aussi le métier qui veut ça, je suppose, rétorqua-t-elle d'un ton cassant. Enfin, tu n'avais pas besoin de venir ici : je vais très bien.

— Tu m'excuseras, mais je préférais m'en assurer… Au fait, bonjour, Lucille !

— Bonjour, répondit-elle froidement.

— Ça fait un bail qu'on ne s'est pas vus. Comment allez-vous ? continua Alex, pas décontenancé le moins du monde par l'accueil glacial de son ex-belle-mère.

— Bah, je ne peux pas me plaindre. Et toi ?

— Des coups de couteaux, des fusillades, un camé découpé en morceaux au beau milieu du Quartier Français… La routine, quoi.

— Si tu es tellement occupé, on ne va pas te retenir plus longtemps, répliqua Lucille d'un ton acide.

Un éclair de colère fit briller les yeux gris foncé d'Alex.

Son charme n'avait jamais fait d'effet à la mère de Claire, et il avait toujours eu du mal à le digérer.

— Peut-être accepteriez-vous de m'accorder un petit moment en tête à tête avec Claire ?

— Ça, c'est à elle de voir.

— C'est bon, Maman. Ne t'inquiète pas, je pourrai le supporter.

Charlotte fit le tour du lit et vint poser une main sur le bras crispé de sa mère.

— Tu n'as pas envie d'une cigarette, Maman ? Je suis sûre que si. Et moi, par la même occasion, je reprendrais bien un café.

Lucille marmonna quelque chose, tout en décochant un regard meurtrier à son ex-gendre. Heureusement, elle ne fit pas d'esclandre et ramassa son sac à main pour suivre Charlotte hors de la chambre.

Avant de sortir, elle jeta un coup d'œil par-dessus son épaule en direction de sa fille.

— Je ne serai pas loin, Claire. Alors, si tu as besoin d'aide, tu n'hésites pas : tu m'appelles. D'accord ?

— D'accord, Maman, c'est promis.

Alex attendit que les deux femmes aient disparu dans le couloir pour se rapprocher du lit de Claire.

— Qu'est-ce que c'était que ce cirque ? fit-il d'une voix où perçait une vive contrariété. On dirait que Lucille a peur de te laisser seule avec moi !

— Mais non, ce n'est pas ce que tu crois, dit Claire avec lassitude. C'est juste qu'elle s'inquiète pour moi.

— Eh bien, je suis ravi de te l'entendre dire, reprit Alex tout en s'asseyant au côté de Claire sur le bord du matelas. Je sais bien qu'elle n'a jamais compté parmi mes plus grandes admiratrices, mais elle ne peut quand même pas croire que tu as peur de moi !

— Ne t'inquiète pas, je ne suis pas allée lui raconter des mensonges sur ton compte. Il n'empêche que je ne comprends toujours pas pourquoi tu es venu me voir. Tu n'avais qu'à téléphoner à l'hôpital si tu voulais vraiment avoir de mes nouvelles.

Le sourire affable qui n'avait pas quitté les lèvres d'Alex vacilla légèrement.

— Je te l'ai déjà dit : je préférais vérifier par moi-même que tu allais bien.

— J'apprécie cette attention, mais je te rappelle que je ne suis plus sous ta responsabilité.

— Comment ça, sous ma responsabilité ? Parce que tu crois que c'est seulement une affaire de responsabilité ? Tu crois vraiment que je peux oublier mes sentiments pour toi, comme ça, juste parce que ça t'arrange ? Tu penses sincèrement que je vais m'arrêter de t'aimer du jour au lendemain, tout ça parce que tu as décidé de divorcer ?

— Arrête de tout rejeter sur moi : nous avons pris cette décision d'un commun accord.

— Uniquement parce que tu ne me laissais pas le choix. Mais ce n'est pas ce que je souhaite, et tu le sais parfaitement.

Claire leva les yeux vers le plafond, épuisée d'avance. Pourquoi l'autorisait-elle à lui faire ce genre de reproches ? Leur mariage était terminé, point final. Maintenant que la décision était prise et entérinée, il était temps de passer à autre chose. Elle ne devait plus se laisser ronger par la culpabilité ou le remords.

— Je refuse d'avoir une énième discussion avec toi à ce propos, fit-elle à mi-voix. Pas maintenant, alors que je suis si fatiguée. De toute façon, il est trop tard, à présent.

— Moi non plus, je n'ai pas l'intention de me battre avec toi. Je ne suis pas venu pour ça, Claire. C'est juste que j'ai eu affreusement peur quand j'ai appris ce qui t'était arrivé.

— Désolée de t'avoir inquiété.

— Ne sois pas bête, voyons : tu n'as absolument pas à te sentir désolée de quoi que ce soit. Je suis tellement soulagé que tu n'aies pas perdu un bras, une jambe ou pire dans cet accident…

Il observa une courte pause, le temps de lui prendre la main pour la serrer très fort contre son cœur.

— Tu veux bien me raconter ce qui s'est passé exactement ?

— C'est le policier qui reprend le dessus ?

— Arrête, Claire, ne me taquine pas méchamment ! Dis-moi juste comment tu as atterri à l'hôpital.

Enervée par son ton paternaliste, elle dégagea sa main de son étreinte.

— Pourquoi ? Charlotte ne t'a pas déjà tout raconté en détail ?

— Le compte rendu qu'elle m'a fait était plutôt succinct, si tu veux tout savoir. Elle m'a dit que tu t'étais précipitée devant une voiture, mais j'aimerais bien savoir pourquoi. Et j'aimerais l'entendre de ta bouche.

— Eh bien, ma sœur t'a dit l'essentiel de ce que tu devais savoir, répondit Claire avec une mauvaise volonté évidente. C'était un accident : j'ai traversé la rue sans regarder, et manque de chance, une voiture est arrivée. Je n'ai pas pu l'éviter. C'est entièrement ma faute.

— Et cette histoire de poupée ? Charlotte m'a dit que tu avais vu une poupée dans la vitrine d'un magasin ?

Claire sentit toute la nervosité contenue dans cette simple question. Tournant la tête vers la fenêtre pour ne pas voir le visage tendu de son ex-mari, elle concentra son attention sur les gouttes d'eau qui ruisselaient le long de la vitre. L'une des traces humides se sépara en deux, et les directions divergentes que prirent les deux moitiés du filet de pluie eurent pour Claire l'apparence d'un clin d'œil ironique à sa situation avec Alex.

— Si je te dis la vérité au sujet de la poupée, tu ne vas pas l'apprécier, lui dit-elle d'une voix douce. Et tu le sais parfaitement. Alors, pourquoi me poses-tu la question ?

— Parce que j'ai besoin de savoir, répondit Alex en soupirant. Et je veux que ce soit toi qui me le dises. Cette poupée, c'était quoi, au juste ?

Les yeux toujours rivés à la fenêtre, comme si le spectacle de la pluie incessante l'avait littéralement hypnotisée, Claire reprit tout bas :

— Elle ressemble à Ruby. C'est son portrait craché. J'en suis certaine.

— Claire, fit Alex avec une telle tendresse que des larmes montèrent aux paupières de la jeune femme. Pourquoi fais-tu cela ?

— Je ne fais rien, contrairement à ce que tu sembles croire, et c'est bien ça le problème, rétorqua-t-elle d'une voix tremblante, malgré sa détermination à rester forte devant son ancien compagnon. Tu me poses une question, je te réponds, voilà tout. Je sais ce que j'ai vu.

— Tu ne devrais pas continuer à te tourmenter ainsi.

— Mais je ne prends pas plaisir à me faire du mal, Alex ! Et de toute façon, même si c'était le cas, ce n'est plus à toi de t'en soucier. Alors, laisse tomber, tu veux ?

— C'est ça ! Si tu crois que tu vas te débarrasser de moi aussi facilement, tu te mets le doigt dans l'œil, Claire ! lança

Alex, tout en se levant d'un bond, comme si la calme résignation de son ex-femme le mettait hors de lui.

Il se dirigea à grandes enjambées furieuses vers la porte de la chambre pour la fermer, et lorsqu'il se retourna vers elle, Claire put lire sur son visage courroucé le degré de colère et de frustration qui l'avaient envahi brutalement.

— Laisse-moi te demander quelque chose, reprit-il d'un ton coupant. A quand remonte la dernière fois où tu as pris une adolescente lambda pour Ruby ?

La vision de la jeune fille qu'elle avait prise pour son enfant disparue, peu avant l'accident, passa devant les paupières fatiguées de Claire. Mais elle ne perdit pas contenance pour autant ; avec défi, elle releva le menton, l'air têtu.

— Cette fois, c'est différent.

— Différent ? Et en quoi ? Quelle différence y a-t-il entre cette histoire de poupée et la fois où tu avais absolument voulu photographier la gamine que nous avions vue au parc, parce que tu étais persuadée que c'était Ruby ? Ou cette autre fois, il y a longtemps, où tu avais suivi une petite fille et sa maman jusque chez elle, parce que tu les avais repérées au centre commercial ? Cette fois-là aussi, tu soutenais mordicus que la petite ressemblait comme deux gouttes d'eau à Ruby. Tu es même allée jusqu'à descendre de voiture pour tambouriner à leur porte, à tel point que la pauvre femme s'est affolée et a dû appeler la police. Si je n'avais pas eu vent de cette histoire, on t'aurait coffrée pour harcèlement !

Les yeux toujours perdus dans le vague, Claire le laissa parler avant de hausser les épaules.

— Tu peux bien dire ce que tu veux, ça m'est complètement égal, rétorqua-t-elle d'un air obstiné. Cette fois, je te le répète, c'est différent. Je ne me suis pas trompée, je le sais.

Il secoua la tête, l'air désemparé.

— Je ne sais plus quoi faire avec toi, Claire. Tu te complais dans cette fantaisie malsaine, et je n'arrive pas à t'aider.

— Si tu voulais vraiment m'aider, tu pourrais commencer par me croire.

— Non, Claire, je refuse de me laisser entraîner sur cette pente. Si j'accepte une énième fois de te croire, je vais te faire plus de mal que de bien en nourrissant ton obsession. Et je sais parfaitement comment ça va tourner. Une fois de plus, tu vas t'emballer pour rien, et quand tu réaliseras que tu t'es trompée, tu t'effondreras, comme d'habitude. Je sais ce que je dis : je t'ai vue te miner de cette façon pendant les six ans qu'a duré notre mariage. Et cette fois-ci ne fera pas exception à la règle. Ça fait sept ans, bon Dieu ! Sept ans qu'elle a disparu. Il faut te faire une raison, Claire : tu ne peux pas continuer à te laisser détruire par le chagrin et le regret. Tu ne peux pas gâcher ta vie ainsi. Il faut que tu trouves le moyen de surmonter cette épreuve et de faire ton deuil.

Il s'interrompit brièvement, le temps de se frotter pensivement l'arrière de la nuque, comme il le faisait toujours quand il était contrarié. D'un pas plus posé, il vint se poster devant la fenêtre, tournant le dos à Claire.

— Je ne sais pas, moi, reprit-il un peu plus bas. Peut-être que tu devrais consulter un spécialiste.

— Je l'ai déjà fait : je suis allée voir un psychanalyste, comme tu me l'avais conseillé. Ça n'a rien changé.

— Alors, tu devrais peut-être prendre rendez-vous avec quelqu'un d'autre. Un psychiatre. Un médecin qui puisse t'aider, quoi ! En tout cas, il faut que tu te prennes en main, Claire. Parce que cette histoire est en train de te tuer à petit feu.

— Je ne suis pas folle, Alex. Je n'ai pas besoin d'une thérapie.

— Tu n'es peut-être pas folle, mais au rythme où tu vas,

tu risques fort de le devenir, et plus tôt que tu ne sembles le penser. Il faut que tu parles de tout ça à un médecin qualifié. Je ne veux pas te voir finir comme ton père.

Sur le coup, elle en eut le souffle coupé. Comment pouvait-il imaginer un seul instant qu'elle irait jusqu'à se suicider ? Il la connaissait bien mal, décidément.

— Cette fois, c'est toi qui débloques, Alex ! lui dit-elle. Tu sais très bien que jamais je ne porterai atteinte à ma vie !

— Oui, c'est ce que je croyais, mais parfois, j'en viens à me demander si tu ne cherches pas inconsciemment à rejoindre ta fille dans l'au-delà, rétorqua-t-il, l'air sombre et désespéré. Tu sais, les divorces, j'y suis habitué ; dans le département, tout le monde y vient, pratiquement. C'est devenu monnaie courante : on dirait que, chez les flics, on souffre d'une sorte de malédiction en amour. Bref, les couples se défont régulièrement. La plupart du temps, c'est pour des raisons très simples : il y a une autre femme, ou alors, le salaire de misère qu'on touche ne suffit plus à faire vivre le ménage. Ou encore, c'est l'épouse qui en a ras-le-bol d'attendre sagement son mari à la maison pendant que lui met son nez dans toutes les cochonneries imaginables, et patrouille dans les quartiers les moins recommandables de la ville…

D'un geste à la fois rageur et enfantin, il enfouit ses grandes mains brunes dans les poches de son pantalon.

— Mais ce genre de chose n'a jamais été un problème pour nous, n'est-ce pas ? reprit-il après un long soupir. Ce qui a causé la perte de notre couple, c'est ton sentiment d'avoir perdu toute chance d'être heureuse dans ce monde. Je me trompe ?

— Tu exagères, Alex ! répondit Claire avec l'impression d'être mise d'office au banc des accusés. Je te rappelle tout de même que ma fille unique a été enlevée pratiquement devant mes yeux ! Tu crois qu'on se remet de ce genre de drame ? Moi, pas.

— Je ne veux pas parler de Ruby, et tu le sais très bien.

Claire sentit son estomac se contracter, une sensation qui lui était devenue familière avec le temps. Elle ferma brièvement les paupières, comme pour conjurer une image qu'elle ne voulait pas s'autoriser à contempler, et lorsqu'elle rouvrit les yeux, ils exprimaient une tristesse insondable.

— Arrête, Alex. Ne dis pas des choses que tu vas regretter par la suite.

Il se retourna d'un bloc, le visage blême de fureur contenue.

— Tu veux dire que je n'ai même pas le droit de prononcer le nom de cette espèce de salopard ? Pour ne pas souiller sa mémoire, sans doute ? Je ne sais pas pourquoi je m'énerve, d'ailleurs : je ne devrais pas être surpris outre mesure. Dès l'instant où il s'est pointé sur le pas de ta porte, le soir de notre mariage, je n'avais plus aucune chance de te faire oublier le passé. C'est bien la vérité, n'est-ce pas ?

— Tu dramatises, Alex. Et tu lui donnes beaucoup trop d'importance. Les problèmes que nous avons rencontrés par la suite n'avaient rien à voir avec lui. Je te ferai remarquer que je ne l'ai pas revu depuis des années.

— Peut-être, mais quand as-tu rêvé de lui pour la dernière fois ? Honnêtement, Claire ? Quand ? Hier ? Avant-hier ?

Elle ne répondit pas, préférant détourner les yeux une fois de plus.

— Tu vois ? Tu n'as même pas le courage ni la fierté de le nier ! fit Alex tout en passant une main sur son visage dans un geste d'épuisement. Bien, maintenant, que tu le croies ou non, je voulais tout de même te signaler que je n'étais pas venu ici pour recommencer à me disputer avec toi, Claire.

Tout ce que je veux, c'est t'aider. C'est d'ailleurs ce que j'ai vainement essayé de faire tout au long de notre mariage, sans succès, hélas !

— Si tu veux vraiment m'aider, laisse-moi tranquille, dit la jeune femme dans un souffle. Laisse-moi m'éloigner de toi, et n'essaie pas de me retenir.

— Si seulement je pouvais ! murmura Alex. Si seulement j'en étais capable !

6.

La fillette était enchantée des poupées.

Et lui, tout faiseur de poupées qu'il était, ne se rassasiait pas de la voir s'extasier.

Un peu plus tôt, quand il était rentré de sa petite expédition en ville, il avait préparé un joli plateau avec un bon dîner pour l'emporter à l'atelier. Il avait laissé délibérément sa porte ouverte pour voir si la petite oserait s'aventurer dehors. Puis il avait fait mine de s'absorber dans son travail, mais grâce au grand miroir qu'il avait fixé au mur devant lui, il ne perdait pas une miette de ce qui se passait dans son dos, tout en faisant semblant d'être concentré sur ses esquisses en cours.

Au bout de quelques instants, il l'avait vue passer un pied, puis une main, puis le bout de son joli nez retroussé dans l'encadrement de la porte, avec méfiance et prudence. Elle était si frêle, si délicate. Si fragile, avec ses longs cheveux souples et ses grands yeux bruns qui lui donnaient une sorte de grâce éthérée plutôt étonnante à son âge. C'était bien simple : il ne pouvait pas la quitter des yeux.

Elle était restée un moment immobile et silencieuse, à son poste d'observation, occupée visiblement à chercher du regard une issue de secours. Mais il n'y en avait pas ; il y avait veillé. Il s'était donc contenté de l'espionner depuis sa place, face au mur où était fixé le miroir qui lui permettait de tout enregistrer sans même se retourner. Il était tellement discret qu'elle ne l'avait pas remarqué au début : elle s'était enfin décidée à faire un pas dans la pièce, regardant furtivement alentour… et quand elle l'aperçut, elle se figea instantanément.

Les yeux agrandis de terreur, elle parut se recroqueviller sur elle-même. Elle esquissa un mouvement de recul en direction de la petite pièce sombre où il la confinait la plupart du temps. Mais elle se rendit compte qu'il ne devait pas la voir, puisqu'il lui tournait le dos — le miroir était positionné de telle façon qu'il n'était pas visible immédiatement quand on entrait par le fond. Le regard de la fillette vola vers la porte d'entrée, puis revint se poser sur la silhouette courbée du faiseur de poupées. Elle marqua une petite pause, comme si elle prenait le temps d'évaluer la distance qu'il lui faudrait parcourir, avant de s'élancer vers le battant de bois pour en tourner la poignée avec frénésie.

Bien entendu, cela ne servit à rien. La porte était fermée à clé.

Elle essaya encore pendant quelques secondes, puis abandonna, vaincue. L'air abattu, elle se tourna vers lui, désemparée, les bras ballants.

Chaque fois qu'il la contemplait, il s'étonnait de la trouver si mince. A sept ans, elle était bien plus petite que Maddy au même âge. On avait l'impression qu'au moindre souffle de vent, elle se serait envolée comme une plume, légère et gracieuse. Elle portait un jean bleu avec un élastique à la taille, et un petit T-shirt jaune sur lequel était imprimée une sirène.

Sa tenue n'allait pas du tout. C'était bien trop décontracté, bien trop commun pour un goûter d'anniversaire. Mais ce n'était pas très grave. Il lui confectionnerait une jolie robe, toute rose, avec des volants et de la dentelle, quelque chose de délicatement féminin qui rehausserait son teint de porcelaine. Elle avait un teint absolument exquis, et ce n'était pas tout : son petit nez en trompette, sa bouche en forme de cœur, ses pommettes hautes et légèrement saillantes, tout dans son visage était littéralement parfait. Oui, elle était idéale. Ou du moins, elle le serait bientôt.

Il fallut encore quelques secondes avant que la fillette ne remarque les poupées. Quand elle les vit, la peur qui transparaissait dans ses pupilles dilatées laissa la place à une expression de pur enchantement. Il comprenait sa réaction, et il ne pouvait l'en blâmer, car pour être honnête, les poupées étaient merveilleuses. Ravissantes, adorables en tout point. Lui aussi se sentait plein d'admiration et même d'étonnement quand il les regardait. Alors, comment cette petite fille aurait-elle pu leur résister ?

Vêtues de leurs plus beaux atours, elles étaient installées autour d'une petite table rectangulaire. Sur les six petites chaises, cinq étaient occupées, deux de chaque côté et une à l'un des deux bouts. Une seule demeurait vide — du moins, pour le moment.

Le faiseur de poupées avait dressé la table de fête avec la plus jolie dînette de Maddy, celle qui servait à recevoir des amies pour le goûter dans les grandes occasions. Il avait déposé au centre le gâteau préféré de Maddy, un beau gâteau d'anniversaire avec un glaçage rose à la fraise. De chaque côté de la chaise de Maddy se trouvait une pile de cadeaux soigneusement emballés, qui semblaient attendre que ses petits doigts fins en fassent voler les rubans de bolduc coloré avant d'arracher le papier de soie qui les recouvrait.

La fillette semblait complètement hypnotisée par cette scène sortie tout droit d'un livre d'images. Elle avait l'air sous le charme, et le faiseur de poupées se retourna sur son siège pour mieux l'observer. Du coup, elle reporta son attention sur lui. Une expression apeurée dans ses beaux yeux bruns, elle recula, les jambes tremblantes.

— Non, non, ne t'en va pas ! fit-il avec une grande douceur. Elles t'attendaient.

Se laissant glisser souplement au bas de son tabouret, il se dirigea vers la petite table pour s'accroupir aux côtés de la poupée blonde aux yeux turquoise qui trônait à la place d'honneur.

— Je te présente Maddy. Aujourd'hui, c'est son anniversaire.

La fillette ne répondit rien, mais elle n'avait plus l'air de vouloir courir se cacher dans son réduit. Elle était captivée par le charmant tableau formé par les cinq délicieuses poupées.

Le faiseur de poupées continuait les présentations, effleurant la tête de chaque petite créature avec tendresse. Lorsqu'il eut fait le tour de la table, il désigna la sixième chaise vide, à l'opposé de l'héroïne de la fête.

— Viens donc te joindre à elles ! dit-il avec entrain.

Mais la petite fille secoua la tête en signe de refus.

— Je veux téléphoner à Maman.

— Après, peut-être, si tu es sage.

— Je veux rentrer à la maison ! geignit-elle.

Il soupira, les épaules affaissées comme sous un poids trop lourd à porter.

— S'il te plaît, ne commence pas à nous embêter avec ça, tu veux ? Tu te souviens de ce qui t'est arrivé la dernière fois que tu as insisté pour rentrer chez toi ?

La fillette sursauta. Puis sa lèvre inférieure se mit à trembler. Lentement, elle hocha la tête, ravalant ses sanglots.

— Bien. Viens t'asseoir avec les autres et je te donnerai un morceau de ce beau gâteau d'anniversaire.

Obéissante, la petite fille avança jusqu'à la chaise qu'il lui avait indiquée, et s'assit. Une larme coula le long de sa joue pâle, et elle s'empressa de l'essuyer d'un revers de main.

— Tu te sentiras nettement mieux une fois que tu auras mangé un peu, fit-il d'une voix apaisante.

Il coupa une belle part du gâteau rose, et la déposa sur une petite assiette devant la fillette. Puis il se mit en devoir de servir chacune des petites convives, et termina par lui. Sans quitter des yeux son invitée forcée, il s'assit en tailleur à même le sol, à côté de la poupée Maddy, et entama son gâteau avec un appétit qu'il espérait contagieux.

A cet instant précis, il se sentit plus heureux qu'il ne l'avait été depuis un bon moment. Toute cette histoire sordide à La Nouvelle-Orléans était désormais derrière lui. Maddy était de retour à la maison, saine et sauve. Tout allait pour le mieux dans le petit monde merveilleux qu'il s'était fabriqué.

Malgré les larmes qui continuaient à mouiller ses joues, la fillette lui offrait une compagnie agréable. Plus qu'agréable, se corrigea-t-il mentalement. En fait, sa présence silencieuse le rendait presque euphorique. C'était si enthousiasmant de la savoir là, à ses côtés. Il adorait être avec elle. Elle l'avait toujours enchanté, même quand elle faisait sa mauvaise tête. Malheureusement, il savait bien qu'il ne pourrait pas la garder éternellement. Une fois que la poupée serait terminée, il devrait la renvoyer.

Mais il ne voulait pas penser à la suite des événements. Pas question de gâcher la fête si joliment préparée. De toute façon, même après son départ, la fillette resterait en partie présente. Et pour toujours. Comme toutes les autres, d'ailleurs.

Et quand elles seraient enfin toutes réunies, comme c'était prévu depuis si longtemps, personne ne les séparerait plus jamais de lui. Il en faisait le serment.

7.

Après le départ d'Alex, Claire parvint à convaincre sa sœur de rentrer chez elle pour la nuit. Mais Lucille se montra inflexible : elle n'avait pas l'intention de bouger d'un pouce.

— Tu es ma fille, Claire. Et tant que je serai de ce monde, il ne sera pas dit que j'aurai laissé l'une de mes enfants passer la nuit seule dans une chambre d'hôpital ! Je suis toujours restée à vos côtés : ce n'est pas maintenant que je vais oublier mes devoirs de mère !

— Mais enfin, Maman, tu l'as constaté toi-même : je vais bien ! Il n'y a aucune raison que tu t'épuises à me veiller comme si j'étais entre la vie et la mort.

— Claire, ma chérie, tu sais très bien qu'il peut toujours se produire des choses terribles dans ce genre d'endroit sinistre, répliqua Lucille d'un ton on ne peut plus sérieux.

Ses petits yeux fatigués ne cillaient pas, et elle avait l'air convaincu. Dans ces cas-là, il n'y avait pas à discuter. D'ailleurs, elle s'était visiblement installée pour de bon. Assise sur une chaise à proximité du lit de Claire, elle s'était débarrassée de ses sandales compensées pour caler ses pieds aux ongles rouge vif sur le bord du matelas. Elle s'était remis une couche de rouge à lèvres assorti à la couleur de ses orteils après avoir fumé sa dernière cigarette de la soirée.

— Voyons, Maman, que veux-tu qu'il m'arrive ? Je suis à l'hôpital, pas dans un mouroir du XIXe siècle !

— Ça, rien ne le prouve. Et puis, tu es à leur merci. Imagine un peu qu'ils veuillent te faire subir des choses horribles, une fois qu'ils t'auront bourrée de morphine…

— Maman, arrête : je n'ai pas reçu une seule dose de morphine. C'est réservé aux cas vraiment très graves, tu le sais aussi bien que moi, répliqua Claire un peu sèchement, énervée par les a priori ridicules de sa mère.

— Je t'ai déjà raconté ce qui était arrivé à ma cousine Corinne ?

— Oui, Maman, des milliers de fois. Elle a contracté une infection aux staphylocoques à cause d'une aiguille contaminée.

— Et pas une petite infection, je te prie de le croire ! s'exclama Lucille, indignée comme chaque fois qu'elle évoquait cet épisode quasi légendaire de l'histoire familiale. Tout ça parce que cette bonne à rien d'infirmière avait laissé tomber sa seringue par terre, et qu'elle ne s'était même pas préoccupée de la nettoyer ou de la changer. Ni une ni deux, elle l'a ramassée et paf ! elle l'a plantée dans le bras de Corinne, comme si de rien n'était. Elle aurait dû respecter les règles d'hygiène élémentaire, mais non ! Elle a préféré piquer une innocente et l'envoyer tout droit à la morgue. D'accord, Corinne n'est pas morte tout de suite, mais vingt ans plus tard, cette terrible infection a fini par avoir raison de ses forces.

Les yeux de Lucille étincelaient de colère, et elle dut inspirer profondément pour ne pas hausser le ton davantage. Puis, se penchant vers sa fille pour lui prendre la main, elle plongea son regard dans le sien, comme pour la convaincre du bien-fondé de ses craintes.

— Dis-moi, ma chérie, tu ne crois pas que Corinne aurait bien voulu avoir quelqu'un de confiance à ses côtés, ce jour-là, pour prendre soin d'elle et vérifier que personne ne lui fasse du mal ?

— Si, Maman, acquiesça Claire sans enthousiasme.

Son ton résigné parut satisfaire Lucille, car elle hocha la tête avec détermination.

— Bon, alors arrête de vouloir me renvoyer à la maison. Tu n'as plus qu'à penser à une seule chose : te reposer tranquillement. Ferme les yeux, mon cœur, et laisse-toi envahir par le sommeil. Je suis là, et tu n'as pas à t'inquiéter de quoi que ce soit. Je peux rester toute la nuit éveillée, assise sur cette chaise à côté de toi, s'il le faut. Tu peux compter sur moi, ma petite fille.

Vingt minutes plus tard, Lucille ronflait doucement, la tête renversée contre le dossier de sa chaise, la bouche entrouverte. Claire songea à la réveiller pour lui dire de rentrer, mais elle se ravisa : Lucille serait capable de prétendre qu'elle n'était pas du tout fatiguée, et qu'elle ne faisait que reposer ses yeux un bref instant. Parfois, sa mère pouvait faire preuve d'une telle mauvaise foi qu'il valait mieux s'abstenir de tout commentaire…

Tendant le bras, Claire éteignit la lumière et resta assise dans le noir, le dos bien calé contre ses oreillers, à ruminer les pensées et les émotions qui l'assaillaient depuis qu'elle avait aperçu la poupée dans la vitrine. Elle avait les nerfs tendus à craquer et malgré les antalgiques qu'on lui avait fait prendre après le départ de Charlotte, elle ne se sentait pas du tout prête à glisser dans un sommeil réparateur. Normalement, les médicaments auraient dû la rendre un peu léthargique, mais apparemment, ils n'avaient pas cet effet lénifiant sur elle.

Doucement, elle se glissa hors de son lit pour se poster devant la fenêtre. Dehors, l'orage battait son plein. Le tonnerre grondait sans discontinuer et la pluie tombait à verse, brouillant les lumières de la ville, tel un filtre sur l'objectif d'un appareil photo.

Et puis, brutalement, tout s'arrêta. L'orage s'était déplacé plus loin à l'intérieur des terres. La pluie stoppa net et au bout de quelques minutes à peine, le clair de lune réapparut à travers les nuages qui se dissipaient rapidement. Les cimes des arbres se mirent à luire d'un éclat particulier, comme si on les avait saupoudrées de poussière de diamants. En contrebas, les rues semblaient baigner dans une atmosphère pleine de gouttes de couleurs chatoyantes, éclairées par les phares des voitures.

Après la pluie, on entendait généralement les cours intérieures et les fossés le long des routes bruire du chant des criquets et des grenouilles. Mais ici, à l'hôpital, Claire ne percevait aucun bruit familier, à part le ronflement de Lucille.

Avec un soupir, la jeune femme rejoignit son lit sur la pointe des pieds, et se rassit, les jambes bien sagement recouvertes du drap encore tiède. Elle prit la télécommande et alluma le petit poste placé en hauteur en face d'elle. Après avoir baissé le volume autant que possible pour ne pas gêner sa mère, elle zappa distraitement jusqu'à ce qu'elle tombe sur une chaîne d'informations en continu. A l'écran s'affichèrent les images d'un attentat à la voiture piégée au Moyen-Orient, puis d'une coulée de boue dans le sud de la Californie. Mais elle n'y prêta pas attention : en dessous des vidéo défilait un message d'alerte qui lui serra instantanément le cœur.

Le bandeau au bas de l'écran signalait une disparition

d'enfant. Conformément à la procédure d'urgence, le texte prévenait qu'une petite fille de sept ans, habitant l'Alabama, manquait à l'appel depuis près d'une semaine. Le FBI et les secours locaux avaient passé au peigne fin tout le périmètre boisé qui entourait son domicile, mais jusqu'à présent, on n'avait trouvé aucune trace de la fillette ni de son kidnappeur. Il n'y avait pas de témoin, aucune activité suspecte n'avait été signalée… bref, personne n'avait rien vu ni entendu de louche. La gamine était bien montée dans le bus qui la ramenait de l'école après les cours, par un bel après-midi ensoleillé, et depuis, plus rien. Elle aurait aussi bien pu s'envoler en fumée.

Claire resta immobile, une grosse boule dans la gorge, à contempler le message qui défilait sans interruption pendant que les autres sujets se succédaient à l'écran. Enfin, un reportage sur la disparition de la fillette fut diffusé : la ville de Linden, en Alabama, était visiblement en émoi depuis que l'une de leurs petites concitoyennes s'était volatilisée sans prévenir. Des images des équipes de recherche passèrent rapidement, suivies d'une interview du shérif et d'un message adressé par la maman éplorée au kidnappeur de son enfant, pour qu'il épargne sa vie et la laisse rentrer chez elle saine et sauve.

— Pauvre femme !

Claire sursauta. Elle ne s'était pas rendu compte que sa mère était réveillée. Tournant la tête de son côté, elle vit la lumière bleuâtre de la télévision se refléter dans ses yeux grands ouverts. Pendant qu'elle s'était assoupie, des mèches de cheveux rebelles s'étaient échappées de son chignon trop lâche, et étaient venues se replacer de chaque côté de son visage, lui faisant comme un halo de petits fils d'or torsadés.

— J'espère qu'ils vont l'attraper, l'espèce de salopard qui a fait ça ! reprit-elle dans un chuchotement féroce. J'adorerais pouvoir le coincer moi-même, cet ignoble individu !

— Je sais bien, Maman.

— C'est révoltant, tout simplement monstrueux d'imaginer qu'il existe des hommes assez tordus pour kidnapper de pauvres petites innocentes ! On ferait mieux de les brûler vifs, les salauds de cette espèce !

D'un geste brusque, Claire éteignit le poste. Elle ne supporterait pas ce reportage une minute de plus, et elle n'avait pas la moindre envie d'en discuter avec sa mère. Comme si elle avait perçu ses réticences, Lucille coupa court à ses récriminations, et la chambre retomba dans un silence lourd de signification. Dans l'esprit de Claire, des images terribles se succédaient, celles-là mêmes qui la tourmentaient depuis sept longues années. Ruby était morte, elle en était persuadée au fond d'elle-même. Mais quels tourments la pauvre chérie avait-elle endurés avant de succomber ? C'était surtout ça qui faisait plus souffrir Claire.

La jeune femme ferma les paupières comme pour essayer de chasser les visions atroces qui l'assaillaient, mais ce fut peine perdue.

Quand la disparition de Ruby avait été officiellement constatée, Claire avait adressé au kidnappeur de sa fille un message similaire à celui qu'elle venait d'entendre. Elle se rappelait encore à quel point la préparation en avait été ardue. Elle s'était torturé les méninges pour trouver les mots justes, terrorisée à l'idée de ne pas tenir jusqu'au bout de son petit discours devant les caméras auxquelles elle n'était pas du tout habituée. Elle ne devait pas pleurer à l'écran, mais elle n'était pas du tout certaine de pouvoir retenir son désespoir assez longtemps pour s'exprimer de façon audible. Voyant à quel point ces quelques minutes de « tournage » la stressaient, Dave avait proposé de passer à sa place. Mais le journaliste qui organisait l'interview avait insisté pour que ce soit Claire qui s'adresse au ravisseur de leur fille. Selon lui, un appel venant de la mère de l'enfant produirait un impact beaucoup plus grand, parce que cela faisait appel à des émotions viscérales présentes en chaque être humain, y compris le monstre qui avait enlevé Ruby. Avec l'idée que la vie de sa fille unique dépendait peut-être de sa force de conviction, Claire avait donc accepté de tourner la brève vidéo qui allait être diffusée sur un maximum de chaînes en même temps. Elle avait supplié le mystérieux kidnappeur d'épargner Ruby, de penser à elle et à ses parents qui ne vivaient plus depuis sa disparition. Mais ça n'avait rien changé du tout. Peut-être même que cela avait aggravé le sentiment de culpabilité de la jeune femme. Pendant des semaines après le tournage et la diffusion de ce message, elle s'était demandé si elle n'avait pas paru trop mièvre, trop mélodramatique, ou au contraire trop froide et détachée. Bref, elle s'accusait de tous les maux, persuadée que c'était à cause de sa piètre performance que l'inconnu qui détenait sa fille n'avait pas donné signe de vie. Dave, appuyé par l'agent du FBI chargé de l'enquête, avait eu beau lui répéter sur tous les tons que ce genre d'appel de détresse n'avait presque aucune chance d'aboutir, elle restait convaincue qu'elle avait commis une erreur. Par la suite, elle s'était torturée presque à plaisir, se repassant la vidéo en boucle pour chercher le détail qui avait cloché, l'expression qui n'était pas passée… Il lui arrivait encore, après toutes ces années, de penser qu'elle était en partie responsable de l'échec de cette ultime tentative pour attendrir le ravisseur de Ruby.

Juste après l'interview, elle s'était sentie si profondément vidée qu'elle s'était éloignée du journaliste comme une automate pour aller s'effondrer dans les bras de Dave. Il l'avait tenue contre lui un long moment, comme s'il ne voulait plus jamais la lâcher. A cette époque, il était si solide — un vrai roc, surtout dans les moments de crise. Hélas ! Sa force n'avait pas résisté à l'assaut répété de la culpabilité. Il s'était laissé détruire par le remords et l'alcool, et Claire avait vu lentement s'étioler l'homme dont elle était tombée éperdument amoureuse.

Dans les mois qui avaient suivi la disparition de Ruby, il était devenu un parfait inconnu pour Claire. Un homme sombre, bizarre et instable, soûl vingt-quatre heures sur vingt-quatre, qui était allé jusqu'à lui fourrer le canon de son pistolet sous le nez, une nuit, en lui demandant d'une voix pâteuse ce qu'elle avait fait de leur fille.

Claire revoyait encore la terrible scène : elle avait eu du mal à reconnaître le visage de son époux, tant la haine et le désespoir déformaient ses traits. Elle savait qu'elle ne parviendrait jamais à chasser cette image de sa mémoire. Le fait qu'il la soupçonne d'avoir fait du mal à Ruby, même pour un bref instant, même sous l'emprise de l'alcool, avait constitué un véritable déclic. Elle ne pourrait plus vivre sous le même toit qu'un homme qui l'accusait du drame le plus affreux de leur existence. Dès le lendemain matin, elle avait fait ses bagages et quitté leur domicile avant qu'il n'émerge de son lourd sommeil d'ivrogne.

Remontant les couvertures jusqu'à ses épaules, Claire s'allongea pour fermer ses paupières lasses. La pièce était silencieuse et fraîche, un havre de paix par rapport à la moiteur étouffante qui régnait dehors. Les calmants qu'on lui avait administrés un peu plus tôt commençaient enfin à agir ; elle sentait la douleur lancinante qui lui vrillait les tempes et lui ankylosait les muscles s'estomper un peu. Si seulement elle pouvait trouver le sommeil et arrêter de ressasser son pénible passé…

Mais ce n'était pas si simple. D'abord cette poupée, puis ce reportage bouleversant… Plusieurs éléments semblaient s'être liés pour lui remettre à la mémoire tous les aspects qui l'empêchaient de reprendre une vie normale depuis toutes ces années. Elle avait pensé que le pire était de ne pas savoir ce qui était arrivé. Si Ruby avait succombé à une grave maladie ou même à un accident tragique, Claire aurait certes été dévastée par le chagrin, sa vie n'aurait plus jamais été la même, mais elle aurait pu faire son deuil et continuer tant bien que mal. Car elle aurait *su*. Elle aurait offert un enterrement décent à sa fille ; elle aurait eu le sentiment, au plus profond de son cœur, que sa petite chérie aurait trouvé le repos éternel. Et sa foi lui aurait sans doute permis de repartir.

Mais rester éternellement dans l'incertitude, se demander nuit et jour ce qu'il était advenu de l'enfant qu'elle avait tant aimée — si elle avait souffert avant de mourir, si elle était encore vivante, cloîtrée quelque part, à la merci d'un odieux maniaque… C'était ça qui la tuait à petit feu.

Du moins, c'était ce qu'elle s'était toujours dit.

Mais dans l'obscurité de cette nuit d'orage, comme elle se blottissait sous les couvertures de son lit d'hôpital, Claire eut l'impression qu'une nouvelle peur, plus diffuse, plus vague, plus terrible aussi s'installait au-dessus de sa tête, pareille à un gros amas de nuages noirs prêts à éclater violemment. Elle ne s'était jamais considérée comme douée d'une intuition particulière, mais ce soir, elle pressentait l'angoisse de quelque chose d'affreusement inquiétant. Comme une prémonition. Un présage venu l'avertir d'un mal inimaginable et pourtant bien réel.

Soudain, elle réalisa à quel point elle avait fait fausse route.

Car finalement, c'était peut-être grâce à ce doute qu'elle n'était pas devenue complètement folle. Un doute qui débouchait forcément sur l'espoir.

Cette nuit-là, elle rêva de Ruby, comme chaque fois que le stress et le désespoir prenaient le dessus.

Dans son rêve, elle était devant l'évier de la cuisine de sa grand-mère, occupée à éplucher des écrevisses. Avec Dave et Ruby, ils habitaient le petit appartement aménagé pour eux au-dessus du garage, mais ce jour-là, Claire avait eu besoin de venir dans la grande maison pour utiliser la cuisinière de sa grand-mère, beaucoup plus performante que la leur. Elle ne voulait surtout pas rater le plat préféré de Dave.

La scène qui se déroulait dans son esprit avait l'air si vraie que Claire pouvait presque sentir les carapaces des crustacés craquer sous ses doigts. Du coin de l'œil, elle vérifiait de temps à autre par la fenêtre que Ruby allait bien. Elle avait eu un vélo neuf pour ses sept ans, et elle faisait des allers-retours sur le trottoir devant la maison, ponctuant ses exploits de coups de sonnette joyeux. Voyant qu'elle poussait un peu loin ses explorations, Claire l'appela pour lui demander de rentrer. Mais comme toujours quand elle avait une idée en tête, Ruby fit semblant de ne pas avoir entendu. A chaque trajet, elle disparaissait hors de la vue de sa mère, et prenait un peu plus de temps pour revenir devant le perron.

Repoussant le tas d'écrevisses qu'elle avait fini d'éplucher, Claire se lava consciencieusement les mains avant de sortir pour appeler sa fille. En cette fin d'après-midi, les ombres des chênes et des pacaniers s'allongeaient doucement, envahissant progressivement la chaussée déserte.

Au bout de la rue, le casque rouge de Ruby reflétait les

rayons encore chauds du soleil. Comme saisie d'une impulsion subite, Claire se mit à courir derrière elle. Quelque chose lui soufflait qu'elle devait absolument rattraper sa fille avant qu'elle ne tourne au coin de la rue parce qu'un sort terrible l'attendait derrière le dernier pâté de maisons. Si Claire n'atteignait pas Ruby la première, alors elle ne la reverrait plus jamais.

Paniquée, la jeune maman cria le prénom de sa fille, mais l'enfant, têtue comme à son habitude, pédala de plus belle sur son vélo. Claire parvenait à peine à la distinguer, désormais : loin, très loin, elle apercevait un petit point en mouvement. Rien de plus. Ruby n'était pas descendue de vélo, et Claire savait qu'elle pouvait encore la rejoindre, que rien n'était perdu. Mais quand elle essaya d'accélérer l'allure, elle eut l'impression que ses jambes s'étaient changées en plomb, tant elle avait du mal à les soulever. Comme si la peur la clouait littéralement sur place.

Ensuite, le rêve se brouilla. Claire se retrouva au bout d'une ruelle étroite, du style de celles qui pullulaient dans le Quartier Français et qui menaient généralement à des cours intérieures inondées de soleil, en contraste frappant avec la pénombre quasi permanente qui régnait dans les passages souvent mal famés. Un parfum de roses et de mousse flottait dans l'air, et quelque part, pas très loin, on entendait de l'eau chanter en retombant dans un bassin de pierre. Claire eut l'impression que quelqu'un lui effleurait subrepticement le dos, mais quand elle jeta un coup d'œil angoissé par-dessus son épaule, elle ne vit personne.

Comme par magie, une porte apparut, et elle entendit Ruby sangloter de l'autre côté. Lentement, comme dans un ralenti de mauvais film à suspense, elle vit sa main s'avancer vers la poignée, puis la tourner, puis entrebâiller la porte qui grinça de façon sinistre. Elle s'écarta légèrement, laissant un rai de lumière s'immiscer dans l'ombre oppressante de l'endroit. A l'intérieur de la pièce qu'elle venait de découvrir, une petite fille était assise à une table basse, son visage enfoui dans ses bras. Claire l'appela par le prénom de sa fille, et l'enfant leva la tête vers elle. Mais ce n'était pas Ruby ; c'était la fillette dont elle avait vu la photo à la télévision.

Claire voulut la rejoindre pour la consoler, mais la voix d'Alex retentit derrière elle.

— Elle est morte, Claire. Laisse-la tranquille.

Elle fit volte-face, cherchant son ex-mari des yeux dans la ruelle silencieuse, mais il était caché dans l'ombre qui tombait des bâtiments alentour. Lorsqu'il fit enfin un pas en pleine lumière, elle s'aperçut que ce n'était pas Alex, mais Dave. Il voulut lui dire quelque chose : elle vit ses lèvres bouger comme pour former des mots, sans qu'aucun son n'en sorte. Il parut se rendre compte qu'elle ne le comprenait pas, et pointa son doigt vers la pièce que Claire avait quittée des yeux. Lentement, la jeune femme se retourna : la petite fille avait disparu. A sa place se trouvait la poupée aux boucles dorées qu'elle avait vue dans la vitrine du magasin.

Claire jeta un long regard en arrière. Dave était toujours là, et il tendait la main vers elle comme pour l'empêcher de bouger. Secouant la tête, elle passa le seuil de la porte entrouverte. Elle eut l'impression de glisser plus que de marcher dans la pièce inondée de lumière, ne s'arrêtant que devant la poupée qui paraissait l'attendre, assise, souriante, presque vivante. Claire la prit dans ses bras. La porcelaine était tiède et douce, semblable à la peau d'une véritable petite fille. Mais lorsque la poupée lui échappa des mains et heurta le sol de pierre, son visage fragile et délicat éclata en mille morceaux coupants comme des lames de rasoir.

8.

Le lendemain matin, Dave mit le *Sea Ray* à l'eau dès l'aurore. Le bateau était resté en révision pendant plus de deux semaines, ce qui avait entraîné un sérieux manque à gagner pour les finances du propriétaire qui n'était autre que l'oncle de Dave. En pleine saison de pêche, ce n'était pas le moment d'avoir des moteurs qui flanchaient ! Faisant contre mauvaise fortune bon cœur, l'oncle Marsilius avait profité de cette immobilisation forcée pour améliorer l'appareillage de bord.

La vieille vedette, avec ses neuf mètres et quelques de long, disposait maintenant d'un poste de télévision, d'une chaîne hi-fi, d'un micro-ondes et d'un réfrigérateur bien garni, en plus des deux plaques électriques et de la douche déjà installées. La partie cabine pouvait accueillir quatre personnes pour des virées nocturnes au-dessus des récifs coralliens, au large du golfe. C'était une technique de pêche bien connue. Attirés par l'éclairage dispensé par les plates-formes pétrolières, la nuit, des bancs entiers de menu fretin remontaient vers la surface, traînant à leur suite de plus gros poissons comme les thons albacore et les maquereaux.

Marsilius maîtrisait tous les rouages de la pêche nocturne qui était une véritable science, et Dave poussait son oncle à investir dans un second bateau, de taille plus modeste, ce qui leur aurait permis de développer une autre branche plus touristique, destinée à satisfaire les goûts des pêcheurs à la ligne qui aimaient jeter l'hameçon dans les endroits marécageux ou au-dessus des bancs d'huîtres qui colonisaient certaines parties du bassin. Mais Marsilius ne voulait rien entendre : il prétendait qu'ils n'avaient pas besoin de diversifier à outrance la petite affaire qui fonctionnait sans heurt depuis si longtemps. Tout ce qu'il voulait, c'était un second — en l'occurrence, Dave— et aussi un « mousse », comme il appelait le fils de son copain Jinx Bingham qui était chargé de veiller à l'approvisionnement en appâts et de vérifier que le matériel de pêche était toujours en bon état. En dehors de ça, comme il se plaisait à le rappeler d'un ton sentencieux, il n'avait besoin de rien. Inutile de chercher à améliorer ce qui marchait déjà très bien !

Dave fit tourner les moteurs au ralenti pour permettre à l'embarcation de glisser sur l'eau miroitante du canal. Lorsqu'il eut pénétré dans la baie, il descendit l'ancre et s'accorda un instant de répit pour regarder le lever de soleil sur le golfe du Mexique. C'était un moment qu'il appréciait particulièrement : les marécages et les îlots retenaient encore une écharpe de brume nocturne, qui s'accrochait à la cime des arbres comme un grand pan de soie.

Il sortit sa Thermos, se versa une tasse de café brûlant et s'assit sur le pont, goûtant à cet instant magique. Il aurait voulu ne penser à rien. Pourtant, le passé refaisait surface. Sans doute à cause de ce dossier non élucidé qu'Angelette Lapierre lui avait collé dans les pattes. Elle lui avait envoyé une copie par fax à son bureau de détective privé, la veille. Il avait pris le temps de le parcourir dans les grandes lignes et de passer quelques coups de téléphone qu'il espérait utiles avant de se rendre à La Nouvelle-Orléans, tard dans la soirée. Mais il n'avait toujours pas pris de décision concernant cette affaire épineuse : il devait réfléchir à tête reposée, examiner les avantages et les inconvénients de se replonger dans une histoire tellement similaire à la disparition de Renée Savaria, peser le pour et le contre avant d'accepter ou de refuser. Il ne voulait surtout pas donner de faux espoirs à la famille de la jeune défunte. Et puis, il y avait un autre problème, plus personnel. Avant de se lancer dans quoi que ce soit, il voulait découvrir pourquoi Angelette tenait tellement à l'impliquer dans cette enquête. Elle cherchait forcément à tirer quelque chose de sa collaboration. Déjà, il était bien conscient qu'elle avait utilisé la ressemblance entre cet homicide et la mort de Renée Savaria pour lui forcer la main. Mais à quelles fins ? Il n'en savait encore rien. L'excuse qu'elle lui avait servie ne prenait pas : il la connaissait trop bien pour se douter qu'elle n'agissait jamais en philanthrope. Soi-disant, les parents de Nina Losier auraient eu besoin d'un détective, et elle leur aurait parlé de son ancien collègue, sans rien exiger en échange ? Ce n'était pas ainsi qu'Angelette fonctionnait, et Dave le savait d'expérience. Elle avait bien failli le tuer sur place quand il lui avait annoncé qu'il voulait mettre un terme à leur liaison… Et puis, de toute façon, il ne lui avait jamais fait totalement confiance. Sa dureté constitutive avait pu lui paraître attirante et excitante à un certain moment — quel challenge d'arriver à vaincre les barrières que la jeune femme édifiait autour de son cœur ! Mais Dave s'y était frotté de trop près pour en ignorer les conséquences. Quand on se liait à cette femme dangereuse, on en payait le prix — et la note était salée. Il avait commis cette erreur une fois, et il n'avait pas du tout l'intention de la réitérer.

Il soupira, indécis. Il y avait tout de même une chose sûre

et certaine dans toute cette histoire embrouillée : une jeune avait été assassinée, et ses parents voulaient que justice soit faite. Difficile pour lui de ne pas leur proposer son secours, ne serait-ce qu'à la mémoire de sa propre fille, dont la disparition n'avait jamais pu être élucidée… C'était justement là-dessus que comptait cette fine mouche d'Angelette. Elle s'était sûrement dit que le côté émotionnel de la situation emporterait l'adhésion de Dave. D'où son sentiment à lui de se faire manipuler… Mais que faire ? Il n'allait tout de même pas refuser d'aider un couple désespéré, après ce que lui et Claire avaient connu !

Le bateau tanguait doucement dans le courant, et Dave se laissa bercer par le mouvement régulier. La nuque appuyée contre le dossier de son siège, les pieds remontés sur le bastingage, il essaya de se détendre complètement, de laisser le calme et la paix qui régnaient alentour pénétrer jusqu'au plus profond de son être tourmenté. Les levers de soleil sur le golfe étaient toujours un spectacle d'une grande beauté : les rouges et les ors de l'astre du jour donnaient l'impression d'éclabousser joyeusement la toile indigo de la nuit finissante. Dans la chaleur naissante qui dissipait progressivement les brumes nocturnes, le paysage virait lentement au vert profond et moiré de teintes variées. Les masses violettes des iris perçaient çà et là l'épais tapis d'algues et de lentilles d'eau, et de grands nénuphars mauves s'ouvraient paresseusement dans la lumière verte à reflets d'or qui filtrait à travers les hauts cyprès.

Sur sa droite, un vol d'aigrettes blanches comme la neige s'échappa d'un marécage herbu. Quelques secondes plus tard, Dave repéra un alligator qui glissait le long du bateau, bien repérable à la forme allongée de sa gueule et au regard jaune de son œil rond. Le paysage qui se déployait devant lui était à l'image de ce reptile venu du fond des âges : splendide et en même temps terriblement dangereux. C'était un monde étrange d'eau sombre et de rideaux moussus, plein de créatures bizarres et vaguement inquiétantes et qui, quand le soleil atteignait son zénith, paraissait chauffé à blanc.

Bien qu'il eût passé son enfance à La Nouvelle-Orléans, Dave appréciait presque plus la côte cajun avec ses bayous grouillants de bestioles et ses labyrinthes de canaux où un étranger pouvait facilement se perdre corps et âme. Même quand il habitait encore en ville, Dave saisissait la moindre occasion pour venir aider Marsilius à affréter son bateau. Après son mariage avec Claire, il n'avait rien perdu, bien au contraire : elle l'accompagnait volontiers. Au terme d'une journée de dur labeur, tous les deux se retrouvaient pour une petite escapade sur l'eau. A bord du vieux bateau de pêche de l'oncle, ils s'éloignaient dans la quiétude du soir tombant pour regarder ensemble le coucher de soleil, blottis l'un contre l'autre. Parfois, il restait sur le pont après la tombée de la nuit, pendant que Claire leur préparait un bon dîner dans la petite cuisine fraîche. Mais la plupart du temps, il ne résistait pas au plaisir de descendre la regarder s'activer aux fourneaux. Elle était si belle… Quand elle faisait quelque chose, elle s'y impliquait à fond. Dave se demandait toujours à quoi elle pouvait bien penser dans ces moments-là. Il finissait invariablement par l'appeler, uniquement pour le bonheur de la voir lever les yeux vers lui et lui adresser un sourire fugace. Elle avait une façon bien particulière de le regarder, à la fois timide et pleine de sensualité. En général, ça lui donnait envie de stopper net ce qu'il était en train de faire pour la prendre dans ses bras et la serrer à l'étouffer.

Parfois, ils restaient sur l'embarcation de l'oncle Marsilius tard dans la nuit pour faire l'amour. Après leurs étreintes passionnées, ils s'asseyaient sur le pont pour regarder les étoiles scintiller à travers les feuillages touffus des arbres environnants.

Quand Ruby était devenue assez grande pour monter sur un bateau sans risque, ils l'avaient emmenée avec eux à plusieurs reprises. Mais la fillette n'aimait pas spécialement naviguer sur les eaux troubles de la baie : il y avait trop d'insectes qui piquaient sa peau délicate pour qu'elle se sente à l'aise. Et elle se plaignait toujours que la brise qui soufflait en permanence au-dessus du golfe lui faisait des nœuds dans les cheveux.

— Tu n'es qu'une chochotte, ma chérie ! lui disait Dave.

Mais Ruby ne se fâchait pas. Le menton fièrement levé, elle répliquait invariablement :

— Et alors ? C'est comme ça. Je suis pareille que ma mamie, na !

Claire avait toujours été surprise de l'adoration sans borne que Ruby vouait à sa grand-mère. Quant à Charlotte, elle s'en horrifiait régulièrement : pour elle, Lucille était un contre modèle… Mais Dave trouvait ça plutôt amusant. Après tout, Lucille possédait l'essentiel, c'est-à-dire un cœur d'or. Cela s'était confirmé par la suite : son ex-belle-mère lui avait toujours gardé son affection…

Dave ferma un instant les paupières. Il n'aurait pas dû se laisser aller à ce genre de rêveries. Ce n'était jamais bon de remuer le passé : ensuite, on était d'autant plus insatisfait du présent. En effet, il se sentit tout à coup terriblement seul. Et comme toujours dans ces moments de blues, le besoin d'alcool lui tordit les entrailles. Pas question d'y céder, bien entendu. Mais quand il songeait à tout ce qu'il avait perdu par sa propre faute, il aurait facilement oublié ses bonnes résolutions. Il s'était sans doute terré dans les marais et les bayous de la paroisse Sainte Marie un peu trop longtemps.

Retourner à La Nouvelle-Orléans par deux fois en deux jours lui avait rappelé un peu trop brutalement l'ampleur du manque qu'il éprouvait au fond de lui, et qu'il tentait sans grand succès d'ignorer depuis des années.

Il but son café qui avait refroidi, déposa la tasse à côté de son siège et remit les moteurs en marche pour rentrer à bon port. Le hangar de Marsilius, donnant sur le bayou, n'avait pas fière allure : c'était un bâtiment plus fonctionnel qu'élégant, battu par les vents, isolé tant bien que mal par de vieilles plaques d'immatriculation récupérées dans une décharge et de feuilles de métal toutes gondolées. Dans la lumière du matin, pourtant, l'ensemble paraissait comme auréolé d'un halo resplendissant. Dans la « boutique » délabrée attenant au hangar, on vendait non seulement des appâts vivants et du matériel de pêche, mais également des sandwichs pour les plaisanciers en mal de couleur locale. Quand Dave eut sauté sur le ponton pour amarrer le bateau, il aperçut Latrell Bingham, le tout jeune commis, occupé à déverser des sacs de glace dans les grands containers où Marsilius stockait des bières et des cannettes de soda, toujours à l'intention de ses clients.

Alerté par le bruit, le gamin leva les yeux, sourit et adressa un signe amical à Dave, avant de reporter son attention sur la tâche qu'il était en train d'accomplir.

Dave s'était installé non loin de là, un peu plus bas sur la route de la côte, dans un vieux bungalow à un étage qui offrait le charme désuet de deux perrons ombragés par une marquise et d'un treillis de roses trémières. Ce n'était pas très luxueux, vu de l'extérieur, mais l'endroit lui convenait à merveille. Sauf la nuit où il trouvait le silence absolu de la campagne pesant, comparé au bruit permanent qui régnait en ville. De sa retraite, il n'entendait ni le hurlement des sirènes d'ambulance qui fonçaient à travers la rue du Canal en direction de l'hôpital, ni la musique et les rires s'échappant des bars et des clubs de strip-tease de la rue Bourbon. Et surtout, il n'avait aucun moyen d'apaiser son envie parfois dévorante d'alcool. Dans son coin perdu, au bord du bayou, pas de vendeur à la sauvette ni d'établissement enfumé auprès de qui se procurer la bouteille de whisky qui lui permettrait d'étancher sa terrible soif. La morsure familière de l'alcool se répandant dans ses veines lui manquait parfois affreusement. Il savait le mal que cette dépendance lui avait causé, mais dans les moments difficiles, il se rappelait aussi son effet incroyablement anesthésiant. Quand il était soûl, au moins, la culpabilité et la douleur qui l'anéantissaient au quotidien se trouvaient momentanément apaisées. Seulement, dès qu'il avait dessoûlé, elles revenaient le tarauder, plus violentes et meurtrières que jamais.

Oui, la vie au bord du bayou était à la fois paisible et dangereuse. A force de trop s'isoler du bruit, Dave finissait par se demander si les voix qui lui rappelaient ses erreurs passées n'allaient pas le rendre fou. Assis sur le perron après la tombée du jour, sous le faible rayonnement de la lune sur l'eau tranquille, bercé par le concert discret auquel se livraient les crapauds et les grillons depuis les marais en contrebas, Dave se rappelait la façon adorable dont les petits yeux vifs de Ruby se plissaient quand elle souriait. Cette manière attendrissante qu'elle avait de se pendre à son cou en riant quand il l'emmenait au galop se coucher dans son petit lit douillet. Le regard plein de tendresse et de désir que lui lançait Claire quand il revenait après avoir bordé leur fille, et le geste à la fois désinvolte et empressé avec lequel elle reposait son livre pour venir le rejoindre.

Il se rappelait chaque détail de son bonheur passé avec une

acuité qui lui faisait douloureusement ressentir l'étendue de sa perte. Pourtant, bizarrement, il y avait des fois où il avait du mal à se rappeler les visages et les voix des deux femmes de sa vie. C'était dans ces moments-là qu'il avait envie de replonger. Un ou deux verres ne lui auraient apporté que des avantages, comme celui de se remémorer avec exactitude les traits de Claire et Ruby. Seulement, quand on avait un passé d'alcoolique comme lui, il était impossible de se limiter à deux verres. Deux petites rasades de bourbon se transformeraient inévitablement en une beuverie de deux jours entiers, voire plus, dont il ressortirait flageolant et écœuré, trempé de sueur et de vomi, avec la certitude qu'il ferait mieux de se terrer dans un trou à rats pour y crever pitoyablement plutôt que prolonger une existence sans joie et sans saveur.

Il ne voulait pas rechuter, et c'était ce qui lui permettait de tenir bon, malgré la terrible solitude de ces longues nuits au bord du bayou. Retourner errer dans les rues animées de La Nouvelle-Orléans aurait constitué une tentation trop forte. Car la ville symbolisait pour lui non seulement l'alcool facile et la fuite en avant, mais aussi et surtout le doux visage de Claire chargé de reproches — sans oublier le sourire de Ruby qu'il ne reverrait plus jamais autrement qu'en rêve. Cette vie-là, il ne la récupérerait pas, quoi qu'il fasse. Elle faisait partie d'un passé révolu. Et vouloir s'y accrocher ne ferait qu'aviver son désespoir.

Il monta les quelques marches du perron devant l'entrée principale, se pencha vers le pot de fleurs où il laissait sa clé quand il partait en mer pour la journée, et après l'avoir introduite dans la serrure, il tourna la poignée de la porte pour entrer. Avant de partir, il avait tiré les stores. Sage précaution, car la température extérieure avait tendance à grimper de façon vertigineuse dès que le soleil faisait son apparition. Résultat : alors que dehors, il faisait déjà chaud, à l'intérieur régnait une fraîcheur agréable. Il avait transformé en bureau la petite pièce à vivre située juste à côté de l'entrée, ce qui lui laissait tout juste une pièce au rez-de-chaussée. Quant à la salle d'eau, elle se trouvait à l'étage, de l'autre côté du couloir qui menait à sa chambre. L'organisation de son espace intérieur ne laissait pas de place aux invités ou au divertissement, mais Dave s'en moquait car il était très rare qu'il eût de la compagnie.

Il remonta à moitié les stores usés par les intempéries pour faire entrer un peu de lumière. Puis il fila dans la cuisine mettre sa cafetière en route avant de monter prendre une bonne douche. Le temps qu'il redescende, l'odeur du café frais avait déjà empli toute la petite maison. Sans s'arrêter, il alla droit au placard de son bureau où il avait stocké un certain nombre de documents. Il trouva sans difficulté la boîte contenant les dossiers qu'il cherchait, l'emporta sur le perron, s'installa confortablement dans son fauteuil à bascule, souleva le couvercle de la boîte qu'il avait posée à ses pieds et en sortit une épaisse liasse de papiers.

Avant de quitter le département des homicides, Dave avait fait une copie du dossier Savaria, par acquit de conscience. Le rouvrir aujourd'hui, après tout ce temps, lui faisait l'effet d'une plongée dans les eaux troubles du passé. On ne pouvait pas qualifier cela de bons souvenirs ; il y avait tellement d'aspects de la vie de Dave qui avaient mal tourné qu'il évitait en général de s'y replonger. D'autant que sa démission lui avait plus coûté qu'il n'aurait su le dire. A la vérité, il avait éprouvé un véritable déchirement en quittant la police, parce que ce dur métier, souvent ingrat et dangereux, représentait la seule activité professionnelle qu'il eût jamais rêvé d'exercer. Il avait adoré travailler au sein du département des homicides, élucider des disparitions louches, aider à ce que justice soit faite malgré tout. Et si, au début de sa carrière, quelqu'un lui avait prédit qu'un jour, il détruirait une preuve à conviction dans une enquête qui lui serait confiée, il l'aurait traité de fieffé menteur, et lui aurait peut-être même cassé la figure. Mais le sort avait de ces ironies dévastatrices : Dave avait commis cette faute impardonnable, et toute sa vie en avait été modifiée inexorablement. Sa fille, sa femme, son poste… il avait tout perdu en un clin d'œil à cause d'une erreur de jugement. Une seule mauvaise décision, et son existence en avait été bouleversée à jamais.

Le jour où Ruby avait été enlevée, Dave s'était laissé convaincre par Angelette d'aller boire un ou deux verres après leur tour de garde. Le petit apéro s'était vite transformé en beuverie, et sans savoir vraiment ce qu'il faisait, il s'était retrouvé avec sa coéquipière dans un motel minable, pas très loin de la vieille autoroute menant à l'aéroport. La tension sexuelle qui montait entre eux depuis des mois avait fini par atteindre son point culminant. Dave s'en était bien rendu compte, et toute une partie de son être le poussait à céder depuis trop longtemps pour qu'il l'ignore indéfiniment.

Ce qu'il attendait d'une liaison avec Angelette n'avait rien à voir avec l'amour profond et sincère qu'il portait à Claire. Mais bien entendu, s'il lui avait expliqué ça, elle ne l'aurait pas cru. Et elle aurait eu raison : aucune femme n'aurait pu comprendre ce qui lui était passé par la tête, ce jour-là. Dave n'avait pas cessé d'aimer son épouse légitime, même quand il s'était décidé à sauter le pas. Le seul hic, c'était qu'Angelette lui empoisonnait l'existence, comme un parfum entêtant et vaguement écœurant. Et pour se débarrasser de ce fardeau, il ne connaissait qu'un moyen : céder une fois à la tentation, pour qu'elle cesse de l'obnubiler en permanence.

Après leur brève aventure, Dave avait laissé Angelette fulminer dans la petite chambre du motel pendant qu'il roulait à toute allure vers sa femme et sa fille. Mais il était déjà trop tard. Il aurait aimé se persuader que si les choses n'avaient pas pris ce tour dramatique, il ne se serait plus jamais retrouvé dans une telle situation. Mais il n'en était même pas convaincu, aujourd'hui. A l'époque, il ne prenait pas grand soin de ce qui comptait le plus pour lui. Il avait fallu une tragédie pour qu'il mesure l'ampleur de son erreur. Hélas, le mal était déjà fait, et il n'avait pas la possibilité de revenir en arrière.

Claire l'avait appelé, complètement paniquée, au moment précis où il avait sorti la voiture du parking du motel. Pendant son trajet frénétique jusque chez lui, il n'avait eu qu'une seule idée en tête — une idée qui l'avait ensuite poursuivi pendant des jours, des mois, des années même : sa propre fille, son unique enfant, qu'il chérissait comme la prunelle de ses yeux, s'était fait kidnapper pendant que lui, monstre égoïste et sans cœur, se livrait à une sordide partie de jambes en l'air dans un motel en compagnie d'une femme qui n'était pas la sienne.

Il n'avait jamais avoué la vérité à Claire, mais elle le savait. Comme elle ne parvenait pas à le joindre — il avait pris soin d'éteindre son portable —, elle avait deviné qu'il lui cachait quelque chose. Intuition féminine ? En tout cas, quand il était enfin rentré chez lui, il avait lu dans ses yeux qu'elle était au courant. Tout son comportement reflétait la suspicion. Dans les intonations de sa voix, dans son regard chargé de tristesse, dans sa façon de se détourner de lui à tout moment, il sentait qu'elle ne lui faisait plus confiance et qu'elle lui reprochait son inconséquence. Pas seulement parce qu'il l'avait trompée, mais surtout parce qu'il ne s'était pas trouvé là au moment où leur fille avait besoin d'aide. Et qu'à cause de lui, ils l'avaient perdue pour toujours. Ça, Claire ne le lui pardonnerait jamais.

Une douleur fulgurante lui transperça la poitrine à ce souvenir. Levant les yeux du dossier qu'il n'avait qu'à peine parcouru, il posa un regard voilé sur l'étendue d'eau devant lui. Le vol d'un héron aux ailes bleutées attira un instant son attention, lui offrant une courte minute de répit avant que la culpabilité ne l'étouffe de nouveau. Et avec elle, l'envie dévorante de noyer son chagrin dans l'alcool.

Tout ce qu'il avait à faire, c'était se rendre chez Marsilius, à deux pas de chez lui, pour sortir en douce une bouteille de bière du container plein à craquer. Pendant un bref instant, Dave se vit décapsuler la cannette embuée, la porter à ses lèvres et en goûter le liquide glacé avec délices. Il eut presque l'impression de sentir la fraîcheur lui descendre dans la gorge, et faillit se lécher les lèvres de contentement. Mais il savait bien que s'il commençait, il ne s'arrêterait pas en si bon chemin : la bière lui semblerait vite insipide, et il passerait à des alcools plus forts — du whisky, par exemple, dont la brûlure lui ferait momentanément oublier ses soucis. Il en avait la bouche sèche, à tel point qu'il se leva pour aller ouvrir la porte grillagée qui protégeait le porche des assauts des moustiques… Et il tomba nez à nez avec Marsilius ! Dave ne l'avait même pas vu arriver, trop perdu dans ses pensées amères. Une vague d'irritation mêlée de soulagement l'envahit alors : maintenant que son oncle était là, plus question de répondre à l'appel insistant des sirènes de l'alcool.

D'un œil vif et critique, Marsilius enregistra en un éclair les papiers répandus à terre que son neveu n'avait pas daigné ramasser quand il s'était levé brusquement.

— Tu allais quelque part, mon garçon ? fit le vieil homme.

— Non, répondit Dave tout en reculant légèrement pour laisser Marsilius avancer sur le perron. J'étais juste venu t'ouvrir la porte. Quoi de neuf ?

— Bah, pas grand-chose. Je me suis dit comme ça que j'allais passer en coup de vent, simplement pour voir comment tu allais.

— Comment je vais ? Pourquoi ?

Marsilius haussa les épaules d'un air désinvolte que démentait l'éclat soupçonneux de ses yeux bleus fureteurs.

— Eh bien, tu es resté bien tard dehors, hier soir. Si je ne me trompe pas, il était plus de 2 heures du matin quand je t'ai entendu rentrer.

— Tu me fliques, à mon âge ? rétorqua Dave d'un air de reproche.

— Et alors ? Ça te pose un problème ? Tu es mon neveu, et mon associé : j'ai le droit de me tenir un minimum au courant de ce que tu fabriques, tout de même !

— Allez, puisque tu insistes, je vais te mettre au parfum, dit Dave en laissant retomber la porte grillagée qui grinça sur ses gonds. Bien que ce ne soit pas tes affaires, mets-toi bien ça dans le crâne, Tonton ! Voilà, si tu veux tout savoir, je suis allé rendre visite à un vieil ami malade à La Nouvelle-Orléans.

— Un vieil ami malade, hein ? répéta Marsilius d'un air dubitatif. Il ne s'appellerait pas Jack Daniel's, par hasard ?

— Bien sûr que non, Marsilius ! Je ne suis pas allé picoler, si c'est tout ce qui te préoccupe.

— Tant mieux, mon gars.

Dave sut qu'il était soulagé : ça se lisait dans ses yeux.

Comme pour changer de sujet, le vieil homme sortit un

grand mouchoir blanc de sa poche pour s'éponger la nuque. Avec un « han ! » de satisfaction, il se laissa tomber dans le fauteuil à bascule et étendit sa jambe devant lui pour dégourdir le genou qui le faisait souffrir.

— Va faire drôlement chaud aujourd'hui, c'est moi qui te le dis ! reprit-il, l'air de rien. A peine 8 heures du mat', et il ne doit pas faire loin de 30 degrés à l'ombre !

— C'est normal : on est fin juillet !

— Peut-être, mais je suis persuadé que la chaleur est de pire en pire, grommela l'oncle Marsilius en passant le mouchoir déjà trempé sur son front où perlaient des gouttes de sueur. Ou alors, c'est moi qui vieillis et qui ne supporte plus ces températures infernales. Je vais te dire, mon garçon, plus ça va et plus je songe à vendre pour aller m'installer dans le Nord. Un de ces quatre matins, je vais le faire, c'est sûr.

Dave sourit. Ce refrain, son oncle le lui avait déjà servi des dizaines, voire des centaines de fois, et il n'avait pas bougé d'un pouce pour autant. Quant à parler du « Nord », c'était un bien grand mot : tout ce qui se trouvait un tant soit peu au-dessus de l'I-10 était considéré comme quasi arctique par la famille Creasy.

— Mais non, tu ne vas pas le faire, Tonton ! Tu te gèlerais si tu partais dans le Nord !

Marsilius émit un grognement avant de se pencher vers son genou pour le frotter machinalement. Il avait encore fière allure pour son âge. Son visage buriné et tanné par les années passées à travailler sous le soleil du golfe s'auréolait d'une masse de cheveux gris argent toujours ébouriffés par la brise marine. Comme à son habitude, il portait des vêtements presque aussi vieux que lui, mais dans lesquels il prétendait se sentir aussi jeune qu'un étudiant de première année : un jean délavé, presque troué tant il avait servi, un T-shirt du mardi gras organisé par la ville vingt ans auparavant, et une paire de Converse rouges achetée pour trois francs six sous à l'Armée du Salut.

Dave tira une chaise longue mais resta debout, les bras ballants.

— Tu veux du café ? proposa-t-il à son oncle.

— Je ne dis pas non, fit Marsilius tout en croisant les mains derrière sa tête, les yeux fixés rêveusement sur le ventilateur qui brassait paresseusement l'air déjà lourd de chaleur de ses longues pales de bois.

Le vieil homme garda le silence pendant quelque secondes, le temps que Dave s'éloigne en direction de la cuisine pour aller chercher le café.

— Au fait, je t'ai entendu sortir le bateau, ce matin ! Il marche bien ?

— Impeccable ! répondit Dave tout en sortant deux grandes tasses qu'il remplit jusqu'au bord de liquide brun fumant. Les moteurs ronronnent au poil !

Il revint avec une tasse dans chaque main, mais s'arrêta net : son oncle avait pris l'un des dossiers dans la boîte qu'il avait laissée à côté du fauteuil, et était en train de le feuilleter sans vergogne.

— Eh, là ! C'est confidentiel : tu n'es pas censé fouiller là-dedans.

— Désolé, fit Marsilius en reposant les papiers pour prendre la tasse que lui tendait son neveu. J'ai vu le nom sur la boîte, et je n'ai pas pu m'empêcher d'y jeter un coup d'œil. Pourquoi tu gardes ces trucs, mon garçon ? C'est du passé, et cette époque-là, c'était pas franchement la joie pour toi, si ? Alors, si tu veux mon avis, tu n'as pas grand-chose à gagner à te replonger dans ces paperasses. Ça va te rappeler des mauvais souvenirs et c'est tout.

D'un air absent, Dave sirota une gorgée de café bouillant avant de reprendre la parole.

— Je n'ai jamais rouvert ces dossiers depuis que j'ai arrêté de boire, rétorqua-t-il. Je me disais que j'avais peut-être manqué un élément clé, à l'époque : vu que je ne dessoulais pratiquement pas, je ne devais pas avoir l'esprit très clair. Il est donc très possible que j'aie négligé un détail important dans toute cette masse d'informations. Et puis, peut-être qu'avec le nouveau regard que je porte sur les choses, je vais avoir une illumination. Qui sait ?

Marsilius fronça les sourcils, les mains serrées autour de sa tasse de café.

— Une illumination ? Tu peux être un peu plus précis ?

— Tu as entendu parler de cette étudiante assassinée ? La fille de Tulane ?

— Sûr ! Ils n'ont parlé que de ça aux infos pendant des semaines. Mais je ne vois pas le lien avec Renée Savaria.

— Les deux filles travaillaient occasionnellement dans une boîte de strip-tease de la rue Bourbon : le Médaillon d'Or. Le proprio est un type louche du nom de JoJo Barone. Il officie depuis pas mal de temps. Tu faisais encore partie de la brigade du crime, c'est te dire s'il en a vu passer, des minettes en mal de sensations fortes ! D'ailleurs, tu ne te rappellerais pas deux ou trois trucs à son sujet, par hasard ? Inutile de te dire que ça m'aiderait sûrement.

— Non, désolé. Je n'en sais pas plus qu'il y a sept ans, quand tu m'as demandé ce que je savais sur lui.

— Mmmh, hmm. Le seul problème, c'est que je ne suis pas sûr de bien me souvenir de ce que tu avais pu me dire à l'époque. Je n'étais pas vraiment d'aplomb, et… Enfin, bref, tu ne voudrais pas me rafraîchir la mémoire ?

Marsilius se renfonça dans son fauteuil pour ne pas faire

porter le poids de son corps sur son genou ankylosé. Son regard se porta sur le bayou qui miroitait au soleil, et Dave se tourna instinctivement dans la même direction. Pendant quelques secondes, tous deux parurent s'absorber complètement dans la contemplation des rideaux qui ondulaient dans la brise et dont le mouvement avait quelque chose d'hypnotique, de mystérieusement envoûtant. Ils restèrent ainsi immobiles et silencieux jusqu'à ce que l'envol d'un héron, qui quittait le marais voisin, rompe brutalement le charme. Dave le suivit des yeux jusqu'à ce qu'il disparaisse à l'horizon, puis se tourna de nouveau vers son oncle.

— Alors ? Tu veux bien éclairer ma lanterne, Tonton ?

— Ça va être rapide. Tout ce dont je me souviens, c'est qu'à cette époque, ce sacré JoJo avait pas mal de cordes à son arc. En plus du club de strip-tease, il possédait deux salons de massage très spéciaux sur la route du Chef Menteur. Sans compter ses relations avec un certain nombre de clients peu recommandables, entre autres des dealers haïtiens qui faisaient partie de la garde rapprochée d'Aristide au début des années quatre-vingt-dix. Tu sais, ce genre de « conseillers politiques » assez spéciaux, qui préféraient dégommer en toute discrétion les opposants au régime en place plutôt que les convaincre de modifier leur vote. Des salopards de la pire espèce, quoi ! Et qui ne reculaient devant rien. Sur ma tête, je te jure qu'un soir, j'en ai vu un arracher la tête d'un poulet vivant d'un seul coup de dents pour boire son sang comme si c'était du jus de chaussette ! Des vampires pareils, on devrait les supprimer direct, sans état d'âme, au lieu d'essayer de les coller en taule. Ce serait bien plus efficace !

— Et JoJo, dans tout ça ?

— JoJo ? répéta Marsilius en haussant une nouvelle fois les épaules. Bah ! On avait bien essayé de le coincer deux ou trois fois, pour différents motifs, vu qu'il touchait un peu à tout. Mais il avait les moyens de faire pression sur un certain nombre de gens haut placés dans la bonne société néo-orléanaise. Du coup, chaque fois qu'il se retrouvait en garde à vue, ça foutait les jetons à pas mal de monde dans les hautes sphères. Résultat : comme par hasard, en deux temps trois mouvements, toutes les charges retenues contre lui s'évanouissaient dans la nature, et on était obligé de le relâcher sans piper mot.

— Est-ce que tu étais allé jeter un coup d'œil à certains de ses établissements ? Pas forcément en tant que flic, mais en dehors de tes heures de service ?

Les traits de Marsilius se crispèrent comme si Dave avait appuyé sur un point particulièrement sensible. Il lui aurait décoché un coup dans le genou que son oncle n'aurait sans doute pas eu l'air plus mal à l'aise.

— La route du Chef Menteur a toujours été un endroit à éviter si on ne voulait pas se retrouver dans le pétrin en moins de temps qu'il n'en faut pour le dire, bougonna le vieil homme. Je n'y allais jamais par plaisir, uniquement par devoir, et déjà, je trouvais ça bien suffisant. De toute façon, JoJo n'employait pas les pauvres putes accro au crack qu'on voit traîner dans le Vieux Carré. Les filles qu'il embauchait étaient nettement plus sélectes, et les tarifs qu'elles pratiquaient allaient de pair avec leur standing. Où veux-tu qu'un simple flic comme moi ait trouvé l'argent pour se payer leurs faveurs ? Elles étaient bien au-dessus de mes moyens !

Dave se mit à rire, mais son oncle ne semblait pas partager son amusement. Il ressemblait à ces policiers que Dave avait côtoyés pendant des années. Comme il estimait que ses services n'étaient pas rétribués à leur juste valeur, il ne refusait pas un petit bakchich de temps en temps, en échange de quoi il couvrait temporairement les excès de certains petits truands de quartier, ou bien il leur servait de garde du corps officieux. Seulement, il n'appréciait guère qu'on lui rappelle ces écarts de conduite en le questionnant sur un passé qu'il estimait révolu.

— Où veux-tu en venir exactement, Dave ? demanda-t-il d'une voix où perçait une certaine irritation.

— Eh bien, je n'en sais trop rien pour l'instant. Mais maintenant que je ne suis plus sous l'influence de mon copain Jack Daniel's, comme tu dis, je me rappelle certains trucs de l'époque qui ne m'avaient pas frappé outre mesure quand j'avais le nez dans le guidon.

— Quel genre de truc ? fit Marsilius d'un air intéressé.

Oh ! pas grand-chose, songea Dave. Juste une note dans un journal intime qui donnait une adresse sur la route du Chef Menteur, assortie d'initiales mystérieuses.

Lorsqu'il avait découvert le journal de Renée Savaria, Dave avait failli bondir de joie : c'était le premier indice vraiment important qu'il dénichait depuis des semaines, et il n'avait même pas dû livrer de bataille pour le récupérer. En fait, cette avancée non négligeable était uniquement due au hasard : l'ancienne colocataire de la jeune fille lui avait téléphoné au commissariat pour lui donner rendez-vous dans un bar de la rue Magazine. Elle aussi était danseuse au Médaillon d'Or, mais ce jour-là, elle avait troqué sa tenue aguicheuse contre de grandes lunettes noires et une écharpe sombre qu'elle avait enroulée autour de sa chevelure pour ne pas être reconnue. Elle s'était recroquevillée sur la banquette la plus éloignée de l'entrée du bar, disparaissant presque derrière la table où il l'avait rejointe. La peur qu'elle éprouvait transparaissait par tous les pores de sa peau, et faisait trembler sa main crispée autour du whisky sec qu'elle sirotait à petits coups tout en fumant nerveusement des Lucky Strike.

Elle n'avait jamais voulu avouer à Dave la façon dont elle était entrée en possession du journal intime de la défunte. Tout ce qu'elle lui avait confié, en frissonnant fortement, c'était que quelqu'un était venu mettre leur appartement à sac, sans doute pour trouver ce petit carnet, et qu'elle comptait bien se tirer vite fait de La Nouvelle-Orléans avant qu'on ne s'en prenne à elle. Elle avait juré sur tout ce qu'elle avait de plus cher qu'elle ne savait rien sur le meurtre de Renée, mais elle demeurait convaincue que l'inconnu qui avait dévasté son appartement ne reculerait devant rien, pas même un nouveau meurtre, pour mettre la main sur le carnet qu'il convoitait. Et elle ne voulait pas se retrouver dans sa ligne de mire.

Ce jour-là, après avoir remis le journal à Dave, la jeune femme s'était éclipsée sans rien ajouter, et il ne l'avait jamais revue. Il s'était concentré sur l'épluchage du document qui était devenu, en quelque sorte, son livre de chevet. Et puis, Ruby avait été enlevée. Deux jours après sa disparition, il avait reçu ce coup de fil anonyme :

— Si tu veux récupérer ta fille vivante, tu ferais mieux d'écouter attentivement ce que je vais te dire. Et d'obéir, surtout !

En évoquant ce souvenir, Dave éprouva du mal à respirer. Il se demanda brusquement si Marsilius n'avait pas raison quand il lui conseillait de laisser ce dossier dormir dans le fond de son placard. A force de remuer le passé, il risquait de se détruire. Un homicide vieux de sept ans ne pouvait pas, du jour au lendemain, être résolu comme par magie. Pourtant…

Pourtant, il ne pouvait s'empêcher de chercher dans sa mémoire. Il n'y avait jamais vraiment repensé depuis qu'il avait arrêté de boire, et les choses prenaient une nouvelle coloration — plus vive, plus douloureuse aussi. Par exemple, il se rappelait avec précision la rage impuissante qui l'avait saisi quand il avait pris conscience que l'enlèvement de sa fille n'avait rien à voir avec la mort de Renée Savaria. Ces deux forfaits n'avaient de lien que celui qu'il avait bien voulu leur inventer. Il s'était fait prendre à un piège archi-classique, comme un débutant. Pendant que le tueur de Renée Savaria profitait de sa crédibilité pour lui faire détruire une pièce à conviction, le kidnappeur de Ruby n'avait pas été inquiété et avait eu largement le temps de couvrir ses arrières pour disparaître en toute tranquillité.

La douleur et la culpabilité qui rongeaient Dave depuis des années redoublèrent d'intensité. Machinalement, il se frotta le bras, comme pour nettoyer une tache invisible et pourtant indélébile, tout en regardant distraitement un pélican crever la surface de l'eau pour en ressortir quelques secondes plus tard avec le fruit de sa pêche : un pauvre mulet qui s'agitait désespérément dans son goitre. Un instant, l'ironie de cette vision frappa Dave de plein fouet : il n'était pas si différent que cela de cet infortuné poisson. En somme, lui aussi était prisonnier, et incapable de se dépêtrer de l'emprise du plus terrible des prédateurs : le passé qu'il s'était lui-même forgé.

A côté de lui, Marsilius attendait patiemment qu'il daigne répondre. Mais Dave n'était pas certain de vouloir lui confier le fond de sa pensée. Oh ! bien sûr, il faisait entièrement confiance à son vieil oncle. Mais il ne voulait pas l'impliquer dans une affaire qui risquait de tourner au grabuge. Car si les coups de fil qu'il avait passés la veille s'avéraient efficaces, ça ne tarderait pas à chauffer dans le coin.

— Le problème, dit Marsilius d'un ton méditatif, c'est

qu'il y a sept ans d'écart entre les deux meurtres dont tu me parles. JoJo n'a peut-être plus les mêmes contacts ni les mêmes appuis qu'autrefois. D'ailleurs, il ne serait pas le seul dans ce cas : depuis le passage de Katrina, il y a eu pas mal de chamboulements... Enfin, tout ce que je veux te dire, c'est que même affaibli et relativement isolé, JoJo demeure quelqu'un d'assez dangereux pour que tu n'ailles pas l'alpaguer sans la moindre preuve tangible. Crois-moi, tu courrais tout droit à la catastrophe.

— Mais peut-être que ce n'est pas JoJo que je veux épingler, répliqua Dave.

— Ah vraiment ? fit Marsilius d'un air sombre. Mais qui veux-tu donc coincer, alors ?

— Pour le moment, je me contente de poser des questions à droite et à gauche.

— Et pourquoi ?

— Eh bien, au cas où tu l'aurais oublié, c'est mon métier, en gros.

— Peut-être, mais uniquement si on te paie pour ça. Pas pour le plaisir de remuer la mouise d'il y a sept ans, mon garçon. Pourquoi est-ce que tu cherches tellement à te compliquer la vie ? Tu ne te débrouilles pas trop mal, ces temps-ci, entre ton agence et la pêche. Alors, tu as vraiment envie de te coller la police de La Nouvelle-Orléans sur le dos ? Parce que si tu fourres ton nez dans une affaire qui ne te concerne plus, tu vas avoir des ennuis avec eux, c'est moi qui te le dis.

— Comment peux-tu en être aussi sûr ?

— Pas besoin d'être devin pour savoir qu'ils ne vont pas être follement ravis d'apprendre que tu es de retour et que tu comptes marcher sur leurs plates-bandes. Sans vouloir te vexer, je te rappelle que tu étais un sale ivrogne, Dave. Bourré vingt-quatre heures sur vingt-quatre comme tu l'étais, tu t'es aliéné la plupart de tes anciens collègues. Et je ne les blâme pas : après tout, tu n'étais pas à prendre avec des pincettes, à l'époque. Certes, ils se sont montrés compréhensifs avec toi, mais jusqu'à un certain point : ils n'allaient pas excuser toutes tes frasques sous prétexte que tu avais traversé une mauvaise passe. Et puis, tu n'as pas vraiment ménagé les susceptibilités avant de claquer la porte du département des homicides. Alors, ne t'attends pas à ce qu'on t'ouvre grand les bras le jour où tu te mêleras de ce qui ne te regarde plus. Si tu commences à fouiner dans une enquête en cours, tu vas t'attirer de gros ennuis. Je ne serais pas surpris qu'on se serve de ce prétexte pour se débarrasser de toi une bonne fois pour toutes.

— On, c'est Alex Girard, je suppose ?

Marsilius reposa sa tasse vide sur le sol avant de se redresser lentement sur son siège, une main au creux des reins.

— Ça n'a jamais été ton meilleur pote, il faut bien en convenir. Le seul hic, c'est qu'aujourd'hui, c'est lui qui tient les rênes. Sans doute la faute de Katrina, encore une fois. Toujours est-il que les vieilles alliances ont été balayées par l'ouragan. Et d'après ce que j'ai entendu dire, Alex serait comme cul et chemise avec les nouveaux hommes forts de la ville. Ton rival a de l'ambition à revendre, plus une bonne dose de muscles pour répondre à ceux qui veulent lui chercher noise. Deux raisons pour qu'on le considère comme un homme dangereux. Si tu te mets en travers de son chemin, tu risques fort de te retrouver le bec dans l'eau. Qu'est-ce que tu deviendrais si tu perdais ta licence de détective privé ? Tu peux me le dire ?

Dave adressa un sourire moqueur à son oncle.

— Eh bien, je pourrais toujours investir dans un deuxième bateau et te reverser une part des bénéfices, Tonton !

Mais Marsilius n'eut pas l'air de trouver ça drôle.

— Fais attention à toi, fiston. C'est tout ce que je peux te dire. Fais bien gaffe à tes arrières. Je ne voudrais pas que tu termines dans un beau trou fraîchement creusé. Ce serait dommage pour un gars de ta trempe, tu ne trouves pas ?

9.

Le soleil brillait déjà de toute sa force quand Claire monta dans un taxi pour se rendre dans le Quartier Français. Elle dormait à poings fermés lorsque sa mère avait quitté l'hôpital, et en se réveillant, elle avait trouvé un mot griffonné à son intention, posée contre le verre d'eau à moitié plein sur sa table de chevet.

Je file à la maison pour faire un brin de toilette et quelques trucs qui ne peuvent pas attendre. Mais je reviens cet après-midi à la première heure pour te ramener. Surtout, attends-moi, ma chérie. Ta maman qui t'aime.

Claire avait consciencieusement avalé son petit déjeuner, sachant qu'elle devait prendre des forces si elle voulait être capable d'agir comme elle l'entendait. Ensuite, elle avait attendu que l'aide-soignante vienne la débarrasser du plateau vide pour sortir de son lit, s'habiller et s'éclipser discrètement. Elle avait appelé un taxi depuis son téléphone portable, puis elle s'était installée dans la salle d'attente pour patienter.

La température extérieure avait grimpé de façon impressionnante depuis la veille au soir. Lorsqu'elle ouvrit les portes battantes de l'hôpital pour rejoindre son taxi stationné devant l'entrée, la chaleur étouffante de cette matinée de juillet la frappa de plein fouet, et elle faillit suffoquer, comme lorsqu'elle ouvrait un peu trop vite la porte du fourneau, à l'atelier. Les arbres qui bordaient les avenues de la ville avaient l'air de sécher sur place ; même leurs feuilles pendaient lamentablement dans la fournaise. Les arrosages automatiques censés maintenir les pelouses bien vertes ne projetaient qu'une bruine à peine perceptible au-dessus des massifs d'impatiens, de bégonias et de fougères assoiffées.

Comme le taxi arrivait dans la rue du Canal, Claire commença à trouver le comportement de son chauffeur plutôt agaçant. Il avait l'air très inquiet de l'état de santé de sa passagère : non content de lui jeter des coups d'œil soupçonneux dans le rétroviseur, il lui demandait sans cesse comment elle se sentait. Il n'avait visiblement pas envie qu'elle ait la nausée dans sa voiture, car il insistait lourdement sur le prix qu'avait pu lui coûter son bel intérieur cuir. Heureusement, Claire parvint à surmonter son mal de cœur jusqu'au terme de leur parcours. Mais quand elle s'extirpa du siège arrière après avoir réglé sa course, le souffle d'air brûlant qui la cueillit à l'extérieur faillit la faire vaciller sur ses jambes encore flageolantes. Elle sentit sa tête tourner dangereusement, et elle dut chercher un refuge momentané sous un balcon pour attendre que les points noirs qui dansaient devant ses yeux éblouis disparaissent.

Le trottoir était encore humide de l'orage nocturne, mais sous l'effet du soleil étincelant, le béton séchait rapidement, et les flaques de la veille s'évaporaient presque à vue d'œil. L'air était si chaud et étouffant qu'on se serait cru dans un gigantesque sauna.

Le souffle court, la jeune femme regarda en direction de la boutique, de l'autre côté de la rue, essayant de distinguer à distance la silhouette de la poupée qui occupait ses pensées depuis la veille. Mais de là où elle se trouvait, avec le reflet du soleil dans la vitrine, elle ne pouvait rien voir. Elle attendit quelques instants, et quand elle se sentit un peu mieux, elle quitta son refuge.

Dès qu'elle eut traversé la rue, elle s'aperçut que la poupée n'était plus là.

Pourtant, la petite table était toujours dressée et le service à thé n'avait pas bougé. Mais la petite chaise avait été repoussée en arrière, comme si la charmante invitée s'était levée d'elle-même pour s'en aller.

C'était un fait : la poupée avait disparu. Sur le coup, Claire ne put retenir un gémissement. Elle resta plantée là, les yeux rivés au siège vide, la poitrine compressée par une sorte d'angoisse irraisonnée, respirant par à-coups l'air étouffant qui lui brûlait la gorge.

La poupée n'était plus là.

Evanoui dans la nature, le dernier fil ténu qui la reliait à sa fille, l'ultime espoir de la retrouver ou, au moins, de comprendre ce qu'il lui était arrivé…

Disparu. Sans laisser de traces. Comme Ruby, sept ans plus tôt.

Le ciel matinal semblait avoir été lavé par la nuit d'orage : il était d'un bleu sans faille, lumineux et fragile, de la couleur exacte et si particulière de ce bol que Claire avait confectionné pour Charlotte à l'occasion d'un Noël en famille. La plus jeune des deux filles de Lucille gardait précieusement ce cadeau sur une étagère, juste devant la plus grande fenêtre de son appartement. Quand les rayons du soleil passaient à travers, ils donnaient au verre coloré un éclat extraordinaire. Le bol devenait transparent et en même temps plus bleu que jamais ; on avait l'impression qu'il était vivant. Tiède et lisse au toucher, il semblait posséder une âme. C'était comme si Claire avait insufflé un peu d'elle-même dans cet objet. D'habitude, cette idée rassurait Charlotte dans ses moments de tristesse. Mais aujourd'hui, elle se sentait affreusement coupable, et même la vue imprenable sur La Nouvelle-Orléans ne parvenait pas à l'apaiser.

De l'autre côté de la rue, elle percevait le ruban argenté du Mississippi qui semblait l'appeler vers des horizons moins tourmentés. Elle s'imagina le bonheur que ce serait de grimper sur une péniche en laissant ses tracas derrière elle. Elle s'installerait à l'ombre d'un parasol pour siroter du vermouth sans se préoccuper de rien, pendant que l'embarcation l'emporterait au rythme du courant paresseux vers la haute mer où elle disparaîtrait, petite silhouette perdue dans l'immensité des flots. Elle quitterait La Nouvelle-Orléans pour toujours, et avec elle, sa famille et la culpabilité qui pesait sur ses épaules depuis cette nuit de tempête.

Pourquoi une péniche plutôt qu'un yacht de luxe ? Charlotte haussa les épaules, émue et agacée à la fois par le pouvoir du passé. Quand elle était petite, sa mère les emmenait souvent, Claire et elle, chez une cousine éloignée à Métairie. Là-bas, il y avait un nombre impressionnant de péniches aménagées en demeures flottantes, amarrées aux rives du grand lac. Charlotte était littéralement fascinée par ce spectacle. A l'époque, le mot « aventure » était pour elle synonyme de voyage à bord d'une de ces maisons flottantes. Elle n'envisageait pas de destin plus merveilleux. Vivre sur l'eau, se réveiller chaque matin dans un décor différent, c'était pour elle le summum du romantisme.

Et puis, des années plus tard, elle avait compris que les péniches quittaient rarement leur port d'attache…

— *L'herbe est toujours plus verte dans le jardin d'à côté*, lui répétait souvent sa mère, en guise d'avertissement.

Lucille disait vrai, et Charlotte avait pu le vérifier à plusieurs reprises. Mais pour une raison mystérieuse, elle n'avait jamais eu le courage de renoncer à ses fantasmes de gamine aventureuse. Tout comme elle refusait d'admettre le caractère souvent invraisemblable et disproportionné de ses envies, même si les désillusions étaient rudes.

Elle remonta le drap sur ses seins nus et se tourna légèrement sur le côté. La vision du fleuve disparut, remplacée par le reflet d'Alex derrière elle. Il ne la regardait pas : dos à la fenêtre, il se tenait devant son bureau, occupé à refaire son nœud de cravate. La jeune femme jeta un coup d'œil par-dessus son épaule, et leurs regards se croisèrent brièvement dans le miroir qui surmontait la table de travail. Gênée, elle détourna les yeux, même si elle n'était pas certaine de regretter ce qui s'était passé, cette nuit, entre elle et Alex. Elle avait toujours ressenti une forte attirance pour cet homme viril, de presque dix ans son aîné. La différence d'âge ne faisait pas partie des détails qui pouvaient gêner Charlotte quand elle jetait son dévolu sur un homme… Non, le seul problème résidait dans le fait qu'Alex était toujours marié à sa sœur aînée.

— Ça fait au moins dix bonnes minutes que tu regardes par la fenêtre, dit-il sans se retourner. Qu'y a-t-il donc de si intéressant ?

— Eh bien…, balbutia-t-elle en cherchant frénétiquement ce qu'elle pourrait bien lui répondre. D'ici, on peut voir le Mississippi.

— Mouais ! Disons qu'on l'aperçoit ! Un détail qui a permis aux propriétaires de doubler le prix du loyer en toute impunité !

En deux grandes enjambées, il traversa l'espace qui le

séparait de sa maîtresse pour venir poser tout naturellement la main sur son épaule nue.

Il venait de prendre une douche : il sentait le savon et le linge propre. Attendrie par son geste possessif et doux à la fois, Charlotte eut brusquement envie de se blottir contre lui, de défaire la cravate et de glisser les doigts sous sa chemise.

— C'est dingue ce qu'il peut y avoir comme embouteillages un jour de semaine, dit-il avec son pragmatisme habituel. Quand on pense que juste après le passage de l'ouragan, on se serait cru dans une ville fantôme… Décidément, les gens reprennent vite le dessus. Ça paraît difficile de croire qu'il y a peu de temps, quatre-vingts pour cent de La Nouvelle-Orléans se trouvait sous l'eau et qu'il n'y avait pratiquement plus âme qui vive dans les rues inondées.

Charlotte examina à la dérobée son profil fier et sérieux. Comme chaque fois qu'elle le regardait, elle sentit une onde de chaleur la parcourir, signe immanquable du désir qui la tenaillait. Avant qu'il ne se rende compte qu'elle le dévorait des yeux, elle reporta son regard sur le paysage, et fit mine de le scruter attentivement. Ce matin, elle ne pourrait pas invoquer la peur et la solitude comme raisons à son comportement irresponsable. Si elle cédait de nouveau à la tentation, elle ne pourrait s'en prendre qu'à elle-même et à ses envies égoïstes.

— Tu es resté en ville pendant le passage de Katrina, n'est-ce pas ? fit-elle d'un ton empreint de respect et d'admiration. Quand j'y pense, j'en ai la chair de poule. Je suis sûre que c'était terrible !

Alex cligna des yeux pour se protéger du soleil qui donnait en plein dans la vitre.

— Ça l'était. Vraiment. Pire que tout ce que j'avais connu jusque-là. Mais la moitié de ce qu'on entendait aux infos, c'était des conneries, comme les reportages où ils racontaient que les flics abandonnaient le navire par centaines… N'importe quoi ! En tout cas, dans le département, pas un seul gars n'a quitté son poste.

— L'une des premières choses que j'ai apprises en entrant au bureau du procureur, dit Charlotte en haussant les épaules, c'est de ne jamais faire confiance aux médias… Cela dit, il faut reconnaître qu'ils avaient raison sur un point : il y aura un avant et un après Katrina à La Nouvelle-Orléans. Ça, personne ne peut le nier.

— Sans doute. Mais je ne trouve pas ça très intéressant de regarder en arrière. On ne peut pas changer le passé, alors autant aller de l'avant. Quand les cartes ont été distribuées, plus moyen de demander une nouvelle donne : mieux vaut se débrouiller avec ce qu'on a dans les mains.

— Ce n'est pas toujours facile, Alex.

— Simple question de perspective. Prends cette fenêtre, par exemple. Si tu es du genre « verre à moitié vide », tu ne verras rien d'autre que le souvenir de l'inondation et de la destruction qui régnait juste après le passage de Katrina. Eh bien, moi, je préfère une vision plus optimiste. Pas naïve, attention, mais comment dire… j'aime mieux positiver. Quand je regarde par cette fenêtre, je vois une foule d'opportunités qui attendent de trouver preneur.

— Là, tu parles comme un homme politique ! lui fit remarquer Charlotte. Voyons, Alex, sois réaliste : tu ne peux pas exiger des gens qui ont tout perdu dans la bataille qu'ils oublient si vite le drame qui a balayé leur existence. D'autant que La Nouvelle-Orléans a toujours vécu en partie dans le passé. C'est ce qui fait le charme de cette ville — et de nous, ses habitants.

— C'est vrai, mais c'est peut-être justement là que se

trouve le problème : à force de regarder en arrière, on finit par stagner ou mourir. Moi, je te le répète, je ne vois pas l'intérêt qu'il peut y avoir à vivre dans le passé. Et je ne crois pas au pouvoir prétendument destructeur des regrets, ajouta Alex d'une voix grave tout en se tournant vers la jeune femme pour lui caresser doucement le menton du bout des doigts. Ça inclut ce qui s'est passé cette nuit entre nous. Je n'en éprouve aucun remords, et je ne voudrais pas que toi, tu en aies honte ou que tu en sois désolée. Parce que tu n'as pas à te sentir coupable de quoi que ce soit.

Elle garda les yeux fixés sur la rue. Si seulement le rayonnement intense du soleil à travers la vitre tiède avait pu faire fondre le désir qu'elle ressentait pour cet homme aussi facilement qu'il dissipait les brumes matinales accrochées aux rives du Mississippi !

— Je ne peux pas m'en empêcher, dit-elle après quelques secondes de silence pensif. Je n'aurais jamais dû venir te voir, Alex.

— Alors, pourquoi l'as-tu fait ? reprit-il d'un ton un peu cassant.

— Parce que j'ai bien vu que tu étais blessé quand Claire t'a renvoyé de sa chambre d'hôpital. J'ai lu dans ton regard voilé qu'elle t'avait fait de la peine. C'est la raison pour laquelle je t'ai rejoint : pour m'assurer que tu allais bien.

— S'il y a une chose qu'il faut que tu saches sur moi, rétorqua l'ex-mari de Claire, c'est que je ne supporte pas l'attendrissement. Je déteste qu'on me prenne en pitié. Et je n'ai pas besoin que tu te lamentes sur mon sort. Ni que tu viennes me tendre une main secourable alors que je me débrouille parfaitement tout seul. Ce n'est pas ce genre de choses que j'attends de toi, Charlotte.

— Je ne m'apitoie pas sur ton sort, contrairement à ce que

tu sembles croire, répliqua la jeune femme, un peu blessée par l'attitude distante qu'il adoptait brusquement avec elle, alors qu'elle était encore dans ses bras, seulement vêtue d'un drap froissé. Simplement, je comprends ce que tu ressens. Hier soir, tu étais triste, vulnérable et inquiet, et moi je me sentais affreusement seule. Mais ça n'excuse pas tout : nous aurions dû maîtriser nos pulsions.

— Tu le penses vraiment ? fit Alex en scrutant les traits tirés de sa compagne. Si tu ne veux plus jamais me revoir, soit. Si ça ne t'a pas transportée au septième ciel de coucher avec moi, ou si tu estimes que nous ne sommes pas faits l'un pour l'autre, vas-y, dis-le-moi franchement, et je comprendrai très bien. Il te suffit de parler honnêtement, sans détour, et ce sera terminé. Mais s'il te plaît, ne viens pas me servir toutes ces fariboles stupides sur le sens de l'honneur, la culpabilité ou les regrets éternels que nous serions censés éprouver ! Nous n'avons fait de mal à personne en nous faisant un peu de bien !

— Et Claire, dans tout ça ?

— Claire ? Elle se fiche royalement de ce que je peux faire de mes nuits !

— Tu comptes lui dire… pour nous deux ?

Cette question hésitante suffit à toucher un point visiblement sensible chez Alex. Avec une petite grimace, il se retourna vers la fenêtre, les yeux ostensiblement fixés sur un point éloigné.

— Non, répondit-il d'une voix rauque. Je ne lui dirai rien. Et toi ?

Charlotte resserra le drap autour de sa poitrine ferme. Toute trace de passion s'était évaporée, comme les flaques de l'orage nocturne dans le soleil brûlant de cette matinée révélatrice.

— Je ne veux pas qu'elle sache, dit-elle à voix basse. Je ne peux pas supporter l'idée de la blesser davantage, tout ça à cause d'un stupide moment de faiblesse.

— Arrête donc de dramatiser ! rétorqua Alex avec irritation.

Charlotte faillit lui répondre vertement, mais elle s'en abstint : l'énervement de son compagnon était sans doute au moins autant dirigé contre lui-même que contre elle.

— Je te répète qu'il n'y a plus rien entre Claire et moi, poursuivit Alex de la même voix courroucée. J'aurais dû me rendre à l'évidence depuis longtemps, mais j'étais trop têtu pour l'admettre. J'ai préféré m'accrocher jusqu'au bout à des illusions de gamin plutôt qu'affronter la réalité en face, voilà tout.

— Parce que tu l'aimais, tout simplement, dit Charlotte avec douceur. D'ailleurs, tu l'aimes encore. Tout le monde le sait. C'est une évidence.

— Peut-être, admit Alex. Mais je veux bien être pendu si je sais pourquoi je suis encore amoureux d'elle !

— Parce que c'est Claire, un point c'est tout.

— Admettons, répondit-il du bout des lèvres. Dire que je l'ai laissée me piétiner pendant ces six dernières années !

A ces mots, Charlotte tressaillit, outrée.

— Je t'interdis de parler de ma sœur de cette façon. Tu n'imagines pas les épreuves qu'elle a endurées.

Alex laissa échapper un rire sans joie, et posa sur Charlotte un regard qui la fit frissonner tant il était chargé d'amertume.

— Alors comme ça, tu t'imagines que je n'ai aucune idée de ce que Claire a souffert ? Je te rappelle que c'est moi, et personne d'autre, qui l'ai réveillée d'innombrables fois quand elle s'agitait dans son sommeil, prise dans les cauchemars affreux qui la tourmentaient sans relâche ? As-tu déjà oublié que j'étais à ses côtés quand elle a insisté pour fouiller la maison de fond en comble, à 3 ou 4 heures du matin, dans l'espoir de retrouver Ruby ? As-tu la mémoire si courte que tu ne te souviennes pas des crises d'angoisse qui la terrassaient, et dont elle ne venait à bout qu'en se blottissant dans mes bras ? Je t'en prie, Charlotte, ne m'accuse pas d'indifférence à l'égard de Claire ! Personne ne sait mieux que moi ce qu'elle a traversé. Je l'ai tenue à bout de bras durant toutes ces années. Mais malgré mes efforts, je n'ai pas réussi à la libérer.

— Pardonne-moi, murmura Charlotte tout en posant une main apaisante sur le bras crispé de son amant. Je n'aurais pas dû dire ça. Je sais que tu l'as accompagnée autant, si ce n'est plus que moi. Seulement, quand il s'agit de ma sœur, j'ai tendance à me mettre facilement sur la défensive.

L'accusation qu'elle lui avait lancée l'avait certainement touché car il se dégagea de son étreinte pour retourner vers le miroir où il ajusta sa cravate avec des mouvements brusques qui trahissaient sa colère.

— Nous sommes tous plus ou moins sur la défensive en ce qui concerne Claire. Mais toi et Lucille, vous lui faites plus de mal que de bien en abondant dans son sens. Surtout pour sa dernière lubie.

— Tu veux parler de cette poupée ?

— De cette poupée, oui. Mais aussi de la gamine qu'elle avait vue au parc et qui ressemblait soi-disant à Ruby comme deux gouttes d'eau. Et de toutes les autres fixations obsessionnelles qu'elle a pu avoir. Il faut absolument qu'elle trouve un moyen de franchir ce cap, sinon elle va finir par se laisser dévorer.

C'est peut-être déjà fait, songea Charlotte avec tristesse. Lorsqu'elle se rappelait sa sœur telle qu'elle était autrefois, et qu'elle la comparait à cette espèce d'enveloppe vide qu'elle était devenue, Charlotte ne pouvait s'empêcher d'éprouver un sentiment de désolation infinie. Quel gâchis ! Certes, Claire n'avait jamais été douée pour nouer des contacts, contrairement à Charlotte ; elle ne possédait pas non plus l'exubérance de leur mère. Mais elle adorait sa fille, et elle la chérissait plus que tout au monde. A une époque, elle avait été vraiment heureuse — oh ! sans faire de bruit, mais profondément et véritablement. L'époque où elle était avec Dave.

Charlotte soupira. Si elle se creusait les méninges, elle parviendrait peut-être à se rappeler pourquoi sa sœur était tombée follement amoureuse de Dave Creasy. Difficile de croire, quand on savait l'épave qu'il était devenu à cause de son penchant pour la bouteille, qu'il ait pu être bel homme un jour. Et pourtant, c'était la vérité : plus jeune, il possédait un physique séduisant, et il savait se montrer charmant et spirituel quand il voulait bien s'en donner la peine. Lorsqu'il avait obtenu ses galons d'inspecteur, il avait affiché pendant quelque temps un air triomphant qui faisait plaisir à voir. Certes, il n'avait jamais possédé l'ambition ni l'élégance sophistiquée d'Alex. Charlotte n'aurait pas envisagé une seule seconde d'en faire son amant. Pourtant, Claire et lui s'étaient entendus à merveille, à une époque. Ils se correspondaient parfaitement, et sans le drame qui les avait frappés, ils seraient encore ensemble. Seulement, voilà : Ruby avait été enlevée, et Dave avait plongé. Et même avant cela, il avait fait subir à Claire des humiliations que Charlotte ne lui pardonnerait jamais.

Quoique… A la lumière de sa position actuelle, elle réalisa soudain que son attitude devenait hypocrite. Elle n'avait pas fait mieux ! Le vieil adage selon lequel on avait tendance à devenir ce qu'on détestait le plus n'était peut-être pas si faux, finalement… Elle avait méprisé — pire, condamné — Dave pour son absence de moralité, et voilà qu'elle se retrouvait nue dans la chambre de son propre beau-frère !

Elle esquissait un rictus amer, frappée par l'ironie de la situation où elle s'était mise de son plein gré, quand un cliquetis lui fit tourner la tête. Alex venait de prendre ses clés et son portefeuille pour les fourrer dans ses poches, l'air toujours aussi renfrogné.

— Je file au commissariat. Je ne veux pas être en retard. Il y a du jus de fruits frais dans le réfrigérateur et une pile de serviettes propres dans la salle de bains. Tu peux rester aussi longtemps que tu voudras. Claque la porte derrière toi quand tu t'en iras.

Il avait déjà la main sur la poignée de la porte, mais au dernier moment, il parut hésiter. Revenant en arrière, il s'approcha de la jeune femme qui n'avait toujours pas bougé de son poste d'observation devant la fenêtre. Il se pencha vers elle pour déposer un chaste baiser sur son front, comme l'aurait fait un ami — ou pire encore, un frère. Puis, comme s'il cédait à une impulsion, il leva la main vers son visage pour lui caresser doucement la joue du bout des doigts.

— Ne te mets pas martel en tête pour ce qui s'est passé cette nuit, d'accord ? murmura-t-il d'une voix à laquelle elle trouvait difficile de résister. Claire n'est pas obligée de savoir, pour nous deux.

Claire, non. Mais moi, je sais.

Et Charlotte se demanda tristement si, dans quelques années, elle ne se rappellerait pas ce moment précis comme le début de sa chute dans l'immoralité… Elle exagérait certainement, mais pour l'instant, c'était exactement ce qu'elle ressentait, et ça lui faisait terriblement mal.

Sans un mot, elle se retourna et continua à fixer d'un œil morne le paysage inondé de soleil. Elle ne bougea même pas la tête lorsqu'elle entendit la porte d'entrée se fermer sur Alex ni quand le téléphone se mit à sonner. Elle laissa le répondeur se mettre en route, puis elle écouta le message :

— Tu es décidément impossible à joindre, ces jours-ci ! Si je ne te connaissais pas aussi bien, je pourrais croire que tu essaies de m'éviter.

Cette voix… elle avait un accent familier, mais Charlotte n'arrivait pas à mettre un visage dessus. Intriguée, elle quitta la fenêtre pour se rapprocher du répondeur et écouter la suite du message, sans même se dire qu'elle commettait une indiscrétion. Elle n'en était plus là, de toute façon.

— Je vais faire court, parce qu'on n'a pas vraiment le temps. Dave Creasy est de retour, et d'après ce qu'on m'a dit, il a l'intention de fourrer son nez dans l'affaire Losier. Un type dans son genre risque de nous faire foirer l'enquête, alors on devrait lui rendre une petite visite. Et le plus tôt sera le mieux, si tu vois ce que je veux dire.

Debout devant la vitrine du magasin, Claire essayait de se convaincre que la poupée avait juste été mise à l'abri pour la nuit. Les pièces de collection avaient une telle valeur… Peut-être le propriétaire du magasin avait-il trouvé plus prudent de ranger la poupée dans son carton plutôt que de la laisser en vue quand il avait fermé sa boutique en partant.

Bien entendu, il existait une autre possibilité, bien moins attrayante : la poupée avait peut-être été vendue. Mais Claire se refusait à envisager cette solution trop déprimante. Elle allait attendre que le magasin ouvre ses portes. Les horaires étaient affichés sur la porte : de 10 à 18 heures, du mardi au samedi. Or, il n'était pas encore 9 heures et il faisait déjà très chaud. Claire se dit que si elle restait debout en plein soleil, elle risquait de s'évanouir et de se retrouver une nouvelle fois à l'hôpital, alors qu'elle avait eu tant de mal à en sortir.

Elle regagna prudemment le côté ombragé de la rue pour se rendre à la cathédrale Saint Louis, histoire d'attendre dans un endroit frais. A l'intérieur du sanctuaire régnait une température agréable et un silence bienvenu. La lumière, atténuée par l'étroitesse des vitraux, donnait une impression de douceur bienfaisante, par contraste avec la fournaise de la rue.

Quelqu'un avait abandonné une rose sur le banc où Claire s'était assise, et elle la ramassa machinalement pour en humer le délicat parfum. L'odeur sucrée des pétales épanouis lui rappela le rêve qu'elle avait fait à l'hôpital, où elle voyait le visage de la poupée ressemblant à Ruby éclater en mille morceaux.

Réprimant un frisson, Claire jeta un coup d'œil circulaire qui trahissait sa nervosité. Après ce cauchemar, le calme presque sépulcral de la cathédrale ajoutait un peu trop à son malaise. Elle laissa s'écouler quelques minutes avant de se relever pour quitter les lieux, après avoir pris soin de remettre la rose à la place où elle l'avait trouvée.

Une fois dehors, elle téléphona à sa mère pour lui annoncer qu'elle était déjà sortie de l'hôpital et que ce n'était donc pas la peine qu'elle vienne la chercher. Lucille ne fut pas enchantée par cette nouvelle, comme il fallait s'y attendre. Lorsqu'elles eurent terminé leur conversation, Claire raccrocha avec un soupir : elle n'avait pas fini d'entendre parler de son « inconséquence ». Mais au point où elle en était, elle n'accordait pas beaucoup d'importance à une remontrance de la part de Lucille. Ce qui l'embêtait davantage, c'était les problèmes que sa blessure allait lui causer dans l'immédiat. Elle ne devait reprendre sa permanence à la galerie que le lendemain, ce qui lui laissait le temps de récupérer un peu. Mais elle avait prévu, à l'origine, de passer plusieurs heures à l'atelier de création pour travailler à de nouvelles œuvres. Seulement, avec une estafilade de cette taille à la main, il ne serait pas prudent de manipuler du verre en fusion. Elle allait devoir attendre une complète cicatrisation.

Elle reprit sa marche sans but, passant devant les hôtels et les beds&breakfasts de Saint Peters sans les voir, plongée dans ses pensées. Que ferait-elle si jamais la poupée avait été vendue ? Ou si le propriétaire de la boutique refusait de lui donner les informations dont elle avait besoin ? Quelle solution pourrait-elle trouver puisque personne, pas même Charlotte, ne semblait prêt à croire que la poupée ressemblait bien à Ruby ? Comment convaincre le vendeur qu'elle ne divaguait pas ? En lui montrant une photo de sa fille et en lui racontant sa triste histoire ?

Et si la poupée était encore dans le magasin et qu'elle ne ressemblait pas *vraiment* à Ruby, en fin de compte ? Que faudrait-il en conclure ? Qu'Alex avait raison quand il prétendait qu'elle se faisait des idées ? Que son refus d'oublier un passé trop douloureux la rendait folle, lentement mais sûrement ?

Elle poursuivit son errance pensive avant de revenir sur ses pas pour retourner au magasin. A sa montre, il était 10 heures pile lorsqu'elle arriva en vue de la boutique. Pourtant, le panneau « Fermé » n'avait pas encore disparu.

Claire mit une main au-dessus de ses yeux pour les protéger du reflet aveuglant du soleil, et s'approcha du store qui masquait la vitre, espérant apercevoir quelque chose. Mais l'intérieur de la boutique était tellement sombre, et l'extérieur tellement lumineux, qu'elle ne vit rien du tout.

Elle allait quitter son poste d'observation quand elle vit très nettement une ombre se mouvoir dans le magasin silencieux. Vite, elle leva le poing pour frapper à la porte, pleine d'espoir.

— Bonjour ! Il y a quelqu'un ? Répondez, s'il vous plaît. Il y a quelqu'un ?

Elle colla de nouveau son visage contre la vitre, et faillit se mettre à crier : de l'autre côté, quelqu'un la regardait, elle en était certaine.

10.

— Claire, bon sang, mais qu'est-ce que tu fabriques ?

Au son courroucé de la voix qui l'alpaguait ainsi, Claire fit volte-face dans un sursaut.

— Alex ! s'exclama-t-elle tout en portant une main à son cœur battant. Tu m'as fait si peur ! Je ne m'attendais pas du tout à une visite surprise.

— Eh bien, je n'avais pas l'intention de t'effrayer. On peut savoir ce que tu cherches ? Tu veux réveiller les morts ou quoi ?

Comme toujours, Alex était impeccable. Il avait pris soin d'ôter sa veste de costume pour la plier sur son bras, et de relever ses manches de chemise au-dessus du coude, afin de ne pas trop souffrir de la chaleur.

— Il y a quelqu'un à l'intérieur, j'en suis sûre. Le magasin devrait être ouvert au public à l'heure qu'il est, mais la porte est toujours fermée.

La jeune femme fourragea dans son sac à la recherche d'un élastique ou d'une barrette pour relever ses cheveux que la chaleur collait sur sa nuque. Finalement, elle passa une main sous ses mèches humides de sueur, puis les torsada en une espèce de gros chignon informe qu'elle accrocha haut sur sa tête à l'aide de la pince qu'elle avait fini par dénicher dans son grand fourre-tout.

— Mais toi, qu'est-ce que tu fais dans le coin ? Tu me suivais ou quoi ?

— Non, mais je voulais m'assurer que tu allais bien. Je suis passé à l'hôpital, tout à l'heure — c'est sur le chemin du commissariat. Quand j'ai vu que tes vêtements n'étaient plus dans ta chambre, je me suis dit que tu avais sûrement pris la poudre d'escampette, et qu'il n'y avait pas trente-six endroits où j'avais une chance de te trouver, d'après ce que je savais.

Avec une lenteur délibérée, il ôta ses lunettes de soleil pour les plier et les ranger soigneusement dans sa poche. Mais même ainsi, Claire n'arrivait pas à deviner ce que son regard impassible reflétait. Elle n'avait jamais été très forte pour lire les pensées d'Alex. Après six ans de mariage, elle avait parfois l'impression qu'elle venait tout juste de le rencontrer, tellement il demeurait une énigme pour elle.

C'était si différent avec Dave ! Ils avaient pratiquement grandi ensemble, dans le même quartier. Et du plus loin qu'elle se souvienne, elle avait su lire en lui comme à livre ouvert. Il faut dire que Dave ne prenait pas la peine de dissimuler ses sentiments : il était franc, honnête, parfois même un peu brutal. Mais au moins, dès le premier rendez-vous, on savait à quoi s'en tenir avec lui. C'était en partie ce qui avait séduit Claire : elle avait l'impression de le connaître presque par cœur, en somme. Sauf que son comportement avait changé du tout au tout après la disparition de Ruby. Tout s'était écroulé : du jour au lendemain, l'homme qu'elle avait épousé s'était brusquement transformé en un parfait inconnu qui pouvait se montrer si violent et désespéré qu'elle en était arrivée à le craindre, par moments.

Alex, au contraire, ne lui avait jamais fait peur. A sa façon, il l'avait aimée autant que Dave. Peut-être même davantage. Mais Claire savait pertinemment que, même s'ils étaient restés ensemble encore vingt-cinq ans, il n'aurait jamais réussi à la comprendre aussi bien que Dave.

La jeune femme regarda de l'autre côté de la rue en direction d'un rideau de fougères asparagus qui oscillait doucement depuis le balcon du premier étage d'un immeuble, et dont le balancement incongru dans l'air où ne soufflait pas la moindre brise avait attiré son attention. A travers les tiges feuillues, elle vit un couple qui s'embrassait passionnément, à l'abri de la chaleur étouffante. Quelques secondes plus tard, un éclat de rire enjoué lui parvint.

Le cœur serré, elle détourna les yeux du bonheur de ces amoureux inconnus. Elle avait ri de la même façon, un jour — mais cette époque lui semblait si lointaine qu'elle se demandait parfois si elle l'avait jamais vécue. C'était étrange comme le souvenir Dave l'obnubilait aujourd'hui, précisément quand son second mari — ex-mari, bientôt — venait à sa rescousse.

Alex n'avait visiblement rien deviné des pensées qui l'agitaient. Balançant négligemment sa veste sur son épaule musclée, il reprit d'un ton qui eut pour effet d'énerver Claire :

— Bon, alors, elle est où cette fameuse poupée qui te met dans tous tes états ?

La jeune femme dut inspirer profondément pour se calmer. Il ne réalisait sans doute pas à quel point il pouvait se montrer condescendant quand il s'exprimait avec cette intonation blasée. Quant à l'air qu'il affichait pour s'adresser à elle, il aurait mieux convenu pour raisonner une petite fille butée !

— Je ne sais pas, c'est bien là mon problème, répondit Claire sans rien laisser paraître de son agacement. C'est ce que j'essayais de voir quand tu m'as interrompue. Il est plus de 10 heures, à présent, et le magasin devrait déjà être ouvert, si l'on en croit les horaires qui sont affichés sur la porte.

Alex jeta un coup d'œil vers sa montre.

— Bah ! Ça ne fait que quelques minutes de retard, tu sais ? Si ça se trouve, la personne chargée d'ouvrir la boutique s'est retrouvée coincée dans les embouteillages ou a eu un empêchement de dernière minute. Ce genre de choses, ça arrive tout le temps.

— Sauf que j'ai vu quelqu'un à l'intérieur, juste avant que tu n'arrives. C'est pour ça que je frappais au carreau. Si tu sors ton insigne de policier, on acceptera peut-être de nous ouvrir ?

Elle pensait qu'Alex allait refuser tout net, arguant du prétexte qu'on n'utilisait pas ses fonctions officielles pour forcer quelqu'un à déverrouiller la porte d'un simple magasin de poupées. Mais à sa grande surprise, il se plaça devant l'endroit qu'elle venait de quitter pour regarder lui-même à travers le store baissé.

— Ecoute, je veux bien t'aider, mais je ne vois personne à l'intérieur.

— Pourtant, je suis certaine d'avoir aperçu quelqu'un, il n'y a pas deux minutes !

Le visage toujours collé à la vitre, Alex demanda :

— Tu es sûre que ce n'est pas ton reflet que tu as vu ?

— Bon sang, mais bien sûr, tu as forcément raison ! lança la jeune femme en se frappant le front du plat de la main. Tout le monde sait bien que je suis complètement cinglée, au point de ne pas pouvoir faire la différence entre mon propre reflet et un visage inconnu ! J'aurais dû y penser dès le début, idiote que je suis !

A ces mots, Alex se retourna d'un bloc, le visage crispé

dans une grimace d'exaspération. Elle vit qu'il luttait pour ne pas lui crier dessus.

Levant une main apaisante, elle s'excusa. Elle non plus n'était pas à prendre avec des pincettes, après son accident et sa nuit forcée à l'hôpital.

— Désolée, Alex. Je ne devrais pas m'énerver ainsi contre toi. Après tout, ce n'est pas ta faute si cette poupée n'est plus dans sa vitrine. Seulement, je démarre au quart de tour, dès qu'on se retrouve ensemble. C'est bizarre, non ? Dès qu'on commence à discuter, on en vient systématiquement à se disputer comme des chiffonniers. Et pour rien, en plus ! Pourquoi ne laisses-tu pas tomber, tout simplement ?

— Si seulement je le savais, Claire ! dit-il d'une voix où perçait une immense lassitude. Ce n'est pas mon habitude, pourtant : généralement, je n'éprouve aucun problème à abandonner quelqu'un ou quelque chose qui me pèse. Mais on dirait que je n'ai pas la force de m'éloigner de toi.

— Pourtant, tu serais tellement plus heureux si tu y parvenais ! murmura Claire.

— Oh ! J'en suis parfaitement conscient. Ce n'est pas là le problème. Je n'aime pas perdre la partie, voilà tout.

— La partie ? Tu parles comme si notre mariage avait été un jeu.

— Pas un jeu, Claire : plutôt une farce grotesque.

Cette remarque glaciale eut pour effet de rallumer la colère que la jeune femme avait contenue un instant plus tôt. Mais il n'était pas question de se livrer à une scène de ménage en pleine rue, surtout avec un homme qui ne serait bientôt plus qu'un ex-compagnon. Elle s'obligea à se concentrer sur autre chose : au bas de la rue, les flèches de la cathédrale luisaient dans la lumière éblouissante du soleil. Un parfait point d'ancrage pour contrebalancer l'énervement qu'elle sentait monter en elle.

— Tu n'aurais pas dû venir ici, Alex.

— Il y a beaucoup de choses que je ne devrais pas faire, rétorqua-t-il.

Il se rapprocha une nouvelle fois de la vitre pour regarder attentivement à l'intérieur du magasin, puis il secoua la tête.

— Je ne vois toujours rien ni personne, Claire. Si tu veux mon avis, il est temps d'arrêter de t'imaginer des choses. Ne te laisse pas envahir par les fantômes.

— Tu m'as dit toi-même que tu faisais ce que tu voulais, sans t'occuper du reste, répliqua la jeune femme un peu sèchement. Alors, tu devrais me comprendre mieux que quiconque. Passe ton chemin si tu ne peux pas m'aider. Moi, je ne partirai pas d'ici avant d'avoir vu cette petite.

A ces mots, Alex fronça les sourcils.

— Cette *petite* ! On dirait que tu parles d'une personne vivante, et non pas d'une poupée ! Est-ce que tu t'en rends compte, au moins ?

— Pfff ! fit Claire en haussant les épaules. Ce n'est qu'une façon de parler, voilà tout. Ça ne veut rien dire.

— Tu en es sûre ? Tu réalises que cette poupée n'est *pas* ta fille, n'est-ce pas ? Tu sais que ce n'est *pas* Ruby qui se trouve dans cette boutique ?

— Mais oui, je le sais. Je ne suis pas stupide à ce point !

— Ce n'est pas une question de stupidité, Claire. Es-tu bien consciente de te trouver en face d'une simple poupée ?

Enervée par la façon dont il insistait, Claire leva les yeux au ciel.

— Je te répète que je sais tout ça ! Tu as discuté avec Charlotte ou quoi ?

Alex détourna le regard.

— Pourquoi tu me demandes ça ?

— Parce qu'apparemment, elle aussi a l'air de croire que je confonds cette poupée avec Ruby. Mais quoi que vous pensiez tous les deux, je suis parfaitement consciente que je ne vais pas retrouver ma fille comme ça, par miracle, dans un magasin de poupées ! Au fond de moi, je sais bien qu'elle est morte, depuis le temps. Je le sens. Mais je sais également que cette poupée a forcément une signification importante. Ça ne peut pas être une simple coïncidence si elle ressemble autant à ma fille.

— Et ça t'avancera à quoi de la voir, Claire ? Qu'est-ce que tu feras, ensuite ? Tu achèteras cette maudite poupée et tu l'emporteras chez toi ? Autant te prévenir tout de suite que si c'est ce que tu avais l'intention de faire, ça ne va pas arranger ton état. Ça risque même de te faire sombrer dans le morbide.

Sur le coup, Claire ne trouva rien à répondre, tant la colère bouillonnait en elle. Elle n'avait pas l'intention de s'énerver une nouvelle fois contre Alex, mais bon sang, il ne faisait aucun effort pour essayer de comprendre ce qu'elle pouvait ressentir ! Et cette façon qu'il avait de vouloir absolument la faire culpabiliser, tout ça parce qu'elle refusait d'oublier sa fille chérie… Ça la mettait dans une rage noire, de voir à quel point il pouvait se montrer obtus, par moments.

— Je devrais peut-être te retourner la question, fit-elle en guise de contre-attaque. Qu'est-ce que tu va faire, toi, si tu te rends compte que la poupée ressemble effectivement à Ruby ? Si tu réalises que cette affaire concerne la police ?

— Arrête tes insinuations ridicules, Claire. Tu ne crois pas que mes collègues ont d'autres chats à fouetter que d'enquêter sur des poupées ?

— Je ne plaisante pas.

— Je sais, et c'est bien ce qui me fiche les jetons ! répliqua Alex en passant une main sur son front. Quelle chaleur ! Je sens que ça va me coller une de ces migraines…

Migraine, peut-être, mais ce n'était pas la température estivale qui en était la cause, et ils le savaient parfaitement, tous les deux.

— Cette poupée, c'est un indice, Alex.

— Mais bon sang, quel indice ? Tu l'as dit toi-même, Claire : Ruby est sûrement morte, à l'heure qu'il est.

— Oui, mais je n'ai pas renoncé pour autant à obtenir que justice soit faite. Tout comme je n'ai pas encore abandonné l'espoir de découvrir un jour ce qu'il lui est arrivé.

— Tu dis n'importe quoi ! Libre à toi de t'inventer des excuses bidon et de les croire, mais moi, je sais bien comment tu fonctionnes, et tu ne me feras pas avaler tes élucubrations. Je suis sûr que dans ta fichue tête de mule, tu t'es déjà dessiné un beau petit scénario, du genre happy end avec des rires et des larmes de joie. Tu te figures sans doute que cette satanée poupée va te ramener ta petite Ruby en chair et en os ? Eh bien, si tu veux mon avis, ça n'arrivera pas. C'est totalement impossible — irréalisable.

— Arrête de me traiter comme si je délirais ! lança la jeune femme avec colère.

— Je n'ai jamais dit que tu délirais. Je me contente de te prévenir qu'il y a un moment où il faut arrêter de prendre les vessies pour des lanternes.

Comme pour appuyer ses propos, il se rapprocha de Claire, posa les mains sur ses épaules et la regarda au fond des yeux avec une tristesse résignée qui la toucha plus qu'elle ne l'aurait cru possible.

— Je me fais beaucoup de souci pour toi, Claire, reprit-il d'une voix rauque. Tu aurais pu te faire tuer dans cet accident, et aujourd'hui, tu t'exposes à la chaleur alors que tu dois à peine tenir sur tes jambes. On dirait que tu le fais exprès : tu n'arrêtes pas de te fourrer dans des situations inextricables d'où tu ressors en miettes. Tu sais très bien que cette fois-ci ne sera pas différente des autres, et que ça se terminera mal pour toi.

— Peut-être, admit la jeune femme d'un air buté, les lèvres pincées. Mais je ne laisserai pas tomber avant d'avoir vérifié que je ne me suis pas trompée.

— Et tu comptes passer combien de temps en plein soleil, devant ce magasin fermé ? Tu as l'intention de rester jusqu'à ce que tu t'évanouisses d'épuisement ? C'est ça ?

— S'il le faut, oui.

Il secoua la tête d'un air désolé.

— Tu t'es regardée dans un miroir, ce matin ? Tu as une tête à faire peur… Viens au moins te mettre à l'ombre : on boira quelque chose de frais.

— Tu n'as qu'à y aller tout seul, répliqua la jeune femme, le visage fermé.

— Claire…

— Ecoute, laisse-moi tranquille, Alex. S'il te plaît. Va-t'en.

— Bon sang de bonsoir ! jura-t-il, le visage écarlate de fureur.

Il la lâcha si brusquement qu'elle vacilla sur ses jambes encore faibles. Puis il tourna les talons et lui lança par-dessus son épaule :

— Attends-moi là !

— Pourquoi ? Où vas-tu ?

— A côté. Il y a peut-être quelqu'un qui saura nous dire quand ton magasin doit ouvrir.

Claire se mordit la lèvre. Elle était vraiment idiote de ne pas y avoir pensé plus tôt !

— Alex ? murmura-t-elle, la gorge serrée.

Il lui jeta un coup d'œil circonspect.

— Merci, fit-elle d'un air penaud.

— Ne me remercie pas, répondit-il d'un air sombre. Ce n'est pas une faveur que je te fais. Je repousse l'inévitable, c'est tout.

Sur ce, il disparut dans la boutique voisine. Un peu rassérénée, Claire se rapprocha de la porte d'entrée et colla son visage contre la vitre, essayant une nouvelle fois de regarder par la fente du store. Mais Alex avait raison : elle ne vit personne. Il faisait si sombre à l'intérieur, de toute façon, qu'elle aurait eu bien du mal à distinguer un mouvement.

Pourtant, une seconde à peine avant qu'Alex ne la rejoigne, elle avait vu quelqu'un dans la boutique. Elle en aurait mis sa main au feu. Elle n'aurait su décrire le visage avec précision, tant cet aperçu avait été rapide, mais elle était sûre et certaine d'avoir repéré une silhouette qui bougeait à l'intérieur du magasin. Une forme sombre qui différait des autres immobiles. Un homme ou une femme qui n'avait pas daigné lui répondre. Même à présent, malgré les dénégations d'Alex, elle avait l'impression étrange que quelqu'un était encore à l'intérieur.

Soudain prise de faiblesse, elle dut s'appuyer d'une épaule contre le chambranle de la porte pour s'éventer de la main. Encore une chose sur laquelle Alex ne s'était pas trompé : si elle attendait trop longtemps dans cette chaleur, elle risquait fort de perdre connaissance. Et de se retrouver une seconde fois aux urgences.

A cet instant, une jeune femme apparut au bout de la rue, marchant d'un bon pas dans sa direction. Claire la regarda s'avancer avec curiosité : c'était peut-être la propriétaire du magasin ? Mais la jeune femme tourna dans une rue adjacente avant d'avoir atteint Chez Mignon, et l'espoir momentané de Claire disparut en même temps que sa frêle silhouette entre les deux rangées d'immeubles qui bordaient l'étroite allée ombragée faisant le tour du pâté de maisons.

Intriguée, Claire quitta son poste d'observation pour emboîter le pas à l'inconnue. Elle venait d'atteindre le passage emprunté par la jeune femme quand cette dernière frappa à la porte d'un immeuble. Quelques secondes plus tard, quelqu'un vint lui ouvrir, et elle entra à l'intérieur, refermant la porte derrière elle.

La ruelle ressemblait à ces nombreux passages qui sillonnaient les groupes d'immeubles du Vieux Carré. Une bonne partie d'entre eux se terminaient en impasse, débouchant sur les cours intérieures qui faisaient la célébrité de l'architecture néo-orléanaise. Au fond de l'allée où l'inconnue avait disparu, on voyait une grille en fer forgé courir entre les deux immeubles hauts et étroits, signe que l'un des fameux « jardins secrets » se trouvait caché là. Une odeur de brique et de mousse humides flottait dans l'air, à laquelle venait se mêler le parfum sucré des roses jaunes qui montaient à l'assaut de la barrière ouvragée.

Les yeux fixés sur la porte où s'était engouffrée la jeune inconnue, Claire repensa à son rêve de la nuit précédente. Peut-être n'avait-elle fait qu'y inclure la vision fugitive de cette impasse ? Elle avait dû l'enregistrer sans s'en rendre compte comme un élément secondaire du décor où trônait la poupée à l'effigie de Ruby, juste avant que la voiture ne la percute de plein fouet. L'image s'était sans doute imprimée dans son subconscient pour refaire surface au moment où elle s'était laissé submerger par le sommeil.

Sa grand-mère aurait sûrement affirmé que son rêve constituait une prémonition, un signe du destin à ne pas prendre à la légère, songea la jeune femme avec un demi-sourire. Malgré son éducation catholique très stricte et sa foi solide, Mamie Doucett avait toujours cru aux signes et aux présages — un trait souvent présent chez nombre de résidents de La Nouvelle-Orléans et des environs. A tel point que la vieille dame avait été enterrée, selon son vœu, avec la piécette en argent qu'elle portait invariablement autour du cou pour « payer son passage dans l'au-delà et se garder des tentations », comme elle l'avait expliqué de son vivant à tous ceux qui voulaient bien prêter l'oreille à ses histoires étranges et magiques.

Claire, elle, était plus pragmatique que son ancêtre… Sans plus hésiter, elle s'engagea dans l'étroite allée, évitant au passage une grosse flaque qui témoignait de l'orage de la veille.

Pourtant, tout en avançant tranquillement dans l'impasse qui portait la marque des années, elle ne parvenait pas à effacer cette étrange impression de déjà-vu. Son rêve venait se superposer à la réalité, lui donnant le sentiment de marcher entre deux mondes. Elle entendait presque les pleurs d'enfant qui avaient ponctué son cauchemar ; elle voyait presque la silhouette de Dave émerger de l'ombre pour la prévenir silencieusement de ne pas pousser plus avant. Et l'image finale de son rêve restait présente devant ses yeux : le joli visage de porcelaine, ce visage si semblable à celui de Ruby, qui éclatait en mille morceaux dispersés comme autant de fragments de son cœur sur la pierre froide et dure…

Claire ne partageait peut-être pas les croyances de son aïeule en matière de prémonitions et de double vue, mais elle était, et elle restait une fille du Sud. Comme la plupart des Louisianais, elle demeurait persuadée qu'il existait des phénomènes inexplicables mais bien réels, indescriptibles et même imperceptibles par le commun des mortels, et pourtant indéniables. Ce sentiment ne la quittait pas, tandis qu'elle progressait à pas lents dans l'impasse noyée d'ombre. Elle était presque arrivée à la grille quand une sorte de frisson glacé la parcourut. Un bref instant, elle eut l'impression bizarre que sa grand-mère bien aimée se trouvait quelque part derrière elle, et qu'elle l'implorait de rebrousser chemin pendant qu'il en était encore temps.

Cette sensation était si tenace que Claire ne résista pas à la tentation de jeter un coup d'œil par-dessus son épaule. Elle savait très bien que sa grand-mère ne pouvait tout simplement pas se trouver là, mais elle ne put s'empêcher de vérifier. Depuis l'artère ensoleillée qu'elle avait quittée, des bruits de voix lui parvenaient, cependant que, d'une fenêtre ouverte sur l'allée, des bribes de musique de jazz s'échappaient gaiement. Le ciel au-dessus de sa tête luisait d'un bleu sans nuage, et l'air autour d'elle était limpide. Un temps idéal pour profiter de l'ambiance si spéciale de La Nouvelle-Orléans.

Mais il n'y avait personne derrière Claire. Elle était seule dans l'impasse déserte. Sa grand-mère était morte depuis longtemps — tout comme Ruby. Malgré tout, elle avait l'impression de sentir leurs mains s'accrocher aux siennes. Aussi vrai qu'elle entendait les battements précipités de son cœur retentir dans sa poitrine oppressée, elle avait le sentiment que sa grand-mère et sa fille cherchaient à la retenir pour lui éviter une nouvelle désillusion.

Faisant fi de tous ces pressentiments négatifs, elle poursuivit son avancée jusqu'à se retrouver au pied de la grande grille de fer forgé. Derrière, il y avait une cour intérieure joliment arborée, à la fraîcheur verdoyante, comme si la pluie de la nuit l'avait lavée de toute trace de poussière. Elle n'y vit personne.

Se désintéressant de l'endroit désert, si charmant et accueillant soit-il, Claire se retourna vers le passage. Elle avisa une porte dans le mur de brique opposé à l'entrée où avait disparu la jeune femme. Le battant de bois menait très certainement à l'arrière du magasin de poupées de collection. Levant la main, Claire frappa suffisamment fort pour qu'on l'entende de l'intérieur. Comme personne ne répondait, au bout de quelques secondes, elle essaya de tourner la poignée. A sa grande surprise, la porte s'ouvrit sans difficulté.

— Bonjour, fit-elle d'une voix hésitante. Il y a quelqu'un ?

Malgré le rai de lumière qui éclairait l'arrière-boutique, l'endroit était sombre et lugubre. Claire eut besoin de quelques instants pour ajuster sa vision à la semi-obscurité qui régnait à l'intérieur. Prenant son courage à deux mains, elle finit par pénétrer dans la grande pièce qui servait visiblement de remise et d'atelier. Tout un côté était équipé d'appareils électroménagers — sans doute pour permettre au gérant du magasin de se préparer un repas à l'heure du déjeuner. Il y avait un évier avec un égouttoir à vaisselle, un micro-ondes et un réfrigérateur qui ronronnait doucement. De l'autre côté, sur un nombre impressionnant d'étagères, s'alignaient des piles de boîtes en carton et des matériaux d'emballage.

Et sur une grande table de travail s'étalaient, pêle-mêle, des têtes et des torses de poupées dépareillés, plus un monceau d'yeux de verre qui semblaient vous transpercer du regard, en un tableau grotesque et effrayant.

Les poupées démantibulées prenaient un aspect étrange, presque inquiétant dans la lumière glauque de la grande pièce. Tout en les regardant, Claire sursauta violemment quand le battant de bois se referma tout seul derrière elle.

Dans l'arrière-boutique régnait une température glaciale qui ajouta au malaise de la jeune femme. Quelqu'un avait dû baisser le thermostat. Au début, le contraste avec la fournaise de l'extérieur avait été plutôt le bienvenu. Mais au bout de quelques instants, Claire sentit le froid la pénétrer.

Un rideau de perles de verre masquait l'ouverture menant au magasin. Dans le souffle d'air qui provenait du ventilateur, son tintement discret paraissait appeler doucement Claire vers l'autre partie de la boutique.

— Je suis désolée si je vous dérange, dit la jeune femme d'une voix un peu nerveuse en s'avançant prudemment vers l'autre pièce, mais j'attendais dehors que vous ouvriez votre magasin, et je me suis demandé ce qui se passait. Sur votre panneau, il y a marqué « de 10 heures à 18 heures », et il est largement plus de 10 heures. C'est pour ça que je me suis permis d'entrer…

Encore une fois, seul le silence lui répondit. Si elle avait bien vu quelqu'un, un instant plus tôt, cette personne s'était éclipsée si vite qu'elle n'avait pas eu le temps de refermer la porte à clé. Si elle revenait à l'improviste, Claire risquait de gros ennuis. Entrer sans demander l'autorisation dans une propriété privée constituait un délit passible d'amende ou même d'emprisonnement, elle ne l'ignorait pas. Mais puisqu'elle y était, autant en profiter pour examiner les environs, et peut-être trouver enfin la fameuse poupée pour laquelle elle était revenue.

Avec l'impression de marcher sur des œufs, elle avança jusqu'au rideau de perles, puis écarta les gouttes de verre translucides et pénétra dans la pièce principale du magasin. L'endroit n'était pas très grand, et le propriétaire des lieux avait utilisé chaque centimètre carré de l'espace réduit dont il disposait pour exposer les pièces à vendre. Des dizaines de poupées étaient installées sur des rangées d'étagères qui couraient sans interruption le long des quatre murs. Contrairement à leurs semblables en bien mauvais état qui encombraient l'arrière-boutique, celles-ci présentaient une apparence absolument irréprochable. Depuis leurs robes à smocks ou à volants jusqu'à leurs petits visages délicatement peints, elles ressemblaient point par point à une classe entière de petites filles modèles qu'on aurait fait asseoir en rang bien sagement.

La mère de Claire avait toujours été une collectionneuse acharnée, du plus loin que ses filles s'en souviennent. Bien sûr, vu l'état de ses finances personnelles, Lucille n'avait jamais pu s'offrir une poupée dont il n'existait qu'un exemplaire, de celles qui valaient parfois des centaines, voire des milliers de dollars. Mais elle était toujours à l'affût des bonnes affaires, et amassait sans se lasser des pièces de collection qu'elle trouvait toutes plus jolies les unes que les autres. Combien de fois avait-elle traîné à sa suite ses deux filles dans les marchés aux puces et les braderies ! A combien d'expositions, de salons et de ventes avaient-elles dû assister, contraintes et forcées par la passion de leur mère pour les poupées de porcelaine ! Aujourd'hui, même sans faire de cette marotte son passe-temps personnel, Claire était capable d'apprécier en connaisseuse les différentes variétés de poupées exposées dans la petite boutique où elle avait pénétré. Sur les étagères encombrées, il y avait surtout des marques assez communes — Madame Alexander, Queen Tatiana, autant de noms qu'elle reconnaissait pour les avoir entendus et vus des centaines de fois au hasard des pérégrinations de sa mère. Quant aux créations plus rares et plus chères, elles se trouvaient bien à l'abri derrière leurs vitrines fermées à clé, d'où elles semblaient dominer les autres d'un regard hautain.

La jeune femme poursuivit son exploration en veillant à ne rien renverser. Elle savait qu'elle était seule, et pourtant, elle avait l'impression bizarre d'être épiée. C'était sans doute tous ces yeux de verre qui la fixaient sans ciller… En tout cas, elle dut lutter contre l'envie de se retourner pour vérifier qu'on ne la suivait pas dans l'ombre.

Ignorant volontairement le tressaillement nerveux qui lui tordait l'estomac, elle se pencha pour mieux voir les poupées qui trônaient sur les étages inférieurs d'un des présentoirs vitrés. Mais elle savait déjà que son examen minutieux ne la mènerait à rien : la poupée qu'elle avait vue la veille n'était plus dans la boutique. Sinon, elle l'aurait repérée tout de suite. Elle continua malgré tout à détailler chaque pièce de collection, s'attardant pensivement sur une série de poupées vêtues comme des dames de la cour de Louis XVI, avec perruques poudrées à étages et robes à paniers en velours moiré. Mais elle eut beau scruter les autres vitrines et passer en revue les poupées des étagères une à une, elle ne trouva pas trace du sosie de Ruby qu'elle était venue chercher. Une vague de frustration monta à l'assaut de son cœur déçu. La poupée n'était pas là, c'était un fait indéniable. Il ne lui restait plus qu'à attendre que le propriétaire de la boutique ou une vendeuse se montre enfin. Elle pourrait alors poser les questions qui lui tournaient dans la tête depuis la veille.

Elle allait s'éloigner de la dernière vitrine qu'elle avait contemplée quand elle se figea d'effroi. Pendant une fraction de seconde, une silhouette s'était reflétée dans la paroi de verre. Le cœur battant à cent à l'heure, la jeune femme se retourna d'un bloc vers l'arrière-boutique, et faillit se mettre à crier d'angoisse : le rideau de perles se balançait tout seul, dans un bruissement qui lui glaça le sang.

La gorge étranglée par la panique, Claire porta une main à sa poitrine, les jambes flageolantes, les tempes bourdonnantes. Qui pouvait bien se cacher ainsi ? On n'avait pas idée de faire si peur aux gens ! Mais l'instant d'après, elle revint à des pensées plus cohérentes : c'était probablement le ou la propriétaire du magasin qui était revenu pour fermer la porte de derrière. En découvrant quelqu'un chez elle, cette personne avait dû paniquer, elle aussi.

— Il y a quelqu'un ? demanda Claire, tout en faisant un pas hésitant en direction des perles de verre qui tintaient toujours. Surtout, ne vous inquiétez pas : je ne suis pas là pour vous cambrioler. Je voudrais juste des renseignements au sujet d'une poupée que j'ai vue hier dans votre vitrine.

Silence.

Immobile, osant à peine respirer, la jeune femme se demanda ce qu'elle devait faire.

Et soudain, un coup sonore à la porte principale la fit sursauter.

— Claire ? C'est toi qui es à l'intérieur ?

A travers la vitre et le store baissé, la voix d'Alex était un peu étouffée, mais elle n'eut aucun doute sur l'irritation qui perçait dans sa question. Seulement, pour le moment, elle se fichait pas mal de sa colère ou des reproches qu'il ne tarderait pas à lui adresser : elle était tellement soulagée de l'entendre qu'elle lui aurait bien sauté au cou.

— J'arrive ! cria-t-elle, heureuse de ne plus être seule dans cet endroit sinistre.

Sans plus d'hésitation, elle écarta le rideau de perles, jeta un coup d'œil prudent dans l'atelier désert où rien n'avait bougé depuis qu'elle y avait pénétré, et se dépêcha de filer jusqu'à la porte du fond, sans prêter davantage attention au bruissement des gouttes de verre qui s'étaient remises en place après son passage.

Un intense soulagement s'empara d'elle lorsqu'elle fut de retour dans l'impasse. Elle ne savait pas très bien pourquoi elle s'était autant inquiétée. Peut-être parce qu'elle avait commis une infraction en s'introduisant dans cette boutique sans autorisation ? Elle n'avait pas l'habitude d'enfreindre la loi, et ceci expliquait sans doute sa nervosité. D'autant que, si elle avait été surprise en flagrant délit par une personne armée, les choses auraient pu très mal tourner. Pourtant, elle savait au fond d'elle-même qu'il y avait une autre raison à son accès de frayeur. Quelque chose — ou quelqu'un — la guettait dans la pénombre du magasin, et c'était ça qui l'avait terrorisée.

Alex venait d'apparaître au bout de l'allée : elle était donc en sécurité, et malgré cela, elle ne pouvait s'empêcher de trembler comme une feuille. Elle ne craignait plus rien, à présent, mais le sentiment d'un danger caché ne la quittait pas. Elle pouvait presque entendre sa grand-mère lui murmurer à l'oreille : *Fie-toi à ton instinct, ma chérie.*

Un souffle de brise s'engouffra dans l'étroit chemin, faisant vibrer au passage la grille de fer forgé qui menait à la cour intérieure toujours aussi fraîche et silencieuse. Devant l'entrée, sur les pavés irréguliers qui recouvraient le sol, une fleur blanche gisait, seule. Intriguée, Claire s'en approcha lentement, sans vraiment savoir pourquoi elle était irrésistiblement attirée dans cette direction.

Par contraste avec l'humidité sombre des pierres usées par les ans et les pas, les pétales immaculés de l'orchidée ressemblaient à une tache de neige en forme de fleur, fraîche et délicate. Et Claire eut l'étrange impression que quelqu'un venait de l'abandonner là, à l'instant, avant de disparaître derrière la grille dans le jardin où s'épanouissaient les roses au parfum entêtant.

11.

Dans la boutique d'à côté, Alex avait appris de la bouche de la vendeuse que la propriétaire du magasin d'objets de collection, qui se prénommait Mignon Bujold, était partie assister à une grande exposition de poupées à Baton Rouge. Cet événement devait durer quatre jours complets, et la boutique serait par conséquent fermée jusqu'au retour de la vieille dame, prévu pour le mardi matin. Quant à savoir pourquoi elle avait négligé de fermer à clé la porte du fond avant de partir, cela demeurait un mystère. Mais son obligeante voisine avait l'air de penser que ce n'était qu'un oubli, rien de plus. Dans les bâtiments anciens du Quartier Français, certains systèmes de verrouillage obsolètes ne fonctionnaient plus très bien. Si Mignon s'était dépêchée de partir le jeudi soir, sans doute n'avait-elle pas eu le temps de vérifier que le loquet était correctement poussé.

Par acquit de conscience, Alex examina rapidement les abords de l'arrière-boutique, puis il entra pour s'assurer qu'aucune effraction n'avait été commise. Dans la boutique, rien ne semblait avoir été fouillé ou déplacé. Aucune raison, donc, de craindre un cambriolage. Malgré l'insistance de Claire, qui répétait obstinément qu'elle avait vu quelqu'un à l'intérieur juste avant qu'il n'arrive, il lui expliqua qu'il ne pouvait rien faire de plus. Il voulait bien demander à la patrouille de quartier de garder un œil sur la boutique jusqu'à ce que quelqu'un parvienne à joindre Mignon Bujold, mais son action se limitait à cela. Surveillance et prévention.

Après cet épisode frustrant, Claire n'eut d'autre choix que de rentrer chez elle pour passer le reste de la journée à se reposer. Seulement, elle se trouvait dans un tel état de nerfs qu'elle n'arrivait pas à s'allonger ou à rester assise plus d'une dizaine de minutes. Trop stressée pour se laisser aller à un sommeil réparateur, elle faisait les cent pas quand sa mère arriva, tard dans l'après-midi, avec un paquetage pour passer la nuit chez elle. Et à en juger par son expression déterminée, elle n'avait pas l'intention de se voir opposer un quelconque refus. Claire l'accueillit donc avec philosophie et se laissa tomber sur le canapé du salon avec un soupir de soulagement, pendant que Lucille vaquait aux occupations ménagères avec l'énergie qui la caractérisait.

En moins de temps qu'il n'en faut pour le dire, la maison fut nettoyée et rangée. Puis, après avoir dîné de crevettes à l'étouffée et de riz créole, elles s'assirent sur le perron pour regarder le crépuscule tomber comme une couverture soyeuse sur les lumières de la ville. Des écharpes de nuages roses qui s'étaient accrochées à la cime des arbres restèrent un moment visibles avant de perdre de leur couleur, se fondant dans le gris tourterelle du ciel. La brume envahit doucement le paysage, et dans l'air du soir s'élevèrent des odeurs de pluie, de fleurs et d'herbe fraîchement coupée.

— Je crois qu'on est bon pour une autre averse dans la soirée, prédit Lucille d'un air sentencieux, tout en se balançant dans son fauteuil à bascule. Tu as vu comme ces gros nuages d'orage se massent au-dessus du golfe ?

— Ça ne me dérange pas qu'il pleuve, répondit Claire d'une voix douce.

— Je sais, ma fille, je sais. Je me rappelle encore la façon dont Charlotte et toi réagissiez différemment à la pluie : elle, elle piaffait littéralement d'impatience parce qu'elle ne pouvait pas sortir s'amuser pendant que toi, tu t'asseyais tranquillement sous le porche, exactement comme aujourd'hui, et tu pouvais rester immobile, à regarder les gouttes tomber pendant la journée entière. Vous étiez aussi dissemblables que le jour et la nuit, toutes les deux, quand vous étiez petites. Vous teniez de vos pères respectifs, qui ne se ressemblaient pas du tout. Toi, Claire, tu as toujours été comme William : calme et posée, rêveuse et réfléchie. Lui aussi pouvait rester des heures à la même place, à regarder la pluie tomber, sans dire un mot. Je n'ai jamais rien compris à cet homme, mais ce qui est sûr, c'est qu'après son départ, il m'a manqué affreusement. Pendant des mois, je suis restée éveillée la nuit, à me demander ce que j'avais bien pu lui faire pour qu'il en vienne à se suicider.

— Tu n'aurais pas dû te faire tant de reproches, Maman, fit Claire à voix basse. Ce n'était pas ta faute. C'était quelque chose en lui qui ne tournait pas rond, c'est tout.

— C'est ce que j'ai fini par comprendre, répondit Lucille avec un soupir. Il faisait partie de ces gens dont l'âme ne trouve jamais la paix. Quand ses yeux se voilaient — et cela arrivait souvent, même en pleine journée —, c'était signe qu'il réfléchissait à quelque chose de terrible. Quelque chose qui le rongeait, qui l'obnubilait tellement qu'un jour, il ne l'a plus supporté. Quand tu étais petite, ça m'inquiétait de constater que tu lui ressemblais. J'avais peur que tu ne finisses comme lui, douce et silencieuse comme tu l'étais, à tout garder pour toi sans jamais te plaindre ou exploser, comme ta sœur. Mais en réalité, tu es plus forte, plus solide que ton pauvre père ne l'a jamais été. Parfois, je me demande même si tu n'es pas la personne la plus stable que j'aie connue de toute ma vie.

— Merci, Maman. Mais tu sais, pour le moment, je me sens plutôt perdue, fit Claire d'un air songeur.

Depuis qu'elle avait quitté le magasin de poupées, à la fin de la matinée, elle se sentait d'une humeur étrange. Une nervosité presque maladive s'était emparée d'elle. Et malgré l'apaisement que lui procurait ce tête-à-tête avec sa mère, et la contemplation du soir tombant sur la baie, elle ne parvenait pas à se défaire de l'idée que quelque chose de terrible allait se produire. Mais quoi ? Elle n'en savait rien, et c'était sans doute ce qui lui mettait les nerfs à vif.

— Ce n'est rien, mon petit, lui dit sa mère gentiment. C'est juste le contrecoup de l'accident. Tu as tout de même subi un grave traumatisme, ne l'oublie pas ; il est normal que ça se traduise par une baisse de régime. Donne-toi encore deux ou trois jours de repos pour surmonter cette épreuve.

Avec lassitude, Claire appuya sa nuque ankylosée sur le dossier de son fauteuil à bascule.

— Mais je n'ai pas deux ou trois jours devant moi, Maman, répliqua-t-elle. Je dois reprendre le travail dès demain.

— Voyons, mon cœur, sois raisonnable : tu ne peux décemment pas espérer retravailler le verre avec une main blessée et tous ces points de suture !

— Je sais, Maman, je ne suis pas stupide. Mais je peux faire un tas d'autres choses à la galerie, comme tenir la caisse ou faire visiter les ateliers. Et j'ai vraiment besoin d'argent. Surtout avec la facture de l'hôpital qui ne va pas tarder à arriver.

Lucille lui jeta un regard circonspect.

— Ton divorce n'est pas encore prononcé, si je ne m'abuse,

fit-elle avec précaution, comme si elle choisissait ses mots. Tu as encore le droit de demander le remboursement des frais à l'assurance d'Alex.

— Maman, voyons ! Je ne peux pas faire ça : ce ne serait vraiment pas correct. Et puis, j'ai envie de m'assumer seule. C'est vrai, si on y réfléchit bien, j'ai toujours été dépendante de quelqu'un : toi, Dave, Alex… J'ai trente-trois ans, Maman. Il est grand temps que j'apprenne à me débrouiller par moi-même.

— A t'entendre, on croirait que tu t'es toujours reposée sur les autres, mais c'est complètement faux, Claire ! rétorqua Lucille, les yeux brillants. Dans la famille, c'est toi qui t'occupes le mieux des autres. Regarde la façon admirable dont tu as pris soin de Mamie avant qu'elle ne parte pour l'autre monde. Personne n'aurait fait mieux que toi, je t'assure. Moi, je n'aurais jamais été à la hauteur.

— Ce n'est pas vrai, protesta la jeune femme. La preuve : tu t'occupes de moi à cent pour cent, en ce moment même.

— C'est différent quand il s'agit de son enfant. Si grandes que vous soyez, toutes les deux, vous resterez toujours mes bébés d'amour, quoi qu'il advienne.

Claire reporta ses regards sur la rue où la brume enroulait ses volutes fantomatiques dans le halo d'un réverbère.

— Je peux te demander quelque chose, Maman ?

— Quoi donc, ma chérie ?

— Pourquoi est-ce que tu n'aimes pas Alex ?

Sur le coup, Lucille cessa brusquement de se balancer. Lançant un regard étonné à sa fille dans la pénombre, elle demanda d'une voix surprise :

— Pourquoi cette question maintenant ?

— Eh bien, je ne sais pas trop… Peut-être qu'avant, quand nous étions encore ensemble, je n'avais pas tellement envie de savoir ce que tu lui reprochais. Mais ça m'a toujours perturbée. Je n'arrivais pas à comprendre ton attitude envers lui.

Lucille recommença à se balancer, les yeux fixés sur le point lumineux que regardait sa fille.

— Quelle différence cela peut-il bien faire, à présent que vous vous séparez ?

— Aucune. Je suis juste curieuse de savoir ce qu'il a bien pu faire pour te froisser.

Lucille garda un instant le silence, avant de reprendre d'une voix chargée de ressentiment :

— Je n'ai jamais rien voulu dire parce que je pensais que je n'avais pas à me mêler de vos affaires de couple. Mais puisque tu me le demandes, il n'y a plus aucune raison pour que je tienne ma langue. Ce qui m'a toujours chiffonnée, c'est que dès le départ, Alex avait décidé de briser ta relation avec Dave. Et il n'a pas hésité à utiliser une situation tragique à son avantage. Du jour où il a réalisé que Dave était sur la mauvaise pente, il a joué sa carte sans le moindre scrupule.

— Mais il n'a pas profité de moi comme tu sembles l'insinuer, Maman, précisa gentiment Claire. Il a été patient, attentif et ouvert. Un véritable soutien sur qui j'ai pu m'appuyer pour ne pas succomber à ce qui a certainement constitué le moment le plus difficile de toute mon existence.

— Il a pris bien soin d'être ton seul soutien, d'ailleurs ! fit Lucille d'un ton accusateur.

— Qu'est-ce que tu veux dire par là ?

— Rien de plus que la vérité : il me semble qu'il a passé largement plus de temps à te consoler qu'à chercher Ruby !

— Il essayait juste de m'aider.

— Dis plutôt qu'il prêchait pour sa paroisse !

— C'est un homme foncièrement bon, Maman, dit Claire

sans réagir à ces propos quelque peu méprisants. Et il a été également un bon mari.

— Dans ce cas, pourquoi as-tu demandé le divorce ?

— C'est plus compliqué que tu n'as l'air de le croire…, commença la jeune femme, embarrassée.

— Foutaises ! l'interrompit Lucille. C'est l'excuse classique quand on n'a pas le courage d'affronter la réalité. Ou qu'on veut se voiler la face. Mais toi et moi, nous savons très bien pourquoi ton mariage avec Alex n'a pas tenu.

Le regard perçant de Lucille vint croiser celui de sa fille.

— Si tu divorces aujourd'hui, c'est parce qu'Alex Girard n'est pas Dave Creasy, un point c'est tout.

— Voyons, Maman, ne dis pas n'importe quoi ! protesta faiblement la jeune femme.

— Ce n'est que la stricte vérité. Tu peux te mentir à toi-même autant que tu veux, mon petit, mais avec moi, ça ne marchera pas. Ton union avec Alex était bancale dès le départ. Tu as essayé de faire de ton mieux, je te l'accorde. Mais tu ne peux rien contre la force de tes sentiments. Et même si Alex t'aimait pour deux, il ne pouvait pas demeurer l'éternel second. Aucun homme ne supporte cette position très longtemps, tu sais ? Tôt ou tard, ça devait craquer entre vous.

— Tu exagères, fit Claire d'une voix éteinte. Alex et moi, nous avons été très heureux à un moment. Seulement, nous nous sommes éloignés l'un de l'autre sans nous en rendre compte…

Au moment même où elle prononçait ces mots, la jeune femme sut que la vérité ressemblait bien plus à ce que sa mère venait de décrire. Ça lui brisait le cœur de se l'avouer, mais si elle voulait être totalement honnête avec elle-même, elle devait bien admettre qu'elle s'était sentie horriblement seule depuis que Dave était sorti de sa vie. La solitude ne lui convenait pas, et même ses six ans de mariage avec Alex n'avaient pu dissiper ce sentiment d'isolement et d'abandon qui l'étreignait depuis sa rupture avec son premier mari. Parfois, elle avait l'impression que cela la tuait à petit feu et qu'elle finirait par succomber au désespoir, comme une condamnée enterrée vivante.

Un couple passa dans la rue, deux silhouettes serrées l'une contre l'autre dans la pénombre brumeuse. Leurs mains entrelacées, leur pas réglé sur la même allure, leurs corps réunis dans une étreinte que rien ne semblait pouvoir troubler rappelèrent à Claire à quel point elle était seule. Les voir ainsi enlacés, dans la lumière du réverbère le plus proche, lui remit à la mémoire des flashes de sa vie passée. Comme c'était étrange de se remémorer brusquement tous ces moments heureux aussi précisément que si elle avait tourné les pages d'un album de photos… Elle avait tenté de les oublier pendant des années, et voilà que la simple vue d'un couple d'amoureux suffisait à les faire resurgir, plus vivaces que jamais. La mémoire avait des ressources insoupçonnées. Tous ces souvenirs n'avaient pas été effacés ni perdus ; ils attendaient simplement leur heure, aux frontières de sa conscience. Et la mélancolie qu'ils apportaient avec eux n'avait pas disparu non plus : elle l'avait accompagnée chaque jour depuis le drame qui avait mis fin à sa vie de famille. Bien sûr, elle avait appris, avec le temps et l'expérience, à atténuer cette douleur. Mais pas à la faire disparaître : cela, c'était impossible.

— Il n'y a qu'un seul homme qui ait su te rendre heureuse, Claire.

— Si on arrêtait de parler de ça, Maman ? Je n'ai pas

tellement le cœur à ressusciter les vieux démons qui me tourmentent, ce soir.

— C'est toi qui as lancé le sujet, tout de même.

— Oui, mais nous parlions d'Alex, pas de Dave, rétorqua la jeune femme d'un ton las.

— Que tu le veuilles ou non, ton passé, c'est Dave, fit Lucille d'un air pénétré. Alex n'est qu'une erreur de chemin, rien de plus.

Claire regarda le couple s'éloigner dans la brume qui s'était transformée en crachin. La température s'était brusquement rafraîchie, signe que les nuages noirs qui s'étaient amoncelés au-dessus du golfe se déplaçaient vers l'intérieur des terres.

Les deux femmes restèrent assises en silence, et au bout de quelques instants, Lucille s'assoupit tranquillement. Dans la faible lumière dorée qui provenait du réverbère, son visage avait une expression apaisée. Jusqu'à ce que le coude sur lequel elle s'était appuyée glisse de l'accoudoir du fauteuil et qu'elle se réveille en sursaut.

— Tu devrais aller te coucher, Maman. Tu dois être épuisée.

— J'avoue que je me sens un peu fatiguée. Et toi ? Tu n'as pas envie de te mettre au lit ?

— Pas encore, non. Je voudrais rester un peu ici pour regarder tomber la pluie.

— Bon, alors bonne nuit, ma chérie.

— Bonne nuit, Maman.

La porte se referma sans bruit derrière Lucille, et Claire reporta son attention sur la rue presque déserte. Quelques voitures passaient en éclaboussant la chaussée où la pluie tombait sans discontinuer. Quant aux passants, ils étaient tous à l'abri. Les trottoirs vides luisaient sous l'averse qui tambourinait sur les feuilles des grands bananiers bordant les habitations. Une brise fraîche faisait vibrer les chênes et les pacaniers, avec un murmure étrange et familier. Dans une cour voisine, un chien se mit à aboyer.

Sans raison, Claire sentit un frisson lui parcourir la nuque. Pourquoi réagissait-elle de la sorte à un spectacle somme toute habituel ? Elle n'en savait rien. Rien de très extraordinaire ne s'était produit. Les sons et les parfums étaient ceux qu'elle avait connus lors des innombrables soirées qu'elle avait passées à contempler la pluie.

Pourtant, il y avait quelque chose de différent. Un changement s'était produit dans son petit monde tranquille. Elle n'aurait su dire ce qui la troublait ainsi, mais tandis qu'elle restait immobile, seule, assise sous le porche, elle eut la sensation que l'obscurité se refermait impitoyablement sur elle.

Claire ouvrit brusquement les yeux : un bruit venait de la réveiller, mais elle ne savait pas s'il appartenait à la réalité ou à son imagination. Allongée sur le dos, elle resta un instant songeuse, dans cet état intermédiaire entre la veille et le sommeil, à écouter les bruits de la nuit avec attention. Le vent s'était levé : les branches du grand chêne vert près de sa chambre grattaient périodiquement contre le mur de la maison, accompagné par les rafales de pluie qui venaient crépiter contre les carreaux.

Même par une nuit calme et tranquille, la maison était toujours pleine de bruits. Les craquements et les grincements du vieux bois n'avaient jamais vraiment perturbé le sommeil de Claire. C'était seulement depuis le départ d'Alex qu'elle avait du mal à dormir...

Au sortir du lycée, elle avait épousé Dave, et ils s'étaient installés dans le petit appartement aménagé au-dessus du garage de chez sa grand-mère ; jusqu'à leur rupture, à la suite de la disparition de Ruby. Ensuite, Claire n'avait pas tardé à emménager dans la grande maison, pour s'occuper de son aïeule malade. Un an plus tard, Mamie décédait, et Claire se retrouvait mariée à Alex sans avoir vraiment compris ce qu'il lui arrivait. C'était comme si cette époque de sa vie s'était déroulée à la façon d'un rêve dont elle n'aurait été que la spectatrice impuissante… A un moment, elle était mariée à Dave, heureuse épouse et mère comblée d'une adorable petite fille qu'ils chérissaient autant l'un que l'autre, et l'instant d'après, on lui avait tout pris en même temps, par un bel après-midi ensoleillé.

Quand Ruby avait été kidnappée, un rideau épais était tombé sur toute une partie de la vie de Claire. Après ce tournant douloureux, rien n'avait plus jamais été pareil. C'était pour cette raison que son mariage avec Alex n'avait pas pu tenir la distance. Par moments, le poids des souvenirs tirait tellement la jeune femme vers la tristesse et la désespérance que le présent ou l'avenir lui paraissaient sans goût et sans couleur, tant le passé la happait inexorablement. Alex avait fait preuve d'une patience exemplaire, mais il avait fini par craquer. Et ça, Claire ne pouvait pas le lui reprocher.

Fermant ses paupières lasses, elle essaya de se rendormir. Mais c'était inutile : elle était bien réveillée, à présent. Elle eut beau tapoter son oreiller et remonter les couvertures jusqu'à son menton pour s'y blottir confortablement, elle ne parvint pas à retrouver les bras de Morphée. Avec un soupir résigné, elle abandonna l'idée de retomber dans un sommeil réparateur, et se tourna sur le côté.

Ainsi allongée, elle resta silencieuse, à contempler le côté vide du grand lit où Alex aurait dû se trouver si les choses n'avaient pas viré à l'aigre entre eux. Elle le voyait encore, étendu tout contre elle, ses cheveux bruns ébouriffés par le sommeil, son torse nu se soulevant régulièrement au rythme de sa respiration profonde. Elle se demandait pourquoi elle ne parvenait pas à l'aimer autant qu'il le méritait. C'était un homme bon, un mari exemplaire… Tout ce dont elle avait besoin et tout ce qu'elle aurait dû vouloir, en somme. Mais malgré ses qualités et ses efforts, il n'avait pas pu lui faire oublier ce qu'elle avait perdu, et qui lui manquait trop cruellement pour qu'elle pût vraiment se reconstruire une existence solide.

Au début de leur mariage, quand elle s'éveillait et qu'elle caressait doucement son visage, il se tournait vers elle pour l'attirer contre lui dans un geste fort et rassurant. Mais l'image de Dave venait systématiquement s'interposer entre eux quand Alex cherchait sa bouche et son corps.

Le plus triste, dans tout ça, c'est qu'il le savait. Bien entendu, il avait fait semblant de ne s'apercevoir de rien, mais elle était convaincue qu'il jouait la comédie. Il devait bien sentir ses réticences, interpréter ses non-dits et ses soupirs de regret. Avec le temps, la jalousie justifiée qu'il éprouvait à l'encontre de « l'autre » avait fini par tout gâcher entre eux…

Soudain, elle perçut un bruit de verre brisé. Elle se redressa dans son lit, le cœur battant à grands coups précipités, la peur au ventre.

On avait fait tomber quelque chose de cassant qui s'était brisé sur le sol, elle en aurait mis sa main à couper.

Quelqu'un était donc entré dans la maison.

Elle voulut se persuader qu'il s'agissait de sa mère qui était descendue au rez-de-chaussée pour boire un verre d'eau. Rien que de très normal, en somme…

Elle attendit que Lucille remonte l'escalier dont les lattes avaient toujours tendance à craquer. Mais aucun bruit familier ne lui parvint. Le silence avait changé. La jeune femme avait l'impression que la personne qui s'était introduite chez elle avait réalisé qu'elle faisait du bruit, et qu'elle s'était arrêtée de bouger, tapie dans l'ombre, attendant que Claire se rendorme pour continuer son exploration.

Il faisait noir dans la chambre. Pourtant, Claire résista à l'envie d'allumer. Devait-elle appeler la police ? Tant qu'elle n'était pas certaine de la provenance de ces bruits furtifs, comment justifier son appel ? Cela pouvait très bien être Lucille, même si elle n'était pas remontée tout de suite. Si la police répondait à sa demande et débarquait, toutes sirènes hurlantes, pour alpaguer sa pauvre mère en train de se faire un petit en-cas nocturne dans la cuisine, de quoi auraient-elles l'air ? De deux folles, à n'en pas douter !

Une autre raison l'empêchait de demander de l'aide : elle ne voulait surtout pas alerter Alex, qui était sûrement de garde à cette heure. Il arriverait aussitôt pour la protéger, et ça finirait inévitablement par une nouvelle dispute qui les laisserait tous deux furieux et exaspérés. Elle n'avait vraiment pas besoin de cela en plus de tout le reste.

Sans bruit, elle tendit la main vers le tiroir de sa table de nuit pour en sortir le pistolet que Dave lui avait donné, plusieurs années auparavant, après la tentative d'agression dont elle avait été victime, un soir, en rentrant par la rue du Canal. Elle n'avait jamais tellement apprécié le fait d'avoir une arme dans la maison, surtout après la naissance de Ruby, et elle s'était promis de s'en débarrasser un jour. Seulement, elle ne l'avait pas encore fait. Heureusement, en fin de compte ! Le simple poids de la crosse dans sa paume suffit à la rassurer, et ce fut avec précaution et calme qu'elle décoinça le cran de sûreté.

Elle se leva pour se diriger à pas feutrés vers la porte qu'elle entrebâilla juste assez pour se faufiler dans le couloir. Un soudain éclair vint illuminer la pénombre par la fenêtre derrière elle, suivi d'un coup de tonnerre. Le cœur battant, Claire poursuivit sa route jusqu'à la chambre d'amis dont elle poussa doucement la porte.

Sa mère dormait profondément, étendue sur le dos, un bras en travers du visage. Ce n'était donc pas elle qui avait fait du bruit au rez-de-chaussée. Retenant sa respiration, la jeune femme tourna les talons et avança à pas de loup vers l'escalier, rasant le mur de près, serrant les doigts autour du pistolet dont elle avait pointé le canon droit devant elle. Lorsqu'elle eut atteint le haut des marches, elle se ménagea une courte pause. Son cœur tambourinait dans sa poitrine, et elle attendit la décharge d'adrénaline qui lui donnerait assez de courage pour descendre l'escalier d'une traite et faire face à son mystérieux visiteur.

Mais elle eut beau s'exhorter silencieusement à agir, elle ne ressentait pas le moindre petit frisson d'énergie. Résignée, tentant de maîtriser la panique qui menaçait de s'emparer d'elle, la jeune femme compta lentement jusqu'à dix, tendit la main pour s'agripper à la rampe et descendit les marches avec le sentiment toujours plus tenace qu'au prochain pas qu'elle ferait, quelqu'un allait jaillir de l'ombre pour se jeter sur elle.

Le temps qu'elle arrive enfin au bas de l'escalier, elle avait l'impression qu'une éternité s'était écoulée. Elle tremblait si fort que son arme faillit lui échapper. Pourtant, il fallait absolument qu'elle se ressaisisse ; si elle se laissait submerger par la terreur, elle ne donnait pas cher de sa peau. D'autant que, dans sa panique, elle risquait de se blesser avec son propre revolver.

Après avoir inspiré profondément, elle se mit à inspecter la maison pièce par pièce, toujours aussi silencieusement qu'une petite souris. Rien à signaler dans le salon. Pas plus dans la cuisine et la salle à manger. Il ne restait plus que la petite pièce vitrée que Claire avait récemment fait aménager en solarium.

Prenant son courage à deux mains, elle fit coulisser la porte de droite aussi doucement que possible. Aussitôt, elle perçut un courant d'air humide, provenant d'une fenêtre ouverte dont le rideau vint caresser le dessus d'une table basse installée juste à côté. L'œil de Claire fut attiré par ce mouvement, et elle réalisa alors qu'un vase s'était brisé en mille morceaux sur le carrelage au pied de la fenêtre.

— Claire ?

La lumière du salon s'alluma derrière elle, et la jeune femme se retourna brusquement, une main sur le cœur.

— Maman ? Je croyais que tu dormais !

— Oui, mais l'orage m'a réveillée, répondit Lucille. Et toi ? Qu'est-ce que tu fabriques ici, toute seule, dans le noir, un revolver à la main ?

Elle avait l'air plus étonné que fâché.

— Oh, pas grand-chose. J'ai entendu du bruit, alors je suis descendue pour vérifier que tout allait bien. A mon avis, ce n'était que le vent : la fenêtre était ouverte, et il en a profité pour me casser un vase… C'est toi la dernière personne à avoir passé du temps dans le salon, non ? Tu étais venue fumer à la fenêtre avant le dîner. Est-ce que tu te rappelles l'avoir laissée ouverte ?

Lucille se frotta pensivement les bras, les yeux fixés sur les débris de vase qui gisaient à terre, à deux pas de la vitre.

— Non, pas vraiment, mais c'est le genre de truc que

je pourrais faire. Ah là là, je t'assure, ce n'est pas beau de vieillir ! Alzheimer me guette…

— Ne dramatisons pas, Maman, l'interrompit gentiment Claire. De toute façon, ce n'est pas bien grave. Il suffira que je passe le balai demain matin.

Avec précaution, la jeune femme alla fermer le battant de la fenêtre. Comme chaque fois qu'il pleuvait, elle resta un instant songeuse devant le spectacle fascinant des gouttes d'eau qui ruisselaient du toit et des gouttières, éclaboussant le porche au passage. Les yeux perdus dans l'obscurité trempée, elle aperçut, à la faveur d'un éclair, la silhouette d'un homme assis au volant d'une voiture garée juste au coin de la rue. De toute évidence, il la guettait.

— Quelque chose ne va pas ? lui demanda sa mère.

— Mais non, tout va bien, Maman.

Secouant l'étrange léthargie qui s'était emparée d'elle, Claire referma soigneusement la fenêtre, et suivit sa mère qui avait déjà quitté le solarium.

Quelques secondes plus tard, elle revenait sur ses pas… Elle n'avait pas rêvé. Il manquait une photo de Ruby dans le salon.

Le créateur de poupées serra le cadre tout contre son cœur, tout en écoutant distraitement la pluie qui tambourinait de plus belle contre le toit de sa voiture. Les vitres étaient couvertes de buée, et même la lumière du réverbère le plus proche ne parvenait pas à éclairer l'intérieur du véhicule. Il faisait si sombre, si moite… Une peur familière montait en lui, à laquelle il se savait incapable de résister. Vite, il baissa la vitre avant pour laisser l'averse fraîche et bienfaisante noyer son sentiment de panique, sans quitter la maison des yeux.

Les lumières s'étaient éteintes. Il se demanda si elle était retournée se blottir dans son lit. Il avait terriblement envie de sortir de sa voiture pour aller vérifier, mais elle devait être sur le qui-vive, à présent. Il ne voulait surtout pas se mettre dans une situation qui risquerait de dégénérer. Il était encore trop tôt pour qu'ils se rencontrent.

A la lueur d'un éclair, il contempla amoureusement la photo qu'il avait dérobée à la hâte. Il n'aurait pas dû la prendre ; cette image allait manquer à sa propriétaire, qui se rendrait compte tôt ou tard de sa disparition. Mais elle ressemblait tellement à celle qu'il avait perdue qu'il n'avait tout simplement pas été en mesure de résister à l'impulsion qui l'avait saisi. Lorsqu'il avait vu la fenêtre ouverte, il s'était glissé sans réfléchir à l'intérieur de la grande maison silencieuse, et le premier objet qui avait attiré son regard était cette photo.

Comme si le destin l'avait placée là exprès pour qu'il la remarque.

En dépit de tout cela, il avait parfaitement conscience qu'il n'aurait pas dû revenir ici. Pas si rapidement, en tout cas. Les gens risquaient fort de se rappeler le véhicule immatriculé dans une autre région qui avait stationné dans le quartier plus d'une fois. Pourtant, il ne parvenait pas à regretter son geste, car le simple fait de l'avoir vue, même en contre-jour, debout devant cette fenêtre, valait tous les risques du monde. Pendant un court instant, il aurait pu jurer que leurs regards s'étaient croisés dans l'obscurité baignée de larmes de pluie. Son cœur s'était emballé, et une sorte d'étrange excitation l'avait presque entièrement submergé. Il se demanda si elle aussi avait senti ce courant exceptionnel passer entre eux. Ce lien indestructible qui l'avait fait revenir dans les parages malgré lui, comme si un aimant surpuissant l'avait attiré inexorablement vers elle.

Depuis qu'il l'avait vue espionner l'intérieur du magasin de poupées à travers les lattes du store, un peu plus tôt dans la journée, il n'avait pas cessé de penser à elle. Lorsqu'il l'avait entendue frapper à la porte, il avait bien essayé de l'ignorer, espérant sans trop y croire qu'elle se découragerait assez vite pour lui laisser le loisir de chercher la photo qu'il avait laissée derrière lui à sa première visite. Mais au lieu de s'éloigner comme il le pensait, elle avait bien failli le prendre sur le fait en arrivant sans prévenir par l'arrière de la boutique. Il ne s'y attendait pas du tout, et il n'avait eu que le temps de se cacher dans un recoin de la pièce avant qu'elle ne passe le rideau de perles.

Au début, il n'avait pas compris pourquoi le hasard l'avait amenée là, dans la boutique, pile au mauvais moment. Mais il l'avait regardée se mouvoir dans l'espace encombré de vitrines et d'objets de collection, et au fur et à mesure qu'elle inspectait minutieusement chaque pièce exposée dans le petit magasin, l'appréhension qu'il avait d'abord ressentie s'était muée en une véritable adoration pour cette jeune femme si gracieuse et délicate.

Jusqu'au moment où, comble de l'extase, il avait pu apercevoir son visage dans un rai de lumière. Vision fugitive de deux yeux extraordinairement bleus qui s'était imprimée dans son esprit de manière indélébile. Il avait été tellement surpris par cette image fulgurante qu'il avait bêtement esquissé un pas dans sa direction, comme si son regard hors du commun avait possédé un pouvoir hypnotique. Le rideau de perles avait bruissé doucement, et au sursaut qu'elle avait eu, il avait compris qu'elle sentait sa présence invisible.

Il ne se rappelait plus par quel miracle il avait réussi à sortir du magasin sans qu'elle le repère, tant sa présence l'avait plongé dans un état proche de l'euphorie. Toujours est-il qu'une fois dehors, en sécurité, il n'avait pu s'empêcher d'attendre qu'elle reparaisse. Lorsqu'elle était venue ramasser l'orchidée qu'il avait laissée pour elle, elle se trouvait si près de lui qu'il aurait pu la toucher. Il lui aurait suffi pour ça de tendre légèrement les doigts à travers les motifs entrelacés de la grille de fer forgé. Il avait senti son cœur battre comme un oiseau affolé, et ses yeux s'emplir de larmes brûlantes : il comprenait maintenant pourquoi elle lui avait été envoyée.

Il s'était obligé à rentrer chez lui pour se remettre au travail. Il fallait qu'il l'oublie, qu'il rompe le charme, sinon il risquait de se trahir. Mais au lieu de se soustraire à son influence, il s'était retrouvé au volant de sa voiture, en train de la suivre jusque chez elle, le cœur soulevé d'allégresse comme s'il s'était rendu à un premier rendez-vous amoureux. Et quand il s'était garé à quelques dizaines de mètres de son domicile, il avait eu un puissant sentiment de déjà-vu. Il connaissait cet endroit. Cette rue. Cette maison, même. Il était déjà venu.

Seulement, ce jour-là, c'était pour la petite fille.

D'un air rêveur, il caressa doucement le verre qui recouvrait la photo, passant le bout de son index sur les traits délicats de ce visage qui lui était aussi familier que son propre reflet. Il se rappelait avec précision la façon dont s'était déroulé ce bel après-midi. Sept ans s'étaient écoulés, depuis, et pourtant, il avait l'impression que c'était hier. Il revoyait encore la délicieuse fillette sur son vélo tout neuf, roulant à toute allure dans sa direction, avec cette masse de boucles dorées qui croulait dans son dos, et ces yeux turquoise…

Des yeux bleus inoubliables, exactement de la même couleur que ceux de Maddy…

Que ceux de sa mère…

Ce jour-là, son cœur s'était littéralement emballé. Il était descendu de voiture pour appeler la petite fille par son nom, et elle avait freiné de toutes ses forces.

Dans la lumière blonde de cette fin d'après-midi, elle lui avait paru encore plus ravissante, avec ses yeux plissés et son visage angélique.

— Comment vous connaissez mon nom ? avait-elle demandé d'un air méfiant.

— Je suis un ami de ta grand-mère.

— Ma mamie ? Vous la connaissez ?

— Mamie Lucille, c'est bien ça ? Elle m'a chargé de t'apporter un cadeau. Tu veux le voir ?

Sur le visage expressif de la petite fille, il avait pu lire le combat que se livraient sa curiosité enfantine et son bon sens. Il avait souri intérieurement : on lui avait probablement inculqué de sages principes, comme celui de ne pas parler aux inconnus, depuis qu'elle était en âge de comprendre la notion de danger. Mais il savait bien qu'elle finirait par céder, comme les autres. Elle avait d'ailleurs bien du mal à contenir son impatience. A l'exubérance naturelle qui faisait partie de son charme s'ajoutait un éclat malicieux dans ses jolis yeux bleus. Elle était absolument captivante. Il l'avait trouvée si exquise qu'il serait bien resté des heures à la contempler sans bruit. Mais ce n'était pas le moment : son heure viendrait plus tard, il n'en doutait pas.

Indécise, la fillette s'était penchée pour se gratter machinalement le genou.

— Mon anniversaire, c'était hier, fit-elle d'un air de reproche. Et Mamie, elle m'a déjà offert un cadeau.

— Ce ne serait pas cette jolie robe rose que tu portes, par hasard ?

Le regard de la fillette se fit franchement suspicieux.

— Comment vous le savez ?

— Parce que je connais plein de choses très intéressantes sur toi, Ruby. Alors, ton deuxième cadeau, tu veux le voir ou pas ?

Elle hésita, jetant un coup d'œil derrière elle en direction de sa maison. Puis, comme à regret, elle reporta son regard pétillant d'intelligence sur l'homme qui lui souriait aimablement.

— Vous avez qu'à me le montrer de là où vous êtes.

Futée, cette petite ! Il hocha la tête en signe d'acquiescement, fit le tour de sa voiture et ouvrit la portière arrière pour y prendre la poupée aux boucles blondes et aux yeux turquoise qui attendait sagement dans sa grande boîte immaculée. Elle ressemblait beaucoup à la fillette sur son vélo, mais il subsistait encore quelques imperfections. Plus pour longtemps, certes.

— Tu aimes les poupées, Ruby ? fit-il par-dessus son épaule, retardant exprès le moment où il allait dévoiler la petite merveille aux yeux éblouis de l'enfant.

— J'adore celles de ma mamie, répondit-elle. Elle en a des dizaines et des dizaines de milliers. Et même plus que ça : des millions, au moins ! Des fois, c'est elle qui les fabrique toute seule. Elle est super forte, ma mamie !

— Je sais. Elle et moi, nous avons suivi des cours ensemble. Mais je suis sûr que même ta mamie chérie n'a pas de poupée comme celle-là chez elle.

Tout en parlant, il s'était redressé et légèrement tourné vers le côté, afin de laisser la petite entrevoir ce qu'il tenait dans ses mains.

Le coup de foudre fut immédiat.

— Ouah ! Elle me ressemble ! s'exclama la fillette.

— C'est normal : c'est moi qui l'ai faite d'après une photo de toi que m'a donnée ta grand-mère. Mais elle n'est pas tout à fait terminée, fit-il tout en tendant la poupée à l'enfant sans pour autant la lâcher. Tu l'aimes, cette poupée ?

La fillette hocha vigoureusement la tête, un sourire aussi lumineux que le soleil sur son visage ravi.

— Tu ne veux pas venir la regarder de plus près ?

Malgré la tentation presque insoutenable, la petite n'était pas encore décidée. Une fois de plus, elle se retourna vers la rue, comme pour voir si quelqu'un arrivait à sa rescousse.

— Il faut d'abord que je retourne à la maison pour demander la permission à Maman.

— Et si tu emportais la poupée avec toi pour la lui montrer ? Je suis sûr qu'elle adorerait la voir. Tiens, laisse-moi faire…

Tout s'était ensuite déroulé si vite que personne n'avait vu ni entendu quoi que ce soit. C'était toujours comme ça. Aucun témoin, aucune alerte. Pourtant, les gens étaient de plus en plus méfiants. Mais il savait venir à bout des situations les plus dangereuses. Il était extrêmement prudent ; il planifiait tout dans le moindre détail. Et il pouvait toujours compter sur un élément en sa faveur : les petites filles qui attiraient son attention avaient toutes un point commun.

Elles adoraient les poupées. Presque autant que lui.

Le souvenir de cet après-midi parfaitement réussi s'estompa, remplacé par un autre, plus douloureux, plus tenace aussi. La maison juste au coin de la rue se brouilla devant ses yeux embués de larmes. Sa maman à lui adorait les poupées, elle aussi. Peut-être qu'elle continuait à les chérir, de là où elle se trouvait ?

12.

Il était encore très tôt, et pourtant, l'arrosage automatique des pelouses de l'avenue Saint Charles s'était déjà mis en route lorsque Claire passa en voiture sur le chemin de son travail. Dans l'atmosphère vibrante de soleil, les chênes verts prenaient des allures de sentinelles accablées par la chaleur, leurs grandes branches touffues étendues au-dessus du trottoir comme un plafond de verdure à l'ombre bienvenue. Le long des allées piétonnières recouvertes de pavés, les fleurs d'hibiscus éclataient de toute la vigueur de leurs teintes rouge sang et orange brûlant. Les portes de fonte qui masquaient l'entrée des jardins intérieurs croulaient sous les monceaux de roses grimpantes qui embaumaient l'air. Derrière les murs de brique des cours encloses, on apercevait des magnolias d'une blancheur immaculée, des buissons de gingembre dont les boutons roses et blancs s'ouvraient en corolle d'un jaune flamboyant et de grosses touffes de lauriers-roses.

L'été battait son plein. Ici, les ravages causés par le cyclone Katrina, si visibles ailleurs, paraissaient avoir été balayés par l'explosion florale qui donnait à l'atmosphère une ambiance joyeuse et pleine de poésie. Il fallait être expert ou natif de la région pour remarquer ici et là un trou dans le dais verdoyant des arbres ou les cicatrices laissées par les tronçonneuses aux endroits où, jadis, s'étendaient de grandes branches robustes.

Avec sa mère et sa sœur, Claire s'était réfugiée avant le début des inondations chez un cousin à Shreveport. Lorsque les premiers reportages sur l'endommagement catastrophique des digues autour de La Nouvelle-Orléans avaient été diffusés à la télévision, les trois femmes étaient restées pantoises devant l'ampleur des dégâts causés par les déferlantes sur la rue du Canal. Lucille se tordait les mains nerveusement, répétant sans cesse que ça ne pouvait tout simplement pas être aussi affreux. C'était inimaginable, et pourtant, c'était arrivé. Et elles n'avaient rien pu faire d'autre que rester collées à leur écran de télévision, en spectatrices impuissantes et frappées d'horreur.

Plusieurs semaines après le passage de l'ouragan, elles avaient fini par obtenir l'autorisation de rentrer à La Nouvelle-Orléans, mais même après avoir suivi toute l'histoire en direct ou presque, elles avaient été frappées par le spectacle qu'offrait la ville. Des quartiers entiers avaient été rayés de la carte, des rues noyées sous les décombres d'immeubles, les carcasses de voitures abandonnées par leurs propriétaires en fuite, et les arbres déracinés. Sur la plupart des maisons, il y avait de grands X rouges fraîchement peints, avec une date, le numéro de l'unité de recherche qui s'était occupé de fouiller, et le nombre de victimes retrouvées à l'intérieur du bâtiment.

La famille de Claire avait eu plus de chance que la moyenne de la population. Ni la maison héritée de sa grand-mère, dans le quartier d'Uptown, ni celle de sa mère dans le faubourg Marigny n'avaient été vraiment abîmées par les tourbillons de vent et d'eau qui avaient dévasté le paysage. Quant au loft de Charlotte dans le quartier de Warehouse, il était intact, en dehors des vitres cassées par le souffle du cyclone et de quelques endroits endommagés sur la toiture. Malgré l'absence momentanée d'eau courante, d'électricité et de gaz, et en dépit du manque de confort auquel elles s'attendaient, les trois femmes avaient décidé de rentrer chez elles, ne serait-ce que pour aider au grand nettoyage par le vide dans lequel s'était lancée la municipalité. Toutes les bonnes volontés étaient les bienvenues, et elles étaient suffisamment attachées à leur ville pour éprouver le désir de se rendre utiles. D'autant qu'il leur faudrait bien reprendre le cours de leur vie, une fois le plus gros du choc passé. Comme l'essentiel des Néo-Orléanais, elles s'étaient donc mises à l'ouvrage avec courage et énergie. Mais elles savaient que des dizaines d'années plus tard, lorsque les gens iraient s'asseoir sur leur perron pour voir le crépuscule s'installer sur la ville, le souvenir de cet événement tragique reviendrait frapper à la porte de leur mémoire. Désormais, la moindre brise venant du golfe, même légère et chargée de parfums agréables, apporterait invariablement avec elle un sentiment de danger menaçant. On n'oubliait pas un cataclysme pareil si facilement.

Pourtant, en cette matinée illuminée par le soleil d'été, elle n'avait pas envie de se laisser envahir par le goût doux-amer du passé. Pas question de ressasser les visions déprimantes que causait toujours l'évocation de l'ouragan dans son esprit, ni de revivre une énième fois le drame personnel qui avait coupé sa propre vie en deux. Elle voulait seulement se concentrer sur l'immédiat : son travail au studio et à la galerie. Elle avait prévu d'arriver assez tôt pour se remettre à l'ouvrage avant l'ouverture au public de l'espace « exposition-vente ». Dans l'état actuel des choses, elle n'avait rien d'autre pour s'occuper l'esprit : son travail avait toujours représenté pour elle une sorte de bénédiction, car il exigeait qu'elle s'y absorbe et qu'elle fasse abstraction de toutes les pensées négatives qui lui encombraient la tête. Sans cela, elle n'arrêterait pas de penser à cette poupée. Ce qui ne servirait absolument à rien tant que Mignon Bujold, la propriétaire du magasin, ne serait pas rentrée.

Et ensuite ? Que ferait-elle ? Est-ce qu'elle serait vraiment plus avancée ? Même si elle parvenait à revoir la poupée, que pourrait-elle bien en tirer ? Elle se casserait peut-être le nez une fois de plus, et verrait ses espoirs réduits en miettes. Pourtant, elle n'abandonnerait pas tant qu'elle ne serait pas sûre de s'être trompée. Elle avait trop longtemps attendu un signe, un indice, n'importe quoi qui la mette sur les traces de sa fille disparue. Et aujourd'hui, voilà qu'elle avait deux pistes : cette poupée, et la photo de Ruby qui s'était volatilisée.

Après être remontée se coucher, la veille au soir, Claire était restée éveillée un long moment, à écouter l'orage se déplacer vers l'ouest. Pendant qu'elle fixait le plafond, elle avait tenté de se convaincre que la photo n'avait pas été volée, mais qu'elle l'avait tout simplement rangée quelque part et oubliée par la suite…

Pourtant, elle demeurait persuadée que cette histoire était liée à la poupée qu'elle avait vue dans la vitrine du magasin de collection. Et la seule idée qu'après toutes ces années, quelqu'un d'inconnu pût encore être obsédé par l'image de sa fille chérie lui donnait froid dans le dos.

Les samedis étaient toujours bien remplis à la galerie, et celui-là ne fit pas exception à la règle. Du coup, Claire passa la majeure partie de la journée debout, à s'occuper des visiteurs et des acheteurs potentiels. Pendant les temps morts, elle ne resta pas inactive : des commandes attendaient d'être expédiées, et elle s'en chargea sans rechigner. Du moment qu'elle ne restait pas inactive, son esprit n'avait pas le loisir de vagabonder. En fin d'après-midi, elle organisa même une visite guidée de l'atelier. Il faisait pratiquement aussi chaud à l'extérieur qu'à l'intérieur du four à pot[1], mais les touristes enthousiastes auxquels elle prodiguait informations et anecdotes ne parurent pas incommodés, tant ils étaient intéressés par le spectacle que leur offrait Ansel Ready, l'un des vétérans de leur association d'artistes et artisans, souffleur de verre depuis plus de quarante ans. Amusé par leur enthousiasme, il se prêta complaisamment au jeu pour leur montrer les différentes étapes de la fabrication d'une pièce de verre unique en son genre.

Lorsque la démonstration eut pris fin sous les applaudissements du public, Claire reconduisit son groupe jusqu'à la galerie, discutant avec eux des conditions dans lesquelles elle et ses confrères travaillaient à l'atelier, des artistes qui étaient sortis de l'ombre grâce à l'association et de l'histoire de certaines œuvres qui avaient éveillé la curiosité de quelques vrais amateurs d'art. Elle leur laissa le temps de faire un tour dans la partie « boutique », enregistra leurs achats, encaissa les règlements l'un après l'autre sans cesser de sourire. Puis elle poussa un « ouf ! » de soulagement quand le dernier visiteur eut passé la porte. Elle allait enfin pouvoir se reposer quelques instants, après le tourbillon de cette journée qui ne lui avait laissé aucun répit.

Mais c'était oublier que le sort s'acharnait sur elle. Alors qu'elle pensait en avoir terminé, elle remarqua, dans un coin de la salle d'exposition, une jeune femme vêtue d'une longue jupe flottante dont le mouvement souple semblait épouser les

1. Fourneau traditionnel des souffleurs de verre *(NdT)*.

ondulations de ses pendants d'oreilles argentés. Elle s'était attardée après le départ des autres clients, et paraissait absolument fascinée par une vitrine où Claire avait disposé, entre autres, quelques-unes de ses propres créations.

La jeune artiste avait déjà repéré cette visiteuse pas comme les autres au milieu du petit groupe de touristes excités. Au lieu de s'extasier bruyamment devant les différentes pièces présentées ou d'échanger ses impressions, elle était restée légèrement en retrait. Cette façon presque aristocratique de se détacher du commun des mortels avait évidemment frappé Claire, tout comme la démarche et le port de tête inhabituels de cette femme étrange.

C'était peut-être une vraie connaisseuse, ce qui expliquait la manière dont elle s'était concentrée pendant toute la visite guidée. Chaque fois que Claire avait jeté un coup d'œil dans sa direction, elle avait constaté que la femme à la longue jupe flottante la fixait intensément, comme si elle ne voulait pas perdre une miette de son petit discours bien rodé. Cela ne s'était jamais produit auparavant, et si l'attention indéfectible de cette visiteuse avait d'abord empli Claire de fierté, son sentiment de satisfaction s'était rapidement mué en une sorte de gêne. Si c'était ça, avoir une fan inconditionnelle, eh bien, elle n'était pas prête à retenter l'expérience. Se sentir ainsi observée sans relâche était une expérience déstabilisante.

Et dire qu'elle ne se décidait pas à partir, à présent qu'elles se retrouvaient seules dans la boutique ! Claire fit semblant de s'absorber dans ses comptes, mais en réalité, elle ne pouvait s'empêcher de jeter des regards à la dérobée en direction de l'inconnue. Son visage baissé était recouvert d'une épaisse couche de fond de teint, et ses yeux cernés de khôl noir donnaient l'impression d'avoir été maquillés au charbon. Néanmoins, malgré leur absence totale de naturel, les traits de cette femme avaient quelque chose d'étrange et de pénétrant.

Elle leva les yeux d'un seul coup, et adressa un sourire à Claire. Celle-ci fut alors saisie d'un frisson incontrôlable. Elle comprenait maintenant pourquoi cette femme lui avait fait une impression si bizarre : son visage ressemblait à celui d'un mannequin ou d'une poupée. Ravissant, fascinant, mais pas tout à fait vrai. Il lui manquait une étincelle de vie pour l'éclairer. Ses yeux ne reflétaient pas la moindre émotion, pas plus que ses traits emprisonnés sous le lourd maquillage. Même lorsqu'elle souriait, comme à présent.

Dans le haut de la vitrine, elle prit l'une des œuvres réalisées par Claire, et s'approcha du comptoir, sans cesser de sourire.

— J'ai décidé que je ne pouvais pas me passer de cette petite merveille, dit-elle d'une voix assourdie.

Presque malgré elle, Claire regarda les longs doigts effilés de la femme serrer le bol à ondulations qu'elle avait sélectionné. Elle ne portait ni bague ni alliance. Sans doute une célibataire excentrique comme il en existait tant à La Nouvelle-Orléans.

Claire aurait dû être ravie que l'on choisisse l'une de ses œuvres. Mais elle eut presque envie de refuser cette vente. Elle avait l'impression que l'étrange créature avait pris le joli bol de verre coloré non pas pour sa beauté, mais uniquement pour sa provenance. Ce qui était complètement stupide puisque les objets n'étaient pas signés…

Nerveuse, elle prit le vase pour l'envelopper dans plusieurs couches de papier journal, consciente que sa cliente ne la quittait pas des yeux.

— Je ne voudrais pas vous paraître indiscrète, mais avec ce gros bandage sur votre main, vous devez avoir du mal à emballer mon paquet, fit-elle de la même voix atone. Je peux peut-être vous aider ?

— Merci, mais ce n'est pas la peine. Je vais me débrouiller.

Les yeux de la femme furent traversés par une étincelle étrange.

— Excusez-moi. Je sais bien que c'est impoli de vous fixer comme ça, mais… j'ai l'impression que nous nous connaissons.

— Je ne crois pas, répondit Claire. Mais comme j'ai toujours vécu à La Nouvelle-Orléans, nos chemins se sont peut-être croisés ?

— Vous avez raison : ça doit être aussi simple que ça.

La femme sortit quelques billets de son sac. Pendant qu'elle attendait sa monnaie, elle adressa un nouveau sourire à Claire.

— Je sais pourquoi vous me semblez si familière, fit-elle après une courte hésitation. Ce sont vos yeux. Ils sont turquoise, n'est-ce pas ? Une couleur assez rare, mais j'ai connu quelqu'un qui avait des yeux de la même nuance délicate.

Ne sachant trop comment réagir, Claire murmura une vague réponse polie, tout en tendant une poignée de pièces à la cliente. Celle-ci les empocha, puis récupéra son paquet et quitta la galerie.

Même après son départ, le malaise qui s'était emparé de Claire ne se dissipa pas. Au lieu de s'accorder enfin un peu de temps libre, elle se posta à la fenêtre pour vérifier que sa dernière visiteuse ne revenait pas sur ses pas. Lorsqu'elle la vit tourner le coin de la rue, elle se morigéna pour son accès de nervosité. Elle était fatiguée par la reprise du travail, si tôt après son accident, voilà tout. Du coup, elle se faisait une montagne de rien, à cause du stress et de la somme d'inquiétudes accumulées ces derniers jours. D'abord cette poupée, puis l'accident qui aurait pu lui coûter la vie, ensuite la photo de Ruby qui disparaissait comme par magie…

Une nouvelle fois, les conseils et les avertissements de sa grand-mère lui revinrent à la mémoire : sa chère mamie avait coutume de dire que pour les mauvais événements en particulier, c'était « jamais deux sans trois ». Charlotte s'esclafferait, évidemment, si Claire lui confiait ses angoisses : elle la tancerait vertement pour son imagination débridée. Peut-être se faisait-elle des idées, en effet. Mais depuis qu'elle avait aperçu la poupée à l'image de sa fille dans la vitrine de ce magasin, elle ne pouvait se défaire de l'impression qu'elle avait involontairement rouvert une porte donnant sur le passé.

Une porte qui risquait de la mener à un endroit où elle n'avait absolument pas envie d'aller.

Peu après 17 heures, Claire verrouilla la porte de la galerie avant de refermer le registre où l'on notait les ventes et le nombre d'entrées. Puis elle rassembla les reçus de la journée pour les ranger bien à l'abri dans le coffre, caché sous le comptoir. Après avoir passé un coup de balai dans la salle d'exposition et réarrangé les différents articles sur leurs étagères de présentation, elle revint dans la partie atelier. Les autres souffleurs de verre étaient déjà rentrés chez eux, mais Ansel Ready, infatigable, travaillait toujours, installé sur son banc favori. Impressionnée par sa concentration et son professionnalisme, Claire s'arrêta pour le regarder. Avec délicatesse et minutie, il était en train de séparer un pot de verre couleur de bronze du pontil[1] sur lequel il l'avait fixé après lui avoir donné la taille voulue.

— Quand on te voit faire, on a l'impression que c'est tellement facile ! dit-elle d'un air admiratif.

— Quand on fait ce métier depuis aussi longtemps que moi, ça ne doit pas seulement paraître facile : ça doit l'être, répondit Ansel.

Il avait le visage un peu rouge à cause des nombreuses heures qu'il passait devant le four à pot. Ses cheveux longs et raides étaient ramassés en une queue-de-cheval souple, et sur son front luisaient de fines gouttelettes de sueur tant il était concentré sur son ouvrage. Avec précaution, il déposa le pot sur la table spécialement isolée de la chaleur, puis il rangea son pontil à sa place habituelle. Prenant soin d'enfiler d'épais gants de Kevlar, il prit alors l'objet qu'il venait de peaufiner pour le placer dans le four à temporiser afin qu'il refroidisse progressivement, à l'abri des poussières ou autres débris qui risquaient d'abîmer sa surface lisse. Après quelques heures, le thermostat automatique du four ferait baisser graduellement la température, évitant au pot de verre soufflé d'éclater ou de se fendiller.

Une fois la porte du four à temporiser soigneusement refermée, Ansel revint vers son banc de travail pour ôter ses gants.

— Qu'est-ce qui te trotte dans la tête, Claire ? fit-il de sa voix grave et bien timbrée.

— Pourquoi cette question ? Je n'ai pas le droit d'admirer ton travail sans arrière-pensée, juste pour le plaisir ? rétorqua la jeune femme avec une vivacité inhabituelle.

1. Sorte de canne pleine utilisée par les souffleurs de verre pour souder l'objet qu'ils travaillent afin de mieux le manipuler *(NdT)*.

Sans se presser, Ansel rangea les fers qu'il avait utilisés pour élargir le col du pot.

— Ça fait combien de temps que tu travailles ici ? Presque sept ans, non ? Et tu as pris tes premiers cours avec moi, je te rappelle. Deux bonnes raisons pour que je commence à te connaître plutôt bien.

— Eh bien, pour tout t'avouer, c'est vrai que j'avais un truc dans la tête, admit Claire avec un demi-sourire devant la perspicacité dont faisait preuve le vétéran de l'association. Disons que je suis… comment dire ? Troublée. Je me demandais si tu avais remarqué une femme dans le groupe qui est venu visiter l'atelier avec moi, cet après-midi. Une grande blonde, très mince, avec une longue jupe flottante, style bohême.

— Celle qui se tenait un peu en retrait des autres ?

Claire hocha la tête.

— Tu n'as pas eu l'impression de la connaître, Ansel ?

— Si on parle bien de la même personne, je t'avouerai que je n'en sais rien. Il faudrait être drôlement physionomiste pour la reconnaître derrière la tonne de maquillage qu'elle portait ! Au début, j'ai même cru qu'elle avait mis un masque… Mais qu'est-ce qui t'intéresse tant chez elle ?

— Je ne sais pas trop. Je sais que c'est absurde, mais j'ai l'impression de l'avoir déjà rencontrée quelque part. Ou que c'est elle qui me connaît…

— Bah ! Elle est peut-être déjà venue ici.

— Non, je… je ne crois pas que ce soit ça…

Devant l'hésitation embarrassée de la jeune femme, Ansel prit son expression la plus paternelle : les sourcils froncés, il regarda Claire avec une tendre inquiétude qui lui mit du baume au cœur.

— Pourquoi ? Elle t'a dit quelque chose qui t'a blessée ? Elle n'a pas été désagréable, j'espère ?

— Non, non, ça n'a rien à voir avec ce que cette personne aurait dit ou fait. Pas plus qu'avec son apparence, d'ailleurs. C'est juste que… enfin, je ne sais pas trop, mais elle avait l'air… bizarre.

— Bizarre ? répéta Ansel avec bonne humeur. Dans ce cas, je ne m'en préoccuperais pas davantage, à ta place. Après tout, on est à La Nouvelle-Orléans : les bizarreries, c'est pratiquement la règle, ici !

Il fit un geste en direction de la main bandée de la jeune femme.

— Allez, ne t'inquiète plus pour ça. Tout ce que tu as à faire, dans l'immédiat, c'est prendre bien soin de cette jolie mimine ! Parce que franchement, je me sens bien seul sans toi, dans cet atelier.

— Tu exagères, Ansel, tu n'es pas vraiment seul : il y a Esther.

Esther était une autre souffleuse de verre qui tentait de s'attirer les faveurs d'Ansel depuis des années. Malgré l'indifférence glaciale qu'il lui témoignait, elle ne s'avouait toujours pas vaincue. Elle faisait partie de ces femmes qui refusent la défaite en matière de séduction, et elle revenait régulièrement à la charge, au grand déplaisir du doyen de leur petit groupe d'artistes.

Il se borna à émettre un grognement significatif avant de commencer à nettoyer son espace de travail. Sur un signe de la main, Claire lui souhaita bonne soirée et sortit par la porte de derrière.

Dans la douce tiédeur de cette fin d'après-midi, elle inspira profondément une bouffée d'air frais, bien agréable après la chaleur étouffante qui régnait dans l'atelier. Il n'était que

17 h 30, ce qui voulait dire qu'il lui restait encore quelques heures pour profiter du soleil. Elle fouilla dans son sac à main et en extirpa ses clés de voiture. Lorsqu'elle leva les yeux, elle aperçut une silhouette masculine debout dans l'étroit passage qui séparait deux immeubles, de l'autre côté de la rue. A cause du contre-jour, elle ne parvint pas à distinguer clairement ses traits. C'était sans doute un des nombreux SDF qui traînaient dans le coin à la recherche d'un endroit où passer la nuit. Pourtant, elle eut l'impression de l'avoir déjà vu quelque part…

Tout en se hâtant de rejoindre sa voiture, elle prit soin de ne pas quitter l'homme des yeux. Il n'esquissa même pas un pas dans sa direction ; il semblait vouloir rester dans l'ombre exprès pour qu'elle ne puisse pas voir son visage.

Avec le sentiment désagréable qu'il la dévorait du regard, Claire ouvrit rapidement la portière de son véhicule pour se glisser derrière le volant. Après avoir mis le contact, elle jeta un dernier coup d'œil en arrière pour s'assurer que l'inconnu ne l'avait pas suivie. Mais il avait déjà disparu.

13.

Quand Dave traversa le pont Huey Long, tard dans l'après-midi, le soleil dansait sur la surface boueuse du Mississippi. Il filait vers La Nouvelle-Orléans pour y rencontrer JoJo Barone, le propriétaire du club de strip-tease de la rue Bourbon où Nina Losier et Renée Savaria avaient toutes deux travaillé avant de quitter ce bas monde.

Lorsqu'il pénétra au Médaillon d'Or, quelques instants plus tard, le barman leva les yeux de son comptoir pour lui adresser un signe de tête paresseux. Il avait grosso modo le même âge que Dave. Grand et mince, les dents jaunies et abîmées par l'excès de tabac, il ne brillait pas spécialement par sa prestance ou son élégance : autour de son visage déjà ravagé par le dur métier qu'il exerçait pendouillaient des mèches grasses de cheveux blond sale.

Il était encore trop tôt pour que le bar grouille de consommateurs. Pourtant, le rai de lumière en provenance de la porte ouverte ne parvenait même pas à dissiper les zones d'ombre du club, dans le fond, là où une poignée de clients s'étaient rassemblés pour assister à un numéro déshabillé.

D'un pas décidé, Dave traversa la salle pour s'installer sur un tabouret de bar.

— Il est dans le coin, JoJo ? fit-il d'un ton placide.

Peu loquace, le barman lui indiqua l'arrière-salle d'un bref mouvement de menton.

— Il est dans son bureau.

— Vous pourriez lui annoncer que Dave Creasy souhaite lui parler ?

— Ouais, sauf qu'y a un léger problème : JoJo, il aime pas qu'on le dérange quand il vérifie les livres de comptes. Il va sûrement s'y coller pendant encore une heure ou deux, alors j'te conseille de pas t'impatienter. T'as qu'à te rincer l'œil en attendant. Qu'est-ce que je te sers ?

— Un Coca.

— Un Coca ? C'est tout ? Tu sais, ça coûte le même prix avec ou sans whisky !

— Non, ça ira. Juste un Coca.

Sur ce, Dave détourna son regard pour examiner le fond du bar. Quelques hommes d'affaires, la quarantaine bien tassée, la cravate défaite et la cigarette aux lèvres, s'étaient vautrés sur les banquettes autour de la piste pour reluquer une jolie rousse, vêtue en tout et pour tout d'un string ficelle, en train de danser lascivement autour d'une barre verticale au rythme d'une musique hip hop. Les basses résonnaient dans les haut-parleurs placés de chaque côté de l'espace réservé aux strip-teaseuses, pendant qu'une boule à facettes, pendue au plafond, envoyait des myriades de prismes lumineux sur les murs. Les paupières closes, la tête rejetée en arrière, elle enroula sa longue jambe gracile autour du mât pour glisser sensuellement de haut en bas le long du métal poli.

Un étudiant passablement éméché qui s'était installé à l'autre bout de la piste avec un de ses camarades poussa un hululement enthousiaste tout en agitant frénétiquement une poignée de billets à l'intention de la jeune femme pour qu'elle vienne lui faire une petite séance de séduction privée.

Le barman venait de revenir. Avec un sourire qui montrait ses dents gâtées, il déposa quelques cerises dans le Coca de Dave avant de faire glisser le verre jusqu'à l'emplacement où s'était installé son client.

— Les cerises, c'est cadeau ! lança-t-il négligemment.

Le remerciant d'un simple signe de tête, Dave repêcha les trois ou quatre fruits et les déposa à côté de son verre, sur une serviette en papier.

Le barman, qui n'avait pas cessé de sourire, le regarda avec insistance.

— Tu te souviens toujours pas de moi, je parie, fit-il au bout de quelques secondes.

— Pourquoi ? Je devrais ?

— Rappelle-toi : le lycée Carver, en terminale… Tu m'as fendu la lèvre avec la chevalière aux armes de l'école que tu portais à la main droite. On s'était battus comme des chiffonniers ; on s'est fait exclure pendant deux semaines et on a failli rater la remise des diplômes. J'ai toujours la cicatrice. Là, tu la vois ?

Il pointa du doigt une longue et fine zébrure qui serpentait sur son menton en partant de sa lèvre inférieure.

Dave plissa les yeux, un signe évident de concentration pour qui le connaissait.

— Attends un peu… Tu ne serais pas… Bobby Ray Taubin ?

— Aujourd'hui, on m'appelle plutôt Robert tout court, répondit le barman en tendant sa main à Dave par-dessus le comptoir. Comment tu vas, depuis tout ce temps, vieille canaille ?

Dave serra la main de Robert, et haussa les épaules d'un air fataliste.

— Rien de très passionnant à te raconter, fit-il sans s'attarder davantage sur le sujet. Mais dis-moi plutôt si toi, tu te rappelles la raison pour laquelle on s'était rentrés dans le lard, en terminale ?

— Du diable si je m'en souviens ! s'exclama Bobby Ray Taupin. Sûrement une histoire de gonzesse. Apparemment, on était attirés par le même genre de fille, tous les deux. D'ailleurs, si tu es intéressé, ajouta le barman tout en pointant le menton dans la direction de la rousse qui continuait à virevolter autour de son mât, je peux te tuyauter. Elle est pas mal, hein ? Si t'as envie d'y goûter, t'as qu'à me demander et je m'en occupe.

— Non merci, je suis juste venu pour voir JoJo.

— Comme tu voudras. Enfin, si jamais tu changes d'avis, tu sais où me trouver, rétorqua le barman, tout en balayant la salle du regard avec ses petits yeux noirs fureteurs.

Dave but une gorgée de Coca avant de demander :

— Ça fait combien de temps que tu bosses pour JoJo ?

Bobby Ray saisit un chiffon crasseux pour essuyer le comptoir.

— Bah, ça fait plus ou moins deux ans, avec des pauses de temps à autre. Il m'emploie depuis que je suis sorti d'Angola — la prison, bien sûr, pas le pays.

Il posa le chiffon humide sur son épaule, l'air fanfaron, comme s'il attendait la réaction de Dave pour se vanter d'être un « mauvais garçon ».

— Et on peut savoir pourquoi tu es allé faire un tour à Angola ?

— Hold-up chez un caviste. Le type a voulu m'arrêter. Ce pauvre crétin, il a pas été bien inspiré, ce jour-là ! Quand j'en ai eu terminé avec lui, il ressemblait plus à une grosse boule de chair à saucisse qu'à un gérant de magasin. Enfin, même tout sanguinolent, il essayait encore de m'empêcher de filer quand les flics se sont pointés, fit Taubin avec un petit rire méprisant, tout en se remettant à nettoyer machinalement le zinc. J'ai bien failli le liquider, cette espèce de salopard de mes deux. Seulement, à l'époque, j'étais pas en pleine possession de mes moyens, comme on dit. J'avais un peu tendance à forcer sur la bouteille… Bref, j'ai passé un bon moment au frais. Quand je suis ressorti de taule, ça se bousculait pas au portillon pour me proposer une réinsertion ! Y a que JoJo qui a bien voulu m'embaucher, alors depuis, je tiens pas mal à ce vieux forban.

— En clair, ça veut dire quoi ?

Le barman prit un cure-dent qu'il coinça négligemment dans sa bouche, puis il se pencha vers Dave et lui répondit sur le ton de la confidence :

— En clair, JoJo a assez de problèmes sans avoir les flics collés à ses basques. Compris ?

— Je ne suis pas flic, rétorqua Dave.

— Dans ce cas, qu'est-ce que t'es venu foutre ici ? Tu bois pas, t'es pas non plus venu là pour le spectacle… Deux bonnes raisons pour que je me dise que t'as autre chose en tête. Et si tu pensais casser les pieds à mon patron, tu te fourres le doigt dans l'œil jusqu'au coude.

Tout en parlant, il s'était légèrement décalé sur le côté pour être certain que Dave remarque bien la batte de base-ball sur l'étagère derrière le comptoir.

— Doucement les basses ! lança Dave en levant les mains dans un geste d'apaisement. Je ne suis pas là pour mettre la pagaille, rassure-toi. Je veux juste poser quelques questions à JoJo, c'est tout.

— Et à propos de quoi ?

— Ça, ça ne regarde que lui et moi.

— Ah ouais, vraiment ? Dans ce cas, je te répète ce que je

t'ai dit il n'y a pas trois minutes : JoJo est occupé, et ça risque de durer encore un moment. Quand il sortira de son bureau, on verra s'il veut bien t'accorder un peu de son temps. Mais juste pour te prévenir, mon gars : moi, je reste là, que ça te plaise ou non. Et je te signale en passant que si je peux me venger de la torgnole que tu m'as collée au lycée, j'hésiterai pas à le faire. Ce sera même avec plaisir !

L'air on ne peut plus serein, Dave jeta deux billets sur le zinc avant de sauter à bas de son tabouret.

— Je vais te dire une bonne chose, Bobby Ray : si tu es toujours dans les mêmes dispositions quand je reviendrai, tu n'auras qu'à me faire signe et on verra bien qui de nous deux remportera le match !

Pour passer le temps, Dave retourna dans la rue Decatur où il fit une pause chez Central Grocery pour s'acheter une de leurs fameuses *muffulettas* garnies de salade aux olives, de salami, de coppa et de mortadelle. Il ne serait pas dit qu'il aurait remis le pied à La Nouvelle-Orléans sans se régaler du plus célèbre sandwich de la ville ! Pour accompagner le tout, il ajouta une bouteille d'eau glacée, et emporta son dîner à Jackson Square. Là, il s'installa sur un banc, à l'ombre, pour déguster tranquillement son repas.

Angelette lui avait suggéré de passer à l'hôtel Monteleone, plus tard dans la soirée, afin de rencontrer Graydon Losier, le père de la jeune fille qui avait été assassinée. Cette entrevue pouvait s'avérer utile, mais Dave voulait d'abord interroger JoJo. Il avait relu tous les documents qu'il possédait sur l'affaire Losier, pour être sûr de bien maîtriser les données avant de se lancer dans l'aventure. D'après les déclarations établies au moment où son corps avait été découvert, Nina

Losier avait été battue à mort avant d'être projetée hors d'une voiture sur l'avenue de l'Esplanade. C'était là qu'on l'avait retrouvée, tôt le lendemain matin.

Bien entendu, le quartier avait été passé au peigne fin. Tous les gens susceptibles de l'avoir vue pendant les dernières vingt-quatre heures avaient été convoqués, mais les témoins oculaires manquaient à l'appel. Quant à ses amis, sa famille et les personnes avec lesquelles elle travaillait, ils avaient été interrogés dans les règles. Y compris Jimmy Caisson, son petit ami, qu'on avait fait asseoir derrière une table d'interrogatoire. Caisson avait un lourd passé judiciaire, en particulier pour violence envers des femmes qu'il avait côtoyées. Mais il avait donné un alibi inattaquable pour le soir où Nina avait été tuée.

Le seul angle qui, apparemment, n'avait pas été pris en considération par la police se trouvait être le lien entre cette affaire et la disparition de Renée Savaria. Les deux jeunes femmes avaient officié comme strip-teaseuses au Médaillon d'Or, ce qui constituait une connexion de taille. Seulement, le problème, c'est qu'il s'était écoulé sept ans entre les deux assassinats. Difficile, par conséquent, de conclure à une affaire de meurtres en série. La piste, si c'en était bien une, était particulièrement mince. Au mieux, elle mènerait à d'autres embranchements. Sans doute Dave se trompait-il du tout au tout en espérant que, grâce au cas Nina Losier, il parviendrait enfin à clore l'un des plus noirs chapitres de sa vie. Mais il demeurait bien décidé à tenter le tout pour le tout. Car l'affaire Savaria faisait tache dans une carrière dont, pour le reste, il avait toutes les raisons d'être fier. Certes, il se trouvait dans une situation critique lorsqu'il avait commis cette erreur de débutant. Pourtant, il souffrait encore de n'avoir pas été à la hauteur, si grand qu'ait pu être son désespoir à l'instant précis où il avait cru pouvoir sauver la vie de sa fille en échange d'une destruction de preuves.

Bien entendu, il ne pouvait prétendre que son parcours au sein du département des homicides ait été sans anicroche avant le cas Renée Savaria. Comme bon nombre d'autres policiers de sa connaissance, Dave s'était autorisé quelques libertés au nom de la justice et de la loi. Mais il adorait son travail, et croyait dur comme fer aux valeurs qu'il défendait. Il s'était bêtement jugé au-dessus de ces flics véreux qui se laissaient corrompre ou forcer la main. Hélas, le kidnapping de Ruby avait tout changé. Cela faisait presque quarante-huit heures qu'elle avait disparu quand il avait reçu le premier appel anonyme dont il se souvenait encore au mot près :

Ne dites rien, inspecteur Creasy. Contentez-vous de m'écouter. Je sais parfaitement que votre maison est pleine de flics de la cave au grenier, alors si vous voulez revoir votre fille en un seul morceau, je vous conseille de vous isoler. Je vous rappelle dans dix minutes.

La communication avait été coupée brutalement, et Dave avait rangé son portable dans sa poche d'une main tremblante. Il ne savait pas où il avait trouvé la force de cacher sa peur à Claire. Il lui avait juste murmuré à l'oreille qu'il avait besoin d'un peu d'air, et il s'était empressé de quitter son domicile. Deux rues plus loin, il s'était arrêté, les genoux flageolants, incapable d'aller plus loin. Comme convenu, très exactement dix minutes plus tard, la sonnerie de son portable avait de nouveau retenti.

— Où êtes-vous, inspecteur ? avait demandé la même voix sarcastique.

— Dehors. Personne ne peut m'entendre.

— J'espère que vous dites la vérité, sinon votre fille risque d'en pâtir. Inutile de vous préciser que vous avez nettement intérêt à coopérer.

Dave s'était agrippé au téléphone comme à une planche de salut.

— Où est-elle ? Laissez-moi lui parler !

— Elle dort. Vous ne voudriez tout de même pas que je la réveille, après les deux jours d'épreuves qu'elle vient d'endurer ?

— Espèce de fumier ! Si jamais vous avez touché à un seul de ses cheveux, je…

— Hé là, doucement, inspecteur ! Gardez vos menaces, vous voulez bien ? De toute façon, vous ne pourrez pas me retrouver, alors inutile de gaspiller un temps précieux… Je vais aller droit au but : vous possédez quelque chose qui m'intéresse.

Les tempes bourdonnantes, le cœur battant, Dave avait eu du mal à se concentrer, trop terrorisé par l'idée que sa fille était aux mains d'un redoutable maître chanteur.

— De quoi parlez-vous ? Soyez clair, bon Dieu !

— Le matin du jour où votre fille a disparu, vous aviez rendez-vous avec l'ancienne colocataire de Renée Savaria, n'est-ce pas ? Elle vous a remis son journal intime. Si vous voulez revoir votre fille vivante, suivez mes instructions à la lettre. Un seul faux pas, et je vous préviens : elle est morte. C'est bien compris ?

Il y avait eu une courte pause, puis la voix avait repris :

— Ce serait dommage, d'ailleurs, vu comme elle est adorable, cette gamine.

A la fin de la conversation, Dave s'était levé avec effort pour rentrer chez lui à pas lents, suant à grosses gouttes, essayant tant bien que mal de réfléchir correctement. Que pouvait-il faire ? Céder aux menaces d'un inconnu ? Echanger sa conscience professionnelle contre l'espoir ténu de revoir sa fille vivante ?

Comme il s'approchait de la porte du fond, la tête basse, un objet attaché à la poignée avait attiré son attention : c'était un bandeau taché de sang. Aussitôt, il avait su que la personne qu'il avait eue au téléphone ne plaisantait pas, et qu'elle était sacrément douée pour venir déposer bien en vue cette « pièce à conviction » destinée à emporter son adhésion, au nez et à la barbe des policiers qui n'avaient toujours pas quitté les lieux. Le kidnappeur de Ruby était proche, tout proche ; il avait probablement suivi toute la scène depuis le début, et c'était bien ça le plus inquiétant. Dave n'avait pas affaire à un amateur, c'était certain.

Instinctivement, il s'était retourné pour scruter les environs, la tête emplie d'un défilé continu d'images horribles où sa petite fille blessée, impuissante, pleurait à chaudes larmes et l'appelait désespérément alors qu'il n'avait aucun moyen de la rejoindre. C'était à cet instant précis qu'il avait pris la décision de pactiser avec l'ennemi.

Quand l'inconnu l'avait rappelé, il n'avait pas hésité une seconde : il était prêt à coopérer jusqu'au bout si cela pouvait sauver sa fille. Conformément aux instructions qu'il avait reçues, il était allé arracher la dernière page du journal intime de Renée Savaria, puis l'avait jetée au feu. Ensuite, il avait attendu en se rongeant les ongles que sa chère petite Ruby revienne à la maison.

Quel naïf il avait été ! Et pourtant, même au moment où il commettait l'irréparable, une partie de lui persistait à lui souffler qu'il était manipulé, et que rien de ce qu'il pourrait faire ne lui rendrait sa fille. Il était flic, que diable, et depuis assez longtemps pour soupçonner le coup fourré dont il s'était fait la victime volontaire ! Mais il se sentait si désemparé, si désespéré, si torturé par le remords de ne pas avoir été là au bon moment pour empêcher le drame qu'il avait fait fi de ses appréhensions pour tenter le tout pour le tout. Si cela pouvait permettre à Ruby d'échapper au cauchemar qu'elle devait vivre... Malheureusement, les jours et les nuits s'étaient lentement écoulés sans aucun signe de vie de la petite fille. Au fur et à mesure que les heures, les journées, les semaines passaient, l'espoir insensé auquel Dave s'accrochait de toutes ses forces pour ne pas sombrer s'amenuisait. Jusqu'au jour où la terrible vérité s'était enfin imposée à lui : le meurtrier de Renée Savaria s'était tout simplement servi de la disparition de Ruby pour lui faire détruire une preuve accablante. Mais les deux affaires n'étaient absolument pas liées : l'assassin de la jeune strip-teaseuse et le kidnappeur de Ruby n'avaient strictement rien en commun. Il s'était fait avoir comme un bleu par quelqu'un qui, non content d'avoir tué une jeune fille sans défense, avait eu assez de sang-froid et de cruauté pour tirer avantage d'une situation déchirante.

Dave ne s'était jamais remis de cette faute professionnelle. Il aurait pu continuer sa carrière sans que personne ne se doute de quoi que ce soit, mais sa conscience le tourmentait tellement qu'il n'avait pas été capable de surmonter cet épisode navrant. Du coup, entre le moment où il avait compris son erreur et celui où il avait remis sa démission, selon la demande de ses supérieurs hiérarchiques, la destruction de preuves dans une enquête criminelle ne constituait plus que l'une des nombreuses transgressions auxquelles il s'était livré. Comme s'il avait inconsciemment cherché à se torpiller lui-même après son faux pas dramatique. Une sorte de suicide, en somme.

Le résultat était là : pour commencer, l'assassin de Renée Savaria n'avait jamais été appréhendé. Ensuite, voilà qu'une deuxième employée du Médaillon d'Or se faisait descendre. Si Dave avait correctement mené son enquête, sept ans plus tôt, s'il avait eu le courage d'aller jusqu'au bout, Nina Losier serait encore en vie à l'heure qu'il était. C'était entièrement sa faute — du moins, c'est ce qu'il se répétait depuis qu'Angelette avait réveillé sa vieille blessure.

La gorge sèche, il avala trois grosses gorgées d'eau fraîche, tout en regardant distraitement les artistes itinérants et les diseuses de bonne aventure qui peuplaient les abords de l'allée des Pirates. Dans l'ombre prodiguée par les grands arbres de la place se tenaient des musiciens des rues qui jouaient des standards du jazz, style Dixieland. Un peu plus loin, de jeunes cadres à l'allure distinguée, vêtus uniformément de pantalons noirs et de chemises blanches, tendaient aux passants des prospectus vantant les actions d'une mission locale.

Une brise légère fit frissonner les feuilles des bananiers, apportant avec elle l'odeur si caractéristique du fleuve. Un flot de souvenirs vint assaillir la mémoire de Dave, et il ferma les yeux un instant pour mieux s'y plonger.

J'aime bien cet endroit, Papa ! On dirait que c'est tout le temps la fête, ici !

Moi aussi, j'aime bien ce coin, Ruby. Si seulement tu pouvais être avec moi en ce moment !...

Dave rouvrit les yeux. Ebloui par le soleil, il eut du mal à se réhabituer à la luminosité environnante. A cet instant, une famille de touristes enthousiastes passa à deux pas de son banc. La plus jeune des petites filles tenait dans sa main potelée le fil d'un gros ballon jaune gonflé à l'hélium, et la façon dont elle regardait son cadeau flotter au-dessus de sa tête, tout comme la manière dont elle s'accrochait de l'autre main aux jupes de sa mère, fit tressaillir le cœur meurtri de Dave. Comme si elle avait senti sa détresse, la fillette tourna brièvement la tête vers lui pour lui adresser un sourire timide, avant de se remettre à trottiner derrière sa maman.

Le cœur lourd, Dave détourna les yeux. Il devait lutter contre la nostalgie. Il savait d'expérience combien les regrets pouvaient s'avérer dangereux pour sa santé physique et mentale. Ce n'était ni le lieu ni l'endroit pour se laisser envahir par le remords. Pas ici, en plein cœur du Vieux Carré, alors que la tentation le guettait à chaque coin de rue. Il adorait le Quartier Français, mais pour un type avec un passé d'alcoolique, les ennuis pouvaient arriver très vite. Il suffisait qu'il pousse la porte d'un bar, qu'il succombe à la décadence languide qui imprégnait les ruelles étroites et les cours intérieures, qu'il réponde à l'appel des sirènes auxquelles il n'avait que trop souvent cédé, et c'en serait fini de la discipline de fer qu'il s'imposait depuis tout ce temps.

Serrant le poing autour de sa bouteille d'eau, il termina son délicieux sandwich sans grand appétit, jeta les emballages plastiques dans la poubelle la plus proche, et se leva péniblement pour retourner rue Bourbon.

L'endroit grouillait littéralement de touristes dont les visages reflétaient généralement un mélange de fascination et de répulsion devant les visions fugitives que leur proposaient les portes entrouvertes des plus célèbres lieux de perdition de La Nouvelle-Orléans.

Dave se rendit droit au Médaillon d'Or. Il n'avait pas de temps à perdre. A l'intérieur, assis à une table du fond, JoJo Barone l'attendait déjà, une Camel sans filtre entre ses doigts jaunis de nicotine, vêtu d'une veste de lin beige qui paraissait trop grande pour ses maigres épaules voûtées et d'une chemise de soie noire au col ouvert. Il regarda Dave arriver à travers l'épais voile de fumée qui flottait dans le bar.

L'un des oncles de Dave était mort d'un cancer des poumons,

quelques années plus tôt. Quand il lui avait rendu visite à l'hôpital, sur son lit de mort, il avait été tellement choqué par son apparence exsangue qu'il avait eu du mal à ne pas s'enfuir en courant. L'oncle dont il se souvenait était un homme bien en chair, à la forte carrure, au rire tonitruant, qui appréciait les jolies filles et les plaisirs de la table. Quel contraste saisissant avec le visage émacié et le corps squelettique que Dave avait contemplés sur ce lit d'hôpital !

Face à JoJo Barone, dont la pâleur extrême et les yeux enfoncés dans leurs orbites trahissaient plus qu'une fatigue normale liée à son métier, Dave songea immédiatement à cet oncle décédé des suites de sa grave maladie.

— Mon barman m'a dit que vous étiez venu me voir, fit JoJo d'une voix rocailleuse. On se connaît ?

Dave se laissa souplement glisser sur la banquette de l'autre côté de la table.

— On s'est déjà rencontrés, oui. Il y a sept ans. Quand la police municipale a repêché l'une de vos danseuses au fond du Mississippi. Renée Savaria, ça vous rappelle quelque chose ? fit-il d'une traite, sans laisser à son interlocuteur le temps de répondre. On dirait que les filles qui bossent pour vous ont une fâcheuse tendance à se retrouver mortes en un rien de temps, JoJo.

Le tenancier examina Dave de haut en bas, à travers la fumée qui montait de sa cigarette.

— Maintenant, je me souviens de vous. Inspecteur Creasy. Vous m'excuserez, mais il m'a fallu un peu de temps pour vous reconnaître. Vous avez sacrément changé.

— L'eau a coulé sous les ponts en sept ans, répondit Dave laconiquement.

— C'est ce qu'on dit, oui, répliqua JoJo en faisant tomber

d'une pichenette les cendres de son mégot dans un cendrier qui débordait déjà.

Au passage, la grosse bague en or qu'il portait au petit doigt accrocha la lumière d'un néon, envoyant un bref éclat éblouissant dans les yeux de Dave.

— Alors, qu'est-ce que je peux faire pour vous, inspecteur ?

— D'abord, me tutoyer, si ça ne te fait rien, JoJo. On est de vieilles connaissances, tous les deux, si on y réfléchit deux minutes, alors, au diable les convenances ! Ensuite, tu peux oublier la dénomination « inspecteur ». Ça fait quelque temps maintenant que j'ai quitté le département des homicides.

— Qu'est-ce que tu viens faire chez moi, alors ? Quelque chose me dit que tu n'es pas là pour profiter du spectacle.

— Je voudrais juste te poser quelques questions au sujet de l'assassinat de Nina Losier.

— On peut savoir à quel titre ? Tu viens de me dire que tu n'étais plus flic.

— Disons, en tant qu'ami de la famille.

— Sans vouloir te vexer, inspecteur...

— Dave, ça ira.

— Eh bien, Dave, disons que tu n'es pas du tout le genre de type que Graydon Losier emploie pour lui lécher les bottes. Quant à t'inviter à ses soirées huppées, tu m'excuseras mais tu risquerais de faire tache, répliqua JoJo avant d'inhaler une longue bouffée de tabac qu'il recracha du coin de la bouche en toussant à fendre l'âme.

Tournant la tête, il sortit un mouchoir de sa poche. Lorsqu'il le replia, Dave aperçut des taches de sang sur le carré de tissu, signe indiscutable du terrible mal qui tuait JoJo Barone à petit feu.

— Bon, disons que tu travailles effectivement pour le vieux

Losier, poursuivit le tenancier comme si de rien n'était. Mais ça ne m'explique pas ce que tu viens faire ici. La police sait déjà qui a tué Nina.

— Vraiment ? Première nouvelle, fit Dave. La dernière foi que j'ai entendu parler de cette histoire, il n'y avait pas encore eu d'arrestation, que je sache.

— Ça ne veut pas dire qu'ils ne savent pas qui est le coupable, rétorqua JoJo d'un air sombre. Si tu veux connaître le nom du responsable, tu n'as qu'à décrocher ton téléphone et appeler l'un de tes anciens copains au commissariat. Tu seras tout de suite renseigné.

— Si ça ne te fait rien, je préférerais l'entendre de ta bouche.

Au lieu de s'exécuter, JoJo adressa un signe discret à une serveuse. Quelques secondes plus tard, elle leur apportait deux whisky bien tassés. Dave poussa le sien au bout de la table.

— Tu veux autre chose ? lui demanda JoJo en fronçant les sourcils.

— Non, non. C'est juste que je n'ai pas soif.

Pour la première fois depuis qu'ils s'étaient retrouvés face à face, un sourire fugace éclaira le visage exsangue de Barone.

— Alors là, tu me surprends. J'aurais plutôt cru, à te voir, que tu étais porté sur la bouteille, fit le patron du bar en accompagnant son assertion d'un petit geste des doigts qui tenaient sa cigarette. Ce sont tes yeux : on devine toujours les vices d'un homme à l'éclat particulier de ses pupilles, et j'avais pensé, en te voyant fixer les bouteilles derrière le bar avec cette intensité…

Il s'interrompit, le temps de rallumer une nouvelle cigarette au mégot de la précédente. Puis il reprit en se penchant vers son invité, sur un ton confidentiel :

— Trêve de bavardage, Dave. Laisse-moi te poser juste une petite question. Ça t'est déjà arrivé de vouloir retourner en arrière jusqu'au moment précis où une décision a fait basculer le tour que prenait ton existence ?

— Tu veux rire ? Ça m'arrive tout le temps ! fit Dave sur le même ton.

— Eh bien moi, depuis quelque temps, je n'arrête pas de repenser à ce bel été de l'année 1962. C'est à ce moment-là que mon grand frère m'a proposé ma première taffe. J'avais onze ans. Il m'a regardé en rigolant avaler de travers une grande bouffée de fumée, puis cracher mes poumons et dégobiller tout ce que je savais. Il s'est foutu de moi à en pleurer de rire. Du coup, j'étais furieux, évidemment. J'ai décidé de lui montrer que moi aussi, j'étais cap de fumer sans être malade. Résultat : depuis quarante-cinq ans, je n'ai jamais passé plus de deux heures de suite sans une cigarette au bec. Sauf quand je dors, évidemment.

— C'est quoi, au juste, ce que tu as ? le coupa Dave sans élever la voix. Un cancer du poumon ?

Les yeux gris de JoJo s'arrondirent de surprise.

— Là, tu m'épates encore plus, Dave ! Comment tu as deviné ?

— J'ai un oncle qui en est mort. Pas très dur de reconnaître les symptômes.

— D'après ce qu'on dit, c'est pas la meilleure façon de s'en aller de ce fichu monde.

— Pas la meilleure, non, répondit Dave. Mais sûrement pas la pire. Toi, au moins, tu as profité de la vie jusqu'à maintenant. La pauvre Nina Losier n'a pas eu cette chance.

— Je n'ai rien à voir avec la mort de cette gamine trop gâtée, fit JoJo nettement plus sèchement. Et si tu persistes à croire que j'en suis responsable, tu perds ton temps — et tu me fais perdre le mien, par la même occasion. Ce n'est vraiment pas le moment, vu que mes jours sont comptés. Alors, lâche-moi avec cette histoire. Je te le répète, les flics sont déjà au courant : ils savent qui a tué Nina.

— Peut-être, mais j'attends toujours que tu me répondes.

JoJo s'appuya des deux coudes sur la table. Croisant les mains sous son menton, sans lâcher sa cigarette qui se consumait lentement, il laissa tomber négligemment :

— T'as déjà entendu parler d'un petit merdeux répondant au nom de Jimmy Caisson ?

— C'était le petit copain de Nina, pas vrai ?

JoJo hocha la tête en signe d'acquiescement.

— C'est le genre de type qui prend son pied en collant des torgnoles à ses bonnes femmes, surtout quand elles sont assez cruches pour lui pardonner ses mauvais traitements. Ça doit l'exciter, sûrement ; il doit se sentir tout-puissant : un vrai mec, un dur, quoi ! Bref, tu vois le style de macho complètement crétin. Capable de défoncer sa poule à coups de poing un soir de beuverie, et de revenir s'excuser, quelques jours plus tard, en la suppliant de lui donner une nouvelle chance. Eh bien, cette fois, Jimmy n'aurait pas dû revenir à la charge.

— Jolie théorie, JoJo. Seulement, il y a un hic, et de taille : Jimmy Caisson possède un alibi en béton armé. Au moins une dizaine de personnes affirment qu'ils l'ont vu dans un casino de Biloxi, le soir où Nina a été assassinée.

— Ouais, c'est le bruit qui court en ce moment, fit JoJo d'un air méprisant. Pas mal pensé, comme excuse, il faut bien l'avouer. Seulement voilà : Jimmy a un cousin qui lui ressemble comme deux gouttes d'eau. Il serait né avec un jumeau qu'on ne les confondrait pas davantage ! Je le sais parce qu'ils sont venus ici un soir, et que je me suis retrouvé comme un con, incapable de dire qui des deux était Jimmy. Pourtant, ce n'était pas comme si je le voyais pour la première fois, ce gars : je connais Jimmy depuis qu'il est gosse… Bref, tout ça pour dire que tes dix ou douze prétendus témoins ont très bien pu voir le cousin de notre homme au casino ; ça décrédibiliserait un peu son alibi, tu ne trouves pas ?

— Tu as raconté cette histoire de cousin à la police ?

— Une fois de plus, au risque de me répéter, ils sont au courant de tout. Ce qui me ramène à ma première question : qu'est-ce que tu es donc venu fabriquer ici ?

A dire vrai, Dave commençait à se le demander lui-même. Si vraiment la police était sur le point de coincer Jimmy Caisson pour fausse déclaration, pourquoi donc Graydon Losier chercherait-il à engager un détective privé ? Et pourquoi Angelette lui avait-elle demandé de se pencher sur le cas Nina Losier ?

Facile, lui souffla aussitôt la voix amère de sa raison: elle avait quelque chose derrière la tête. Et elle avait saisi la première excuse plausible pour appâter Dave, qui était tombé dans le panneau comme un débutant.

— Bon, grommela-t-il pour ne pas perdre la face devant JoJo. Admettons que ce soit bien Jimmy Caisson qui ait tué Nina. Admettons aussi que la police arrive à le prouver tôt ou tard. On aura toujours Renée Savaria sur les bras.

La cigarette que tenait JoJo continuait de se consumer sans qu'il en tire une nouvelle bouffée.

— Bah ! C'est de l'histoire ancienne.

— Pas pour sa famille ! répliqua Dave. Ni pour moi, d'ailleurs.

Peu impressionné par l'air farouche qu'arborait l'ancien policier, JoJo haussa négligemment les épaules.

— Si tu as un problème de conscience, c'est pas à moi de le résoudre ; tu n'as qu'à aller te confesser à un curaillon. Mais je ne vois pas ce que j'aurais à faire là-dedans.

— Tu as déjà assisté à une réunion des Alcooliques Anonymes, JoJo ? fit Dave d'un air étrangement calme.

— Non, pourquoi ?

— L'une des étapes nécessaires pour retrouver une vie normale, c'est d'admettre devant Dieu, devant soi-même et devant d'autres êtres humains la nature exacte des fautes qu'on a pu commettre, pour pouvoir les dépasser et en être absout. Il y a sept ans, j'ai détruit une preuve qui a peut-être permis au meurtrier de Renée Savaria de s'en tirer à bon compte. Tu es la seule personne à qui j'aie jamais confié ça.

— Bon, super. Qu'est-ce que je suis censé faire ? demanda JoJo d'un air sarcastique. T'applaudir des deux mains ? Te serrer dans mes bras ? T'embrasser ?

— Pas la peine. Tout ce que je te demande, c'est de rester assis et de continuer à m'écouter. Deux jours avant la disparition de ma fille, l'ancienne colocataire de Renée m'avait donné rendez-vous pour me remettre son journal intime. A la toute fin du cahier, il y avait entre autres des initiales et une adresse sur la route du Chef Menteur. C'était l'adresse de l'un de tes salons de massage, JoJo. Elle devait s'y rendre pour rencontrer quelqu'un, n'est-ce pas ?

— P'têt ben qu'oui, p'têt ben qu'non, répondit le patron du bar d'un air volontairement neutre. Sept ans, c'est bigrement long, et ma mémoire n'est plus ce qu'elle était.

— En tout cas, tu ferais mieux de te creuser les méninges pour te rappeler ce qui s'est passé ce soir-là. Parce que la mystérieuse personne que Renée devait retrouver dans ton établissement s'est transformée en assassin, j'en mettrais ma main à couper. Et ensuite, cette même personne s'est servi du kidnapping de ma fille pour m'obliger à détruire une preuve qui aurait pu le dénoncer.

— C'est bien beau, ce que tu me dis là, mais tu n'as aucun moyen de prouver ce que tu avances.

— Moi, non, mais toi, je suis sûr que oui. Je t'ai toujours soupçonné de ne pas m'avoir tout dit, JoJo. Aujourd'hui encore, je suis persuadé que tu n'es pas totalement honnête avec moi. Ça fait des années que tu couvres le meurtrier de Renée, sans doute contre rémunération ou avantages substantiels. Mais maintenant que tu es pratiquement au bout du rouleau, tu devrais te poser cette question : est-ce que ça vaut vraiment le coup ? Pourquoi ne pas profiter de tes derniers instants pour te racheter une bonne conscience, au lieu de t'enferrer définitivement ?

— Tu crois vraiment que là où je vais, une petite confession de dernière minute risque de faire une différence ?

Dave haussa les épaules, l'air fataliste.

— En tout cas, ça ne peut pas te faire de mal.

Les doigts de JoJo, crispés autour du mégot qu'il tenait toujours, ne trahirent pas le moindre tremblement. Et ses yeux ne cillèrent pas. Mais il transpirait légèrement, et grâce à ce détail, Dave comprit qu'il avait touché un point sensible en évoquant l'au-delà dramatiquement proche pour le tenancier.

— Alors comme ça, tu y crois vraiment, à toutes ces histoires sans queue ni tête qu'on nous serinait au catéchisme quand on était mômes ?

— Dur comme fer, répondit Dave sans quitter son interlocuteur des yeux.

JoJo reprit une longue bouffée de sa cigarette avant d'écraser le mégot dans le cendrier. Il garda le silence un bon moment, les yeux tournés rêveusement vers la piste où la jolie rousse dénudée avait été remplacée par une blondinette d'à peine dix-huit ans qui se déhanchait au rythme de la musique, vêtue en tout et pour tout de paillettes argentées qui ne cachaient rien de son corps tout juste sorti de l'adolescence.

— Il y avait bien ce type..., reprit JoJo à voix basse. Il venait au club deux ou trois fois par semaine. Un grand costaud, avec une cicatrice qui lui barrait tout un côté du visage jusqu'au menton, et qui soulignait sa mâchoire carrée. Il avait un gros faible pour Renée. Il organisait régulièrement des soirées privées pour lui et ses amis, et chaque fois, il veillait à ce qu'elle fasse partie du groupe de filles que je lui louais.

— Son nom ?

JoJo sortit une troisième cigarette de son paquet, mais au lieu de l'allumer tout de suite, il la tapota nerveusement contre la paume de sa main ouverte.

— Tu es certain de vouloir soulever le couvercle de ce merdier ? demanda-t-il en soupirant. D'accord, ça remonte à loin, mais je t'avertis : si tu te mets à fouiner dans ce genre de trucs, ça risque de puer grave. Et quoi que tu fasses, tu ne parviendras pas à ressusciter cette pauvre fille.

— Bien sûr, mais au moins, j'aurai fait mon possible pour redonner la paix à sa famille. Ça fait sept longues années qu'ils se réveillent chaque matin en sachant que le meurtrier de Renée est en liberté. Ils ont le droit d'exiger que justice soit faite et que l'assassin de leur fille soit puni pour le crime qu'il a commis. C'est une question de principe : je dois tout tenter pour rétablir la vérité. Et tu penses comme moi, j'en suis persuadé.

JoJo fit mine de contempler le petit groupe de spectateurs qui sifflaient et applaudissaient bruyamment la jeune strip-teaseuse, puis il reporta son regard sur Dave qui n'avait toujours pas touché à son whisky.

— Est-ce que le nom de Clive Nettle te rappelle quelque chose ?

Instantanément, une sonnette d'alarme retentit dans la mémoire de Dave, accompagnée d'une sueur froide.

— C'est un flic.

— Ouais, c'est ça. Un flic. Mais aux soirées qu'il organisait, il n'était pas le seul à porter un flingue et un gilet pare-balles. C'était exclusivement réservé aux flics, en fait, et pas uniquement les moins gradés. Tu comprendras qu'ils aient été particulièrement regardants sur ceux qu'ils acceptaient dans leur petit cercle d'initiés…

— De qui on parle exactement, JoJo ? le coupa Dave d'une voix dure.

— Désolé, mais je ne peux pas te donner de noms. Pour la bonne et simple raison que le seul à qui j'aie jamais eu affaire, c'est Clive Nettle. C'était lui l'organisateur des soirées privées, et je ne voyais personne de son petit groupe. Parfois, il me réglait en cash. D'autres fois, on concluait un arrangement tacite. Par exemple, il lui est arrivé de fermer les yeux si ma licence pour la vente d'alcool n'était pas tout à fait en règle, en échange d'une soirée gratis. Bref, on se débrouillait au coup par coup, tous les deux.

— Ces soirées privées, comme tu dis, où avaient-elles lieu ?

— La plupart du temps, dans des chambres de motel qu'il louait pour la nuit. Une ou deux fois, il lui est arrivé de choisir une vieille ferme abandonnée à l'écart des routes principales. Je connaissais le propriétaire, et ça fonctionnait très bien.

— Et tes salons de massage ?

— Ça pouvait aussi servir de lieu pour accueillir les soirées des flics. Si le paiement était à la hauteur, bien entendu.

— Le soir où Renée a été assassinée, je suppose que le paiement t'avait semblé convenable ?

JoJo eut un claquement de langue révélateur.

— Disons que l'offre m'avait été faite de telle façon que je ne pouvais pas refuser.

— Qu'est-ce qui s'est passé exactement ?

— Apparemment, Nettle ne s'est pas contenté de voir Renée s'asseoir sur ses genoux : il a exigé plus… Les choses se sont gâtées, et quand Renée s'est débattue comme une diablesse pour lui échapper, il a perdu son sang-froid. Lorsqu'elle s'est mise à hurler, la plupart des flics présents ont pris leurs jambes à leur cou, sauf deux ou trois irréductibles qui sont restés pour faire le ménage. Je me suis fait virer *manu militari* de mon propre établissement. Imagine un peu s'ils étaient sur les dents ! Ensuite, plus rien jusqu'à ce que j'apprenne, à peu près en même temps que tout le monde dans le quartier, qu'on avait balancé Renée à la flotte et qu'elle était morte.

— Et tu n'as rien dit. Tu as fermé ta gueule, constata Dave avec écœurement.

Les yeux tristes de JoJo rencontrèrent les siens à travers la fumée qui emplissait la salle.

— Qu'est-ce que je pouvais faire d'autre ? répliqua-t-il d'un air las, tout en esquissant un vague geste de découragement. Si l'envie m'avait pris de l'ouvrir, j'aurais eu aussi sec un flic devant la sortie de secours ; il m'aurait collé un flingue sur la tempe, et il ne se serait pas fait trop prier pour me faire un beau trou dans le crâne, histoire de m'envoyer rejoindre cette pauvre Renée *ad patres*. En plus, ça n'aurait servi à rien du tout : ces salopards avaient bien planifié leur coup, tu penses ! Leur parole contre la mienne. Et puis, qui s'intéresserait vraiment à la mort d'une strip-teaseuse ? Les filles comme Renée courent les rues à La Nouvelle-Orléans.

En une semaine à peine, même les médias auraient oublié jusqu'à son prénom. Seulement, c'était sans compter sur toi et ta ténacité d'âne bâté. A partir du moment où on t'a confié cette affaire, tu t'es démené comme un fou. Et tu n'as pas accepté la version officielle simplifiée qui arrangeait bien les petites affaires de tes collègues. Non, tu t'es obstiné à fourrer ton nez partout, jusqu'à ce que tu rentres en possession de ce foutu journal intime. A partir de là, c'était cuit : même si ta gamine ne s'était pas fait kidnapper, ils auraient trouvé un autre moyen pour te stopper dans ton élan. N'importe lequel, crois-moi sur parole.

Sous la table, Dave serra les poings à s'en faire mal. Il s'obligea à prendre une voix calme et neutre pour demander à son interlocuteur :

— Celui qui m'a appelé pour me faire du chantage, c'était Nettle ?

— Je n'en sais rien. Mais franchement, ça me paraît bien trop intelligent comme tactique pour un gars aussi borné que lui. Il ne m'a jamais surpris par sa finesse ; c'était plutôt « tout dans les muscles et rien dans le ciboulot », si tu vois ce que je veux dire.

— Alors, qui est-ce ?

JoJo haussa les épaules une fois de plus.

— Je t'ai dit tout ce que je savais. On est quitte, maintenant, non ?

— En ce qui me concerne, je crois que c'est bon, admit Dave tout en craquant une allumette pour allumer la cigarette de JoJo. Mais ce n'est pas tellement mon absolution qui compte, désormais, JoJo.

14.

D'un pas lourd, Dave regagna son pick-up après sa visite à JoJo Barone. Mais au lieu de remonter en voiture, il poursuivit son chemin dans la rue Decatur jusque Chez Dessie, un petit restaurant qui faisait l'angle d'une rue adjacente.

Odessa Birdsong, la propriétaire, était connue dans toute La Nouvelle-Orléans pour son fameux poulet frit, ses côtelettes de porc à l'étouffée et son riz à la créole. Mais ce n'était pas sa carte alléchante qui attirait Dave chez elle, ce jour-là. Le fils de Dessie, qui répondait au nom très théâtral de Titus, avait fait équipe avec lui autrefois, et Dave pensait bien le trouver là à cette heure de la journée. A moins qu'il n'ait bouleversé ses habitudes, dès la fin de son tour de garde, Titus s'arrêterait au restaurant pour s'assurer que sa mère allait bien. Vu l'heure, Dave se doutait qu'il avait de grandes chances de tomber sur lui. Le seul problème, c'est qu'il n'était pas du tout sûr que Titus serait content de le voir, étant donné la façon dont leur partenariat avait pris fin.

Lorsqu'il arriva devant la vitrine du restaurant, il resta quelques secondes à contempler le nom de la patronne peint en vert vif. Ça lui rappelait une foule de souvenirs plus ou moins agréables. Dans un effort pour attirer les clients, on avait dessiné une écrevisse souriante à la place du point sur le *i* de *Dessie*. Un demi-sourire aux lèvres, Dave poussa la porte d'entrée. Aussitôt, une puissante odeur de friture l'assaillit — un parfum familier pour qui connaissait un peu la cuisine cajun. La salle était petite, et pas un centimètre carré n'était libre. Contre un mur s'alignaient des tables pour deux ou quatre, séparées par des demi-cloisons destinées à assurer un peu d'intimité. Du côté de la vitre donnant sur la rue, on pouvait profiter des derniers rayons du soleil tout en dégustant la fine cuisine de Dessie. Quant au centre de la pièce, il accueillait une série d'autres tables branlantes qui avaient été accolées les unes aux autres pour former une sorte de « coin banquet ». Accrochés au plafond, de grands ventilateurs à l'ancienne faisaient tourner paresseusement leurs pales de bois, sans parvenir à dissiper l'épais nuage de fumée graisseuse qui vous collait à la peau sitôt que l'on pénétrait dans le restaurant. Du fond de l'établissement s'échappaient des notes de jazz — sans doute provenant de l'antiquité qui avait toujours tenu lieu de radio à la propriétaire des lieux.

Dave jeta un regard autour de lui. A l'heure du déjeuner, le restaurant ne désemplissait pas, et il y avait généralement la queue dehors. Mais en cette fin d'après-midi, seuls quelques clients étaient attablés devant leurs plats. A l'une des places compartimentées, deux Afro-Américains plutôt âgés mastiquaient consciencieusement un plat de poisson-chat pané, tandis qu'à une table près de la fenêtre, un jeune Blanc décortiquait patiemment une grosse portion d'écrevisses, dont les carapaces venaient grossir le tas d'épluchures posé sur les feuilles d'un vieux journal. Tous trois levèrent brièvement la tête pour regarder Dave entrer, puis replongèrent le nez dans leur assiette.

La jeune fille debout derrière le comptoir devait avoir quinze ou seize ans. Mince et élancée, elle était tout simplement ravissante, avec la masse de cheveux tout bouclés qui retombait souplement sur ses épaules, venant encadrer un visage aux traits délicats et à la couleur chocolat au lait. Quand Dave était entré dans la salle, elle avait levé les yeux du magazine qu'elle parcourait pour lui adresser un sourire las.

Il ne la reconnut pas tout de suite, et pour cause : la dernière fois qu'il avait vu la fille cadette de Titus, elle n'était encore qu'une gamine, à peine plus âgée que Ruby. Et voilà qu'aujourd'hui, il se retrouvait face à une délicieuse adolescente qui promettait de devenir une femme splendide. Le cœur serré, Dave répondit à son accueil par un sourire un peu tremblant. Ruby aurait sans doute à peu près la même allure que cette jolie jeune fille…

Inconsciente du tour qu'avaient pris les pensées du nouvel arrivant, l'adolescente repoussa une mèche de cheveux rebelles derrière son oreille.

— Vous voulez une table ?

— Non, merci. En fait, j'espérais tomber sur ton père. Tu es bien Melaswane, n'est-ce pas ? La plus jeune fille de Titus ?

— Ça dépend de qui vous êtes, rétorqua-t-elle d'un ton traînant, tout en s'appuyant négligemment d'un coude sur le comptoir poussiéreux.

Devant cette démonstration de mauvaise volonté si typique, Dave ne put s'empêcher de sourire de nouveau.

— Tu ne te souviens pas de moi ?

— Nan.

— Mon nom, c'est Dave. Je travaillais avec ton père, dans le temps. On faisait équipe tous les deux.

Pour toute réponse, la jeune fille haussa les épaules, comme si ce nom ne lui disait absolument rien ou qu'elle s'en fichait éperdument.

— Il est dans le coin, Titus ? insista Dave.

Melaswane promena paresseusement le bout de son doigt sur le comptoir devant elle, dessinant une espèce d'arabesque dans la crasse collée par les émanations graisseuses de la cuisine. Au bout de quelques secondes, elle daigna rouvrir la bouche.

— Il doit être encore dans la cuisine, en train d'aider Grand-mère à préparer des écrevisses.

— Tu pourrais lui annoncer que je suis venu pour le voir ?

— Ouais, si vous y tenez, répondit la jeune fille en se laissant glisser de son tabouret.

Traînant les pieds, elle se dirigea vers la cuisine et ouvrit la porte battante. Aussitôt, une grosse bouffée de fumée odorante parvint aux narines de Dave, qui dut se retenir pour ne pas céder à une violente envie d'éternuer.

— P'pa ! Y a un type qui veut te parler.

Dave tendit l'oreille : une voix grave venait de crier quelque chose en retour. Une voix qu'il lui semblait bien reconnaître. Avec une moue boudeuse, Melaswane rétorqua un ton au-dessus :

— J'sais pas, moi ! Pas la peine de t'énerver ! C'est un certain Dave, je crois. Enfin, un nom comme ça.

Le battant se referma derrière elle, tandis qu'elle pénétrait carrément dans la cuisine. Quelques instants plus tard, Titus en ressortait, vêtu d'un grand tablier de boucher plein de taches sur lequel il s'essuyait les mains.

A peine arrivé dans l'encadrement de la porte, il s'arrêta, l'épaule appuyée sur le côté, dans une posture à la fois nonchalante et incrédule.

— Eh ben ça, alors ! souffla-t-il, les yeux agrandis de surprise. Si je m'attendais…

A cinquante-cinq ans, Titus Birdsong en imposait toujours par sa carrure impressionnante. Un mètre quatre-vingt-dix, les épaules carrées et bien découpées, il possédait des biceps saillants et des mains larges comme des battoirs. Dix ans plus tôt, quand Dave était entré dans la brigade des homicides, Titus faisait déjà figure de légende. Il n'avait qu'un autre collègue noir parmi les vingt-quatre qui composaient la division des inspecteurs. Autant dire que, dans ce bastion du vieux Sud que constituait la police de La Nouvelle-Orléans, il avait été plutôt mal accueilli, au début de sa carrière. Il avait dû subir les sous-entendus racistes et les coups de canif anonymes dans les pneus de sa voiture. Un jour, il avait même retrouvé des crottes de chien dans le tiroir de son bureau. Mais à la longue, à force de sérieux, de persévérance et de résultats exceptionnels, il avait fini par être reconnu comme l'un des meilleurs inspecteurs du département des homicides. Avec le temps, il avait même réussi à vaincre les réticences et les *a priori* de la plupart de ses collaborateurs.

Lorsque Dave était arrivé parmi les forces vives de la police, Titus n'était déjà plus l'inspecteur fougueux et déterminé de ses débuts. Sa passion et son enthousiasme pour son métier appartenaient au passé ; pourtant, Dave n'avait jamais trouvé ennuyeuse la façon prudente et raisonnée dont son partenaire prenait les choses, même pour des enquêtes de premier ordre comme celles qu'ils se voyaient souvent confier. Car si le mordant de Titus s'était émoussé au fur et à mesure que les années passaient, son ego avait suivi le même chemin. Par conséquent, il n'avait pas hésité à transmettre son savoir-faire et son expérience à son jeune collègue. Dave avait énormément appris à ses côtés, pas seulement sur un plan professionnel, mais également sur le plan humain. Il appréciait et respectait son aîné, dont l'efficacité et l'honnêteté profonde n'étaient plus à prouver. Au fur et à mesure qu'ils enquêtaient ensemble, leur relation de travail s'était muée en un lien très fort, et aujourd'hui, Dave se sentait encore coupable d'avoir trahi l'amitié de son ancien partenaire.

Sans rien laisser paraître des sentiments qui l'agitaient, il se dirigea vers le comptoir pour s'installer sur un tabouret quelque peu cabossé.

— Ça fait un bail, pour sûr.

Titus laissa le battant de la porte se refermer derrière lui.

— Alors comme ça, tu disparais sans laisser de trace pendant Dieu sait combien de temps, et tout c'que tu trouves à dire pour ta défense, c'est « ça fait un bail » ? On ne t'a jamais dit que t'étais plutôt gonflé, comme mec ?

— Eh bien, en vérité, ces dernières années ont été assez difficiles pour moi, admit Dave en baissant le nez sur ses mains croisées, comme un écolier pris en faute. Je n'étais pas spécialement d'humeur à voir du monde. Et puis, avec toutes les critiques que tu t'étais déjà pris dans les gencives à cause de moi et de ma foutue manie d'aller fouiller partout… Vu que je démissionnais, je me suis dit qu'il valait mieux que je te fiche la paix et que tu ne subisses pas les répercussions de mon attitude, en plus du reste !

— Ah ouais, vraiment ? lança Titus d'un air ironique. Alors, c'est quoi, ton excuse pour venir me trouver ici, après tout ce temps passé à faire le mort ?

— J'ai un service à te demander, fit Dave sans tourner davantage autour du pot car il savait que Titus préférait qu'on soit direct et franc. J'ai vraiment besoin de ton aide.

Titus inclina la tête d'un air comique.

— Eh ben ça, est-ce que c'est pas le pompon ? J'te demande

un peu ! Tu veux de l'aide, hein ? Pourquoi pas la lune, tant que tu y es ?

Malgré la voix chargée de dédain qu'il avait employée pour s'adresser à Dave, Titus avait laissé une lueur d'intérêt traverser ses yeux verts. Evidemment, son ancien partenaire la repéra illico, et faillit soupirer de soulagement : maintenant que le vieux roublard était ferré, il n'y avait plus qu'à tirer doucement pour l'amener exactement là où il le désirait. La partie était à moitié gagnée !

— Tu as quelques minutes à m'accorder ? Ça ne va pas prendre très longtemps, mais je préférerais t'expliquer tout ça calmement.

— Va donc te chercher une boisson fraîche et viens me raconter la suite en détail à l'extérieur, répondit Titus. Il fait plus frais dehors qu'ici, avec toute la chaleur qui sort de cette foutue cuisine ! Je te rejoins tout de suite : juste le temps de me passer les mains sous l'eau, et j'arrive.

Il disparut de nouveau dans la cuisine, pendant que Dave, obéissant, se dirigeait vers le vieux frigo qui ronronnait juste à côté de la caisse enregistreuse et qui devait bien dater de l'ouverture du restaurant. Il ouvrit la porte, prit un Coca qui lui glaça les doigts, et sortit par le côté du bâtiment.

Après avoir descendu les quelques marches du perron, il se retrouva dans le patio. En fait de patio, c'était plutôt un minuscule bout de terrain recouvert de béton craquelé, que venait ombrager la silhouette touffue d'un unique chêne vert. Le soleil commençait à décliner, et à travers le feuillage du grand arbre, ses rayons déposaient des myriades de gouttelettes d'or roux sur la table de jardin bancale installée à deux pas de la porte. Tout autour, le long de la barrière de bois peint, croissaient des plants de taro dont les grandes feuilles en formes d'oreilles d'éléphant bruissaient dans la brise. Il flottait dans l'air encore chaud de cette fin de journée des arômes de barbecue appétissants et familiers.

Dave se laissa tomber sur une chaise branlante pour attendre son ancien associé et ami, qui réapparut quelques minutes plus tard, des gouttes d'eau encore accrochées à ses cheveux épais et grisonnants, témoins du brin de toilette qu'il avait effectué avant de venir rejoindre Dave. Il avait passé une chemise propre, et Dave nota à quel point le col avait été amidonné. Sacrée Abbie ! Il se rappelait encore les blagues de son collègue à propos de l'effet « camisole de force » que lui procurait invariablement le port des chemises soigneusement traitées par son épouse. Dave s'était toujours demandé si l'image n'aurait pas pu convenir à sa vie de couple en même temps qu'à ses tenues…

Pour l'heure, Titus avait l'air plutôt détendu. Il vint s'asseoir en face de Dave, le regard fixé sur la bouteille de Coca dégoulinante de buée que son vieil ami tenait à la main.

— J'ai aussi des cannettes de bière dans la glacière, si ça te tente.

— Non, merci. Je m'en tiens au soda, ces derniers temps.

Titus cligna des yeux dans la lumière du soleil couchant.

— Et ça marche pour toi ?

— Bof, ça dépend des jours. Il y a des hauts et des bas, fit Dave d'un air fataliste.

— Ça t'ennuie si je prends une bière ?

— Bien sûr que non ! Fais-toi plaisir.

Sans hâte, Titus se leva pour se diriger vers la glacière installée juste au bas des marches menant à l'intérieur du restaurant. La bière brune qu'il extirpa de la glace pilée avait l'air délicieusement fraîche. Lorsqu'il la décapsula, le

« plop » qui s'échappa du goulot sombre envoya comme une bouffée de buée dans l'air moite et tiède.

— J'arrive toujours pas à croire que tu sois là, reprit Titus. J'étais sûr qu'après tout ce chambard, tu servais d'appât aux poissons-chats du golfe.

— Ça, c'est une possibilité qui nous pend au nez ! Enfin, j'ai toujours ma licence de détective privé, et je travaille dans les environs de Morgan City. J'ai aussi des contacts avec deux ou trois avocats qui me confient des missions de surveillance ou d'enquête sur les industriels du secteur. Rien de bien folichon, mais bon, il faut gagner sa croûte d'une façon ou d'une autre.

— Et puis, au moins, tu restes dans le métier, déclara Titus d'un air docte avant d'avaler une grande lampée de bière fraîche.

— C'est exactement ce que je me dis quand je commence à en avoir ras la casquette.

— T'as jamais envisagé de revenir dans la police ?

— Impossible. J'ai brûlé trop de cartouches au moment où je me suis tiré. Je me suis grillé tout seul, en somme.

— Bah, on ne sait jamais ! En ce moment, on est plutôt en sous-effectif, alors les patrons ne sont pas trop regardants. Du moment qu'on est motivé… Si tu trouvais quelqu'un de confiance pour te recommander, ça pourrait marcher. Qui sait ?

— C'est sympa, mais je ne vois qu'une personne susceptible de faire ça : c'est toi. Et je ne voudrais surtout pas te mettre dans une position que tu pourrais regretter par la suite. D'ailleurs, je ne suis pas venu te trouver pour parler de ma réintégration dans la police : ce que je veux, c'est qu'on discute de l'affaire Nina Losier. J'ai entendu dire que l'enquête piétinait et que son père, Graydon Losier, cherchait à engager un détective privé.

Titus envoya d'une pichenette la capsule de sa cannette rejoindre le reste des ordures dans la poubelle placée de l'autre côté des marches du perron.

— Et qui t'a dit ça ?

— Là n'est pas la question. Je te répète ce que j'ai entendu, c'est tout. Enfin, bref, je me pointe à La Nouvelle-Orléans en me disant que je tiens peut-être là un job un peu plus intéressant, et qu'est-ce que j'apprends ? Que la police municipale serait à deux doigts de coincer un type du nom de Jimmy Caisson pour le meurtre de Nina. Tu comprends que je sois un peu perplexe !

— Si tu veux mon avis, on dirait bien que quelqu'un se paye ta tête, mon garçon. C'est qui, au juste, ton informateur ? Parce qu'il faudrait peut-être revoir son cas !

— Angelette Lapierre. C'est elle qui m'a aiguillé sur l'affaire Losier.

La bouteille de bière que Titus tenait à la main s'arrêta à mi-chemin entre la table et sa bouche, avant qu'il ne la repose avec un bruit sourd sur le plateau à la peinture écaillée.

— Oh, bon sang de bois ! Par pitié, ne me dis pas que tu es encore allé te fourrer dans je ne sais quel bordel de merde à cause de cette saleté d'Angelette ! Enfin, Dave, qu'est-ce que t'as dans le crâne ? T'es devenu complètement idiot ou quoi ? Tu ne crois pas que cette bonne femme t'a déjà causé assez d'ennuis comme ça ?

— Ce serait trop facile de la rendre entièrement responsable de mes problèmes, Titus. Ce n'est pas comme si elle m'avait collé un flingue sur la tempe pour m'obliger à coucher avec elle, tout de même !

— Ouais, enfin, on n'était pas bien loin de ce scénario,

grommela Titus. Tu n'es qu'un homme, après tout, et Angelette Lapierre est pire qu'une chienne en chaleur quand elle s'y met. J'connais pas beaucoup de gars qui seraient capables de résister à ses tentatives de séduction.

— Peut-être, mais ça n'excuse pas ma conduite pour autant. J'ai commis une énorme erreur, et maintenant, j'en subis les conséquences. Ce n'est que justice, en fin de compte. Mais avec Angelette, c'est terminé.

— Vraiment ? Pourtant, vous êtes encore suffisamment proches pour qu'elle te file des faux tuyaux !

— Je t'assure que c'est fini entre nous, dit Dave en passant machinalement son doigt sur la cicatrice qui lui barrait le sourcil gauche. Je ne l'avais même pas revue depuis mon installation à Morgan City. C'est elle qui m'a appelé l'autre jour pour qu'on se retrouve au bar de la Cité du Croissant, dans la rue Bourbon.

— Là où bosse Jubal Roach ? fit Titus avec une expression qui fit sourire Dave malgré lui.

— Précisément. Mais ne prends pas cet air paniqué : Jubal s'est montré tout à fait courtois, même si tu n'étais pas là pour surveiller mes arrières.

— Mouais… peut-être qu'il s'est adouci avec l'âge, fit Titus d'un air perplexe.

— Ou peut-être que c'est moi qui me suis un peu assagi, conclut Dave. Bref, c'est dans son bar qu'Angelette m'avait donné rendez-vous. Elle m'a raconté que Graydon Losier n'était pas satisfait de la progression de l'enquête et qu'il cherchait à engager un privé pour faire accélérer les choses. Elle m'a même dit qu'elle lui avait glissé mon nom en passant.

— Et tu l'as crue, hein ? Bon sang de bonsoir, mais quand est-ce que tu vas réfléchir deux secondes avant d'agir, mon gars ? Graydon Losier a plus d'influence sur Baton Rouge que le Seigneur Jésus lui-même, c'est te dire s'il a besoin d'un petit détective privé ! Il n'aurait qu'un coup de fil à passer pour faire mettre une pression d'enfer aux flics qui s'occupent de l'affaire… Elle t'a raconté n'importe quoi, cette satanée bonne femme !

— C'est à peu près ce que je me suis dit, reprit Dave avec calme. Mais ce qui m'intrigue, c'est la démarche d'Angelette : elle a tellement insisté pour qu'on se voie à ce sujet…

— Avec elle, on ne sait jamais trop à quoi s'en tenir, rétorqua Titus en haussant les épaules. Peut-être qu'elle cherchait juste un prétexte pour te revoir ?

— Je ne crois pas, non. A mon avis, elle a d'autres projets en tête. Mais lesquels ? Ça, c'est un mystère, et c'est bien ce qui me tracasse.

Dave observa une pause, les yeux fixés sur deux petites empreintes de mains dans un coin de la dalle de béton tachetée de soleil.

— Titus, est-ce que tu te rappelles l'affaire Renée Savaria ?

— Assez bien pour que je n'apprécie pas trop la direction que prend cette conversation, grommela le policier.

— Angelette m'a suggéré une connexion possible entre le meurtre de Renée Savaria et celui de Nina Losier. Elle semblait trouver que la police n'en tenait pas suffisamment compte, et…

— Mais tu es aveugle ou quoi ? l'interrompit Titus en secouant la tête avec accablement. Elle se fout de toi, Dave ! Elle te mène en bateau, comme toujours. Elle fait exprès de remuer des eaux troubles en te resservant le désastre du cas Savaria, et ça marche, en plus ! Regarde-toi : tu ne vaux pas mieux qu'une abrutie de perche du Mississippi devant un appât frétillant. Un vrai naïf ! Si tu veux éviter de gros ennuis, tu ferais mieux de bouger tes fesses et de décaniller d'ici en quatrième vitesse, tu m'entends ? Laisse tomber cette histoire sans queue ni tête. Et fais-moi plaisir : oublie cette saleté d'Angelette Lapierre, d'accord ?

— J'aimerais bien, mais ce n'est pas si simple.

— Avec toi, c'est jamais simple ! répliqua Titus en soupirant.

Le ton qu'il avait employé ne plut guère à Dave. Pourtant, il se retint de lui répondre vertement. Inutile de se fâcher avec son ancien coéquipier, d'autant qu'il ne songeait sûrement pas à mal en lui prodiguant des conseils sincères.

— J'ai parlé à JoJo Barone, tout à l'heure, fit Dave d'une voix égale. Il m'a révélé quelque chose d'important, et c'est en grande partie pour ça que je ne me sens pas le droit d'abandonner maintenant.

Titus recula sa chaise de la table, comme pour mieux juger de ce que Dave allait lui annoncer.

— Si tu veux mon avis, dit-il, JoJo Barone n'est qu'un sac à merde immonde qui vendrait sa mère si ça lui permettait de sauver sa peau. Alors, tu m'excuseras, mais je ne le considère pas comme un témoin fiable.

— Tu sais qu'il a un cancer des poumons ?

— Je me doutais bien qu'il avait un truc grave. Ces derniers temps, il ressemblait à un mort-vivant... Cela dit, c'est pas parce qu'il est malade qu'on va commencer à le plaindre. Ce type est un vrai dégueulasse, et je serais toi, je ne m'apitoierais pas trop sur son sort. Tu n'as qu'à t'imaginer deux secondes que c'était ta propre fille qui se retrouvait à faire le tapin pour lui dans le « salon privé » de son trou à rats, rue Bourbon !

A ces mots, Dave tressaillit, puis détourna les yeux.

— Et merde ! bougonna Titus. J'suis désolé, mon gars.

— C'est vraiment pas la peine, fit Dave à mi-voix.

— Si, je suis impardonnable. Je suis vraiment le dernier des crétins de t'avoir parlé comme ça. Je ne voulais pas te rappeler…

— Laisse tomber, Titus. En plus, tu as raison à propos de JoJo : c'est un salopard de la pire espèce. Mais il est mourant, et je pense sérieusement que cette fois, il m'a dit la vérité. Il n'a plus rien à perdre, alors… Titus, c'est très grave, ce qu'il m'a avoué : ce serait un flic qui aurait tué Renée Savaria.

Titus scruta les environs, comme pour vérifier que personne ne les espionnait, avant de reporter sur Dave un regard anxieux.

— Tu as dit quelque chose ? Moi, je n'ai rien entendu.

— Enfin, Titus…

— Je ne plaisante pas, gamin. Ne m'entraîne pas dans ce merdier, s'il te plaît : je suis trop vieux pour ce genre d'histoire. Si tu veux absolument croire un fumier du genre de JoJo Barone, c'est ton problème, pas le mien. Je refuse d'être mêlé à ça.

— C'est trop tard, Titus, rétorqua Dave avec fermeté. Toi et moi, nous étions chargés d'élucider l'affaire Savaria, et nous avons jeté l'éponge. En ce qui me concerne, je sais bien pourquoi : je ne pouvais pas continuer après la disparition de Ruby. Mais toi, hein ? Qu'est-ce que tu as fait pour que justice soit rendue ? Qu'est-ce qui est arrivé au dossier de Renée, après ma démission ? Tu l'as planqué sous une grosse pile de paperasse et basta ! C'est bien ça ?

Un éclair de colère traversa les yeux verts de Titus.

— T'es sûr que t'as vraiment envie de balancer des accusations comme ça, petit ? Parce que si ça t'amuse tant que ça, pas de problème : moi aussi, je peux t'en envoyer en pleine figure, et pas qu'un peu !

— J'ai foiré lamentablement, admit Dave sans hésitation. Je le reconnais, tu vois ? Ça m'a pris pas mal de temps, mais je suis finalement revenu à de meilleurs sentiments, et j'ai retrouvé une vie à peu près normale. C'est pour ça qu'aujourd'hui, j'essaie de réparer les torts que j'ai pu causer et qui me bouffent de remords depuis tout ce temps. Et puis, il y a plus que ma conscience personnelle en jeu : la famille de cette pauvre fille a le droit d'apprendre la vérité sur sa mort. Il faut que justice soit faite, Titus. On leur doit bien ça, à ces gens.

— Ce dont ils ont besoin, c'est qu'on leur foute la paix une fois pour toutes !

Le visage sombre, Dave lâcha alors ce qu'il considérait comme une véritable bombe :

— Renée Savaria a été zigouillée par un flic du nom de Clive Nettle, à l'issue d'une *soirée privée*.

Titus recommença à secouer la tête en signe de désapprobation. Mais Dave ne s'arrêta pas en si bon chemin : maintenant qu'il avait commencé, il fallait que ça sorte.

— Il y avait d'autres flics à cette fameuse soirée, et ils sont complices : ils l'ont aidé à maquiller le meurtre. Quant à moi, je n'ai pas tellement de quoi me vanter. J'ai ma part de responsabilité dans cette affaire : j'ai détruit la seule preuve qui aurait pu envoyer ce salopard en taule. Je lui ai ouvert l'issue de secours, en somme.

— Arrête, Dave ! Pas la peine de te lancer dans une confession douloureuse.

— Si, il le faut. Nous étions coéquipiers, à l'époque. J'aurais dû te dire dès le départ ce que je comptais faire du journal intime de Renée Savaria.

Titus posa ses grandes mains à plat sur la table. Comme toujours, Dave fut impressionné par la taille de ses doigts à la peau usée par des années de labeur et aux ongles taillés si court qu'ils semblaient ridiculement petits par rapport au reste du personnage.

— Je te répète que ce n'est pas la peine de te lancer dans une confession, pour la bonne et simple raison que je suis déjà au courant de ce que tu as fait.

Abasourdi, Dave le regarda avec de grands yeux.

— Comme tu viens de me le rappeler, nous étions coéquipiers, reprit Titus. Je te connaissais par cœur, à cette époque.

— Mais… mais tu n'avais même pas jeté un coup d'œil à ce fichu journal ! bredouilla Dave. Ça ne t'intéressait pas, tu me l'avais dit et redit : tu pensais que ça ne nous mènerait à rien !

— Peut-être, mais toi, tu étais persuadé du contraire. Et quand tu t'es mis à ressembler à un condamné à mort, je me suis dit qu'il devait bien y avoir une raison à ça.

— Pourquoi tu ne m'as rien dit ?

— Tu étais un excellent flic, Dave. Intègre et, pour l'essentiel, respectueux des règles. Je t'ai toujours beaucoup apprécié à cause de ça. Pour que tu t'aventures à toucher à des preuves-clés, je savais qu'il devait y avoir un truc grave derrière.

Dave regarda ses propres mains, crispées sur la table. Lui aussi avait les ongles ultra court, mais au lieu d'être proprement coupés, ils étaient tout rongés au bout, signe immanquable du stress qui ne le quittait pas.

— Ils m'ont dit qu'ils avaient Ruby, marmonna-t-il d'une voix quasi inaudible.

— Je me doutais bien que c'était une horreur de ce genre. Qu'est-ce qui s'est passé exactement ?

— Peu de temps après la disparition de la petite, j'ai reçu

des coups de fil d'un type qui se prétendait son kidnappeur. Il m'a dit que si je ne détruisais pas la dernière page du journal de Renée, il tuerait ma fille. Alors, j'ai obéi, comme un idiot : j'ai brûlé la preuve, comme il le réclamait. Parce que je voulais croire de toutes mes forces que Ruby était encore en vie et que, si je suivais les instructions de ce type, il la relâcherait sans lui faire de mal. J'avais tellement peur pour ma fille, je voulais tellement la sauver… que j'ai désobéi aux règles les plus élémentaires de la police.

— Ne t'accable pas comme ça ! dit Titus d'une voix radoucie. Tu essayais coûte que coûte de sauver ta fille, et ça, on ne peut pas te le reprocher. N'importe quel père digne de ce nom en aurait fait autant.

— Peut-être. Mais je n'étais pas seulement un père désespéré : j'étais aussi et surtout un flic. J'aurais dû savoir que c'était un coup monté et rien de plus, au lieu de m'emballer bêtement.

— Tu n'étais plus toi-même, depuis l'enlèvement de ta fille. C'est la faute du chagrin et de l'inquiétude, pas la tienne, mon garçon.

— Non, je n'ai aucune excuse, Titus, rétorqua Dave avec fermeté. Dès l'instant où j'ai compris qu'ils m'avaient menti, j'aurais dû avouer ce que j'avais fait. Il n'était pas encore trop tard : je connaissais le contenu de cette page par cœur. On aurait pu faire pression sur JoJo Barone, et…

— Ça sert à rien de pleurer sur le lait renversé, le coupa gentiment Titus. De toute façon, à cette époque, on ne pouvait rien faire contre lui, tu le sais parfaitement. On n'avait aucun motif pour le questionner ou l'arrêter. Sans influence, autant dire que toute tentative pour le faire parler aurait été vouée à l'échec. Il était plus fort que nous… Alors, arrête de ressasser cette histoire, Dave ; tu n'es pas objectif sur ce coup-là. Tu t'es trop repassé ce film dans ta tête pour avoir vraiment les idées claires sur la situation à ce moment-là. Sans la coopération pleine et entière de JoJo, le journal intime de Renée valait des cacahuètes, point final. Et les coupables le savaient parfaitement. Des initiales et une adresse ? La belle affaire ! Il n'y avait rien de vraiment dangereux là-dedans… Non, ce qu'ils savaient, les salauds qui avaient liquidé Renée, c'était que toi, tu risquais de leur poser problème. Ils avaient compris que tu ne t'arrêterais pas de creuser avant de les avoir démasqués. C'est pour ça qu'ils t'ont fait ce chantage dégueulasse : parce qu'il fallait coûte que coûte qu'ils te mettent hors circuit. Et ils ont réussi : ils t'ont forcé à devenir un ripou. Quand tu as détruit cette preuve, ta crédibilité est partie en fumée avec le bout de papier brûlé. Du coup, ils savaient que, même si tu faisais d'autres découvertes susceptibles de les inquiéter, tu ne serais pas pris au sérieux. Ta réputation était foutue, et ça les arrangeait bien.

Un ripou. Même après tout ce temps, le mot blessait Dave au plus profond de lui-même. Il détourna les yeux, écrasé par le poids de la honte et du remords.

— Je ne peux pas revenir sur ce que j'ai fait, conclut-il d'un air sombre. La seule issue honorable qu'il me reste, c'est d'essayer de réparer les conséquences ma faute. Mais je n'y arriverai pas sans ton aide, mon vieux.

Titus garda le silence quelques instants.

— Je suis à dix petits mois de la fin de ma carrière, Dave. Ça va bientôt faire trente ans que je bosse dans la brigade, et je ne me vois pas risquer de bousiller toutes ces années d'effort, alors que je vois enfin le bout du tunnel. Tu te rends compte de ce que tu me demandes, au moins ? Tu voudrais que je m'implique à fond dans une histoire qui pourrait me coûter ma retraite ! C'est tout ce qu'on a pour vieillir dignement,

Addie et moi. Quand on est nés, on faisait partie des plus pauvres, pas tellement mieux considérés que la crasse dans les rues. Il n'est pas question qu'on meure dans les mêmes conditions, tu m'entends ?

— Je te jure sur ce que tu veux que ton nom ne sera même pas évoqué dans cette affaire, fit Dave d'un ton presque suppliant. Tout ce que je te demande, c'est de m'aider pour la partie surveillance, c'est tout. Dès que j'aurai commencé à faire des remous dans les contacts que j'ai, les rats chercheront à quitter le navire. Voilà pourquoi je voudrais que tu gardes un œil sur les agissements de Nettle. Il faudrait que tu me tiennes au courant de ses déplacements et de qui il voit. Rien d'autre, c'est promis.

Le regard de Titus fit un rapide tour d'horizon, comme pour vérifier qu'ils étaient bien seuls. Puis il répondit d'une voix assourdie :

— Tu savais très bien que j'accepterais, espèce de tête de mule ! C'est pour ça que tu es venu. Et n'essaye pas de prétendre le contraire ! Bref, je ne vais pas te faire poireauter davantage. Mais avant qu'on ne se lance dans cette aventure, je veux que tu m'avoues les vrais motifs qui te poussent à remettre le nez dans l'affaire Savaria. En même temps, ça te permettra d'être enfin honnête avec toi-même, et ça ne te fera pas de mal. D'accord, tes grandes phrases sur la justice et la paix pour la famille de la victime, ça en jette, et c'est sûrement vrai, au moins en partie. Mais ce n'est pas pour ça que tu repars en guerre, n'est-ce pas ? Tu as perdu ta fille unique ; ensuite, ta femme t'a quitté. Ça fait beaucoup pour un seul homme, et si on ajoute à ça la culpabilité liée à ce foutu journal… Pendant sept ans, tu as cherché à anesthésier la douleur à coups de Jack Daniel's. Mais maintenant que tu ne bois plus, je suppose que les regrets et le remords sont remontés à la surface et qu'ils menacent de d'étouffer.

D'un regard qui ne cillait pas, il sonda les yeux tristes de son ancien coéquipier avant d'ajouter :

— Tout le monde finit par payer les pots cassés, Dave. Toi, tout ce que tu as réussi à faire, c'est reculer le moment fatidique. Tu crois que si tu arrives à coincer le meurtrier de Renée Savaria et à rendre un peu de paix à sa famille, tu auras moins de mal à supporter la perte de ta propre fille, hein ? Mais ça ne marche pas comme ça, mon gars, désolé. Rien de ce que tu pourras faire ne t'aidera. C'est terrible, je sais, mais c'est comme ça.

Une fois de plus, le regard de Dave fut attiré par les deux traces de mains dans le sol en béton. La première fois qu'il était venu au restaurant, Titus lui avait raconté que ces petites empreintes avaient été laissées par Melaswane, pendant les travaux d'aménagement du patio. Aujourd'hui, l'image que Dave avait gardée de la fille cadette de son collègue ne collait plus du tout avec la vision de la ravissante adolescente féminine et sexy qui l'avait accueilli à son arrivée.

Ruby aurait eu quatorze ans. Elle aussi se serait sûrement transformée en une jolie jeune fille. Mais Dave ne l'accompagnerait jamais pour ce tournant décisif. Jamais il ne la verrait tomber amoureuse, jamais il ne lui prendrait le bras pour la conduire à l'autel, le jour de son mariage. Jamais il ne tiendrait dans ses bras les petits-enfants qu'elle aurait pu leur donner, à lui et à Claire… Brusquement, il réalisa l'ampleur de ce qu'il avait perdu en se voyant arracher sa fille unique. D'un seul coup, il fut submergé de désespoir en songeant à tous les instants de bonheur qu'il ne connaîtrait jamais, et dont le manque cruel effaçait presque le souvenir des jours heureux qu'il avait eu la chance de vivre avec sa famille.

Il reporta son regard vers Titus qui le contemplait avec un sourire triste, presque contrit.

— Je suis content que tu sois passé me voir, Dave, reprit son aîné d'une voix un peu enrouée par l'émotion. Je pensais à toi, l'autre soir, et je me demandais si on allait se revoir un jour. Mais pour être franc, te savoir de retour ici, à La Nouvelle-Orléans, ça me donne un peu l'impression d'avoir une grosse bombe à retardement suspendue au-dessus de la tête.

Il était encore trop tôt pour se présenter à l'hôtel Monteleone. Ne sachant comment tuer le temps, Dave erra sans but dans les rues du Quartier Français. Depuis sa conversation avec Titus, une sourde appréhension le taraudait. Pourquoi ? Il n'aurait su le dire avec exactitude, mais toujours est-il qu'il ne se sentait pas vraiment à l'aise. Dans le crépuscule qui prenait lentement possession de la ville, la musique et les rires qui s'échappaient des bars et des clubs plus ou moins mal famés du Vieux Carré prenaient des accents d'appels maléfiques, comme si une armée de sirènes tentatrices s'était mise en devoir de l'attirer dans ses filets. Il savait à quel point leurs charmes étaient dangereux pour lui, et il préféra s'y soustraire au plus vite. Pas question de céder, alors qu'il se tenait à carreaux depuis si longtemps.

D'un pas nerveux, il remonta la rue Saint Peters jusqu'à la place où il s'assit sur un banc pour regarder les artistes de rue remballer leur matériel de peinture et plier leurs chevalets pour la nuit. La foule de touristes qui envahissait les lieux pendant la plus grande partie de la journée s'était un peu clairsemée, et Dave n'avait pas eu trop de mal à trouver un coin de parc pour lui tout seul. L'air du soir tombant s'était agréablement rafraîchi par rapport à la fournaise de la pleine journée. Dans la brise tiède qui traversait les frondaisons flottait un parfum indéfinissable incitant à la rêverie. L'horizon virait lentement du rose tendre au gris pâle, et une bouffée de vent marin vint caresser presque amoureusement les cheveux de Dave.

Il resta longtemps assis sur son banc, à essayer de réorganiser proprement le cours de ses pensées. En vain : son esprit était trop perturbé par les multiples assauts auxquels il était soumis depuis qu'il avait remis les pieds à La Nouvelle-Orléans. Il se sentait à la fois épuisé et déprimé. Une de ces humeurs propices à la rumination qui lui avaient toujours valu les pires ennuis quand il s'y laissait aller.

Il aurait bien voulu faire porter le chapeau à Angelette pour tous ses ennuis, comme l'avait fait Titus, quelques instants auparavant. Mais à la vérité, son pire ennemi, c'était lui et personne d'autre. Il avait commencé à mal tourner bien avant de rencontrer Angelette Lapierre, même si la présence de cette femme n'avait rien fait pour arranger les choses.

Lorsque Dave avait à peine quinze ans, son père, à l'issue d'une de ses multiples cuites qui pouvaient durer plusieurs jours d'affilée, avait fini par se précipiter au volant de sa voiture par-dessus le pont de l'Atchafayla Basin. Depuis le drame, Dave avait manifesté une tendance très nette à l'autodestruction. Juste après l'enterrement, il s'était embarqué avec l'un de ses copains dans une tournée des bars tellement arrosée qu'il lui arrivait encore d'en avoir mal au crâne, rétrospectivement. Bizarre, comme réaction, étant donné qu'il n'avait pas ressenti de peine particulière à l'annonce du décès de son paternel qui lui avait toujours fait l'effet d'un étranger.

En tout cas, après avoir avalé une quantité impressionnante de bière et de whisky, il avait découvert qu'il s'en foutait pas mal de la mort de son père, et du reste aussi. Les études, le boulot, tout ça lui était complètement égal. Quant à sa mère, dont la conduite dépassait les bornes, il s'en moquait tout autant. Après quelques semaines passées à dégouliner de sanglots hystériques comme si on lui avait arraché une part vitale d'elle-même, elle avait dépensé la majeure partie de leur assurance-vie dans une nouvelle garde-robe assortie d'une Cadillac d'occasion dans laquelle montait chaque soir pour se rendre dans un bastringue minable tout près de l'aéroport.

Au début, elle mettait un point d'honneur à présenter ses conquêtes à son fils. Jusqu'au jour où Dave avait collé son poing dans la figure d'un de ces types. A partir de là, il avait pris l'habitude d'aller dormir de temps à autre chez Marsilius, et le reste du temps, il passait toute la nuit dehors à se soûler et à se castagner avec n'importe qui sous des prétextes fallacieux. Il suffisait qu'on le regarde de travers pour qu'il cherche la bagarre.

Et puis, Claire était entrée dans sa vie. Ils habitaient le même quartier depuis toujours, et quand ils étaient gosses, ils s'entendaient comme larrons en foire. Mais en grandissant, Dave avait commencé à prendre ses distances. Claire était le genre de fille à avoir une cour empressée autour d'elle, et il la considérait comme hors d'atteinte pour un raté de son espèce.

Jusqu'à ce qu'une nuit, il s'arrête pour commander un hamburger et une portion de frites au fast-food où elle travaillait à mi-temps. Lorsqu'il avait levé les yeux de la carte qu'on lui avait tendue, il s'était retrouvé nez à nez avec elle, et elle lui avait adressé un sourire éblouissant. Irrésistible. Une véritable invitation au bonheur qu'il avait acceptée sans hésiter.

Epouser Claire avait constitué le plus merveilleux moment de sa vie tourmentée. Grâce à elle, il avait radicalement changé. Les semaines, les saisons, les années s'étaient écoulées paisiblement, sans heurt ni cahot, jusqu'à ce qu'il soit insidieusement repris par les vieilles habitudes malsaines dont il croyait s'être débarrassé pour de bon. Cela avait commencé par une bière de temps en temps, puis deux ou trois verres pour se détendre à la fin de sa journée de travail, juste histoire de décompresser avant de rentrer retrouver sa famille. Rien de bien méchant — rien qu'il ne contrôle parfaitement. Mais après l'enlèvement de Ruby, il avait replongé plus bas encore que lors de ses années difficiles. Il gardait même une bouteille de whisky dans un tiroir de son bureau, au poste de police.

Après sa démission, la descente aux enfers s'était accélérée. Il commençait à boire dès qu'il se levait, et ne s'arrêtait que tard après le coucher du soleil. Il lui arrivait fréquemment de prendre son pistolet d'une main tremblante pour aller chercher sa fille en plein milieu de la nuit. Ombre massive et titubante parmi les autres ombres nocturnes, il allait frapper à toutes les portes du voisinage, hurlant des accusations sans suite et des insultes au visage de gens qu'il connaissait depuis des années, les menaçant de les dénoncer à la police s'ils ne lui avouaient pas où ils avaient caché Ruby. Au début, les voisins l'avaient pris en pitié. Son désespoir faisait peine à voir, et ils s'étaient montrés patients et compréhensifs. Mais au bout de quelque temps, ils avaient commencé à trouver ses descentes nocturnes exagérées et impardonnables. Plusieurs fois, ils avaient été obligés d'appeler la police. Tout le monde connaissait plus ou moins la triste histoire de Dave, si bien que les officiers en faction dans le quartier n'emmenaient jamais leur ancien collègue au poste, malgré la façon dont il harcelait son entourage, et son état d'ébriété avancée. Au lieu de le mettre dans une cellule de dégrisement, ils le ramenaient chez lui et, la plupart du temps, donnaient un coup de main à Claire pour le mettre au lit.

Le lendemain, dès que Dave ouvrait les yeux, il se trouvait repris par le même engrenage infernal auquel il n'avait ni la force ni l'envie de résister. Jusqu'à ce qu'un jour, Claire ne puisse plus supporter l'épreuve quotidienne à laquelle il la soumettait. Un matin, il avait trouvé un petit mot près du sucrier : Claire lui annonçait qu'elle allait s'installer chez sa grand-mère et qu'elle lui demandait de se trouver un autre endroit pour vivre, parce que tout était terminé entre eux.

Il n'avait pas attendu la fin de la journée pour faire ses bagages et quitter la maison où il avait été si heureux avec son épouse et leur fille. Claire et lui ne s'étaient plus revus, sauf pour signer les papiers du divorce. Lorsqu'ils s'étaient retrouvés face à face, il n'avait su que dire. Pourtant, il aurait voulu lui faire comprendre combien il regrettait la peine et l'humiliation qu'il lui avait fait subir. Mais il n'avait pas trouvé les mots pour exprimer le déchirement qu'il ressentait à voir leur vie commune s'écrouler par sa faute. Il avait donc gardé le silence, évitant soigneusement de poser les yeux sur elle. Et quand leurs regards s'étaient enfin croisés, vers la fin de l'entrevue, il s'était retranché derrière un sourire énigmatique et un haussement d'épaules fataliste, refusant de se laisser attendrir par les larmes qu'il voyait briller au coin des paupières de l'unique amour de sa vie.

Après, elle lui avait confié la raison de sa décision : si elle l'avait quitté, c'était parce qu'elle ne pouvait plus supporter de devoir rester là, impuissante, à attendre qu'il touche le fond. Sur le moment, Dave s'était fait la réflexion que c'était une drôle d'excuse pour justifier ce qu'il considérait comme une désertion. Il pensait sincèrement qu'il ne tomberait pas plus bas, et pour cause : le fond, il l'avait déjà atteint. Il ne pouvait donc que remonter vers la surface, et Claire l'abandonnait au moment précis où il avait le plus besoin d'elle. Du moins, c'était ce qu'il croyait.

Mais la suite des événements avait montré que la jeune femme le connaissait mieux qu'il ne se connaissait lui-même. Après le divorce, il avait oscillé entre des périodes d'abstinence et des beuveries suicidaires qui pouvaient durer des semaines. Dans ces moments-là, il perdait complètement la notion du temps ; les jours s'enchaînaient sans qu'il en ait conscience, tant son cerveau était noyé dans les vapeurs de l'alcool. Il lui arrivait souvent de se réveiller dans un endroit qu'il ne reconnaissait pas, trempé de sueur, un goût âcre dans la bouche, puant l'alcool à plein nez, incapable de se rappeler ce qu'il avait bien pu faire pour se retrouver là, dans cet état. Quand il sortait de ces cuites monumentales, il se jurait que c'était la dernière fois. Mais très vite, il replongeait, atteignant des profondeurs abyssales de décadence et de misère.

Pour finir, c'était Marsilius qui avait pris les choses en main. Ecœuré de voir son seul neveu se détruire de cette façon, il l'avait traîné de force à une réunion des Alcooliques Anonymes. Ce jour-là, Dave avait découvert, à sa grande surprise, que son oncle était un familier de ce genre d'endroit, parce que lui-même était un ancien ivrogne. Les Creasy avaient donc l'alcool dans le sang… Aux dires de Marsilius, il n'y avait qu'une seule manière de s'en sortir : c'était d'accepter l'aide qu'on vous proposait. Lui-même aurait plongé aussi profond que son neveu s'il n'avait pas saisi la main qu'on lui tendait, des années auparavant. Et aujourd'hui, il considérait que c'était son tour d'aider Dave, parce que ça le désolait de voir un membre de sa famille céder au vice constitutif qui les hantait depuis des générations.

Grâce au soutien constant de son oncle, Dave n'avait pas

touché à une seule goutte d'alcool depuis huit mois, jour pour jour. Et il se sentait plus assuré qu'il ne l'avait jamais été face aux tentations permanentes. Mais ce soir, dans l'odeur entêtante des magnolias qui lui rappelait tant de souvenirs, les échos d'une trompette jazzy portés par la brise nocturne semblaient lui susurrer à l'oreille que rien n'était jamais gagné, et qu'il remettait le cap vers des eaux troubles où il risquait fort de se perdre. Définitivement, cette fois.

15.

La température s'était largement radoucie avec la tombée du jour ; la salle de bal de l'hôtel Monteleone avait donc ouvert toutes grandes ses portes-fenêtres pour permettre à la foule déjà compacte qui se pressait à l'intérieur de goûter à la brise rafraîchissante. Les nantis qui avaient investi les lieux pour appuyer la réélection du procureur de la paroisse d'Orléans formaient une assemblée pour le moins composite : dans les salons richement décorés du bâtiment historique se mêlaient représentants de la vieille noblesse néo-orléanaise, politicards aux dents longues et hommes ou femmes d'influence attirés par l'appât du gain et le pouvoir — une nouvelle classe sociale qui avait envahi la cité meurtrie après le passage dévastateur de l'ouragan.

Un groupe de musique cajun, installé sous un dais à un bout de la salle de bal, déversait les accents rythmés d'airs typiquement louisianais, pendant que les serveurs en veste blanche effectuaient un ballet impeccable au milieu de la foule d'invités, proposant coupes de champagne et hors-d'œuvre délicats avec une discrétion exemplaire. C'était une soirée formelle mais sans excès ; la plupart des hommes étaient en costume cravate, mais certains arboraient des tenues moins habillées. Tant mieux, songea Dave : au moins, il n'attirerait pas l'attention en se présentant simplement vêtu d'un blazer et d'un pantalon de toile.

Il n'était pas particulièrement fan de ce genre de soirées. La socialisation à tout crin, ce n'était pas du tout son style. Mais dans l'assemblée qui se pressait à l'hôtel Monteleone, il y avait un certain nombre de têtes familières, ce qui le rasséréna un peu. Ayant vécu à La Nouvelle-Orléans pendant la plus grande partie de son existence, il reconnaissait sans mal les politiciens locaux, plus quelques membres de la vieille garde qui possédaient une influence non négligeable dans le milieu des affaires et s'en servaient pour conclure des accords en faveur de tel ou tel candidat depuis des décennies. La politique en Louisiane avait toujours représenté un sujet sérieux, et la passion que les gens déployaient à s'y engager dépassait les frontières sociales ou économiques. Dave se rappelait encore que son père s'efforçait de rester sobre au moment des élections, afin de pouvoir aller mettre son bulletin dans l'urne. En général, il votait en faveur des gens déjà installés au pouvoir. Comme la plupart des Louisianais, il n'était pas particulièrement favorable au changement.

Ce soir, l'ambiance qui régnait parmi les sympathisants du procureur était visiblement à l'euphorie. L'orchestre jouait une version endiablée de *Poor Man's Two-Step*, et une bannière tendue à l'entrée du salon de danse proclamait « *Laissez les bons temps rouler*[1] ». Dans la liesse générale, personne ne paraissait très préoccupé par le souvenir de la corruption passée ni par l'avenir incertain de la ville qui se trouvait désormais sous la menace perpétuelle d'une nouvelle catastrophe naturelle plus meurtrière encore que Katrina.

Non, ce soir-là, c'était la fête qui primait. Une nouvelle

1. En français dans le texte (*NdT*).

étoile issue de l'une des plus vieilles dynasties politiques de La Nouvelle-Orléans était en plein essor, et son rayonnement tout neuf avait attiré tous ces gens avides de profiter de sa gloire. Lee Elliot possédait tous les atouts pour gagner : un charisme exceptionnel, un physique avantageux, une galanterie qui lui valait les faveurs d'à peu près tous ceux qu'il croisait et, ce qui ne gâtait rien, des appuis financiers suffisamment importants pour qu'il n'ait pas besoin d'aller mendier des subventions à droite et à gauche. Les contributions volontaires à sa campagne arrivaient comme s'il en pleuvait.

Ce qui ramena Dave au détail qui le chiffonnait depuis le départ : comment Angelette avait-elle pu se lier à un personnage tellement en vue ? Il était tout simplement impensable qu'un homme comme Elliot, qui aspirait à une ascension fulgurante, aille se compromettre avec une femme au passé aussi encombrant. La mère d'Angelette était décédée quand elle n'était encore qu'une gamine. A dix ans, elle s'était retrouvée sous la coupe d'une tante peu recommandable qui l'avait prostituée. Etait-ce la raison pour laquelle Angelette acceptait sans se faire prier les dessous-de-table et les pots-de-vin, même au cours d'enquêtes de premier ordre ? Quand on faisait une faveur à quelqu'un, il était normal d'en tirer un petit quelque chose en retour. C'était ainsi que l'Amérique fonctionnait, avait coutume de répéter Angelette. Ou, du moins, c'était ainsi que les choses se passaient à La Nouvelle-Orléans.

Dave promena une énième fois son regard sur la foule compacte, à la recherche de la jeune femme. Il était là depuis près d'une heure, mais malgré ses efforts, il n'était pas parvenu à repérer Angelette. Pourtant, avec son épaisse chevelure de jais, ses formes sculpturales et son goût pour les entrées fracassantes, elle ne passait pas inaperçue ! Conclusion : s'il ne la voyait pas, c'était vraisemblablement qu'elle n'était pas encore arrivée. Ou qu'elle lui avait menti d'un bout à l'autre et qu'elle ne comptait pas se montrer, ajouta Dave mentalement, un peu énervé par cette perspective.

Il décida brusquement qu'il était temps pour lui de s'en aller. Il venait de tourner les talons quand un mouvement dans la foule des invités lui fit faire volte-face. Presque aussitôt, son cœur manqua un battement. Le souffle court comme s'il venait de prendre un uppercut en pleine poitrine, il eut l'impression que la pièce devenait complètement silencieuse. Il se demanda un instant s'il n'était pas en train d'avoir une hallucination, comme lorsqu'il buvait et qu'il se retrouvait à moitié évanoui, allongé à même le carrelage froid de la salle de bains, persuadé d'entendre la voix de sa mère décédée l'appeler pour le dîner. D'autres fois, il se réveillait au beau milieu de la nuit, le corps secoué de tremblements convulsifs, trempé de sueur, les entrailles tordues par le manque d'alcool. Il croyait alors voir le visage de Ruby flotter juste au-dessus de son lit ; il croyait même sentir les larmes de sa fille tomber sur ses joues, jusqu'à ce qu'il réalise que c'était lui qui était en train de pleurer…

Oui, Dave ne savait que trop quelles visions impossibles une terrible perte pouvait faire surgir. Sauf que cette fois, ce n'était pas un produit de son imagination délirante qu'il contemplait. C'était elle. Claire. Bien vivante. En chair et en os.

Le temps et le chagrin avaient laissé sur elle des marques indélébiles, réalisa-t-il avec un pincement au cœur. Oh ! Elle était toujours aussi belle, sans aucun doute. Elle éclipsait même toutes les autres femmes de l'assemblée, du moins aux yeux de Dave. Mais la disparition de Ruby avait inscrit sur son visage autrefois lumineux et serein une tristesse permanente qui figeait ses traits délicats en un masque de douleur intemporelle. Pourtant, même si la joie simple des jours anciens avait déserté les yeux turquoise de Claire, sa façon de redresser les épaules et de se tenir bien droite, la tête haute malgré les épreuves, témoignait qu'elle avait conservé cette force morale et cette dignité qu'il lui avait toujours connues, et qui forçaient l'admiration de tous ceux qui croisaient son chemin, ne serait-ce que pour une seconde. Certes, elle venait d'un milieu modeste, tout comme lui. Mais elle avait toujours possédé plus d'élégance et de grâce naturelle que la plupart des femmes que Dave avait pu rencontrer au cours de son existence.

Vêtue d'une robe noire toute simple que venait égayer, juste au niveau de son épaule gauche, la broche en perles de sa grand-mère, elle avait une allure folle, avec ses longs cheveux blonds et brillants qui lui retombaient souplement sur les épaules : la coiffure que Dave préférait.

L'espace d'un instant, une pointe de jalousie le piqua au cœur, tandis qu'il se demandait si elle cherchait à plaire à son deuxième mari.

Aiguillonné par cette pensée, Dave se prépara à voir apparaître Alex Girard. Il allait sûrement venir rejoindre Claire pour lui prendre le bras dans un geste possessif, comme pour clamer haut et fort que cette délicieuse créature était sa femme. Bien sûr, il se rappelait ce que Angelette lui avait raconté, quelques jours auparavant : à l'en croire, Claire et Alex étaient en instance de divorce. Mais étant donné le peu de fiabilité de cette source, Dave préférait ne pas trop tabler sur cette éventualité. Il essaya de se convaincre que de toute façon, il se fichait pas mal de ce qui pouvait bien arriver au second mariage de son ex-femme. Peine perdue : il devenait presque enragé lorsqu'il songeait que Claire s'était blottie dans les bras d'un autre que lui. Une telle pensée lui paraissait à la limite du supportable, surtout quand il n'avait pas quatre ou cinq verres d'alcool dans le ventre pour en atténuer l'effet !

Claire… Elle avait toujours eu ce je-ne-sais-quoi de spécial qui lui attirait invariablement la sympathie des gens. Tout le monde y était sensible, des petites vieilles qui venaient tricoter ou coudre avec sa grand-mère jusqu'au gamin qui tondait la pelouse des voisins les jours de grande chaleur, en passant par l'épicier du quartier dont la journée s'ensoleillait dès que la jeune femme mettait le pied dans son magasin. Jeunes et moins jeunes, hommes et femmes, tout le monde l'aimait. Sa simple présence radieuse suffisait à transformer une matinée affreuse en moment idyllique. C'était comme si elle possédait des talents de magicienne…

Dave se rappelait encore le jour où, alors qu'ils rentraient d'une soirée, il avait passé un bras autour de ses épaules pour la serrer contre lui.

— Tu sais ce que tout le monde murmure à notre sujet ? avait-il murmuré. On se demande comment une fille aussi merveilleuse que Claire Doucett a pu se laisser avoir par un connard fini comme Dave Creasy !

A ces mots, au lieu de se fâcher ou de prendre l'air gêné, Claire avait ri doucement en se blottissant plus étroitement contre lui.

— Les gens sont bêtes, avait-elle répondu. Ils ne savent pas voir ton côté sensible. Mais moi, je le connais. Et je sais bien que tu n'es pas celui qu'ils croient.

— Moi, un côté sensible ? s'était récrié Dave d'un air faussement offusqué. Eh bien, quelle décadence ! Moi qui croyais incarner le type même du gros dur louisianais !

— Mais non, c'est juste l'image que tu veux donner, avait

répliqué Claire, assise à ses côtés dans la voiture, avant de lui effleurer doucement la cuisse.

Ce simple contact avait suffi à électriser Dave, comme toujours quand sa femme se rapprochait de lui. Dès qu'ils étaient arrivés chez eux, ils s'étaient dévêtus en un tournemain pour se glisser sous les draps, impatients de se retrouver. Dave la voyait encore étendue sur le lit, les paupières à demi closes sous l'effet du désir, ses cheveux blonds étalés sur l'oreiller comme un somptueux écrin de soie dorée pour son ravissant visage. Du bout des doigts, elle avait caressé sa joue râpeuse en lui chuchotant des mots d'amour, et il avait dû se faire violence pour ne pas éclater en sanglots devant la tendresse qu'elle lui témoignait si sincèrement. L'amour qu'il éprouvait pour elle l'avait submergé totalement, et il s'était rendu compte qu'il ne pourrait jamais vivre heureux sans elle. C'était comme ça avec Claire : il suffisait parfois d'un mot, d'un soupir, d'un baiser pour le faire basculer dans la béatitude. Des instants précieux comme celui-là, il en gardait des centaines à la mémoire. Et de temps à autre, sans prévenir, ils refaisaient surface, amenant avec eux une douceur teintée d'amertume qui hantait ses nuits.

Dave prit résolument la direction opposée pour se diriger vers le bar. Il se fit servir un whisky Coca bien tassé qu'il emporta à l'extérieur, dans un coin à l'écart où il pourrait se fondre dans les ombres. Dehors, la foule était moins dense, et les gens baissaient instinctivement la voix, comme si le silence relatif de l'air nocturne ne devait être troublé sous aucun prétexte. Ou peut-être avaient-ils peur que la brise venant du fleuve n'emporte leurs paroles vers des oreilles indiscrètes ? En tout cas, l'atmosphère du jardin privé de l'hôtel était bien différente de l'ambiance bruyante et surchauffée de l'intérieur. Les bananiers et les palmiers bruissaient doucement sous la caresse d'un vent léger, en écho à la chanson murmurée par la fontaine environnée de gardénias en fleur.

Dave n'aurait su dire combien de temps il était resté à contempler le verre qu'il tenait dans sa main crispée. Chaque fois qu'il bougeait, même imperceptiblement, le tintement des glaçons contre le cristal lui faisait l'effet d'un glas funèbre, comme si les éléments se liguaient pour le mettre en garde contre la tentation.

Il ne boirait pas ce verre, il le savait, au fond. Bien sûr, il n'avait pas la prétention de se croire à l'abri d'une grosse bêtise, même après huit mois d'abstinence. Sa tendance à l'autodestruction n'avait pas totalement disparu, loin de là. Mais s'il devait effacer en un seul instant les efforts de ces derniers mois, ce ne serait pas ce soir, il en était persuadé. Peut-être avait-il juste besoin de se prouver à lui-même qu'il était capable de résister à l'appel insidieux de l'alcool ? Peut-être cherchait-il à vérifier qu'il n'était pas automatiquement condamné à replonger dès que Claire entrait dans son champ de vision ? Qu'il n'allait pas gâcher sa première réussite depuis longtemps, comme il avait gâché toutes les chances de bonheur qui lui avaient été offertes ?

Inspirant profondément, Dave fixa un point invisible dans la pénombre. Il aimait Claire à la folie. Même lorsqu'il s'était remis à boire, il n'avait pas cessé de l'aimer. Son incapacité à se sentir en paix avec lui-même n'avait rien à voir avec Claire ; ses accès d'humeur et ses coups de cafard ne la concernaient jamais, et son amour pour elle n'avait jamais faibli. Parfois, il se demandait s'il n'existait pas une sorte de démon en lui qui l'empêchait d'être heureux, ou s'il n'était pas victime d'une de ces malédictions vaudoues qui traversent les légendes louisianaises.

Une chose était sûre : à partir du jour où Ruby leur avait

été arrachée, plus rien n'avait eu d'importance pour Dave. Il n'avait vu qu'une seule issue à son désespoir : boire, boire, boire jusqu'à se trouver aux limites de la mort pour essayer d'oublier le drame.

Il esquissa un geste pour porter le verre à ses lèvres, mais sa raison reprit vite le dessus, et il en jeta le contenu dans le buisson le plus proche. Finalement, ce n'était peut-être pas le soir idéal pour tester ses résistances…

Il sentit quelqu'un approcher dans son dos, mais ne se retourna pas tout de suite. Il voulait d'abord être sûr, au son de sa voix, que son instinct ne l'avait pas trompé.

— Dave ?

Fermant les paupières brièvement, il dut lutter pour ne pas se laisser submerger par la vague de tristesse et de regrets qui montait à l'assaut de son être. Quelle ironie ! Il avait soumis son corps aux pires excès pendant des années, et il n'en gardait aucune séquelle, à part peut-être cette espèce de soif inextinguible qui le prenait par moments. Alors que les blessures infligées à son âme le lançaient douloureusement, sans le moindre répit depuis sept longues années passées à essayer d'expier ses fautes sans succès…

Il lui fallut quelques secondes pour reprendre contenance avant d'accueillir celle qu'il ne parvenait pas à considérer comme la femme d'un autre.

— Bonsoir, Claire, fit-il d'une voix étrangement rauque.

Elle se tenait dans la pénombre ; pourtant, les centaines de petites lumières blanches qui illuminaient les arbres alentour paraissaient se concentrer sur son visage doux et triste. Avec son teint pâle auréolé du blond doré de ses longs cheveux, elle ressemblait à un ange descendu du ciel, ou à une nymphe échappée d'un rêve merveilleux.

Leurs yeux se rencontrèrent, et il la vit lever une main

vers sa gorge. Etait-ce pour se protéger ou pour ravaler ses larmes ? Il n'aurait su le dire, pas plus qu'elle, sans doute, à en juger par l'expression indécise qui flottait dans son regard et sur ses lèvres entrouvertes. On aurait dit qu'elle ne savait plus pourquoi elle s'était approchée de lui.

— J'ai cru te voir tout à l'heure, dans la foule, quand je suis arrivée, mais comme tu avais disparu, je me suis demandé si je n'avais pas rêvé, fit-elle après une seconde d'hésitation. C'est vraiment le dernier endroit où je m'attendais à te croiser.

Dave ne put réfréner un petit sourire de connivence.

— Je pourrais te faire exactement la même remarque.

— Je suis venue avec Charlotte. Elle travaille pour Lee Elliot : elle est procureur adjoint.

— C'est ce qu'on m'a dit. Ta sœur a toujours eu de l'ambition à revendre. Laisse-lui une année de plus, et je te parie qu'elle prendra la tête de ce cabinet !

— Ça ne me surprendrait pas outre mesure, dit Claire en détournant les yeux. Comment connais-tu Lee Elliot ?

— Mais je ne le connais pas ! répondit Dave. Je ne suis pas venu pour soutenir sa candidature, contrairement à la plupart des gens qui se trouvent ici ce soir. Je suis juste passé pour rencontrer un client. J'ai repris mon agence de détective privé, et les affaires fonctionnent plutôt bien.

— Tu… tu veux dire que tu t'es réinstallé à La Nouvelle-Orléans ? bredouilla Claire avec de la peur dans la voix.

— Non. Je loue des locaux à Morgan City.

— Et où habites-tu ? Chez Marsilius ?

— Non. Je loue une maison pas très loin de la sienne. Comme ça, il peut me surveiller…

Il faut bien que quelqu'un veille au grain.

Ni l'un ni l'autre ne prononça ces mots, mais Dave eut l'impression qu'ils les avaient pensés tous les deux.

Machinalement, il tourna son regard vers la salle de bal : le ballet des serveurs continuait. Circulant avec aisance au milieu des invités, avec leur plateau d'argent, ils donnaient l'impression d'évoluer aussi gracieusement que des danseurs étoiles sur une scène.

— Tu as l'air en pleine forme, Dave.

Surpris par ce compliment inattendu, il resta sans voix quelques secondes avant de répondre le plus galamment possible :

— Toi aussi, Claire.

— Non, je voulais dire que tu as l'air… *vraiment bien.* Que tout semble aller pour le mieux, précisa la jeune femme d'un air gêné.

Il comprit le message qu'elle voulait lui faire passer.

— Oui, j'ai arrêté de boire, dit-il en haussant les épaules. Enfin, ce soir, je ne bois pas. C'est déjà bien.

— Une chose à la fois, n'est-ce pas ? A chaque jour suffit sa peine, comme on dit, fit Claire dans un murmure plein de compassion.

— Comme on dit, oui.

Un éclat de rire retentit dans la foule derrière Claire, et elle se retourna à demi, sans doute par curiosité. Lorsque son regard revint se poser sur Dave, elle lui sourit, et il sentit son cœur se serrer encore un peu plus.

— Je devrais aller retrouver Charlotte. Elle m'a promis que nous ne resterions pas longtemps, et j'ai bien l'intention de le lui rappeler.

— Bonne chance, alors !

Elle lui sourit de nouveau, pas de cette façon qui le faisait chavirer totalement quand ils étaient encore ensemble, mais avec suffisamment de sincérité pour que ça le touche profondément.

Quelques secondes précieuses s'écoulèrent encore avant qu'elle ne secoue brusquement la tête, brisant le charme qui s'était tissé entre eux. On aurait dit qu'elle venait seulement de réaliser qui se tenait en face d'elle, et qu'elle hésitait encore à y croire.

— C'est bon de t'avoir revu, Dave.

— Même chose pour moi, Claire.

Sur un dernier signe, la jeune femme se fraya un chemin à travers la foule pour rejoindre la salle de bal. Presque malgré lui, Dave sortit de l'ombre où il s'était réfugié pour mieux la suivre du regard. Elle paraissait flotter plus qu'elle ne marchait, pareille à un joli fantôme que le passé aurait rappelé à lui après une courte échappée dans le monde réel. Un instant, il la vit s'écarter d'un groupe de gens plongés dans une conversation animée, et la seconde d'après, elle avait disparu, comme une illusion brusquement dissipée.

Dave s'éloigna pour ne pas céder à la tentation de courir rejoindre son ex-femme. Ce que Claire et lui avaient pu construire ensemble appartenait à un autre monde. Leur couple était mort et enterré.

Mais certains fantômes du passé ne disparaissaient jamais, quoi qu'on fasse. Ils erraient à l'infini aux frontières de l'existence, se mêlant aux rêves ou aux cauchemars, se matérialisant de temps à autre pour rappeler à celui qu'ils venaient tourmenter l'étendue de ce qu'il avait perdu à jamais.

Oui, ces fantômes-là, Dave ne parviendrait jamais à les exorciser, il en était certain. Surtout quand ils se confondaient avec la seule femme qu'il eût jamais aimée.

— Tu étais avec Dave ? Qu'est-ce qu'il te voulait ?

— Mais rien du tout, Charlotte ! Je l'ai aperçu dans la foule, et je suis juste allée lui dire bonjour. Alors, ne commence pas, tu veux ? Je ne suis pas d'humeur à supporter tes éternelles récriminations contre lui.

Devant le ton exaspéré qu'avait employé sa sœur, Charlotte haussa les sourcils.

— Hé là, doucement, ne t'emballe pas ! Je voulais juste savoir ce qu'il t'avait dit.

— A quel sujet ?

— Je ne sais pas, moi. Qu'est-ce qu'il devient ? Est-ce qu'il a des projets ? Des trucs de ce genre, quoi !

Claire tourna vers sa petite sœur un regard surpris.

— Il a rouvert une agence de détective privé à Morgan City, répondit-elle après quelques secondes de silence. Mais je peux savoir ce qui suscite chez toi ce brusque intérêt pour Dave ? Jusqu'ici, tu te fichais de lui comme d'une guigne, et tu n'en parlais que pour te plaindre de son comportement irresponsable. Depuis quand est-ce que tu te soucies de lui ?

Les yeux toujours fixés sur l'assemblée, Charlotte esquissa un geste faussement dédaigneux.

— Bah ! J'ai entendu dire qu'il était plus ou moins impliqué dans une enquête sur un homicide… Bref, tu sais mieux que moi comment peuvent réagir les flics territoriaux : je ne voudrais pas qu'il se monte le bourrichon et qu'il aille y risquer sa tête, voilà tout.

Sous le coup de la surprise, Claire contempla sa sœur sans rien dire pendant une bonne minute. Puis elle se reprit.

— Ne t'en fais pas pour Dave, il est très capable de se tirer d'affaire tout seul, quelles que soient les circonstances. Parlons plutôt de toi : qu'est-ce qui t'arrive, Charlotte ? Et n'essaie pas de noyer le poisson, ça ne prend pas avec moi.

— Je ne vois pas du tout ce que tu veux dire, commença la jeune femme d'un air buté.

— Arrête un peu de jouer les innocentes ! Tu as un comportement vraiment bizarre depuis le début de cette soirée. D'abord, tu m'adresses à peine la parole quand tu viens me chercher, alors que c'est toi qui as insisté pour que je t'accompagne à cette réception. Ensuite, tu me plantes là. Et maintenant, tu as l'air de t'inquiéter pour Dave. Franchement, je te le demande : qu'est-ce qui se passe ?

Une fois encore, Charlotte détourna le regard. Pas assez vite, toutefois, pour éviter que Claire ne remarque la larme qui avait fugitivement fait trembler ses beaux yeux verts.

— Je… je dois me sentir un peu coupable, ce soir, bredouilla Charlotte.

— Coupable ? Mais de quoi ?

— Eh bien, pour commencer, je n'aurais pas dû te dissuader de retrouver cette poupée. Ça te tient à cœur, visiblement… Et puis, j'ai eu tort de te traîner à cette soirée dont tu n'as que faire, alors que tu sors à peine de l'hôpital…

Elle fit volte-face pour plonger son regard de jade dans les yeux turquoise de sa grande sœur, l'air sincèrement désolé.

— Je suis horrible, comme sœur ! ajouta-t-elle avec une grimace significative.

— Mais non, enfin ! protesta Claire, abasourdie par cette sortie inattendue. Tu t'es toujours montrée solidaire et compréhensive, même quand je croyais voir Ruby à chaque coin de rue. Alors, pour cette poupée, je ne peux vraiment pas t'en vouloir si tu as des doutes. Je sais bien que c'est trop étrange pour paraître vrai, mais…

— Arrête, Claire ! la coupa Charlotte d'un ton agressif.

— Arrêter quoi ?

— Les faux prétextes, les fausses bonnes raisons… Toi et Maman, vous avez toujours trouvé des excuses à mon attitude désagréable. Mais ça suffit, maintenant : il est temps que vous réalisiez toutes les deux que vous vous trompez complètement sur mon compte. Les lunettes qui vous font voir la vie en rose, ça va deux minutes, mais il arrive un moment où il faut les enlever. Je ne suis pas la gentille petite créature que tu veux voir en moi, Claire. En fait, je suis bourrée de défauts : je suis un monstre d'égoïsme, j'ai une ambition absolument dévorante à laquelle je sacrifierais n'importe quoi, et pour couronner le tout, quand je repère quelque chose ou quelqu'un qui m'attire, je mets tout en œuvre pour l'obtenir, sans m'inquiéter des conséquences de mes actes.

— Voyons, quel portrait caricatural ! fit Claire avec un sourire indulgent. Je n'y crois pas une seule seconde. Ce n'est pas ma sœur que tu décris de cette façon affreuse !

— Justement, répliqua Charlotte d'un air lugubre. Cette sœur que tu crois connaître, ce n'est pas moi, Claire. C'est une illusion que tu t'es forgée pour continuer à croire que tout le monde est beau et gentil. Mais ce n'est pas moi, je te le répète. Moi, je suis capable du pire — seulement, tu refuses de l'admettre, tu te voiles la face. Tu ne sais pas jusqu'où je suis capable d'aller, ma pauvre sœur.

Et sur ces mots sans appel, elle tourna les talons, laissant Claire interdite, plantée au beau milieu de la foule. Eberluée, la jeune femme aperçut du coin de l'œil Dave qui se tenait non loin d'elle, dans l'encadrement d'une des portes-fenêtres menant au jardin. Comme attirée par un aimant, elle se tourna vers lui, et leurs regards se croisèrent au-dessus des têtes inconnues. Elle se demanda brusquement si elle ne devait pas retourner le voir pour le mettre au courant du soudain intérêt que Charlotte semblait lui porter. Mais avant qu'elle se dirige vers lui, il lui avait tourné le dos pour se perdre dans la foule et dans l'obscurité.

16.

Laissant l'hôtel Monteleone loin derrière lui, Dave roula jusqu'à un boui-boui le long de l'autoroute 90. Après avoir coupé le moteur de sa voiture, il resta un long moment assis au volant, sur le parking, les yeux fixés sur le néon qui crachotait au-dessus de l'entrée du bar minable, à essayer de se convaincre qu'il n'avait pas besoin d'alcool pour passer une nuit correcte. Ce qu'il avait de mieux à faire, c'était rentrer directement chez lui pour se reposer après toutes ces émotions.

Mais il savait parfaitement que ce serait loin d'être facile. La tentation de replonger était toujours là, tenace, véritable épée de Damoclès au-dessus de sa tête.

Finalement, il décida de rentrer chez lui en faisant un petit détour chez Marsilius. Il avait appris à ses dépens que quand ses vieux démons le taraudaient, comme ce soir, il valait mieux ne pas rester seul pour leur faire face.

Il avait baissé sa vitre, et comme il roulait dans l'air du soir, l'odeur caractéristique des cannes à sucre lui parvenait depuis les champs qui s'étendaient à perte de vue de chaque côté de la route. Dans la nuit calme et tranquille, la brise légère faisait frissonner les saules pleureurs, comme si elle les effleurait d'une caresse amoureuse.

Quittant la route principale, Dave tourna dans un chemin de traverse qui longeait un vieux cimetière et quelques maisons solitaires perchées au bord du bayou. Les chênes d'eau venaient s'arquer au-dessus de la voie que Dave avait empruntée, et dans les rayons de lune qui trouaient par endroits ce dais vert sombre, la mousse espagnole qui pendait des branches comme une longue barbe grise prenait des allures de dentelle argentée.

Quand il arriva en vue de la maison de son oncle, les lumières étaient éteintes. Pourtant, Dave ne se rappelait pas l'avoir entendu dire qu'il comptait sortir en bateau, ce soir-là. Marsilius était un véritable oiseau de nuit. Même lorsqu'il ne conduisait pas une équipée tardive de touristes en direction des plates-formes pétrolières, il lui arrivait souvent de rester éveillé jusqu'à l'aube, occupé à diverses activités. Ce soir, contrairement à son habitude, le vieil homme avait dû se coucher tôt.

Finalement, c'était peut-être aussi bien, se dit Dave en haussant les épaules. Marsilius était un brave type, mais il aurait sûrement réagi comme un chien flairant un os s'il avait discuté ne serait-ce que deux minutes avec son neveu. Il aurait tout de suite senti que quelque chose ne tournait pas rond, et il aurait insisté jusqu'à ce que Dave crache le morceau. Or, la dernière chose dont Dave avait besoin, ce soir, c'était d'un interrogatoire. Il avait déjà suffisamment de mal à surmonter le choc d'avoir revu Claire à l'hôtel Monteleone. Depuis un bon bout de temps, il essayait de se persuader que ses sentiments pour elle étaient bien morts. Mais il avait suffi de quelques mots échangés à cette soirée pour qu'il se rende compte qu'il se voilait la face, tout simplement. D'où sa morosité et sa nervosité. Parce que Claire était toujours sa moitié — sa meilleure moitié. Il ne cesserait jamais de l'aimer ni de penser à elle. Ils s'étaient fait beaucoup de mal par le passé, mais ça ne changeait rien : elle aurait beau épouser tous les policiers de La Nouvelle-Orléans, elle resterait son épouse, la personne qu'il avait le plus aimée — à part Ruby, évidemment.

Il venait de s'engager dans l'allée qui menait chez lui quand l'idée de se rendre au ponton d'amarrage lui traversa l'esprit. Il verrait bien si le bateau qu'il partageait avec son oncle était toujours à quai. De toute façon, il était parti pour passer une nuit difficile, alors autant profiter de l'occasion pour s'offrir une petite balade lacustre en solitaire. Il ne lui faudrait que quelques minutes et une manœuvre facile pour s'éloigner à bord du *Sea Ray*. Il n'irait pas bien loin, juste assez pour savourer un instant de répit. Il jetterait l'ancre au beau milieu de la baie, s'assiérait dans le noir pour contempler les ombres et écouter les murmures de la nuit, jusqu'à ce que l'envie qui lui tordait les entrailles se soit un peu dissipée et qu'il succombe au sommeil.

Excellent programme. Sauf qu'il ne résoudrait pas ses problèmes. Quand le soleil se lèverait sur les bayous, rien n'aurait changé. Non, ce n'était pas la solution. Pas plus que ses cuites à répétition, avant qu'il ne se laisse convaincre de s'inscrire aux Alcooliques Anonymes. Toutes ces échappatoires futiles et éphémères, c'était reculer pour mieux sauter. En fait, Titus avait sûrement raison : il était temps pour lui d'affronter la réalité, quitte à payer pour les pots cassés. Cela lui remettrait un peu de plomb dans la cervelle. Il ne pouvait tout simplement pas continuer à fuir. Cette attitude de retranchement perpétuel finirait par le rendre fou.

Sur l'allée de schiste argileux, les pneus de son pick-up crissèrent furtivement au moment où il entama sa manœuvre pour se garer sous l'un des chênes qui ombrageaient sa

« propriété ». Claquant la portière de son véhicule derrière lui, il se dirigea vers sa maison à pas lents. Une fois au bas des marches du perron, il s'arrêta pour écouter la brise jouer doucement dans le carillon éolien accroché au plafond du porche qu'un entourage grillagé protégeait des intempéries et des moustiques.

Goûtant au silence de la nuit tissé de bruits infimes, il se retourna en direction du bayou. Devant lui, dans l'obscurité faiblement éclairée par la lune, il distinguait les silhouettes massives des pacaniers de son jardinet, et plus loin encore, la surface luisante de la baie toute calme à cette heure. L'eau frémissait à peine sous la caresse du vent léger…

Avec un soupir, il monta les quelques marches qui menaient au perron, ouvrit la porte grillagée et la laissa se refermer derrière lui sans y jeter un regard. Après avoir déverrouillé la porte d'entrée, il en poussa le battant pour pénétrer à l'intérieur, puis se pencha en arrière vers le pot de fleurs dans lequel il avait coutume de dissimuler ses clés.

Dans la maison, une latte de parquet craqua de façon sinistre. Il se figea sur place, certain tout à coup de courir un grave danger. Mais il était déjà trop tard : au moment précis où il allait refermer la porte, une ombre plus épaisse et mobile que les autres se précipita dans sa direction.

Il eut juste le temps de lever le bras pour dévier la trajectoire d'une batte de base-ball qui le visait en pleine tête. Mais l'attaque l'avait pris totalement par surprise, et il ne parvint pas à la parer de manière efficace. Il reçut une grande volée de bois brut sur le côté du crâne, suivie d'un ricochet sur son épaule droite. Les oreilles bourdonnantes, à moitié sonné par le coup, il tâtonna d'une main pour trouver son fidèle pistolet. Mais avant qu'il n'y parvienne, la batte de base-ball le frappa de nouveau, cette fois en plein dans le ventre. Il vit trente-six chandelles et tomba à genoux, incapable de résister à la douleur qui lui résonnait dans l'estomac.

Il essaya de reprendre son souffle, appuyé sur un coude, aussi mal en point qu'un poisson hors de l'eau. C'était sa faute : il ne s'était pas méfié, et maintenant il était trop étourdi pour contre-attaquer. Bizarrement, il eut l'impression que ses agresseurs étaient deux, mais il n'en était pas absolument certain. A vrai dire, il ne distinguait plus rien. La bouche ouverte, les yeux exorbités, il n'arrivait pas à accommoder sa vision à l'obscurité ambiante, d'autant qu'un filet de sang poisseux lui coulait du crâne jusqu'au menton.

Deux mains le saisirent par les bras sans douceur, et il sentit qu'on le traînait à l'intérieur de la maison. Là, on le laissa tomber, face contre terre, sur le plancher rugueux. Il voulut relever la tête, mais il eut l'impression qu'elle pesait une tonne. Il crut alors qu'il allait s'évanouir.

— Bouge pas, p'tit con !

Une botte cloutée s'appuya contre sa cage thoracique, et il retomba lourdement sur le sol. Quelqu'un s'assit à califourchon sur son dos pour lui relever la tête en lui tirant violemment les cheveux. L'espace d'un éclair, il vit une lame de couteau miroiter dans un rayon de lune avant qu'il n'en sente le froid coupant contre sa gorge. L'homme qui le maintenait ainsi à terre puait la sueur et les relents de whisky. Il respirait vite.

A cet instant, Dave vit une paire de chaussures vernies apparaître dans son champ de vision. Mais dès qu'il voulut bouger la tête pour mieux voir, la lame s'appuya un peu plus sur sa gorge.

L'homme qui s'était planté devant lui, sans doute pour mieux jouir du spectacle, resta quelques secondes immobile. Puis il leva un pied pour craquer une allumette contre la semelle de sa chaussure. Presque aussitôt, Dave sentit l'odeur caractéristique du tabac brûlé. Son tourmenteur avait dû allumer une cigarette…

L'homme se dirigea vers la fenêtre où un siège semblait l'attendre. Il s'assit confortablement, croisa les jambes et tira sur sa cigarette.

Compte tenu de la position malaisée où on le maintenait, Dave parvenait tout juste à distinguer le rougeoiement du mégot dans la pénombre.

— T'as deux options, Dave, fit le mystérieux visiteur d'une voix étouffée. On peut régler tout ça rapidement, sans trop de problèmes, ou bien faire traîner cette histoire pendant des heures. A toi de choisir. Mais tu ferais bien de te décider rapidement parce que si tu tardes trop, je laisse mon pote choisir à ta place. Je sais bien que c'est ce qu'il préférerait… Faut dire qu'il a un sacré compte à régler avec toi.

— Assez discuté ! lança un troisième homme qui devait se tenir dans l'encadrement de la porte. Finissez-en !

Une voix de velours et d'acier. Celle d'un homme qui, apparemment, adorait donner des ordres, songea Dave. Pourtant, malgré l'envie qui le démangeait de vérifier qui pouvait être ce troisième comparse, il resta prudemment immobile, le nez collé au sol. Pas question de se reprendre un coup de batte alors qu'il commençait à peine à se remettre de l'agression dont il avait été victime.

Il s'interdit donc de bouger, et se contenta de regarder les gouttes de sang qui tombaient de sa tempe sur le plancher.

— Attache-le ! ordonna l'homme à la cigarette.

Aussitôt après, Dave sentit qu'on lui attachait les poignets dans le dos au moyen d'une fine corde qui s'enfonça instantanément dans sa chair. Après avoir solidement noué la ficelle, l'homme qui l'immobilisait au sol se releva, et Dave soupira de soulagement : il ne l'écrasait plus de tout son poids.

— T'es dans la merde jusqu'au cou, mon gars, fit l'homme à la cigarette d'une voix presque aimable. Obstruction judiciaire, destruction de preuve, interférence dans une enquête officielle… Rien qu'une seule de ces accusations pourrait t'envoyer sous les verrous pour une durée indéterminée.

Dave releva péniblement la tête.

— C'est pour ça que tu t'es ramené avec un barman champion de base-ball ? Pour mener ton arrestation en toute légalité, je suppose, en bon flic que tu es ?

La cigarette à la main, l'autre se leva de son siège et traversa la pièce pour venir se poster juste devant Dave.

— Tu te crois drôlement malin, pas vrai ? Tu te sens tout faraud parce que tu penses avoir percé le mystère, c'est ça ? Dans ce cas, je ne vois pas pourquoi je prolongerais le suspense.

Sans perdre davantage de temps, il s'accroupit pour laisser voir son visage à Dave, toujours étendu à terre. Grand et musclé, il avait les cheveux coupés très court : presque la boule à zéro. Sur le côté de son visage serpentait une longue cicatrice qui épousait le contour anguleux de sa mâchoire inférieure.

Eclairé par la lune, il esquissa un rictus mauvais.

— Tu me connais, n'est-ce pas ?

— Seulement de réputation, rétorqua Dave d'une voix rauque. Mais la description qu'on m'avait faite de toi ne te rend pas justice, Nettle. Personne ne m'avait dit que tu empestais à plein nez. Sans rire, tu me débectes : tu sens le cadavre en décomposition.

— T'es marrant, Dave. Si, si, je te jure : t'es un vrai clown, un comique de premier ordre ! Mais pour en revenir à cette sale odeur qui traîne dans le coin, j'crois que c'est plutôt la tienne. Un mélange d'alcool, de crasse et de gerbe… ça doit bien te rappeler quelque chose ? D'après ce qu'on m'a dit, c'est le genre de parfum que tu affectionnes. Je me trompe ?

Dave serra les dents, refusant de répondre à cette provocation facile. Voyant que sa petite pique ne produisait pas l'effet escompté, Nettle se redressa.

— Eh ouais, tu vois, moi aussi, je te connais de réputation. On m'avait dit que t'étais vraiment le dernier des abrutis, et ce que je vois me le prouve largement.

— Normal : je n'aime pas décevoir les gens, répliqua Dave avec l'impression que sa gorge prenait feu.

— Bref, comme je viens de te le dire, tu as deux solutions : la rapide ou celle que ton vieux copain Robert adorerait te faire connaître. A toi de voir. Mais de toute façon, ne t'imagine pas que tu vas t'en tirer sans bobo. Je ne me déplace jamais pour rien, et ce soir, j'ai bien l'intention de repartir d'ici avec ce que j'étais venu chercher. D'une façon ou d'une autre, je sais que j'obtiendrai ce que je veux. Et ça ne te fera pas de bien, je peux te l'assurer. Mais tu devais bien t'en douter un peu : quand on vient fourrer son nez dans les affaires de la police municipale et qu'on ose se mêler d'une enquête en cours, forcément, on doit s'attendre à un retour de bâton. Même un débile mental comme toi aurait dû s'y préparer.

Sans relever la provocation, Dave s'essuya maladroitement le coin de la bouche contre son épaule, puis se redressa tant bien que mal pour s'adosser contre le mur. Après quoi, épuisé par l'effort qu'il venait de fournir, il laissa sa tête rouler en arrière contre le crépi.

— Si tu t'imagines que tu vas pouvoir faire passer cette petite expédition punitive pour une descente de police officielle, alors je te suggère de reconsidérer qui de nous deux est le débile de service !

Debout, les mains plantées sur ses hanches massives, Nettle toisa Dave dédaigneusement.

— Je devrais peut-être autoriser mon pote Robert à te donner un avant-goût des réjouissances qui t'attendent, qu'est-ce que tu en dis ? J'ai comme l'impression que tu aurais bien besoin de te faire remettre à ta place une bonne fois pour toutes.

— Je n'en attendais pas moins de toi, Nettle. C'est bien ton genre, hein, de filer le sale boulot aux autres. Pratique d'avoir des subalternes pour faire disparaître les traces de tes méfaits !

— C'est l'hôpital qui se fout de la charité, ma parole ! rétorqua Nettle tout en dégainant son arme de service d'un air farouche pour la pointer sur Dave. Ecoute-moi bien, Creasy : s'il te reste deux neurones qui ne soient pas encore noyés par le whisky, tu vas répondre gentiment à la question que je suis venu te poser, et on n'en parlera plus. Dans le cas contraire, ça risque de mal finir pour toi.

— Ah là là ! lança Dave, les yeux brillant d'insolence. Et dire qu'on s'entendait si bien, jusqu'ici !

Il avait presque oublié la présence silencieuse de Taubin à ses côtés, mais ce dernier se rappela à son souvenir en lui décochant un grand coup de pied dans les côtes.

— Hé là, doucement, tête de nœud ! Si tu manques de respect au patron, j'te promets que tu vas en chier !

— Va te faire foutre, Bobby Ray de mes fesses ! cracha Dave, le visage contracté dans une grimace de douleur.

L'interpellé se fendit d'un grand éclat de rire.

— Tu viens de sceller ton propre sort, Creasy.

— Ta gueule, Robert ! grommela Nettle. Laisse-moi m'occuper de ça. Toi, va plutôt faire le guet, compris ?

— C'est toi qui décides, patron, répondit le barman en

haussant les épaules. Mais une fois que tu en auras terminé avec lui, appelle-moi, d'ac ? Moi et ce trou du cul, on a des vieux comptes à régler.

Nettle s'accroupit devant Dave pour se mettre à sa hauteur.

— Je veux bien te donner une seconde chance. Ça fait des années que tu es devenu un pauvre alcoolo sans avenir : tout le monde est au courant dans le milieu. Impossible que tu te sois réveillé un beau matin frais et dispos, comme ça, par miracle, et que tu aies eu tout seul l'idée de te remettre à interroger des gens à droite et à gauche sur un double homicide. Tu ne me feras jamais avaler ça. Quelqu'un t'a forcément suggéré de chercher dans cette direction.

— Je ne vois pas du tout de quoi tu veux parler.

Dave avait à peine prononcé ces mots que la crosse du pistolet de Nettle vint s'abattre sur le côté de son crâne avec un bruit sourd.

— Mauvaise réponse, pauvre con ! Je vais te poser la question encore une fois. Tu ne peux pas avoir agi tout seul sur ce coup-là : ces dossiers confidentiels que j'ai trouvés dans ton bureau, impossible que tu les aies eus sur Internet. C'est quelqu'un qui te les a fait parvenir — une taupe, obligatoirement. Je veux son nom, tu m'entends ? Son nom, Dave !

Dave garda le silence. De toute façon, il allait y passer : il l'avait lu dans les yeux de Nettle. Il n'en sortirait pas vivant, alors inutile d'entraîner d'autres gens dans sa chute.

— Bon, puisque tu t'entêtes, on va monter un peu les enchères, O.K. ? reprit Nettle en jouant négligemment avec son gros calibre. Tu as un oncle qui habite juste un peu plus bas sur cette route, pas vrai ? Qu'est-ce que tu dirais de nous accompagner chez lui pour voir s'il a des choses à nous révéler ?

Dave tressaillit intérieurement, mais continua à se taire. S'il trahissait sa peur, c'en était fait de lui — et de Marsilius, par la même occasion.

— Bien, si c'est comme ça que tu le prends, à ton aise, fit Nettle d'un air décidé, tout en se redressant.

Il coinça son pistolet dans la ceinture de son pantalon avant de se pencher vers Dave pour le forcer à se mettre debout. Son prisonnier n'en menait pas large : les mains toujours ligotées, une douleur lancinante dans le crâne et une autre dans le ventre, il sentait la nausée lui monter aux lèvres. Mais il ne leur donnerait pas la satisfaction de le voir craquer.

D'une bourrade dans le dos, Nettle le projeta en direction de la porte ouverte, et Dave tituba jusqu'au bord du perron, comme s'il avait bu plus que raison. Le sort avait de ces ironies…

— Aide-moi à le faire descendre jusqu'à la flotte, fit Nettle à son acolyte qui attendait, sa batte de base-ball à la main. Il va parler, c'est moi qui te le dis.

Les deux hommes empoignèrent leur victime chacun sous un bras pour le traîner au bas des marches. Puis ils lui firent traverser le jardin pour l'emmener au bord de l'eau clapotante, le tirant et le poussant dans la pente boueuse qui menait au bayou.

Dave n'avait pas la moindre idée de ce que pouvait bien faire le troisième larron, pendant ce temps, mais il avait l'impression de sentir sa présence derrière eux. Il n'eut pas le loisir de se poser davantage de questions : comme ils touchaient au but, l'odeur fétide du marécage vint se mêler à celle, âcre et écœurante, du sang qui lui coulait toujours le long de la joue. C'en fut trop pour ses capacités de résistance : il se mit à vomir tripes et boyaux, secoué de spasmes violents.

— Putain, boss, t'es sûr que tu veux faire ça ? demanda

Taubin d'une voix angoissée, cependant qu'ils faisaient entrer Dave dans l'eau jusqu'aux genoux. J'suis pas trop fan des marais, moi. Paraît que ces bourbiers, c'est plein de crocos qui attendent qu'une chose : te bouffer la jambe ou le bras. J'ai pas tellement envie de leur servir de casse-croûte !

— Ne te fais pas de bile, lui répondit Nettle. Ça ne va pas durer bien longtemps, cette affaire.

Ils avancèrent un peu plus loin, laissant les larges feuilles de nénuphar qui couvraient partiellement la surface du bayou onduler dans leur sillage. Sous ses pieds, Dave sentait les grosses racines sinueuses des cyprès. Normalement, il s'en serait servi comme d'un appui, mais les deux autres le poussaient si fortement qu'il devait lutter pour ne pas trébucher dans les entrelacs de bois humide.

Ils ne s'arrêtèrent que lorsqu'ils eurent de l'eau presque jusqu'à la taille. D'un geste brusque, Nettle força son prisonnier à se mettre à genoux. Dave essaya bien de se relever, mais il perdit l'équilibre sur le fond vaseux du marais. Profitant de l'occasion, Nettle l'agrippa par le cou et lui plongea la tête dans l'eau boueuse.

D'abord, Dave prit bien garde à ne pas se débattre. Il savait qu'il devait garder le plus possible d'air dans les poumons s'il ne voulait pas boire la tasse plus tôt que prévu. Mais au bout de quelques secondes, son instinct de survie reprit le dessus, et il s'agita frénétiquement en tous sens, tentant d'échapper à la poigne de fer qui le maintenait impitoyablement sous l'eau. Peine perdue : Nettle le tenait solidement, et il ne faisait que s'épuiser en efforts inutiles.

Le résultat ne se fit pas attendre : comme il relâchait sa dernière bouffée d'air, Dave ouvrit instinctivement la bouche. Aussitôt, une grande goulée d'eau visqueuse pénétra sa gorge et son nez, et il eut l'impression que les portes de l'enfer venaient de s'ouvrir pour l'engloutir.

Paniqué, il s'agita de plus belle… Au moment précis où il se croyait perdu, il se sentit tiré hors de l'eau. Toussant et crachant à fendre l'âme, il faillit s'effondrer dans les bras de ses bourreaux. Ceux-ci le lâchèrent brusquement, alors qu'il luttait encore pour reprendre son souffle. Surpris, il sentit ses jambes flageolantes se dérober sous lui, et replongea brièvement sous la surface du marais.

Cette fois, il ne lui fallut que peu de temps pour émerger de nouveau. Il secoua la tête de droite à gauche pour se débarrasser des filaments d'herbes des marécages, provoquant l'hilarité de Taubin.

— Eh, regarde-moi ça ! On dirait pas un crétin de pivert tout trempé ?

A la lueur de la lune, Dave vit Nettle sourire méchamment.

— Je suis prêt à te parier qu'il est disposé à parler, maintenant qu'on lui a un peu rafraîchi les idées. Allez, aide-moi : on va le ramener sur la berge.

Ils le reprirent sous les aisselles pour le traîner hors de l'eau avant de le laisser tomber sans prévenir, le visage contre le sol boueux du rivage.

— Alors, qui est-ce qui te les a donnés, ces dossiers ? demanda Nettle d'une voix calme.

— Je… je ne m'en souviens pas, bredouilla Dave, le souffle court.

Son cœur tambourinait douloureusement contre ses côtes. Dans sa bouche se mélangeaient le goût douceâtre de l'eau croupie et celui, plus amer et épais, de son sang qui lui soulevait le cœur. A tout cela venait s'ajouter la peur insidieuse de vivre les derniers instants de sa pitoyable existence.

— Il y a quelqu'un qui t'a tuyauté pour que tu viennes te mêler de ce qui ne te regarde pas, reprit Nettle sans élever la voix. Je veux un nom.

— Je ne sais pas de quoi tu parles, fit Dave en s'étranglant dans une quinte de toux.

— Je vais te rappeler encore une fois les enjeux, Creasy : n'oublie pas qu'on peut toujours aller chercher ton oncle et le cuisiner au court-bouillon, comme toi, juste pour voir ce qu'il sait de tout ça. Sinon, on peut aussi aller rendre visite à ton ancien coéquipier. Lui, il sera peut-être plus disposé que toi à lâcher le morceau. Il a une fille, Titus, non ? Une gamine qui doit avoir quatorze ou quinze ans, pas plus. Tu sais mieux que quiconque jusqu'où un type peut aller pour protéger sa fille, pas vrai, Dave ?

— Espèce de… de salopard de merde ! éructa Dave. Si jamais tu touches ne serait-ce qu'à un cheveu de cette petite, je te jure que je te tue ! En admettant qu'il reste quelque chose de toi après le passage de Titus.

Loin de paraître effrayé par cette menace, Nettle laissa échapper un gloussement.

— La prochaine fois, va falloir le laisser un peu plus longtemps sous l'eau, dit Taubin.

Ils se rapprochèrent de leur victime, l'air menaçant. Mais cette fois, Dave avait eu le temps de préparer une parade. Roulant sur le dos, il envoya son pied frapper Taubin en plein dans l'entrejambe. Avec un grand cri de douleur et de surprise, le barman se plia en deux et tomba sur le sol, les deux mains crispées sur l'endroit sensible, pareil à un fœtus dans le ventre de sa mère. Il resta ainsi, recroquevillé sur lui-même, à émettre des geignements plaintifs comme un animal blessé à mort, avant de trouver la force de se relever lentement, une main pressée entre ses jambes écartées, l'autre serrée autour d'un couteau qu'il avait sorti de sa poche arrière.

— Tu viens de signer ton arrêt de mort, petit salopard ! fit Taubin d'une voix entrecoupée de sanglots, tout en s'avançant vers Dave qui gisait toujours à terre. J'vais te saigner comme un poisson-chat !

Il allait ajouter quelque chose quand une violente lumière le cueillit en pleine figure. Ebloui, il cligna plusieurs fois des paupières.

— Mais qu'est-ce que… ?

Il n'eut pas le temps de terminer sa phrase : dans un bruit de détonation assourdissant, une balle vint se ficher dans un cyprès juste derrière lui, envoyant des éclats d'écorce jusque dans l'eau.

Se jetant au sol pour éviter l'impact, Taubin lança un juron terrorisé.

— C'est une propriété privée, ici ! beugla Marsilius depuis le couvert des arbres où il s'était prudemment posté. J'ai déjà appelé la police, alors vous feriez mieux de déguerpir vite fait ! Vous avez cinq secondes, pas plus : après, je me ferai un plaisir de vous trouer la peau, bande de petits salopards !

Comme pour ponctuer sa déclaration fracassante, il tira trois ou quatre fois de suite en direction des deux bourreaux de Dave. Nettle, qui était encore debout, contrairement à son complice, dut faire des sauts de côté, tellement les balles le rasaient de près. Pas de doute possible : Marsilius avait bien l'intention de les faire filer, et il visait comme un champion. S'il avait voulu les tuer, il l'aurait déjà fait.

Tremblant comme une feuille, Taubin se redressa péniblement, la tête baissée comme un chien honteux.

— Allez, on dégage de là, et tout de suite ! fit-il à voix basse à l'intention de son acolyte. J'ai pas l'intention de me faire piquer par les flics locaux, moi. Tu me files pas assez de pognon pour que je me laisse défoncer le crâne par un gros péquenaud de shérif adjoint armé d'une foutue matraque !

Nettle lança un dernier regard menaçant à Dave.

— Dans ton intérêt, je te conseille fortement de te barrer de La Nouvelle-Orléans et d'arrêter de fourrer ton sale pif dans mes affaires, pigé ? La prochaine fois, ça ne se passera pas aussi bien pour toi. T'es prévenu, Creasy !

Ce fut tout : sans demander leur reste, les deux hommes disparurent aussi vite qu'ils le pouvaient. Le soulagement que Dave éprouva fut si brutal qu'il craqua d'un seul coup. Le ventre tordu par la douleur, il roula sur le côté, les mains toujours attachées dans le dos, pour vomir dans la boue poisseuse de la berge. Lorsqu'il se fut complètement vidé, il resta étendu sur le flanc, incapable de se relever tant il se sentait affaibli. Il dut faire appel à toute son énergie pour ne pas s'évanouir.

Quelques instants plus tard, Marsilius s'accroupissait à côté de lui, l'air terriblement inquiet.

— T'es salement amoché, fiston ?

— Bah ! soupira Dave en essayant de sourire sans y parvenir. Je survivrai. Grâce à toi…

— Ton crâne… ça saigne sérieusement. Va te falloir des points de suture, et en vitesse.

— Non, non, je… je ne crois pas que ce soit nécessaire, fit Dave tout en s'asseyant avec précaution, en ayant l'impression que chacun de ses membres pesait une tonne au bas mot. C'est vilain à voir, mais ça n'est pas si grave que ça, à mon avis. Je verrai l'étendue des dégâts quand je serai rentré à la maison.

— Arrête de dire n'importe quoi, mon garçon ! répliqua Marsilius. Ils t'ont collé une sacrée trempe, et tu vas avoir besoin de soins, c'est sûr. Je t'emmène à l'hôpital, et pas plus tard que tout de suite. Tu crois que tu peux marcher jusqu'à la voiture, ou tu préfères que je la recule jusqu'ici ?

— Non, non, ça ira, je… je suis capable de faire quelques pas, quand même, bredouilla Dave qui ne se sentait pas bien du tout.

Son oncle l'aida à se remettre debout, après avoir défait les liens qui lui enserraient les poignets.

— Tu es sûr ? Tu as l'air de marcher aussi droit que si tu sortais d'une virée de trois jours pleins !

— T'inquiète, Tonton, ça va aller, marmonna Dave.

Il n'eut pas le temps d'en dire plus. Une seconde à peine après avoir prononcé ces paroles, il se sentit partir en arrière dans un trou noir sans fond.

Lorsqu'ils purent enfin quitter l'hôpital, le ciel avait déjà commencé à s'éclairer des premiers rayons du soleil levant. Ils avaient dû patienter des heures avant d'arriver à voir un médecin. On était samedi soir, période de pointe aux urgences. Non seulement il y avait les ivrognes et les excités habituels pour une fin de semaine « normale », mais il fallait aussi compter avec les employés des plates-formes pétrolières qui, pour une grande partie, avaient travaillé trois semaines d'affilée, selon le système de rotation observé dans ce secteur industriel. Résultat : ils profitaient généralement au maximum de leur temps de pause, ce qui voulait dire qu'ils se livraient à bon nombre d'excès. Evidemment, ils finissaient souvent à l'hôpital avec un nez cassé ou un début de coma éthylique.

Dave était resté sagement assis dans son coin, une grosse serviette-éponge appuyée contre la blessure sanguinolente de son crâne, à essayer de remplir correctement les papiers d'admission dont les caractères se brouillaient devant ses yeux épuisés. Marsilius ne le quittait pas d'une semelle, sauf pour aller régulièrement demander à l'infirmière qui se tenait derrière le guichet d'accueil combien de temps ils allaient encore devoir patienter avant de voir un médecin. Chaque fois, elle lui décochait un regard noir et lui répondait invariablement qu'ils n'étaient pas les seuls et qu'ils attendraient leur tour, comme tout le monde.

Au bout d'un temps interminable, on avait enfin emmené Dave dans une minuscule salle de soins, et il avait été examiné par un jeune interne au visage couvert de taches de rousseur. Il avait failli protester car ce garçon lui avait paru à peine assez âgé pour voter, si bien qu'il doutait un peu de ses compétences ! Mais il s'était tu, trop heureux que l'on s'occupe enfin de lui. La blessure sur le côté de son crâne avait nécessité plusieurs points de suture, comme l'avait prédit Marsilius. Par contre, il n'avait pas de côtes cassées ni même fêlées, contrairement à ce qu'il supposait. Une fois recousu et couvert de sparadrap, il fut autorisé à rentrer chez lui.

Installé sur le siège passager, il attendit que Marsilius eût démarré pour baisser la vitre et inspirer profondément l'air vif de l'aube. A l'est, des nuages floconneux passaient rapidement juste au-dessus de la ligne d'horizon, teintés de jaune rosé par les rayons du soleil en train d'émerger.

Marsilius s'était déjà engagé dans le chemin cahoteux qui menait à leurs domiciles respectifs quand il jeta un regard soupçonneux à son neveu.

— Alors, t'es prêt à me dire ce qui s'est passé ?

— Je pensais que c'était évident : je me suis fait coller une bonne torgnole, répondit Dave avec une mauvaise volonté nettement perceptible.

Il fit exprès de ne pas regarder son oncle, préférant continuer à fixer les cimes des arbres qui commençaient à s'auréoler d'une brume de chaleur.

— Ne fais pas l'innocent, tu m'as très bien compris. Ces types, c'était qui ?

— Oublie-les, tu veux bien ? Moins tu en sauras, mieux ce sera pour toi.

— Ouais, tu m'as déjà dit ça, il me semble. Seulement voilà, les choses ont pas mal changé, depuis. Après le traitement que je leur ai réservé, hier, j'ai comme l'impression que tes deux lascars ne doivent pas me porter dans leur cœur. Alors, autant me mettre au courant, histoire que je sache de qui je dois me méfier, à l'avenir. A moins que tu ne préfères qu'ils me dégomment un de ces jours par surprise ?

Dave resta silencieux quelques instants, ruminant ce que venait de lui dire son oncle.

— Un point pour toi, admit-il finalement. Le grand costaud, c'est un flic de la police municipale. Il s'appelle Clive Nettle.

A ces mots, Marsilius fusilla son neveu du regard.

— Quoi ? Un *flic* ? Bordel de merde, Dave, dans quoi t'es encore allé te fourrer ?

Dave préféra ignorer cette question — elle le travaillait déjà assez pour qu'il ne commence pas à en discuter avec son oncle.

— L'autre, le maigrichon, c'est Bobby Ray Taubin, un ancien taulard. Je crois qu'il y avait un troisième type, mais je n'ai jamais pu le voir. Bobby Ray bosse comme barman pour JoJo Barone, mais à l'évidence, il exécute aussi de temps en temps quelques sales boulots pour le compte de Nettle.

— Et qu'est-ce qu'ils te voulaient, ces deux affreux ?

— Je suppose qu'ils n'ont pas tellement apprécié que j'aille interroger des gens à droite et à gauche. Plus précisément, ils n'ont pas dû être très contents des réponses que j'ai obtenues de JoJo Barone.

— Quand est-ce que tu es allé voir JoJo ?

— Hier. Il m'a révélé que Clive Nettle était responsable de l'assassinat de Renée Savaria. Il avait organisé une soirée privée à laquelle elle participait et, apparemment, les choses ont dérapé. Bref, il l'a tuée, et les autres flics invités ce soir-là l'ont aidé à maquiller son crime.

— Et tu y crois, aux déclarations de ce faux-jeton de JoJo ? demanda Marsilius, l'air incrédule.

— Si j'avais encore un doute, il s'est envolé avec le petit épisode de cette nuit.

Son oncle laissa échapper un long sifflement.

— Eh bien, dis-moi… Et ces infos, qu'est-ce que tu vas bien pouvoir en faire, hein ?

— Je ne sais pas encore, répondit Dave en fronçant les sourcils. En tout cas, je vais sûrement essayer de retrouver les autres flics impliqués dans cette sombre affaire. Après, on verra…

— Tu ne peux pas te lancer là-dedans tout seul, fiston. Tu as besoin de quelqu'un pour couvrir tes arrières.

— Ne t'inquiète pas pour ça, c'est déjà prévu.

— Peut-être, mais ça n'a pas tellement marché, hier soir, pile quand tu en avais besoin ! Merde, Dave, c'est vachement dangereux, cette histoire. Il faut absolument que tu aies quelqu'un pour t'aider. Quelqu'un de confiance. Un flic, peut-être ?

— Eh bien, c'est justement là le problème. JoJo m'a dit que les soirées privées de Clive Nettle attiraient le gratin des soi-disant représentants de la loi. Du coup, je ne vois pas à qui me fier. J'ignore jusqu'où ça remonte, et si ça se trouve, je risque de demander de l'aide à quelqu'un qui aurait été mêlé à ce sale merdier !

— Et le procureur ? Tu pourrais lui en parler, non ?

Dave y avait déjà pensé, mais entrer en relation avec Lee Elliot risquait de s'avérer délicat, étant donné sa liaison avec Angelette. Elle faisait encore partie des forces vives de la police, et si jamais elle lui avait menti… Bref, il ne comptait pas s'appuyer sur elle ou sur son entourage tant qu'il ignorait quel jeu elle jouait. Dans l'intervalle, pas question de faire confiance aux gens qui gravitaient autour de cette satanée bonne femme, surtout quand ils se trouvaient aussi proches d'elle que Lee Elliot.

Dave n'avait pas l'intention de confier ses hésitations à son oncle, d'autant que ce dernier détestait cordialement Angelette Lapierre pour le rôle qu'elle avait joué dans sa déchéance. Il se contenta donc de répliquer :

— Comme tu y vas, Tonton ! Qu'est-ce qui te fait croire que je serais reçu à bras ouverts par Lee Elliot, ou même par sa secrétaire ?

— Tu n'y arriverais peut-être pas tout seul, mais la sœur de Claire fait partie de son cabinet, n'est-ce pas ?

Dave eut un rire amer.

— Tu plaisantes, j'espère ? Charlotte LeBlanc méprise jusqu'au sol que je foule ! Je n'ai pas la moindre chance d'accéder au bureau d'Elliot si je m'adresse à elle !

— Bon, alors dans ce cas, il vaudrait peut-être mieux que tu disparaisses momentanément de la circulation. Quitte La Nouvelle-Orléans, joue-la profil bas jusqu'à ce que les choses se soient un peu calmées. J'ai un ami de confiance à Houston. Je n'ai qu'à lui passer un coup de fil et il te prend comme mécanicien dans son garage sans poser la moindre question.

— Pas question : je refuse de détaler comme un lapin devant le moindre danger, répondit Dave avec fermeté. Je m'en voudrai toute ma vie si je joue au trouillard sur ce coup-là. Par contre, si toi, tu allais te réfugier à Houston pendant quelque temps, ça me rassurerait drôlement. Je n'ai pas envie qu'il t'arrive malheur, Tonton. Tu es la seule famille qu'il me reste, tu sais ?

Marsilius rétrograda en amorçant un virage serré. Sans quitter la route des yeux, il répondit d'une voix au moins aussi assurée que celle de son neveu :

— Je peux me débrouiller tout seul, fiston. C'est plutôt toi qui m'inquiètes. Parce que ce n'est que le début de tes ennuis, mets-toi bien ça dans le crâne ! Ils reviendront, aussi sûr que deux et deux font quatre, et cette fois-là, je ne serai peut-être pas dans le coin pour venir te tirer in extremis de dessous leur rouleau compresseur !

— Peut-être qu'ils reviendront, mais pas tout de suite, j'en mettrais ma main à couper. Ils vont attendre que je ne sois plus sur mes gardes pour pouvoir jouer une nouvelle fois l'effet de surprise.

— Tu as l'air bien sûr de toi.

— Je me fie juste à ce que je ferais, moi, dans des circonstances semblables.

— J'espère que tu ne te trompes pas, gamin, conclut Marsilius en hochant la tête d'un air pénétré. Je l'espère de tout cœur, crois-moi.

Il n'y avait pas grand-chose à ajouter. Les deux hommes gardèrent donc le silence pendant le reste du trajet, jusqu'à ce que Marsilius engage son pick-up dans l'allée qui menait à la maison de son neveu. Après avoir coupé le moteur et aidé Dave à descendre, il lui proposa de l'accompagner à l'intérieur. Mais Dave refusa gentiment : il n'avait pas tellement envie de compagnie. Il avait plutôt besoin de se retrouver seul pour faire le point.

Une fois rentré chez lui, il fit le tour des pièces pour verrouiller les portes et les fenêtres, tout en sachant parfaitement que ça ne servait à rien : ses assaillants ne reviendraient pas de sitôt. Enfin, ça le rassurait quand même un peu... Sauf que la vitre de la porte du fond avait été brisée — c'était par là que Nettle et Taubin avaient dû pénétrer. Rien de plus simple : il suffisait de passer le bras par l'ouverture et de tourner le bouton de la porte après avoir fait sauter le loquet. Dave devrait faire remplacer la vitre. Il aurait pu clouer une planche en attendant, mais il se sentait trop épuisé.

Dans cette maison ouverte à tous les vents, sa belle assurance fondait comme neige au soleil... Il prit soin de placer son 38 millimètres sur le rebord du lavabo pendant qu'il prenait une douche brûlante pour se décrasser un peu. Et il n'oublia pas de glisser son arme sous son oreiller quand il se blottit dans son lit, entre les draps frais.

Il pensait qu'il s'endormirait comme une masse après l'épreuve qu'il avait subie. Mais il resta allongé sur le dos pendant un long moment, les yeux fixés sur le plafond où il lui semblait voir les visages alternativement souriants et pleins de larmes de Claire et de Ruby, les deux femmes de sa vie.

Il ferma enfin les yeux pour tenter de succomber au sommeil lourd qu'il sentait poindre. Peine perdue : il avait mal partout, il était exténué, perclus de fatigue, et pourtant il ne parvenait toujours pas à s'endormir.

Au bout du compte, il finit par se lever pour aller se poster devant la fenêtre. Il entendit l'un des fauteuils à bascule sur le perron grincer doucement, mais il ne s'alarma pas le moins du monde. Il savait très bien qui était venu s'y installer subrepticement.

Il écouta attentivement. Le siège venait de craquer une nouvelle fois sous le poids de Marsilius. Son oncle devait être en train de se tortiller pour trouver une position qui ne fasse pas trop souffrir son mauvais genou… Quelle tête de mule, tout de même ! songea Dave. Quand il avait décidé quelque chose, pas moyen de l'en faire démordre. Mais c'était peut-être aussi bien, finalement.

Dave resta encore quelques minutes derrière la fenêtre, à regarder le soleil se lever lentement au-dessus de la baie. Puis, tournant le dos au paysage glorieux qui se déployait devant ses yeux las, il descendit au rez-de-chaussée pour aller préparer du café.

17.

— You are my sunshine, my only sunshine…

La chanson favorite de Maman pénétra lentement la conscience de l'enfant. Au bout de quelques secondes, Maddy cligna des yeux, encore à moitié dans son rêve.

— Maman ? fit-elle d'une petite voix enrouée.

— Allez, debout, paresseuse ! Tu as oublié quel jour on était ?

D'un air apeuré, l'enfant parcourut la pièce du regard, comme si elle vérifiait qu'il n'y avait pas de monstre caché dans un coin.

— Où il est, Papa ?

Maman lui décocha un sourire attendri.

— Il est parti, mon petit cœur. Il ne reviendra que demain. Ce qui veut dire que nous avons la journée pour nous toutes seules, et quelle journée ! Tu vas voir, j'ai prévu plein de surprises magnifiques rien que pour toi. Tiens, regarde plutôt !

Tout en parlant, elle pointa le doigt vers le pied du lit : une ravissante robe rose à volants était accrochée à l'un des montants de bois.

— Ce… c'est pour moi ? balbutia Maddy d'une voix presque craintive.

— Mais oui, bien sûr que c'est pour toi ! s'exclama Maman avec un enthousiasme communicatif. Allez, maintenant, vite, au bain ! Ensuite, je t'aiderai à t'habiller. Et après, tu auras le droit d'ouvrir un de tes cadeaux d'anniversaire.

L'enfant se dépêcha de courir jusqu'à la salle de bains. Quelques minutes plus tard, elle revenait en sautillant de joie, ses jolies boucles blondes encore humides repoussées derrière ses oreilles.

Avec un plaisir évident, elle se laissa habiller. La merveilleuse robe rose lui allait comme un gant. Après en avoir arrangé les plis autour de son petit corps gracile, Maman la fit tourner en direction du grand miroir pour qu'elle s'y admire.

— Regarde donc, ma chérie ! Est-ce que ce n'est pas toi la plus jolie petite fille du monde entier ? s'exclama-t-elle tout en serrant brièvement l'enfant dans ses bras. Tu l'aimes, cette robe, ma petite Maddy ? Est-ce qu'elle te fait plaisir ? Vraiment plaisir ?

— Oh oui, Maman, elle me plaît beaucoup ! Mais si jamais…

D'un doigt posé sur les petites lèvres entrouvertes, Maman mit gentiment un terme à ses inquiétudes.

— Je ne veux pas de ce genre de crainte aujourd'hui, mon petit cœur. C'est ton anniversaire, tu sais ? Alors, on ne va penser qu'à des choses agréables, et tu vas t'amuser en oubliant tout le reste, d'accord ?

Maddy ne quittait pas des yeux son reflet dans le miroir. La petite fille qui lui retournait son regard était vraiment jolie. Plus que jolie, même. Absolument adorable. Maddy ne put s'empêcher de lui adresser un sourire ravi.

— Je t'adore, Maman, murmura-t-elle.

— Moi aussi, je t'aime très fort, ma chérie. Allez, mainte-

nant, viens avec moi. Il est temps d'ouvrir un de tes cadeaux, tu veux ?

Enchantée, Maddy suivit Maman sur le palier, puis dans l'escalier en courbe qui descendait vers la grande entrée. A gauche des marches se trouvait le salon de réception, lourdement orné d'antiquités sévères, au papier peint chargé et si épais qu'on aurait dit du velours frappé. En temps normal, Maddy n'avait même pas l'autorisation de poser un doigt de pied dans cette pièce réservée aux invités de marque. Mais aujourd'hui, c'était différent : Maman avait décoré les murs et le plafond avec des ballons de couleurs vives et de jolies banderoles souhaitant un « BON ANNIVERSAIRE » en lettres roses et bleues. Quant aux portes-fenêtres qu'obscurcissaient généralement les doubles-rideaux de tissu épais et sombre, elles avaient été ouvertes en grand sur l'extérieur pour permettre aux rayons éclatants du soleil de réchauffer l'atmosphère glacée de la pièce. Incrédule, Maddy resta immobile sur le seuil, à contempler le salon transformé. Elle avait du mal à reconnaître la pièce sans la présence réprobatrice de Père dans son fauteuil favori.

La table qui se trouvait habituellement dans la salle de jeux de Maddy avait été transportée au centre du salon, et sa plus jolie dînette en porcelaine y avait été installée. Un vase empli de camélias aux pétales blancs trônait au centre de la table ainsi dressée, et le parfum à la fois doux et entêtant des jolies fleurs embaumait l'air tiède de cette belle journée.

De chaque côté de la petite chaise d'hôtesse, à un bout de la table du goûter, des paquets-cadeaux aux emballages gais et aux rubans frisottés s'empilaient comme dans une caverne aux trésors. Enthousiasmée à la vue de tous ces présents, Maddy battit des mains.

— Oh ! Il y en a plein ! Je peux les ouvrir, Maman ? S'il te plaît !

— Un seul pour le moment, ma jolie. Tu ouvriras le reste de tes cadeaux quand les autres petites filles seront arrivées pour la fête.

Maman traversa le salon pour aller chercher une grosse boîte blanche enrubannée de satin rose qu'elle rapporta à Maddy avec un sourire encourageant. Avec méticulosité, la petite fille dénoua le joli ruban, ouvrit le couvercle de la boîte et défit les épaisseurs successives de papier de soie parfumé jusqu'à ce qu'elle découvre le contenu du paquet.

L'enfant eut un hoquet de surprise émerveillée. Dans son écrin blanc, la poupée avait l'air vivante. Elle était si belle ! Plus belle encore que le reflet de Maddy dans le miroir, un instant auparavant.

— Oh, Maman ! murmura-t-elle, remplie d'extase.

Les yeux pleins de larmes de joie, elle s'agenouilla sur le sol pour être plus près de la poupée.

— Tu l'aimes ? lui demanda Maman doucement.

— Je l'adooore ! répondit l'enfant d'une voix étranglée par l'émotion. Plus que tout au monde ! Elle est tellement belle !

— Elle te ressemble, Maddy. C'est ta jumelle, tu vois ?

Maddy hocha la tête. Oui, la poupée lui ressemblait vraiment, à part pour la longueur de ses boucles blondes. Elle avait de ravissantes anglaises qui lui descendaient jusque dans le dos, alors que les cheveux de Maddy avaient été coupés beaucoup plus court. Mais ses yeux bleus étaient exactement de la même couleur que ceux de Maddy. La ressemblance était tout aussi frappante, s'agissant de son petit nez retroussé et de sa bouche en forme de cœur…

Cette poupée, c'était exactement ce à quoi Maddy rêvait de ressembler. Une vraie petite merveille.

— C'est ta tante Savannah qui l'a fabriquée spécialement pour toi, reprit Maman. Tu te souviens de Savannah ? Tu l'as vue une seule fois, il y a longtemps. C'est une dame très gentille et très douée. Je lui ai envoyé une photo pour qu'elle puisse faire la poupée à ton image. Elle ne savait pas que c'était toi sur le cliché, bien sûr…

Les mots manquaient à Maddy pour décrire son enchantement. Pour toute réponse, elle se contenta de serrer très fort l'adorable sosie dans ses bras.

— Ça restera notre secret à toutes les deux, Maddy, d'accord ? Tu ne pourras la sortir de sa boîte que pour les grandes occasions. Tu comprends ?

— Oui, Maman. Je sais.

— Si ton père…, commença Maman avant de se mordre les lèvres comme si elle avait dit un gros mot. Mais j'ai dit que nous ne devions pas penser à ça aujourd'hui. Il faut profiter de ton anniversaire au maximum… Allez, maintenant, on va se préparer pour la fête. Viens, ma chérie.

La suite fut un véritable conte de fées pour Maddy. Cinq petites voisines de son âge avaient été invitées, et Maman avait même pensé à organiser des jeux pour les distraire. Lorsqu'elles eurent bien ri, elles s'assirent toutes autour de la jolie table, chacune sur une petite chaise, devant les assiettes et les tasses à thé préparées à leur intention. A la place d'honneur, vêtue de sa robe neuve, les joues aussi roses que le tissu de sa tenue de princesse, Maddy les regarda intensément l'une après l'autre, pour être sûre de garder le souvenir de ce jour merveilleux le plus longtemps possible. Pendant ce temps, Maman prenait des photos, mais aucune image ne pourrait s'avérer aussi fidèle que la mémoire de la petite héroïne dont on fêtait les sept ans en grande pompe.

Dans les bavardages joyeux qui fusaient de part et d'autre de la table, quelqu'un mentionna le nom de Matthew. Aussitôt, le cœur de Maddy se mit à tambouriner à cent à l'heure. Et si jamais l'une des invitées découvrait le secret ?

Mais Maman réussit à donner le change sans éveiller les soupçons des petites voisines. Elle dit que Matthew fêterait son anniversaire plus tard, parce que c'était un garçon, et que les garçons n'aimaient pas trop s'habiller joliment pour assister à un goûter avec plein de petites filles. C'était une fête uniquement pour Maddy, et il fallait en profiter pour bien s'amuser ensemble.

Les fillettes pressèrent leur amie d'ouvrir tous ses cadeaux, et chaque nouvelle découverte amena des « oh ! » et des « ah ! » d'excitation. Une fois tous les paquets déballés, les petites se calmèrent un peu, et Maman apporta le gâteau d'anniversaire. Les yeux des enfants se mirent à briller d'émerveillement devant le magnifique fraisier à trois étages recouvert de glaçage rose bonbon que surmontait un arc-en-ciel en sucre candi. C'était vraiment un gâteau splendide, et les fillettes entonnèrent en chœur le traditionnel refrain de « Joyeux Anniversaire », tout en salivant d'avance à l'idée de goûter à la montagne rose qui trônait devant Maddy.

L'heureuse élue venait tout juste de souffler ses sept bougies quand un bruit sourd se fit entendre dans le fond de la maison. Quelqu'un ouvrit une porte dans un grincement sinistre, et le claquement qui suivit terrorisa l'enfant.

Elle chercha Maman du regard pour lui demander ce qui se passait. Mais elle n'eut pas besoin de poser la question : le visage pétrifié de sa mère lui apprit que le pire allait se produire. Les yeux bleus de Maman s'assombrirent de peur, tandis qu'une silhouette massive s'encadrait dans la porte ouverte du salon.

— Tiens, tiens, mais qu'est-ce que je vois là ? fit une voix grave et posée.

Le ton presque suave de cette voix familière ne trompa pas Maddy. Elle se mit à trembler de façon incontrôlable car elle savait le tour désastreux qu'allait sûrement prendre cette journée si bien commencée.

— Eh bien, Katherine, reprit la voix mielleuse, on dirait que tu t'es surpassée, cette fois. Quelle fête, dis-moi ! On ne pourrait rêver mieux : un vrai décor d'anniversaire, comme dans les livres d'images. Il y a juste une chose qui me chiffonne : pourquoi est-ce qu'on ne m'a pas invité ?

Maman ne répondit pas, mais la pâleur de son visage était suffisamment éloquente. On aurait dit qu'elle allait s'évanouir de terreur.

— Je crois que la petite fête est sur le point de se terminer, n'est-ce pas ? reprit Père de la même voix faussement plaisante. Katherine, tu devrais raccompagner ces enfants chez elles. Et tout de suite, je te prie.

Maman lança un regard inquiet en direction de Maddy. Visiblement, elle n'avait pas du tout envie de laisser la petite seule avec son père, mais ce dernier ne lui offrait pas d'autre choix.

En quelques minutes, Maman et les petites voisines avaient rassemblé leurs affaires et étaient parties précipitamment. D'un seul coup, la maison retomba dans un silence d'outre-tombe. Père s'avança lentement dans le salon désert, les yeux fixés sur Maddy.

— Qu'est-ce que c'est que cette chose sur toi ?

Tétanisée, Maddy ne répondit rien.

— Réponds quand je te parle ! explosa Père tout en tirant

Maddy par le bras pour l'arracher à la table de fête. Tu es une abomination vivante, et j'ai du mal à te regarder sans avoir envie de vomir, mais tu es mon enfant et je n'entends pas fuir mes responsabilités. J'ai trouvé quelqu'un qui va pouvoir t'aider. C'est un médecin qualifié : le docteur Church. J'ai discuté avec lui, hier, avant de quitter le congrès médical. Il a réussi à obtenir des résultats très satisfaisants sur des cas comme le tien. Seulement, le traitement ne fonctionnera jamais si ta mère s'obstine à te transformer en espèce de monstre dégénéré !

Il n'avait pas terminé sa phrase qu'il avait déjà arraché la robe rose des frêles épaules de Maddy. Il s'en débarrassa comme d'un chiffon répugnant avant de faire suivre le même chemin aux chaussures vernies et aux chaussettes à dentelles de l'enfant, puis à ses sous-vêtements. Maddy n'avait que sept ans, mais elle détestait se retrouver nue. Surtout devant Père qui la contemplait invariablement avec dégoût avant de se détourner d'elle comme s'il ne pouvait supporter sa vue.

Ses petits doigts écartés, Maddy tenta maladroitement de masquer les affreuses cicatrices qui zébraient son corps. Elles constituaient un témoin trop visible des multiples opérations douloureuses auxquelles elle avait été soumise. Mais Père n'avait aucune pitié. D'un geste, il ramassa la robe déchirée et les sous-vêtements roulés en boule pour les fourrer en tas dans les bras frissonnants de Maddy.

— La prochaine fois que je rentre, si jamais je te trouve avec ce genre de vêtements ridicules, je te jure que je t'emmène loin d'ici. Tellement loin que tu ne reverras jamais ta mère. C'est bien compris ?

Maddy hocha la tête, ravalant ses larmes du mieux qu'elle le pouvait. Si elle se montrait obéissante, les choses en resteraient peut-être là ? Pour une fois, Père n'avait pas l'air complètement furieux. Peut-être parce que c'était l'anniversaire de Maddy et qu'il ne voulait pas trop la punir ?

Mais le soulagement de l'enfant fut de courte durée. Le regard de Père tomba sur la poupée, très digne dans son écrin de papier de soie, et la transformation fut immédiate : les traits harmonieux de Père se déformèrent en une horrible grimace de rage.

Saisissant Maddy sous les aisselles, il la souleva comme une plume pour l'emporter hors du salon où les ballons et les banderoles paraissaient désormais incongrus et presque ironiques. Sans lui laisser le temps de protester, il ouvrit toute grande la porte d'un placard, poussa l'enfant dedans et referma les battants sur elle.

Maddy avait peur du noir. Nue, secouée de tremblements incontrôlables, elle se recroquevilla sur le sol, les genoux remontés contre sa poitrine haletante, les bras serrés autour de ses jambes maigrelettes, osant à peine respirer tant elle était terrorisée. Le mieux, c'était sans doute d'attendre que Maman revienne.

Au bout de quelques instants, ses frissons nerveux se calmèrent un peu. Prenant sur elle pour ne pas se mettre à geindre comme un chiot prisonnier, Maddy rampa jusqu'à la porte du placard et colla un œil contre l'interstice qui subsistait au niveau de la charnière du bas. Père était là, debout, tourné vers le placard, comme s'il savait que Maddy l'épiait, la poupée dans une main, un grand couteau à découper dans l'autre.

— Non ! hurla Maddy de toutes ses forces.

Mais Père fit comme s'il n'avait pas entendu. Brandissant bien haut la lame acérée, il se mit en devoir de sectionner une à une les longues boucles blondes qui avaient tellement enchanté la fillette.

Lorsque la mère de Maddy rentra et qu'elle découvrit le désastre, elle se rua sur Père pour essayer de lui arracher la poupée des mains.

— Daniel ! Comment as-tu pu faire ça ? cria-t-elle dans un sanglot.

— C'est plutôt moi qui devrais te poser cette question ! rétorqua-t-il en hurlant. C'est toi la responsable de cette mascarade grotesque, Katherine. Tu ne vois donc pas les dégâts que tu as causés par ta conduite irresponsable ?

— Les dégâts ? Mais quels dégâts ? demanda Maman, le visage blême de fureur. C'est toi qui t'échines à détruire notre unique enfant. Tu ne lui laisses pas la moindre chance de bonheur, tout ça à cause de ta stupide arrogance et de ton orgueil incurable ! Où est Maddy, Daniel ? Qu'as-tu fait de mon bébé d'amour ?

— Je te demande instamment de te calmer, Katherine, reprit Père d'une voix dangereusement posée. Maddy sera bientôt entre de bonnes mains. Tout comme toi, d'ailleurs.

— Mais… mais de quoi veux-tu parler ? fit Maman, les yeux écarquillés d'angoisse.

— J'ai trouvé un médecin qui, si Dieu le veut, parviendra à redonner au petit monstre que tu as fabriqué l'apparence d'un enfant normal. Il m'a dit qu'il pouvait aussi se charger de toi. Tu as besoin d'un suivi médical, Katherine, c'est évident.

— Non, je t'en supplie ! Plus d'intervention médicale ! s'exclama Maman. Quand je songe aux tortures que tu as fait subir à notre pauvre enfant…

Elle tenta de s'accrocher à son bras, mais Père la repoussa sans douceur, et elle faillit s'effondrer. Il n'eut pas l'air de s'en inquiéter outre mesure.

— Le Dr Church a bien pris la mesure de la situation, poursuivit-il sur le même ton neutre. Il a compris que tu étais en grande partie responsable de nos problèmes, Katherine. C'est pour cette raison qu'il a accepté de te faire suivre un traitement, à toi aussi. Bien entendu, tu séjourneras dans un hôpital spécialisé pendant la durée de la cure.

— Tu ne peux pas me faire interner comme ça, sans mon consentement ! hurla Maman d'une voix suraiguë. J'ai de la famille, des amis qui témoigneront que…

— Tu n'as personne, la coupa Père d'une voix glaciale. Personne qui veuille t'écouter, en tout cas. Qui donc, dans notre entourage, accorderait foi aux délires d'une femme déséquilibrée ? Ce serait ta parole contre la mienne : celle d'un chirurgien respecté doublé d'un père exemplaire qui est également un époux attentif et aimant. Non, cette fois, je crois bien que tu m'obéiras, Katherine. Mais c'est pour notre bien à tous les trois.

— Je ne te laisserai pas faire !

— Tu ne peux rien contre moi. Tu ne m'arrêteras pas. J'ai déjà pris mes dispositions : la machine est lancée.

— C'est ce que nous allons voir ! s'exclama Maman dont les pas précipités retentirent sur le plancher sonore avant qu'un autre bruit, terriblement inquiétant, ne se fasse entendre.

On aurait dit que Maman avait du mal à respirer, parce qu'elle se mit à supplier d'une voix étranglée :

— Lâche-moi ! Tu me fais mal ! Daniel, non, je t'en prie…

Elle poussa un hurlement strident. Ensuite, pendant ce qui lui parut une éternité, Maddy entendit des sons horribles de l'autre côté de la porte du placard. Père parlait d'elle de façon affreuse. Il traitait Maddy de tous les noms, comme si elle n'avait pas été là, tapie dans l'obscurité, à écouter de toutes ses oreilles le bruit de la dispute. Maman criait, elle aussi, pour implorer Père d'arrêter. Mais au bout de quelques instants, Maman ne fit plus de bruit du tout.

Maddy tenta de voir ce qui se passait par l'interstice. De l'autre côté, un œil la fixa méchamment, et elle eut si peur qu'elle poussa un petit cri avant de se réfugier dans le fond du placard.

Mais c'était inutile : Père avait déjà ouvert la porte. Son beau costume était couvert de sang, et il avait le poing serré autour de quelque chose qui ressemblait à… Maddy faillit s'étrangler. C'était la tête de Maman ! Mais elle se reprit vite. Non, ce n'était pas les cheveux de Maman que Père serrait dans sa main, mais ceux de la poupée. La jolie poupée dont il avait massacré les longues boucles blondes. Elle pendait lamentablement au bout du bras tendu de Père. Ses yeux de verre bleu étaient grands ouverts et ses petites lèvres souriaient toujours de la même façon charmante.

Il y avait du sang sur le sol derrière Père. Mais Maman n'était nulle part.

Maddy reporta son regard effaré sur le doux sourire de la poupée. Un sourire de rêve, qui lui parlait d'un autre monde — un monde merveilleux, parfait, enchanteur, où Père ne pourrait pas les trouver.

— Oui, tu as raison, grommela-t-il d'un air terrible. Vas-y, regarde-la bien, cette satanée poupée, espèce de femmelette dégénérée ! Parce que c'est la dernière vision que tu auras d'elle !

Et d'un grand coup de couteau, il décapita la pauvre

poupée dont il jeta la tête absurdement souriante sur les genoux de l'enfant.

Maddy se mit à hurler de toutes ses forces, les yeux révulsés, les traits déformés par l'horreur. Mais personne ne l'entendit. Et personne ne vint l'arracher à sa prison.

Matthew Cypher rendait visite à son père quotidiennement. D'habitude, c'était l'après-midi, mais aujourd'hui, comme il avait beaucoup à faire, il était venu plus tôt. Après avoir garé son véhicule dans le parking derrière la maison de retraite d'Oak Glen, il emprunta la porte de service à l'arrière du bâtiment. Il n'avait pas envie de croiser les membres du personnel hospitalier : pas le temps de bavarder.

D'un pas pressé, il parcourut le couloir monotone, regardant droit devant lui, évitant à dessein de tourner les yeux vers les portes entrouvertes d'où lui parvenaient des geignements pitoyables. L'odeur d'antiseptique et d'urine qui flottait dans l'air le prenait à la gorge, autrefois. Mais désormais, il y était tellement habitué qu'il ne la remarquait même plus. Somme toute, avec le temps, tout finissait par devenir plus ou moins uniforme…

Une vieille dame assise dans un fauteuil roulant avait l'air complètement perdu, toute seule devant la porte de sa chambre. Quand Matthew passa devant elle, elle tendit vers lui une main décharnée.

— Est-ce que vous pouvez m'aider ? fit-elle d'une voix éraillée.

Bien qu'il fût un peu contrarié par cette interruption, Matthew s'arrêta pour lui demander aimablement :

— Quel est donc votre problème, madame ?

— Je n'arrive pas à retrouver ma chambre.

Du coin de l'œil, il enregistra la photographie et le nom affichés sur la porte.

— Vous ne seriez pas Mme Avondale, par hasard ?

— Mais si ! Comment le savez-vous ?

— Oh, j'ai deviné, c'est tout, fit Matthew en ouvrant la porte toute grande. Voici votre chambre, madame.

— Vous êtes sûr ?

— Sûr et certain.

Il allait s'éclipser quand la vieille dame lui saisit la main pour la porter à son visage.

— Vous êtes un bon garçon, vous savez ? lui dit-elle avec un sourire reconnaissant.

— Je suis heureux de vous l'entendre dire. Voulez-vous que je vous aide à rentrer dans votre chambre ?

— Non, merci. Je préfère rester là pour attendre le bus qui ne va pas tarder à arriver. Je ne voudrais surtout pas le rater : il doit m'emmener voir mon mari, aujourd'hui. Sa troupe est stationnée à Fort Bragg, et j'ai l'autorisation de le rejoindre à la base militaire. C'est la première fois que je quitte la Louisiane, vous vous rendez compte ?

— Alors, bon voyage, répondit Matthew en esquissant un petit salut.

Il tourna les talons pour se diriger vers le bout du couloir, accompagné par le rire perlé de la grand-mère qui ressemblait étrangement à celui d'une adolescente troublée par ses premiers émois amoureux.

Enfin, il arriva devant la chambre de son père. Une infirmière venait juste d'en sortir, et son visage s'éclaira à la vue du visiteur.

— Ah ! Bonjour, docteur Cypher. Vous êtes en avance, aujourd'hui.

— Oui, j'ai plusieurs affaires à régler dans la journée, mais je ne voulais surtout pas manquer ma visite quotidienne à mon père. Je sais combien il attend chacun de nos tête-à-tête.

— Si seulement toutes les familles des patients étaient comme vous ! dit l'infirmière avec un sourire las.

Inclinant légèrement la tête sur le côté, Matthew étudia les traits de la jeune femme.

Elle ne devait pas avoir plus de trente ans, mais on lui en aurait facilement donné dix de plus. Elle n'avait pas un travail facile, et Matthew se sentit assailli par un élan de compassion. Il décida donc de rester un moment avec elle pour discuter.

— Qu'est-ce qui se passe ? lui demanda-t-il gentiment. Vous n'avez pas l'air dans votre assiette aujourd'hui.

Poussant un sourire à fendre l'âme, elle répondit, l'air lugubre :

— C'est mon copain. Il a encore disparu sans prévenir. Je ne sais pas pourquoi, mais cette fois, j'ai vraiment l'impression qu'il a de gros ennuis.

— Je suis désolé d'apprendre ça.

Touchée, Desiree Choate esquissa un petit sourire triste tout en haussant les épaules avec fatalisme.

— Maman n'arrête pas de me répéter que c'est tant mieux s'il ne revient pas. Elle n'a jamais beaucoup apprécié mon pauvre Travis, malheureusement. Pourtant, je lui ai dit et redit que c'était un type bien, avec un bon cœur. Le seul truc, c'est qu'il est pas très travailleur. Mais de là à le traiter de fainéant et de bon à rien, elle exagère, quand même, vous croyez pas ?

— Vous avez dit Travis ? Il ne s'agit pas de Travis McSwain, tout de même ?

— Si, pourquoi ? fit la jeune femme en haussant les sourcils d'un air surpris. Vous le connaissez, docteur ?

— Eh bien, je l'ai déjà aperçu, oui. Il faisait des petits travaux dans la maison de ma tante, de temps à autre. Savannah Sweete. Il a peut-être évoqué son nom devant vous ? Elle fabrique des poupées.

Desiree détourna rapidement les yeux. Pas assez vite, cependant : Matthew eut le temps d'y déceler un éclair de peur.

Elle sait. Elle a vu la poupée.

Il lui adressa un sourire compatissant.

— A votre avis, où Travis a-t-il bien pu aller ?

— Ça, Dieu seul le sait ! Il va sûrement revenir me voir un de ces quatre avec la queue entre les jambes, comme toujours. Mais soit dit en passant, entre vous et moi… Vous pouvez garder un secret, docteur ? Vous voyez, ces derniers temps, j'ai fait des cauchemars à répétition. Et je n'arrive pas à m'enlever de la tête l'idée que c'est sûrement prémonitoire. Que si ça se trouve, il lui est arrivé quelque chose de vraiment grave, cette fois.

— Depuis combien de temps a-t-il disparu ?

— Quelques jours — enfin, je suppose. Il était parti faire un tour à La Nouvelle-Orléans, l'autre soir, et depuis, je ne l'ai pas revu. Mais ça ne veut pas forcément dire qu'il ait eu des problèmes tout de suite, si ?

— Vous êtes allée en parler à la police ?

— La police ? Oh, non ! Mon Dieu, surtout pas ! s'exclama l'infirmière, une expression apeurée sur ses traits ingrats. Travis me tuerait s'il apprenait que je lui ai collé les flics aux fesses.

— Pourquoi ? Il a fait quelque chose de répréhensible aux yeux de la loi ?

— Non, non, c'est juste que…

La jeune femme hésita, comme si elle réalisait subitement qu'elle en avait peut-être trop dit.

— Enfin, il aime pas beaucoup les flics, c'est tout. Bon, eh bien, merci de vous être arrêté pour discuter un peu avec moi, docteur. C'est gentil de votre part, mais il faut que je me remette au boulot, maintenant.

— Si j'étais vous, je ne m'inquiéterais pas trop pour Travis, fit Matthew avec gentillesse. S'il lui était arrivé quelque chose de grave, comme vous dites, vous l'auriez déjà appris, vous ne croyez pas ?

— Si, sûrement. Bah ! Il est peut-être en train de cuver son whisky dans un caniveau ! Ce ne serait pas la première fois qu'il se prendrait une énorme cuite, allez !

— Je suis certain que vous aurez bientôt de ses nouvelles. En attendant, voici un petit quelque chose qui vous redonnera peut-être le sourire, au moins pour quelques instants.

Tout en parlant, il lui avait tendu l'orchidée qu'il tenait à la main. L'air ébahi, elle contempla la fleur avec un ravissement qui faisait plaisir à voir.

— Oh ! C'est magnifique, docteur ! Mais je ne me sens pas le droit de l'accepter. C'est pour votre père que vous l'avez apportée.

— Je lui expliquerai, ne vous en faites pas. Je vous en prie, prenez-la.

— Eh bien, si vous insistez…, murmura Desiree en prenant délicatement la fleur entre ses doigts pour tenter d'en respirer le parfum. C'est l'une des orchidées que vous cultivez, n'est-ce pas ? C'est quoi, comme variété ?

— Une *cymbidium*, répondit le médecin tout en sachant parfaitement que le nom n'évoquerait rien pour cette jeune femme inculte au point d'ignorer que les orchidées étaient inodores.

— Et… c'est rare, comme fleur ?

— Oui, extrêmement rare.

Ce n'était pas vrai, évidemment. Mais la pauvre idiote n'en savait rien. Autant donner du prix à ce cadeau somme toute très commun : elle n'en serait que plus réconfortée.

Desiree lança un regard pensif en direction de la porte fermée derrière laquelle se trouvait le père de Matthew.

— Finalement, c'est une bonne chose que vous soyez venu un peu plus tôt que d'habitude, docteur. Vous savez, votre père m'a semblé un peu agité ce matin. Peut-être que votre visite parviendra à le calmer ? Je l'espère, en tout cas.

— Je ne vous promets rien, répondit Matthew avec un doux sourire. Mais je vais voir ce que je peux faire.

Sur un dernier signe à l'infirmière absorbée par la contemplation de son orchidée, il ouvrit tranquillement la porte et entra dans la pièce. Après avoir soigneusement refermé le battant derrière lui, il resta bien droit devant le spectacle qu'offrait son père, allongé sur son lit. Le vieil homme gisait sur le dos, les yeux fixés au plafond, les mains inertes de chaque côté de son corps décharné. De ses lèvres entrouvertes coulait un filet de bave dont l'extrémité avait séché sur sa joue pâle.

La pièce empestait littéralement. L'équipe hospitalière avait beau passer plusieurs fois par jour pour laver et changer le vieil homme, il se faisait invariablement dessus avant chaque visite de son fils. C'était pathétique.

Le rideau qui séparait les deux lits avait été ouvert, sans doute par l'infirmière qui avait dû s'occuper des deux patients dans la foulée. Matthew adressa un petit signe de tête à M. Campbell, le vieillard qui partageait la chambre de son père. Lui aussi était paralysé des deux côtés, à la suite d'une attaque qui lui avait pratiquement ôté l'usage de la parole. Son lit était un peu surélevé, et ses yeux délavés suivirent

Matthew d'un regard à la fois morne et méfiant, cependant qu'il s'approchait.

— Bonjour, monsieur Campbell, fit-il d'une voix aimable. Comment ça va, aujourd'hui ?

L'autre cligna rapidement des paupières. Sûrement une façon de lui répondre, songea Matthew. Mais il n'avait aucune idée de ce que ce code pouvait bien vouloir dire. Haussant les épaules, il se tourna vers le lit où son père était étendu.

— Bonjour, Père, murmura-t-il en déposant un baiser léger sur le front parcheminé du vieil homme.

La peau de son visage était si tendue qu'il ressemblait plus à un cadavre qu'à un être vivant. Il ne dormait pas. Ses yeux vinrent lentement se fixer sur le visage de son fils, une expression étrange dans leurs pupilles dilatées. Sa bouche eut un frémissement imperceptible, comme s'il essayait de dire quelque chose. Ou peut-être voulait-il seulement tenter de la refermer ?

— Desiree vient de me dire que tu n'avais pas passé une très bonne nuit. Je suis vraiment désolé, j'aurais dû venir plus tôt encore, fit Matthew d'un air mielleux.

Puis il se pencha vers l'oreille de son père pour ajouter un ton plus bas :

— Parce que ça ne peut pas se passer comme ça, Père, tu le sais bien. Nous n'avons pas besoin que tu fasses des tiennes, n'est-ce pas ?

Tout en parlant, il avait tiré une seringue emplie d'un liquide transparent de sa poche de veste pour la brandir à la lumière. La bouche du vieil homme se mit à bouger convulsivement, et ses yeux à rouler frénétiquement dans leurs orbites. Il savait ce qui allait suivre, et il essayait d'y échapper. Mais comment aurait-il pu bouger ne serait-ce qu'un doigt de pied ? Sa tentative désespérée avait quelque chose de grotesque, presque comique, et Matthew faillit pouffer de rire, tandis qu'il vérifiait le niveau de l'injection.

Un sourire amusé aux lèvres, il se pencha de nouveau tout contre l'oreille de son père.

— Dis-moi, Père, qu'est-ce que ça te fait d'être prisonnier de ce corps ?

Un gémissement horrifié s'échappa des lèvres desséchées du vieil homme.

Impassible, Matthew se redressa de toute sa taille.

— Où veux-tu que je te fasse ta piqûre, aujourd'hui ? Dans la cuisse ? Sous le bras ? Entre les doigts de pied ? Nous n'avons que l'embarras du choix…

Reculant de quelques pas, il se posta au pied du lit pour relever le drap et la couverture posés sur le corps inerte de son père, exposant deux jambes si maigres qu'elles ressemblaient à deux branches sèches, prêtes à casser net, et si décharnées qu'elles avaient pris la teinte bleutée des veines tortueuses que l'on voyait courir sous la peau fine. Matthew ôta le capuchon de la seringue, l'amorça rapidement et, sans plus attendre, la planta dans la cuisse de son père.

Comme il appuyait sur la pompe pour que le liquide se vide plus vite, il lança un regard circonspect à l'autre patient qui n'avait pas bougé, et qui l'observait depuis son lit.

Lentement, Matthew posa un doigt sur ses lèvres souriantes.

— Chut ! fit-il dans un murmure. Ne dites rien.

18.

Un orage se déclencha brusquement dans les premières heures du mardi matin, tirant Claire de son sommeil. Allongée dans son lit, elle resta longuement éveillée, à l'écoute du tonnerre qui grondait périodiquement, accompagné des bruits d'éclaboussures que produisaient les rares voitures passant dans la rue devant chez elle.

Bientôt, les éclairs se succédèrent presque sans interruption, et la jeune femme se leva pour jeter un coup d'œil par la fenêtre. La rue dégoulinait de pluie, et pendant un bref instant, elle crut voir, dans la lumière apocalyptique de l'orage, quelqu'un debout sous le déluge. Elle tenta de scruter l'extérieur à travers les trombes d'eau qui se déversaient du ciel strié de zébrures électriques, mais elle ne vit rien de plus. Elle en conclut qu'elle s'était trompée, et qu'il ne s'agissait que d'une ombre passagère.

Elle resta un moment immobile, debout derrière la fenêtre, à contempler la pluie qui tombait avec violence, puis elle retourna se coucher. Mais son sommeil s'avéra agité, entrecoupé de réveils intempestifs pendant lesquels elle écoutait attentivement le moindre bruit, persuadée que quelqu'un s'était introduit chez elle. Elle alla même jusqu'à se relever pour descendre vérifier que toutes les portes et les fenêtres étaient bien fermées. Depuis que la photo de Ruby avait disparu, elle ne cessait de s'inquiéter à l'idée que quelqu'un avait pénétré chez elle, cette nuit-là. Elle en était certaine : cette mystérieuse personne avait volontairement dérobé le cadre qui trônait sur la table du solarium. Mais pourquoi ?

La seule explication qui lui venait à l'esprit était trop terrible pour qu'elle puisse l'envisager. Après tout, on n'avait jamais retrouvé le kidnappeur de Ruby… Et si c'était lui qui revenait après sept longues années pour une raison mystérieuse que seul son esprit tordu comprenait ?

Claire retourna une nouvelle fois se blottir entre les draps froissés pour contempler rêveusement les dessins que projetait au plafond l'alternance d'ombre et de lumière. Enfin, peu avant l'aurore, l'orage s'arrêta d'un seul coup. Les nuages se déplacèrent rapidement vers l'intérieur des terres, et la lumière qui lui parvenait par la fenêtre vira au mauve pâle, adouci par une épaisseur de brume cotonneuse.

Roulant sur le côté, la jeune femme regarda le soleil. Ce fut seulement à cet instant qu'elle se rendormit paisiblement, pour se réveiller en sursaut quelques heures plus tard au son de son radio-réveil.

Quand elle arriva en vue du Quartier Français, le soleil rayonnait déjà dans le ciel d'azur sans la moindre trace de nuage. L'air était encore humide, comme toujours après un orage, et la chaleur qui promettait d'être étouffante donnait l'impression de vous envelopper d'une grosse couverture de laine qui n'aurait pas totalement fini de sécher.

Les artistes ambulants de l'allée des Pirates avaient déjà ouvert leurs parasols rayés, et ceux qui n'étaient pas occupés à dresser les portraits des quelques touristes en goguette se maintenaient prudemment à l'ombre, agitant un éventail devant leur visage luisant de sueur.

Quel que fût le temps, Claire adorait venir dans le Vieux Carré. Elle avait grandi à quelques pâtés de maisons de là, dans un petit cottage rectangulaire de style « *shotgun*[1] » sur le Faubourg Marigny. Les vieux bâtiments créoles, avec leur façade usée par les intempéries et leurs balcons avancés surplombant l'agitation des rues, lui étaient aussi familiers que son propre jardin. Quand elle était avec Alex, il ne se privait pas de lui répéter qu'elle devait faire attention aux dealers, aux drogués et aux voleurs à la tire qui traînaient dans ce quartier. A l'entendre, le Vieux Carré n'était qu'un sinistre repaire de brigands, et le danger vous y guettait à chaque coin de rue.

D'une certaine manière, il avait raison, se disait Claire sans parvenir à renoncer à sa fascination pour cet endroit si particulier. Le Quartier Français avait effectivement sa part de problèmes, mais pas plus que d'autres coins de La Nouvelle-Orléans où les risques de se faire agresser, braquer, violer ou pire encore étaient bien plus élevés. Et puis, comme l'attestait le nombre de touristes qui arpentaient les vieilles ruelles du Vieux Carré, le danger avait toujours constitué l'un de ses attraits les plus excitants.

Pourtant, aujourd'hui, Claire ne s'attarda pas à goûter à l'atmosphère de fête qui régnait invariablement à Jackson Square. Elle avait autre chose en tête : arriver pile à l'heure de l'ouverture du magasin de poupées pour être sûre de ne pas manquer le retour de la propriétaire.

Vendredi, le commerçant d'à côté avait bien dit à Alex que Mignon Bujold, la patronne de la boutique, serait de retour

1. Type de maison américaine originaire de La Nouvelle-Orléans, construite entre la fin de la guerre de Sécession et les années 1920, consistant en une enfilade de trois à cinq pièces sans vestibule ni couloir (*NdT*).

le mardi matin, et Claire en avait conclu qu'elle rouvrirait sûrement à l'horaire habituel affiché dans la vitrine, soit 10 heures précises. Comme la jeune femme n'était pas censée commencer son travail à la galerie avant 13 heures, elle avait tout son temps. Elle pouvait même s'offrir le luxe de faire un peu de lèche-vitrines entre-temps, puisqu'elle était en avance.

Mais plus elle repoussait le moment de se présenter devant la porte de la boutique de poupées, plus elle devenait nerveuse et inquiète. Plusieurs jours s'étaient écoulés, et le doute commençait à s'installer en elle. Et si Charlotte avait raison, finalement ? Si elle s'était trompée du tout au tout ? Ce n'était pas parce que cette poupée aux longues boucles blondes portait une robe rose à volants que cela suffisait à la désigner comme le sosie de sa fille disparue. Peut-être son imagination débordante n'avait-elle fait que broder autour de ces deux détails insignifiants ? Après tout, ce ne serait pas la première fois qu'elle se laisserait aller à des espoirs insensés. Elle avait cru voir Ruby des dizaines, voire des centaines de fois dans la rue, au milieu d'un supermarché bondé, ou encore sur les balançoires ou le toboggan d'un square rempli d'enfants de tous âges. Et si cette fois-ci n'était pas différente des autres ?

Elle secoua la tête avec détermination. Non, cette fois, *ce n'était pas pareil*. Elle avait pu observer la poupée en détail. D'autant qu'à ce moment-là, il n'y avait pas de voiture ni de tête inopportune pour venir obstruer son champ de vision. Quand elle avait traversé la rue, juste avant son accident, elle n'avait pas quitté la poupée des yeux, et elle était prête à jurer sur sa propre tête que c'était la copie conforme de Ruby. Il n'y avait pas à tergiverser : cette poupée avait été faite à l'image de sa fille, point final.

Pourquoi ? Comment ? Claire l'ignorait, mais elle avait bien l'intention de le découvrir. Sinon, elle ne trouverait pas le repos.

Lorsqu'elle se présenta devant le magasin, il était 10 heures passées de quelques minutes, mais à sa grande déception, la porte restait obstinément close, et le panneau « Fermé » était toujours pendu bien en évidence contre la vitre. Le store était baissé, tout comme le vendredi précédent, et quand Claire appuya à tout hasard sur la poignée, celle-ci ne céda pas.

Pressant son visage contre la vitre, elle tenta d'apercevoir quelque chose, comme elle l'avait fait quelques jours auparavant. Mais cette fois, elle ne repéra aucun mouvement à l'intérieur du magasin plongé dans la pénombre. Pas plus qu'elle ne retrouva l'impression tenace de l'autre jour, quand elle avait senti la présence invisible d'un inconnu. Au contraire, l'intérieur de la boutique avait l'air complètement mort. Avec un soupir de frustration, elle décolla son nez de la vitre, sachant qu'elle ne gagnerait rien à rester là.

Quelques jours plus tôt, rongée par l'impatience, elle avait cherché le numéro du magasin dans l'annuaire afin de laisser un message téléphonique à la propriétaire, au cas où celle-ci interrogerait son répondeur à distance pendant le week-end. A présent, ne sachant trop que faire puisque personne n'était là pour la renseigner, la jeune femme sortit son portable de son sac à main et composa une nouvelle fois le numéro qu'elle avait appris par cœur. Elle entendit le téléphone sonner de l'autre côté de la vitre, puis le répondeur se mettre en route. Avec le sentiment qu'elle perdait son temps, elle laissa un nouveau message demandant qu'on la contacte dès que possible. Ensuite, elle raccrocha et se tourna vers la rue où elle regarda sans vraiment les voir les gens qui déambulaient en cette belle matinée ensoleillée.

Il ne lui restait plus qu'une chose à faire : vérifier si la porte du fond était toujours ouverte. Si elle la trouvait fermée à clé, cela signifierait que quelqu'un était passé par le magasin. Sinon, cela voudrait dire que la propriétaire n'était pas encore rentrée de son voyage, et qu'il ne servait à rien de patienter devant la porte close.

Comme le vendredi précédent, l'étroit passage menant à l'entrée de service était noyé d'ombre, et la température y était nettement moins élevée, presque trop fraîche. Au bout de l'allée, la cour intérieure était illuminée de soleil ; pourtant, les pavés sous les pieds de Claire étaient encore tout humides et glissants, à cause de l'orage de la nuit. A mesure qu'elle progressait dans la ruelle, prudemment pour ne pas trébucher, le brouhaha qui lui parvenait de la rue principale s'estompait. Bientôt, les seuls bruits audibles furent le ruissellement discret de la fontaine au centre du jardin intérieur et le cliquetis de ses talons sur le sol.

Plus elle approchait de la porte arrière du magasin, plus sa nervosité augmentait. Elle n'avait jamais vu cette Mignon Bujold de sa vie ; elle ne savait rien d'elle à part qu'elle s'intéressait suffisamment aux poupées de collection pour consacrer un week-end entier à une exposition. Bref, cette commerçante était une parfaite inconnue, et pourtant Claire sentait que quelque chose de grave, quelque chose de terrible lui était arrivé pour qu'elle ne vienne pas rouvrir son magasin à l'heure dite.

Elle se rappela ce qu'Alex avait conclu de sa petite visite du magasin. Il avait vérifié que la caisse n'avait pas été forcée, et il n'avait pas remarqué la moindre trace d'effraction ou de lutte. En somme, il n'avait trouvé aucun indice permettant de conclure que la propriétaire avait quitté les lieux contre sa volonté, ce qui excluait la possibilité d'une attaque à main armée. Quant au cambriolage, il était également peu probable : à part la poupée qui ressemblait tant à Ruby, il ne manquait rien dans la boutique, et tout était parfaitement en ordre.

Certes, il y avait cette histoire de porte restée ouverte. Mais d'après le témoignage du commerçant voisin, ce genre d'accident arrivait fréquemment. Il n'y avait donc aucune raison de s'alarmer, se dit Claire tout en posant la main sur la poignée à l'ancienne. Malgré toutes ses bonnes résolutions, elle sentit son cœur se mettre à battre la chamade lorsque le bouton tourna sans lui opposer plus de résistance que la fois précédente.

Jetant un regard en arrière vers la rue inondée de lumière qu'elle apercevait entre les deux murs rapprochés de l'allée silencieuse, elle eut un moment d'hésitation. Un groupe de touristes se promenait paresseusement, et elle se demanda un bref instant s'ils n'allaient pas lui adresser la parole. Mais ils ne la remarquèrent même pas, petite silhouette invisible dans la pénombre qui régnait autour d'elle.

De l'autre côté, la grille menant à la cour intérieure était fermée. Derrière les motifs de fer forgé qui la décoraient, le seul mouvement perceptible provenait d'un oiseau moqueur qui voletait de branche en branche dans un mimosa en fleur. A l'exception de ce petit pensionnaire inoffensif, Claire était absolument seule.

Aucune raison de paniquer, se répéta-t-elle. Aucune raison.

Mais alors, pourquoi son cœur battait-il aussi vite ? Pourquoi ses paumes étaient-elles toutes moites ?

Prenant sur elle pour ne pas trembler nerveusement, elle poussa le battant et fut saisie une fois de plus par le froid glacial qui régnait dans l'arrière-boutique. Frissonnante, elle resta sur le seuil, à inspecter l'espace plongé dans l'obscurité avant d'oser y remettre le pied, comme si elle allait s'aventurer en terrain miné.

C'était ridicule, se dit-elle en secouant la tête, agacée par son manque de jugeote. Rien n'avait bougé depuis la dernière fois, pour autant qu'elle s'en souvienne. Les étagères étaient toujours aussi encombrées de boîtes et de papiers d'emballage, le plan de travail toujours recouvert de têtes, de bras et de jambes de poupées.

Elle enregistra rapidement l'état du coin cuisine qui n'avait visiblement pas été touché depuis le vendredi matin. Quant au rideau de perles masquant l'entrée du magasin proprement dit, il oscillait tranquillement dans la brise des ventilateurs, bruissant comme à l'accoutumée.

Il faisait décidément très froid dans cette pièce. Pourquoi la propriétaire avait-elle laissé l'air conditionné pendant son absence ? Bizarre…

Claire avança d'un pas à l'intérieur de la pièce. Elle n'alla pas plus loin. Une odeur infecte l'avait assaillie, la contraignant à porter la main à ses narines pour les boucher. Elle n'avait pas remarqué ça, la première fois. Sans doute s'agissait-il de restes de nourriture abandonnés dans la poubelle…

Retenant instinctivement sa respiration, Claire se dirigea vers le rideau de perles de verre pour passer dans la pièce principale de la boutique. L'odeur ne la poursuivit pas jusque-là, heureusement, et elle put inspirer librement. Elle avait inspecté toutes les vitrines, lors de sa première expédition de reconnaissance, mais elle n'avait pas eu le temps de bien examiner tous les recoins de la pièce surchargée d'objets, à cause de l'irruption d'Alex. Elle venait de s'agenouiller pour regarder sur les étagères installées sous le comptoir quand le téléphone posé juste au-dessus d'elle se mit à sonner. Surprise, elle faillit perdre l'équilibre et dut se rattraper du bout des doigts au bord de la table. Malheureusement, la planche qui supportait la caisse et le téléphone n'était pas solidement fixée, et la jeune femme la sentit se dérober sous sa main. Vite, elle essaya de se redresser sans appui, mais il était déjà trop tard : elle s'effondra lourdement sur le sol.

Elle ne s'était pas fait trop mal, mais il lui fallut tout de même quelques secondes pour reprendre ses esprits et parvenir à se redresser. Pendant ce temps, le répondeur s'était mis en route, diffusant le message d'accueil de Mignon Bujold. Il y eut un « bip » sonore, et la voix d'une femme apparemment jeune retentit dans le haut-parleur.

— Maman ? C'est Lily. J'ai essayé de te joindre toute la matinée, mais personne ne répond chez toi et, comme d'habitude, tu as dû oublier de rallumer ton portable. Les filles t'attendent avec impatience, et moi aussi. On commence à s'inquiéter, alors si tu voulais bien rappeler dès que tu auras eu mes messages, ce serait gentil.

Il y eut une brève pause, puis la voix reprit, avec une inquiétude nettement perceptible :

— J'espère que tout va bien de ton côté.

La fille de Mignon Bujold raccrocha, laissant Claire encore plus nerveuse que quand elle était arrivée. Et si le vague frisson d'angoisse qu'elle avait éprouvé en ouvrant la porte du fond n'était pas si absurde que ça, finalement ? Si c'était une prémonition ?

Claire eut brusquement la certitude qu'elle devait s'enfuir au plus vite de ce magasin lugubre.

Galvanisée par une peur irraisonnée, elle revint sur ses pas. Mais quand elle repassa de l'autre côté du rideau de perles, l'odeur qui l'avait accueillie tout à l'heure lui parut encore plus fétide et agressive. Malgré l'état de nerfs dans lequel elle se trouvait et son envie de quitter l'endroit à la hâte, elle s'arrêta pour voir si elle découvrait la source de cette véritable puanteur. Cela venait forcément de la poubelle, posée sur le sol non loin du réfrigérateur. La propriétaire du magasin avait vraisemblablement oublié de la vider avant son départ, le jeudi précédent. Rien de plus banal, en somme. Cinq jours de macération, ça ne pouvait pas faire de bien sur le plan olfactif !

Le regard de Claire s'était posé sur la forme cabossée du réfrigérateur, et elle aperçut quelque chose qu'elle n'avait pas remarqué jusqu'alors. Il y avait un bout de tissu bleu pris dans la porte.

Elle allait s'en détourner quand ses yeux s'agrandirent exagérément. Son impression bizarre qu'il était arrivé un grand malheur, les frissons qu'elle avait réprimés en entrant dans l'arrière-boutique si froide, l'odeur pestilentielle qui lui parvenait toujours aussi nettement… tout concordait à lui crier qu'elle se trouvait en présence de… Mais son esprit hébété se refusait à envisager cette solution terrifiante. La bouche sèche, elle sentit des gouttes de sueur froide perler sur son front, cependant qu'une sorte d'étau affreux lui comprimait la poitrine. Si c'était bien ce à quoi elle songeait, alors c'était véritablement horrible. Elle aurait voulu tourner les talons pour s'enfuir à toutes jambes, s'arracher à l'air vicié de cette pièce, inspirer la tiédeur de la rue à grandes goulées, appeler Alex au secours… Alex, oui, il fallait qu'elle prévienne Alex.

Seulement, elle se sentait incapable de bouger, ne fût-ce que le petit doigt. Elle n'arrivait pas à détacher son regard effaré de ce bout de vêtement bleu. Comme hypnotisée, elle resta là, figée sur place, transie de froid et de peur. Et quand elle put enfin se déplacer lentement, elle eut l'impression que ce n'était pas son propre corps qui se mouvait dans l'espace…

Elle se retrouva soudain debout devant le réfrigérateur sans se rappeler comment elle avait fait pour traverser la pièce encombrée de bric-à-brac. Effarée, elle vit sa main se lever pour atteindre l'antique appareil sans qu'elle ait eu l'impression de lui commander de le faire. Cela aurait pu être le bras d'une autre : une inconnue impétueuse et décidée dans laquelle elle ne se reconnaissait absolument pas. Comme dans un film au ralenti, elle vit ses doigts se crisper sur la poignée de métal poli, puis la tourner précautionneusement. Elle essaya bien de fermer les yeux, mais son cerveau semblait complètement anesthésié. Elle ne voulait pas voir, elle ne voulait pas savoir ce qu'il y avait derrière cette porte. Mais ses gestes ne lui appartenaient plus, et elle se vit ouvrir le frigo d'un grand mouvement brusque.

Dans un bruit sourd qui lui sembla résonner jusque dans ses os, le corps tomba de tout son long sur le sol.

Aussitôt, Claire poussa un cri, tout en s'écartant, chancelante, pour ne pas heurter le cadavre qui venait de s'effondrer devant ses yeux horrifiés. La nausée qui lui montait aux lèvres faillit avoir raison de ses dernières forces, et elle dut se courber en deux, les mains pressées sur sa bouche, pour ne pas y céder. Elle respirait précipitamment, par à-coups nerveux qui l'épuisaient plus qu'ils ne la soulageaient. Lorsqu'elle releva un peu son visage terrorisé, elle reçut de plein fouet le choc du regard glacé de la morte. Avec le froid, les pupilles de la femme enfermée dans le frigo avaient pris un aspect laiteux absolument horrible à voir.

Tétanisée, subjuguée par ce regard d'outre-tombe, Claire resta face à face avec le cadavre. Elle se sentait faible, écœurée, outrée par ce qui lui apparaissait comme une agression morbide. D'abord l'odeur infecte, puis ce regard voilé qui la fixait depuis l'au-delà… Ce n'était plus de l'inquiétude qu'elle ressentait, c'était de la panique pure et simple. Et aussi une sorte de dégoût du monde qui la confrontait à de telles abominations.

Si son corps ne parvenait plus à lui répondre, il n'en était pas de même pour son esprit dont les rouages, eux, tournaient à toute allure. Il fallait absolument qu'elle contacte les urgences, qu'elle joigne Alex, qu'elle sorte de cet endroit atroce avant de s'évanouir…

Mais elle ne pouvait toujours pas bouger. Comme si la mort l'avait frappée en pleine poitrine, elle aussi. Comme si le cadavre avait répandu un maléfice, la contaminant par son odeur et son regard macabres.

Elle resta debout pendant un temps qui lui parut infini, sous le choc, tremblant de tous ses membres, paralysée par cette vision apocalyptique qui surpassait même ses pires cauchemars.

Le froid du réfrigérateur avait ralenti la décomposition du corps, et les traits de la morte étaient encore bien perceptibles. Nul doute qu'on n'aurait aucun mal à l'identifier. Elle avait une soixantaine d'années ; elle était probablement petite et mince ; ses cheveux blanc argent étaient coupés court autour de son visage d'une pâleur de cire. Une paire de lunettes pendait à son cou au bout d'une chaînette ; leurs verres étaient couverts de givre. A sa main droite, Claire repéra l'éclat d'une bague de saphir et de diamant. Elle ne connaissait pas cette femme, et pourtant, elle aurait pu jurer que c'était Mignon Bujold.

Assassinée dans sa boutique… enfermée dans son propre frigo…

C'en était trop pour Claire. Comme si la vision prolongée du cadavre lui avait soudain donné un coup de fouet, elle sentit ses doigts plonger d'eux-mêmes dans son sac pour en extirper son portable. Claquant des dents, elle composa le numéro d'Alex et pria pour qu'il décroche vite. Elle ne tiendrait pas bien longtemps face à ce regard glacé qui la pétrifiait d'horreur.

Elle aurait voulu s'exprimer calmement et clairement, pour qu'Alex comprenne du premier coup l'urgence de la situation, mais dès qu'elle entendit sa voix grave, les mots se ruèrent hors de sa bouche dans un désordre chaotique entrecoupé de hoquets affolés.

— Claire ! Claire, calme-toi et raconte-moi ce qui s'est passé exactement, dit Alex. Tu n'as rien ?

— Non, je… moi, ça va. Enfin… Je… je suis à la boutique de l'autre jour. Dans le Quartier Français. Mignon Bujold — la propriétaire, tu sais ? — elle est… enfin, elle est morte. Et de toute évidence, elle a été… Oh ! Alex, c'est affreux, mais je crois bien que… qu'on l'a… assassinée.

Elle l'entendit retenir instinctivement sa respiration.

— Claire, écoute-moi bien. Ne touche à rien, surtout ! Tu vas sortir de là tout de suite, tu m'entends ? Ne reste pas une minute de plus. Tu vas aller m'attendre n'importe où, mais ailleurs. Choisis l'endroit que tu voudras : la porte à côté ou un boui-boui quelconque plus bas dans la rue, mais surtout, ne reste pas là. Tu m'as bien compris, Claire ? Réponds-moi.

— Oui…, murmura-t-elle sans pouvoir rien ajouter d'autre.

Malgré elle, ses yeux s'étaient de nouveau fixés sur le cadavre, comme attirés par un puissant aimant. Les derniers instants que Mignon Bujold avait vécus se trouvaient là, capturés dans son regard glacé, et rien qu'en songeant à l'ultime vision qu'elle avait dû avoir de ce monde — celle de son agresseur en train de la tuer — Claire en avait froid dans le dos. Mais ce n'était rien comparé à l'idée qui la saisit brusquement. Et si la pauvre femme était encore en vie quand on l'avait emprisonnée dans ce réfrigérateur pour l'y laisser mourir lentement ?

Assise dans un café de l'autre côté de la rue, Claire assistait d'un air absent au spectacle qui se déroulait aux abords du magasin de poupées. Elle compta en tout quatre voitures de police, gyrophares allumés dans la lumière éclatante du soleil de midi, plus une ambulance, une camionnette portant le sigle de l'office du coroner de la paroisse d'Orléans et, pour terminer, deux dépanneuses dont la présence paraissait quelque peu incongrue.

Les trottoirs grouillaient d'officiers de police et de la brigade paramédicale, auxquels se mêlaient les inévitables badauds attroupés autour des cordons de sécurité comme des fans attendant la sortie d'un chanteur ou d'une actrice célèbre. Pour un peu, ils auraient payé afin de bénéficier d'une meilleure place ! se dit la jeune femme avec un frisson de dégoût. De là où elle se trouvait, elle pouvait voir les policiers interroger les commerçants voisins, entrecoupant leurs questions de pauses pendant lesquelles ils griffonnaient scrupuleusement sur leur bloc-notes les indications qu'on leur donnait. Toutes les deux minutes environ, ils faisaient une annonce ou répondaient à leur radio dont le grésillement se faisait entendre jusque dans le café où Claire s'était installée.

A un moment, elle vit Alex ressortir brièvement du magasin pour discuter avec l'un des officiers de police. Mais il ne vint pas la trouver ; il rentra aussitôt à l'intérieur, sans doute pour vérifier que les opérations de relevé d'empreintes et autres procédures se passaient correctement sur la scène du crime.

Ils avaient échangé quelques mots lors de son arrivée, puis

il avait accompagné Claire dans ce café en lui ordonnant de l'y attendre.

Elle n'avait même pas pu goûter à son Coca. Le verre intact était resté devant elle, avec ses glaçons qui fondaient lentement et ses gouttes de condensation qui coulaient sur la table.

Claire ne pouvait penser qu'à Mignon Bujold. Une idée surtout la hantait : la pauvre femme était peut-être déjà enfermée dans le frigo, le vendredi précédent, quand Claire était entrée dans sa boutique. Peut-être le malade qui l'avait assassinée venait-il seulement de commettre son forfait quand elle avait poussé la porte de l'arrière-salle ? Si à ce moment-là, elle avait remarqué le bout de tissu bleu coincé dans la porte du réfrigérateur, elle aurait peut-être pu sauver Mignon Bujold d'une mort atroce ! Mais avait-il toujours été là, ce morceau de robe ? Elle n'en savait absolument rien. Et peut-être que le crime était trop ancien pour qu'une intervention ait pu changer quelque chose…

De toute façon, la pauvre femme était morte, à l'heure actuelle. Et quelque chose soufflait à Claire que ce meurtre horrible était lié, d'une façon ou d'une autre, à la poupée qu'elle avait repérée dans la vitrine, le premier jour. Comme l'avait confirmé Alex, ni la caisse ni le coffre-fort de la boutique n'avaient été forcés. Et la bague de la victime n'avait pas été volée. On pouvait donc exclure d'emblée l'hypothèse d'un cambriolage qui aurait mal tourné. Car la seule chose qui paraissait avoir disparu dans le magasin était la fameuse poupée…

Claire essaya de se raisonner. Il était encore bien trop tôt pour tirer des conclusions. Il fallait attendre de savoir quels indices la police avait trouvés dans la boutique. Pourtant, si une partie d'elle-même lui conseillait de rester calme et de ne pas s'emballer, une autre lui suggérait des scénarios rocambolesques et effrayants. Sans doute parce qu'elle était encore sous le choc : qui ne l'aurait pas été ? D'ailleurs, elle tremblait comme une feuille. Il lui semblait voir en permanence les yeux vitreux de Mignon Bujold la fixer désespérément, et elle savait qu'elle n'oublierait pas de sitôt ce face-à-face avec la mort.

— C'est vous, Claire ? fit soudain une voix derrière elle.

Elle se retourna dans un sursaut. Une jeune femme aux cheveux sombres, vêtue d'un tailleur noir très élégant, s'était approchée de sa table sans qu'elle l'entende arriver. Essayant de maîtriser les battements affolés de son cœur, Claire eut un bref signe de tête affirmatif.

La femme qui l'avait abordée était de petite taille, mais elle portait des talons hauts qui, joints à sa minceur, donnaient l'impression qu'elle était plutôt grande. Son allure impeccable, son port de tête assuré et jusqu'à son sac à main griffé, tout en elle faisait penser à une femme d'affaires en pleine ascension. Tout à fait le genre de Charlotte, se dit Claire avec le sentiment que l'inconnue la toisait du regard pour se faire une opinion d'elle avant de lui adresser la parole.

— C'est l'un des inspecteurs qui m'a dit que je pourrais vous trouver dans ce café, fit la jeune femme d'une voix froide et détachée. Je m'appelle Lily Devereaux. Je suis la fille de Mignon Bujold.

Aussitôt, Claire fit mine de se lever, mais la femme l'arrêta d'un geste.

— Non, non, je vous en prie. J'aimerais juste discuter avec vous un instant, si ça ne vous ennuie pas.

— Absolument pas, répondit Claire, la gorge sèche à l'idée

de devoir raconter une nouvelle fois l'expérience épouvantable qu'elle venait de vivre.

Lily Devereaux s'assit sur la banquette en face de Claire. Quand le serveur vint lui demander si elle voulait boire quelque chose, elle commanda un thé malgré la chaleur étouffante qui régnait à l'extérieur de l'établissement. Le garçon s'éloigna, les laissant tête à tête. Claire réalisa alors que sa première impression était fausse : ce qu'elle avait pris pour de la froideur et du détachement chez son interlocutrice était en fait une vaillante tentative pour garder la face. Mais la pauvre Lily Devereaux était bouleversée, cela se voyait à son visage blanc comme un linge et au tremblement nerveux de ses mains fines. Quand on lui eut apporté sa tasse de thé brûlant, elle l'enserra presque convulsivement de ses doigts effilés, comme si elle cherchait à réchauffer son corps transi. Elle claquait des dents, visiblement sous le choc, et paraissait s'accrocher à sa tasse comme à une bouée de sauvetage.

Le cœur serré, Claire vit les grands yeux de la jeune femme se tourner vers elle. Elle y lut un immense désespoir, une tristesse insondable que trahissait aussi la grosse larme qui coulait le long de sa joue. Elle allait lui proposer un mouchoir, ne sachant trop comment réagir, quand la fille de Mignon Bujold prit sa serviette en papier pour essuyer la trace humide laissée sur son visage.

— Je… je suis désolée… pour vous, bredouilla Claire. Ça a dû vous faire un tel choc…

La jeune femme hocha la tête en reniflant. Elle resta quelques secondes silencieuse, les yeux baissés sur sa tasse fumante comme pour en retirer le courage qui lui manquait. Quand elle porta de nouveau son regard sur Claire, elle paraissait avoir repris le contrôle de ses émotions. Suffisamment, en tout cas, pour s'adresser à elle d'une voix qui ne tremblait plus.

— On m'a dit que c'était vous qui l'aviez découverte.

— C'est exact.

— Je ne voudrais pas que vous vous sentiez accusée de quoi que ce soit, mais… Qui êtes-vous, au juste ? Je ne me rappelle pas avoir entendu Maman me parler de vous. Vous étiez l'une de ses amies, c'est ça ?

— Non, non, pas du tout, répondit Claire gentiment. J'étais juste une cliente — et encore, même pas. Disons, une cliente potentielle, pour faire court. Je m'explique : j'avais remarqué une poupée dans la vitrine de sa boutique, la semaine dernière, et si je suis revenue aujourd'hui, c'était uniquement pour lui demander des informations à ce sujet.

Les yeux gris ne quittaient pas le visage de Claire, comme s'ils cherchaient à mesurer sa sincérité.

— Et… comment avez-vous fait pour pénétrer dans la boutique ?

— La porte du fond n'était pas fermée à clé.

— Et vous êtes entrée ? Comme ça ? Sans vous poser de question ?

En dépit de ce qu'elle avait dit plus tôt, le ton de la jeune femme sonnait de façon nettement accusatrice, cette fois. Mais Claire se dit qu'elle aurait peut-être réagi exactement de la même façon si elle s'était trouvée à sa place.

— Ecoutez, quand je suis venue me renseigner, vendredi, l'arrière de la boutique n'était déjà pas fermé. Quelqu'un du magasin d'à côté était censé contacter votre mère pour la prévenir, et normalement, l'entrée aurait dû être verrouillée aujourd'hui. Du coup, quand je suis arrivée et que j'ai constaté que rien n'avait changé depuis cinq jours, j'ai commencé à me demander ce qui se passait.

— La police sait que vous étiez déjà venue avant aujourd'hui ?

— Oui, évidemment. Je leur donné toutes les informations que j'avais. Comme je vous l'ai déjà dit, si je suis revenue aujourd'hui, c'est uniquement pour demander à votre mère des renseignements sur cette poupée que j'avais vue dans sa vitrine. Rien d'autre.

Claire était sur la défensive, et cela se sentait dans le ton qu'elle avait employé sans même y penser. La réaction de Lily ne se fit pas attendre. D'un air contrit, elle s'empressa de répondre :

— Je suis désolée, je ne voulais pas insinuer que vous pouviez être en quoi que ce soit responsable de la mort de ma mère. J'espère ne pas vous avoir froissée ; j'essaie juste de comprendre ce qui a pu se passer. Et surtout, pourquoi on a tué ma pauvre maman.

Prompte à pardonner, Claire hocha la tête d'un air compatissant.

— Ne vous inquiétez pas, je ne suis pas fâchée. Et je comprends tout à fait votre état d'esprit.

Lily inspira profondément, comme pour maîtriser son trop-plein de tristesse.

— Vous savez, j'ai deux filles en bas âge, et… enfin, elles adoraient leur grand-mère. Je… je ne sais pas comment je vais trouver les mots pour leur annoncer…

Elle s'interrompit brièvement pour porter une main tremblante à ses lèvres, luttant contre les sanglots qui l'assaillaient.

— Quand je suis arrivée et que j'ai vu toutes ces voitures de police stationnées devant la boutique, je me suis dit que quelque chose de grave avait dû se produire. Mais j'étais à mille lieues de m'imaginer que… Mon Dieu ! J'ai encore du mal à réaliser que ce n'est pas un cauchemar. Même après avoir identifié le… le corps, tout ça me semble si… irréel. Invraisemblable. Absurde.

— Je suis désolée pour vous, dit Claire avec douceur.

Les yeux perdus dans le lointain, la jeune femme n'eut pas l'air de l'entendre.

— On m'a dit d'attendre dehors jusqu'à ce que la scène du crime ait été passée au peigne fin. Mais où pouvais-je bien aller puisqu'on ne m'a pas donné l'autorisation de rentrer chez moi ? J'ai dû leur paraître complètement perdue : c'est sûrement pour ça que l'un des inspecteurs m'a suggéré de vous rejoindre ici. Je n'avais pas l'intention de vous soumettre à un interrogatoire en règle, vous savez…

Ne sachant comment réconforter la pauvre femme, Claire resta silencieuse.

— J'aurais dû prendre de ses nouvelles plus tôt, continua Lily d'un air terriblement abattu. Mais j'ai été occupée tout le week-end, et comme je pensais qu'elle était en déplacement, je n'ai même pas cherché à la joindre. Elle devait rentrer chez elle hier soir. Normalement, elle passe toujours un coup de fil pour nous dire que tout va bien, mais évidemment, elle ne l'a pas fait. Pourtant, je ne me suis pas inquiétée outre mesure. Je me suis dit qu'elle était rentrée de voyage plus tard que prévu et qu'elle devait être fatiguée. Je n'ai pas voulu la déranger…

Sa voix mourut dans un murmure avant qu'elle ne termine sa phrase, et ses yeux se remplirent une nouvelle fois de larmes tremblotantes.

— J'ai appelé chez elle ce matin, reprit Lily qui s'avérait décidément plus forte qu'on n'aurait pu s'y attendre. Comme personne ne répondait, j'ai pensé qu'elle était sous la douche ou dehors, dans son jardin où elle aimait tant passer les quelques moments de tranquillité dont elle disposait. J'ai essayé sur son portable, mais comme elle ne l'allumait que rarement, je ne me suis pas affolée…

Lily se tut un long moment, et lorsqu'elle reprit la parole, ce fut d'un ton d'excuse qui ne contenait plus la moindre trace d'animosité.

— Je suis confuse. Je ne voulais pas vous assommer avec tout ça. Je crois que j'avais besoin d'en parler avec quelqu'un, tout simplement, parce que je n'arrive toujours pas à comprendre. Qui aurait été assez monstrueux pour faire subir une chose pareille à ma mère ? Tout le monde s'accordait pour la trouver charmante… En tout cas, une telle horreur, je ne savais même pas que ça pouvait exister. Et dire que c'est ma pauvre mère qui en a fait les frais ! C'est inimaginable, et pourtant…

La jeune femme baissa la tête, incapable de poursuivre. Ses épaules minces s'affaissèrent comme sous le poids d'un fardeau écrasant, et elle se mit à pleurer sans bruit.

Emue, Claire posa une main apaisante sur son bras.

— Y a-t-il quelqu'un que vous voudriez contacter ? demanda-t-elle d'une voix douce. Je peux peut-être le faire pour vous. Vous ne devriez pas avoir à supporter cette épreuve seule, c'est trop dur…

Lily releva la tête, s'essuya le nez et redressa bravement les épaules.

— J'ai déjà appelé un ami qui devrait arriver d'un instant à l'autre. Mais merci de me l'avoir proposé. Je… je ne devrais pas vous demander ça, mais… est-ce que ça vous ennuierait beaucoup d'attendre ici avec moi jusqu'à ce qu'il vienne me retrouver ?

— Bien sûr que non. Au contraire.

Lily Devereaux tourna son visage vers la fenêtre.

— Je ne suis pas comme ça, d'habitude, reprit-elle. Normalement, je garde mon sang-froid en toute circonstance, mais là…

— Là, votre réaction est tout à fait excusable, étant donné la situation, termina gentiment Claire.

Ensuite, elle se tut. Elle aurait bien voulu trouver les mots pour réconforter la pauvre femme ou au moins l'assurer de sa compréhension. Mais elle savait d'expérience que dans des cas aussi dramatiques que la perte d'un être cher, rien de ce que pouvaient vous dire les gens ne réussissait à vous consoler. Le chagrin lié au deuil constituait une émotion trop personnelle pour que les propos charitables d'une étrangère comme elle parviennent à l'adoucir. Oh ! bien sûr, on pouvait compatir, témoigner sa sympathie à ceux qui éprouvaient ce terrible manque. Mais on ne pouvait pas en mesurer l'importance si on ne l'avait pas vécu soi-même.

Lily se mordit la lèvre inférieure, sans doute pour l'empêcher de trembler convulsivement.

— J'aurais dû appeler la police quand je me suis rendu compte que je n'arrivais pas à la joindre au téléphone, fit-elle d'une voix chargée de regrets.

— Pour leur dire quoi ? répliqua Claire. Vous n'aviez aucun moyen de savoir que votre mère avait des ennuis.

— Je sais bien. Mais il n'empêche que j'aurais dû faire quelque chose, au lieu de rester tranquillement chez moi.

— Avec le recul, on se dit toujours qu'on aurait dû faire ci ou ça, qu'on aurait pu agir de telle ou telle façon. Mais ça ne sert à rien de revenir sur le passé. Quoi que vous fassiez, vous ne pourrez pas le modifier. Tout ce que vous y gagnerez, c'est beaucoup de remords et le risque de vous laisser glisser sur une pente dangereuse vers un endroit sombre et lugubre dont vous pourriez bien ne jamais revenir.

— Oui, vous avez sûrement raison. Et pourtant…

Une fois de plus, elle fut incapable de terminer sa phrase. Elle avait toujours les yeux rivés sur l'entrée de la boutique.

Dans son état, ce n'était pas très sage, se dit Claire avec un pincement au cœur. D'autant que les brancardiers n'allaient vraisemblablement plus trop tarder à sortir avec le corps de Mignon Bujold.

— Et si nous parlions d'autre chose, histoire de vous changer les idées ? proposa-t-elle.

Elle n'y croyait guère et pourtant, Lily détourna le regard du spectacle qui semblait l'hypnotiser jusqu'ici. Elle se força à boire une gorgée de thé, tout en essayant visiblement de contrôler ses nerfs pour reprendre contenance.

— D'accord, répondit-elle finalement. Vous pourriez peut-être me parler de cette poupée qui vous intéressait tant ? Vous êtes collectionneuse, je suppose ?

— Moi, non, mais ma mère est une vraie passionnée. Avec ma sœur, nous étions justement en train de chercher un cadeau d'anniversaire pour elle quand j'ai aperçu la poupée dans la vitrine. Malheureusement, j'ai eu un accident le jour même, sinon je serais allée demander des informations à votre mère. Hélas ! Quand je suis revenue, vendredi, le magasin était fermé et la poupée avait disparu de la vitrine.

L'accent presque désespéré qui teintait la voix de Claire parut interpeller Lily Devereaux, car elle leva les yeux vers elle, les sourcils froncés.

— De quel modèle parlez-vous ?

— Une ravissante poupée avec de longues boucles blondes et de splendides yeux turquoise. Elle avait l'air si vivante que j'ai dû y regarder à deux fois pour être sûre que ce n'était pas une vraie petite fille, dit Claire avant d'observer une courte pause pour ne pas se laisser submerger par l'émotion. Ça va sûrement vous sembler absurde, mais elle ressemblait comme deux gouttes d'eau à ma… à ma propre fille.

Pour la première fois depuis le début de leur entrevue, un vrai sourire éclaira le visage de Lily.

— Rassurez-vous, je ne trouve pas ça absurde du tout. En fait, c'est tout à fait plausible : moi-même, étant petite, j'ai eu une poupée qui me ressemblait comme une sœur jumelle ! Maman l'a gardée dans sa collection, d'ailleurs. Je pense que la poupée que vous avez vue était une création Savannah Sweete. Ma mère l'avait reçue depuis seulement quelques jours, mais elle n'arrêtait pas de m'en rebattre les oreilles. Elle était si enthousiaste d'avoir mis la main sur cette pièce unique, signée Savannah Sweete ! Si vous vous y connaissez un peu en poupées de collection, vous devez comprendre ce que ça représentait pour elle.

Le cœur de Claire se mit à battre frénétiquement. Pourtant, elle ne voulait pas que son interlocutrice perçoive sa nervosité. Si elle évoquait le rapt de Ruby, elle était certaine que Lily Devereaux allait perdre de nouveau le contrôle de ses nerfs déjà mis à rude épreuve.

— Le peu de connaissances que je possède en la matière me vient de ma mère. C'est elle, la collectionneuse de la famille. Je l'ai effectivement entendue mentionner Savannah Sweete. Je crois même qu'elle avait suivi des cours auprès d'elle, à une certaine époque.

— C'est tout à fait possible. Savannah enseignait l'art de fabriquer des poupées ici, à La Nouvelle-Orléans, et aussi à Houma, pas très loin de l'endroit où elle habite. Mais elle a été victime d'un terrible accident, il y a plusieurs années de cela, et elle s'est retrouvée bloquée dans un fauteuil roulant pour la fin de ses jours. Depuis, d'après ce qu'on m'a dit, elle vit pratiquement en recluse. Je ne sais pas grand-chose de plus sur elle, sauf que son talent est reconnu dans tous les Etats-Unis. C'est pour ça que ma mère était tellement emballée quand quelqu'un est venu lui proposer d'acheter ce spécimen unique. Les poupées faites à l'image d'une petite fille sont rarement mises sur le marché. Quant à celles réalisées par Savannah Sweete, elles ont encore plus de valeur. On n'en voit pratiquement plus, de nos jours.

— Votre mère vous aurait-elle par hasard donné le nom de la personne qui lui a vendu la poupée ? demanda Claire sans trop y croire.

— Non, mais d'après ce qu'elle m'a dit, ce n'était pas un de ses fournisseurs habituels. Il ne s'agissait pas non plus d'un collectionneur ni d'un négociant : juste un type qui avait une poupée à vendre. Elle m'a dit qu'il lui avait donné une explication bien triste : apparemment, une petite fille de sa connaissance était morte prématurément, et cette poupée faite à son image rappelait trop de souvenirs à sa mère. C'est pour cette raison qu'il voulait absolument la vendre.

Le cœur serré, Claire tourna son regard vers la vitre pour ne pas laisser voir à Lily Devereaux les larmes qui lui montaient aux yeux.

Une petite fille morte prématurément… A qui d'autre qu'elle ces mots pouvaient-ils mieux s'appliquer ?

Dehors, le vent s'était levé. Un instant, la vision de Ruby en train de courir joyeusement derrière un cerf-volant jaune vif se superposa au spectacle des policiers que Claire ne regardait plus.

— Ça va ? lui demanda Lily d'une voix inquiète.

Rappelée à l'ordre, Claire reporta son attention sur la jeune femme. Ravalant ses sanglots, elle inspira profondément avant de hocher bravement la tête.

— Je… je ne voudrais surtout pas vous paraître insistante, mais si vous pouviez… Enfin, il est très important que je puisse retrouver cette poupée. Vous n'auriez pas une idée, même vague, de ce qui a bien pu lui arriver ? Votre mère a peut-être mentionné le nom d'un acheteur potentiel ?

Une étincelle de curiosité traversa les pupilles sombres de Lily Devereaux. Mais comme si elle sentait qu'elle n'avait pas à se mêler de cette histoire, elle secoua la tête en signe d'impuissance.

— La dernière fois que nous nous sommes parlé au téléphone, c'était jeudi matin. Elle m'avait confié que la poupée avait attiré l'attention de pas mal de collectionneurs, à tel point qu'elle s'attendait à une bataille rangée pour l'acquérir. A l'entendre, les enchères allaient sûrement grimper très haut. Normal, pour une pièce de cette qualité !

— Vous l'aviez vue, cette poupée ?

— Non, mais ma mère me l'avait décrite de façon si détaillée que j'ai l'impression de l'avoir observée sous toutes les coutures. Il faut dire qu'elle était absolument intarissable sur le sujet. D'après ce qu'elle racontait, l'attention portée au moindre petit détail témoignait d'une méticulosité remarquable de la part de l'artiste — une marque de fabrique de Savannah Sweete, en somme. Une création unique, extraordinaire, à en croire le ravissement de ma mère. Tout dans cette poupée, depuis ses yeux turquoise qui avaient l'air de vous regarder, jusqu'à son petit nez retroussé, en passant par son adorable bouche qui souriait délicieusement, tout avait été ciselé et peint avec une précision qui confinait à la perfection. Maman m'avait même signalé une particularité exceptionnelle : la poupée avait une minuscule tache de naissance rose framboise sur le bras gauche. Vous imaginez jusqu'où…

Mais Claire n'entendait déjà plus la voix de Lily, dont le bavardage continu s'était estompé jusqu'à devenir un murmure indistinct à ses oreilles bourdonnantes. Dans son esprit, elle était revenue des années en arrière. Elle crut revivre la scène telle qu'elle s'était déroulée. Ruby et elle discutaient tranquillement, assises sur la balancelle du perron, en attendant que Dave rentre du travail.

— Pourquoi j'ai ce truc rose sur le bras, Maman ? On dirait une petite bosse, mais je ne me rappelle pas quand j'ai pu tomber, et elle ne part pas.

— C'est une tache de naissance, Ruby. Ça ne peut pas partir : tu es née avec.

— Mamie dit que c'est la marque du baiser d'un ange. C'est joli, non ? Mais je suis pas la seule à avoir ça : Papa, il a aussi une marque, pareil que moi. Ça veut dire que lui aussi, il a eu un baiser d'un ange ?

— Peut-être, mon petit cœur. Mais rien n'est moins sûr, si tu veux mon avis…

Le cœur de Claire se serra plus fort encore. La tache de naissance… Ruby… C'en était trop pour une seule journée. A tel point qu'elle se demanda pendant un instant si elle arriverait un jour à respirer normalement et à retrouver la paix.

19.

L'endroit grouillait littéralement de policiers. On ne voyait pratiquement que des hommes en uniforme, soit stationnés devant les portes du magasin pour empêcher les curieux d'approcher, soit éparpillés dans l'arrière-boutique, soit en faction dans la rue où ils avaient délimité un périmètre de sécurité draconien.

John Gilby, le corpulent envoyé du bureau du coroner, était accroupi près du cadavre, pendant que Patricia Petty, l'inspecteur chargée de nettoyer la scène du crime, s'affairait à relever et mettre sous scellé le maximum d'échantillons pouvant servir à faire avancer l'enquête. Vêtue d'un jean délavé, les tennis recouverts de chaussons d'hôpital pour ne pas laisser d'empreintes intempestives, elle avait remonté sa chevelure rousse en une queue-de-cheval serrée qui luisait comme du cuivre poli. Elle avait déjà eu l'occasion de travailler avec Alex Girard, et pas qu'une fois. En fait, ils avaient officié en partenariat sur des dizaines de scènes de crime. Elle le connaissait bien, et leur camaraderie ne datait pas d'hier. Sentant le regard du policier derrière elle, elle se retourna pour lui adresser un sourire encourageant et lui faire un petit signe de tête amical. Ça faisait un certain temps qu'elle flirtait avec lui. Juste après sa rupture avec Claire, il avait cédé à la tentation, et ils étaient sortis ensemble deux ou trois fois. Mais leur relation s'était arrêtée là. Alex avait annoncé tout de go à Patty qu'il n'était pas prêt à s'engager dans une liaison sérieuse, et elle avait compris du premier coup. D'ailleurs, elle non plus n'avait pas envie de se retrouver dans une situation compliquée, surtout par rapport à un excellent collègue. Ça ne leur aurait apporté que des problèmes. Alors qu'il suffisait de maintenir un statu quo simple et pratique pour que tous deux continuent à profiter des avantages non négligeables de leur collaboration.

Deux inspecteurs du département des homicides avaient été dépêchés sur place. Supervisés par Alex, ils se tenaient juste en face de lui, de l'autre côté du corps de la défunte. Le plus jeune des deux, Tony Maddox, avait les mains fourrées dans ses poches, comme à son habitude quand il se sentait perplexe. Du bout des doigts, il faisait cliqueter son trousseau de clés, tout en oscillant sur ses talons, les yeux fixés sur le cadavre de Mignon Bujold. Agé d'une trentaine d'années, brun aux yeux bleus, il était plutôt séduisant. D'autre part, c'était un excellent flic, même si quelque chose en lui avait toujours déplu à Alex. Il n'avait rien de précis à lui reprocher, si ce n'est une tendance à s'investir un peu trop à fond dans les enquêtes qu'il se voyait confier. Sa ténacité à toute épreuve, jointe à l'approche méthodique et scrupuleuse qu'il adoptait généralement, rappelaient trop à Alex la façon dont Dave Creasy menait ses enquêtes pour qu'il apprécie véritablement le jeune inspecteur.

Son coéquipier, Remi Broussard, était à l'opposé : il était créole et portait une épaisse moustache destinée à masquer la cicatrice que lui avait laissé le coup de couteau d'un suspect, lors d'une interpellation nocturne particulièrement musclée. Cela résumait bien la philosophie de cet inspecteur talentueux : agir et mener sa barque sans faire de vagues, mais avec succès.

Comme Alex, les deux inspecteurs étaient vêtus de costumes légers que la chaleur avait déjà froissés et trempés de sueur par endroits. Ils regardaient l'expert du bureau du coroner terminer son examen du corps, attendant qu'il ait fini sa tâche pour se pencher à leur tour sur le cadavre.

Les yeux d'Alex se portèrent vers le réfrigérateur ouvert. Pour avoir la place d'y enfermer le corps de la victime, son assassin avait enlevé les grilles et les avait glissées entre le frigo et le mur : une bonne cachette puisqu'on ne la remarquait pas depuis l'entrée de l'arrière-boutique, ni depuis le passage vers la pièce principale du magasin. Si un bout de la robe de cette pauvre femme ne s'était pas retrouvé pris dans la porte du réfrigérateur, compromettant ainsi la fermeture de son cercueil improvisé et permettant à l'odeur de décomposition de s'échapper, il se serait sans doute écoulé encore plusieurs jours avant que quelqu'un ne découvre le corps.

Bonne idée générale, en somme, mais exécution plutôt sommaire, se dit Alex avec une ironie macabre. Surtout venant d'un tueur qui s'était visiblement donné du mal pour effacer toute trace de son passage. Quelque chose ou quelqu'un avait dû l'effrayer suffisamment pour qu'il bâcle la dernière partie de son travail… D'un seul coup, Alex repensa au vendredi matin où Claire lui avait soutenu mordicus qu'elle avait aperçu une silhouette à l'intérieur du magasin.

Il s'était dit qu'elle s'inventait des histoires invraisemblables, comme ça lui arrivait souvent. En tout cas, quand il était allé jeter un coup d'œil dans la boutique, aucun bout de tissu ne dépassait de la porte du frigo, il en était certain. Il existait donc trois possibilités : soit Mignon Bujold avait été liquidée plus tard, soit on l'avait tuée dans un autre lieu, puis ramenée jusqu'à son magasin où on l'avait enfermée dans son propre réfrigérateur, soit le tueur était retourné s'occuper du cadavre après le départ d'Alex et Claire. Mais pour quelle raison ? Cela restait à déterminer, si toutefois c'était la bonne réponse…

Trois pistes, donc, toutes aussi logiques les unes que les autres. Il ne restait plus qu'à découvrir quelle était la bonne. Mais pour le moment, le problème majeur d'Alex était ailleurs : il n'imaginait que trop bien la mauvaise publicité que lui causerait cette affaire si jamais la presse s'en emparait. Les journalistes, à l'affût des titres chocs, ne manqueraient certainement pas de déformer la réalité et de laisser entendre qu'un inspecteur prétendument chevronné comme lui ne pouvait passer à côté d'un cadavre sans le remarquer. De telles accusations seraient tout simplement intolérables, et particulièrement inopportunes au moment où sa carrière commençait enfin à prendre un peu d'envergure.

Mettant un terme momentané aux ruminations amères de l'inspecteur Girard, comme l'appelaient ses subalternes et collègues, John Gilby se releva péniblement et s'essuya le front. Son crâne luisait de sueur à l'endroit où sa calvitie naissante laissait voir sa peau rougie par l'effort, son pantalon était beaucoup trop grand pour lui et sa chemise faisait penser à un torchon. Quant à sa cravate, elle était à moitié dénouée et bien trop courte pour couvrir son ventre bedonnant… cet accoutrement laissait très nettement à désirer. Comme d'habitude.

— Alors, Gilby, ton verdict ? fit Maddox d'un ton impatient, tout en mâchant un chewing-gum. Tu peux nous donner l'heure du décès ou pas ?

— C'est une plaisanterie, j'espère ? rétorqua Gilby tout en ôtant précautionneusement ses gants de latex. On ne saura rien de précis tant qu'on ne lui aura pas ouvert le ventre pour examiner son estomac et ses intestins. Et encore, je ne peux rien vous promettre !

— Et la cause du décès, tu l'as déterminée ? demanda Remi.

— Désolé, mais là-dessus non plus, j'crois pas pouvoir vous être d'un grand secours, les gars. Par contre, une chose est certaine : elle ne montre aucune blessure physique. Et elle n'a pas été agressée sexuellement. Le seul détail suspect que j'aie pu relever, c'est une toute petite marque au niveau de son cou, sur le côté.

A ces mots, Alex releva la tête, l'air soudain très intéressé.

— Une décharge électrique ? Du genre flash ball ?

Gilby secoua la tête.

— Non, je dirais plutôt une trace d'aiguille. Il va falloir confirmer par un dépistage toxicologique, bien sûr. Pour ça, on aura besoin d'une autopsie complète, en bonne et due forme.

Il passa une nouvelle fois son mouchoir déjà trempé sur son front dégoulinant, puis ajouta d'un air las :

— Si vous voulez la récupérer, moi, j'en ai fini avec elle. Vous pouvez demander aux autres dehors qu'ils vous la transportent dans le camion de la morgue quand vous en aurez terminé.

Alex hocha vaguement la tête tout en enfilant à son tour une paire de gants de caoutchouc pour s'agenouiller près du corps. Avec délicatesse, il fit pivoter légèrement la tête de la victime pour vérifier de lui-même les dires de l'expert. Effectivement, il y avait une minuscule marque d'aiguille sur le côté de son cou, pratiquement invisible à l'œil nu. Quelqu'un de moins consciencieux que Gilby ne l'aurait peut-être pas remarquée, ce qui prouvait une fois de plus, s'il en était besoin, que l'homme était plus perspicace que son apparence débraillée ne le laissait présumer.

— Qui a bien pu te tuer ? murmura Alex. Et surtout, pourquoi ?

Maddox s'était accroupi de l'autre côté du cadavre pour l'examiner à son tour. L'air pensif, il passa machinalement son pouce sur sa lèvre inférieure, signe chez lui d'une concentration extrême.

— A mon avis, l'enfant de salaud qui a opéré dans la boutique de cette pauvre femme lui a d'abord injecté une substance pour l'immobiliser. Ensuite, il l'a fourrée dans le frigo pour qu'on ne la retrouve pas tout de suite. Il savait bien qu'elle ne résisterait pas longtemps, soumise à une température aussi glaciale. C'est quand même un coup sacrément tordu, ce truc !

— Motif ?

Maddox haussa les épaules.

— On n'a que l'embarras du choix. Malheureusement, ce genre de situation — une personne plutôt âgée seule dans un magasin qui se fait agresser par un jeune en manque —, c'est le train-train quotidien à La Nouvelle-Orléans. Un taré à moitié stone a dû passer dans le coin et lui régler son compte pour embarquer tout ce que la boutique contenait de monnayable. Rien de plus banal, hélas !

Il se redressa en même temps qu'Alex. Mais Remi Broussard secoua la tête d'un air peu convaincu avant de prendre la parole de sa belle voix grave et calme.

— Franchement, je ne crois pas qu'on puisse retenir une telle hypothèse dans ce cas précis. Ça n'aurait pas de sens qu'un junkie complètement hystérique prenne le temps de dissimuler le corps aussi habilement — enfin, sauf pour le bout de tissu qui pendait dehors. En général, ces types-là, tout ce qu'ils veulent, c'est leur dose quotidienne. Le reste, ils s'en balancent. Et puis, si l'agresseur de cette pauvre dame avait vraiment cherché du fric, il aurait emporté la jolie bague qu'elle porte au doigt, en plus du liquide qu'il y avait dans la caisse. Or, il n'a pris ni l'un ni l'autre. Ce n'est pas comme ça que réagirait un drogué en manque, j'en suis certain.

Il avait raison à cent pour cent, songea Alex. Ce n'était pas à ce genre de paumé que Mignon Bujold s'était malencontreusement trouvée confrontée. Non, la personne qui l'avait éliminée n'avait pas agi pour un motif purement pécuniaire. Ce qui ramenait sur le tapis l'histoire de cette poupée volatilisée dans la nature. Alex aurait préféré l'ignorer purement et simplement, d'autant que la source — en l'occurrence, Claire — n'était pas ce qu'on pouvait qualifier de fiable... Mais ça n'arrêtait pas de lui trotter dans la tête.

Il souhaita soudain que Claire n'eût jamais repéré cette fichue poupée. Il avait le sentiment qu'une nouvelle boîte de Pandore était sur le point de s'ouvrir, et qu'il n'en sortirait que des ennuis.

— Eh, lieutenant, vous avez une minute ?

Il se retourna vers l'inspectrice chargée de passer la scène du crime au peigne fin.

— Qu'est-ce qui se passe, Patty ? lui demanda-t-il familièrement. Vous avez trouvé quelque chose ?

— Pour ça, oui. Des tas de choses, en fait. On a des tonnes d'empreintes, de fibres, de cheveux... Des indices par centaines, disséminés un peu partout dans les deux pièces du magasin. Par contre, la question cruciale, c'est de savoir si on va réussir à trouver dans tout ce fouillis une trace du passage du tueur.

— Ça, je crois que c'est à vous de me le dire, rétorqua Alex.

— Justement, je voulais vous poser la question : c'est vous qui chapeautez cette enquête, ou il va falloir que je fasse mon rapport à ce gros con de Maddox ?

Malgré la gravité de la situation, Alex ne put s'empêcher de sourire devant la franchise brutale avec laquelle sa coéquipière avait l'habitude de s'exprimer.

— Ça, je pense qu'il va falloir laisser le capitaine en décider.

— Exactement le genre de réponse que je craignais.

— Vous avez trouvé autre chose ?

— Venez donc jeter un coup d'œil par vous-même : comme ça, vous vous ferez une idée plus précise du problème.

Elle lui fit signe de la suivre jusqu'au comptoir du magasin.

— Vous voyez cette marque au sol ? Ça signifie que le comptoir a été déplacé d'un ou deux centimètres. Je me suis dit que c'était sans doute l'endroit où le tueur avait agressé sa victime, alors j'ai passé le secteur au peigne fin, et regardez ce que j'ai trouvé, glissé sous le meuble.

Elle brandit un sac en plastique scellé qui portait déjà un numéro de classement — ce qui voulait dire qu'il renfermait une pièce à conviction.

— Qu'est-ce que c'est ?

— Une photo d'enfant. Une petite fille d'environ six ou sept ans. Quelqu'un l'a sans doute laissée tomber sans le vouloir, et elle a glissé sous le comptoir. Mais ça ne veut rien dire : elle peut très bien être là-dessous depuis des années. Enfin..., conclut Patty en haussant les épaules, on ne sait jamais. Ça pourrait se révéler important pour l'avancée de l'enquête.

Alex prit le sac transparent qu'elle lui tendait, et jeta un coup d'œil à la photo. Il ne lui fallut pas plus d'un quart de seconde pour reconnaître la petite fille. Il eut l'impression de recevoir un coup de poing en pleine poitrine, comme s'il était victime d'une attaque cardiaque. Mais ce n'était qu'un accès de panique, il s'en rendit compte presque instantanément.

Et il y avait de quoi paniquer, en effet, car la petite fille de la photo n'était autre que Ruby.

Quelques minutes plus tard, Alex sortait du magasin, très embarrassé. Qu'allait-il bien pouvoir faire de cette nouvelle découverte ? Cette photo était absolument cruciale, il n'en doutait pas. Il avait dit à Patricia Petty qu'il en avait besoin pour la montrer à la fille de Mignon Bujold, mais il s'était bien gardé de lui révéler que lui connaissait parfaitement la fillette photographiée. Sans laisser transparaître le trouble qui l'agitait, il avait glissé le sac de plastique dans sa poche et s'était empressé de sortir. Il avait absolument besoin d'air et de calme pour réfléchir.

Il était presque midi. Dans le ciel dégagé, le soleil brillait de tous ses feux et chauffait presque autant qu'une armée de projecteurs dans un studio de cinéma. Machinalement, Alex prit ses lunettes noires dans sa poche pour les poser sur son nez. Après avoir passé pratiquement une heure à l'intérieur du magasin où l'air conditionné fonctionnait à plein régime, il avait l'impression d'étouffer. Pourtant, la sueur qui perlait à son front n'était pas due à la température extérieure : s'il transpirait aussi abondamment, c'était de peur et d'angoisse.

Quoi qu'il fasse, il ne pouvait ôter de son esprit l'idée que cette photo justifiait les craintes de Claire. Sans doute à cause du tourment qu'en retirait sa conscience, le cliché semblait peser autant qu'un sac de plomb dans le fond de sa poche. Le poids de la culpabilité ? La peur d'annoncer à son ex-femme qu'elle avait sans doute raison depuis le départ ? Il n'en savait rien. Tout ce qu'il savait, c'était qu'il aurait mille fois préféré se tromper sur l'identité de la petite fille prise en photo. Il essaya de se persuader que la gamine ne possédait qu'une vague ressemblance avec Ruby Creasy et qu'il confondait parce que Claire lui avait rebattu les oreilles avec ça. Mais il savait bien qu'il ne se débarrasserait pas de cette idée si facilement.

Ce n'était pas une simple coïncidence. Ça faisait trop de bizarreries à la fois. Impossible de nier l'hypothèse suggérée par Claire dès le départ de cette histoire de fous. Elle avait sans doute raison quand elle affirmait que l'apparition de cette poupée dans la vitrine avait un lien avec sa fille disparue depuis sept ans. Cette photo le criait haut et fort. Et voilà que maintenant, non seulement la poupée s'était volatilisée, comme Ruby, mais la femme qui l'avait acquise avait été assassinée !

Pensif, Alex passa une main sur sa bouche, les yeux fixés sur la foule qui s'était amassée dans la rue aux abords de la boutique. Deux ou trois reporters s'étaient arrêtés, sentant le scoop de dernière minute. Quand ils le virent, ils s'agitèrent derrière le cordon de sécurité et lui crièrent des questions par-dessus le brouhaha général. Il fit semblant de ne pas les voir et leur tourna délibérément le dos. La dernière chose dont il avait besoin, c'était que la presse apprenne l'existence de cette photo…

L'un des policiers en uniforme vint vers lui pour lui murmurer quelque chose à l'oreille. Sans être certain d'avoir bien suivi les commentaires de son subalterne, Alex hocha vigoureusement la tête. Son attention était ailleurs : de l'autre côté de la rue, juste devant le restaurant où il l'avait déposée en arrivant sur le lieu du crime, Claire venait d'apparaître, l'air visiblement bouleversé. Dès qu'elle l'eut aperçu, elle fendit la foule de curieux pour le rejoindre au plus vite.

Elle fut interrompue dans son élan par l'officier de police chargé de faire respecter le périmètre de sécurité. Mais il la reconnut au bout de quelques secondes, et s'empressa de soulever le cordon pour lui permettre de passer de l'autre côté.

— Alex, fit la jeune femme d'un ton pressant, tout en se rapprochant de lui à le toucher, il faut absolument que je te parle.

— Moi aussi, j'ai à te parler, mais il va falloir attendre un peu. Pour le moment, ma présence est indispensable à l'intérieur du magasin.

Il allait revenir sur ses pas quand il sentit la petite main de Claire lui agripper le bras presque désespérément.

— Ce que j'ai à te dire ne peut vraiment pas attendre. C'est à propos de l'assassin de Mignon Bujold.

Le policier en faction non loin d'Alex avait entendu ; il tourna la tête vers eux d'un air inquisiteur, et Alex faillit tancer Claire vertement. On n'avait pas idée de lâcher des phrases pareilles comme ça, sans prendre de précaution !

Sans hésiter, il prit le bras de sa compagne pour l'entraîner de l'autre côté de l'immeuble. Là, il la fit passer sous les grandes croix rouges qui interdisaient toute communication entre la rue et le passage toujours noyé d'ombre menant à la porte de l'arrière-boutique. Lorsqu'ils furent suffisamment éloignés de la foule agitée qui s'agglutinait derrière les barrières de sécurité, il se planta face à elle, les sourcils froncés.

— Alors ? Qu'est-ce que tu avais de si urgent à me dire que ça ne puisse pas attendre, même cinq minutes ?

— J'ai longuement discuté avec Lily Devereaux de la poupée que j'avais vue dans la vitrine du magasin, la semaine dernière, et… Oh ! Alex ! Elle m'a dit que c'était un inconnu qui l'avait apportée à Mignon Bujold pour la lui vendre. Son explication était un peu confuse, mais apparemment, il aurait prétendu que c'était parce qu'une fillette de sa connaissance était morte prématurément et qu'il voulait se débarrasser de la poupée faite à son image parce que c'était trop dur de garder un objet qui rappelait tellement cette enfant disparue.

Alex sentit l'étau qui lui enserrait la poitrine se refermer davantage.

— Tu crois qu'il parlait de Ruby ?

— Je n'en sais rien. Mais je reste convaincue que cette poupée est liée, d'une façon ou d'une autre, à son kidnapping. Tout comme elle est forcément liée au meurtre de Mignon Bujold. Lily m'a raconté que la poupée avait été confectionnée par une artiste du nom de Savannah Sweete. C'est une spécialiste des poupées de collection faites à l'effigie de vraies petites filles. Elle travaille avec un souci du détail tout à fait remarquable, et… Enfin, Lily m'a dit que la poupée que j'avais vue dans la vitrine portait une minuscule tache de naissance rouge framboise sur le bras gauche, exactement comme Ruby. Ça ne peut pas être une simple coïncidence, Alex. Même toi, tu dois l'admettre, à présent.

— Peut-être, mais rien ne prouve que cette poupée soit bien liée au meurtre de Mignon Bujold. Tu tires des conclusions beaucoup trop hâtives pour qu'elles soient recevables, Claire. Et je te rappelle que dans une enquête concernant un assassinat, ce qui m'intéresse, ce n'est pas l'accumulation de coïncidences, mais les faits, et uniquement les faits.

— Des faits, il y en a, justement ! Fait numéro un : cette poupée est la copie conforme de Ruby, y compris pour la tache de naissance sur son bras et la robe qu'elle portait le jour où elle a été enlevée. Fait numéro deux : personne n'aurait pu la représenter avec autant de précision d'après une simple photo. Cette tache de naissance, par exemple, elle était beaucoup trop discrète pour qu'on la voie sur un cliché. Ce qui veut dire que la personne qui a réalisé la poupée a forcément vu Ruby en personne, à un moment ou à un autre. Fait numéro trois : Mignon Bujold achète cette poupée à un inconnu, et quelques jours plus tard, on la retrouve morte, congelée dans son frigo. Si tu ne vois pas un fil directeur là-dedans, Alex, c'est que tu es aveugle ou que tu le fais exprès ! Il existe un lien entre tous ces événements, tu ne peux pas le nier. Je veux que tu rouvres le dossier concernant la disparition de Ruby, Alex.

— Pour ton information, sache que ce dossier n'a jamais été considéré comme clos.

— Alors, je t'en prie, mets des hommes dessus, Alex, fit Claire d'un ton soudain suppliant. Je sais que tu as assez d'influence pour le faire.

L'air exténué, Alex se massa le front, comme si ce simple geste pouvait dissiper la migraine atroce qu'il sentait poindre.

— Rentre chez toi, Claire. Rentre chez toi et laisse-moi faire mon travail, s'il te plaît.

— Mais c'est justement ça la question : tu vas le faire, ton travail, oui ou non ?

— Et qu'est-ce que tu entends exactement par là ?

— C'est très simple : depuis le début, tu refuses de me croire. Tu as commencé par nier le fait que cette poupée ressemblait à Ruby comme deux gouttes d'eau. Ensuite, tu n'as jamais voulu admettre qu'il y avait peut-être un lien entre cette poupée et l'enlèvement de ma fille. Et même maintenant, après tout ce que je t'ai dit, après ma discussion avec la fille de la victime, tu ne veux toujours pas accorder foi à mes propos, ne serait-ce qu'un tout petit peu. Tu t'obstines bêtement, Alex ; tu te butes uniquement parce que cette affaire me concerne au premier chef. J'en viendrais presque à me demander si tu es vraiment la personne qui convient pour mener cette enquête.

— Ça, ce n'est pas à toi d'en décider, rétorqua Alex sèchement. Et soit dit en passant, merci de me témoigner autant de confiance, ça fait plaisir !

— Ne te braque pas, Alex. Je ne voudrais surtout pas que tu te sentes visé ou insulté. Je sais bien que tu es un excellent flic. Loin de moi l'idée de t'accuser de vouloir délibérément faire capoter une enquête pour des raisons personnelles. Le seul problème, c'est que tu ne veux pas me voir souffrir, je le sais. Et j'ai peur de ce que tu pourrais faire à seule fin de me protéger, même si je ne te le demande pas. Tu n'as pas à t'inquiéter de moi, Alex : je peux très bien faire face à la vérité. Par contre, si tu me caches quelque chose, je ne m'en remettrai pas.

A ces mots, Alex détourna les yeux. Là-bas, au bout de l'allée, dans la lumière éclatante qui inondait la rue, la foule tout à l'heure si bruyante et excitée venait de se taire brusquement. Une sorte de frisson superstitieux passa sur l'assemblée, tandis que les employés du coroner sortaient de la boutique le lit à roulettes où ils avaient déposé le cadavre, recouvert d'un drap mortuaire, pour le déposer dans la camionnette.

S'ils avaient de la chance, l'autopsie révélerait la façon dont Mignon Bujold était morte, ainsi que l'heure approximative de son décès. Mais cela ne résoudrait pas la question du *pourquoi*, autrement plus préoccupante pour Alex. Pourquoi donc cette femme était-elle devenue gênante au point qu'on veuille l'éliminer ? Parce que la maudite poupée avait croisé son chemin ?

Alex reporta son regard sur Claire. Même dans l'ombre de la ruelle, ses yeux bleus étincelaient de cet éclat particulier qui l'avait toujours fasciné. Ses lèvres — qu'il avait tant de fois embrassées dans un effort désespéré pour lui faire oublier le passé — tremblaient doucement d'émotion. Rien que de la voir ainsi tendue vers lui, il en avait le cœur serré. Incapable de la regarder en face, il dut tourner légèrement la tête.

— Il faut que tu rentres, lui répéta-t-il à voix basse.

— Tu me demandes l'impossible, Alex.

— C'est une affaire qui regarde la police. Si tu t'obstines à rester ici, tu vas nous gêner plutôt qu'autre chose.

— Et la poupée ?

— Quoi, la poupée ?

— Tu me crois, à présent ?

— Tu veux savoir ce que je crois ? Je crois que tu es tellement obnubilée par cette histoire que tu t'es persuadée qu'une simple poupée pourrait exaucer toutes tes prières. Mais ce n'est pas possible, Claire. Il faut que tu laisses tomber, ne serait-ce que pour ton bien. S'il existe effectivement un lien, nous le trouverons. Mais toi, tu dois arrêter de te focaliser là-dessus.

— Je n'abandonnerai pas, affirma la jeune femme d'un air têtu. Pas cette fois, Alex. Pas là-dessus. Et rien de ce que tu pourras dire ne me fera lâcher prise.

Etouffant un soupir, Alex prit un ton nettement plus dur pour lui répondre.

— Dans ce cas, ne viens pas te plaindre après coup, car tu auras agi en toute connaissance de cause. Si jamais tu interfères dans cette enquête, je n'ai pas l'intention de t'accorder de traitement de faveur. J'agirai avec toi comme avec n'importe quel autre gêneur. Je n'hésiterai pas une seconde à te boucler dans une cellule pour éviter de t'avoir dans les pattes.

D'un air de défi, Claire redressa ses frêles épaules et releva le menton.

— Tu feras ce que tu as à faire, Alex. Tout comme moi.

Tournant les talons, elle reprit la direction de la rue éclaboussée de soleil. Alex eut beau l'appeler, elle ne se retourna pas. Il aurait voulu s'élancer pour la retenir, mais il s'en découvrit incapable : le poids de la photo dans sa poche l'en empêchait, ainsi que le fardeau de la culpabilité.

Ainsi, au lieu de courir derrière la seule femme qu'il avait aimée au-delà de la raison, il s'adossa au mur, las et écœuré de tout.

20.

Les nénuphars ondulèrent dans le sillage du *Sea Ray* au moment où Dave coupa les moteurs pour se laisser doucement dériver jusqu'au ponton d'amarrage où l'attendait Marsilius, confortablement installé sur une chaise de jardin, son visage à demi masqué par le bord d'un chapeau de paille. Dave avait sorti le bateau pour tout l'après-midi. Il avait jeté l'ancre à quelques kilomètres du rivage pour installer les cannes à pêche à l'arrière, puis il avait mis les lignes à l'eau avant de s'asseoir sous le ciel sans nuage. Après deux bonnes heures de pêche, les containers réfrigérés débordaient de poissons luisants, tous bien nettoyés et vidés, prêts à être cuits ou congelés. Dave avait alors relevé les cannes à pêche et poussé les moteurs à plein régime pour faire une petite escapade dans la baie Vermillion. Il avait passé un après-midi reposant et agréable à voguer tranquillement sur les eaux limpides qui reflétaient comme un miroir le soleil étincelant dont les rayons lui chauffaient délicieusement le corps. Mais le temps qu'il rentre à bon port, des nuages avaient commencé à s'amasser à l'ouest, et le vent s'était levé, apportant avec lui l'odeur de l'orage.

Après avoir lancé un filin à Marsilius, Dave prit l'autre dont il fit une boucle pour l'amarrer au taquet de métal inséré dans le pont de bois. Comme il se penchait, torse nu, pour effectuer correctement sa manœuvre, il sentit que ses épaules et son dos commençaient à souffrir de l'exposition prolongée au soleil réverbéré par l'eau.

— Y a quelqu'un qui t'attend à la maison, fit Marsilius après qu'ils eurent solidement arrimé le bateau.

D'un bond, Dave sauta sur le ponton.

— Qui ça ? Un client ?

— Non. Claire.

Même après l'avoir revue l'autre soir, Dave eut du mal à encaisser le choc de cette nouvelle. Si la simple mention du prénom de son ex-femme suffisait à lui faire battre le cœur, comment allait-il se comporter quand il se retrouverait face à elle ? Elle lui faisait trop d'effet…

Ennuyé et heureux à la fois, il se tourna vers l'eau, comme si la surface miroitante du bayou avait pu apporter une solution à ses problèmes existentiels. De l'autre côté, un vieil homme à la peau noire comme l'ébène était installé à l'ombre d'un saule pleureur, sa canne à pêche télescopique à la main, son hameçon flottant doucement non loin du bord. Deux petits garçons s'amusaient à jeter des cailloux et des coquillages dans l'eau pour effrayer les brèmes qui nageaient en surface, attirées par le menu fretin qui s'abritait sous les grands nénuphars. Mais le vieil homme ne semblait pas s'offusquer du remue-ménage des enfants. Tirant placidement sur sa pipe, il ne bougeait pas d'un pouce, les yeux rivés au bouchon de sa ligne qui surnageait au milieu des feuilles vertes étales.

— Dave, tu m'as entendu ?

— Oui, oui, j'ai bien compris, Tonton. Qu'est-ce qu'elle me veut ?

Marsilius haussa les épaules d'un air faussement indifférent, mais sous son chapeau de paille, ses yeux brillaient de curiosité.

— Mystère. Je ne lui ai rien demandé.

— Elle t'a forcément dit quelque chose !

Le vieil homme ôta son couvre-chef pour s'éventer ostensiblement le visage.

— Tout ce que je sais, c'est qu'elle est venue me voir au magasin de pêche pour me demander où elle pouvait te trouver. Je lui ai dit que tu étais sorti avec le bateau, mais que tu n'allais pas tarder à revenir. Elle m'a demandé si elle pouvait aller t'attendre chez toi, à l'ombre. Et moi, je lui ai répondu que bien sûr, elle pouvait y aller, et que je ne voyais pas le mal que ça pourrait causer qu'elle s'installe là-bas deux minutes.

— Tu lui as proposé de la faire entrer ?

— Bien sûr, avec cette chaleur ! Mais elle n'a pas voulu. Elle a dit qu'elle attendrait dehors, sur le perron. Enfin, si tu veux mon avis, elle doit crever de chaud sous ton foutu porche. Tu ferais mieux de rentrer en quatrième vitesse pour voir ce qu'elle veut avant qu'elle ne nous fasse une syncope.

Dave résista à l'envie de jeter un coup d'œil par-dessus son épaule en direction de chez lui. Ça lui faisait bizarre de savoir que Claire l'attendait là-bas, comme au bon vieux temps, quand ils étaient au début de leur relation. Il se rappela soudain l'image lumineuse que lui offrait Claire lorsqu'elle patientait sur le perron de chez sa grand-mère. Surtout quand elle portait la jolie robe jaune qu'il aimait tant, et qu'elle se levait d'un bond pour l'accueillir, un sourire éblouissant sur son adorable visage.

— Ah ! Te voilà ! disait-elle chaque fois d'un ton impatient qui faisait plaisir à entendre, et qui donnait des ailes à Dave pour gravir les quelques marches du perron. Je commençais à avoir peur que tu ne viennes pas.

— Mais non, tu n'en pensais pas un mot ! répliquait Dave d'un ton tranquille. Tu sais très bien que tu n'es pas le genre de fille à qui on pose un lapin.

— Pourquoi tu dis ça ?

— Parce qu'un gars qui a la chance d'avoir rendez-vous avec toi serait complètement débile de te laisser poireauter sous ce porche. Surtout quand tu portes cette robe jaune absolument époustouflante.

Elle penchait un peu la tête de côté, un sourire à la fois tendre et flatté sur ses lèvres joliment dessinées.

— Et toi, tu n'es pas débile, n'est-ce pas, Dave ?

— Ça, non ! répondait-il invariablement, tout en se penchant pour effleurer ses lèvres d'un baiser. Par contre, je suis bien conscient d'être le plus chanceux de toute la terre ! Et cette place, je ne l'échangerais pour rien au monde. Promis, juré, craché !

Le passé, toujours le passé qui revenait à la charge… Dave coupa volontairement court à ces souvenirs intempestifs, et jeta un regard circonspect à son oncle.

— Je vais y aller, mais pas tout de suite. Dans deux, trois minutes. Il faut d'abord que je vide les glacières : elles sont pleines de poiscaille ! Et puis, il faut laver le pont du bateau à grande eau…

— Je m'en occupe, déclara Marsilius. Toi, tu es prié de filer la retrouver, et tout de suite. Ne la fais pas attendre plus longtemps.

Dave venait de s'engager sur le chemin qui menait à son domicile quand son oncle le rappela, l'air sérieux.

— Ecoute, mon garçon, je ne sais pas ce qui lui trottait dans la tête ni ce dont elle voulait te parler, mais je peux te dire que, visiblement, quelque chose la tracassait. Alors, sois gentil avec elle, tu veux ?

— Pourquoi ? Tu t'imagines que je vais lui claquer la porte au nez ? Je ne suis pas une brute épaisse, tout de même !

— Tu exagères, comme d'habitude, Dave, rétorqua Marsilius. Mais rancunier comme tu l'es, tu pourrais avoir un comportement dans ce style. Et n'essaie pas de me soutenir le contraire : tu en veux longtemps à ceux que tu soupçonnes de t'avoir trahi ou trompé. C'est ton ex-femme, et elle s'est mariée avec quelqu'un d'autre après votre séparation. Je suis sûr que tu ne l'as toujours pas digéré... Cela dit, je ne suis pas là pour te juger. Tout ce que je veux te dire, c'est que la petite n'a pas l'air dans son assiette. Alors, pas la peine d'en rajouter pour qu'elle se sente encore plus mal après votre entrevue, compris ?

Dave secoua la tête d'un air accablé.

— Alors, c'est comme ça que tu me vois ?

— Ne fais pas semblant d'être vexé ! Je te dis juste ce que je pense. Et crois-moi, c'est plutôt une preuve d'affection.

Dave ne répondit pas, trop pressé de rejoindre son ex-femme, malgré ce qu'il avait bien voulu faire croire à son oncle. Sans un mot, il se dirigea vers sa petite maison, à peine visible derrière les chênes et les pacaniers qui entouraient sa « propriété ». Une brise légère s'était levée, écartant les feuilles qui jonchaient le sol devant les pieds de Dave. Au-dessus de sa tête, le ciel avait pris une teinte verdâtre annonciatrice de l'orage qui n'allait certainement plus tarder.

A l'entrée du jardin, il marqua une courte pause, le temps d'enfiler sa chemise pour avoir une allure à peu près décente. Puis il s'engagea sur le petit sentier de terre battue qui menait à son perron et quelques secondes plus tard, il la vit.

Elle ne lui parut pas réelle. C'était comme quand il se

réveillait d'un sommeil profond peuplé de rêves impossibles, et qu'il croyait contempler la silhouette de celle qui lui manquait tellement qu'elle venait hanter sa conscience. Il avait l'impression de se trouver dans cet état étrange, entre veille et sommeil, où la réalité n'a pas encore repris ses droits, où les visions forgées pendant la nuit se confondent avec la vraie vie, nous faisant douter de ce que nous voyons.

La porte grillagée se referma derrière lui avec un cliquetis discret qu'il entendit à peine. Leurs yeux se rencontrèrent, et le sourire qu'elle avait esquissé mourut aussitôt sur ses lèvres pâles. Son regard prit une expression affolée, tandis qu'elle découvrait les marques rouges sur le visage de son ex-mari, les cernes qui ombraient ses yeux las, et surtout les points de suture sur le haut de son front.

— Qu'est-ce qui t'est arrivé ? fit-elle dans un souffle.

— Disons pour faire court que j'ai eu une divergence d'opinion avec quelqu'un, répondit Dave de mauvaise grâce. Et n'en parlons plus, tu veux ?

Ils se regardèrent en silence pendant quelques secondes avant que Claire n'abandonne la partie.

— Tu ne changeras jamais, n'est-ce pas, Dave ? Tu as toujours eu le don de te mettre dans des situations impossibles.

— D'après mon oncle, c'est effectivement l'une des choses pour lesquelles je montre un réel talent ! répliqua-t-il d'un ton ironique.

Elle ne lui rendit pas son sourire, promenant son regard sur les alentours avec un air très doux.

— J'aime bien l'endroit où tu habites. C'est beau, ici. Très calme, aussi, avec tous ces arbres qui t'isolent du monde et du bruit.

C'était un compliment inattendu, et il l'accepta avec un haussement d'épaules.

— Bah ! fit-il d'un ton faussement modeste. Ce n'est pas grand-chose, mais au moins, c'est chez moi.

— Chez toi…, reprit la jeune femme d'un ton rêveur, tout en se tournant légèrement pour éviter de le regarder en face.

Dave resta là à l'observer, une grosse boule d'émotion dans la gorge. Elle était vêtue d'une jupe de coton blanc assortie à la couleur de ses sandales, et d'un débardeur bleu qui rappelait le turquoise de ses yeux magnifiques. Elle avait relevé sa chevelure dorée en une espèce de chignon lâche retenu par une grosse pince, et de là où il se trouvait, il pouvait voir les minuscules mèches folles qui s'en étaient échappées frisotter sur sa nuque luisante de chaleur.

Il déglutit avec effort avant de détourner le regard de ce spectacle trop tentant.

— Marsilius m'a dit que tu voulais me parler.

Elle se retourna vers lui, prête à se lancer dans une explication détaillée. Mais ce qu'elle lut dans les yeux de son ancien époux dut l'arrêter dans son élan, car aucun son ne sortit de sa bouche déjà entrouverte. L'air indécis, elle battit des paupières tout en portant une main tremblante à sa gorge. Dans le mouvement qu'elle fit, elle masqua involontairement les taches de rousseur qui ornaient le haut de sa poitrine et que Dave avait si souvent caressées du bout des doigts.

— Je… Je suis venue te voir pour une question professionnelle. Si tu as le temps, bien sûr.

— Mais oui, j'ai le temps. Accorde-moi juste quelques minutes pour que j'aille me rafraîchir un peu. J'ai passé l'après-midi sur le bateau, répondit Dave d'un ton rogue qui dissimulait mal l'intense émotion qu'il ressentait à la voir ici.

Il s'empressa de sortir la clé de sa cachette sous le pot de fleurs, l'introduisit dans la serrure en pestant intérieurement contre l'accès de faiblesse qui faisait trembler ses mains, puis se tourna vers la jeune femme pour lui proposer d'une voix faussement calme et détachée :

— Tu veux entrer ? Il fera sûrement plus frais que dehors.

Claire lança un coup d'œil furtif vers l'entrebâillement de la porte avant de secouer la tête en signe de dénégation.

— Bon, comme tu voudras, fit Dave sans se départir de son ton désinvolte. Et si je te propose quelque chose à boire ?

— Je n'ai besoin de rien, merci. Ne t'inquiète pas pour moi, répondit-elle avec une fermeté déconcertante.

— Bon, bon, grommela Dave, vaguement vexé de se voir ainsi éconduit. Je reviens dans deux minutes, d'accord ?

Il referma la porte derrière lui avant de s'appuyer contre le battant, les yeux fermés, les oreilles bourdonnantes. Quelqu'un lui avait dit un jour que c'était le passé, plus que l'ADN ou les empreintes digitales, qui rendait chaque individu unique. Les endroits où l'on avait vécu, les choses que l'on avait faites ou vues nous façonnaient… Le plus important pour lui, c'était ce qu'il avait perdu.

Il ne savait pas pourquoi Claire était venue le trouver après tout ce temps. Ni pourquoi le destin avait voulu qu'ils se revoient à la soirée de l'hôtel Monteleone. Mais ça ne changeait rien. Du moins, ça ne *devrait* rien changer, s'il écoutait la voix de la raison. Parce qu'il était impossible de revenir en arrière.

Le passé resterait ce qu'il était — ce passé terrible qui l'avait transformé irrémédiablement. Et lui non plus ne changerait pas, quoi qu'il fasse.

Quelques instants plus tard, Dave sortait de la douche pour s'essuyer rapidement avant d'enfiler des vêtements propres et de passer un coup de peigne dans ses cheveux encore humides. Sans perdre davantage de temps, il redescendit au rez-de-chaussée, et passa par la cuisine pour y prendre un pichet de thé glacé et deux verres. Avec galanterie, il installa les rafraîchissements sur la table basse, juste devant le fauteuil à bascule où Claire s'était assise.

— Je ne sais pas si tu as soif, mais moi, j'ai la gorge complètement sèche ! fit-il en lui tendant un verre plein.

Elle le remercia d'un signe de tête avant de tremper ses lèvres dans le liquide ambré.

— Mais c'est très bon ! s'exclama-t-elle, l'air agréablement surpris. Sucré mais pas trop, avec cette petite note amère qui persiste derrière... C'est vraiment délicieux. Ça me rappelle le thé que faisait Maman quand j'étais plus jeune.

— Je prends ça comme un compliment, dit Dave avec un demi-sourire. Comment va Lucille ?

— Bien. Mais je suppose que tu le savais déjà ? répliqua la jeune femme tout en souriant à son tour, amusée par l'absence de réaction de son ex-mari. Allez, ne fais pas l'innocent : je sais que vous êtes restés en contact, tous les deux. C'est elle qui a vendu la mèche, alors, pas la peine de nier.

Un peu ennuyé d'avoir été pris en flagrant délit de mensonge par omission, Dave haussa les épaules.

— Elle a toujours été si sympa avec moi...

— Elle t'aimait beaucoup, c'est vrai. Et elle te tenait en haute estime, aussi, ajouta Claire d'un air rêveur, les yeux fixés sur le rosier grimpant qui poussait de guingois sur un côté du perron.

Mais elle avait détourné les yeux trop tard. Dave y avait vu miroiter une étincelle de douleur qui lui serra instantanément le cœur.

— Qu'est-ce que tu es venue faire ici, Claire ?

Les lèvres pincées, la jeune femme reposa doucement son verre.

— L'autre soir, tu m'as bien dit que tu avais repris ton job de détective privé, n'est-ce pas ?

— Oui, et alors ?

— Alors ? C'est très simple : je voudrais t'engager. J'ai besoin que tu retrouves quelque chose pour moi.

Son visage était lisse et calme, mais sa voix tremblait légèrement. Et lorsque son beau regard bleu croisa celui de Dave dans la lumière déclinante du crépuscule, il sut qu'elle était bien moins assurée qu'elle ne voulait le faire croire.

— Alors comme ça, tu as besoin de mes services pour retrouver quelque chose, reprit Dave d'une voix délibérément neutre. Ce ne serait pas en rapport avec ton prochain divorce, par hasard ?

— C'est Maman qui t'a mis au courant ? demanda la jeune femme d'un air surpris.

— Non. C'est quelqu'un d'autre. Mais je voulais juste savoir si c'était pour ça que tu souhaitais m'engager.

— Eh bien, non. En effet, je vais divorcer, mais ce n'est pas pour cette raison que je suis venue te trouver. Et puisqu'on en est aux confidences, autant être franche avec toi dès le départ : je ne roule pas sur l'or, alors je ne vais sûrement pas pouvoir te verser des honoraires pharamineux. Mais de toute façon, quand je t'aurai dit ce dont il s'agit, la question financière deviendra accessoire, j'en suis certaine.

Dave s'assit dans le deuxième rocking-chair.

— C'est bon, tu as toute mon attention, maintenant. Alors, qu'est-ce que tu veux que je retrouve ?

Dans la lumière du soir tombant, les traits de la jeune femme paraissaient entourés d'une sorte de halo presque irréel. Elle avait l'air tranquille et serein, ainsi adossée à son fauteuil qui se balançait doucement. Mais au ton de sa voix, Dave savait qu'elle n'en menait pas large.

— Je veux que tu retrouves une poupée.

— Une poupée ? répéta Dave en se retenant d'éclater de rire devant l'expression sérieuse, presque angoissée, que Claire avait adoptée pour lui annoncer quelque chose d'aussi banal.

Mais comme il ne voulait pas la froisser, il ravala les paroles moqueuses qui lui étaient montées aux lèvres. Bien lui en prit, car visiblement, la jeune femme n'avait pas envie de plaisanter. Quittant son siège, elle se rapprocha de lui et vint s'asseoir par terre avec un soupir à fendre l'âme.

— Si tu m'en disais un peu plus ? lui dit Dave, cette fois sans l'ombre d'un sourire. Lucille s'est fait cambrioler ou un truc de ce genre ?

— Non, ça non plus, ça n'a rien à voir avec Maman, répondit Claire tout en scrutant le visage de son ex-mari comme si elle essayait de décider si oui ou non, elle pouvait lui faire confiance. C'est une poupée qui aurait été fabriquée par une artiste de la région, une professionnelle du nom de Savannah Sweete. Elle doit encore habiter quelque part dans la paroisse de Terrebonne. Sa spécialité, ce sont les pièces uniques réalisées d'après des modèles vivants.

— Terrebonne, ce n'est vraiment pas loin d'ici. Et tu ne devrais pas avoir trop de mal à la localiser. Tu as cherché ses coordonnées dans l'annuaire ? Ou sur Internet ?

— Oui, mais elle doit être sur liste rouge. J'ai bien pensé à un site web, compte tenu de son métier, mais je n'en ai pas trouvé non plus. Tout ce que je sais, c'est qu'elle est clouée dans un fauteuil roulant à la suite d'un grave accident qui remonte à plusieurs années, et qu'elle vit pratiquement en recluse. Ce qui veut dire que, même si nous parvenons à la localiser, nous risquons d'avoir du mal à la rencontrer.

— Alors qu'est-ce que tu veux que je fasse exactement ? demanda Dave d'un air perplexe. Que j'aille en voiture à la paroisse de Terrebonne pour demander à droite et à gauche des infos sur cette Mme Sweete ?

— Oui, entre autres. Parce qu'il y a une chose que je ne t'ai pas dite. Cette femme, elle réalise des poupées d'après des modèles vivants, et il se trouve que l'une d'elles ressemble comme deux gouttes d'eau à… Ruby.

Pendant quelques secondes, Dave fut incapable de répondre quoi que ce soit. Il se demanda brièvement si ce n'était pas une méchante blague qu'on lui jouait. Puis il se ressaisit presque immédiatement. Claire n'était pas du genre à se livrer à de telles cruautés pour s'amuser. D'ailleurs, s'il en voulait une preuve, il n'avait qu'à observer le léger tremblement de ses lèvres ou les larmes qui scintillaient dans ses yeux de pierre précieuse.

— Qu'est-ce que ça veut dire ? Tu as demandé à cette Savannah Sweete de fabriquer une poupée à l'image de Ruby, c'est ça ?

— Non, non, pas moi. Mais quelqu'un d'autre a dû le faire. J'ai vu cette poupée, l'autre jour, dans la vitrine d'une boutique du Quartier Français, quand je faisais des courses avec Charlotte pour l'anniversaire de Maman. J'ai failli tomber à la renverse, tellement elle ressemblait à Ruby : ses yeux, sa bouche, son sourire… c'était exactement notre fille, tu comprends ? Jusqu'à cette jolie robe rose à volants qu'elle portait le jour où on l'a… où elle a disparu.

Claire s'arrêta brusquement et porta une main frémissante à sa bouche pour essayer de contenir ses émotions. Elle ferma les paupières un instant, sans doute pour retenir les larmes qui menaçaient de s'en échapper depuis tout à l'heure. Quand elle rouvrit les yeux pour les poser sur Dave, ils ne reflétaient plus aucune tristesse. Le miroitement humide de ses pupilles avait été remplacé par une expression qui ressemblait à de la panique.

Dave était stupéfait. De quoi parlait-elle, bon sang ? Une poupée à l'image de Ruby ? Mais commanditée par qui ? Et pourquoi ? Ça n'avait aucun sens !

— Claire, fit-il avec précaution pour ne pas la perturber davantage, ce que tu me dis là m'a l'air plutôt… comment dire ? Bizarre.

— Je sais bien ! répliqua la jeune femme avec une note d'irritation.

— Tu es certaine qu'elle ressemblait vraiment à Ruby ?

— C'était son portrait craché, je te dis.

— Tu es entrée dans le magasin pour avoir des informations plus précises ?

— Je voulais le faire, mais je n'ai pas pu, malheureusement. Ce jour-là, j'ai eu un accident, et… Mais tu es probablement au courant ?

— Eh bien… Il est possible en effet que Lucille ait mentionné quelque chose de ce genre, fit Dave avec prudence.

— Elle t'a parlé de mon accident, mais elle ne t'a rien dit sur la poupée ?

— Absolument rien. C'est la première fois que j'en entends parler.

— Il y a une raison à cela. Si elle n'a pas jugé utile de t'en parler, c'est tout simplement parce qu'elle ne me croit pas. Personne ne me croit, d'ailleurs : ni ma sœur ni Alex… Mais je te jure sur ce que j'ai de plus précieux que je te dis la vérité. Je n'ai rien inventé : j'ai vu cette poupée aussi clairement que je te vois aujourd'hui, et elle ressemblait tellement à Ruby que je n'ai pas pu en détacher mes yeux. C'est en partie à cause de ça que je n'ai pas vu la voiture arriver… Bref, quand j'ai enfin pu retourner à la boutique, le lendemain, la poupée avait disparu.

— Quelqu'un l'avait achetée ?

— Je n'en sais rien. Le magasin était fermé. Un commerçant du quartier m'a dit que la propriétaire était en déplacement et qu'elle ne reviendrait qu'aujourd'hui. Du coup, je suis retournée à sa boutique ce matin même, et je l'ai trouvée. La propriétaire, pas la poupée. Mais je n'ai rien pu lui demander, et pour cause : elle était morte.

Dave commençait à se sentir mal à l'aise.

— Et… comment est-elle morte ?

Claire prit une profonde inspiration avant de lancer d'une voix étranglée :

— On l'a enfermée dans son frigo.

— Oh, mon Dieu !

— Je sais, c'est horrible. Je n'arrive même pas à imaginer qui pourrait être aussi tordu pour faire une chose pareille.

— Quelles sont les conclusions de la police ? Ils ont un suspect ? Un motif ?

— Je l'ignore. Mais d'après moi, le motif, c'est cette poupée. C'est la seule chose qui manque dans le magasin.

— Et comment le sais-tu ?

— Ni la caisse enregistreuse ni le coffre-fort n'ont été forcés, pas plus que la porte, d'ailleurs. Et la propriétaire portait encore une bague de prix au doigt quand je l'ai découverte. Tout ça me fait penser que ce n'était pas un cambriolage. Si cette pauvre femme a été assassinée, ça ne peut être qu'à cause de la poupée.

— Ça me paraît court comme raisonnement. D'après ce que tu m'as dit, je ne vois pas comment on pourrait tirer de cette histoire confuse une conclusion aussi nette et tranchée. Tu es sûre que tu ne vas pas un peu vite en besogne ?

— Mais non, bon sang ! lança Claire, au bord des larmes. C'est la seule explication possible ! La fille de la propriétaire m'a confié qu'un inconnu était venu proposer la poupée à sa mère, et qu'il voulait absolument s'en débarrasser. Il lui a expliqué que c'était parce que la petite fille qui avait servi de modèle était morte prématurément, et que la seule vision de cette poupée devenait une souffrance.

Dave vit les lèvres de Claire trembler, mais cette fois, elle n'essaya même pas de masquer son trouble, tellement l'émotion qu'elle ressentait devait être forte.

— Tu comprends ce que ça veut dire ? reprit-elle d'une voix chevrotante. Cette poupée a forcément un lien avec l'enlèvement de Ruby !

— Claire, répondit Dave avec douceur pour ne pas la bouleverser davantage, on ne peut pas en être certain à cent pour cent. Cette poupée existait peut-être avant que notre fille ne soit kidnappée.

— Comment ça ?

— Je ne sais pas, moi. Peut-être que Lucille en avait commandé une et qu'elle l'a oubliée par la suite ?

— Non, Maman s'en serait forcément souvenue. Ce n'est pas le genre de choses qu'elle négligerait. En plus, ce genre de poupée coûte très cher, surtout si on s'adresse à une artiste de la renommée de Savannah Sweete. Maman n'a jamais eu suffisamment d'argent pour se livrer à de telles extravagances. Et puis, si vraiment elle avait voulu faire poser Ruby pour qu'on fabrique une poupée à son image, j'aurais été prévenue. Non, Dave, celui ou celle qui a fait faire cette poupée était en compagnie de Ruby.

— Comment peux-tu être si sûre que la poupée n'a pas été réalisée d'après une simple photo ?

— Parce qu'elle porte une minuscule tache de naissance rose framboise sur le bras gauche, murmura Claire dans un souffle.

Leurs regards se portèrent en même temps sur le bras nu de Dave où une marque identique se voyait très nettement.

— Qu'est-ce que tu essaies de me dire, Claire ? balbutia Dave, profondément ébranlé par cette révélation. Que Mme Sweete a quelque chose à voir avec le kidnapping de Ruby ?

— Je ne crois pas que ce soit elle la responsable, fit Claire d'une toute petite voix. Mais il est tout à fait envisageable qu'elle ait été en contact avec la personne qui a enlevé notre fille, il y a sept ans.

D'un bond, Dave quitta son siège pour aller se poster en face du bayou, comme s'il pouvait tirer de la contemplation de ce paysage familier les forces nécessaires pour affronter ce rebondissement imprévu. La lumière du jour, en s'estompant peu à peu, faisait monter les bruits de la nuit : un coassement de grenouille, un hululement discret de chouette dans l'un des chênes tout proches… Comme si le passé appelait Dave, une fois encore, à plonger dans ses eaux noires et troubles.

Il réalisa brusquement que ses mains tremblaient. Contrarié par ce signe de faiblesse, il les fourra nerveusement dans les poches de son jean avant de se tourner vers Claire.

— Qu'est-ce que tu attends de moi ? Que veux-tu que je fasse de ces informations ?

— Je te l'ai déjà dit : je veux que tu retrouves cette poupée.

— Et ensuite ? A quoi ça nous mènera ?

Elle leva vers lui un regard perdu.

— Qu'est-ce que tu entends par là ?

— Tout simplement, ceci : notre fille est morte, Claire. Elle ne peut pas être restée en vie tout ce temps. J'ai mis beaucoup de temps à l'accepter, mais aujourd'hui, j'ai retrouvé un semblant de paix. Alors, je ne suis pas du tout sûr que ce soit une bonne idée de remuer le passé. Depuis la disparition de Ruby, crois-moi, j'ai visité des endroits lugubres et effrayants dont tu n'as même pas idée. J'ai passé un bon bout de temps en enfer, et pour être franc, je n'ai pas tellement envie d'y retourner pour une poupée.

Lentement, la jeune femme se leva de son siège, raide comme la justice.

— Qu'est-ce que tu essaies de me dire, Dave ? Que tu refuses de m'aider, c'est ça ?

— Je me demande juste si tu n'utilises pas cette histoire de poupée comme paravent.

— De quoi veux-tu parler ?

— C'est peut-être une manière inconsciente de surmonter ton divorce.

— Je… Tu penses vraiment ce que tu dis ? fit Claire d'un air incrédule, ses yeux bleus lançant des éclairs de colère. Tu crois que j'aurais inventé toute cette histoire uniquement pour ne plus me focaliser sur l'échec de mon mariage ? Mais enfin, Dave, pour qui me prends-tu ?

Incapable de répondre, il se retourna vers le paysage qui flamboyait sous les derniers rayons du soleil couchant.

Derrière lui, il entendit Claire inspirer profondément, comme pour calmer la rage qu'il avait vue monter en elle. Lorsqu'elle reprit la parole, ce fut d'une voix blanche qui le fit frémir intérieurement.

— J'aurais dû savoir qu'il ne servirait à rien de venir te trouver. Après tout, tu n'étais déjà pas là, il y a sept ans, pour sauver notre fille, alors je ne vois pas pourquoi ce serait différent aujourd'hui. Ce qui t'intéresse au premier chef, c'est ta petite personne, n'est-ce pas, Dave ? Toi d'abord, aujourd'hui comme hier ?

— Exactement, répondit-il d'une voix lasse. Tu as vu juste, c'est tout à fait ça.

— Arrête ! fit Claire en lui saisissant le bras pour l'obliger à la regarder en face. Ne te ferme pas, Dave. Pas cette fois. C'est trop grave, ce qui se passe en ce moment. Et tout le monde ne peut pas s'offrir le luxe de s'enfuir quand les choses deviennent trop difficiles à supporter.

Le ton qu'elle avait employé le surprit.

— Parce que c'est ce que tu penses de moi ? Que je me suis enfui ?

— Non seulement c'est ce que je pense, mais c'est la vérité, reconnais-le. Toutes ces nuits où tu te soûlais jusqu'à l'abrutissement, alors que moi, je continuais à chercher désespérément une trace de notre fille… J'ai dû passer des centaines de coups de téléphone, distribuer des milliers de tracts, me connecter à je ne sais combien de sites… Bref, j'ai fait tout ce qui était en mon pouvoir parce que je ne pouvais tout simplement pas envisager ne serait-ce qu'une seconde de laisser tomber mes responsabilités, même si je devais pour ça souffrir mille morts !

— Parce que tu crois que moi, de mon côté, je n'ai pas essayé de retrouver Ruby ? cria Dave. Tu crois que je n'ai pas tout mis en œuvre pour dénicher un indice, un seul, qui puisse nous mener jusqu'à elle ? Tu crois que je n'ai pas fait tout ce qu'il était humainement possible de faire ?

Comme un ouragan, il se précipita à l'intérieur, vers son bureau, où il saisit une partie des boîtes qui s'empilaient contre un mur. A grands gestes désordonnés, il les traîna à l'extérieur une par une pour les poser brutalement aux pieds de son ex-femme.

— Tiens, tu n'as qu'à regarder par toi-même : tout est là. Tu trouveras la trace de chaque piste que j'ai suivie, même les plus infimes ou improbables. Chaque fois, je débouchais sur une impasse, et chaque fois j'étais un peu plus meurtri… Tu croyais vraiment que j'allais rester là sans rien faire ? Bon sang, Claire ! Tu comprends pourquoi je n'ai pas envie de rouvrir cette page ? Je ne souhaite à personne de revivre la même torture, et surtout pas à toi.

D'un air de défi, Claire releva le menton, des larmes dans les yeux.

— Ça, ce n'est pas à toi d'en décider, Dave.

— Peut-être. Mais je n'ai pas du tout envie de me retrouver dans les parages quand tu émergeras de cet ultime espoir.

Eprouvée par cette confrontation orageuse, la jeune femme le regarda en silence, puis déclara lentement :

— J'ai eu tort de venir ici.

— En effet. Mais maintenant que tu es là, autant aller jusqu'au bout. Pendant toutes ces années, tu m'as jugé en partie responsable de l'enlèvement de Ruby. Tu as enfin l'occasion de me le dire en face, de me le crier au visage, même, si tu veux. Alors, vas-y : balance-les-moi, tes accusations ! Je sais que tu en meurs d'envie.

— Tu te trompes, Dave, reprit-elle d'une voix tremblante. Je ne t'ai jamais tenu pour responsable de sa disparition. C'est moi qui étais avec elle, ce jour-là. C'est moi qui l'ai laissée faire du vélo sur le trottoir.

— Oui, mais je n'étais pas à la maison à l'heure où j'aurais dû m'y trouver, rétorqua Dave d'un ton acide. Je n'étais pas là pour la protéger. Tu peux le dire, Claire : tes yeux me le hurlent silencieusement. J'ai toujours su que tu m'en voulais, depuis le premier instant. J'ai dû me le répéter moi-même des millions de fois depuis que Ruby a disparu. C'est ma faute, Claire. Je n'étais pas là.

— Puisque tu tiens tellement à ce que je te le dise, eh bien, oui ! Tu aurais dû rentrer à l'heure, ce jour-là. Tu aurais dû être là, à mes côtés, pour protéger notre petite fille. Mais au lieu de ça, tu étais avec *elle* !

Dave s'attendait à des reproches bien sentis, mais l'amertume cinglante qui vibrait dans la voix de son ex-femme lui fit l'effet d'une gifle assenée en pleine figure. Sous le choc, il esquissa un pas en arrière.

— Je… je me doutais bien que tu étais au courant, bredouilla-t-il. Qui te l'a dit ?

— Elle !

Atterré, Dave ferma brièvement les paupières.

— Mais oui, c'est *elle* qui m'a mise au courant ! reprit Claire avec une fureur vengeresse. Tu as l'air étonné ? Tu aurais pourtant dû t'y attendre. C'est ça, la femme que tu as choisi de mettre dans ton lit. Tu lui as donné la préférence sur ta propre épouse, sur ta fille unique ! Et comme si ça ne suffisait pas que mon enfant se fasse enlever presque sous mes yeux, et que je sois forcée d'endurer les pires tourments pour une mère, cette femme m'a appelée pour me raconter où et avec qui tu te trouvais au moment exact où Ruby avait disparu.

— Oh ! mon Dieu, Claire…, chuchota Dave, incapable de soutenir son regard blessé. Je suis tellement désolé…

— Pas tant que moi, Dave.

— Je sais bien que ça n'excuse pas ce que j'ai fait, mais je veux que tu saches que ça ne signifiait rien pour…

— Pourquoi les hommes se croient-ils toujours obligés de dire ce genre de choses ? l'interrompit-elle avec une grimace écœurée. Ça ne rend pas la pilule plus douce à avaler, au contraire ! Ça ne fait qu'aggraver les choses ! Songer que tu as mis notre bonheur en péril pour quelque chose qui *ne signifiait rien pour toi* ! Mais c'est horrible ! C'est monstrueux ! Qui peut se livrer à des actions pareilles ?

Dave ne répondit rien. Ce n'était pas une vraie question, et de toute façon, il n'aurait su que dire. Elle avait raison, à deux cents pour cent. Rien n'effacerait jamais le souvenir de ce qu'il avait commis. Rien ne pourrait amener Claire à changer d'avis sur lui. Il lui avait fait trop de mal pour qu'elle lui pardonne jamais.

— Ce jour-là, tu as choisi de placer cette femme au-dessus de nous, conclut-elle avec un calme glacial.

— Mais non, ça ne s'est pas passé comme ça, dit Dave avec l'énergie du désespoir. Je n'ai pas choisi en conscience de…

— Pourquoi ? Elle t'a menacé de te faire sauter la cervelle si tu ne couchais pas avec elle ? lança Claire avec une ironie méprisante.

— Mais non ! Voyons…

— Non, bien sûr. C'est donc toi qui as choisi. C'est aussi simple que ça.

— J'ai fait un autre choix, aussi, ce même jour, expliqua Dave. Je l'ai laissée pour revenir à la maison.

— Mais il était trop tard, Dave. Ruby avait déjà disparu.

Avec un profond soupir, Dave se laissa lourdement tomber dans son fauteuil à bascule, les yeux fixes, comme happés par un point invisible loin devant lui.

— Je ne sais que te dire, Claire. Je pourrais t'expliquer que j'ai chèrement payé mes erreurs, mais j'ai bien l'impression que ça ne changerait rien à notre situation.

La jeune femme secoua la tête tristement.

— Non, tu as raison, ça ne changerait rien du tout. Rien ne pourra jamais remettre les choses en place. Mais même après tout ce que je t'ai dit, je sais au fond de moi que tu n'es pas responsable de l'enlèvement de Ruby. Pas plus que moi, d'ailleurs. Seulement, c'est tellement dur à comprendre, à supporter, que…

Elle s'interrompit, comme si les sanglots qu'elle retenait depuis tout à l'heure noyaient ses mots dans sa gorge. Quand elle reprit la parole, ce fut avec une tristesse infinie qui rendait sa voix rauque d'émotion.

— Peut-être que tu avais raison quand tu me disais qu'il valait mieux ne pas remuer les eaux troubles du passé, parce que j'ai bien l'impression que nous n'avons pas encore épuisé nos réserves de souffrance, toi et moi.

21.

Dehors, l'air s'était rafraîchi et sentait bon les fleurs et la terre humide, mais Dave ne goûtait guère à la douceur de cet instant, posté dans l'encadrement de la porte grillagée, les yeux rivés à la voiture de Claire qui descendait l'allée de gravillons sablonneux pour rejoindre la route.

Il la suivit du regard jusqu'au tournant où ses feux arrière lui lancèrent un dernier appel scintillant avant de disparaître. Bientôt, même le bruit de son moteur ne fut plus perceptible, comme si elle s'était évanouie dans le crépuscule en même temps que le soleil déclinant, ne laissant derrière elle que le froid et la tristesse.

Il se fit aussitôt des reproches : il aurait dû la rattraper… Il monta dans son pick-up, mais au lieu de se lancer à sa poursuite, il tourna dans la direction opposée. Après avoir roulé pendant quelques minutes, il s'engagea dans le parking d'un ancien entrepôt à glace reconverti en bar miteux, le long du bayou.

L'endroit était lugubre : sombre, crasseux et pratiquement désert. Du juke-box s'échappaient les accents nasillards d'une musique country à laquelle aucun des clients attablés ne paraissait prêter la moindre attention.

D'un pas lourd, Dave se dirigea vers le comptoir, et s'installa sur un tabouret haut.

— Qu'est-ce que j'vous sers ? fit le barman d'un air blasé.

— Une pression. Et aussi deux whisky secs. Tenez, ajouta Dave tout en sortant ses clés de voiture de sa poche pour les tendre à l'employé. Gardez ça, vous voulez bien ? Et surtout, ne me les rendez sous aucun prétexte.

Avec un haussement d'épaules, l'homme derrière le comptoir jeta le trousseau dans une vieille boîte à chaussures réservée aux objets trouvés.

— Vous voulez que j'appelle quelqu'un pour qu'on vienne vous chercher ? Ou vous préférez rentrer chez vous à pied ?

— Ne vous inquiétez pas de ça ! lança une voix reconnaissable entre mille. Je veillerai à ce qu'il rentre en un seul morceau.

Dave se retourna sur son siège : Angelette, plus féline et féminine que jamais, venait d'onduler jusqu'à lui pour se hisser sur le tabouret de bar le plus proche. L'éclat à la fois amusé et complice qui luisait dans ses pupilles sombres disait clairement qu'elle avait tout compris — ou presque. Elle portait une robe rouge vif au décolleté plongeant qui découvrit impudiquement le haut de sa poitrine généreuse quand elle se pencha vers Dave pour lui effleurer la joue d'un baiser. Elle eut un sourire satisfait : comme elle le prévoyait, Dave avait regardé furtivement l'arrondi parfait de ses seins moulés dans le tissu éclatant. Furieux de s'être fait prendre au piège comme un gamin, il détourna les yeux ostensiblement.

Nullement vexée par son mouvement d'humeur, Angelette rejeta sa masse de cheveux noirs en arrière avant de se tourner vers le barman qui les observait, un demi-sourire aux lèvres.

— Donnez-moi la même chose que lui. Et prévoyez déjà un deuxième service : je crois qu'une très longue soirée se prépare.

Lorsque les boissons qu'ils avaient commandées eurent été déposées sur le zinc devant eux, Dave étendit la main, vida son premier verre de bourbon cul sec, puis avala une longue gorgée de bière. C'était si simple, en fin de compte, presque naturel de se retrouver là, accoudé au comptoir, dans la fumée de ce bar minable, aux côtés d'Angelette dont la chevelure d'ébène s'illuminait des reflets presque surréalistes du néon bleu. Elle était si près de lui qu'il pouvait sentir les effluves de son parfum capiteux, si sensuel et diaboliquement entêtant qu'il semblait émaner de son corps bronzé à la peau lisse comme de la soie.

— Tu es bien silencieux, ce soir, Dave. Qu'est-ce qui t'arrive ? Tu as donné ta langue au chat ?

Refusant de la regarder en face, Dave garda les yeux fixés sur la pinte de bière qu'il faisait osciller dans ses mains crispées.

— Qu'est-ce que tu fabriques ici ? demanda-t-il d'un ton rogue.

— Je suis passée chez toi un peu plus tôt. J'ai vu une voiture stationnée dans l'allée, alors je me suis dit que tu avais de la visite. Du coup, je me suis repliée ici pour passer le temps en attendant de te retrouver.

Dave avait déjà éclusé son deuxième whisky. Fermant les yeux, il goûta à la morsure familière de l'alcool dans son estomac vide. Des picotements brûlants se répandaient dans tout son corps, du bout de ses doigts jusqu'à l'arrière de son crâne. Sur son visage, il sentait la chaleur du whisky se répandre comme un poison insidieux. Déjà, il avait envie d'un troisième verre.

Angelette réagit avant lui. Il n'avait pas eu le temps d'esquisser un geste en direction du serveur qu'elle avait déjà commandé la deuxième tournée. Lui tirant le bras, elle essaya de le faire descendre de son tabouret.

— Allez, viens, fit-elle d'une voix rauque et sexy. Si on allait continuer cette petite fête à l'extérieur, hmm ?

— Je n'irai nulle part avec toi, bougonna Dave avant de ramasser sa bière à moitié vide pour suivre la jeune femme en traînant les pieds.

Avec un soupir d'aise, elle s'installa à l'une des tables disposées devant la façade délabrée.

— Aaah ! Ici, au moins, on va pouvoir s'entendre parler, fit-elle au moment précis où une serveuse leur apportait les boissons commandées.

D'un geste précis et brusque à la fois, Dave saisit sa troisième dose de whisky, la vida d'une seule gorgée et la reposa sur la table. Puis il tendit la main vers le quatrième verre qui l'attendait.

— On peut savoir pourquoi tu sembles tellement décidé à te soûler, ce soir ? lui demanda Angelette sans le quitter des yeux.

Haussant les épaules, Dave se dispensa de répondre, préférant engloutir le liquide ambré qui clapotait contre les rebords de son verre. La lune venait d'apparaître dans le ciel au-dessus du bayou, et par-dessus la musique du bar lui parvenait le chant des cigales. Il commençait à voguer dans un univers un peu brumeux : l'un des premiers signes d'ébriété.

Une voiture s'engagea sur le parking, tous phares allumés. Agressé par cette irruption brutale dans le monde velouté où il dérivait lentement, il cligna des yeux, levant une main au-dessus de ses sourcils froncés pour se protéger de la réverbération du soleil. Lorsque les feux du véhicule s'éteignirent, il entendit une portière claquer, suivie par un doux rire de femme qui semblait résonner dans l'obscurité comme un appel à se laisser flotter plus loin encore, au gré du hasard et des verres.

Une troisième tournée arriva, puis une quatrième, englouties aussi vite que les précédentes. Dave commençait enfin à se relaxer. Il se retrouvait en terrain familier, à présent. Il en avait passé, des nuits semblables à celle-ci, à écumer les bars le long de l'autoroute 90 ! A vrai dire, il se demandait s'il avait jamais vécu autrement. A tel point que le bruit qui lui résonnait dans la tête lui faisait l'effet d'un bavardage enjoué qu'il aurait eu avec un vieil ami.

— Dave ?

— Mmmh ?

— C'était la voiture de Claire qui était devant chez toi, n'est-ce pas ?

— Cherche pas, bafouilla-t-il. J'ai pas l'intention de discuter de Claire avec toi.

Dans la pénombre, il vit le sourire de sa compagne se durcir imperceptiblement.

— D'accord.

Il laissa son regard errer sur la surface plane du bayou.

— Pourquoi, Angelette ? Pourquoi t'as fait ça ?

— Quoi donc, Dave ?

— Pourquoi tu lui as tout raconté à propos de nous deux ?

Elle eut un geste évasif d'une main, tout en saisissant sa bière de l'autre.

— On dit que c'est toujours la femme qui est la dernière au courant dans ce genre d'histoire. Je me suis dit que pour une fois, on allait changer la donne, et qu'elle avait le droit de savoir.

— Arrête de dire des conneries, tu veux ? répliqua Dave d'un air contrarié.

— D'accord, tu veux vraiment savoir ? fit Angelette en s'écartant de la table, les yeux brillant de rage contenue. Parce que tu m'as plaquée comme une merde, voilà pourquoi ! Tu m'as laissée dans ce trou à rats comme si j'étais une pauvre pute dont tu t'étais payé les services, sans une pensée pour ce que je pouvais ressentir. Qu'est-ce que tu croyais, Dave ? Que j'allais te laisser me traiter comme une moins que rien sans te rendre la monnaie de ta pièce ?

— Alors, pour te venger de moi, tu t'en es prise à Claire ? Une innocente qui ne t'avait jamais rien fait ?

— Elle l'avait bien mérité.

A travers les vapeurs de l'alcool, un accès de colère vint secouer le cerveau engourdi de Dave, lui faisant serrer les poings dans un effort pour contenir la rage qui montait en lui.

— Ah vraiment ? Et qu'est-ce qui te permet de dire une énormité pareille ?

— Elle t'avait, toi. Ça suffisait pour que je la déteste cordialement, laissa tomber Angelette avec un rire qui sonnait faux.

Pour se donner une contenance, elle fouilla dans son sac à main, puis en extirpa une cigarette. Mais la rancune qui avait vibré dans sa voix un instant plus tôt ne pouvait pas tromper Dave sur ses véritables sentiments.

— Que veux-tu que je te dise ? reprit-elle avec un haussement d'épaules désinvolte. J'étais jeune et stupide ; je croyais dur comme fer que j'étais amoureuse…

— Ça n'excuse pas ta conduite, l'interrompit Dave plus

brutalement qu'il ne l'aurait voulu. Tu as tout mis en œuvre pour blesser une femme qui souffrait déjà horriblement. Bon sang, Angelette, on venait de lui arracher son enfant ! Est-ce que tu te rends compte au moins du mal que tu lui as fait ? Je savais que tu avais le cœur dur, mais de là à te montrer aussi vicieuse et sournoise.

— Eh bien, tu ne me connaissais pas aussi bien que tu le croyais ! rétorqua la jeune femme avant d'allumer la cigarette qu'elle tenait entre ses doigts effilés.

— Ouais, c'est ce que je commence à comprendre, fit Dave d'un air écœuré.

Angelette n'avait visiblement aucun regret. Au lieu de se confondre en excuses, elle resta là, adossée négligemment à son siège, la cigarette aux lèvres, un bras croisé sur son ventre plat, à regarder Dave sans ciller, comme amusée par le spectacle qu'il offrait.

— Quand tu es venue me proposer cette soi-disant enquête sur la disparition de la fille Losier, tu savais déjà que la police municipale avait un suspect en ligne de mire et qu'ils étaient tout prêts à l'appréhender, n'est-ce pas ? Tu m'as tendu un piège, ni plus ni moins.

Sans répondre, la jeune femme envoya d'une pichenette les cendres de sa cigarette rejoindre les ombres épaissies de la nuit.

— Et je parierais aussi que tu n'as même pas évoqué mon nom avec Gordon Losier. Je me trompe ? continua Dave lentement, comme s'il découvrait l'étendue de la fumisterie montée par son ancienne collègue à mesure qu'il parlait. Mais dans ce cas, pourquoi m'as-tu affirmé le contraire ?

— Parce que je voulais être certaine que tu rouvrirais le dossier Savaria, répondit la jeune femme. Je me suis dit que la meilleure façon pour y arriver, c'était de te persuader qu'il existait un lien entre les deux assassinats. Cela dit, il y a un truc que je n'arrive pas à comprendre : pourquoi tu te mets dans des états pareils, Dave ? Tu es furieux parce que je me suis jouée de toi, c'est ça ? Et alors ? Je ne suis pas la première à te faire marcher, ni la dernière d'ailleurs. Et puis, au fond, ça t'a permis de découvrir ce que tu voulais savoir, non ?

— Qu'est-ce que tu racontes ?

— Pendant toutes ces années, tu t'es creusé les méninges pour deviner qui avait bien pu te passer ces coups de fil anonymes après la disparition de ta fille. Et aujourd'hui, tu sais à qui tu as affaire : tu sais que c'était l'œuvre d'un flic.

Sur le coup, Dave la regarda bêtement, incapable d'émettre le moindre son.

— Que… comment sais-tu ça ?

Elle eut un geste évasif.

— Tu étais là le soir où Renée Savaria a été assassinée ? insista Dave. Tu faisais partie de cette équipe de pourris qui a couvert l'affaire ?

Jetant son mégot de cigarette au loin, elle eut un rire forcé.

— Allons, Dave, réfléchis deux secondes ! Ces soirées, c'était réservé aux mecs, enfin ! Tu crois qu'ils auraient invité une femme flic à pénétrer dans leur petit cercle d'intimes ?

— Dans ce cas, comment pouvais-tu être au courant pour Renée ? Et pour ces coups de téléphone anonymes ?

La jeune femme se pencha vers lui avec un sourire qui fit luire ses dents parfaites dans l'éclairage du néon bleu.

— Fais donc marcher ton imagination, mon gars. A ton avis, qu'est-ce que je faisais pendant toutes ces nuits où tu pleurais dans ta bière à cause de ta maudite Claire ? Si tu penses que tu étais le seul flic à me trouver à ton goût, tu te trompes lourdement ! J'avais plein de mecs pendus à mes basques, et franchement, je n'avais que l'embarras du choix. D'autant qu'ils n'étaient pas aussi casse-pieds ni geignards que toi, mon pauvre ami. Eux, ils assuraient, tu peux me croire. Certains avaient même plutôt tendance à devenir bavards comme des pies après une bonne séance de jambes en l'air, surtout s'ils avaient quelques verres dans le nez. Finalement, ça n'a pas été très difficile de comprendre toute l'histoire.

— Mais… pourquoi n'as-tu jamais rien dit ? Tu savais pourtant ce que ce salopard de Nettle avait fait à cette pauvre fille. Tu étais également au courant de la façon dont il avait réussi à faire étouffer le scandale. Et tu n'as rien fait pour le dénoncer ?

— Qu'est-ce que tu voulais que je fasse ? Si jamais je mouillais Nettle et ceux qui étaient de mèche avec lui, tu sais parfaitement ce qui me serait arrivé : autant dire que ma carrière se serait terminée d'un seul coup. Et encore, quand je dis « carrière »… j'aurais pu m'estimer heureuse si je ne m'étais pas retrouvée en plus avec une balle dans la tête.

— Je ne comprends pas. Pourquoi veux-tu que cette affaire reparaisse au grand jour ?

La jeune femme caressa presque sensuellement le rebord humide de son verre de bière, du bout de son doigt fin et manucuré.

— Je vais te dire pourquoi : parce qu'aujourd'hui, la donne n'est plus la même. Il y a eu pas mal de changements chez nous, depuis ta démission. Le fameux plafond de verre qui paraissait infranchissable à une femme comme moi n'est plus aussi indestructible que ça. Et j'ai bien l'intention d'exploiter à fond les nouvelles opportunités qui s'offrent à moi. Seulement, il se trouve que les types qui ont couvert

Nettle il y a sept ans sont les mêmes enfoirés qui me gênent aujourd'hui. C'est là que tu interviens.

— En gros, tu veux me refiler le sale boulot, c'est bien ça ? Moi, je me charge de te débarrasser de Nettle et de ses acolytes, et toi, tu ne te fais pas éjecter pour cause de balance. En fait, ça n'a rien à voir avec le rétablissement d'une certaine justice, n'est-ce pas, Angie ? Ton seul moteur, c'est ton ambition dévorante. Je me trompe ?

Angelette lui décocha un sourire éblouissant avant de lever son verre comme pour porter un toast.

— Qu'est-ce que tu veux que je te réponde ? Tout le monde ne peut pas se la jouer martyr comme toi, Dave.

Le lendemain matin, ce fut une bonne odeur de café frais et de bacon grillé qui tira Dave du sommeil. Seulement, il n'avait pas la moindre envie de manger, tant il était écœuré par ses excès de la veille. Il se précipita même dans la salle de bains pour y vomir copieusement tout ce qu'il avait dans le ventre.

Exténué par la nausée violente qui l'avait secoué, il resta dix bonnes minutes prostré devant la cuvette des toilettes, la tête pendante, les épaules traversées de frissons, avant de rassembler assez de forces pour se relever. Il n'avait pas du tout envie de contempler dans le miroir sa tête de déterré, mais il fallait absolument qu'il se brosse les dents. Il évita donc soigneusement de poser les yeux sur son reflet, mais il ne put rester debout suffisamment longtemps pour mener l'opération « lavage de dents » à son terme. Les jambes flageolantes, il se laissa une nouvelle fois glisser à terre pour s'affaisser au-dessus de la cuvette de porcelaine.

Lorsqu'il fit un deuxième essai pour se relever, il fut assailli par l'odeur infecte qu'il dégageait : un mélange de sueur, de vomi, d'alcool et de crasse particulièrement répugnant. Arrachant son boxer et son T-shirt, il entra dans la cabine de douche et tourna les robinets à fond. Il resta longtemps debout sous le jet puissant et chaud, espérant que cette séance de décrassage lui redonnerait assez de tonus pour lutter contre les vieux démons qui l'avaient rattrapé.

Il finit par ressortir de la douche, tout dégoulinant, et se lava les dents une nouvelle fois avant de jeter tout de même un coup d'œil en direction du miroir embué. Le résultat de ses dernières aventures n'était pas beau à voir : le petit règlement de comptes auquel Nettle s'était livré, l'autre soir, lui avait laissé des traces bien visibles, auxquelles venaient maintenant s'ajouter de grosses poches sous les yeux et un teint jaunâtre dû à la forte dose d'alcool qu'il avait ingurgitée.

Il détourna le regard rapidement. Le reflet pitoyable que lui renvoyait le miroir lui rappelait à quel point il s'était montré faible, la veille au soir, et il s'en voulait terriblement d'avoir replongé dans la déchéance. Huit mois entiers de sobriété venaient de s'envoler d'un seul coup, et il n'avait même pas d'excuse. Il allait devoir tout reprendre de zéro, uniquement par sa faute. Dès qu'il le pourrait, il se rendrait à une séance des Alcooliques Anonymes, pour essayer de repartir du bon pied. Quant à savoir s'il sortirait définitivement de ce cauchemar, c'était une autre paire de manches.

Il regagna sa chambre à pas hésitants pour enfiler un jean propre et une chemise qu'il boutonna tout en descendant les escaliers. Il s'imaginait trouver Marsilius dans la cuisine — c'était la seule personne qui avait les clés, et en général, il ne recevait pas d'autre visite de si bon matin. Quelle ne fut pas sa stupéfaction en découvrant Angelette debout devant les fourneaux ! Elle portait toujours sa robe rouge affriolante de la veille, mais elle n'avait pas remis ses chaussures. Ainsi vêtue, nu-pieds, sa longue chevelure noire encore emmêlée par le sommeil, elle était encore plus fabuleusement sexy.

Elle lui envoya un sourire taquin, tout en retournant les tranches de bacon qui crépitaient dans la poêle.

— Salut, mon rayon de soleil ! fit-elle d'un ton moqueur.

Toujours sous le coup de la surprise, Dave s'appuya contre le chambranle de la porte et croisa les bras d'un air contrarié.

— Qu'est-ce que tu fabriques ici ?

Le sourire radieux d'Angelette s'estompa.

— Parce que tu ne te souviens même pas de ce qui s'est passé cette nuit ? Franchement, Dave, tu me déçois. Je pourrais me sentir blessée, tu sais ?

— Angie, je…

D'un rire enjoué, elle coupa court au suspense.

— Allez, détends-toi, mon lapin ! Il ne s'est rien passé, si c'est ça qui t'inquiète. Je t'ai ramené ici pour te mettre au lit et ensuite, j'ai passé la nuit sur le canapé. Là, tu vois ?

Du manche de la palette qu'elle utilisait pour cuisiner, elle lui indiqua l'autre côté de la pièce. Se retournant, il aperçut une couverture proprement pliée à un bout du divan, et soupira de soulagement.

— Assieds-toi, lui dit Angelette. Le petit-déj est bientôt prêt.

— Je ne crois pas que je pourrai avaler quoi que ce soit.

— Mmmh, c'est vrai que tu n'as pas l'air très en forme. Mais je suis sûre que tu te sentiras mieux quand tu auras quelque chose dans le ventre.

Ça, Dave en doutait fortement. Mais il n'avait ni l'envie ni l'énergie d'entamer une discussion avec son ex-collègue sur un sujet aussi futile. Aussi, il s'assit sans protester pour la regarder disposer une portion d'œufs brouillés et deux tranches de bacon croustillant sur une assiette qu'elle lui apporta avec un sourire engageant.

Prenant sa fourchette, il se força à porter une bouchée à ses lèvres.

— C'est très bon, dit-il par pure courtoisie.

Elle le remercia d'un signe de tête avant de s'asseoir à ses côtés, une tasse de café noir à la main.

— Tu ne manges pas ? lui demanda-t-il. Tu n'as pas faim ?

— Ne t'inquiète pas pour ça : je grignoterai quelque chose tout à l'heure. Pour le moment, ce qui m'importe, c'est ce que tu as prévu de faire pour régler son compte à Nettle.

— Je n'en sais rien encore.

— Ça ne va pas être facile de le faire tomber, Dave, crois-en mon expérience. S'il sent qu'il est acculé, il va se débattre comme un beau diable, et tu pourrais bien y laisser autre chose que des plumes.

— Sans déc' ! s'exclama Dave avec un rire amer.

— C'est lui qui t'a fait ça ?

— Oui. Il a déjà deviné que j'avais eu des infos internes. Si tu tiens à garder l'anonymat dans cette affaire, je te conseille de prendre tes distances dès maintenant.

La jeune femme resta silencieuse un instant, à le regarder comme si elle essayait de deviner ses pensées. Lorsqu'elle reprit la parole, ce fut d'une voix neutre et détachée.

— Merci du conseil, Dave ! dit-elle en se levant de table sans même lui jeter un regard reconnaissant.

De sa démarche sensuelle, elle ondula jusqu'au canapé où elle récupéra son sac à main.

— Fais attention à toi, O.K. ? lança-t-elle par-dessus son

épaule. J'ai comme l'impression que désormais, on ne va guère avoir l'occasion de se revoir, toi et moi.

Dave attendit d'avoir entendu la voiture d'Angelette quitter l'allée pour se lever et débarrasser la table.

La journée s'annonçait chaude et humide, comme les précédentes, et il sentait déjà des gouttes de sueur lui couler de la nuque dans le dos. Quoique… ce n'était peut-être pas seulement un effet de la température extérieure : ses mains tremblaient de façon incontrôlable, tout comme ses jambes qui lui semblaient en coton. Il dut faire appel à toute sa force de caractère pour ne pas filer à la boutique de Marsilius où il s'imaginait déjà plonger son bras jusqu'au coude dans l'une des glacières pour en extirper une cannette de bière bien fraîche qu'il viderait en trois gorgées.

Au lieu de céder à la tentation, il avala deux cachets d'aspirine et se versa un verre de thé glacé qu'il emporta dehors.

Sur le perron, il se laissa tomber dans l'un des fauteuils à bascule, exténué par le simple effort qu'il avait dû fournir pour faire l'aller-retour. Ça faisait longtemps qu'il ne s'était pas senti aussi mal. Il ne savait pas du tout ce qu'il allait pouvoir élaborer comme plan pour faire tomber Nettle, tout simplement parce qu'il n'avait pas la tête à ça. Tout ce qu'il savait, c'est qu'il allait devoir déployer des trésors de patience et de courage pour ne pas boire dans les heures à venir. Il savait d'expérience que cette journée serait horrible, qu'il ressentirait le manque d'alcool de façon plus cuisante à mesure que les heures s'écouleraient, et qu'il risquerait de craquer à chaque instant. La triste histoire de sa vie se résumait pour une bonne partie à ça : résister à l'appel de son pire démon — la boisson.

Désabusé, il fixa le reflet étincelant du soleil radieux sur la surface lisse du bayou. Ce qu'il voyait se dérouler devant lui, ce n'était pas ce paysage inondé de lumière, mais une longue route obscure, semée d'embûches. La seule qui lui fût offerte s'il voulait continuer à vivre.

A l'intérieur, le téléphone se mit à sonner. Le premier réflexe de Dave fut de l'ignorer. Il n'avait pas envie de parler à qui que ce soit pour le moment, et surtout pas à Marsilius qui l'appelait sans doute pour prendre de ses nouvelles, comme il disait — en fait, pour le surveiller comme une vraie mère poule. Mais s'il ne répondait pas, son oncle était bien capable de se pointer d'ici quelques minutes, et ce serait encore pire car il ne pourrait pas lui cacher ses excès de la veille.

Il rentra donc dans la maison en traînant les pieds pour aller décrocher.

— Dave ? fit une voix qu'il aurait reconnue entre mille. C'est Titus à l'appareil.

— Il était temps ! grommela Dave. Je commençais à me demander si tu ne m'avais pas lâché en cours de route !

— Tu n'es pas loin de la vérité ! Si je m'écoutais, je laisserais tomber tout ça, mais bon... Ecoute bien ce que je vais te dire : j'ai pris ton pote Nettle en filature, et je l'ai suivi jusqu'à un boui-boui minable pas loin de la route de l'aéroport. Tu ne voudras jamais me croire si je te dis qui vient de le rejoindre, alors je te conseille d'aller voir par toi-même !

Le temps de noter l'adresse que lui dictait Titus, et Dave était reparti sur le pied de guerre.

Lorsque Dave pénétra au Médaillon d'Or, un peu plus tard dans l'après-midi, Bobby Ray Taubin était occupé à empiler des caisses de bières derrière le bar. Il essaya bien de se précipiter vers la sortie de secours, mais Dave sauta prestement au-dessus du comptoir pour le saisir au collet et l'envoyer cogner dans les étagères qui couvraient le mur derrière lui. Dans un bruit terrible de verre brisé, le barman s'écrasa lourdement sur le sol inondé d'alcool.

Sans lui laisser le temps de se relever, Dave se jeta sur lui. Tout en le maintenant à terre d'une main, il lui mit une bouteille de whisky cassée sous le menton, s'en servant comme d'une arme tranchante pour appuyer ses arguments.

— Cherche pas, Bobby Ray, fit-il d'un ton cinglant. Il n'y a personne pour t'aider. C'est toi et moi, face à face.

Le visage couvert de sang, Taubin roula des yeux affolés en gémissant de douleur.

— Je vais te donner le choix, comme toi et ton copain l'autre soir, poursuivit Dave avec mépris. Soit tu suis mes instructions à la lettre, soit j'appelle le juge d'application des peines qui s'occupe de ton cas et je lui raconte tout ce que tu as à ton actif depuis que tu es sorti de taule. A mon avis, après m'avoir entendu, il va te proposer un aller simple pour West Feliciana[1], et tu n'auras pas le loisir de refuser !

— Que… qu'est-ce que tu attends de moi ? bredouilla Taubin d'un air affolé, en portant une main à son front pour en essuyer le sang qui lui coulait dans les yeux.

— C'est très simple, fit Dave en envoyant la bouteille brisée rejoindre le reste des tessons de verre sur le sol.

De sa main libre, il remit Taubin debout sans tendresse avant de se pencher vers lui pour lui chuchoter d'un ton presque amusé :

— Tu vas m'aider à coincer Clive Nettle, mon gars. C'est tout ce que je te demande.

1. Paroisse de Louisiane qui accueille le pénitentiaire d'Etat, l'un des plus peuplés du territoire américain (*NdT*).

22.

La brume s'était installée sur le bayou. Avec précaution, Matthew faisait glisser sa pirogue entre les massettes et les feuilles de nénuphars qui encombraient la surface de l'eau aux abords de la rive. La nuit était tombée : sur le fond étoilé du ciel se découpaient les silhouettes massives des cyprès à moitié immergés. Tout près de lui, une grenouille-taureau coassa lugubrement, ses yeux globuleux luisant dans l'obscurité piquetée des minuscules phares des lucioles qui peuplaient les épais fourrés du rivage.

Les rames s'enfonçaient dans l'eau sombre avec un clapotis régulier, emportant la frêle embarcation toujours plus loin dans le marécage silencieux.

Au moment où Matthew arrivait à un tournant plus marqué que les autres, il aperçut une lumière vive qui se reflétait sur l'eau, de l'autre côté du talus. Le cœur battant, il jeta un coup d'œil inquiet au chargement qui reposait à ses pieds. La couverture avait glissé, révélant une petite main blanche, presque fantomatique, sur laquelle venait jouer un rayon de lune.

Prudence ! lui souffla une voix qu'il connaissait bien.

Sa présence sur le marais, à cette heure avancée de la

nuit, ne manquerait pas d'éveiller des soupçons. Et si jamais quelqu'un le suivait jusqu'à sa destination finale…

Ne t'inquiète pas, personne ne nous verra. Personne ne saura jamais.

Il recouvrit la petite main avec tendresse avant de s'immobiliser, figé par l'inquiétude. La lumière se rapprochait, accompagnée de rires qui semblaient ricocher sur les eaux noires du marécage. Le plus silencieusement possible, il fit demi-tour pour pagayer jusqu'à la rive où il dissimula son embarcation au milieu d'un véritable labyrinthe d'arbres et de branches en décomposition. La mousse espagnole qui pendait des cyprès faisait comme de grands rideaux frémissants, dont les extrémités frisottées venaient effleurer la surface du marais, ondulant doucement dans le faible courant.

Profitant de l'aubaine, il se laissa dériver en dessous d'une des cascades de verdure, utilisant le bout de sa rame pour stabiliser sa pirogue à l'abri des regards. Il ne lui restait plus qu'à attendre et prier pour qu'on ne le remarque pas. L'autre bateau était si proche, à présent, qu'il pouvait entendre les voix de ses passagers, et même saisir des bribes de leur conversation. Retenant sa respiration, il vit avec terreur le rai de lumière vive se diriger précisément vers l'endroit où il s'était caché.

— Là ! fit l'une des voix dans un chuchotement excité. Tu l'as vue ?

— Ouais, ça y est ! Quelle grosse mémère, celle-là !

Soulagé, Matthew poussa un bref soupir. Rien de bien méchant. C'était juste des gamins qui s'amusaient à traquer la grenouille de nuit. Pas tellement son genre de sport, mais après tout, chacun ses goûts, comme il aimait à le répéter.

Malgré tout, il ne tenait pas à se faire repérer, même par des adolescents peu susceptibles de lui chercher des noises. Il resta donc dans sa cachette jusqu'à ce que les voix se fussent éloignées, puis il repartit en direction des eaux plus profondes. A la lumière argentée de la lune, il vit un ruban sinueux raser la surface du marais — sans doute un alligator ou une anguille. Il frissonna : le bayou recelait des dangers dont il n'avait que trop conscience. Plus vite il en aurait terminé avec cette expédition nocturne, mieux cela vaudrait.

Encore un tournant, et il atteignit le but de son équipée. Le cabanon délabré qui se dressait devant sa proue était perché juste au bord de l'eau. Son perron était en si mauvais état qu'un souffle de vent aurait pu le faire s'écrouler dans le marécage. Quant à son toit, il pendait lamentablement, abîmé par les moisissures ainsi que par des décennies d'orages venus du golfe du Mexique.

Matthew se laissa glisser jusqu'au rivage. Là, il attacha son embarcation à une racine de cyprès qui sortait de l'eau avant d'enjamber le rebord de sa barque pour se retrouver les pieds dans le marais. Sans s'attarder, il récupéra son précieux paquet qu'il serra bien fort dans ses bras tout en l'emportant vers la cabane.

Une fois à l'intérieur, il referma tant bien que mal la porte branlante, puis alluma sa lampe torche pour vérifier qu'il n'y avait personne. Le rayon de lumière blanche balaya les murs, le plancher et les coins poussiéreux, éclairant au passage des toiles d'araignée qui scintillèrent brièvement et dérangeant une souris ou une musaraigne qui détala pratiquement sous ses pieds.

Cet endroit était hanté — pas par des bandits ou des adolescents en mal de sensations fortes, mais par son passé. Les souvenirs l'assaillaient si violemment qu'il se mit à trembler de manière incontrôlable. S'il écoutait attentivement, il était certain de parvenir à entendre le battement de tous ces cœurs arrêtés, de sentir sur lui le regard accusateur de tous ces yeux grands ouverts sur le néant. Il n'aimait pas venir ici, mais étant donné les circonstances, il n'avait pas d'autre solution.

Après avoir posé sa lampe de poche, il se pencha vers le sol pour soulever l'une des lattes du plancher disjoint. Accroupi sur ses talons, il écarta la couverture qui masquait toujours la forme immobile qu'il tenait dans ses bras. De longs cheveux sombres se répandirent sur le sol de bois mal équarri, mêlant leurs mèches soyeuses à la poussière humide et collante qui imprégnait chaque centimètre carré du cabanon. Deux yeux vides brillèrent soudain, éclairés par le rayon de lune qui pénétrait par la vitre brisée d'une des fenêtres bouchées par la crasse et la mousse.

Du bout des doigts, il toucha la joue pâle dont le froid le fit frissonner.

Cette poupée-là était presque parfaite. Cette fois, il s'était vraiment surpassé. A chaque étape du long processus, il s'était senti inspiré comme jamais. Il avait eu l'impression qu'une sorte de transe sacrée s'emparait de lui quand il avait sculpté l'argile meuble, fabriqué le moule de plâtre blanc, cuit la porcelaine, peint les traits exquis d'un pinceau tremblant d'émotion… Et le résultat était là : c'était un véritable chef-d'œuvre. Une réalisation fabuleuse.

Il était allé au bout de ses talents. Et pourtant, il n'avait pas atteint l'idéal.

Des larmes de frustration lui montèrent aux yeux. Il avait beau s'y reprendre dix, vingt, cent fois, travailler d'arrache-pied, y passer des milliers d'heures, il ne pouvait capturer l'essence, l'âme de l'enfant dans un bloc d'argile sculpté par ses mains. Il n'y avait qu'un seul moyen de lui rendre totalement justice. Et ce moyen, il le connaissait bien : c'était lui qui l'avait mis au point. Il n'en existait pas d'autre.

Vite, il plaça la poupée — son énième échec — dans le trou du plancher, avec les autres. Ce faisant, il détourna les yeux pour ne pas croiser les regards luisants de toutes ces petites créatures ni se laisser happer par leurs sourires moqueurs. Il remit prestement la latte de bois en place, puis se redressa de toute sa hauteur, les mains encore tremblantes, le cœur battant. Il resta immobile quelques instants, respirant profondément pour tenter de se calmer.

Enfin, il remonta dans sa pirogue après avoir fermé la porte du cabanon. Il ne lui fallut que quelques secondes pour détacher la corde qui le retenait au rivage. Tournant le dos à sa destination première, il se mit à pagayer comme si sa vie en dépendait.

Pas une fois il ne se retourna. Quand il partait d'ici, il ne regardait jamais en arrière. Il avait trop peur de ce qu'il pourrait voir s'il se risquait à jeter un coup d'œil par-dessus son épaule.

23.

Le jeudi suivant, comme sa blessure à la main était cicatrisée, Claire décida de rester dans l'atelier après la fermeture de la galerie, pour essayer de rattraper le temps perdu. Les autres souffleurs de verre s'en allèrent l'un après l'autre, et aux alentours de 21 heures, elle se retrouva seule devant les fourneaux. D'habitude, elle appréciait le silence de l'atelier désert qui lui semblait propice à l'inspiration artistique. Mais ce soir, elle était trop nerveuse pour en profiter pleinement : en fait, elle sursautait au moindre petit bruit et ne cessait de jeter des coups d'œil inquiets autour d'elle. Une réaction parfaitement compréhensible, étant donné les événements qui s'étaient succédé ces derniers temps.

Le dos et la nuque humides de transpiration, elle fit rouler avec précaution la pièce de verre encore malléable sur la partie métallique de son banc afin de lui donner une forme lisse, sans aspérités ni bulles. Elle avait mal dormi la nuit précédente, et la chaleur étouffante qui régnait dans l'atelier à cause des fours et du verre en fusion pompait sans relâche ses dernières ressources d'énergie. Elle s'était pourtant couchée tôt, mais chaque fois que ses paupières se fermaient, un cauchemar atroce venait la hanter : elle était prisonnière dans un endroit sombre et glacial, sans possibilité de bouger ni d'appeler au secours… Elle se réveillait en sueur, complètement paniquée, le souffle court, le cœur tambourinant comme un fou.

Fort heureusement, la journée à la galerie avait été si chargée qu'elle n'avait pas eu le loisir de revenir sur les aspects lugubres du décès de la pauvre commerçante qu'elle avait découverte dans son frigo. Mais à présent, dans le silence de l'atelier désert, l'horreur de cette mort lui revenait violemment à la mémoire, la laissant désemparée. Pour elle, c'était évident, il existait un lien entre l'assassinat de la propriétaire du magasin de collection et la disparition de la poupée à l'image de Ruby. Seulement, elle avait bien l'impression que personne ne voulait la croire, et c'était ça le plus terrible pour elle. Pourquoi ne la prenait-on pas au sérieux ? Et dire qu'en désespoir de cause, elle s'était rendue chez Dave pour lui demander son aide, et qu'il l'avait éconduite comme une importune ! Bien sûr, sa réaction était à prévoir : après tout, elle s'était présentée comme ça, la bouche en cœur, alors qu'ils n'avaient pratiquement pas eu de contact depuis plus de six ans. Mais elle n'avait pas pu s'empêcher d'éprouver une déception immense. Certes, elle avait déjà pu constater que dans les cas graves, il ne fallait pas trop compter sur Dave Creasy. Et pourtant…

Pourtant, une partie d'elle-même avait voulu croire que celui qui avait partagé sa vie pendant si longtemps avait peut-être changé… en bien. Elle s'était presque persuadée qu'après avoir entendu son histoire sur la fameuse poupée, il remuerait ciel et terre pour lui venir en aide.

Au lieu de cela, il avait tout ramené à sa précieuse petite personne, comme toujours. Elle avait été follement amoureuse de lui à une époque, mais maintenant qu'elle avait pris un peu de recul, elle comprenait qu'en réalité, il ne s'était jamais intéressé qu'à lui-même. Ses sautes d'humeur, son penchant dramatique pour l'alcool, et jusqu'à son infidélité, tout tournait autour de lui. Il avait couché avec une autre femme non pas par amour mais seulement pour goûter à quelque chose de bêtement terre à terre que Claire n'avait jamais songé à lui proposer : une séance de sexe brut, en somme. D'autres que lui auraient refoulé leur désir bestial pour sauver leur mariage, mais les envies égoïstes de Dave passaient avant tout le reste, et il n'avait pas refusé ce qu'Angelette Lapierre lui offrait sur un plateau. Il était ainsi : entier et incapable de se réfréner.

Parfois, Claire se demandait si ce n'était pas la terrible peine et l'humiliation ressentie lors de cette trahison qui l'avaient poussée dans les bras d'Alex, plus que la douleur sans fond qu'elle avait éprouvée à la disparition de Ruby. En tout cas, l'infidélité de Dave avait fonctionné comme un catalyseur, elle en était certaine. Le pire, c'était qu'une fois séparée de lui, elle n'avait pas voulu regarder la vérité en face et admettre qu'elle avait fait une grossière erreur en se remariant aussi précipitamment.

Résultat des courses : son deuxième mariage était tombé à l'eau, lui aussi. A en croire Lucille, c'était parce qu'elle était incapable d'oublier Dave. Mais depuis qu'elle l'avait revu, elle était convaincue que sa décision de le quitter, sept ans auparavant, était la chose la plus sensée qu'elle eût réalisée de toute sa vie d'adulte…

Tout en continuant à façonner le verre à l'aide d'une mouillette, elle tenta vainement de vider son esprit de toutes ces considérations peu enthousiasmantes. Mais ce soir, son travail ne s'avérait pas aussi efficace que d'habitude, d'un point de vue thérapeutique. Généralement, elle arrivait à se concentrer suffisamment pour ne plus penser qu'à son art, ce qui n'était pas le cas aujourd'hui. Elle agissait machinalement, sans inspiration. Comme une automate, elle accomplit les différentes étapes du lent et complexe procédé de fabrication d'une pièce de verre. Sans même y prêter attention, elle chauffa une seconde fois l'objet presque finalisé, fixa le pontil au fond en fusion et retira de l'ouverture la canne creuse par laquelle elle avait soufflé pour donner sa forme première au verre. Un collègue lui avait emprunté ses outils, un peu plus tôt dans la journée, puis il les avait reposés en désordre sur son banc de travail. Elle se penchait pour prendre les fers avec lesquels elle comptait élargir le col du vase qu'elle confectionnait quand un frisson d'inquiétude la parcourut brusquement, la forçant presque à s'immobiliser sur-le-champ. Pendant un bref instant, elle se sentit épiée.

Elle leva les yeux vers la baie vitrée, mais ne vit personne. Par acquit de conscience, elle se retourna pour balayer du regard l'espace silencieux derrière elle. L'atelier était bien éclairé, et de là où elle se trouvait, elle pouvait en apercevoir le moindre recoin. La porte menant à la galerie était fermée à clé, tout comme l'entrée de service, au fond. Claire avait travaillé seule dans cet endroit des dizaines de fois sans jamais éprouver la moindre angoisse. Que se passait-il aujourd'hui ? Tout ce qu'elle savait, c'est que la prémonition qui l'avait saisie ressemblait fort à celle qu'elle avait expérimentée lorsqu'elle avait posé la main sur la poignée de la porte de l'arrière-boutique, au Quartier Français. C'était stupide, mais elle ne pouvait se défaire de cette angoisse irraisonnée. Elle parcourut l'atelier des yeux, une fois encore, le cœur battant comme un oiseau affolé dans une cage trop petite.

C'est idiot – complètement idiot, lui souffla la voix de la raison.

Elle n'avait pas quitté l'atelier depuis la fermeture de la partie galerie, à 5 heures de l'après-midi, ce qui voulait dire que personne n'aurait pu y entrer à son insu. Sans compter qu'elle avait pris soin de fermer à double tour les deux portes menant à l'extérieur. Personne n'avait demandé à entrer ni à sortir depuis qu'elle s'était installée à son banc de travail. Elle se faisait donc de fausses frayeurs, ni plus ni moins.

Pourtant, sans raison apparente, Claire repensa soudain à la femme étrange qui avait visité le studio avec les autres touristes, le samedi précédent... Mais cette personne n'aurait pas pu s'introduire dans l'atelier sans que Claire s'en aperçoive, pas plus que quiconque, d'ailleurs. Son imagination débordante prenait le dessus, une fois de plus, voilà tout ! Elle ferait mieux de penser à son vase qui attendait d'être peaufiné, au lieu de se laisser entraîner par des affabulations complètement absurdes. Inspirant profondément pour se calmer, Claire se remit au travail avec application.

Lorsqu'elle eut enfin déposé son œuvre terminée dans le four à temporiser pour qu'elle refroidisse graduellement jusqu'au lendemain matin, la jeune femme retira ses gants de Kevlar et se mit en devoir de ranger son plan de travail. Une fois les alentours de son banc impeccablement nettoyés, elle récupéra son sac à main et son trousseau de clés, vérifia une dernière fois que la porte menant à la galerie était bien fermée, et se dirigea vers la sortie de derrière pour rentrer chez elle.

Dès qu'elle eut poussé le lourd battant, elle vit la boîte blanche. Entourée d'un ruban rose, elle semblait l'attendre patiemment au beau milieu de la chaussée.

Interdite, la jeune femme leva les yeux pour scruter le parking en apparence désert.

Un spot avait été installé récemment au-dessus de la porte de service, juste sur le mur de l'entrepôt, à seule fin d'éviter aux artistes qui aimaient s'attarder de se faire attaquer dans le noir. Mais même en pleine lumière, Claire ne put s'empêcher de frissonner. Pourtant, il n'y avait pas d'autre voiture que la sienne sur le parking. Aucune silhouette suspecte ne traînait dans les parages.

D'une main tremblante, elle ramassa la boîte et entra à l'intérieur. Après avoir refermé la porte à clé derrière elle, elle alluma les lumières en grand, les paumes moites d'appréhension, le cœur soudain gonflé d'inquiétude.

Un effet de l'adrénaline, probablement, songea-t-elle en constatant que ses doigts malhabiles ne parvenaient même pas à défaire le nœud rose qui fermait la boîte. Elle essaya bien de se raisonner : elle n'avait aucune raison de paniquer, elle était bien à l'abri… Elle n'était même pas sûre que ce paquet lui fût destiné puisqu'il ne portait pas d'étiquette. Peut-être ferait-elle mieux de le reposer dans un coin et de l'oublier jusqu'au lendemain matin ? Il serait toujours temps de demander à ses collègues s'ils attendaient un colis.

Elle n'eut pas le temps d'envisager cette éventualité : d'elles-mêmes, ses mains s'étaient mises à voler au-dessus de la boîte, comme douées d'une volonté propre. En deux temps trois mouvements, elles avaient dénoué le ruban récalcitrant, soulevé le couvercle du paquet et déplié les épaisseurs de papier de soie qui emballaient le contenu…

Dans son écrin bruissant trônait la photo de Ruby qu'on lui avait dérobée chez elle, quelques jours plus tôt. Le cadre de bois qui l'entourait à l'origine avait été remplacé par un autre, découpé dans du carton et décoré avec de la peinture rose et des paillettes collées dessus. Le genre de cadre qu'un enfant fabriquerait à l'école pour la fête des mères.

L'estomac noué de peur, Claire retourna la photo : il y avait une inscription au dos du cadre, et lorsqu'elle la lut, elle sentit un étau de glace lui broyer impitoyablement le cœur.

En lettres maladroites, une main d'enfant avait écrit ces simples mots :

Pour Maman.

Claire était encore secouée de tremblements incontrôlables quand elle stoppa son véhicule dans l'allée menant à la maison de sa grand-mère. Le pick-up de Dave était garé juste devant. Elle n'avait aucune idée de la raison pour laquelle il avait jugé bon de lui rendre visite, mais c'était le cadet de ses soucis. Elle aurait dû se sentir soulagée de ne pas se retrouver seule dans la grande bâtisse sombre après ce qui venait de se passer. Mais en réalité, elle redoutait une nouvelle frustration. Après tout, personne ne l'avait crue au sujet de la poupée. Alors, pourquoi l'histoire de cette photo aurait-elle davantage de poids ?

En frissonnant, elle sortit de sa voiture pour traverser la cour à grands pas, pressée d'atteindre la sécurité relative du perron. Au cours de cette longue soirée, quelqu'un avait dû s'approcher de la porte de l'atelier où elle travaillait et l'épier à travers une fenêtre sans qu'elle s'en rende compte… En tout cas, ce mystérieux inconnu s'était débrouillé pour déposer la boîte bien en évidence. Mais qui avait pu se livrer à pareille mise en scène ? Et surtout, *pourquoi* ? Dans quel but inavouable la tourmentait-on ainsi ?

Après avoir découvert la photo, elle s'était précipitée hors de l'atelier, prenant à peine le temps de refermer la porte à clé avant de traverser le parking d'une seule traite pour se barricader dans sa voiture, pantelante.

Avec le recul, Claire se trouvait un peu ridicule d'avoir réagi avec tant de virulence face à une simple photo. Mais à bien y réfléchir, ce n'était pas simple du tout. En fait, c'était tout le contraire. Et une colère salvatrice monta en elle.

Quelqu'un avait délibérément utilisé ce cliché représentant sa fille chérie pour l'effrayer, elle en était certaine. Mais pourquoi ? Il n'était donc pas suffisant que Ruby lui ait été arrachée en plein après-midi et qu'elle ne lui ait jamais été rendue ? Fallait-il également que les seuls souvenirs qu'elle gardait de son enfant soient salis, souillés par le délire d'un mystérieux psychopathe désireux de s'amuser à ses dépens ?

Tout en gravissant les marches du perron, elle vit que Dave s'était installé tout naturellement dans l'un des fauteuils à bascule disposés sous le porche. Ils n'échangèrent pas une seule parole tant que Claire ne l'eut pas rejoint. Lorsqu'elle arriva enfin à sa hauteur, il se leva, le visage masqué par les ombres de la nuit.

— Bonsoir, Claire.

— Bonsoir, répondit-elle d'une voix tendue et chevrotante qui l'irrita elle-même.

Elle ne voulait surtout pas qu'il se fasse de fausses idées sur son compte, aussi ajouta-t-elle un peu précipitamment :

— Qu'est-ce que tu viens faire ici ?

— Je t'attendais, répondit-il avec une simplicité désarmante.

La jeune femme s'agrippa à son sac à main comme si elle avait pu y puiser la force et le courage qui lui faisaient défaut pour affronter Dave après le choc qu'elle venait d'encaisser. Leurs yeux se croisèrent dans la pénombre, et elle eut soudain terriblement envie de lui raconter ce qui lui était arrivé ce soir. Mais elle se l'interdit : après tout, elle avait déjà ravalé sa fierté pour aller lui demander de l'aide, et qu'avait-il fait ? Il l'avait éconduite purement et simplement. Alors, pourquoi les choses seraient-elles différentes ce soir ? Elle ne pouvait compter sur personne, en réalité. Ni sur Dave ni sur Alex ni même sur sa mère ou sa sœur, la seule famille qu'il lui restait. Elle était seule contre tous depuis la seconde où elle avait posé les yeux sur cette poupée qui l'avait tant fascinée, assise dans la vitrine de Mignon Bujold. La seule chose qu'elle maîtrisait encore à peu près dans cette histoire de fous, c'était sa propre peur. Elle ne pouvait tout simplement pas se permettre de la laisser prendre le contrôle. Si elle voulait découvrir la vérité, il fallait qu'elle reste forte.

— Ça va ? demanda Dave en fronçant les sourcils.

— Mmm, marmonna-t-elle, agacée par la facilité avec laquelle son ex-mari percevait ses émotions. Je ne m'attendais pas à te voir ici, après ce qu'on s'est dit l'autre jour.

— C'est seulement ça qui te rend nerveuse ? Tu es sûre qu'il n'y a pas autre chose ?

— Mais oui ! Alors, qu'est-ce que tu veux ?

Il fit un pas hésitant dans sa direction.

— J'ai besoin de te parler.

— Pourquoi ? lança Claire, aussitôt sur la défensive. Je crois qu'on s'est à peu près tout dit ! Ce soir, en plus, je suis vraiment épuisée. Je veux rentrer chez moi et me reposer.

— Je te dois des excuses.

Claire s'était dirigée vers la porte d'entrée, la clé à la main, mais en entendant ces paroles, elle resta interdite.

— Tu n'avais pas besoin de faire le trajet de chez toi à La Nouvelle-Orléans juste pour ça. Nous avons tous les deux dit des choses qui dépassaient notre pensée, et…

— Je ne voulais pas parler de notre conversation de l'autre jour, l'interrompit Dave, même si tu as raison, et que je regrette la façon dont notre discussion a pris fin. Non, ce que je voulais te dire, c'est que… c'est que je regrette profondément ce que j'ai fait il y a sept ans. Je suis désolé pour tout, Claire.

Malgré sa détermination à rester de marbre, Claire sentit ses défenses céder brusquement à ces simples mots. Pourtant, elle se raccrocha aux vestiges de sa fierté humiliée, afin de garder contenance coûte que coûte. La journée avait été longue et chargée en émotions ; elle se sentait vraiment lasse, et de surcroît terrifiée par les perspectives de sa récente découverte. Autant de bonnes raisons pour ne pas se lancer dans une conversation bouleversante avec son ex-mari.

La meilleure des défenses étant encore l'attaque, elle lui lança sans tendresse, l'air sarcastique :

— On en est où, là, dans ta thérapie d'alcoolique repentant ? A l'étape numéro cinq ? Neuf ? Je ne me souviens plus de tous les paliers qu'un type comme toi doit franchir pour regagner sa propre estime !

Elle le vit tiquer face à ce discours méprisant.

— Quoi que tu sembles penser de ma démarche, reprit-il d'une voix grave, j'essaie juste de faire les choses bien, ces derniers temps. Je suis tout à fait conscient que de simples excuses ne suffiront pas à racheter mes erreurs et mes fautes passées, mais j'avais quand même besoin de te dire… pardon.

Dans une brusque flambée de colère, Claire se retourna d'un bloc, les yeux brûlant de larmes contenues.

— Mais bien sûr, j'aurais dû m'en douter : encore une fois, c'est toi qui as besoin de quelque chose ! Et si moi, je souhaitais juste ne plus entendre parler de cette histoire ? Est-ce que tu t'es seulement posé cette question avant de venir me jeter tes maudites excuses à la figure ?

— Tu parles d'oublier cette histoire, mais l'as-tu effacée de ta mémoire, ne serait-ce qu'un instant ? Personnellement, je sais que j'en suis incapable. Et le pire de tout, c'est que je ne sais toujours pas pourquoi j'ai commis la plus grosse bêtise de toute ma vie d'homme.

— Tu sais quoi, Dave ? Tu avais raison, finalement, dit Claire avec une ironie cinglante. J'en avais nettement besoin, de tes excuses. Je me sens beaucoup mieux, maintenant.

— Claire…

Avec un long soupir, elle laissa retomber la vague de fureur qui l'avait secouée, et reprit d'une voix lasse :

— Tu vas peut-être trouver ça difficile à croire, mais j'ai d'autres choses bien plus importantes en tête que ton adultère d'il y a sept ans. Alors, je t'en prie, rentre chez toi, Dave. Va-t'en et laisse-moi tranquille. De toute façon, rien de ce que tu pourras dire ne changera ce qui s'est passé entre nous.

— Laisse-moi entrer, juste une minute, Claire, fit-il d'un ton suppliant, en tendant les mains vers elle, comme s'il était sur le point de se noyer. S'il te plaît… accepte au moins de m'écouter jusqu'au bout. Si tu veux que je t'aide à retrouver cette poupée, il faut absolument qu'on mette les choses au clair sur un certain nombre de points. C'est important de dissiper les non-dits et les zones d'ombre qui subsistent entre nous.

Interloquée, elle leva ses beaux yeux turquoise vers lui.

— Tu… tu as changé d'avis ? Je veux dire, au sujet de… de ce que je t'avais demandé ? bredouilla-t-elle, incrédule.

— On serait mieux à l'intérieur pour discuter de ça, tu ne crois pas ?

Elle ne pouvait percevoir son expression, car son visage était toujours à demi masqué par l'ombre du porche. Mais quelque chose dans sa voix la fit tressaillir intérieurement.

— Tout ce que je veux savoir, c'est si oui ou non, tu me crois.

— Je te crois, répondit-il d'une voix calme et posée. Si tu me dis que tu as vu une poupée qui ressemblait à Ruby, je veux bien considérer que tu dis vrai. Quant à savoir ce que ça signifie, je n'en ai aucune idée. Mais pour le reste, je te crois. Alors, tu veux bien me laisser entrer deux minutes chez toi pour qu'on en parle ?

Prenant bien garde de ne pas lui montrer à quel point sa réponse la soulageait, elle lui adressa un petit signe de tête affirmatif. Puis elle ouvrit la porte, et tendit la main pour allumer. Elle pensait que Dave lui emboîterait le pas, mais à sa grande surprise, lorsqu'elle jeta un coup d'œil en arrière, elle s'aperçut qu'il n'avait pas bougé de son poste, les yeux fixés sur la rue en contrebas.

— Qu'est-ce qui ne va pas ? Je croyais que tu voulais absolument entrer.

— Mais oui. Seulement, je viens d'être frappé par un truc.

— Quel truc ?

— Eh bien, à rester debout sur ce perron, je me suis rappelé le nombre incalculable de fois où je suis passé en voiture devant cette maison, uniquement dans l'espoir de t'apercevoir.

A ces mots, Claire sentit son cœur se serrer dans sa poitrine.

— Tu veux parler de l'époque où ma grand-mère vivait encore ici ?

Il eut une hésitation presque imperceptible.

— Mmmh, marmonna-t-il.

— C'était il y a bien longtemps, n'est-ce pas ? fit Claire avec une pointe de nostalgie.

— J'avais pourtant l'impression que c'était hier. Enfin, jusqu'à ce que je traverse le quartier en passant par la vieille route pour venir te retrouver ici, ce soir. C'est là que j'ai réalisé à quel point les choses avaient changé. Le petit restau où tu travaillais comme serveuse, le week-end, a fermé. C'est une supérette, maintenant.

— Je sais. Ça fait des années.

— Mais moi, je ne l'avais même pas remarqué, fit Dave avec un haussement d'épaules tout en se retournant vers Claire. En tout cas, ça m'a rappelé la première fois où je m'y suis arrêté. Tu t'en souviens ?

— Evidemment que je m'en souviens ! Tu étais dans un état… une vraie tête de tueur, je me rappelle.

— Et c'est là que je t'ai vue, toute souriante, charmante et adorable, poursuivit Dave. Je ne pouvais plus détacher mon regard de toi. Je te connaissais depuis toujours mais ce jour-là, j'ai eu comme un déclic. C'était comme si je te voyais pour la toute première fois. Ça n'a duré qu'une seconde, même pas le temps d'un battement de cœur. Mais ce jour-là, j'ai su.

A la lueur des phares d'une voiture qui venait de se garer chez le voisin, Claire vit les yeux de Dave briller d'une émotion sincère. Elle voulut détourner le regard mais elle en fut incapable.

— Depuis ta visite de l'autre soir, j'ai essayé de retrouver le moment exact où les choses ont commencé à se dégrader entre nous. Puisqu'il existe un instant précis pour le début de notre histoire, ça doit être la même chose pour la fin. En tout cas, c'est ce que je me suis dit. Mais j'ai eu beau chercher, je n'ai pas pu mettre le doigt dessus. Je crois que ce point de rupture a dû se produire sans que je m'en rende compte.

— Tout simplement parce que tu ne prêtais même plus attention à notre relation, fit Claire d'une voix étranglée par la peine, les bras serrés autour de sa taille comme pour se protéger d'un froid soudain qui l'aurait saisie. D'ailleurs, la fin de notre couple ne s'est pas décidée si brusquement que tu sembles le croire. En fait, c'est une accumulation de détails qui a fini par tout faire craquer. Je peux te citer entre autres ton travail si prenant, ton penchant pour la bouteille, tes humeurs massacrantes… Il y avait toute une partie de ta vie que tu refusais de partager avec moi. Je voulais comprendre pour que nous surmontions ensemble ces moments difficiles, mais tu ne cessais de me refermer la porte au nez. Du coup, parfois, je me sentais de trop, comme une intruse qui aurait essayé de pénétrer par effraction sur une propriété privée… Plus on s'enfonçait dans ce cercle vicieux, plus j'avais l'impression d'être une étrangère pour toi, pour nous.

— Pourquoi tu ne m'as pas dit ce que tu ressentais ?

— J'ai essayé, mais tu n'écoutais pas… Enfin, aujourd'hui, ça n'a plus d'importance.

— Au contraire. Pour moi, c'est essentiel.

Claire déglutit avec difficulté avant de reprendre d'une voix rauque :

— C'est parce que tu vis encore dans le passé. Alors que moi, j'ai tourné la page.

Sur ce, elle entra à pas pressés dans la grande maison silencieuse.

Quelques secondes plus tard, elle entendit la porte se refermer doucement derrière elle. Dave l'avait suivie à l'intérieur.

— Alors comme ça, tu as tourné la page, hein ? C'est sans doute pour mieux oublier le passé que tu me demandes de t'aider à retrouver une poupée qui ressemble à Ruby ?

— Ça n'a rien à voir. Cette poupée existe, que tu le veuilles ou non, que tu me croies ou non. Ce n'est pas moi qui l'ai inventée. C'est la vérité : elle est réelle. Tout autant que ceci.

Tout en parlant, elle avait fouillé dans son sac à main pour en extirper la photographie de Ruby qu'elle lui tendit d'un geste brusque.

Après un bref coup d'œil au cliché dans son cadre décoré, Dave leva sur elle un regard d'incompréhension.

— Je l'ai trouvée ce soir, devant l'atelier, au moment où j'allais rentrer à la maison après ma journée de travail. Elle était dans une boîte, juste devant la porte de derrière, expliqua Claire d'un air sombre. Tourne le cadre et lis ce qui est inscrit au dos.

Dave obéit, et lut à voix haute.

— *Pour Maman*.

Claire ne put s'empêcher de frissonner.

— Ruby n'a jamais écrit ces mots, j'en suis certaine, reprit-elle d'une voix étranglée. Tout comme je suis pratiquement sûre que c'est justement cette photo qu'on m'a dérobée l'autre soir. Elle était dans le solarium, sur la table basse près de la fenêtre, et je sais qu'il n'y avait rien d'écrit derrière — du moins, jusqu'à ce qu'on me la vole.

— Quelqu'un s'est introduit dans la maison par effraction ? fit Dave d'un air inquiet.

— Je ne sais pas trop. Je crois que Maman avait laissé une fenêtre ouverte avant d'aller se coucher. C'était par une de ces nuits d'orage violent, la semaine dernière. J'étais déjà couchée et j'ai entendu un bruit de verre brisé. Quand je suis descendue, j'ai vu qu'un vase était tombé dans le solarium et s'était cassé en mille morceaux. La fenêtre était ouverte, et je me suis dit que c'était le rideau qui l'avait balayé de la petite table à cause d'un courant d'air. Mais ensuite, je me suis rendu compte qu'une photo de Ruby avait disparu.

— Pourquoi tu ne m'en as pas parlé avant ?

— Tu ne me croyais déjà pas pour la poupée, alors…

— Et… tu as raconté ça à quelqu'un ?

— A qui voulais-tu que je confie mes craintes ? rétorqua la jeune femme en haussant les épaules d'un air fataliste. Je ne voulais pas inquiéter Maman inutilement, d'autant qu'à ce moment-là, je n'étais même pas sûre d'avoir vu juste. Je me suis dit que j'avais peut-être rangé la photo quelque part et que je ne m'en souvenais plus. Mais à la lumière de ce qui s'est passé ce soir, j'ai compris que je ne m'étais pas trompée. Elle avait bien disparu, puisqu'on me l'a rendue ce soir. Et comme par hasard, c'est le seul soir de la semaine où je reste seule à l'atelier !

— Est-ce que tu as remarqué quelque chose d'inhabituel pendant que tu travaillais ? Un bruit bizarre, une ombre étrange ? Et ces derniers jours, as-tu vu quelqu'un se comporter anormalement aux alentours de la galerie ? Je ne sais pas, moi, peut-être un type louche qui aurait traîné dans les parages ?

— J'ai bien remarqué une femme étrange, mais ça remonte à samedi dernier. Je pensais qu'elle faisait partie d'un groupe de touristes venus visiter l'atelier et la galerie, mais elle n'a pas quitté les lieux avec eux. Elle est restée debout devant l'un des présentoirs, apparemment fascinée par l'une de mes créations. D'ailleurs, elle a fini par l'acheter. Mais il y avait quelque chose en elle qui m'a mise mal à l'aise. Je ne pourrais pas t'expliquer ce que c'était. Elle portait une couche de maquillage si épaisse qu'on aurait dit… je ne sais pas… une sorte de… enfin, elle n'avait pas l'air naturel du tout. Maintenant que j'y repense, je me demande si ce n'était pas carrément un camouflage pour dissimuler sa véritable identité. Ça paraît exagéré, n'est-ce pas ? Tu dois te demander si je ne suis pas complètement cinglée…

— Claire, voyons, on dirait que tu oublies que j'ai été flic à La Nouvelle-Orléans pendant près de dix ans ! répliqua Dave d'une voix presque blasée. Alors, des trucs de cinglés, j'en ai vu des centaines. Pour tout dire, rien ne me semble plus impossible, après les expériences limites que j'ai pu vivre.

— Ah oui ? Et une poupée qui se trouve être la copie conforme de notre fille enlevée il y a sept ans, tu ne trouves pas ça bizarre ? Etrange ? Perturbant ? s'exclama Claire, un peu froissée par son absence de réaction.

Avec un soupir, il reporta son attention sur le cliché qu'il tenait toujours à la main.

— Avant qu'on ne te vole cette photo, elle était encadrée comme ça ?

— Non, elle était dans un cadre de bois tout simple. J'ai gardé presque tous les cadeaux que Ruby avait confectionnés pour nous à l'école : ils sont dans des caisses au grenier, et je suis certaine que ce cadre-là n'en fait pas partie. Je ne l'avais jamais vu avant ce soir. Je sais que ça va te paraître bizarre, Dave, mais je crois qu'on essaie de me faire passer un message.

— Ou qu'on veut te rendre folle, répondit-il lentement.

— Qu'est-ce que tu veux dire ?

— J'ai déjà vu ce genre de scénario. Un taré qui entre dans la vie des gens en exploitant un événement dramatique.

— Ce genre de choses, ça peut vraiment se produire sept ans après ?

Dave lui rendit le cadre en la regardant d'un air lugubre.

— Tu ne vois pas quelqu'un dans ton entourage qui aurait une dent contre toi ? Quelqu'un qui voudrait te faire du mal, physiquement ou psychologiquement ?

— Non. Enfin, pas de cette façon, en tout cas.

— Tu en es sûre ?

— Absolument. Pourquoi ? demanda Claire nerveusement.

L'interrogatoire auquel la soumettait Dave l'inquiétait

plus qu'il ne la tranquillisait. Où voulait-il en venir ? Elle le connaissait suffisamment pour deviner qu'il avait une idée derrière la tête, mais avant qu'il ne précise sa pensée, son portable se mit à sonner. Après l'avoir sorti de sa poche pour regarder le numéro de son correspondant, Dave plissa le front, l'air concerné.

— Désolé, Claire, mais il faut que je prenne cet appel. Ça ne t'embête pas trop ?

Sans attendre l'assentiment de la jeune femme, il ouvrit la porte pour sortir sur le perron. De là où elle se trouvait, elle l'entendit parler à voix basse. Malgré elle, elle avait instinctivement tendu l'oreille, et elle s'en voulut de sa réaction. Ils n'étaient plus ensemble depuis longtemps, et elle n'avait pas à se mêler de ses relations.

Jusqu'à ce qu'elle entende son ex-mari prononcer le nom de Ruby. Alertée, elle sortit à son tour et se posta tout près de lui, l'air inquisiteur.

— Dave ? fit-elle d'une voix étouffée.

Leurs yeux se rencontrèrent dans la pénombre.

— A tout à l'heure, fit Dave à l'intention de son interlocuteur avant de couper la communication.

— Qu'est-ce qui se passe ? demanda Claire avec une anxiété bien perceptible.

— C'est pour une affaire sur laquelle je travaille, répliqua Dave d'un ton laconique.

— Mais… mais tu as parlé de Ruby : j'ai entendu son nom !

— Ce n'est pas ce que tu crois. J'ai mené ma petite enquête au sujet de cette femme qui fabrique des poupées hors de prix, et j'ai eu quelques résultats. Je n'ai pas le temps d'entrer dans les détails pour le moment parce que j'ai quelque chose d'urgent à régler. Mais dès que j'en ai terminé avec ça, je te promets que je reviens te voir s'il n'est pas trop tard, et que je te raconte tout ce que j'ai trouvé. Pour le moment, désolé, mais il faut vraiment que j'y aille.

— Arrête, Dave, je t'en supplie ! Dis-moi ce que tu sais. Tu n'as pas le droit de me faire attendre !

— Tout ce que je sais, c'est qu'apparemment, elle habite à environ quarante-cinq kilomètres de Houma. Je te jure que je n'ai pas davantage d'informations, Claire.

Tout en parlant, Dave avait commencé à descendre les marches du perron. Soudain paniquée, la jeune femme le rattrapa par le bras.

— C'est elle que tu vas voir, maintenant ?

— Non, pas du tout. Ce que je vais faire n'a rien à voir avec elle.

Malgré ses bonnes résolutions, Claire ne put s'empêcher de serrer davantage le bras de son ex-mari, comme si elle se rattrapait à la seule planche de salut qui fût à sa portée.

— Dave, si jamais tu me caches quelque chose…

— Je viens de te le dire, Claire : je n'en sais pas plus que toi sur cette poupée.

— Peut-être pas sur la poupée. Mais je suis persuadée que tu *sais* quelque chose et que tu ne veux pas m'en parler. Je le lis dans tes yeux.

— Claire, je t'en prie, n'insiste pas ! C'est pour ton bien.

Sur le coup, la jeune femme le lâcha en reculant d'un pas, saisie de crainte.

— Qu'est-ce que ça signifie ?

— Tout simplement que je suis pressé. Ça ne change rien à ce que je t'ai promis : dès que je peux, je reviens te voir et on pourra parler plus longuement de cette Savannah Sweete. Mais là, ce n'est pas le moment.

— Dave ?

Il avait presque atteint le bas de l'escalier, mais au ton qu'elle avait employé, il se retourna à demi.

— Qu'est-ce qu'il y a ?

— Laisse-moi t'accompagner.

— Je ne crois pas que ce soit une bonne idée. Pour tout un tas de raisons dont je préfère ne pas discuter avec toi maintenant.

— Si tu ne veux pas m'emmener, je te suivrai avec ma voiture.

Cette fois, Dave se retourna entièrement vers elle.

— J'arriverai à te semer en moins de cinq minutes.

— Ça, je n'en doute pas. Mais si cette histoire a quelque chose à voir avec Ruby, j'ai le droit d'être aux premières loges. Tu le sais aussi bien que moi, d'ailleurs.

Il laissa son regard errer sur la rue en contrebas, comme s'il y cherchait la réponse appropriée. L'air contrarié, il se frotta le menton d'une main avant de soupirer.

— C'est bon, tu as gagné. Après tout, tu as sans doute raison. Peut-être que tu as plus de droits que quiconque sur cette vérité-là, en fin de compte.

— Je ne comprends pas. Qu'est-ce que tu entends exactement par là ?

— Assez posé de questions ! répondit Dave avec sa brusquerie habituelle. On y va ou tu comptes rester plantée là jusqu'à la fin des temps ?

Assise sur le siège passager, Claire s'obligeait à garder les yeux fixés sur le paysage bordant la vieille autoroute 90 qui défilait à toute allure. Ils avaient traversé le pont Huey Long en un temps record avant de suivre l'itinéraire choisi par Dave. Sous les rayons argentés de la lune, le fleuve miroitait doucement, cependant que les saules pleureurs qui s'inclinaient sur ses berges ondulaient paresseusement dans la brise légère. Un peu plus loin sur la route, ils passèrent devant une boîte de nuit signalée à grand renfort de néons clignotants et d'affiches de jeunes femmes souriantes en tenue légère. Le parking de l'établissement était pratiquement plein ; pourtant, on était en semaine et il y avait très peu de trafic sur la route.

Comme ils ne s'arrêtaient pas, Claire osa enfin demander à son compagnon :

— C'est encore loin ?

— Non, pas tellement. On est presque arrivés à l'embranchement que je veux prendre. Ensuite, il ne nous restera plus que quelques centaines de mètres à parcourir pour atteindre un petit pavillon de pêche sur le bord d'un bayou. C'est là qu'on va.

— Et tu ne veux toujours pas me dire pourquoi on se rend dans cet endroit perdu ?

— Pour un rendez-vous. Le reste, tu le découvriras bien assez tôt, crois-moi, répliqua Dave tout en plissant les yeux pour ne pas être ébloui par les phares d'un véhicule qui arrivait en sens inverse. Par contre, il faut que je te confesse quelque chose avant que nous n'arrivions à destination. J'aurais dû le faire depuis longtemps, d'ailleurs.

Le cœur de Claire se mit à battre à grands coups précipités. Les yeux fixés sur le beau profil de Dave, elle se prépara au pire.

— Qu'est-ce que tu veux me dire ? fit-elle d'une toute petite voix.

Dans la pénombre, elle vit ses mains se crisper sur le volant.

— Deux jours après la disparition de Ruby, j'ai reçu un coup de fil de quelqu'un qui prétendait être son kidnappeur.

Claire sentit son visage blêmir instantanément. Incapable de réagir, elle resta silencieuse jusqu'à ce qu'une autre voiture les croise et qu'elle retrouve l'usage de la parole.

— Je… Pourquoi tu ne me l'avais pas dit ? reprit-elle d'une voix étranglée.

— Je n'avais pas le droit de le faire, répondit Dave d'un air sombre. C'était l'une des conditions : j'avais interdiction d'en parler à qui que ce soit. Ni à la police ni au FBI. Ni même à toi.

Portant une main tremblante à sa bouche, Claire ne put retenir un hoquet compulsif.

— Tu… tu as été en contact avec le ravisseur de Ruby, et tu ne m'en as jamais parlé ? Comment as-tu pu me faire ça, Dave ? Comment as-tu eu l'audace de me dissimuler une chose pareille ?

— J'essayais juste de sauver la vie de notre fille. Fais un effort pour me comprendre, Claire, je t'en prie. J'étais absolument terrifié à l'idée de ce qu'ils pourraient lui faire. Je ne voulais pas courir le risque de te mettre au courant. Tu étais dans un tel état, nerveusement et psychologiquement… Tu étais à deux doigts de sombrer dans la dépression. J'avais trop peur que tu craques devant la police.

— Mais… mais le FBI nous avait bien dit qu'il n'était surtout pas question de traiter directement avec un éventuel kidnappeur ! Et… et toi, tu étais dans la police à cette époque. Tu connaissais parfaitement les risques… Enfin, Dave…

— Je savais tout ça, oui, dit-il d'un ton lourd de regrets. Mais quand il s'agit de notre propre enfant, d'une certaine manière, on oublie tous ces sages préceptes, et rien n'a plus d'importance à part essayer de préserver sa vie.

Claire ferma les paupières dans un effort pour encaisser le choc de cette déclaration.

— Qu'est-ce qui est arrivé ?

— J'ai obéi.

— Quelles étaient les revendications ? demanda Claire après une brève hésitation.

Elle avait presque peur de savoir, maintenant.

— Tu te rappelles l'homicide sur lequel je travaillais au moment de l'enlèvement de Ruby ? La victime s'appelait Renée Savaria.

— Bien sûr que je m'en souviens. Son cadavre avait été retrouvé au fond du Mississippi. C'était une gamine de dix-huit ou dix-neuf ans, il me semble. Tu n'aimais pas beaucoup discuter des affaires en cours, mais je sais que celle-ci te tourmentait même la nuit. Je t'entendais parfois faire les cent pas dans la pièce d'à côté ; je me rappelle même avoir songé plus d'une fois, en t'attendant dans le lit, à ce que devaient ressentir les parents de cette pauvre jeune fille. Si toi, tu étais affecté à ce point par cette disparition, je me disais que ça devait être cent, voire mille fois pire pour eux, de s'imaginer quels supplices leur enfant avait dû subir.

Claire s'interrompit quelques secondes, émue par cette évocation, le regard voilé de larmes, contemplant sans le voir le paysage de l'autre côté de la vitre.

— Quelques semaines plus tard, c'était Ruby qui disparaissait, conclut-elle dans un souffle.

Dave garda le silence un long moment avant de reprendre la parole, le regard obstinément fixé sur la route, comme s'il cherchait à éviter celui de Claire à tout prix.

— J'avais planché sur ce dossier pendant des jours et des nuits sans trouver la moindre piste valable. Et puis, presque par hasard, j'ai eu le journal intime de Renée entre les mains.

Sur la dernière page, il y avait une adresse et une date. C'était celles d'une soirée privée où elle avait été engagée comme strip-teaseuse. D'après les dires d'un témoin, c'est au cours de cette soirée que Renée a été assassinée par un flic du nom de Clive Nettle. Les autres policiers présents ce soir-là l'ont aidé à maquiller son crime pour qu'il ne soit pas mis en cause.

Sous le choc, Claire resta bouche bée, sans quitter Dave des yeux.

— M… Mais pourquoi ? Pourquoi auraient-ils apporté leur concours à un acte aussi… aussi monstrueux ?

— Réflexe d'autodéfense, répondit Dave laconiquement. Si l'existence de ce genre de soirées privées réservées à des flics et impliquant des filles de moins de vingt et un ans avait été connue, inutile de te dire qu'un bon nombre de carrières s'en seraient trouvées sacrément écornées, voire arrêtées net. Sans parler de la peur d'être impliqué dans une procédure judiciaire.

— Et comment as-tu appris tout ça ?

— Disons que j'ai profité d'une confession tardive. On pourrait appeler ça des aveux sur un lit de mort, en quelque sorte. Quelqu'un qui était présent ce soir-là m'a tout raconté, il y a peu de temps.

— Encore une fois, quelque chose m'échappe : si tu es au courant de tout, comment se fait-il que Nettle n'ait pas encore été arrêté ?

— J'y travaille, crois-moi, fit Dave sans quitter la route des yeux.

Il ralentit à l'approche d'un croisement pour tourner à droite et rejoindre une autre voie à double sens. Sur le côté gauche, il y avait une station-service et sur la droite, rien d'autre que des rizières s'étendant à perte de vue.

— Je n'arrive toujours pas à faire le rapprochement entre cette histoire et l'enlèvement de Ruby, reprit Claire au bout de quelques minutes de silence.

— Justement, ça n'a rien à voir. Seulement, on m'a fait croire que c'était le cas.

— Comment ?

— Les exigences de mon mystérieux contact téléphonique ne concernaient pas le versement d'une rançon. Ce qu'on me demandait, c'était de détruire la dernière page du journal de Renée Savaria.

Le pick-up s'était engagé sur une passerelle métallique, provoquant un boucan de tous les diables. Malgré son impatience, Claire dut attendre qu'ils aient traversé pour demander à son ex-mari :

— Et alors ? Tu l'as fait ?

Dans l'éclairage des poteaux qui bordaient la route, le visage de Dave lui parut blême et presque cadavérique.

— Oui. Je l'ai fait.

— Quoi ? Tu as détruit une preuve qui aurait pu dénoncer le meurtrier de cette pauvre fille ? s'exclama Claire d'un ton choqué. Et un flic, en plus ! A cause de toi, Nettle s'en est tiré à bon compte, alors que ce n'était qu'un infâme vicieux doublé d'un assassin sans scrupules.

— Exact, fit Dave d'une voix dure, comme vidée de toute émotion.

— Tout ça pour essayer de sauver Ruby, conclut Claire avec des larmes dans la voix.

Sentant que sa lèvre se mettait à trembler, elle détourna les yeux du visage figé de son compagnon.

— J'aurais fait n'importe quoi pour la récupérer, Claire. Je voulais que tu le saches.

— Mais pourquoi ne m'as-tu jamais rien dit, jusqu'ici ?

— Je ne pouvais pas. J'avais trop peur de me confesser. Et puis, je voulais te protéger autant que possible. Après cet épisode navrant, j'ai eu tellement honte…

— Honte d'avoir tenté l'impossible pour sauver ta fille ?

— Honte de m'être laissé berner comme un débutant. Honte d'avoir agi à l'encontre de tout ce en quoi je croyais, d'avoir foulé aux pieds mes préceptes et mes convictions de flic par aveuglement coupable.

— C'est pour ça que tu as démissionné ?

— En partie, oui. Mais de toute façon, plus rien n'avait d'importance pour moi depuis que la chair de ma chair m'avait été arrachée. Pas même notre couple, Claire.

24.

Claire se laissa aller contre l'appui-tête. Ils traversèrent un deuxième pont au-dessus d'un bayou désert, dans l'eau duquel se reflétaient les hautes silhouettes des cyprès. L'air tiède leur apportait des odeurs de chèvrefeuille et de magnolia en fleurs. Mais ce soir, Claire était incapable d'apprécier ce parfum, tant elle était obnubilée par les révélations que venait de lui faire son ex-mari. Fermant les paupières, elle crut entendre l'écho des paroles qu'il avait prononcées quelques instants plus tôt.

Après l'enlèvement de Ruby, plus rien n'avait d'importance pour moi. Pas même notre couple… Pas même notre couple…

— Donc, si j'ai bien compris, il existe un rapport entre l'endroit où nous nous rendons ce soir et ces coups de fil anonymes d'il y a sept ans, reprit la jeune femme avec effort.

— J'aurais dû refuser que tu m'accompagnes, fit Dave d'un air sombre. Tu risques d'être choquée par ce que tu vas voir.

Interloquée, elle tourna la tête vers lui.

— Tu peux préciser ta pensée ?

— C'est très simple : je compte bien découvrir l'auteur

de ces messages, quels que soient les moyens que je dois employer.

Elle garda le silence quelques secondes, comme si elle réfléchissait aux implications de cette remarque.

— Pourquoi ? demanda-t-elle enfin. Que va-t-il se passer, une fois que nous aurons franchi le seuil de ce pavillon de pêche ?

— Je te l'ai déjà dit : on a rendez-vous.

— Avec qui ?

— Eh bien, il y aura Titus, entre autres.

— Titus Birdsong ? Vous êtes toujours amis ?

— Il risque gros en acceptant de m'aider. Je ne suis même pas sûr de pouvoir lui rendre la pareille un jour.

— T'aider à quoi faire ? demanda Claire, inquiète du tour que prenait la conversation. Et lui rendre la pareille pour quoi ? Tu commences à me faire peur, Dave. Qu'est-ce que tu mijotes, enfin ?

— Je ne peux pas te le dire

— Pourquoi ? Qui d'autre sera là ?

— Clive Nettle.

— Quoi ? Il a accepté de venir à ce rendez-vous ? Mais... c'est un homme dangereux, non ?

— Ne t'inquiète pas, surtout ! répondit Dave d'un air sombre et déterminé. Dans l'état actuel des choses, il ne risque pas de nous poser trop de problèmes.

— Oh ! Mais ce n'est pas ça qui m'importe. C'est juste que... enfin, je comprends ce que tu voulais dire quand tu parlais de découvrir la vérité coûte que coûte.

— Et ça te fait peur ?

— Un peu, avoua-t-elle d'une toute petite voix.

— Tu préfères rentrer à la maison ?

— Non.

Ils avaient laissé la zone des rizières derrière eux pour s'engager dans un environnement plus touffu et boisé. A travers les arbres qui se faisaient de plus en plus denses, Claire aperçut le miroitement caractéristique d'un autre bayou. A mesure qu'ils avançaient, elle sentait monter ses appréhensions.

Dave tourna de nouveau, cette fois pour s'engager dans une allée étroite et poussiéreuse, au bout de laquelle brillait une faible lumière.

— On est arrivés ! fit-il avant de stopper son véhicule près d'une berline de couleur claire sur le terrain à peu près plat qui entourait un bungalow quelque peu délabré.

Ils sortirent en même temps du pick-up, claquant les portières derrière eux. Comme ils se dirigeaient vers le pavillon de pêche, Claire jeta un coup d'œil circonspect autour d'elle. Ils se trouvaient au milieu de nulle part. L'endroit était complètement isolé.

Dave frappa un coup bref à la porte du bungalow, tout en murmurant :

— C'est moi.

Le battant de bois s'ouvrit tout grand sur Titus Birdsong. Claire ne l'avait pas vu depuis des années, et il lui fallut un moment pour le reconnaître.

Rapidement, il baissa le canon de son arme.

— Claire ?

— Bonsoir, Titus.

— Claire ? répéta-t-il, visiblement surpris. Mais qu'est-ce que vous faites là ?

— C'est bon, lui dit Dave. Elle est au courant pour les coups de téléphone anonymes. Elle sait aussi que nous tenons Nettle à notre merci.

D'un air désapprobateur, Titus secoua la tête.

— Ça, je m'en fiche pas mal. Tout ce que je sais, c'est qu'elle ne devrait pas être ici. C'est pas un endroit pour une femme.

— J'apprécie beaucoup votre sollicitude, Titus, mais vous n'avez pas à me surprotéger, fit Claire d'une voix décidée, malgré son pressentiment funeste. J'ai le droit de savoir qui a passé ces appels anonymes à Dave. Ruby était ma fille, à moi aussi.

Pendant un court instant, Claire crut que Titus allait lui refuser l'accès au pavillon. Mais il s'écarta avec un long soupir.

— Bien. J'espère que tu sais ce que tu fais, marmonna-t-il à l'intention de Dave.

Claire entra et découvrit Clive Nettle.

C'était un homme à la carrure impressionnante, presque aussi large que celle de Titus. Avec ses cheveux noirs coupés très court, sa barbe de trois jours et la cicatrice qui lui barrait la mâchoire, il avait un physique pour le moins inquiétant. Sauf qu'il se trouvait ce soir en bien mauvaise posture : saucissonné sur une chaise, un bâillon dans la bouche, un œil gonflé et violacé. Sa tête roula en avant, telle une poupée de chiffons, et Claire se dit qu'il devait être à moitié inconscient. Mais la seconde d'après, il relevait le menton pour la regarder bien en face, et elle ne put réprimer un frisson désagréable.

Ecœurée par la vision de ce visage bouffi et marbré de traces de coups, elle esquissa un pas malhabile en arrière. Elle qui se croyait prête à encaisser le choc d'une scène particulièrement violente, elle s'en découvrait incapable. Elle sentit une nausée lui monter aux lèvres, si forte qu'elle dut presser sa main tremblante contre sa bouche pour s'empêcher de vomir sur le sol rugueux.

— Ça va ? lui demanda Dave. Tu devrais peut-être nous attendre dehors ?

Elle secoua la tête.

— Qu'est-ce que tu lui as fait ? demanda-t-elle dans un souffle.

— Ce qu'il fallait, répondit Dave d'un ton rogue.

— Il… Ça va aller, pour lui ?

— Il survivra, si c'est ce que tu veux savoir. Enfin, au moins jusqu'à ce qu'il soit transféré à la prison d'Angola.

Claire hocha brièvement la tête, essayant de calmer sa respiration précipitée.

Dave marcha jusqu'à Nettle pour lui arracher le bâillon de la bouche.

— Tu n'étais pas très coopératif, tout à l'heure, avant que je m'éclipse. Voyons si tu as changé de refrain, maintenant que tu as eu le temps de réfléchir à la situation.

— Je n'ai rien à te dire, fumier ! cracha Nettle dans une grimace sarcastique. Et ne t'imagine pas que vous vous en tirerez comme ça, toi et ton abruti de comparse ! Toi, mon gros, ajouta-t-il en désignant Titus du menton, ta carrière est terminée, pauvre con. Tu as choisi le mauvais côté de la barrière. Quant à toi, fit-il d'un ton menaçant en tournant lentement son visage tuméfié vers Dave, autant dire que t'es mort et enterré, sale petit fouineur !

— Ah oui, vraiment ? lança Dave. En tout cas, pour le moment, je me sens en pleine forme. Pas du tout sur le point de crever, tu vois ? En fait, j'ai l'impression que ça marche de mieux en mieux pour moi, ces derniers temps. Toi, par contre… je ne voudrais pas dramatiser, mais je n'aimerais pas me trouver à ta place quand toute cette histoire va éclater au grand jour, mon pauvre gars.

— Tu crois peut-être m'impressionner ?

— Si ce n'est pas le cas, tu es encore plus idiot que je ne l'imaginais, rétorqua Dave d'un ton dur. Tu ne mérites même pas le nom d'homme, Nettle. Encore moins celui de flic.

— T'es plutôt mal placé pour me faire ce genre de remarques, mon pote ! La dernière fois qu'on s'est vus, j'avais encore mon insigne de policier, alors que toi…

— Allez, avoue ce qui s'est passé cette nuit-là avec Renée, au lieu de raconter des âneries ! l'interrompit Dave. Elle s'est débattue, hein ? Je suppose que rien que de te voir, elle en avait l'estomac retourné. Alors, quand tu as voulu poser tes sales pattes sur elle, elle a dû se retenir de vomir sur-le-champ.

Le sourire moqueur de Nettle se changea en un rictus vicieux accompagné d'un regard lubrique destiné à Claire.

— Bah ! Tu sais mieux que personne ce qu'un homme est capable de faire pour tirer un p'tit coup en douce, pas vrai, Creasy ?

Le coup de poing que Dave lui décocha en pleine mâchoire le projeta en arrière, faisant tomber la chaise à laquelle il était toujours solidement attaché. Elle alla s'écraser contre le mur, envoyant Nettle cogner sur le sol avec un bruit sourd. Sans attendre qu'il se redresse, Dave se pencha sur lui pour l'empoigner par le col de sa chemise maculée de taches.

— Espèce de bâtard ! Assassin ! Je devrais t'achever sans délai.

La chaise sur laquelle Nettle avait été assis de force s'était brisée en plusieurs morceaux. Heureusement, les liens qui retenaient ses poignets et ses chevilles ne s'étaient pas défaits. Il essaya bien de ramper pour échapper à Dave, mais ce dernier ne le lâchait pas. Le ramenant jusqu'à lui, il lui attrapa la gorge d'une main de fer et se mit à serrer si fortement son cou que l'autre devint rouge écarlate. Quand ses yeux commencèrent à rouler dans leurs orbites, Claire s'écria, affolée :

— Dave ! Pour l'amour du Ciel, arrête !

— Doucement, gamin ! fit Titus presque en même temps, d'un ton calme et posé.

Comme rappelé à la raison par ses acolytes, Dave relâcha le cou violacé de Nettle et se redressa de toute sa taille, le dominant ostensiblement.

— Maintenant, tu vas peut-être avoir un peu plus envie de parler ?

— J't'emmerde ! siffla Nettle avant de cracher un jet de salive mêlée de sang aux pieds de son tourmenteur.

Avec nonchalance, Dave s'adossa au mur pour croiser les bras, comme s'il s'était trouvé à une réunion amicale ou à une garden-party.

— Bon, faisons le point deux minutes, si tu veux bien, Nettle, dit-il sur le ton de la conversation. Voilà ce qui va se passer : JoJo Barone va vous dénoncer, toi et tous les autres flics présents à la soirée privée au cours de laquelle Renée a été assassinée. Il est à l'article de la mort, alors de toute façon, il n'a plus rien à perdre. Franchement, je doute qu'il ait envie de passer le peu de temps qu'il lui reste dans une cellule, à se demander s'il ne va pas se faire prendre par-derrière quand il se baissera pour ramasser son savon dans les douches communes ! Le procureur lui met suffisamment la pression comme ça : il va te balancer, toi et tes petits camarades de jeu. Tu le sais aussi bien que moi.

— Alors, c'est tout ce que t'as contre moi ? s'esclaffa Nettle avec un rire mauvais. La parole d'un petit truand de mes deux du genre de JoJo ? Pauvre con ! Si tu crois pouvoir me pincer avec ça, tu te fourres le doigt dans l'œil bien profond !

— Détrompe-toi, Nettle, rétorqua Dave d'un ton glacial.

Ça suffit largement pour te faire tomber. Dès que JoJo va commencer à donner des noms, tu risques d'apprendre à tes dépens qui sont tes vrais amis. Bobby Ray t'a déjà vendu. C'est grâce à lui que tu te retrouves ici, dans cette position pour le moins… instable. Si tu veux mon avis, tes vieux copains de la police ne vont pas réagir différemment. Quand ils apprendront ce que le bureau du procureur a derrière la tête, ils se précipiteront chez l'avocat le plus proche pour essayer de sauver leurs fesses. Et pour ça, ils n'hésiteront pas à rejeter toute la faute sur le principal coupable, c'est-à-dire toi. Ce qui veut dire que tu n'as pas le choix. De toute façon, tu vas en prendre pour au moins vingt ans. Par contre, si tu veux échapper à la peine de mort, tu ferais mieux de coopérer tant que tu as encore quelque chose d'intéressant à proposer en échange d'une réduction de peine. Et la seule façon de contacter le procureur, c'est de t'en remettre à moi.

— Tu me prends pour le dernier des crétins ou quoi ? Lee Elliot ne te répondrait même pas si tu lui demandais l'heure, pauvre nœud ! Alors, si tu crois qu'il t'écoutera lui déballer tes élucubrations d'alcoolo, tu débloques complètement ! Faut te tenir au courant, grand chef : au cas où tu ne le saurais pas, ta crédibilité est largement écornée, depuis quelque temps.

Dave haussa les épaules d'un air impassible.

— Eh bien, tu n'auras qu'à poser la question à Elliot quand il arrivera.

— Oh ! Parce qu'en plus, tu voudrais me faire avaler qu'Elliot va se déplacer jusqu'à ce trou à rats où tu m'as enfermé ? Décidément, t'es complètement à côté de la plaque. Pour un peu, tu me ferais presque pitié, tellement tu te plantes. Pourtant, j'avais entendu dire que t'étais plutôt efficace comme flic avant de te défoncer le crâne à coups de whisky. Mais l'alcool a dû faire plus de dégâts qu'on ne le croyait, parce qu'aujourd'hui, tu me fais l'effet d'un débile profond. Si tu avais vraiment des preuves contre moi, je serais en taule, à l'heure qu'il est, au lieu de me les geler ici avec toi et ton abruti de comparse.

— Et si Elliot voulait s'assurer que tu restes en vie juste assez longtemps pour faire une déclaration dont il puisse se servir ? Tu y as pensé, à cette possibilité-là, dans ta grosse tête d'intello ?

Pour la première fois, Claire crut voir une lueur d'inquiétude traverser le regard de Nettle.

— Réfléchis deux secondes, continua Dave. On est dans une année électorale, et une affaire de ce genre, c'est du gâteau pour un procureur ambitieux comme Lee Elliot. Fais le compte : meurtre, conspiration, corruption de fonctionnaires… tous les ingrédients sont réunis pour constituer une véritable bombe. Il suffit qu'il s'attribue le beau rôle, et ça pourrait lui permettre de monter jusqu'aux fonctions de gouverneur. Si tu refuses de coopérer, il lui suffira de descendre d'un nom dans la liste que JoJo Barone lui fournira.

— Peuh ! Tout ça, c'est du bluff ! rétorqua Nettle.

— Pas du tout ! lança Claire qui n'avait rien dit, jusque-là.

Sentant le regard de Dave posé sur elle, elle s'avança d'un pas vers Nettle.

— Ma sœur travaille comme procureur adjoint, poursuivit-elle d'une voix forte et assurée. Charlotte LeBlanc, ça vous dit quelque chose ? Elle fait partie de l'équipe de Lee Elliot. Ils sont très proches. Il suffit que je l'appelle pour qu'elle vous confirme tout ce que Dave vous a dit.

Dave quitta sa posture nonchalante pour se redresser, le regard ostensiblement tourné vers sa montre.

— L'heure tourne, Nettle. Voilà ce que je te propose : si

tu veux parler à Elliot pour essayer de tirer ton épingle du jeu du mieux que tu pourras, tu vas devoir en passer par ce que je te demande. Sinon, quand il arrivera ici, il ne trouvera qu'un bungalow désert avec une chaise cassée. Et dans deux jours maximum, quand il aura conclu un arrangement avec quelqu'un d'autre, Titus te ramènera au QG avec des menottes aux poignets. La presse sera invitée, bien sûr. Ça fera un beau reportage pour le journal de 13 heures. Exactement le genre d'images qui restent gravées dans la mémoire d'un futur jury de tribunal.

— Ça, j'en mettrais ma main à couper ! renchérit Titus avec un large sourire. Et sans vouloir te vexer, t'as déjà pas une tête particulièrement sympathique, alors ça risque de t'enfoncer encore plus. Si tu veux pas te retrouver avec des clous dans ta paillasse quand tu seras en taule, tu ferais mieux d'écouter ce que mon vieux copain a à te dire.

— Tout ce que je te demande, c'est de me donner un nom, reprit Dave. Celui du type qui m'a passé ces coups de fil anonymes, après l'enlèvement de ma petite fille. Ensuite, toi et moi, on sera quittes. Tu t'arrangeras avec Lee Elliot comme tu voudras. Moi, je m'engage à rester en dehors de vos négociations.

Nettle tourna son visage bouffi vers Claire.

— T'es sûr que tu veux qu'elle reste pour entendre ce qui va suivre ? fit-il à l'intention de Dave.

— Je reste, affirma la jeune femme avec une assurance qu'elle était bien loin de ressentir.

Elle avait le cœur battant et les mains moites d'appréhension, tant le suspense devenait insoutenable.

Nettle eut un mouvement du menton en direction de Dave.

— Vous devriez plutôt lui demander à lui, fit-il d'un ton

mi-amusé, mi-compatissant. Après tout, c'est lui qui vous a amenée ici ! A mon avis, c'était uniquement pour vous impressionner. Je me trompe, Creasy ?

— Ta gueule, Nettle ! gronda Dave. Tu n'es qu'un pourri de la pire espèce.

Contre toute attente, l'homme partit d'un grand éclat de rire qui résonna lugubrement dans le minuscule pavillon de pêche. A la lueur tremblotante de la lampe à pétrole, son visage paraissait déformé par une grimace grotesque et effrayante. Se retournant vers Claire pour la fixer avec une intensité qui la mit encore plus mal à l'aise, il lui demanda d'une voix basse et sourde :

— Vous voulez vraiment savoir qui a passé ces coups de fil ?

Claire hocha la tête en signe d'assentiment.

Une fois de plus, Nettle lui lança un regard où se mêlaient l'ironie et l'apitoiement.

— C'est votre légitime. Enfin, le deuxième ! laissa-t-il tomber avec un sourire mauvais. Eh ouais ! Alex Girard en personne ! C'est lui le responsable de ces coups de téléphone. Il a trouvé ça tout seul. Malin, le gars, hein ? Il nous a expliqué son raisonnement : comme, de toute façon, la gamine devait déjà être morte, autant utiliser l'histoire de son enlèvement à notre avantage.

Claire eut l'impression d'avoir reçu un violent coup de poing en pleine poitrine. Le souffle coupé, les poumons douloureux, le cœur battant à grands coups précipités, elle dut s'appuyer au mur pour ne pas glisser à terre. D'un regard perdu, elle chercha les yeux de Dave pour se raccrocher à quelque chose. Ce qu'elle y lut acheva de la convaincre que Nettle disait la vérité, et que Dave était déjà au courant pour Alex. Seulement, il avait préféré que ce soit Nettle qui lui dévoile le pot aux roses. Il n'avait pas eu le courage de le lui annoncer lui-même.

Lee Elliot savait s'y prendre pour manœuvrer les gens, y compris quand leur petit groupe se composait presque exclusivement de policiers agglutinés à la porte du bungalow de pêche pour assister à la sortie de Clive Nettle et l'accompagner jusqu'à la voiture de service la plus proche. Dans son costume de lin clair, avec sa cravate de soie, le procureur de la paroisse d'Orléans n'aurait pas déparé dans une soirée huppée du Garden District. Personne n'aurait pu croire, à le voir si pimpant, si à l'aise malgré les regards furtifs que se lançaient les spectateurs, qu'il venait de s'entretenir longuement avec le coupable d'un meurtre de sang-froid. Il possédait l'intelligence et le charisme d'un politicien confirmé, et si l'on ajoutait à cela son élégance et ses manières qui rappelaient la politesse surannée des anciens gentlemen du vieux Sud, sans oublier son parler traînant qui le rendait sympathique auprès des paysans les plus endurcis, on comprenait qu'il eût aussi bien réussi dans la voie qu'il avait choisie.

Après que Nettle fut monté à l'arrière du véhicule de police qui devait l'emmener en lieu sûr, Elliot se dirigea vers Dave et Titus pour assener une tape amicale dans le dos de l'aîné des deux coéquipiers. Angelette l'accompagnait, mais elle se garda bien de faire le moindre commentaire. Depuis son arrivée, elle s'était montrée particulièrement discrète et effacée, contrairement à son habitude. Pourtant, même si elle gardait le silence et se maintenait un peu en retrait de son compagnon, Dave sentait le poids de son regard le brûler avec l'intensité qui lui était coutumière.

— J'apprécie beaucoup que vous m'ayez appelé, fit Elliot

sur le ton de la confidence, sans cesser d'afficher l'éclatant sourire qu'il arborait depuis la fin de l'entrevue avec Nettle. Mais vous m'auriez rendu la tâche nettement plus facile si vous ne vous étiez pas montrés aussi… comment dire ? Aussi zélés dans votre mission au service de la justice. On dirait que vous avez pris Nettle pour un vulgaire punching-ball ! Ça risque de déplaire à son avocat.

— Il a voulu se débattre lors de son arrestation, répondit Titus avec un petit sourire en coin.

— Je suppose que cela ne vous poserait aucun problème de refaire cette déclaration sous serment ? rétorqua Elliot, visiblement sceptique.

— Aucun problème, en effet. Si vous avez une Bible sur vous, je suis même prêt à vous le jurer.

— Merci, mais je ne pense pas qu'il soit nécessaire d'aller jusque-là, fit Elliot avant de se tourner tranquillement vers Dave, une lueur amusée dans le regard. Quant à vous, laissez-moi deviner ce qui vous a amené ici : vous passiez dans le coin, très innocemment, et vous avez proposé assistance à l'inspecteur Birdsong, le plus naturellement du monde.

— Quelque chose dans ce goût-là, oui.

Les yeux bleus d'Elliot pétillèrent de malice dans le rai de lumière vive provenant de la voiture de patrouille la plus proche.

— Vous savez, Dave, vous êtes plutôt impressionnant dans votre genre. J'aime assez votre façon d'opérer, à vrai dire. Un inspecteur de votre trempe aurait sa place au bureau du procureur ! Vous n'avez jamais songé à réintégrer les rangs de la police ? Le commissaire divisionnaire se trouve être l'un de mes cousins au deuxième degré. Il suffirait que je lui dise un mot à votre sujet, et…

— Merci beaucoup, mais je me suis fermé trop de portes

dans ce secteur. Je préfère garder ma position actuelle : ça me convient parfaitement pour l'instant.

— Bien. Cela dit, si jamais vous changez d'avis, n'hésitez pas à me contacter, et je me ferai un plaisir de vous donner un petit coup de main.

Sur ce, Elliot s'éloigna d'un pas vif.

Jetant un coup d'œil autour de lui, Dave se rendit compte que Titus avait disparu. Seule Angelette se tenait à ses côtés. Vêtue d'une jupe noire très courte et d'un chemisier de soie turquoise qui soulignait ses formes généreuses, elle avait relevé sa somptueuse chevelure noire en une sorte de chignon lâche, laissant voir la courbe parfaite de son long cou gracile. Quand leurs regards se rencontrèrent, elle lui adressa un sourire énigmatique et sensuel.

Dave eut brusquement envie de regarder une nouvelle fois autour de lui pour repérer Claire, mais il se l'interdit. Ça n'aurait fait qu'aggraver les choses. Pas la peine d'adopter une attitude coupable alors qu'il n'avait strictement rien à se reprocher sur ce coup-là.

— Qu'est-ce qui t'arrive, Dave ? lança Angelette en ondulant jusqu'à lui. On dirait que tu es nerveux, tout à coup !

— Il faut dire que c'était une putain de soirée ! s'exclama-t-il un peu trop vigoureusement, maudissant intérieurement l'intuition de cette femme qui lisait en lui comme dans un livre.

— C'est vrai. Mais ça fait du bien, non ? D'ailleurs, je suppose que les félicitations sont de rigueur. Ça t'a peut-être pris sept ans, mais tu as finalement réussi à coincer le véritable assassin de Renée Savaria. Et quel beau coup de filet !

— Je pourrais te retourner le compliment. Sans toi, jamais Elliot ne se serait laissé persuader de venir ici ce soir. Il aurait sans doute fallu que je prenne les choses en main, et ça ne se serait pas passé aussi facilement.

— Bah ! Je ne me suis jamais tellement inquiétée à ce sujet. Tu as peut-être été un peu rude avec Nettle, mais je sais bien que tu ne lui aurais pas infligé de dommages sérieux.

— Et qu'est-ce qui te permet d'affirmer une chose pareille ? répliqua Dave, légèrement agacé par sa suffisance.

Elle lui répondit par un sourire gentiment moqueur.

— Facile : tu as beau être fêlé, tu restes un bon gars, dans le fond.

— Ah oui ? Et comment en es-tu venue à une telle conclusion ?

— Oh ! Je l'ai toujours su. C'est juste qu'avant, tu m'énervais tellement que je refusais de l'admettre, voilà tout, fit la jeune femme avec un haussement d'épaules désarmant de naturel.

Une longue mèche de cheveux s'était échappée de sa coiffure. Machinalement, elle l'enroula autour de son index dans un geste à la fois simple et terriblement suggestif.

Cette Angelette... elle possédait un tel pouvoir érotique ! Gêné, Dave se racla discrètement la gorge avant de poursuivre leur conversation.

— J'aimerais te poser une question, et si tu pouvais y répondre honnêtement, pour une fois, ça me ferait plaisir. Qui a eu l'idée de m'embringuer dans cette histoire ? Toi ou Elliot ?

S'appuyant nonchalamment contre une voiture de police, Angelette croisa les bras juste sous sa poitrine, comme pour la faire ressortir un peu plus.

— Pourquoi ? Quelle différence ? Tu as eu ce que tu voulais, n'est-ce pas ? Nous avons tous obtenu ce que nous recherchions, en fait. Alors, pourquoi ne pas savourer ce moment de grâce, tout simplement, sans se poser de questions compliquées ?

— Parce que je n'aime pas me sentir manipulé.

— Mon pauvre chéri ! Lee a raison, tu sais ? Maintenant que la vieille garde corrompue de la police municipale va se faire écrémer, tu pourrais récupérer ton ancien poste sans problème. Ce serait comme au bon vieux temps…

— J'étais sincère quand j'ai répondu non à Elliot, Angie. Je suis grillé à La Nouvelle-Orléans. Pas question de revenir dans ce panier de crabes.

Elle ouvrit la bouche comme pour protester, mais au dernier moment, elle dut changer d'avis car son visage retrouva une expression impassible.

— Bon, eh bien, dans ce cas, tu n'as plus qu'à décider de ce que tu vas faire d'*elle*.

Il y avait un soupçon de mépris dans la voix d'Angelette, tout comme dans le geste brusque qu'elle avait esquissé. Dave tourna la tête dans la direction qu'elle lui avait indiquée : Claire était là, debout devant l'un des véhicules officiels, occupée à parler avec Lee Elliot. Dans l'éclairage cru dispensé par les phares allumés, elle était pâle comme un linge. Elle devait encore être sous le choc de la déclaration de Nettle. On aurait pu croire qu'elle venait de subir un accident de voiture particulièrement violent. Le cœur serré, Dave la contempla quelques secondes. Pour un peu, il se serait cru au sortir d'un cauchemar éprouvant.

— Tu n'arriveras jamais à l'oublier, n'est-ce pas ? fit Angelette d'une voix presque suave.

— Mes sentiments ne doivent pas entrer en ligne de compte, rétorqua Dave d'une voix sourde. Ce que nous avions tous les deux appartient désormais au passé.

— Ce que nous avons connu ensemble aussi, de toute

évidence, ajouta Angelette en tendant la main pour lui caresser délicatement la joue du bout des doigts. Au revoir, Dave. Et sois sage.

Il attendit qu'elle se fût éloignée avant de se tourner vers Claire. Leurs yeux se croisèrent, mais elle détourna rapidement le regard.

Il laissa s'écouler un petit moment, puis il prit son courage à deux mains et la rejoignit. Mais lorsqu'il fut près d'elle, elle fit semblant de ne pas remarquer sa présence.

— J'étais justement en train de proposer à Claire de la raccompagner en ville, expliqua Elliot avec un sourire de circonstance.

Dave chercha le regard de Claire, sans succès.

— C'est ce qui te convient le mieux ?

— Je… oui, ce serait préférable, je crois, balbutia la jeune femme. Je ne vois pas pourquoi tu t'embêterais à faire tout un détour pour me déposer en ville alors que tu n'habites même plus à La Nouvelle-Orléans.

— Ça ne me gêne pas de faire un crochet, tu sais ?

— Non, non, ce n'est pas nécessaire.

— Bien, si c'est la solution que tu as choisie… Je t'appelle demain pour cette histoire de Savannah Sweete.

Il tourna les talons pour se diriger vers son pick-up, toujours garé à côté de la berline de Titus.

Il ne fallut que quelques secondes à Claire pour le rattraper.

— Dave ?

Il se retourna, et la vit s'arrêter à quelques pas de lui pour porter une main à sa bouche, comme si elle regrettait son geste impulsif.

— Je…, commença-t-elle avec hésitation. Il faut juste que je sache quelque chose avant de…

Elle avait l'air tellement perdu qu'il se prépara au pire.

— Quoi ? Qu'est-ce que tu veux savoir ?

Un souffle d'air vint faire voleter ses mèches éparses autour de son joli visage, et Dave dut faire appel à toute son énergie pour ne pas tendre la main vers elle.

— Tu *savais*, pour Alex, quand tu as accepté de m'emmener ici avec toi ?

— Non. Pas avec certitude. Je m'en doutais, mais je n'avais aucune preuve tangible.

Les yeux turquoise plongèrent au fond de ceux de Dave.

— Pourquoi tu ne me l'as pas dit avant ?

— Tu m'aurais crue ?

— Je… je n'en sais rien…, avoua Claire, tout en jetant un coup d'œil en arrière vers le bungalow, comme si elle avait encore du mal à encaisser le coup. Est-ce que… est-ce qu'il n'y aurait pas une toute petite chance pour que tout ça ne soit qu'une invention ? Nettle a peut-être improvisé en te servant exactement la déclaration que tu rêvais d'entendre ?

— Je ne crois pas, non. Titus l'a filé jusqu'à un bar sur la route de l'aéroport, hier. Peu après son arrivée, Alex s'est pointé comme une fleur, et ils ont discuté un long moment, tous les deux. Apparemment, ils avaient pas mal de choses à mettre au point.

Claire frissonna longuement. Et puis, contre toute attente, elle se haussa sur la pointe des pieds pour effleurer délicatement la cicatrice toute récente qui barrait la tempe de Dave. Ses doigts étaient lisses et frais, mais ce contact lui fit l'effet d'une décharge électrique. Incapable de prononcer le moindre mot, retenant sa respiration pour ne pas rompre le charme, il resta immobile, à goûter à cette caresse inattendue. Il faillit protester lorsqu'elle retira sa main après quelques secondes délicieuses.

— C'est Nettle qui t'a fait ça ? lui demanda-t-elle d'une voix émue.

— Pas tout seul. Il a bénéficié de l'aide d'un cafard du nom de Bobby Ray Taubin.

— Et Alex ? Il a quelque chose à voir avec ce qui t'est arrivé ?

— Je n'en sais rien. Il y avait un troisième homme, le soir où les deux autres m'ont attaqué, mais je n'ai pas vu son visage.

Claire se mordit la lèvre. Visiblement, elle avait une question à poser, mais elle n'osait pas se lancer.

— Et c'est pour ça que… que tu as organisé cette petite *rencontre*, ce soir ?

— Mon objectif a toujours été que justice soit faite, rétorqua Dave d'un ton cassant. Je n'ai pas agi pour me venger, si c'est ça qui te tracasse.

— Désolée, fit Claire avec empressement. Je n'ai jamais pensé que tu puisses être tombé aussi bas. C'est juste que… enfin, tu comprends, je ne sais plus quoi penser, qui croire… Pendant toutes ces années que j'ai passées avec Alex… toutes les fois où nous étions ensemble, je… Bref, je n'ai jamais eu le moindre soupçon. Jamais l'idée de ce qu'il avait pu faire ne m'a effleurée. Je… je le croyais fondamentalement bon et honnête — quelqu'un que je pouvais aimer et respecter. Et maintenant…

Dave baissa les yeux vers sa main droite : les phalanges en étaient encore gonflées et rouges, après le coup fulgurant qu'il avait assené à Nettle quand celui-ci s'était permis d'insulter sa femme. Non, son *ex*-femme, se corrigea-t-il. Pourtant, la douleur physique qu'il ressentait était négligeable comparée à la brûlure terrible qui lui serrait la poitrine.

— Rien de tout cela n'est ta faute, Claire, murmura-t-il

avec douceur. C'était ton mari : il était normal que tu penses du bien de lui. Personne ne peut t'en vouloir de t'être laissé abuser par ses faux airs d'homme droit et juste.

Elle soupira profondément, l'air désappointé.

— Ça t'arrive parfois de te demander pourquoi rien ne se passe comme tu le voudrais ?

— Tout le temps, affirma Dave avec vigueur. Mais ça ne m'apporte aucun réconfort, et ça ne change rien à la réalité.

— On dirait qu'une porte s'est ouverte sur notre passé, dit la jeune femme d'un air rêveur. Ça fait tellement mal de s'y replonger contre son gré…

— Je crois que ça aurait fini par se produire un jour ou l'autre. C'était inévitable. Par contre, moi, je suis à blâmer dans toute cette histoire sordide : si je n'étais pas retombé aussi stupidement dans l'alcool, le mystère aurait été éclairci en moins de temps qu'il ne faut pour le dire. J'avais tous les indices à portée de main. Seulement, je n'étais pas capable de les analyser correctement, voilà tout.

D'un geste mal assuré, elle lissa les mèches folles de sa chevelure souple.

— Que va-t-il arriver à Alex, maintenant ?

— Si les dires de Nettle sont corroborés par d'autres preuves et que tout concorde, inutile de te cacher la vérité : il va se retrouver en bien mauvaise posture. Assistance à un meurtrier, conspiration et corruption… S'il veut s'en tirer à bon compte, il a intérêt à trouver un excellent avocat. Je suis désolé, Claire.

— Tu ne devrais pas l'être. Si vraiment il a tiré parti de l'enlèvement de Ruby pour couvrir le responsable de l'assassinat de cette pauvre fille, alors son sort me laisse parfaitement indifférente.

Ses lèvres tremblaient. Elle avait l'air si désemparé face à la méchanceté de ce monde que Dave en eut mal pour elle. Comme il la regardait tenter de maîtriser ses émotions, il sentit une barrière se rompre à l'intérieur de lui-même. Il commençait tout juste à apprendre à vivre avec son lourd passé, et voilà que c'était la peur de l'avenir qui venait le tourmenter. Parce que la route qui s'étendait devant lui ne présentait aucun attrait, et qu'il redoutait d'entrer dans un futur sans espérance.

Quoi qu'il advienne, désormais, Claire s'évanouirait de nouveau dans le passé. Elle ne serait plus pour lui qu'un souvenir doux-amer, un fantôme insaisissable qui reviendrait le tourmenter inlassablement, sans jamais redevenir réalité.

25.

Alex Girard laissa échapper un juron en sortant de sa chambre. Cela faisait au moins quinze ou vingt fois que quelqu'un sonnait à sa porte, et il allait devoir répondre alors qu'il n'en avait pas la moindre envie et que ce n'était pas du tout le moment.

Enfilant la chemise qu'il avait négligemment jetée sur le dossier d'une chaise, il pesta une dernière fois contre l'importun qui s'acharnait à le déranger en pleine nuit, et alla coller son œil contre le judas.

Dès qu'il aperçut le visage de son visiteur, il ouvrit la porte en grand, une expression de profonde surprise sur ses traits virils.

— Claire ? Mais qu'est-ce que tu viens faire ici au milieu de la nuit ?

— Il faut absolument que je te parle.

Tout en jetant un coup d'œil rapide par-dessus son épaule, il s'appuya avec une nonchalance affectée contre le chambranle de la porte.

— Il est tard, et j'ai eu une longue journée. Ça ne peut pas attendre jusqu'à demain ?

— Non. Impossible, répondit la jeune femme d'un ton

ferme avant de pénétrer d'un pas décidé dans l'appartement, sans qu'Alex ait eu le temps de l'en empêcher.

Il remarqua qu'elle avait l'air particulièrement agité. Vêtue d'une jupe en jean et d'un débardeur blanc à larges bretelles, elle avait les cheveux humides comme si elle sortait tout droit de la douche.

Au bout du couloir, la porte de la chambre se ferma doucement. Mais Claire n'avait visiblement rien entendu : elle était trop perturbée pour ça.

— Qu'est-ce qui se passe ? lui demanda-t-il calmement. Tu as l'air complètement bouleversé.

— Je le suis ! s'exclama la jeune femme en passant nerveusement une main dans sa longue chevelure blonde. Je viens d'apprendre une nouvelle déconcertante, figure-toi !

Involontairement, Alex lança un nouveau coup d'œil vers le fond de l'appartement.

— Et quelle est cette nouvelle tellement impressionnante ? fit-il d'une voix qui ne trahissait pas son trouble.

Claire le regarda fixement, ménageant son petit effet dramatique avec un art qui l'aurait amusé, en temps normal.

— Est-ce que le nom de Renée Savaria te rappelle quelque chose ?

Il parvint à garder un visage impassible, mais en réalité, il n'en menait pas large. Il s'était pourtant préparé à quelque chose de ce genre. Ce fouineur de Dave Creasy avait posé tellement de questions à droite et à gauche… Et quoi qu'il eût réussi à deviner de cette sombre affaire, il en avait manifestement informé Claire. Et à présent, elle se trouvait debout devant lui, raide comme la justice, un air accusateur sur son visage pâle et fatigué.

Sans rien laisser paraître de sa nervosité, Alex se dirigea

d'un pas traînant vers la cuisine pour se servir un petit remontant — il savait qu'il allait en avoir besoin.

— Mmm… ça me dit vaguement quelque chose, répondit-il en tournant le dos à Claire pour qu'elle ne voie pas ses mains trembler, tandis qu'il sortait deux verres du placard. Je te sers à boire ?

Pour toute réponse, la jeune femme secoua la tête en signe de refus.

Il se versa un whisky bien tassé qu'il emporta dans le salon. Là, il se percha sur le bras de son fauteuil préféré pour demander avec une nonchalance feinte :

— Alors, c'est quoi, cette question qui ne pouvait pas attendre demain matin ?

— Puisqu'il le faut, je vais te rafraîchir la mémoire. Renée Savaria est une jeune fille qui a été assassinée par un flic, il y a sept ans.

Les paumes moites, Alex prétendit s'absorber dans la contemplation du liquide ambré qu'il faisait tourner paresseusement dans son verre, comme s'il avait besoin d'un temps de réflexion pour remettre ses idées en place.

— Oui, effectivement, ça me rappelle de vagues souvenirs… Mais je ne me rappelle pas avoir entendu parler d'un collègue qui aurait été impliqué dans l'affaire. A mon avis, tu dois te tromper.

— Arrête de mentir, Alex ! Tu as bien plus qu'un vague souvenir de ce dossier. Et pour cause : tu étais présent, le soir où cette pauvre fille a été tuée, et tu as maquillé le meurtre en accident. Tu es même allé jusqu'à te servir de l'enlèvement de Ruby pour manipuler Dave et le forcer à détruire une preuve accablante, fit Claire d'une seule traite avant de repousser d'une main tremblante les mèches humides qui lui collaient au visage. Comment as-tu pu faire une chose pareille ? Comment as-tu pu m'épouser ensuite, en sachant ce qui pesait sur ta conscience ? Bon sang, Alex, mais quel genre de personne es-tu donc pour agir de la sorte ?

— Ce sont de graves accusations, Claire, répondit-il sans se départir de son calme apparent, les mains crispées autour de son verre pour tenir bon malgré le regard lourd de reproches qu'il sentait peser sur lui. Qui a bien pu te mettre ça dans le crâne ?

— Personne. Je suis venue ici de mon propre chef.

— Je n'en crois rien. Ce n'est pas toi qui parles, en ce moment, dit Alex d'un air sombre avant de reposer lentement son verre pour se lever de son siège. Depuis combien de temps vous vous revoyez, tous les deux ?

— J'ignore de quoi tu veux parler.

— Bien sûr que non, Claire ! Ça remonte à quand ? Avant qu'on se sépare ? J'ai beau chercher, je ne vois vraiment pas ce que tu trouves à ce type. Il a un sérieux problème de boisson depuis des années, et pourtant tu n'arrives pas à te remettre de votre séparation. Tu lui cours toujours après, on dirait. J'aimerais quand même que tu m'expliques ce que tu trouves de fascinant chez ce pauvre minable. Parce que franchement, j'avoue que j'y perds mon latin !

— N'essaie pas de changer de sujet, Alex. Cette histoire ne concerne que toi. Toi et ce que tu as osé faire il y a sept ans. Je n'arrive pas à comprendre comment tu peux te tenir là, debout devant moi, et me regarder en face après avoir commis une horreur pareille.

— Alors, ça y est ? D'un seul coup, tu me juges et tu me condamnes, tout ça sur un mot de Dave Creasy ? Sans même te demander s'il n'avait pas tout inventé uniquement pour me nuire ? C'est pourtant le genre de choses dont il est parfaitement capable, Claire. Tu le sais aussi bien que moi.

— Sauf que tu as loupé un épisode, Alex, répliqua Claire d'un air farouche. Ce n'est pas Dave qui m'a mise au courant. J'ai entendu ces accusations de la bouche de Clive Nettle.

Brusquement, Alex sentit ses mains se glacer. Pendant une fraction de seconde, il eut l'impression que la terre venait de s'ouvrir sous ses pieds pour l'engloutir. Incapable de conserver l'assurance qu'il affichait insolemment depuis le début de la conversation, il se laissa tomber sur l'accoudoir de son fauteuil, le visage exsangue, l'air atterré.

— Je constate que le nom de Nettle te dit au moins quelque chose ! fit Claire à voix basse.

Elle l'étudia longuement, et ce qu'elle vit dans les yeux de celui qui avait été son compagnon pendant plus de six ans acheva de l'abattre. Jusqu'ici, elle n'avait pas encore totalement réalisé à quel point elle espérait, contre toute vraisemblance, que les déclarations de Nettle ne soient qu'un gigantesque tissu de mensonges. Son mariage avec Alex avait beau toucher à sa fin, elle tenait encore à lui. Elle l'avait aimé, à une époque… Mais comment avait-elle pu ignorer ce dont il était capable ?

Pendant un instant qui lui parut durer une éternité, il ne prononça pas un mot. Puis, presque au ralenti, il leva vers elle un regard accablé.

— Pourquoi tu fais ça ? Qu'est-ce que tu essaies de prouver — de *te* prouver ?

— C'est vrai, n'est-ce pas ? fit-elle en guise de réponse. Je le lis dans tes yeux. A présent, je comprends mieux pourquoi tu refusais de me croire au sujet de cette poupée. Et aussi pourquoi tu as tenté de me persuader qu'il n'y avait aucun lien avec l'assassinat de Mignon Bujold. Tu avais peur qu'on rouvre le dossier de Ruby et qu'on découvre ta culpabilité dans cette affaire.

— Claire, je n'ai jamais rien eu à voir avec son enlèvement, je te le jure. Tu dois me croire au moins sur ce point.

— Que tu ne l'aies pas enlevée, je le crois volontiers. Mais tu n'as pas éprouvé le moindre scrupule à utiliser froidement sa disparition pour couvrir un meurtre ignoble. C'est toi qui as passé ces coups de fil anonymes à Dave, en sachant parfaitement qu'il accepterait n'importe quoi pour récupérer sa fille. Tu as tiré parti de son chagrin et de son désespoir pour protéger les arrières d'un criminel de la pire espèce. Aujourd'hui, ce n'est que justice si tu payes enfin pour le mal que tu as fait. Parce que cette fois, ton petit numéro de charme habituel et tes facilités à mentir effrontément ne te serviront à rien. Tout ça va éclater au grand jour : ce n'est plus qu'une question de temps. Nettle a déjà tout avoué au procureur général, alors autant admettre ta faute devant moi.

Alex baissa le nez sur son verre, comme s'il réfléchissait aux mots qu'il allait employer. Lorsqu'il reprit la parole, ce fut d'une voix atone.

— Même si j'étais là, le soir où Renée Savaria a été tuée, ça ne veut pas dire que j'aie joué un rôle dans sa mort. Je ne lèverais jamais la main sur une femme, Claire, j'espère que tu en es convaincue. Mais ça ne serait pas entré en ligne de compte si la presse s'était emparée de l'affaire. Tous les flics présents à cette soirée se seraient fait littéralement clouer au pilori. Quel bien cela aurait-il fait de voir toutes ces carrières prometteuses sacrifiées ?

En l'entendant parler de cette façon, Claire eut l'impression que quelqu'un venait d'éteindre brusquement une lumière à l'intérieur de son âme. Des souvenirs qu'elle gardait de son union avec Alex, aucun ne lui paraissait plus valable. Car l'homme qui se tenait devant elle lui faisait l'effet d'un parfait étranger.

— Rien de ce que j'ai fait n'a aggravé les choses, si l'on y réfléchit bien, poursuivit Alex sans mesurer l'impact de ses paroles. De toute façon, Ruby était sûrement déjà morte. Tu connais les statistiques aussi bien que moi : entre vingt-quatre et quarante-huit heures de délai, pas davantage. J'ai fait tout ce qui était en mon pouvoir pour la retrouver, mais elle était déjà morte.

— Tu n'en sais rien ! s'écria la jeune femme, écœurée par un tel fatalisme. Elle était peut-être encore en vie quand tu as passé ces maudits coups de téléphone ! Dave aurait peut-être fini par la localiser si tu n'avais pas brouillé les pistes en lui faisant croire que le kidnapping était lié au meurtre de Renée Savaria !

— Dave, toujours Dave… En fait, ce n'est pas de moi qu'il s'agit aujourd'hui, mais de lui. Encore et toujours.

Claire secoua la tête avec vigueur.

— Tu te trompes, Alex. Cette fois, c'est bien toi le problème.

— Peut-être, mais tu essaies encore de le faire passer pour un « gentil », uniquement pour justifier le fait que tu l'aimes encore. Seulement, il faudra bien qu'un jour, tu acceptes de regarder la vérité en face, Claire : Dave Creasy est ce qu'il est, et il n'a rien à voir avec l'enfant de chœur que tu t'obstines à voir en lui. Il va falloir que tu t'y résignes : ta croix, c'est lui. Tout comme Renée Savaria est la mienne.

Claire ne claqua pas violemment la porte en s'en allant, mais le cliquetis discret de la clenche qui se referma derrière elle parut à Alex encore plus définitif, et d'une certaine manière plus terrible à supporter. Elle n'avait pas explosé de fureur en le quittant ; elle ne s'était pas répandue en imprécations vengeresses ni en sanglots convulsifs. Non, elle était juste sortie de sa vie, comme ça, sans émotion ni passion. Un bruit de pas s'éloignant, le clic ténu de la porte se refermant sur elle, et c'était tout. Fini. Terminé. Claire Doucett s'en était allée sans esclandre, et pour toujours.

Il essaya bien de réagir. Il fallait qu'il s'habille et qu'il mette au point un plan d'action. Si, comme le prétendait Claire, Nettle avait déjà parlé au procureur, alors Alex n'avait plus qu'un ou deux jours devant lui pour se dénicher un bon avocat capable de le tirer de la panade où il s'était plongé jusqu'au cou.

Mais au lieu de se secouer, il resta prostré, à contempler sans les voir les glaçons qui fondaient lentement dans le verre auquel il n'avait pratiquement pas touché.

Au bout de quelques instants, il perçut une présence dans le couloir. Se retournant, il découvrit la silhouette de Charlotte appuyée contre l'embrasure de la porte ouverte, les bras croisés, le regard à la fois réprobateur et désolé. Elle s'était rhabillée. Si ses cheveux n'avaient pas été ébouriffés, on aurait pu croire qu'elle venait seulement d'entrer dans l'appartement, comme quelques heures plus tôt, quand elle s'était présentée à sa porte.

— C'est la vérité, n'est-ce pas ?

Vidant son verre d'un trait pour se donner du courage, Alex marmonna une vague protestation qui sonna terriblement faux.

— Tu connais ta sœur : tu sais à quel point elle peut se laisser entraîner par son imagination !

— En tout cas, je ne t'ai pas entendu la contredire !

— Est-ce que tu m'as entendu confirmer ? Je ne crois pas.

— Tu veux que je te dise ? J'en ai entendu suffisamment pour tirer les conclusions qui s'imposent.

— Ça, ce ne sont pas des allégations qui tiennent devant un tribunal, répliqua Alex. Et quelque chose me dit que de toute façon, tu risques de ne pas avoir tellement envie de te retrouver à la barre des témoins pour subir un contre-interrogatoire. Ça pourrait vite tourner au vinaigre, avec Claire dans l'assistance.

— Je doute qu'on soit obligés d'en arriver là, dit Charlotte avec un sourire tremblant, tout en désignant le téléphone portable qu'elle tenait à la main. Je viens de parler avec Lee Elliot, et il m'a confirmé tout ce que Claire avait dit. Tu ferais mieux de te trouver un sacré bon avocat, Alex, parce qu'autant te prévenir tout de suite : tu es dans un sale pétrin.

— A ta place, je ne me montrerais pas aussi tranchante. Il y a toujours au moins deux versions à la même histoire, et elles peuvent nettement diverger.

— C'est ce qu'on dit, oui.

— Et puis, rien de ce que j'ai pu faire n'a aggravé la situation.

Charlotte eut un sourire à la fois méprisant et déçu.

— C'est justement là que tu t'égares, Alex. Ce que tu as fait a changé beaucoup de choses. En particulier, toi. Ça t'a transformé du tout au tout. Tu es devenu un homme que Claire ne pouvait pas aimer. Et de ce fait, je crois que tu t'es infligé le pire des châtiments.

Sur ce, Charlotte quitta l'appartement aussi calmement et silencieusement que sa sœur, laissant Alex seul, à ruminer ses pensées. Toujours assis au même endroit, il laissa son regard errer par la fenêtre. Au loin, sur le fleuve, des lumières brillaient faiblement — sans doute une péniche qui voguait paresseusement. Alex tendit l'oreille pour percevoir le son plaintif de la corne de brume qui l'entraînait souvent dans un sommeil peuplé de fantômes et de regrets. Cet appel mélancolique créait immanquablement chez lui un sentiment de solitude et de frustration, comme si une chose infiniment précieuse s'était trouvée hors de sa portée. Il s'était toujours figuré que c'était Claire qui le hantait de la sorte, parce qu'elle ne lui avait jamais vraiment appartenu, même lorsqu'ils étaient encore mariés. En fait, il comprenait maintenant que ce qu'il cherchait depuis toutes ces années, c'était lui-même.

Quand donc était-il passé du côté des méchants ? se demanda-t-il, songeur. La transformation ne s'était pas faite en un jour ; elle s'était mise en place si insidieusement, si sournoisement, qu'il ne s'en était pas rendu compte. Un dessous-de-table par-ci, un bakchich par-là, un regard détourné au bon moment, un instant où il avait accepté de fermer les yeux... Quand donc son ambition l'avait-elle persuadé que la fin justifiait certains moyens peu glorieux ? Que les petites infractions au règlement ne comptaient pas, du moment que le résultat final était à la hauteur de ses espérances ? Il n'en savait rien, mais aujourd'hui, il réalisait brusquement qu'à force de compromissions, il avait perdu son âme.

Au fil des années, les incartades occasionnelles du début s'étaient accumulées, et il s'était rapidement retrouvé pris dans un cercle vicieux. Cet engrenage infernal l'avait entraîné si loin qu'il lui était devenu impossible de revenir en arrière. Petit à petit, la séparation autrefois si nette entre le vrai et le faux, le juste et l'injuste, le bien et le mal, s'était estompée jusqu'à ce qu'il en vienne à confondre les deux extrêmes. Avec cette perte de repères, l'idée qu'il était intouchable et inattaquable avait grandi en lui, lui donnant un excès d'assurance qui le poussait à commettre toujours plus d'impairs sans se soucier véritablement des conséquences, puisqu'il se croyait éternellement à l'abri de tout soupçon.

Et voilà qu'à présent, tous les péchés qu'il avait commis par le passé le rattrapaient, menaçant d'engloutir sa vie.

Devant ses yeux las et tristes, la péniche avait disparu, rendant le fleuve à l'obscurité. Les bruits de klaxon et de moteur se raréfiaient peu à peu, signe que la nuit avançait inexorablement vers l'aube prochaine.

Un jour nouveau qui ne signifiait pas un nouveau départ pour Alex, mais bien la fin d'un monde auquel il s'était habitué malgré lui. Avec effort, il abandonna son poste pour aller allumer le plafonnier du salon. Puis il reprit sa place avec un sentiment d'accablement qu'il n'avait encore jamais éprouvé avec autant d'intensité. Il avait l'impression que tout son corps cédait sous le poids des fautes qui s'étaient accumulées sur ses épaules. Même ses jambes paraissaient incapables de le soutenir dans un moment pareil.

L'appartement était vide et silencieux, et pour la première fois depuis de longues années, Alex Girard se retrouva seul, face à sa conscience.

Dave était rentré chez lui depuis longtemps, mais il n'avait pas éprouvé l'envie de se mettre au lit tout de suite. Il s'était d'abord rendu dans la cuisine pour se préparer un en-cas, puis il avait zappé devant la télé, et au moment du journal, il avait senti qu'il dodelinait de la tête — rien d'étonnant à cela, après la succession d'événements mouvementés qui avaient rythmé ces derniers jours. Il était donc monté prendre une bonne douche chaude avant de se glisser entre les draps frais pour s'étirer de tout son long, dans l'espoir que la position allongée relâcherait un peu la tension de ses muscles endoloris. Mais il lui fallut plus de temps qu'il ne le croyait pour se sentir un peu relaxé. Il venait tout juste de glisser dans le sommeil quand un bruit de moteur le réveilla. Il sauta aussitôt à bas du lit, et se dirigea tout droit vers la fenêtre pour essayer de savoir qui pouvait bien lui rendre visite à une heure aussi tardive.

Sans hésitation, il reconnut la voiture qui s'était garée non loin de son pick-up. La portière conducteur s'ouvrit, laissant passage à la silhouette gracieuse et svelte de Claire. Elle referma soigneusement son véhicule avant de se tourner vers la maison, les poings sur les hanches, pour la contempler longuement, comme si elle essayait de décider si oui ou non, elle aurait le courage d'entrer.

Dave se dépêcha d'enfiler un jean à la hâte et de descendre ouvrir la porte.

Elle était encore au beau milieu de la cour quand il déboucha sur le perron. En entendant la porte se fermer derrière lui, elle sursauta et lui lança un regard surpris.

— Dave ? fit-elle d'une voix inquiète.

— Oui, Claire ?

La lune inondait la pelouse d'une douce lumière argentée, et ses rayons dessinaient des mèches presque blanches dans la chevelure dorée de Claire.

Dans un bruissement de jupe qui ressemblait à un murmure irréel, elle s'avança vers Dave, inconsciente de l'effet qu'elle produisait sur lui.

Sans parvenir à cacher sa nervosité, il eut un geste brusque pour ouvrir la porte grillagée.

— Ça va ? demanda-t-il pour masquer le trouble qui l'avait saisi.

— Je… je crois, oui, balbutia-t-elle en gravissant les

quelques marches du perron. Je t'ai réveillé, n'est-ce pas ? Je suis désolée…

— De toute façon, je ne dormais pas, répondit-il. Qu'est-ce qui t'amène ici à cette heure ?

Elle lui adressa un sourire d'excuse.

— Moi non plus, je n'arrivais pas à dormir.

Il faisait délicieusement tiède, dehors. Pourtant, Dave la vit frissonner sous la caresse de la brise nocturne.

— Tu veux entrer quelques instants ?

— On ne pourrait pas plutôt s'asseoir ici, sur le perron ?

— Bien sûr que si.

Mais au lieu de s'installer dans le fauteuil à bascule que Dave lui indiquait du menton, Claire marcha jusqu'au bout de la terrasse pour contempler le bayou miroitant sous la lune. Dave la suivit en veillant bien à conserver une certaine distance pour ne pas la mettre mal à l'aise. Dans la pénombre, il la devinait plus qu'il ne la voyait. Mais il nota qu'elle ne portait pas les mêmes vêtements que tout à l'heure, au pavillon de pêche. Elle avait dû prendre une douche par la même occasion, car une odeur douce et sucrée de shampoing flottait dans l'air. Du chèvrefeuille — ou une autre fleur du même genre, délicatement parfumée. Il ne put s'empêcher de humer cette fragrance éphémère avec délice, presque malgré lui.

— Je suis allée voir Alex, dit-elle enfin.

— Ah ! Tu veux qu'on en parle ?

— Non, c'est inutile. Je ne suis pas venue pour ça. Je voulais que tu me dises ce que tu savais sur Savannah Sweete.

— Je t'avais promis de t'appeler demain matin à la première heure !

— Je sais bien, mais je ne me sentais pas capable d'attendre aussi longtemps. Je ne veux penser à rien d'autre pour l'instant.

Il faut que je retrouve cette poupée le plus vite possible. Le reste, on verra après.

— Bien. Je vais donc te révéler ce que je sais, c'est-à-dire pas grand-chose, malheureusement. Comme je te l'ai déjà dit, cette dame habite à environ quarante-cinq kilomètres au sud de Houma, près de Tiber. Je suis allé chez elle hier, mais je n'ai pas pu la voir : la barrière délimitant sa propriété était fermée à clé. Du coup, je me suis rendu en ville pour poser des questions sur elle aux résidents que je croisais. Apparemment, les renseignements que tu possèdes sont exacts dans l'ensemble. Il s'agit effectivement d'une artiste renommée. Elle crée des poupées sur commande, d'après des modèles réels, et ses œuvres peuvent atteindre jusqu'à deux ou trois cents dollars pièce.

— C'est tout ce que tu as pu apprendre sur elle ?

— A peu près, oui. Tu avais raison en ce qui concerne l'accident qui l'a laissée dans un fauteuil roulant. Depuis, elle vit en recluse ; elle ne sort pratiquement plus jamais de chez elle, et ses poupées sont de plus en plus rares sur le marché. D'où leur prix, d'ailleurs. Les gens que j'ai interrogés à son sujet semblaient prêts à la défendre envers et contre tous. J'ai parlé au shérif de sa paroisse pour lui expliquer brièvement la situation, et il m'a promis qu'il irait voir son neveu pour nous obtenir un rendez-vous avec elle. Je lui ai dit à quel point il était important pour nous de la rencontrer en chair et en os, et il m'a paru tout à fait compréhensif. Il m'a même proposé de nous emmener chez elle en voiture si nous avions besoin d'une escorte.

— Nous ?

— Oui, nous. J'aimerais être à tes côtés quand tu lui rendras visite. Si ça ne te dérange pas trop, bien sûr.

— Je n'en sais rien, Dave. Je ne suis pas sûre que ce soit une bonne idée, finalement.

— C'était pourtant la raison de ta première visite, non ? Tu voulais que je t'aide à retrouver cette poupée. Tu as changé d'avis, finalement ?

Elle resta quelques secondes silencieuse, à le fixer intensément dans l'obscurité, puis elle répondit d'une voix douce et triste :

— Ce n'est pas mon avis qui a changé, Dave. C'est nous.

Ce fut comme s'il recevait un coup en pleine poitrine. Le souffle coupé, il resta debout, les bras ballants, incapable de détacher ses yeux du visage de celle qu'il n'avait jamais cessé d'aimer.

Elle se détourna une fois de plus, lui offrant son profil pur et délicat. Malgré son air perdu et fragile, elle se tenait droite et raide comme la justice, les yeux rivés aux cimes des arbres qui bruissaient dans la brise venue du golfe. Elle avait relevé ses cheveux et, dans l'éclairage lunaire, la peau fine de sa nuque luisait comme une surface laiteuse.

— J'ai menti, ajouta-t-elle dans un souffle. En vérité, si j'ai fait tout ce chemin, ce n'est pas pour discuter de Savannah Sweete. Je ne sais pas pourquoi je suis venue ici, en fait.

Avalant sa salive avec difficulté, il reprit d'une voix apaisante, pour ne pas briser le fil ténu qu'il sentait se tisser entre eux :

— Ça n'a pas d'importance. Ta présence me comble de joie.

— Dave…

L'accent avec lequel elle prononçait son nom le bouleversa. Il ne bougea pas d'un pouce, trop inquiet à l'idée de rompre le charme. Au fond de son être s'élevait une mélodie murmurée qu'il avait bien cru ne plus jamais entendre. Il tendit une main hésitante vers sa joue pâle, et la toucha du bout des doigts, esquissant une caresse imprécise et timide sous laquelle il la sentit frémir imperceptiblement.

Plus tard, beaucoup plus tard, elle se glissa dans la salle de bains pour se rhabiller. Elle en ressortit uniquement vêtue de ses sous-vêtements et de son petit haut léger pour venir se percher sur le bord du matelas. Obéissant à une impulsion soudaine, Dave se pencha vers elle pour dessiner le tracé de sa colonne vertébrale du bout de l'index. Elle était si belle, avec sa peau douce et lisse comme de la soie, presque aussi blanche que le débardeur qui ne cachait rien de ses formes ravissantes. Ses cheveux avaient échappé aux épingles qui les retenaient en chignon, et ils bouclaient voluptueusement sur ses épaules à moitié dénudées.

A son contact, elle frissonna et lui lança un regard un peu gêné.

— Que tu le croies ou non, dit-elle d'une voix rauque, ce n'est pas pour ça que je suis venue ici.

Avec un soupir, il se redressa dans le lit pour s'adosser aux oreillers.

— C'est bien triste, mais je ne me l'étais pas imaginé un seul instant.

Elle eut un petit sourire en coin.

— Je ferais sans doute mieux de me rhabiller complètement pour rentrer chez moi.

— Il est tard, Claire, et la route est longue jusqu'à La Nouvelle-Orléans. Tu peux passer la nuit chez moi, tu sais ?

— Je… je ne crois pas que ce soit une bonne idée, en fait.

— Mais si, au contraire : c'est une idée excellente ! Tu n'as qu'à te remettre sous les couvertures, bien au chaud, à ma place, et moi je vais descendre m'installer sur le canapé pour terminer la nuit.

— Tu ferais ça pour moi ?

— Après tout ce que je t'ai fait subir, la moindre des choses, c'est de t'offrir une bonne nuit de repos, tu ne crois pas ?

Etouffant un soupir de soulagement, elle se rallongea sur le lit, face à Dave qui étendit la main pour repousser doucement les mèches rebelles qui lui tombaient dans les yeux. Comme elle ne protestait pas, il s'enhardit et prolongea son geste en une caresse légère le long de son bras lisse et doux. Son corps avait changé en sept ans : elle était plus mince qu'avant, plus pâle aussi, comme si elle se tenait désormais à l'écart du soleil brûlant de la Louisiane. Mais ses courbes affinées le fascinaient toujours autant, si ce n'est davantage. Il avait l'impression de se retrouver en compagnie d'une mystérieuse inconnue en qui il reconnaissait pourtant la femme qu'il avait épousée et aimée.

Elle resta silencieuse quelques secondes, une expression à la fois tendre et contrite dans ses beaux yeux turquoise.

— J'ai le sentiment que je devrais dire quelque chose, murmura-t-elle finalement d'un air timide.

— Si tu n'as pas envie de parler, surtout, ne te force pas, murmura Dave.

— Si, il le faut. Je ne voudrais pas te paraître brutale, mais j'ai besoin de mettre les choses au clair : je n'envisage pas de recommencer quelque chose de sérieux avec toi, Dave.

Il s'empêcha de grimacer sous le choc de sa remarque, préférant hausser les épaules avec un fatalisme feint.

— Encore une fois, je ne m'imaginais pas une seule seconde que tu en aurais envie, alors…

L'air presque soulagé, la jeune femme se pelotonna contre l'oreiller, appuyant sa tête contre son bras replié, si blanc contre les draps froissés.

— Ce n'est pas contre toi, Dave. Mais si on fait le compte, j'ai été mariée deux fois. Je pense qu'il est temps pour moi de vivre seule, au moins un moment.

— Crois-moi sur parole : ce genre d'existence, c'est pas si génial que les gens le prétendent. J'en ai fait l'expérience.

— Vraiment ? Pourtant, tu semblais aller plutôt bien…

— C'est l'apparence que j'essaie de donner. Mais en réalité, les jours se succèdent sans joie ni plaisir. Tout ça parce que je risque à chaque instant de replonger. Et tu le sais aussi bien que moi.

— Dave…

— Je t'ai fait vivre un véritable enfer quand nous étions encore ensemble, Claire, la coupa Dave, gentiment mais fermement. Ce qui explique que je ne me fasse aucune illusion en ce qui nous concerne. A vrai dire, je ne suis même pas sûr que je te laisserais faire si tu voulais recommencer une liaison sérieuse avec moi. Parce que, franchement, je ne recommanderais ma compagnie à personne, pas même à ma pire ennemie !

— Tu as raison. Moi non plus, je ne conseillerais pas à grand monde de t'essayer, fit Claire d'un air pénétré que vint aussitôt démentir un sourire fugitif sur ses lèvres fines.

Puis elle inclina la tête vers Dave, et déposa un baiser sur sa bouche, tout en lui murmurant :

— Mais tu as quand même de bons côtés, quand tu veux bien t'en donner la peine…

26.

Matthew ouvrit la porte de sa chambre pour se glisser dans le couloir. Une latte du plancher grinça sous ses pieds de façon sinistre, et il se figea sur place, terrifié à l'idée que sa tante, chez qui il était hébergé, ait pu l'entendre. C'était ça le problème avec les vieilles maisons de bois : elles craquaient de partout, et on avait toujours peur de se faire repérer.

Après quelques secondes de tension intense, comme personne ne venait le gronder, il poursuivit sa route jusqu'à l'escalier. La chambre de sa tante se trouvait juste à côté des premières marches, et en passant silencieusement devant, il entendit un murmure indistinct s'en échapper, malgré la porte fermée.

Ce n'était pas inhabituel. Depuis que Père avait amené Matthew ici pour vivre avec sa tante Savannah — ça faisait déjà plusieurs semaines —, elle avait reçu un certain nombre de visiteurs nocturnes. Matthew devinait toujours si quelqu'un était censé venir passer la soirée, parce que dans ces cas-là, elle l'envoyait très tôt dans sa chambre, et lui interdisait d'en sortir, quel que soit le prétexte. Au début, ça n'embêtait pas tellement Matthew. La vieille maison lui faisait peur, et il voyait sa chambre comme une sorte de refuge. Mais après plusieurs soirées passées seul, cloîtré dans la petite pièce qui lui était réservée, il avait commencé à s'ennuyer ferme. Père ne lui avait laissé que quelques jouets sans grand intérêt quand il l'avait déposé comme un paquet chez sa tante, et la compagnie d'autres enfants lui manquait terriblement. Pourtant, ce n'était rien à côté du vide affreux qu'il ressentait depuis qu'il était séparé de Maman. Il aurait tellement voulu qu'elle vienne le retrouver dans cette grande bâtisse sinistre pour l'emmener avec elle définitivement ! Chaque soir, avant de s'endormir, il adressait une fervente prière au ciel pour que son vœu le plus cher soit exaucé. Mais rien de tel ne se produisait, et à mesure que les jours puis les semaines s'écoulaient, il perdait espoir. Elle était partie depuis si longtemps qu'il commençait à se demander si elle ne l'avait pas complètement oublié.

Une nouvelle fois, le plancher émit un craquement sonore sous son poids. Retenant sa respiration, Matthew s'immobilisa, la main sur la rampe de l'escalier, le cœur battant à tout rompre. Il était si près de la chambre de sa tante que si elle en sortait, il ne pourrait pas lui échapper. Cette fois, elle l'avait sûrement entendu, mais contrairement à ce qu'il craignait, la porte resta close, et sa tante se contenta d'élever la voix derrière le battant de bois. Elle était visiblement très en colère, et Matthew crut tout d'abord qu'elle s'énervait contre lui. Mais il comprit vite qu'elle s'adressait à quelqu'un d'autre — quelqu'un qui était avec elle dans la chambre et qui avait dû lui dire des choses qu'elle n'avait pas du tout appréciées. Matthew n'avait jamais eu l'intention d'espionner sa tante, mais les voix qui s'échappaient de la pièce fermée étaient trop fortes pour qu'il ne les écoute pas.

— … et sa façon de bouder pendant des heures ! Ça m'énerve tellement ! Combien de temps vas-tu encore m'im-

poser sa présence ici, chez moi ? criait tante Savannah, apparemment à bout de nerfs.

— Jusqu'à ce que je trouve un logement approprié pour m'installer confortablement. J'ai déjà dû changer de poste en quatrième vitesse : je ne vais pas en plus me contenter d'une demeure minable où je ne pourrai pas recevoir qui bon me semble. Un peu de patience, que diable ! Où est donc passée ta compassion ? C'est quand même le fils de ta sœur, la chair de ta chair !

En entendant cette voix, Matthew sentit tout son corps se glacer d'effroi. C'était Père ! Il ne l'avait pas revu depuis qu'il vivait chez sa tante. C'était d'ailleurs le seul côté véritablement agréable de cette nouvelle vie : au moins, chez tante Savannah, Père ne revenait pas chaque soir le tourmenter.

— Et pourquoi devrais-je éprouver de la compassion ? C'est cette même sœur qui t'a volé à moi. Et je devrais élever son marmot sans me plaindre pendant qu'elle passe ses journées aux frais de la princesse, dans cet asile d'aliénés ? C'est un peu fort, tout de même !

— Je te l'ai déjà dit : c'est juste en attendant que j'aie tout organisé. Dès que j'aurai planifié les séances avec le Dr Church pour Matthew, je reviendrai le chercher et tu seras débarrassée de lui.

— Dis-moi, Daniel, depuis quand un gamin de sept ans a-t-il besoin d'un psy ? Qu'est-ce qui ne tourne pas rond chez ce garçon ?

Père parut hésiter.

— Il a des problèmes de confusion. Pour certaines choses, il a du mal à distinguer le vrai du faux.

— Tu veux parler de son sexe, n'est-ce pas ?

— Qu'est-ce qui te permet de faire des suggestions aussi déplacées ?

— Ne monte pas sur tes grands chevaux. Ça fait deux mois qu'il vit à la maison, et il est inutile d'être particulièrement observateur pour remarquer certaines choses.

— Du genre ?

— Ce n'est pas un garçon comme les autres, Daniel. Il ne dit jamais un mot plus haut que l'autre, il ne bouge pratiquement pas, il ne veut jamais aller jouer dehors. Un enfant de son âge, c'est turbulent, ça court dans tous les sens. Mais pas lui. Tout ce qui plaît aux petits garçons semble lui être parfaitement indifférent. La seule chose qui l'intéresse, ce sont mes poupées.

— J'espère bien que tu ne le laisses pas entrer dans ton atelier ! fit Père d'une voix menaçante.

— Bien sûr que non. Mais je l'y ai surpris à plusieurs reprises. Je ne l'ai pas grondé. Il n'avait rien dérangé ni cassé. Tout ce qu'il voulait, c'était rester tranquillement assis pour regarder mes œuvres.

— Ce qu'il fabrique dans ton atelier m'est bien égal ! rugit Père. Tout ce que je peux te dire, c'est que tu ferais mieux de lui en interdire totalement l'accès. Il risque d'abîmer ton travail.

— Tu penses vraiment qu'il se livrerait à des bêtises de ce genre ?

— Peut-être pas intentionnellement, mais souviens-toi que ce n'est qu'un petit garçon. A cet âge-là, il n'est pas rare que les enfants tentent d'extérioriser en actes plus ou moins violents un traumatisme particulièrement fort comme la perte de leur mère.

— A t'entendre, on dirait qu'elle est déjà morte.

Père se tut pendant un moment qui parut durer des heures à Matthew. Après quoi, il déclara avec lenteur :

— Cela vaudrait sans doute mieux pour elle.

Le ton hésitant qu'il avait employé rappela à Matthew la terrible dispute que Père avait eue avec Maman, le jour de l'anniversaire de Maddy. Matthew s'était empêché d'y repenser, depuis : il avait refoulé dans un coin obscur de sa mémoire toutes ces horribles choses que Père avait criées à Maman, ainsi que le sang qu'il avait vu sur le sol et sur les vêtements de Père après la crise. Quand Matthew se remémorait l'anniversaire de Maddy, il essayait de ne songer qu'aux bons côtés de ce jour à marquer d'une pierre blanche. Mais il n'avait pas revu sa mère, depuis, et du haut de ses sept ans, il savait instinctivement que, sans elle, les prochains anniversaires ne seraient plus du tout pareils.

Soudain, il se rendit compte qu'il n'avait pas la moindre envie de continuer à écouter la conversation entre Père et tante Savannah. Il avait trop peur pour ça. Pourtant, une autre part de lui-même l'empêchait de quitter son poste. Les voix s'étaient tues dans la chambre de sa tante, et quelques minutes plus tard, des bruits étouffés lui parvinrent — des bruits qui ressemblaient à de sourds gémissements mêlés de grognements presque animaux.

Matthew ne comprenait pas ce qui se passait de l'autre côté de la porte. Malgré tout, il devinait que c'était quelque chose de mal… Malheureux, mécontent de lui et des autres, il s'élança dans l'escalier à toute vitesse pour s'éloigner le plus possible de cette chambre obstinément close. L'atelier de sa tante était tout au bout du long couloir qui traversait le rez-de-chaussée de la grande maison, et il poursuivit dans cette direction sans ralentir sa course effrénée. Une fois qu'il eut atteint la porte fermée, il posa la main sur la poignée et, sans hésiter, pénétra dans la pièce silencieuse.

Par la grande baie vitrée qui couvrait tout un mur de l'atelier, les rayons argentés de la lune nimbaient l'espace d'une lumière surnaturelle, si vive qu'il n'eut même pas besoin de tourner le bouton de l'interrupteur. Debout au milieu de la pièce, il jeta un regard circulaire autour de lui, admirant comme chaque fois qu'il pénétrait dans ces lieux magiques les poupées préférées de sa tante, chacune assise sur son piédestal comme autant de vraies petites filles. Une par une, il les souleva pour les serrer dans ses bras, caresser leurs joues fraîches, passer ses doigts dans leurs longs cheveux souples.

Puis il s'approcha lentement d'une poupée encore à l'état d'ébauche, installée sur la table de travail de sa tante. La sculpture d'argile n'était pas terminée, mais elle promettait d'être plus vraie que nature. D'ailleurs, c'était une commande personnelle, comme l'attestait la photo de la petite fille qui lui servait de modèle, accrochée au mur juste derrière. Matthew resta un instant pensif, à étudier les ressemblances entre le visage qui émergeait de son bloc malléable et celui de l'enfant souriante sur la photo. Elle lui rappelait un peu Maddy, sauf que sa bouche n'avait rien à voir. Comme saisi par une inspiration soudaine, il grimpa sur le tabouret haut, placé devant la table, pour mieux voir cette figure inachevée. Il resta immobile un long moment, les yeux rivés aux orbites vides de la poupée en cours de fabrication. Puis il tendit la main vers l'un des scalpels encore tachés d'argile et se mit à redessiner délicatement les petites lèvres fines pour leur donner la forme de celles de Maddy.

— Qu'est-ce que tu fais là ?

La voix tira brusquement Matthew de l'espèce de transe

où il s'était laissé absorber. Le soleil pénétrait à flots par les vitres reluisantes de propreté, et il cligna des yeux, étonné. Il était resté sur le tabouret toute la nuit. Mais il n'avait pas dormi, bien au contraire. Le visage sculpté dans l'argile qui lui faisait face avait été complètement remodelé — par lui ?

— Qu'est-ce que tu as fait ?

Le ton que sa tante avait employé était empli d'une fureur glaciale qui le fit frissonner. Levant les yeux vers elle, il vit qu'elle grimaçait horriblement, comme une sorcière dans un conte fantastique. Pour ne pas pleurer, il reporta son attention sur la poupée afin d'y chercher les traits délicats et familiers de Maddy qu'il avait essayé de reproduire. Mais Maddy n'était plus là. L'arrivée soudaine de tante Savannah avait dû lui faire peur, et elle s'était enfuie sans prévenir.

Savannah vint se poster juste à côté de lui. D'un geste dénué de toute douceur, elle l'attrapa par le bras et le força à sauter à bas du siège.

— Tu viens de réduire à néant deux jours entiers d'efforts, petit imbécile ! Qu'est-ce que tu as à dire pour ta défense ?

— Je… je ne l'ai pas fait exprès, balbutia l'enfant. Je voulais juste retrouver Maddy.

— Maddy ? Qui diable est cette Maddy ?

Presque aussitôt, Matthew se mordit la lèvre pour s'empêcher d'en révéler davantage. Chut ! *lui souffla une petite voix intérieure qu'il connaissait bien.* C'est un secret : il ne faut rien dire à personne…

La pression de la main sur son bras s'accentua.

— Je t'ai posé une question, il me semble : cette Maddy, qui est-ce ? Tu vas me le dire, oui ou non ?

Comme il gardait obstinément le silence, sa tante le secoua brièvement avant de s'arrêter net et d'éclater d'un rire méprisant, comme si elle avait deviné toute seule ce dont il s'agissait.

— Ça y est, j'y suis ! fit-elle avec un sourire qui confirmait les craintes de Matthew. C'est toi, Maddy, n'est-ce pas ? Bon, eh bien, puisque tu as l'air d'avoir tellement envie de la retrouver, tu vas pouvoir la chercher là-dedans.

Tout en saisissant le bloc d'argile sur lequel il avait travaillé, elle traîna Matthew à travers l'atelier. Ouvrant la porte qui menait à une petite pièce réservée au stockage de ses matériaux, elle propulsa le petit garçon à l'intérieur et jeta la sculpture ébauchée à ses pieds.

— Tiens, occupe-toi avec ça. Et ne viens pas pleurnicher pour que je t'ouvre, compris ? Reste là et réfléchis un peu à la bêtise que tu as faite. Ça t'apprendra à massacrer mon travail !

Le battant se referma, laissant Matthew seul dans le minuscule débarras où régnait une pénombre inquiétante. Tremblant de tous ses membres, il sortit de sa poche de pantalon le vieux cliché qui ne le quittait jamais. Les couleurs s'étaient estompées, et les visages souriants étaient difficiles à reconnaître. Mais ça n'avait pas d'importance : Matthew les connaissait par cœur. Six petites filles assises à une table joliment décorée entouraient Maddy, laquelle trônait à la place de la maîtresse de maison, le visage lumineux de bonheur. Dans la vitre juste derrière l'héroïne de la fête, si Matthew regardait assez longtemps en plissant les yeux, il parvenait à distinguer le reflet de Maman qui tenait l'appareil photo.

C'était une image absolument parfaite. Un souvenir intact de cette journée. Idéal. Merveilleux.

D'un revers de manche, Matthew essuya les larmes qui roulaient le long de ses joues pâles, et s'assit à terre, devant le bloc d'argile où il avait tenté d'imprimer sa marque. Fermant les paupières pendant un court instant, il tenta de visualiser les traits qui le hantaient sans répit.

— Tu es là, murmura-t-il dans un souffle. Je te sens. Tu es là, je le sais…

Un jour, il parviendrait à la faire resurgir en pleine lumière. Il en était certain.

Assis devant la coiffeuse de la chambre de sa tante, Matthew regardait intensément son reflet dans le grand miroir qui lui faisait face. Les vêtements de Savannah étaient préparés sur le dossier d'une chaise près de la fenêtre. Tout ce qu'il avait à faire, à présent, c'était terminer le maquillage de la vieille dame. La perruque viendrait à la toute fin, avec sa coupe impeccable et stylée. La perfection en matière de coiffure. D'aussi loin que Matthew se souvienne, sa tante accordait un soin tout particulier à son apparence. C'était admirable, en un sens, surtout depuis son accident qui rendait le moindre geste particulièrement difficile à exécuter. Elle n'avait jamais ménagé ses efforts pour paraître à son avantage, malgré le double handicap de son physique ravagé et de son âge avancé. Mais c'était une femme forte, Matthew s'en était vite rendu compte. Même aujourd'hui, il en demeurait surpris.

Repoussant la chaise sur laquelle il s'était installé pour mieux étudier son image dans la glace, il se dirigea vers le lit afin de la regarder sans complaisance. Elle portait une chemise de nuit toute simple, en coton blanc, qui épousait sa silhouette presque squelettique. Ses cheveux avaient viré au gris argenté, et ses pommettes étaient si saillantes qu'elle paraissait irréelle, quasi transparente.

Allongée sur le dos, les yeux fixés au plafond, elle paraissait tranquille. Pourtant, elle dut sentir que Matthew s'était approché, car son regard vint se poser sur lui. Ses yeux s'agrandirent démesurément, et une lueur combative qui ressemblait à de la colère mêlée de mépris les fit étinceler soudainement, arrachant un rire musical à Matthew.

— Tu es décidément increvable ! fit-il avec un amusement teinté d'admiration devant le feu qui coulait dans ces vieilles veines usées.

Un plissement révélateur apparut sur son front ridé avant qu'elle ait pu le maîtriser.

— Inutile de faire semblant : j'ai tout vu ! s'exclama Matthew en riant. On dirait que ton médicament ne fait plus assez d'effet. Je crois qu'il va falloir augmenter la dose. Je ne tiens pas à ce qu'on t'entende grogner comme un cochon sauvage pendant que nos invités seront là.

Elle lui adressa un regard féroce qui ne cillait pas.

— Je te l'ai déjà dit, n'est-ce pas, que nous avions de la visite ce matin ? Un certain Granger — le shérif, apparemment — a appelé : il nous envoie un couple qui porte un intérêt particulier à l'une de tes poupées. D'après eux, elle ressemblerait comme deux gouttes d'eau à leur petite fille disparue il y a sept ans. As-tu déjà entendu histoire plus ridicule ?

Il s'assit sur le bord du matelas pour préparer la dose de médicament qu'il gardait toujours à portée de main. Il y avait aussi une provision de seringues hypodermiques dans le tiroir de la table de nuit. Quand il était venu s'occuper de sa tante, juste après l'accident, il avait pris soin de s'assurer que tout le nécessaire se trouvait à proximité pour le moment où il en avait besoin. A cette époque-là, elle sollicitait encore son aide, bien sûr. Alors qu'aujourd'hui…

Aujourd'hui, il la lui accordait d'office.

Matthew caressa doucement la joue parcheminée de sa

tante. C'était vraiment dommage qu'ils aient été obligés d'en arriver là. Savannah était une grande artiste, et il détestait la voir dans cet état. Enfin, c'était sa faute à elle : elle n'aurait pas dû fourrer son nez dans les affaires de Matthew, voilà tout.

Lorsqu'il était revenu dans le voisinage, quelques années plus tôt, Savannah et lui s'étaient plutôt bien entendus. Il était tout disposé à oublier le passé qui les avait opposés. Quant à elle, elle s'était sentie flattée par l'intérêt qu'il portait à son art. Du coup, elle s'était fait un plaisir de lui apprendre presque tout ce qu'elle savait à ce sujet. Mais ensuite, elle s'était mise à lui poser trop de questions. L'accident avait étouffé momentanément ses accès de curiosité, parce qu'elle avait tellement besoin de l'aide de Matthew qu'elle se retenait de faire ou de dire quoi que ce fût qui aurait pu l'inciter à partir. Elle avait trop peur de se retrouver seule, impotente, livrée à elle-même.

Hélas pour elle, à mesure que le temps passait, elle avait recouvré davantage d'indépendance. Par conséquent, les questions indiscrètes avaient refait surface, au grand agacement de son neveu. A force de fureter dans tous les sens, la vieille dame avait fini par découvrir que Matthew avait arrêté ses études de médecine quelques semaines après qu'il eut hérité de la fortune familiale et que la tutelle de son père lui eut été confiée. Offusquée, elle l'avait menacé de révéler publiquement qu'il exerçait la médecine sans avoir obtenu le moindre diplôme. A la longue, Matthew aurait peut-être réussi à la convaincre de se taire, mais la nouvelle d'une énième disparition d'enfant s'était ébruitée dans la région, transformant la curiosité de sa tante en soupçons de plus en plus précis. Matthew avait donc dû recourir à des extrémités qu'il aurait préféré éviter mais qu'il avait appris très tôt à maîtriser. On n'était jamais si bien servi que par soi-même.

Repoussant la courtepointe et le drap, il dénuda partiellement le corps maigrelet de sa tante pour lui faire une injection dans la cuisse gauche. Puis il jeta l'aiguille, réarrangea les plis de la chemise de nuit, remonta les couvertures jusqu'au menton de la vieille dame et termina en déposant un tendre baiser sur son front, comme s'il s'était agi d'un enfant sur le point de s'endormir.

Soulagé, il se posta devant la fenêtre pour scruter l'horizon, au-delà de la pelouse, de la barrière et de l'allée gravillonneuse qui reliait la propriété aux chemins vicinaux. C'était peut-être un effet de son imagination, mais il avait l'impression de distinguer un léger nuage de poussière au loin, sur la route. Oh ! C'était à peine perceptible, mais cela suffit à lui faire battre le cœur d'allégresse.

Elle arrive !

Après toutes ces années, Maman venait enfin le retrouver.

Il sentit une trace humide sur son visage qu'il essuya prestement du plat de la main. Ce n'était pas le moment de verser des larmes. Il y avait plus urgent : tout devait être prêt pour son arrivée.

27.

Il n'était que 10 heures du matin quand Dave et Claire, après avoir pénétré sur la paroisse de Terrebonne et laissé Houma derrière eux, s'engagèrent sur l'autoroute 53 qui parcourait un pays de bayous miroitant au soleil. La lumière qui filtrait à travers le feuillage des chênes et des saules pleureurs prenait des teintes dorées. L'eau vert sombre était recouverte d'algues. Le long des berges croissaient des nénuphars aux larges feuilles plates qui formaient comme un épais tapis ponctué çà et là par de magnifiques fleurs jaune pâle.

Près de la petite ville de Tiber, ils empruntèrent une voie secondaire qui traversait des centaines d'acres de champs de canne à sucre. La région était encore très rurale, et à en juger par l'état délabré des maisons qu'ils croisaient, avec leurs toits percés, leurs cours encombrées de détritus et leurs toilettes extérieures, le niveau de vie de la population locale ne devait pas être très élevé. Depuis les fenêtres aux vitres sales et les perrons branlants, des paires d'yeux noirs les regardaient passer avec un mélange de curiosité et de méfiance. Rares étaient ceux qui leur adressaient un signe de la main en guise de salut.

Claire avait vécu en Louisiane toute sa vie ; pourtant, elle ne saisissait pas encore l'étendue ni les complexités des traditions qui faisaient le quotidien des habitants du pays des bayous. Leur héritage vaudou constituait une formidable attraction pour les touristes du monde entier depuis des générations, mais dans les marais d'Acadie, ce n'était pas un jeu, bien au contraire. C'était un mode de vie tout à fait sérieux, avec des spécialistes renommés. Il n'était pas rare de voir quelqu'un se promener avec une pièce de vingt cents accrochée à la cheville ou un gri-gri pendu autour du cou pour combattre le mauvais sort.

Comme ils s'enfonçaient dans la campagne profonde, le malaise initial de Claire s'intensifia, sans qu'elle veuille rien en laisser paraître. Elle avait trop peur que Dave lui conseille de rentrer à la maison ou qu'il ne prenne cela pour un témoignage de son incapacité à garder le contrôle de ses nerfs. Sur le chemin, ils n'avaient échangé que quelques banalités, pour ne pas risquer d'orienter la conversation sur ce qui s'était passé entre eux la veille au soir. A mesure qu'ils approchaient de leur destination, Claire sentait la tension monter, à tel point qu'elle en devenait presque palpable. Dave devait être au moins aussi nerveux qu'elle à l'idée de ce qu'ils allaient peut-être apprendre, même s'il s'évertuait lui aussi à cacher ses émotions. La mâchoire contractée, les mains crispées sur le volant, il s'obligeait à regarder droit devant lui.

Lorsqu'ils eurent enfin abordé le dernier tournant et qu'ils aperçurent la grande maison de Savannah Sweete à travers le feuillage touffu des arbres qui l'environnaient, Dave prononça ses premiers mots depuis deux bons kilomètres.

— On y est.

Savannah Sweete habitait au bout d'une allée de graviers, dans une maison de style planteur entourée d'une grille de fer forgé aux arabesques élégantes. Le porche était soutenu par des colonnes d'un blanc éblouissant, et le long de l'allée qui serpentait au milieu de pelouses verdoyantes, des magnolias en fleur et des lilas des Indes étalaient leurs couleurs lumineuses.

Quand Claire baissa sa vitre, elle perçut des arômes de chèvrefeuille dont la note un peu sucrée venait se superposer à celle, plus terreuse et humide, des marécages tout proches.

Le shérif de la paroisse qui leur avait arrangé l'entretien avec Savannah Sweete avait signalé à Dave que leur hôtesse les attendrait et qu'ils n'auraient qu'à klaxonner pour l'avertir de leur arrivée.

Elle devait les guetter car avant même que Dave ait eu le temps d'appuyer sur l'avertisseur, les grilles s'écartèrent devant eux, et ils purent pénétrer sans même avoir à marquer une pause.

La grande maison immaculée trônait en haut d'une faible pente, ombragée par des chênes et des pacaniers centenaires au feuillage épais. Sur le côté, en contrebas, miroitaient les eaux calmes du bayou tout proche. La pelouse vert tendre descendait jusqu'à la rive, où un ponton de bois s'avançait de quelques mètres. Une barque à fond plat était arrimée à l'un de ses poteaux.

Dave se gara au bout de l'allée. Comme ils sortaient ensemble du pick-up, Claire leva une main devant ses yeux pour les protéger du soleil, afin de mieux observer les lieux. Sur le perron surmonté d'une jolie tonnelle, des fauteuils à bascule en rotin blanc semblaient inviter à une sieste paresseuse, sous les grands ventilateurs dont les pales tournaient lentement, brassant l'air déjà chaud de cette splendide matinée. Des roses trémières croissaient à profusion, leurs pétales délicats inondés de soleil. A l'ombre, de grosses touffes d'hortensias bleus mettaient une touche colorée sur le fond uniformément vert de leurs feuillages touffus.

Après avoir gravi les marches du perron, Claire se posta à côté de Dave, un peu en retrait, pour lui laisser le soin d'actionner l'imposant heurtoir de cuivre sur la porte. Presque aussitôt, la serrure s'ouvrit avec un déclic qui résonna de façon sinistre aux oreilles de la jeune femme. On aurait dit que le verrou s'était débloqué tout seul, sans l'intervention de quiconque ! Dans un pays si chargé de mystère et de magie, cela prenait des allures fantasmagoriques et inquiétantes.

D'une voix chevrotante, Claire murmura :

— Que… Comment c'est possible ?

— Le système d'ouverture télécommandée de la grille doit fonctionner aussi pour cette porte, répondit Dave sans se démonter.

D'une main ferme, il poussa le lourd battant de chêne et pénétra dans la maison.

Le hall d'entrée était plongé dans la pénombre, et l'endroit sentait l'humidité, comme s'il était resté inhabité pendant de longues années. Les ravages du temps et l'absence de soins se voyaient nettement dans le papier peint jauni, les boiseries dont le vernis s'écaillait et les traces d'infiltration qui tachaient le plafond.

Devant eux, un grand escalier de chêne montait en courbe jusqu'au premier étage où ils apercevaient le départ d'un long couloir obscur. Toutefois, à la différence du reste de la maison, le salon à droite de l'entrée était empli de lumière vive et claire. Sur leur gauche, un ascenseur avec une grille en fer forgé semblable à celle qui entourait la propriété avait été installé, sans doute pour accueillir le fauteuil roulant de Savannah Sweete.

Surmontant l'hésitation qui s'était emparée d'eux, Dave s'avança de quelques pas en direction de l'escalier pour demander d'une voix forte :

— Bonjour. Il y a quelqu'un ?

Seul le silence lui répondit, ponctué par le tic-tac régulier qui s'échappait de la grande horloge de noyer au mécanisme doré à l'or fin qui paraissait les toiser, debout contre un mur du hall. Pourtant, quelques instants plus tard, une voix féminine leur parvint du premier étage.

— Oui ?

— Bonjour. Je m'appelle Dave Creasy, et voici Claire Doucett. Nous sommes venus voir Savannah Sweete. Elle a été prévenue de notre visite, et elle doit nous attendre.

— Mais oui, bien sûr. Le shérif m'a appelée pour me dire que vous étiez en route. Vous trouverez un pichet de thé glacé dans le salon. Je vous en prie, mettez-vous à l'aise, servez-vous un verre et installez-vous tranquillement. J'arrive tout de suite.

Comme ils y avaient été invités, ils se dirigèrent vers la porte à doubles battants et entrèrent dans le salon. Sur le seuil, Claire prit le temps d'examiner les lieux. Malgré le soleil qui pénétrait largement par les hautes vitres, la pièce donnait une impression de tristesse étouffante, avec ses lourdes draperies et ses canapés de velours sombre. Les portes-fenêtres donnaient sur une terrasse. Plus loin, après le jardin, au bas de la pente qui conduisait au bayou, il y avait un petit pavillon d'été entouré de treillage blanc, à l'image des couleurs de la maison principale.

Mais ce qui retenait surtout l'attention, c'était les poupées. Il y en avait partout. Elles vous jetaient des regards curieux depuis les hauteurs des étagères, contre les murs où on les avait artistement disposées. Certaines prenaient le thé en tête à tête, assises à une petite table basse chargée de dînette en porcelaine. Elle avaient toutes l'air si vivant que Claire dut s'y reprendre à deux fois pour les identifier comme de simples jouets, et non comme de vraies petites filles.

— Bon sang de bois ! jura Dave entre ses dents.

Apparemment, lui aussi avait failli s'y laisser prendre. D'un geste nerveux, il se frotta la nuque, comme pour dissiper un frisson soudain.

— C'est vrai, c'est un peu déstabilisant, toutes ces poupées grandeur nature, admit Claire en se frottant machinalement les avant-bras. Mais imagine un peu si Maman était là, dans quelle extase elle se trouverait !

Quelques minutes plus tard, ils entendirent le bruit de l'ascenseur qui se mettait en marche. Avec un « clang » métallique, la cabine s'arrêta au bas de la cage, et la porte de fer forgé s'ouvrit toute grande, laissant le passage au fauteuil roulant de Savannah Sweete qui s'avança sans heurt sur le parquet ciré.

La grande artiste était mince et élégante ; son visage était à peine marqué par les ans. Sa chevelure grise était joliment coupée en un carré dégradé qui mettait en valeur ses pommettes hautes. On aurait dit une aristocrate du vieux Sud, avec en plus un sourire sincèrement accueillant et amical. Elle était beaucoup plus jeune que Claire ne l'aurait cru — ou peut-être était-ce un effet de son maquillage subtil qui dissimulait remarquablement l'outrage du temps. Ses lèvres, ses joues, ses yeux étaient rehaussés de couleurs pastel qui illuminaient son teint pâle comme celui des magnolias, lui donnant une allure à la fois fragile et distinguée. Elle était aussi parfaite et exquise que ses poupées.

Vêtue d'une jupe plissée noire qui recouvrait ses genoux et d'un chemisier de soie lavande assorti à un cardigan boutonné à demi, elle avait tout de la grande dame sudiste. Sur sa gorge pendait un sautoir de perles satinées assorti à ses boucles d'oreilles. De toute évidence, elle accordait encore un soin tout particulier à son apparence. Tout en elle était soigné à l'extrême, jusqu'à ses mains manucurées aux ongles vernis.

— Je suis Savannah, fit-elle d'une voix à l'accent traînant qui trahissait indéniablement ses origines sudistes.

Elle serra brièvement la main de Claire avant de se tourner vers Dave.

— Asseyez-vous, je vous en prie, poursuivit-elle d'un ton affable en indiquant d'un geste les fauteuils et les canapés profonds qui meublaient le salon.

Lorsqu'ils se furent installés côte à côte sur un divan, leur hôtesse fit rouler son fauteuil jusqu'à la table basse où le pichet de thé attendait sagement, entouré de trois verres étincelant de propreté.

— D'après ce que j'ai pu comprendre, vous avez des questions sur l'une de mes poupées, reprit-elle tout en versant le liquide frais qui embuait la carafe. Le shérif m'a dit qu'il existait une ressemblance avec une petite fille qui aurait disparu, c'est bien cela ?

Claire jeta un regard de biais à Dave, comme pour quêter son approbation avant de se lancer dans des explications ardues. Il lui adressa un signe de tête affirmatif, et elle répondit d'une voix émue :

— Cela va sans doute vous paraître étrange, mais il y a quelques jours, j'ai vu dans une vitrine du Quartier Français une poupée qui ressemblait trait pour trait à notre fille… Ruby a été kidnappée, il y a sept ans de cela.

— Oh, ma pauvre jeune dame ! s'exclama Savannah tout en portant une main aux perles qui entouraient son cou. Je ne sais que vous dire, vraiment. Quelle affreuse souffrance vous avez dû éprouver pendant tout ce temps !

La gorge nouée devant la compassion sincère que semblait lui témoigner l'artiste, Claire murmura un « Merci » à peine audible.

— Sans compter le choc de retrouver les traits de votre enfant sur une poupée, reprit Savannah. Comme vous avez dû vous sentir triste !

— Oui, je... c'est ce que j'ai ressenti, entre autres choses.

— Et vous pensez que la poupée que vous avez vue serait l'une de mes créations ?

— J'en suis pratiquement certaine.

— J'espère cependant que vous ne vous êtes pas imaginé que je pourrais avoir quelque chose à voir avec l'enlèvement de votre fille.

— Non, non, rassurez-vous ! répondit Dave, voyant que la vieille dame avait pris un air vaguement offusqué. Mais nous pensons que la personne responsable du kidnapping de notre fille vous avait peut-être commandé une poupée à son image. Peut-être même vous avait-elle amené Ruby ?

— Là, je vous arrête tout de suite, mon bon monsieur. Je travaille uniquement d'après des photographies. Et en plus, il y a sept ans, j'étais déjà confinée dans ce fauteuil et je n'avais pas tellement envie de recevoir du monde — à part mon neveu qui s'occupait de moi. Si l'on m'avait amené une enfant à domicile, je suis certaine que je m'en souviendrais parfaitement.

— Si vous ne travaillez que d'après photo, comment arrivez-vous à saisir les détails les plus infimes de vos petits modèles ? demanda Claire. D'après ce qu'on m'a dit, la poupée qui nous intéresse portait une minuscule tache de naissance sur le bras gauche, exactement comme notre fille. Je ne crois pas qu'elle aurait été visible sur un cliché.

— Certes, mais mes clients ont à leur disposition un questionnaire extrêmement détaillé qu'ils doivent remplir avant que je n'accepte d'honorer leur commande. Je ne me lance jamais dans la confection d'une poupée jumelle sans tout savoir, ou presque, de la petite fille dont elle est censée être la copie conforme. C'est valable pour les taches de naissance ou encore les cicatrices, même à peine visibles.

Sur le hochement de tête encourageant que lui lançait Dave, Claire ouvrit son sac à main pour en sortir une photo de Ruby qu'elle tendit à Savannah.

— Reconnaissez-vous cette petite fille ?

— Oh, mais quel amour ! Quel visage adorable ! lança Savannah tout en souriant d'un air très doux. Quelle charmante, quelle délicieuse enfant !

Le cœur serré, Claire se pencha vers l'artiste, espérant de toutes ses forces qu'elle allait lui fournir des informations utiles.

— Est-ce que vous l'avez déjà vue ? Pas forcément en chair et en os, mais peut-être sur une autre photo ?

Savannah Sweete étudia le cliché pendant quelques secondes. Lorsqu'elle rendit la photo à Claire, son expression était à la fois perplexe et désolée.

— Je suis confuse, mais voyez-vous, au cours de ma carrière, j'ai dû recevoir des centaines de photos de petites filles, toutes plus ravissantes les unes que les autres, et je dois avouer que je ne me les rappelle pas toutes.

— Ma mère collectionne les poupées, reprit Claire en essayant de cacher sa déception. Elle a suivi l'un de vos cours il y a plusieurs années, à La Nouvelle-Orléans. Je me rappelle l'avoir entendue dire que certains de vos élèves se montraient particulièrement doués, et qu'ils arrivaient à imiter votre style de façon presque indétectable. Pensez-vous que l'un d'entre eux ait pu confectionner une poupée et la faire passer pour une œuvre de vous ?

— La plupart des gens qui suivaient mes enseignements étaient des amateurs. Des femmes au foyer qui s'ennuyaient, des retraités à la recherche d'un nouveau passe-temps... bref, plutôt des dilettantes. Mais il est vrai qu'une fois de temps en temps, quelqu'un de vraiment doué sortait du lot. Pour répondre à votre question, je dirai donc qu'une telle supercherie, venant de l'un de ces oiseaux rares, me paraît effectivement envisageable. Il faudrait que je puisse voir la poupée dont vous me parlez, évidemment. J'ai une certaine technique bien particulière qui, pour autant que je le sache, n'a encore jamais été imitée par aucun faiseur de poupées. Je ne vous ennuierai pas avec des détails fastidieux, mais disons seulement que tout réside dans le procédé de fabrication du moule. C'est la méthode que j'ai perfectionnée au fil des années qui rend mes poupées uniques et si vivantes.

— Pour en revenir aux questionnaires dont vous parliez tout à l'heure, fit Dave, est-ce que vous les conservez ?

— J'ai un dossier pour chaque projet réalisé. Tous les renseignements sont classés dans un ordre bien précis.

— Y compris les photos ?

— Oui, sauf si le client avait expressément demandé qu'elles lui soient retournées.

— Et où gardez-vous tous ces dossiers ?

— C'est mon neveu qui se charge de classer les paperasses. Avant, je gardais tout au grenier, mais il a eu peur que les boîtes ne prennent feu un jour. Vous imaginez un peu si un incendie se déclarait dans ma maison ? Je ne pourrais sûrement pas quitter les lieux à temps. Du coup, mon neveu a loué un box privé en ville pour y transférer tout ce qui encombrait mon grenier.

— Croyez-vous qu'il nous serait possible d'avoir accès à certaines de ces données ? demanda Dave d'un ton poli qui cachait mal son impatience.

— Mais certainement. Je suis sûre que nous pourrons arranger cela. Seulement, il faut que j'en parle d'abord à Matthew. Nous sommes très proches, tous les deux. Il a vécu avec moi pendant un moment quand il était encore un enfant, et aujourd'hui encore, il se montre très attentionné envers moi. S'il pense que vous me soupçonnez d'avoir une part de responsabilité dans un enlèvement d'enfant, il refusera nettement de coopérer. C'est pour cette raison qu'à mon avis, il vaudrait mieux que je prépare le terrain à ma manière. Il peut se montrer presque agressif s'il s'imagine qu'on me veut du mal... En plus, c'est lui qui a les clés du local où se trouvent ces dossiers. Ce qui veut dire que, même si j'en avais envie, je ne pourrais pas vous les confier aujourd'hui. Mais je dois vous prévenir : il y a des dizaines de classeurs pleins de renseignements. Alors, sans date ni nom, vous risquez de perdre votre temps : ce sera comme chercher une aiguille dans une meule de foin.

— Peut-être, mais nous pouvons toujours essayer, dit Claire.

Savannah hocha la tête avec componction.

— Je comprends à quel point c'est important pour vous. Aussi, voici ce que je vous propose : je vais parler à mon neveu dès que possible, pour que vous soyez fixés au plus vite. Je ne sais pas si le shérif vous l'a dit, mais Matthew est médecin. Il est en général assez occupé, mais récemment, il a réduit un peu ses horaires, ce qui veut dire qu'il aura peut-être même le temps de fouiller certaines boîtes pour vous.

Il n'y avait plus grand-chose à ajouter, aussi Claire se leva-t-elle pour prendre congé de leur hôtesse.

— Nous serons très heureux de tout ce que vous voudrez bien faire pour nous, madame Sweete, lui dit-elle avec reconnaissance. Et merci encore d'avoir accepté de nous recevoir ce matin.

— Voyons, ma chère, inutile de me remercier : c'est tout à fait normal. Il est vrai que je reçois très peu de visiteurs depuis mon accident, mais quand j'ai appris que c'était pour une histoire de kidnapping… Si je peux vous être utile en quoi que ce soit, je m'en réjouis d'avance.

Elle les raccompagna jusqu'à l'entrée, faisant rouler son fauteuil avec une habileté consommée.

— J'espère de tout cœur que vous trouverez ce que vous cherchez, ajouta-t-elle d'une voix chaleureuse. Quant à cette poupée que j'aurais peut-être réalisée, je dois avouer que vous avez éveillé ma curiosité à ce sujet. Si vous pouvez m'en dire plus une fois votre enquête menée à son terme, je vous en serai reconnaissante.

Dave lui tendit sa carte professionnelle.

— Tenez, madame Sweete. Dès que vous aurez mis les choses au point avec votre neveu, appelez-moi à ce numéro, s'il vous plaît, et nous conviendrons d'un nouveau rendez-vous.

Claire sortit à son tour une carte de son sac à main — celle qui portait les coordonnées de la galerie où elle travaillait. Vite, elle griffonna au verso son numéro personnel pour le remettre à Savannah.

— Si jamais vous n'arrivez pas à nous contacter directement, surtout n'hésitez pas à laisser un message sur l'un de nos répondeurs. Nous vous rappellerons dès que possible.

Avec un petit signe de tête affirmatif, la vieille dame posa les deux cartes sur ses genoux, puis elle précéda ses hôtes pour leur ouvrir la porte.

Au bas des marches du perron, Claire jeta un coup d'œil en arrière : Savannah Sweete se tenait toujours dans l'encadrement de la porte, le dos bien droit, une main levée pour leur souhaiter bonne route. Elle resta longuement immobile, à les regarder s'éloigner, avant de refermer le lourd battant de chêne.

Un peu plus tard, Dave regardait la voiture de Claire descendre le chemin qui l'emportait loin de chez lui. Debout sur son perron, il attendit que le véhicule ait disparu derrière un tournant et que le ronronnement du moteur se soit noyé dans le bruissement des arbres. Puis il rentra à regret, décapsula une cannette de soda et l'emporta dans son bureau.

Il n'avait pas parlé à Titus depuis la nuit précédente. Il était donc impatient de savoir quelles avaient été les conséquences de l'arrestation de Clive Nettle sur l'ambiance au commissariat central. Il venait tout juste de décrocher le téléphone quand un bruit de moteur dans la cour l'interrompit net. Intrigué, il renonça à appeler son ancien collègue, et se dirigea vers la porte.

Pensant que c'était Claire qui revenait pour une raison quelconque, il sortit sur le perron, une main devant les yeux pour mieux distinguer sa silhouette élancée. Mais la vieille Camaro rouillée qui s'était garée au bout de l'allée, sous le grand chêne, n'était pas la voiture de Claire. Quant à la personne qui en descendit, elle n'avait strictement rien à voir avec son ex-femme : maigre et dégingandée, elle traversa le bout de jardin en traînant les pieds, une cigarette au bec, remuant la poussière du bout de ses tongs usées.

Vêtue d'un jean crasseux et d'un débardeur bleu délavé trop grand pour elle, la jeune femme qui s'avançait vers lui n'avait rien de très attrayant. Elle se tenait presque voûtée, ce qui donnait l'impression qu'elle n'avait pratiquement pas de poitrine. Sa peau était tannée par une exposition mal maîtrisée au soleil dévorant de Louisiane ; son visage ne portait pas la moindre trace de maquillage, et ses traits paraissaient durs, émaciés et las. Sa chevelure raide et sale, séparée par une raie au milieu, n'était pas d'un blond naturel, à en juger par ses racines foncées.

Sans laisser voir sa déception, Dave ouvrit la porte grillagée du perron pour se poster en haut des quelques marches, les bras croisés.

— Je peux vous aider ? fit-il pour la forme.

L'inconnue tira sur sa cigarette, et Dave s'aperçut qu'il lui manquait une incisive.

— C'est vous, Dave Creasy ?

— Oui. Et vous, qui êtes-vous ?

D'une pichenette, elle envoya les cendres de son mégot voler dans le chemin de terre.

— Je m'appelle Desiree Choate. C'est vous le type qui demande partout des infos sur une poupée ?

— C'est moi, en effet.

— J'ai un cousin qui tient la station-service à Tiber. Vous êtes passé chez lui l'autre jour et vous avez laissé votre carte. C'est comme ça que j'ai su où vous trouver.

— Et que puis-je faire pour vous, mademoiselle Choate ?

— Appelez-moi par mon prénom, ça suffira amplement, rétorqua la jeune femme tout en repoussant machinalement une mèche de cheveux rebelles qui lui tombait dans les yeux.

Elle ne devait pas avoir beaucoup plus de trente ans, mais elle avait les yeux d'une femme qui ne s'était jamais accordé le temps de souffler. Dave connaissait bien ce genre de forçats au féminin : trop pauvres pour arriver à joindre les deux bouts, elles se tuaient généralement à la tâche et ne profitaient même pas de la vie misérable qu'elles essayaient tant bien que mal de se constituer.

— Sur votre carte, j'ai lu que vous étiez détective privé, poursuivit-elle en reniflant bruyamment.

— C'est exact.

— D'après ce que j'ai entendu dire en ville, vous seriez en train de rechercher une poupée qui ressemble à une enfant qu'aurait disparu, c'est bien ça ? fit la dénommée Desiree avant de ménager une petite pause, les yeux fixés sur Dave comme si elle essayait de deviner son degré de sincérité. Ça vous arrive de rechercher des gens, aussi ?

Dave ne put se retenir de sourire, amusé par son ton rogue et son air méfiant.

— La plupart du temps, c'est effectivement des gens que je recherche, oui.

La jeune femme laissa échapper une longue bouffée de fumée dans la lumière qui filtrait à travers le feuillage des chênes verts.

— Bon, si je comprends bien, cette fois, c'est une poupée que vous voulez retrouver. Et moi, c'est mon copain que je recherche. Peut-être qu'on pourrait se donner un coup de main réciproque, non ?

— Pourquoi ? Vous savez quelque chose sur cette poupée ?

— Je l'ai vue, oui. Mais je vous préviens : j'en dirai pas plus tant que vous aurez pas promis de m'aider.

— Peut-être pourrions-nous entrer pour en discuter calmement, proposa Dave en lui ouvrant galamment la porte.

Une fois en haut des marches, elle s'arrêta brièvement, le

temps que Dave la précède dans la maison. D'un geste, il lui indiqua son bureau.

— Asseyez-vous. Voulez-vous quelque chose à boire ?

Visiblement, elle avait chaud, et elle devait être assoiffée. Pourtant, à la grande surprise de Dave, elle secoua la tête en signe de dénégation. Avisant la cigarette qui continuait de se consumer entre ses doigts, elle chercha du regard un endroit où l'écraser. Dave lui présenta un cendrier, et elle éteignit son mégot tout en essayant d'écarter les volutes de fumée de l'autre main, à grands gestes maladroits.

— Désolée, marmonna-t-elle d'un air sincèrement confus.

— Ce n'est pas bien grave, fit Dave en passant de l'autre côté du bureau pour s'asseoir face à elle, les mains croisées sur la table. Alors, si vous me disiez où vous avez vu cette poupée ? Et d'abord, comment savez-vous que c'est bien l'objet que je cherche ?

— Je vous le dirai quand vous aurez promis de m'aider à retrouver Travis, fit la jeune femme d'un ton buté.

— Et qui est ce Travis ?

— Le mec avec qui je vis.

— Il a disparu ?

— Ça, j'en sais trop rien. Soit il a disparu, soit il est quelque part à cuver sa dernière cuite. C'est pour ça que je suis venue vous voir.

Dave hocha la tête d'un air pénétré.

— D'accord. Je vais faire ce que je peux. Pour ça, il va falloir que je vous pose quelques questions. Mais avant tout, dites-moi ce que vous savez sur la poupée qui m'intéresse.

— Comme je vous l'ai déjà dit tout à l'heure, je suis sûre de l'avoir vue. Une poupée grandeur nature. Avec des jolies boucles toutes blondes et des yeux bleus. Elle est tellement bien faite qu'on jurerait une vraie petite fille.

— Et où l'avez-vous vue ?

— C'était la semaine dernière, un soir après le boulot. J'avais enchaîné deux gardes à la maison de retraite — c'est là que je travaille : je suis infirmière. Quand je suis rentrée à la maison, Travis m'a soûlée de questions sur les poupées, mais pas n'importe lesquelles : les poupées de collection, celles pour lesquelles les gens sont prêts à payer des fortunes. Il insistait vraiment beaucoup, alors je lui ai répondu que j'y connaissais rien du tout. La seule poupée que j'aie jamais eue, c'était une vieille Barbie que ma mère m'avait achetée dans une brocante. Alors, les poupées de collection, vous pensez… Enfin, toujours est-il que ça pouvait pas aider beaucoup Travis. Du coup, il a cherché des infos sur Internet. Vous savez, les gens pensent qu'il est nul, comme ça, mais en fait, il se débrouille plutôt pas mal en informatique. Bref, il a réussi à dénicher un site où ils donnaient le nom et l'adresse de plein de boutiques à La Nouvelle-Orléans où il devait pouvoir revendre cette poupée qu'il avait rapportée à la maison.

— Et vous a-t-il dit comment il était entré en possession de cette poupée ?

— Non. Mais j'ai tout de suite supposé qu'il l'avait volée. Il a des tendances cleptomanes, le pauvre. C'est pas sa faute ; on dirait qu'il a ça dans le sang. J'essaie pas de lui trouver des excuses, mais c'est comme ça : il peut pas s'empêcher de piquer des trucs à droite et à gauche.

— Qu'a-t-il fait de la poupée après vous l'avoir montrée ?

— Il l'a planquée sous notre lit. Seulement, vous savez quoi ? Au bout d'un moment, j'ai commencé à entendre des bruits bizarres, comme des battements de cœur étouffés, comme si cette saleté de poupée était vraiment vivante. Le genre de trucs qui vous plombe une ambiance, quoi ! Je me suis dit que je débloquais, mais Travis aussi s'est mis à se sentir mal. Je ne sais pas comment expliquer ça… La poupée avait tellement l'air d'une vraie petite fille que ça a dû nous perturber. Enfin, on n'a pas pu dormir, cette nuit-là, et ça nous a coupé la chique, surtout à Travis… Vous voyez ce que je veux dire, hein ? Pas la peine de vous faire un dessin, je suppose. Bref, le lendemain, quand Travis a emporté cette fichue poupée à La Nouvelle-Orléans pour essayer de s'en débarrasser, on n'était pas à prendre avec des pincettes, tous les deux.

— Vous a-t-il dit où et à qui il l'avait vendue ?

— Non, c'est bien là le problème : il est jamais rentré. Ça fait plus d'une semaine qu'il est parti, et j'ai pas eu de ses nouvelles depuis. Ça lui arrive de ne pas se manifester pendant deux ou trois jours de suite, surtout quand il s'est trouvé des copains pour faire une petite virée. Mais là, ça commence à faire long. Comme il n'a pas donné signe de vie depuis la semaine dernière, je me dis que si ça se trouve, il a peut-être eu un gros problème. Depuis le temps que ça lui pend au nez, avec les bêtises qu'il accumule…

— Avez-vous prévenu la police ?

— J'aurais bien aimé, mais je me suis dit que c'était sans doute pas la meilleure des idées, vu qu'il avait quitté la maison avec un objet volé. C'est d'ailleurs pour ça que je suis venue vous trouver, vous, au lieu d'aller chez les flics.

— Quel est son nom exact ? lui demanda Dave d'un ton professionnel. La marque de sa voiture ?

— Il s'appelle Travis Lee McSwain, et il conduit une vieille Ford T-bird que mon père lui avait prêtée.

— Est-ce que vous connaissez par cœur son numéro d'immatriculation ?

— Non, mais je peux le retrouver si vous voulez.

— Bien. Il me faudrait aussi une photo récente de votre ami.

La jeune femme se mordilla la lèvre inférieure, l'air éminemment angoissée.

— Vous croyez que vous allez me le retrouver ?

— J'ai un très bon ami qui se trouve appartenir à la police de La Nouvelle-Orléans. Je vais lui demander de vérifier les plaques minéralogiques des véhicules impliqués dans les derniers accidents, et aussi d'aller faire un petit tour du côté des hôpitaux.

Sans oublier la morgue, compléta Dave pour lui-même.

La jeune femme hocha la tête avec reconnaissance.

— Dites donc, vous avez l'air prêt à remuer ciel et terre pour m'aider. A mon tour de faire quelque chose pour vous… Je ne sais pas si ça vous servira beaucoup, mais bon, autant vous la donner.

Tout en parlant, elle se mit à fouiller dans son sac pour en extirper un polaroïd qu'elle fit glisser sur le bureau.

— Tenez, poursuivit-elle. Il y avait ça accroché à la robe de la poupée quand Travis l'a rapportée. Sur le coup, j'ai pas trop compris, mais après, je me suis rendu compte qu'une des gamines sur la photo ressemblait drôlement à la poupée en question. C'est peut-être elle, la petite fille que vous cherchez ?

Dave sentit les battements de son cœur s'accélérer quand il prit le cliché pour l'élever en pleine lumière, devant ses yeux. Mais il ne lui fallut qu'une fraction de seconde pour réaliser qu'aucune des enfants photographiées n'était sa fille. Elles étaient six assises autour d'une table, en robe du dimanche. Celle qui trônait à la place d'honneur ressemblait beaucoup à Ruby. Mêmes cheveux blonds et bouclés, mêmes traits délicats. Pourtant, ce n'était pas elle, Dave en était absolument persuadé.

— Il y a un truc inscrit au dos, lui signala obligeamment Desiree. Une date et une adresse à Baton Rouge. J'en ai déduit que c'était sûrement là que la photo avait été prise.

Comme il étudiait l'image de près, Dave sentit un frisson le parcourir. Quelles étaient les chances pour que sa propre fille ait une jumelle aussi parfaite ? On lui donnait sept ans tout au plus, exactement l'âge auquel Ruby avait été enlevée. Mais il y avait un problème : au dos du cliché, la date remontait à presque trente ans. Si l'on pouvait s'y fier, cela signifiait que la photo avait été prise plus de deux décennies avant la venue au monde de Ruby.

Peut-être la poupée que Claire avait vue dans la vitrine avait-elle été faite d'après cette petite fille-là, et non d'après Ruby ? Dans ce cas, essayer de la retrouver ne les mènerait qu'à une fausse piste.

Brusquement, une idée terrifiante traversa l'esprit de Dave. Sans qu'il puisse le contrôler, un tremblement subit s'empara de ses doigts crispés sur le Polaroïd aux couleurs passées. Et si sa propre fille avait été enlevée à cause de sa ressemblance avec l'enfant qui figurait sur la photo ? Et si un mystérieux déséquilibré avait voulu remplacer, grâce à elle, la fillette qu'on lui avait arrachée plus de vingt ans avant la naissance de Ruby ?

28.

Tard dans l'après-midi, Dave atteignit Baton Rouge, bien décidé à localiser l'adresse inscrite au dos de la photo que Desiree Choate lui avait remise. La maison en question n'était qu'à quelques rues de l'université de Louisiane, dans un quartier historique de la ville qui rappela à Dave l'ambiance et l'architecture du Garden District à La Nouvelle-Orléans. Des chênes verts étendaient leurs branches feuillues en arceaux au-dessus des rues ancestrales, apportant une ombre délicieuse aux passants qui déambulaient le long des grandes bâtisses où se mêlaient les influences victorienne, coloniale et néo-classique.

Il gara son pick-up devant un élégant bâtiment colonial de brique rouge, avec des volets vert sombre et de grandes colonnes blanches qui en soutenaient le porche. Sous le dais formé par les arbres, il faisait presque frais. Un moment, Dave resta immobile dans sa voiture, goûtant au plaisir tout simple de sentir la brise l'effleurer par sa vitre ouverte. Mais il avait une tâche à accomplir. En soupirant, il sortit de son véhicule et se dirigea vers la maison apparemment déserte. Dans le jardin voisin, il avisa une femme d'un certain âge, coiffée d'un chapeau de paille, à genoux devant un parterre de fleurs dont elle arrachait les mauvaises herbes. En entendant la portière claquer, elle leva les yeux pour le regarder et lui lança tout naturellement :

— Si vous cherchez les nouveaux propriétaires, vous êtes un peu en avance : ils n'ont pas encore emménagé !

A ces mots, Dave se retourna pour s'avancer dans la direction de l'obligeante jardinière vêtue d'un pantalon de toile orange vif et d'un chemisier de coton blanc noué à la taille. Ses joues étaient toutes rouges de chaleur, mais elle gardait tout de même l'allure alerte et distinguée d'une vraie dame. Elle venait sans aucun doute d'une grande famille bourgeoise. Dave devina sans peine que, si elle s'occupait de ses plantes, c'était par goût et par envie, et non parce qu'on l'y avait obligée.

— Merci beaucoup, madame, mais ce ne sont pas les nouveaux propriétaires que je cherche à contacter, fit-il avec un petit salut respectueux, tout en sortant sa plaque de détective. Permettez-moi de me présenter : mon nom est Dave Creasy. Je suis détective privé, et je cherche la trace d'une famille qui a habité ici.

Elle jeta un œil sur sa licence, par précaution sans doute, avant de lever les yeux vers son visage marqué, une étincelle de curiosité dans son regard franc et pétillant.

— Je m'appelle Doatsy Benoit, dit-elle avec un sourire engageant. Ça fait pratiquement quarante ans que je vis ici, alors si vous me donnez le nom des personnes que vous cherchez, je pourrai sûrement vous aider.

— Je n'ai pas leur nom, malheureusement. Tout ce que je possède, c'est cette photographie, déclara Dave en lui tendant le polaroïd qu'il avait pris soin d'emporter avec lui. Est-ce que, par hasard, vous seriez capable de reconnaître l'une de ces fillettes ?

La voisine étudia brièvement le cliché avant de sourire d'un air satisfait.

— Mais oui, je les reconnais. Il se trouve que la petite fille à droite, celle qui porte la robe jaune, c'est ma nièce, Annie. Quant aux autres, elles habitaient toutes le quartier, et je les connaissais pour la plupart depuis leur plus jeune âge. Elles ont grandi, bien sûr, et elles ont toutes quitté notre jolie ville. Certaines sont même allées s'établir à l'autre bout du pays.

— Pourriez-vous me dire qui est la fillette assise à la place d'honneur, en bout de table ?

— Bien sûr : c'est Maddy Cypher. Cette photo doit dater de son anniversaire : elle avait sept ans. C'était il y a longtemps, mais je m'en souviens parfaitement. Vous comprenez, Annie était venue de Monroe pour passer quelques jours de vacances chez nous. La mère de Maddy, Katherine, nous a vues toutes les deux dans le jardin, un beau matin, et nous a demandé si Annie serait contente d'être invitée à la fête qu'elle donnait pour les sept ans de sa fille.

Doatsy Benoit fit une courte pause, une expression mi-nostalgique, mi-amusée sur son visage encore rosi par l'effort.

— Le seul problème, c'est qu'Annie était un véritable garçon manqué, à l'époque. Elle détestait les robes à smocks ou à volants. Il a fallu que j'use de toute ma patience pour la convaincre de revêtir une tenue de circonstance afin de se rendre à l'anniversaire de cette petite Maddy. J'avais beaucoup de tendresse et de peine pour cette pauvre Katherine. Elle avait l'air si fragile, si perdu… Elle n'avait pas d'ami dans le quartier. D'ailleurs, elle sortait très peu. Comme si elle avait eu peur de se retrouver confrontée au monde réel.

— Quand la famille a-t-elle déménagé ?

Doatsy demeura pensive un instant.

— Eh bien, ça doit remonter à… attendez, presque trente

ans, il me semble. Mais oui ! Je me rappelle, à présent : ils sont partis assez précipitamment, le soir même de l'anniversaire de Maddy. En tout cas, je ne les ai plus jamais revus.

— Avez-vous une idée de la raison pour laquelle ils sont partis si vite ?

Les yeux de Doatsy Benoit s'assombrirent soudain.

— Pourquoi tenez-vous tant à retrouver la trace des Cypher ?

— Je travaille sur une affaire épineuse. Il s'agit de la disparition d'une enfant, répondit Dave sans hésitation. Or, j'ai de bonnes raisons de penser que la petite fille en bout de table pourrait bien être liée à cette triste histoire.

Haussant les sourcils, la voisine jeta un regard circonspect en direction de la maison aux volets fermés. Puis elle porta une main à sa gorge, comme saisie par un froid soudain.

— Oh, mon Dieu ! murmura-t-elle. Dans ce cas, venez chez moi. Si vous voulez vraiment avoir des renseignements sur la famille Cypher, ça risque de nous prendre un certain temps.

Quelques instants plus tard, Dave se retrouva confortablement installé sur la balancelle de la véranda de Doatsy Benoit, un verre de thé glacé à la main, une assiette de cookies devant lui. Son hôtesse avait retiré son chapeau de paille, et ses cheveux blonds coupés court étaient encore tout ébouriffés, comme ceux d'un enfant juste après la sieste.

Doatsy Benoit appartenait à cette classe de femmes qui paraissent parfaitement bien dans leur corps et dans leur tête. Elle possédait une assurance qui était normalement l'apanage des plus riches ou des plus beaux. Sans doute avait-elle un jour fait partie de ces deux sphères à la fois.

— Il y avait une petite fille et un petit garçon, fit-elle d'une voix douce et agréable, teintée d'une pointe de mélancolie. Maddy et Matthew. Ils avaient le même âge et ils se ressemblaient énormément. On les confondait presque.

A ces mots, Dave fronça les sourcils. Savannah Sweete n'avait-elle pas dit que son neveu portait le prénom de Matthew ?

— Ils étaient jumeaux ?

— C'est ce que je croyais, répondit Doatsy tout en regardant rêveusement par la grande baie vitrée inondée de soleil. Maddy était une enfant adorable, jolie comme un cœur et tout à fait charmante. A la voir ainsi, on n'aurait jamais deviné qu'elle avait des problèmes.

— Quels problèmes ?

Doatsy parut hésiter, le regard baissé sur l'assiette de gâteaux posée entre elle et son invité.

— D'après sa mère, elle était sujette à des crises d'asthme et à toutes sortes d'allergies. C'est la raison pour laquelle on ne la voyait jamais jouer dehors avec les autres enfants.

— Et le garçon ?

— Matthew ? Le contraire de sa sœur. C'était un petit bonhomme triste et sérieux, un de ces enfants solitaires qui semblent déjà vieux. Lui, il sortait assez souvent, mais il restait toujours seul dans son coin. Et cela coïncidait généralement avec les moments où son père était rentré. Je crois que le pauvre petit faisait son possible pour l'éviter. Daniel Cypher était un chirurgien connu : le genre d'hommes qui brille dans tous les domaines. Bref, nul doute qu'il faisait de l'ombre à son pauvre fils, effacé et presque maladivement timide. D'autant que ce type devait attendre énormément de ses enfants, en particulier de son fils.

— Vous connaissiez bien les Cypher ?

— Hélas, non. Ils n'étaient pas très ouverts, vous comprenez ? Enfin, comme ils habitaient juste à côté de chez moi, j'ai tout de même remarqué un certain nombre de choses, sans pour autant chercher à les espionner ou quoi que ce soit de ce style, évidemment.

— Quel genre de choses ?

— Eh bien, répondit Doatsy en soupirant, des choses qui auraient dû être signalées aux autorités, je le crains.

— Vous pensez qu'il les battait ?

— Je n'en ai jamais eu la preuve. C'était juste une impression, un sentiment de malaise face à certains commentaires de Katherine. Mais nous ne discutions pas beaucoup : elle et son mari gardaient leurs distances. On aurait dit qu'ils dissimulaient un drôle de secret, tant ils s'intégraient peu à la vie du quartier.

— Ils avaient de la famille dans la région ?

— Pas à ma connaissance. Cela dit, maintenant que vous m'en parlez, je me rappelle avoir entendu Katherine mentionner quelque chose à propos de sa sœur, une fois ou deux. Elle ne l'évoquait que rarement, et d'après la façon dont elle en parlait, il m'a semblé qu'elles n'étaient pas très proches toutes les deux.

Doatsy marqua une petite pause avant de hocher la tête d'un air accablé, les yeux fixés sur le polaroïd que Dave avait posé sur la table basse, à côté du pichet de thé glacé.

— Enfin, si ça peut vous aider, je vais vous dire tout ce dont je me souviens. Le jour de la petite fête en l'honneur des sept ans de Maddy, Daniel est rentré à l'improviste et il a renvoyé toutes les petites invitées de sa fille chez elles. Je travaillais au jardin quand Annie est revenue à la maison : elle semblait à la fois soulagée et déçue. Elle n'avait même pas eu le temps de goûter au gâteau d'anniversaire ! Un peu plus tard, j'ai entendu un bruit de dispute chez les Cypher. Je savais que Katherine et son mari ne s'entendaient pas, mais cette fois, ils criaient si fort que j'ai pris peur. Je craignais qu'il ne lui fasse du mal, avec son caractère violent et irascible. Alors, je suis allée sonner à leur porte, en espérant interrompre leur querelle avant qu'elle ne dégénère.

C'est Katherine qui m'a ouvert. La pauvre ! Elle était toute pâle et elle tremblait de tous ses membres. A mes questions inquiètes, elle a pourtant répondu qu'elle allait bien et qu'elle avait juste eu un petit étourdissement passager, d'où son état fébrile. Je n'ai pas pu en savoir davantage : la porte s'était déjà refermée. Ensuite, dans la soirée, j'ai vu Daniel et Matthew sortir de la maison avec tout un tas de bagages. Visiblement, ils ne partaient pas pour un week-end : il y avait des valises, des malles… bref, ce n'était rien d'autre qu'un déménagement précipité. Daniel a chargé toutes leurs affaires dans le coffre pendant que Matthew grimpait sur la banquette arrière, et ensuite, ils sont partis sur les chapeaux de roues. Après quoi, comme je vous l'ai dit tout à l'heure, je ne les ai jamais revus ni l'un ni l'autre.

— Et la mère ? Et la petite fille ? Que sont-elles devenues ?

Une fois de plus, Doatsy parut s'absorber dans la contemplation de l'ancienne maison des Cypher, derrière la vitre de la véranda.

— En tout cas, elles ne sont pas parties avec eux, répondit-elle évasivement.

— Qu'a-t-il bien pu leur arriver, à votre avis ?

— Il s'est passé pas mal de temps avant que je ne le découvre, fit Doatsy d'un air un peu mystérieux. Vous comprenez, ma sœur travaillait comme infirmière dans l'hôpital où le Dr Cypher officiait. Un jour, je lui ai dit que j'étais inquiète au sujet de Katherine et Maddy, depuis la disparition de Daniel et Matthew. Elle savait que nous avions été voisins. Bien sûr, tant que nous étions voisins et que le docteur était l'un de ses supérieurs, en quelque sorte, elle s'était toujours montrée d'une discrétion exemplaire. Et je ne lui posais pas de questions : je ne voulais pas la mettre mal à l'aise. Mais comme les Cypher n'avaient plus donné signe de vie depuis un certain temps, elle m'a révélé un beau jour que ces gens-là n'avaient jamais eu de fille. Ils n'avaient qu'un seul enfant : Matthew.

— Alors, qui était la fillette ?

— Il n'y en avait pas, fit Doatsy sur le ton de la confidence, tout en plongeant ses grands yeux clairs dans ceux, incrédules, de Dave. C'est à peine imaginable, n'est-ce pas ? Et pourtant, c'est la vérité. Maddy et Matthew n'étaient qu'une seule et même personne. De nos jours, je crois que le terme employé pour parler d'un enfant comme Matthew serait « androgyne ». Un bébé né avec des problèmes chromosomiques graves qui empêchent son sexe de se définir nettement. Ma sœur était de garde, la nuit où il est venu au monde. Elle s'en souvenait encore, et pour cause ! Il paraît que le Dr Cypher écumait littéralement de rage en découvrant que son fils unique était un *monstre*, comme il l'avait hurlé dans les couloirs.

— Contre qui était-il donc furieux ?

— Contre sa pauvre femme, je suppose. Ou peut-être contre Dieu qui lui envoyait cette honte suprême, qui sait ? rétorqua Doatsy en haussant les épaules, visiblement peu encline à trouver des excuses au comportement du médecin.

— Et Matthew ?

— Cette histoire remonte au début des années soixante-dix, une époque où, toujours d'après ma sœur, on n'hésitait pas à se livrer à des opérations chirurgicales sur les bébés androgynes dès leur plus jeune âge. En général, l'ordre en était donné par le médecin qui avait présidé à l'accouchement, et cela dès que l'enfant était sorti du ventre de sa mère. Inutile de dire que dans la plupart des cas, quand ils étaient informés de la mauvaise fortune dont leur rejeton était victime, les parents exigeaient ce genre de chirurgie. Par amour pour leur bébé, sans aucun doute. Quel père, quelle mère aurait souhaité voir son enfant rejeté et stigmatisé pour cause de malformation sexuelle ? Mais pour Daniel Cypher, c'était une autre histoire…

Le dégoût bien perceptible avec lequel elle avait prononcé le nom de son ancien voisin frappa Dave. Pour qu'elle le juge aussi sévèrement, il avait sans doute fallu qu'il dépasse les bornes.

— Lui, il faisait partie de cette race d'hommes si imbus d'eux-mêmes qu'ils ne supportent pas le moindre petit accroc dans leur vie quotidienne. Il a dû considérer le pauvre Matthew comme une atteinte à sa propre masculinité. C'est pour ça qu'il a aussitôt voulu remédier à son problème.

— Autrement dit, il a demandé des interventions chirurgicales poussées.

— Et dès la naissance ! Le pauvre enfant n'avait pas encore tété sa mère qu'il se trouvait déjà soumis à une opération longue et extrêmement douloureuse. Hélas ! Ce n'était que le début d'une affreuse série d'interventions pour privilégier le sexe masculin de l'enfant. Sans parler des injections d'hormones qui s'avéreraient indispensables au moment où il entrerait dans la puberté, ajouta la voisine en secouant tristement la tête. Vous imaginez un peu quelle devait être la confusion de ce pauvre petit ? D'un côté, un père froid et dominateur qui n'envisageait qu'un fils pour lui succéder ; de l'autre, une mère aimante qui laissait son enfant exprimer ses penchants naturels quand ils étaient seuls. Pas étonnant que tout le monde dans le quartier ait été persuadé qu'il y avait deux enfants chez les Cypher ! J'ai appris par la suite que la pauvre Katherine avait été victime d'une sévère dépression et qu'on avait été obligé de l'interner. Quand j'imagine ce qu'a dû être l'existence de Matthew sous la houlette unique de ce père ombrageux et rigide, j'en ai la chair de poule. Comme il a dû souffrir !

— Et vous dites que vous n'avez jamais eu de nouvelles d'aucun membre de la famille Cypher, après leur départ précipité ?

— Non. Pourtant, il s'est passé quelque chose de bizarre, il y a quelques mois à peine. C'était juste après la mise en vente de leur ancienne maison. J'ai remarqué une voiture qui passait devant, tous les soirs à la même heure. Le manège a duré une semaine environ, si je me rappelle bien.

— Cette voiture, vous seriez capable de la décrire avec précision ? Vous vous rappelez peut-être son numéro d'immatriculation ou sa marque ?

— C'était une berline noire, mais je ne saurais vous en dire plus. Sauf qu'un soir, quelques minutes après le passage de la voiture en question, j'ai vu un homme rôder dans la rue. Je ne l'aurais sans doute pas remarqué s'il ne s'était mis à pleuvoir, cette nuit-là. Il n'avait pas de parapluie, et il rentrait la tête dans les épaules pour se protéger tant bien que mal. Je me suis dit qu'il allait hâter le pas et s'éloigner, mais il s'est arrêté juste devant la maison des Cypher. Il est resté un long moment immobile, à la contempler sans rien dire. Quand il a enfin tourné les talons pour s'en aller, la lumière du réverbère a brièvement éclairé son visage, et quelque chose dans ses traits m'a soudain rappelé Matthew.

*
* *

Charlotte était assise sur le perron de Claire quand sa sœur rentra du travail, ce jour-là. Vêtue d'un tailleur de soie gris pâle, chaussée d'escarpins à talons hauts, elle avait fière allure. Visiblement, elle était venue chez Claire juste après sa journée de travail au bureau du procureur. Elle portait des lunettes de soleil qu'elle ôta prestement quand elle vit sa sœur aînée gravir les marches menant au porche.

— J'ai essayé de t'appeler je ne sais pas combien de fois hier soir ! s'exclama-t-elle. Où diable étais-tu passée ?

— Je suis allée me balader en voiture, prétendit Claire tout en sortant ses clés pour ouvrir la porte.

— J'étais tellement inquiète à ton sujet ! Me faire des frayeurs pareilles, franchement !

— Eh bien, il s'est passé tellement de choses, ces derniers temps, que j'avais besoin d'un peu de répit, juste pour essayer de réfléchir calmement à tout ça.

Pas question pour Claire d'avouer à sa sœur qu'elle avait passé la nuit avec Dave. Elle n'avait aucune envie de se justifier devant un jury hostile à son ex-mari. D'ailleurs, ce qui s'était passé entre Dave et elle relevait du domaine privé. Elle ne savait pas encore comment se positionner par rapport à ce changement dans leur relation, alors, de là à en discuter ouvertement avec quelqu'un d'autre, il y avait une marge énorme qu'elle n'était pas du tout prête à franchir.

— Pourquoi est-ce que tu tenais tellement à me joindre ? ajouta-t-elle pour détourner la conversation.

Charlotte jeta son sac à main sur le canapé d'un geste exaspéré, puis elle se tourna vers sa sœur, le regard étrangement fuyant.

— J'avais besoin de te parler d'Alex.

— Ah ! fit Claire tout en déposant ses clés dans le vide-poche qui se trouvait sur son bureau. Dans ce cas, je peux t'épargner un discours difficile : je sais déjà ce que tu vas me dire.

Charlotte haussa les sourcils, visiblement surprise.

— Il… il t'a tout raconté ?

— A contrecœur, mais il a bien été forcé de me dire la vérité. J'avoue que j'ai d'abord eu du mal à croire qu'il ait pu commettre une horreur pareille. Quel genre d'homme utiliserait sciemment l'enlèvement d'une petite fille pour couvrir les agissements d'un meurtrier ?

Charlotte détourna les yeux un peu trop vite.

— Je sais, Claire. Moi non plus, je n'arrive pas à y croire. Je… je suis tellement désolée, tu sais ? Je n'arrête pas de songer à toutes ces fois où j'ai essayé de vous réconcilier tous les deux. Je le trouvais parfait… Mais depuis que je sais ce qu'il a fait…, murmura-t-elle en fermant brièvement les paupières, comme pour réprimer les larmes qui faisaient trembler sa voix. Je me sens tellement stupide !

— Tu ne pouvais pas deviner. Moi aussi, je l'ai pris pour un type bien.

Charlotte se massa les tempes du bout des doigts, comme pour chasser une migraine persistante.

— Tu sais, Claire, il est vraiment dans la panade.

— Je l'espère bien ! fit la jeune femme d'un ton dur qu'elle ne se connaissait pas.

— Ça ne t'intéresse pas de connaître les charges qui vont peser contre lui ?

Claire tourna vers sa sœur un regard froid.

— Pour le moment, je me moque pas mal de ce qui peut lui arriver.

— Ça ne te ressemble pas de parler aussi sèchement,

fit remarquer Charlotte d'un air presque choqué. Toi qui pardonnes si facilement à tout le monde…

— Pardonner ? l'interrompit Claire avec un rire amer. Tu ne me connais pas aussi bien que ça, Charlotte. Je peux ressentir une colère et une fureur dont tu n'as sans doute pas idée. Demande donc à Dave !

— Peut-être, mais lui, tu lui as pardonné, maintenant, non ?

Claire s'approcha de la fenêtre et regarda la rue en contrebas, l'air soudain indécis et mélancolique.

— Je ne sais pas. A vrai dire, ces derniers temps, je ne suis plus très sûre de ce que je ressens pour Dave.

Dans un geste d'amitié maladroit, Charlotte vint se poster à côté d'elle, hésitant à lui poser une main sur l'épaule.

— Parfois, je me dis que tu es toujours amoureuse de lui. Seulement, tu as trop peur de ce qui se passerait si tu te l'avouais.

— Peut-être bien. Peut-être que je l'aimerai toujours. Mais ça ne suffit pas. Etre avec lui, c'est trop dur. Trop éprouvant. C'est comme si on avait une énorme bombe au-dessus de la tête qui pouvait exploser à tout moment. On sait que le désastre peut se produire n'importe quand ; on rentre les épaules en permanence pour se protéger du choc, on se réveille tous les matins avec l'estomac noué parce qu'on s'attend au pire… Crois-moi, je sais de quoi je parle. Et je ne connais personne qui aurait envie de replonger dans ce cauchemar.

— Je comprends, fit Charlotte d'une voix douce. Mais peut-être aussi que Dave a changé. Et que tu n'as jamais été vraiment heureuse sans lui.

*
**

Quelques instants plus tard, Charlotte envoya sa sœur prendre une longue douche brûlante pendant qu'elle s'activait dans la cuisine pour leur préparer un dîner reconstituant. Quand Claire redescendit, la sauce bolognaise était en train de mijoter sur la cuisinière. Passant la tête par la porte entrouverte, elle demanda à sa sœur si elle pouvait l'aider à quelque chose. Debout devant l'évier, Charlotte était occupée à laver la salade.

— Ne t'inquiète pas, je maîtrise ! fit-elle sans se retourner. Va donc t'asseoir dans le salon pour te détendre un peu.

Comme la porte de la cuisine ne se refermait pas, elle lança un regard par-dessus son épaule.

— Tu te rappelles comment on fait pour se détendre, j'espère ?

— Vaguement, oui, répondit Claire sans pour autant quitter son poste d'observation.

Au bout de quelques minutes, sentant le regard de sa sœur sur elle, Charlotte se retourna complètement.

— Qu'est-ce qu'il y a, à la fin ?

— Il y a que je n'arrive pas à te suivre, répondit Claire en secouant pensivement la tête. D'abord, tu prends le parti de Dave, ensuite tu te mets aux fourneaux… Je ne peux pas m'empêcher de penser que quelque chose ne tourne pas rond.

— Alors, pour commencer, je n'ai pas pris le parti de Dave, répliqua Charlotte tout en s'essuyant les mains à son tablier. J'ai juste dit qu'il avait peut-être changé, depuis le temps. Et puis, aujourd'hui, j'essaie juste de me montrer sympa avec toi, voilà. Si tu pouvais éviter de me le faire regretter…

— Ah ! Là, je retrouve ma petite sœur ! lança Claire en souriant.

Sans surenchérir, Charlotte lui versa un verre de vin, le

lui mit d'autorité dans la main et la poussa légèrement en direction de la salle à manger.

— Allez, file, tu me gênes, à tourner dans mes pattes comme ça ! fit-elle d'un ton faussement bourru. Je te préviendrai quand le dîner sera prêt.

Claire n'avait d'autre choix que d'obtempérer, ce qu'elle fit avec reconnaissance. Elle venait de fermer les yeux, assise dans un fauteuil, prête à s'assoupir, quand le téléphone sonna.

— Je prends ! lui cria Charlotte depuis la cuisine.

Quelques secondes plus tard, elle revenait avec une expression intriguée, la paume sur le combiné pour qu'on ne l'entende pas à l'autre bout du fil.

— Tu connais quelqu'un du nom de Savannah Sweete ? Elle demande à te parler.

Sa fatigue soudain oubliée, Claire se redressa pour tendre la main vers le téléphone.

— Ici Claire Doucett, fit-elle avec nervosité.

— Allô ! J'espère que je ne tombe pas en plein dîner, fit la voix traînante de Savannah Sweete. Je ne voudrais pas vous déranger, mais je crois que j'ai des nouvelles qui pourraient vous intéresser.

— De quoi s'agit-il ?

— C'est peut-être un détail sans importance, et je ne voudrais surtout pas que vous fondiez trop d'espoirs dessus. Mais il se trouve qu'après votre départ, ce matin, je n'arrêtais pas de repenser à la photo de votre fille. Son petit visage dansait sans cesse devant mes yeux, à tel point que j'ai fini par me dire que je l'avais probablement déjà vu, au moins en photo. Du coup, j'ai appelé mon neveu pour lui demander de m'apporter certains des dossiers dont je vous avais parlé. Je me suis plongée dans leur relecture toute la journée, et finalement, j'ai trouvé quelque chose qui vous servira peut-être. C'est un cliché représentant une jolie fillette toute blonde.

— Cette fillette, c'est Ruby ?

— Eh bien, elle ressemble énormément à la photo que vous m'avez montrée ce matin, mais je ne pourrais pas jurer que c'est bien la même enfant. Il serait préférable que vous veniez sur place pour vous en rendre compte par vous-même. J'ai essayé d'appeler M. Creasy au numéro qu'il m'avait donné, mais je n'ai pas eu de réponse.

— Je suis bien contente que vous m'ayez appelée, dit Claire. Quand puis-je venir voir cette photo ?

— Eh bien, que diriez-vous de demain matin ?

Sans même s'en rendre compte, Claire crispa ses doigts impatients autour du combiné.

— Je ne voudrais pas vous paraître trop pressée, mais est-ce que ça vous dérangerait beaucoup si je passais ce soir ? Je ne suis pas du tout sûre de pouvoir tenir jusqu'à demain.

— Vous êtes certaine que vous voulez faire toute cette route ? Il est déjà tard, vous savez.

— Ne vous inquiétez pas, je ne suis qu'à une heure de chez vous, répondit Claire avec vivacité. Je vous en prie, madame Sweete, j'aimerais beaucoup venir tout de suite ! Sinon, ça va me trotter dans la tête toute la nuit et je ne trouverai pas le sommeil.

— Je comprends. Dans ce cas, venez quand vous voulez. Je vous attends.

— Merci infiniment. Et merci aussi d'avoir cherché aussi rapidement. Vous ne pouvez pas savoir ce que ça représente pour moi.

— Mais je vous en prie, c'est tout naturel. J'ai été très heureuse de faire ce petit quelque chose pour vous. Alors, rendez-vous d'ici une heure.

Charlotte était restée tout le temps de la conversation. Lorsqu'elle vit Claire raccrocher, elle n'y tint plus et lui demanda d'un air curieux :

— Qui est donc cette Savannah Sweete ?

— Tu n'as jamais entendu Maman mentionner son nom ? C'est une femme qui confectionnait des poupées de collection. Celle que j'avais repérée dans la vitrine l'autre jour, avec toi, fait peut-être partie de ses créations. Elle a repris les dossiers de toutes ses commandes, et elle pense avoir trouvé une photo de Ruby.

— Eh bien, dis-moi, ça m'a l'air plutôt encourageant ! Mais tu ne veux pas attendre demain matin pour aller la voir ?

— Non, répondit Claire avec fermeté. J'ai déjà fait cette erreur avec le magasin où j'avais vu la poupée, tu te souviens ? Le temps que j'y retourne, elle avait disparu. Pas question de me faire avoir une deuxième fois. J'y vais, et tout de suite.

— Et notre dîner ?

Claire avait déjà saisi son sac et ses clés.

— Mets-moi une part de côté ! lança-t-elle par-dessus son épaule, la main sur la poignée de la porte. Si je pars maintenant, je serai sûrement de retour avant la nuit.

— Tu veux que je t'accompagne ? proposa Charlotte qui l'avait suivie sur le perron.

— Non, non, toi, tu restes ici. Si Dave a le message qu'elle a dû lui laisser, il essayera sûrement de me joindre. Tu n'auras qu'à lui dire que je suis déjà partie pour la paroisse de Terrebonne, d'accord ?

— D'accord. Et, Claire…

La jeune femme se retourna au bas des marches. Sa sœur cadette la regardait d'un air inquiet, debout devant la porte.

— Fais attention, tu veux bien ?

— Tout ira bien, affirma Claire avec un sourire lumineux. Savannah Sweete est une personne absolument adorable, et il ne peut rien m'arriver chez elle. Alors, ce n'est vraiment pas la peine de t'inquiéter.

Charlotte était en train de transférer la sauce bolognaise dans un récipient approprié quand le téléphone sonna de nouveau. Coinçant le combiné entre son épaule et sa joue droite pour avoir les mains libres, elle referma le couvercle de la boîte où elle avait versé le contenu de la casserole, et ouvrit la porte du réfrigérateur.

— Allô, Claire ? fit une voix masculine tout contre son oreille.

— Non, c'est sa sœur, Charlotte. Qui est à l'appareil ?

— Dave Creasy, répondit la voix mâle avec une nuance méfiante. Pourrais-je parler à Claire, s'il te plaît ?

Charlotte ne pouvait lui en vouloir de sa réticence bien perceptible. Après tout, elle n'avait pas été spécialement cordiale avec lui, les dernières fois où ils s'étaient retrouvés en présence l'un de l'autre.

— Claire n'est pas là pour le moment, mais elle m'a dit que tu risquais d'appeler si tu avais le message de Savannah Sweete.

— Quel message ?

— Eh bien, cette Mme Sweete a appelé ici tout à l'heure pour dire qu'elle avait trouvé une photo de Ruby dans ses dossiers, expliqua Charlotte. Enfin, c'est ce qu'elle croit, mais elle n'en est pas totalement sûre. D'après ce que j'ai entendu de la conversation, elle a dû essayer de te contacter en premier, mais elle n'a pas réussi à te joindre. Bref, le résultat des courses, c'est que Claire m'a chargée de te prévenir qu'elle était en route pour la paroisse de Terrebonne. Elle voulait vérifier le plus vite possible si c'était bien Ruby sur la photo.

— Tu veux dire qu'elle est en route là, *maintenant* ?

Charlotte fronça les sourcils. Le ton qu'avait employé Dave ne la rassurait guère.

— Oui, elle est partie il y a quelques minutes à peine. Pourquoi ? Quelque chose ne va pas ?

— Je ne sais pas trop, fit Dave d'une voix hésitante. J'ai découvert certaines choses qui m'ennuient un peu. Je ne sais pas encore mais… je préférerais que Claire n'aille pas là-bas toute seule.

— Qu'est-ce qui se passe, Dave ? Tu commences à me faire vraiment peur.

Il eut une nouvelle hésitation, à peine perceptible mais suffisante pour inquiéter Charlotte encore un peu plus.

— Ce n'est probablement rien du tout. Je vais me rendre chez Savannah Sweete, moi aussi. Mais le problème, c'est que je sors à l'instant de Baton Rouge. Ce qui veut dire que j'en ai au moins pour une heure et demie, sans compter les risques d'embouteillage.

— Ecoute, Dave, Claire est partie il y a à peine un quart d'heure. Elle était tellement anxieuse qu'elle n'a pas voulu attendre demain matin, malgré mes mises en garde… Enfin, si je n'arrive pas à la joindre sur son portable, je peux toujours essayer de la rattraper sur le chemin. Tu as l'adresse ?

De sa main libre, Charlotte attrapa un stylo pour noter les indications que lui donnait Dave.

— Attends deux secondes ! Tu dis l'autoroute 53 depuis Houma, et ensuite à droite juste avant d'entrer dans Tiber, c'est bien ça ?

— C'est ça, confirma Dave. Sur ta droite, tu verras une station-service. L'embranchement est juste après. Ce n'est qu'un chemin de terre, alors il n'est pas signalé. Il faudra que tu ouvres l'œil pour ne pas le manquer.

— Bien reçu. Mais si tout se passe comme je l'espère, je devrais la rejoindre dès l'entrée sur l'autoroute 90.

— On ne sait jamais. Si tu te trouves obligée de poursuivre jusqu'au domicile de Savannah Sweete et que tu as l'impression que quelque chose ne tourne pas rond, tu fais sortir Claire de là, de gré ou de force. Je peux compter sur toi ?

Charlotte se mordilla la lèvre, signe de nervosité pour qui la connaissait.

— Tu as vraiment l'air inquiet pour elle, Dave. Ça s'entend dans ta voix.

— Pas inquiet, mais un peu ennuyé, répondit-il. En tout cas, je me sentirais nettement mieux si elle ne se retrouvait pas toute seule dans ce coin perdu.

— Elle ne restera pas longtemps seule, fais-moi confiance. Je pars à l'instant, et je ne devrais pas avoir trop de mal à la rattraper. Au cas où tu aurais besoin de me contacter, je vais te donner mon numéro de portable, d'accord ?

Dave lui dicta le sien en échange, après quoi Charlotte raccrocha, tendit la main pour attraper son sac et ses clés de voiture et s'élança vers la porte. Elle aurait préféré oublier la petite voix qui lui soufflait que Dave avait peut-être raison de se faire du mouron pour Claire.

29.

La lumière du jour déclinait déjà quand Claire tourna au niveau de la ville de Tiber pour s'engager sur la petite route secondaire qui menait chez Savannah Sweete. Le ciel prenait des teintes bleu lavande, avec un semis de nuages roses dont les bords se teintaient d'or roux. Le soleil descendait lentement vers l'horizon, sans pour autant que la température extérieure se mette à baisser. La jeune femme avait fait fonctionner l'air conditionné pendant la plus grande partie de son trajet, mais elle venait de le couper pour ouvrir la fenêtre et sentir le vent tiède chargé de parfums entêtants — l'odeur du chèvrefeuille qui croissait le long des barrières, celle plus âcre et musquée du bayou tout proche, et les senteurs douces du mimosa et du magnolia qui s'intensifiaient à mesure qu'elle approchait des grandes portes de fer forgé délimitant la propriété de l'artiste.

Se rappelant le code en vigueur, elle donna un petit coup de klaxon pour avertir Savannah Sweete de son arrivée. Les portes s'ouvrirent si rapidement qu'elle se demanda une nouvelle fois si la propriétaire ne guettait pas son arrivée.

Comme elle roulait sur l'allée bordée de buissons fleuris, elle jeta un coup d'œil rapide dans son rétroviseur : derrière elle, les grilles se refermaient lentement. Elle n'aurait su expliquer pourquoi cette vision l'emplissait soudain d'une sourde appréhension. Toujours est-il qu'elle frissonna au moment d'arrêter son véhicule non loin de la grande maison coloniale.

Etouffant ses craintes vagues et irraisonnées, elle se dirigea résolument vers le perron et monta les marches deux par deux pour aller frapper à la porte. Elle n'avait pas encore lâché le heurtoir de cuivre que le lourd battant de chêne s'ouvrait avec un déclic sonore. Rien de différent par rapport à leur visite de la matinée ; pourtant, Claire en eut la chair de poule. Décidément, elle se faisait une montagne de rien, ce soir !

Tout en entrant, elle jeta un regard alentour : le soleil couchant avait presque disparu derrière les arbres, et ses derniers rayons rouge et or inondaient le salon à droite de l'entrée d'une lumière rassurante, presque palpable tant elle paraissait veloutée. Par contraste, le reste de la maison semblait encore plus sombre et froid que la première fois.

Elle se posta au bas de l'escalier noyé d'ombre pour appeler d'une voix douce :

— Madame Sweete ? C'est Claire Doucett. Nous nous sommes parlé au téléphone, tout à l'heure.

Seul un silence glacé lui répondit.

Claire gravit quelques marches avant de renouveler son appel, un peu angoissée malgré tout.

— Madame Sweete ? Est-ce que vous êtes là ?

Comme elle n'entendait toujours rien, la jeune femme redescendit dans l'entrée. C'était étrange. Savannah Sweete était-elle sortie pour une raison quelconque ? Ça semblait difficile à croire, étant donné les circonstances.

Claire allait s'installer dans le salon pour patienter quand un son bizarre provenant de l'étage l'arrêta net. Le cœur battant, elle se retourna lentement en direction de l'escalier, essayant de distinguer une silhouette dans la pénombre en haut des marches.

— Bonsoir ! fit-elle d'une voix nettement moins assurée qu'un instant plus tôt. Il y a quelqu'un là-haut ?

Une nouvelle fois, le même bruit rauque, inhumain, lui parvint. C'était une sorte de grognement sourd, fiévreux, presque surnaturel, qui donnait la chair de poule.

— Bonsoir, il y a quelqu'un ? répéta Claire, la gorge serrée par l'appréhension, tout en montant prudemment l'escalier. Madame Sweete, c'est vous ? Je suis Claire Doucett. Je monte. Je ne veux surtout pas vous ennuyer : c'est juste pour voir si tout va bien. J'arrive.

En haut de l'escalier, une faible lumière provenant d'une fenêtre à moitié voilée prodiguait un éclairage sommaire. Et ce fut une fois arrivée sur le palier que Claire la vit.

Elle était étalée sur le sol, une main tendue vers l'ascenseur comme dans un suprême effort. Les sons gutturaux, animaux, qui s'échappaient de sa gorge glacèrent Claire jusqu'au sang, la privant de ses capacités de réaction habituelles. Elle hésita un moment avant de se baisser pour effleurer l'épaule de la pauvre femme.

Presque aussitôt, les grognements augmentèrent en fréquence et en intensité. Claire retira sa main, ne sachant comment s'y prendre.

— Je… je suis désolée, balbutia-t-elle. Je ne voulais pas vous faire peur.

Elle changea de côté pour que Savannah puisse la reconnaître. Là, elle faillit reculer sous le choc : le visage qui lui faisait face était si tendu, si émacié, avec des yeux si enfoncés dans leurs orbites, qu'il ressemblait plutôt à un squelette. La femme puait le vomi rance, l'urine et la macération, et Claire fut obligée de porter précipitamment une main à sa bouche pour étouffer le haut-le-cœur qui lui était monté aux lèvres.

— Que… qu'est-ce qui vous est arrivé ? demanda-t-elle d'un ton haletant, horrifiée par cette découverte.

Pour toute réponse, la femme émit un borborygme incompréhensible, tout en roulant des yeux fous, comme si elle était incapable de fixer son attention plus d'une demi-seconde. Ce n'était pas Savannah Sweete : cette créature était nettement plus âgée que la femme que Claire avait rencontrée le matin même. Mais alors, qui cela pouvait-il bien être ? Et qu'est-ce qui n'allait pas chez elle ? Pourquoi était-elle ici, affalée sur le sol ?

Claire sentit une peur panique mêlée de répugnance s'emparer d'elle. Elle hésitait à toucher la vieille dame, trop angoissée à l'idée que ses membres si frêles puissent se briser comme des brindilles séchées au moindre contact un peu brusque. La pauvre épave qui se traînait sur le plancher était vêtue en tout et pour tout d'une fine chemise de nuit de coton blanc qui laissait voir des jambes maigres à faire peur, toutes bleuies d'hématomes et striées de veines saillantes.

— Oh, mon Dieu ! murmura Claire d'une voix étranglée.

Elle voulut se relever, mais la vieille dame parut s'affoler davantage. Sa main crochue, tendue vers l'ascenseur, se souleva imperceptiblement du sol pour venir effleurer la jambe de Claire.

La jeune femme ne put retenir un frisson.

— Ne… ne vous inquiétez pas, balbutia-t-elle. Je ne vous laisse pas seule. Je vais appeler pour qu'on vienne nous aider, et je resterai avec vous jusqu'à ce que quelqu'un arrive.

La pauvre créature étalée à ses pieds n'avait pas changé de position. Les jambes recroquevillées sous elle, un bras coincé sous son corps inerte, elle devait souffrir le martyre. Mais Claire n'osa pas la tourner pour la soulager, de peur de lui faire encore plus mal.

— Je vais essayer de faire monter quelqu'un, d'accord ? reprit-elle.

A ces mots, les yeux de la vieille femme se mirent à rouler frénétiquement dans leurs orbites, comme si elle paniquait complètement. Elle ouvrit la bouche et la referma plusieurs fois de suite, sans parvenir à émettre le moindre son. Visiblement, elle essayait de dire quelque chose à Claire, mais ses mâchoires paraissaient incapables de suivre les ordres que devait leur envoyer son cerveau affolé.

Enfin, au prix d'un immense effort, elle parvint à articuler une syllabe unique. Seulement, sa voix était si faible que Claire ne parvenait pas à l'entendre. Elle dut se rapprocher encore, et fut frappée en plein cœur par le regard désespéré de la vieille dame.

— Cou… cou… cou…, répétait-elle dans un souffle rauque et étranglé.

— Je suis désolée, murmura Claire, mais je ne comprends pas ce que vous essayez de me dire.

Elle voulut s'éloigner pour aller chercher de l'aide, mais le son émis par les lèvres émaciées de la femme s'intensifia aussitôt. Cela ressemblait maintenant à une plainte éraillée, douloureuse et terrifiée, arrachée aux entrailles de la malheureuse créature.

— Cou… cou… cou…

Et brusquement, Claire réalisa qu'il ne s'agissait pas d'une syllabe au hasard ni d'un son dépourvu de sens. C'était un avertissement — un terrible avertissement.

COURS !

*
* *

Le cœur tambourinant dans sa poitrine, la jeune femme se leva péniblement, essayant de rassembler ses esprits. Il fallait absolument qu'elle trouve de l'aide. Quelque chose ou quelqu'un avait littéralement terrorisé la vieille dame, à tel point que Claire sentait son appréhension de tout à l'heure revenir en force et menacer de la submerger complètement. Ce n'était pas le moment de paniquer : une autre personne avait besoin qu'elle reste lucide. Si Savannah Sweete était toujours dans la maison, il fallait peut-être la secourir, elle aussi. Mais pour cela, Claire devait reprendre le contrôle de ses nerfs.

Son téléphone ! Mais oui, bien sûr !

Elle allait appeler les urgences, faire venir une ambulance immédiatement. La pauvre femme étalée à ses pieds avait visiblement trop peur pour qu'elle la laisse seule, ne fût-ce que quelques instants. Elle s'empressa d'allumer son portable et de le mettre sur « *On* ». Elle attendait le signal lui indiquant que le réseau était disponible quand le grincement de l'ascenseur résonna de façon sinistre.

Dans un bruit de ferraille, la cabine s'arrêta au premier étage. La grille s'ouvrit sur un homme que Claire n'avait jamais vu. Son visage était penché vers le sol, comme s'il était absorbé dans une prière profonde ou dans la contemplation de quelque chose à ses pieds.

Lorsqu'il leva les yeux, croisant le regard méfiant de Claire, elle sentit sa bouche s'assécher brusquement. Il y avait quelque chose de familier dans ces deux pupilles qui la fixaient intensément — quelque chose de terrifiant dans ce sourire qu'il lui adressait.

L'inconnu était de taille moyenne, et très mince — presque

maigre. Il avait des pommettes saillantes et un large front. Quant à sa tenue vestimentaire, elle était tout à fait banale : pantalon kaki, chemise bleu pâle. Il portait des lunettes rondes cerclées de fer… Rien de bien inquiétant ni de très remarquable. Pourtant, Claire sentit un tremblement convulsif la parcourir des pieds à la tête.

— Que… qui êtes-vous ? bredouilla-t-elle.

— Je m'appelle Matthew. Je suis le neveu de Savannah, fit l'homme avant de claquer la langue d'un air désapprobateur, les yeux tournés vers la vieille femme étendue sur le parquet. Qu'est-ce que tu fabriques ici ? Pourquoi as-tu quitté ton lit ?

— Elle souffre, dit Claire sans comprendre. Il faut appeler un médecin.

— Mais je *suis* médecin. Ma tante ne vous l'a pas dit, ce matin ?

— Alors, il faut que vous l'aidiez. Elle a l'air très mal en point.

L'homme sortit de l'ascenseur. Mais au lieu de s'agenouiller auprès de la vieille dame toujours couchée par terre, il l'enjamba pour se diriger vers Claire.

— Mais… mais qu'est-ce que vous faites ? lui demanda-t-elle. Il faut lui venir en aide, tout de suite !

— Vous d'abord ! rétorqua l'homme avec un calme tranquille qui n'avait rien de rassurant.

— Moi ? Mais je vais très bien, commença Claire.

Puis elle vit la seringue que le neveu de Savannah tenait à la main, et balbutia, soudain terrifiée :

— Qui… que faites-vous ?

— Tout va bien. Vous ne sentirez rien, rassurez-vous.

Un lent sourire éclaira une nouvelle fois ses traits presque féminins, faisant pétiller ses yeux derrière le verre de ses lunettes. Et d'un seul coup, Claire repéra ce qui lui semblait si bizarre depuis le début : ses yeux… Ils étaient d'un magnifique bleu turquoise. La couleur exacte des yeux souriants de la poupée disparue. La couleur des yeux de Ruby.

Mon Dieu ! C'était donc lui !

C'était l'homme qui avait kidnappé Ruby. C'était lui qui avait fabriqué cette poupée à son image.

Claire essaya de rester calme, mais son cœur battait jusque dans ses tempes, et son souffle s'était accéléré sans qu'elle puisse rien y faire. Reculant d'un pas, puis de deux, elle sentit la rampe de l'escalier contre son dos et comprit que sa seule issue était de se précipiter au rez-de-chaussée.

Son téléphone toujours à la main, elle tenta d'appuyer discrètement sur les touches. Si elle pouvait appeler Charlotte ou un autre numéro à la mémoire — celui des urgences, par exemple…

— S'il vous plaît, ne m'obligez pas à vous faire du mal ! fit l'homme d'une voix étrange.

On aurait dit un enfant malheureux. Dans sa voix résonnait une note de supplication que venait appuyer l'éclat implorant de ses grands yeux bleus.

— Je… je n'en ai pas l'intention, fit Claire en cherchant à raffermir son ton. Posez cette aiguille, d'accord ?

— Je ne peux pas.

— Mais si ! Vous l'avez dit vous-même : vous n'avez pas envie de me faire de mal.

Elle crut voir une lueur d'hésitation briller dans les iris de l'homme, et décida d'en profiter. Rapide comme l'éclair, elle bondit vers l'escalier, mais il avait anticipé son mouvement et l'avait déjà attrapée par la taille, l'envoyant rouler au sol. Le téléphone lui échappa au moment où elle heurtait le plancher avec un bruit sourd, se mordant la langue dans le même temps. Un goût de sang envahit sa bouche, et une piqûre douloureuse lui traversa le cou, comme si un frelon furieux l'avait choisie pour cible.

Il lui avait plongé son aiguille en plein dans la nuque.

Les muscles de Claire se mirent à tressauter de façon incontrôlable avant de se raidir complètement. Le regard voilé, elle crut qu'elle allait s'évanouir. Mais au bout de quelques secondes, elle récupéra l'usage de sa vision, juste au moment où son tourmenteur la faisait rouler sur le dos.

Elle sentit ses mâchoires s'ouvrir, mais aucun son ne voulut sortir de sa gorge. Une vague froide et noire de panique la submergea.

Lève-toi ! Lève-toi et cours ! lui cria son esprit affolé.

Elle essaya de rassembler ses forces pour ramper jusqu'à l'escalier, mais elle se découvrit incapable de bouger ne fût-ce que le petit doigt.

L'homme s'était agenouillé à ses côtés pour lui caresser la joue du plat de la main, une lueur de folie dansant dans ses yeux turquoise.

— Tu vois ? fit-il d'une voix pleine de gentillesse, comme s'il s'adressait à une enfant récalcitrante. Ça ne t'a pas fait mal, si ? De toute façon, le pire est déjà passé.

Il se pencha pour l'attraper par les pieds et la tourner de façon à pouvoir la traîner jusqu'à l'ascenseur. Lorsqu'il l'eut amenée dans la cabine, il referma la grille à l'ancienne et se tint immobile, la dominant de toute sa hauteur. Il y eut un clac sonore, et Claire comprit qu'ils descendaient au rez-de-chaussée. Elle entendait le grincement des câbles et le cliquetis du métal, mais ne sentait rien : ni le sol de la cabine sous son dos ni les mains de son agresseur sur elle. Pourtant, elle savait qu'il ne l'avait pas lâchée : elle voyait bien ses longs doigts effilés, enroulés comme des serpents autour de ses chevilles. Mais elle ne sentait plus rien.

L'ascenseur s'arrêta dans un sursaut gémissant.

Après avoir poussé la grille, l'homme tira Claire hors de la cabine, puis dans un long couloir obscur.

Elle n'avait pas la moindre idée de l'endroit où il l'emmenait. Il la lâcha une fois, juste le temps d'ouvrir une porte devant eux, puis reprit ses chevilles pour la traîner plus loin, à l'intérieur d'une pièce sombre et froide.

Là, il l'assit délicatement contre un mur, puis se redressa pour la contempler avec une expression qui ressemblait à de la tendresse émue. Enfin, il tourna les talons, et Claire entendit le verrou de la porte se refermer avec un cliquètement sinistre.

Et elle se retrouva seule, enfermée dans sa prison.

Dans son effort pour escalader la grille, Charlotte sentit sa jupe s'accrocher dans une pique de métal. Elle voulut se dégager d'un geste brusque, mais elle avait mal calculé son mouvement et entendit le tissu soyeux se déchirer net.

— Et merde ! ronchonna-t-elle.

Son tailleur lui avait coûté presque un mois de salaire — c'était bien plus qu'elle ne pouvait se permettre, même avec les émoluments confortables que lui rapportait son poste de procureur adjoint. Et voilà qu'elle l'avait bousillé en deux minutes chrono ! Etouffant un deuxième juron, elle jeta ses escarpins à talons aiguilles sur le sol de l'autre côté de la barrière, avant de sauter les rejoindre. Elle aurait peut-être mieux fait d'attendre dans sa voiture et de continuer à klaxonner jusqu'à ce qu'on vienne lui ouvrir... Enfin, heureusement qu'il ne s'agissait pas d'une clôture électrifiée, se dit-elle une fois arrivée de l'autre côté.

A peine avait-elle effectué un pas sur le gazon vert tendre que son talon s'enfonçait déjà dans la terre meuble. En maugréant contre les éléments qui ne lui rendaient décidément pas la tâche facile, elle se hâta de rejoindre l'allée de graviers. La lumière faiblissait déjà ; dans une heure tout au plus, le crépuscule prendrait possession du ciel. Charlotte essaya de se rassurer : elle se faisait sûrement du souci pour rien. Mais elle ne parvenait pas à chasser l'angoisse qu'avait suscitée le coup de téléphone de Dave. Quelque chose ne tournait pas rond, et elle était bien décidée à retrouver sa sœur au plus vite.

Elle pensait la rejoindre sur la route, comme elle l'avait affirmé à Dave, mais elle avait bêtement manqué l'embranchement juste avant Tiber. Le temps de faire demi-tour et de revenir prendre le chemin secondaire, elle avait perdu un bon quart d'heure. Si elle calculait juste, sa sœur devait se trouver chez Savannah Sweete depuis presque une demi-heure, maintenant.

Le cœur battant, elle entendit une petite voix intérieure lui souffler qu'elle devenait décidément paranoïaque. Tout en remontant l'allée vers la haute maison blanche qui trônait au milieu des pacaniers et des chênes, elle se répéta pour la énième fois que Claire allait sûrement très bien. Savannah Sweete était certainement incapable de faire du mal à une mouche. Il n'y avait aucune raison de paniquer.

Lorsqu'elle aperçut la voiture de Claire, garée à l'ombre d'un chêne centenaire, elle soupira de soulagement.

« *Tu vois ?* » lui souffla la petite voix sarcastique qui la tançait depuis tout à l'heure.

Tout allait bien. Dave avait juste fait preuve d'un surcroît de précaution, et elle avait réagi de manière quelque peu excessive. Il faut dire qu'elle avait des choses à se reprocher vis-à-vis de Claire…

Pourtant, comme elle montait les marches du perron, elle sentit un frisson désagréable la parcourir. Jetant un bref coup d'œil alentour, elle s'assura que personne ne l'espionnait. Mais il n'y avait pas âme qui vive dans le jardin. Poussant un nouveau soupir, elle se retourna vers la porte de chêne massif pour actionner le heurtoir de cuivre à plusieurs reprises.

Elle patienta quelques secondes. Puis, comme personne ne paraissait vouloir répondre, elle frappa de nouveau, un peu plus fort. Cette fois, il y eut un déclic sonore à l'intérieur et le lourd battant s'ouvrit de quelques centimètres, comme par magie.

— Bonsoir ! lança-t-elle d'une voix forte, sans bouger.

Elle s'attendait plus ou moins à voir une tête apparaître par l'entrebâillement, ou une main ouvrir la porte en grand pour l'inviter à entrer. Mais il ne se passa rien de tel. Etonnée, elle posa une paume hésitante contre le vantail sombre. Elle n'eut plus qu'à lui imprimer une légère pression pour qu'il s'ouvre largement, dans un grincement discret. Sans oser encore entrer, elle resta debout sur le seuil, indécise.

— Bonsoir, répéta-t-elle un ton plus haut. Il y a quelqu'un ?

Toujours pas de réponse. S'enhardissant, elle fit un pas en avant.

— Claire ? cria-t-elle, le cœur battant. C'est moi, Charlotte. Tu es là ?

Comme elle n'entendait toujours rien, elle s'avança dans l'entrée noyée d'ombre, prenant bien soin de refermer la porte derrière elle.

— Eh, oh ? Il y a quelqu'un ? Vous vous cachez, ou quoi ?

— Mais non, mademoiselle la curieuse.

Charlotte ne s'attendait pas à entendre une voix si proche lui répondre. Réprimant le premier mouvement de frayeur qui l'avait fait sursauter violemment, elle s'aventura dans le grand salon d'où était venue la voix. Là, elle aperçut une femme assise dans un fauteuil roulant, illuminée en contre-jour par les rayons du soleil couchant. Elle avait des cheveux gris coupés court, des épaules minces et frêles, et ses jambes paralysées étaient recouvertes d'un grand châle. Charlotte aurait voulu détailler un peu plus la propriétaire des lieux, mais son attention fut presque aussitôt retenue par autre chose : les poupées grandeur nature qui occupaient chaque centimètre carré de la pièce.

Bouche bée, elle tourna lentement sur elle-même, avec l'impression d'être assaillie de toutes parts.

— Il y en a un peu trop, n'est-ce pas ? fit la femme avec un rire musical. Je suis sûre que c'est exactement ce que vous êtes en train de vous dire. Que voulez-vous, je n'arrive pas à m'en séparer. Elles font partie de ma famille, maintenant.

— Ça ne me semble pas vraiment étonnant, rétorqua Charlotte tout en adressant un sourire d'excuse à la vieille dame qui ne la quittait pas des yeux. Elles sont si belles ! On dirait de vraies petites filles.

Reprenant ses esprits, elle poursuivit :

— Excusez-moi de venir comme ça, à l'improviste, vous déranger jusque chez vous, mais je cherche Claire Doucett. Je suis sa sœur.

— Enchantée. Mon nom est Savannah Sweete.

— C'est donc vous qui créez ces magnifiques poupées ?

— Mais oui, répondit la femme avec un doux sourire.

Claire ne lui avait pas dit qu'elle était infirme. Ce n'était pas très important, mais Charlotte aurait préféré le savoir : elle ne se serait pas sentie aussi déstabilisée.

— Est-ce que Claire est toujours chez vous ? reprit-elle. J'ai vu sa voiture garée près de la maison, et je me suis dit…

— Elle est montée à l'étage pour consulter des dossiers qui pouvaient l'intéresser. Voulez-vous vous asseoir en l'attendant ?

— C'est très aimable à vous, mais je crois que je ferais mieux de monter la rejoindre, juste pour l'avertir que je suis là, répondit Charlotte en joignant le geste à la parole.

Elle avait déjà atteint le seuil du salon quand elle entendit le fauteuil roulant grincer derrière elle. Pensant que la pauvre femme avait peut-être besoin d'aide, elle pivota sur ses talons et faillit tomber à la renverse : le châle avait glissé des jambes de l'infirme qui se trouvait debout, à présent. Lentement, Savannah Sweete porta une main à sa perruque et l'ôta devant les yeux éberlués de Charlotte.

Il fallut quelques secondes à la jeune femme pour enregistrer l'incongruité de la scène qui se déroulait devant elle. Ce n'était pas une femme mais un homme qui se tenait debout à côté du fauteuil vide. Un homme au sourire étrange et mystérieux qui la glaça sur place.

— Que… qui êtes-vous ? balbutia Charlotte d'un air terrifié.

— Je suis le créateur de toutes ces poupées, répondit l'homme sans quitter son sourire énigmatique.

D'un seul coup, un éclair de compréhension traversa l'esprit de la jeune femme. Si c'était lui l'artiste, il avait dû fabriquer la poupée à l'effigie de Ruby ! Charlotte ne savait pas comment elle était arrivée à cette conclusion, mais elle en était quasiment certaine. Il n'y avait qu'une explication plausible à cette histoire sans queue ni tête : le kidnappeur de Ruby était cet homme qui la regardait fixement. Son kidnappeur mais aussi son assassin.

Un sentiment de terreur sans nom vint serrer la gorge de la jeune femme.

— Où… où est Claire ? bredouilla-t-elle.

Sans répondre, il s'avança vers elle, souriant toujours.

Aussi vite que ses jambes pouvaient la porter, Charlotte s'élança dans l'entrée pour saisir la poignée de la porte. Mais elle s'était refermée automatiquement à clé derrière elle. Elle eut beau essayer de débloquer le verrou, elle ne parvint qu'à s'affoler davantage. Il n'y avait pas d'issue de ce côté-là : il fallait qu'elle trouve une autre sortie, et vite. Seulement, dans les quelques secondes qu'elle avait gaspillées à secouer frénétiquement la poignée bloquée, l'homme en avait profité pour la rejoindre et lui couper toute retraite. Elle se retourna d'un bloc, s'attendant à ce qu'il se jette sur elle. Mais il ne bougea pas. Il resta là, debout devant elle, à lui sourire de ce même sourire qu'elle ne comprenait pas.

Vus de près, les traits de son visage paraissaient fins et délicats, presque féminins. En même temps, ils avaient l'air figé comme l'aurait été une sculpture d'argile. Sous son pantalon kaki et sa chemise bleu pâle, son corps semblait émacié. De hautes pommettes, un front large et intelligent, des yeux couleur turquoise… comme ceux de Ruby…

Et comme ceux de Claire…

Charlotte s'obligea à prendre de longues inspirations pour ne pas céder à la panique. Il fallait absolument qu'elle garde son sang-froid : sa vie en dépendait, et avec elle, celle de sa sœur, sans doute.

— C'est vous qui l'avez prise, n'est-ce pas ? fit-elle d'une voix sourde. C'est vous qui avez enlevé Ruby.

Le sourire plaqué sur ce visage trop lisse lui donnait froid dans le dos, mais en même temps, une sorte de rage dévastatrice prit possession de la jeune femme devant cet homme insensible. Comment pouvait-il continuer à sourire de la sorte après ce qu'il avait dû faire ?

Prise d'un accès de fureur salvatrice, elle changea brusquement de tactique. Sans réfléchir, elle se jeta sur lui pour lui marteler la figure et le torse de ses poings serrés.

— Où est-elle ? Où est Claire ? Qu'est-ce que vous lui avez fait, espèce de monstre immonde ?

Sous cet assaut imprévu, il recula jusqu'au mur derrière lui. Mais il ne se débattit pas. Il n'essaya même pas de lui rendre la pareille. Il encaissait ses coups de poing sans broncher, calmement.

Trop calmement. Une sonnette d'alarme retentit dans le cerveau de Charlotte une fraction de seconde avant qu'elle ne sente un objet dur faire pression contre son ventre. Presque aussitôt, une douleur fulgurante la traversa de part en part, comme si on lui arrachait les entrailles avec un fer brûlant. Elle tituba, jeta un regard affolé sur sa jupe où une tache rouge s'élargissait.

Elle ne comprit pas tout de suite. Il fallut qu'elle lève ses grands yeux étonnés vers l'homme, qu'elle voie dans sa main crispée la lame rougie de sang frais goutter sur le sol, pour saisir enfin le drame qui venait de lui arriver.

30.

La table était dressée pour le thé, avec la plus jolie dînette de Maddy. L'homme s'assit en tailleur à même le sol, souriant de contentement devant les piles de jolis paquets qui entouraient la place d'honneur. A présent qu'il avait tout nettoyé, il pouvait s'accorder un peu de répit et profiter de la fête.

Du regard, il fit le tour de l'assemblée. Maddy trônait à la place d'honneur, bien sûr, puisque la fête était donnée en son honneur. Tout comme la jolie petite hôtesse, les autres fillettes avaient revêtu leurs plus exquises toilettes. Dans la lumière douce et feutrée que dispensaient les sept bougies sur le beau gâteau rose, leurs petits visages délicatement peints semblaient s'auréoler d'un halo joyeux. Tout était absolument parfait. Comme sur la photo. Comme dans ses souvenirs.

La seule différence, c'était les fleurs sur la table. A la place des camélias blancs, il avait mis l'une de ses plus belles orchidées dans le joli vase de verre teinté qu'il avait acheté à la galerie d'art. Un vase d'exception puisque c'était *elle* qui l'avait réalisé. Il n'aimait pas évoquer son nom, même dans le secret de son cœur.

Il ne voulait pas songer à cette autre vie qu'elle avait vécue avant lui. A présent, elle lui appartenait, à lui et à lui seul. Elle était la touche finale dont il avait besoin pour faire de son petit univers un monde merveilleux, tranquille, serein et accompli.

Installée à l'autre bout de la table, la petite fille brune ne bougeait pas. Elle ne disait pas un mot, mais ses yeux sérieux et tristes enregistraient le moindre mouvement. Elle n'exprimait plus le désir de rentrer chez elle. Au bout d'un certain temps, elles cessaient toutes de gémir et de demander l'impossible. Elles comprenaient. Leur visage se vidait d'expression. Elles devenaient comme une page blanche qui attendait qu'on la remplisse. Ces indices étaient le signal que le moment était venu.

La sixième poupée aurait déjà dû être terminée, mais il se sentait si seul qu'il n'avait pas encore eu le courage de s'y atteler. Il repoussait l'inévitable sous des prétextes futiles, sachant qu'ensuite, il n'aurait plus de but à atteindre. Son angoisse l'avait même poussé à compromettre stupidement le résultat de toutes ces années d'effort. Mais ça n'avait plus d'importance, à présent. Tout serait bientôt terminé, et il retrouverait la perfection qu'il recherchait depuis si longtemps.

Il se leva pour aller contempler son reflet dans le miroir, un sourire ravi sur ses lèvres fines. Du bout des doigts, il caressa les longues boucles blondes qui encadraient le ravissant visage en face de lui. Il esquissa une caresse en direction des joues roses et douces qui semblaient luire doucement dans la semi-obscurité. Deux yeux turquoise lui renvoyèrent un regard pétillant de joie, et la mignonne bouche en forme de cœur lui adressa un sourire extatique.

Le sourire de Maddy.

— Te voilà enfin ! murmura une voix enfantine dans la petite pièce sombre. Je savais bien que je te retrouverais.

Tournant le dos à la glace, il avança jusqu'à sa table de

travail pour se pencher sur la femme qui le regardait d'un air abasourdi et effrayé. Ses yeux s'agrandirent de peur et elle voulut crier, mais aucun son ne franchit sa bouche ouverte.

— N'aie pas peur, fit-il en lui pressant doucement la main pour la rassurer. C'est moi, Maman. Tu ne me reconnais donc pas ?

Il trempait de fines bandelettes de papier dans du plâtre. Ensuite, il les appliquait une par une sur le visage de Claire, prenant bien soin de les appuyer fortement pour mouler le plus exactement possible les traits délicats de celle qu'il voulait garder avec lui jusqu'à la fin des temps.

Un sentiment d'horreur surréaliste serrait le cœur de la jeune femme comme dans un étau devant le visage aux joues peintes, à la peau pâle et lisse, encadré de longues boucles blondes qui lui faisait face. Une peur panique s'insinuait en elle, coulant dans ses veines, remplaçant son sang figé par le produit paralysant qu'il lui avait injecté. Quand elle attendait, seule dans la pièce sombre, elle avait peur. Mais ce n'était rien à côté de la terreur sans nom qui l'envahissait tout entière, à présent.

Elle voulut bouger un bras, une jambe, une main pour mettre un terme à cette séance atroce. Mais elle n'était même pas capable de rassembler assez de forces pour battre des paupières.

Il travaillait vite, dans une sorte de transe frénétique. Ses doigts agiles volaient autour du visage de Claire, le recouvrant de couches de plâtre comme d'autant de bandelettes momifiantes. Il finit par lui en appliquer sur les yeux, la plongeant dans l'obscurité totale avant de lui couvrir aussi le nez et la bouche.

Sous le plâtre humide qui commençait déjà à se solidifier, Claire avait de plus en plus de mal à respirer. Dans quelques minutes, elle allait suffoquer, puis glisser lentement dans un trou noir terrifiant et glacé.

— Maman ?

— J'ai tellement peur, Ruby ! Si tu savais comme je suis désolée de t'avoir laissée connaître cette angoisse horrible ! Je donnerais n'importe quoi pour revenir en arrière et te sauver.

— Je t'aime, Maman.

— Je t'aime aussi, Ruby. Plus que tout au monde…

— Claire !

Dave arracha le masque qui recouvrait le visage de la jeune femme. Le plâtre avait déjà commencé à durcir, mais il était encore suffisamment malléable pour qu'on puisse l'enlever à la main. Quand Dave arriva à bout de sa tâche, une horrible peur lui glaça le sang. Elle était si pâle, presque exsangue… Il n'arrivait même pas à percevoir son souffle…

Enfin, au bout de quelques instants qui lui parurent durer une éternité, ses paupières se soulevèrent et elle le regarda, une terreur indescriptible dans ses beaux yeux turquoise. Ses lèvres furent parcourues par un frémissement nerveux, mais aucun son n'en sortait.

— Tout va bien, chuchota Dave d'une voix rauque. Je vais t'emmener loin d'ici.

Il avait à peine terminé sa phrase qu'il la vit cligner rapidement des paupières, plusieurs fois de suite. En un éclair, il comprit qu'elle essayait de le prévenir qu'un danger le menaçait, juste dans son dos. Tournant la tête, il vit l'homme se précipiter sur lui ; il leva le bras par réflexe pour parer le coup de l'arme pointée dans sa direction. La lame du couteau s'enfonça dans son avant-bras avec une telle violence qu'il tituba sous le choc, étourdi par la vive douleur qui l'avait pris par surprise.

L'homme plongea de nouveau, mais cette fois, Dave s'était préparé à contre-attaquer. Il leva le poing pour cueillir son assaillant juste sous l'œil gauche. L'os de sa pommette craqua dans un bruit de détonation. Emporté par son élan, l'homme s'étala en arrière de tout son long, et sa tête cogna violemment contre le sol. Son arme lui échappa. D'un coup de pied furieux, Dave l'envoya hors de portée, saisi par un accès de rage meurtrière.

Il se jeta sur son agresseur dont le visage s'était tordu dans une grimace de peur, l'empêchant de ramper jusqu'à la porte. Les yeux emplis de larmes de douleur, l'homme fit mine de protéger sa tête avec ses bras émaciés quand il vit la main de Dave s'approcher de son cou. D'une poigne de fer, Dave le prit à la gorge pour le remettre debout sans douceur. Pendant quelques secondes, il regarda le meurtrier de sa fille en face, sans ciller, comme pour bien se pénétrer de ce visage qu'il aurait voulu voir réduit à néant depuis longtemps. Puis ses doigts se resserrèrent autour du cou de l'homme comme un étau impitoyable. Lentement, il contracta les muscles qui commandaient ses phalanges, écrasant la trachée qu'il sentait palpiter sous la paume de sa main, essayant de faire abstraction de la sourde douleur qui le lançait dans l'autre bras.

Complètement affolé, l'homme lui décocha de grands moulinets, essaya désespérément de desserrer son poing avec les ongles, sans parvenir à faire lâcher prise à Dave. Les yeux bleu turquoise qui le regardaient s'écarquillèrent de terreur et d'incompréhension. Le meurtrier avait soudain l'air d'un enfant qu'on aurait puni injustement. Un petit garçon affreusement torturé par son propre père.

Malgré ce qu'il savait du passé terrible de cet homme, Dave l'aurait tout de même achevé sans le moindre remords. La tentation d'appliquer sa propre justice, de se venger sur lui des tourments qu'il avait endurés depuis la disparition de Ruby, était si forte qu'il faillit y céder. Mais il aperçut, blotti à l'autre bout de la pièce, un petit visage blanc de peur qui le regardait à la dérobée et qu'il prit un instant pour celui de Ruby.

Il se ressaisit rapidement. C'était impossible. Ruby aurait été beaucoup plus âgée si elle était restée en vie. Non, sa fille était morte. Et rien de ce qu'il ferait aujourd'hui ne pourrait la lui ramener.

Seulement, il y avait cette autre fillette qui l'observait avec ce regard effrayé. Et dans ses grands yeux brillait la même lueur d'innocence que dans ceux de son enfant disparu. Dave prit alors conscience qu'il ne pouvait pas lui imposer une scène aussi traumatisante.

Lentement, comme à regret, il relâcha la pression de ses doigts, et l'homme s'effondra sur le sol où il se recroquevilla dans la position du fœtus. Enfouissant son visage dans ses mains secouées de tremblements, il se mit à gémir comme un chaton blessé.

Claire avait rêvé de Ruby. Quand elle émergea de son sommeil, il lui fallut un certain temps pour reconnaître l'endroit où elle se trouvait. Et puis, d'un seul coup, tout lui revint à la mémoire. Elle était à l'hôpital. On l'y avait transportée avec Charlotte, qui occupait une chambre juste de l'autre côté du couloir. Sa sœur avait subi avec succès une opération d'urgence, et ses jours n'étaient plus en danger.

Lucille, qui était assise au chevet de Claire, se leva pour venir lui prendre la main avec tendresse.

— Comment te sens-tu, ma chérie ?

Claire souleva sa main droite pour en plier les doigts un à un : elle avait encore du mal à les contrôler, mais ses muscles semblaient répondre correctement à sa volonté.

— Presque normale, répondit-elle d'une voix éraillée. Je crois que je peux rentrer chez moi, maintenant.

— Ça, je laisse le soin aux médecins d'en décider, déclara Lucille tout en écartant doucement une mèche de cheveux qui tombait dans les yeux de sa fille aînée.

— Et… et Charlotte ? Comment va-t-elle ? demanda la jeune femme.

— J'étais près d'elle il y a quelques minutes à peine. Elle n'a toujours pas repris connaissance, mais elle se repose paisiblement. Ils lui ont donné toutes sortes de drogues anti-douleur, alors elle ne souffre pas.

— Pourquoi ne retournes-tu pas t'installer à côté d'elle, Maman ? Si elle se réveille, elle sera rassurée de te voir. Moi, je vais bien, tu sais ?

— Je vais aller la rejoindre, mais pas tout de suite. Accordons-nous une minute de tranquillité toutes les deux, tu veux bien ?

Claire ne protesta pas. Au bout de quelques secondes de silence, elle demanda d'une voix faible :

— Et la petite fille ? Tu sais ce qu'elle est devenue ?

— Sa famille est en chemin pour la récupérer. Quand je pense qu'elle était originaire de l'Alabama, et qu'elle était séquestrée ici, près de chez nous ! Enfin, j'imagine le soulagement et la joie que ses parents doivent ressentir ce soir.

Claire retomba dans un silence pensif. Puis, d'une petite voix pleine de sanglots réprimés, elle murmura :

— Elle a dû avoir si peur…

Des larmes montèrent aux yeux de Lucille. Serrant bien fort la main de sa fille, elle la porta à sa joue, comme pour lui signifier qu'elle comprenait, qu'elle souffrait avec elle.

— Je n'arrête pas de penser à ce que Ruby a dû endurer, continua Claire sur le même ton. Elle a dû m'appeler pour que je l'arrache à cet enfer, mais elle ne pouvait pas crier. Elle a dû penser jusqu'au bout que je viendrais la sauver, mais je ne l'ai pas fait. Je n'ai pas pu. Oh, Maman ! Je n'ai pas pu secourir ma fille… mon unique enfant…

— C'est vrai, tu n'as pas pu sauver Ruby, ma chérie. Mais grâce à toi, la vie d'une autre petite fille innocente a été épargnée. Tu devrais te sentir heureuse d'avoir réussi ce tour de force. Et tu sais, Ruby est en sécurité, à présent. Elle n'a plus peur, elle n'a plus mal ; elle te regarde sûrement du haut du ciel, avec ta Mamie pour ange gardien. Tu peux te reposer, maintenant, mon petit cœur.

— Je t'aime, Maman, murmura Claire.

— Je t'aime aussi, Claire.

Au bout de quelques minutes, la jeune femme replongea dans une lourde somnolence. Quand elle se réveilla de nouveau, la chaise à côté de son lit était vide. Sa mère avait dû retourner auprès de Charlotte. Claire resta un instant silencieuse, immobile, à fixer la pénombre de ses yeux grands ouverts. Elle sentit une présence et tourna la tête vers la porte vitrée où s'encadrait un visage familier — un visage qu'elle avait bien cru ne plus jamais contempler.

— Dave ? chuchota-t-elle, tandis qu'il ouvrait la porte.

— Je suis là, Claire. Je suis là, mon amour.

Le 1er novembre

Noces noires - Metsy Hingle • N°304

Six ans se sont écoulés depuis le jour fatal de la mort d'Emily Le Blanc, étranglée à l'aide d'un bas de soie noir. Et son meurtrier n'a jamais été retrouvé. Charlotte Le Blanc, jeune inspecteur de police, n'a qu'une idée en tête : arrêter l'assassin de sa sœur adorée.
Or un nouveau meurtre vient d'être commis, selon le même mode opératoire. Cette fois, la victime est une très belle jeune femme, à la veille de ses noces avec un homme d'affaires. Pour mettre la main sur le tueur, Charlotte doit trouver quel lien fatal unit les deux victimes...

Au cœur de l'ouragan - Karen Harper • N°305

Plus que quelques heures.... Julie Minton, thérapeute en Floride, n'a plus que quelques heures pour retrouver sa fille Randi. Car celle-ci a mystérieusement disparu lors d'une promenade en mer avec son petit ami - alors même qu'un violent ouragan se rapproche dangereusement des côtes de la Floride... Comment lancer des recherches quand tout le monde ne songe qu'à fuir ? Il reste si peu de temps à Julie, si peu de temps pour retrouver Randi... et pour échapper elle-même à la mort.

La perle de sang - Cameron Cruise • N°306

Une voyante vietnamienne vient d'être poignardée à Westminster, Californie. A la place de ses yeux, deux orbites vides. Et dans sa bouche, une étrange perle appelée l'œil d'Athéna, volée par des pilleurs de tombes, et connue pour délivrer le don de double vue... Gia Moon, elle aussi medium, sait qu'elle court désormais un grand danger – car elle seule est capable de retrouver ce tueur avide de pouvoirs occultes et de sacrifices ...

Pendant que la ville dort - Helen R. Myers • N°307

Par une violente nuit d'orage, Campbell Cody, chargée de la sécurité d'une luxueuse propriété, voit la Pontiac blanche de Maida, l'une des résidentes, manquer l'écraser avant de s'enfuir à vive allure. Or Maida est une respectable vieille dame dont rien n'explique cette course affolée dans la nuit. Le lendemain, lorsque le véhicule est retrouvé au fond d'un fossé, Campbell sait qu'elle va devoir remonter la piste de cette nuit criminelle. Car Maida n'a pas été victime d'un accident, mais d'un meurtre...

La fortune des Stanton - Karen Young • N°308

Elizabeth Stanton, belle héritière de 29 ans, est ruinée. Pour sauver le domaine de Mimosa Landing, dans sa famille depuis le XIXe siècle, elle se résout à faire un mariage d'argent avec un riche homme d'affaires : Max Riordan.
Mais une fois leur union célébrée, Elizabeth est victime d'accidents et d'agressions qui ressemblent fort à des tentatives de meurtres... Qui peut bien être derrière tout cela ? Et si c'était une terrible méprise ? Elizabeth ne se connaît en effet aucun ennemi...

Le secret du Nil - Shannon Drake • N°309

Quand on lui propose de venir travailler au Caire, Katherine est ravie. L'Egypte... La Vallée des rois, Toutankhamon, Néfertiti... autant de noms magiques qui la font rêver depuis toujours. Et puis, David Turnberry, le brillant archéologue qu'elle aime en secret, sera du voyage. Avec sa fiancée, certes, mais au royaume des Pharaons, les espoirs les plus fous ne sont-ils pas permis ? Pourtant, très vite, d'étranges incidents viennent perturber l'expédition...

Promesse et défi - Debbie Macomber • N°155

A la mort de son père, Margaret Clemens se retrouve seule, et immensément riche. Mais dans la petite ville de Buffalo Valley, où elle s'est toujours comportée en véritable garçon manqué, personne ne s'attend à la voir trouver un compagnon. Aussi la stupeur est-elle générale lorsqu'elle annonce son mariage avec Matt Eilers, un séducteur au passé tumultueux...

Composé et édité par les
éditions Harlequin
Achevé d'imprimer en août 2007

BUSSIÈRE
GROUPE CPI

à Saint-Amand-Montrond (Cher)
Dépôt légal : septembre 2007
N° d'imprimeur : 71153 — N° d'éditeur : 13028

Imprimé en France